宋元禅宗文学研究论集

朱刚 李贵 ◎ 主编

复旦大学出版社

目 录

一 禅宗文学与典籍、人物综论

雅俗之间：禅宗文学的两种面向
　　——以禅僧诗"行卷"和"演僧史"话本为例 …… 朱　刚　　3
新出黑水城文献与和刻本汉籍中的宋代禅宗文献
　　述论 ……………………………………… 李　贵　 18
从出版史角度看南宋禅僧语录刊刻之意义 ……… 王汝娟　 35
宋元禅林清规的演变与禅林秩序的构建 ………… 陈志伟　 44
楼钥的禅僧交游与南宋禅林的地方化人际网络 …… 赵惠俊　 71

二 禅僧诗研究

宋代禅僧诗研究引论 ……………………………… 朱　刚　 93
北宋诗僧惠洪考略 ………………………………… 李　贵　117
妙观逸想文字禅
　　——论惠洪的艺术思维与诗歌艺术 ………… 李　贵　122
评周裕锴《宋僧惠洪行履著述编年总案》 ……… 朱　刚　143

《中兴禅林风月集》续考 ………………………… 朱　刚　157
僧诗、"晚唐体"与"江湖诗人"
　　——从《圣宋高僧诗选》谈起 …………… 朱　刚　175
《江湖风月集》成书与解题 …………………… 王汝娟　196
南宋禅僧诗集《一帆风》版本关系蠡测
　　——兼向陈捷女史请教 …………………… 侯体健　216
宋末诗僧觉庵梦真及其《籁鸣集》考略 ……… 李　贵　221
临安末照中的禅僧诗变容：觉庵梦真《籁鸣集》
《籁鸣续集》 …………………………………… 王汝娟　228

三　各种诗体、文体研究

宋代禅僧道号及道号颂论略 …………………… 王汝娟　243
公案的诗化阐释：南宋禅僧之颂古创作
　　——以《禅宗颂古联珠通集》为中心 …… 王汝娟　260
斓斑要作自家衣：亚愚绍嵩《江浙纪行集句诗》… 王汝娟　282
集句与佛禅：词体写作"日常化"的一种途径 … 赵惠俊　293
南宋禅四六论略 ………………………………… 王汝娟　308
南宋的"小佛事"四六
　　——以石溪心月《语录》《杂录》为中心 … 王汝娟　333
苏轼与云门宗禅僧尺牍考辨 …………………… 朱　刚　349
苏轼与临济宗禅僧尺牍考辨 …………………… 朱　刚　382
《灵源和尚笔语》书简受主考释 ……………… 李　贵　391
人物轶事与"笔记体传记" …………………… 朱　刚　411

四　佛教通俗文学研究

寺院经济与佛经讲唱 …………………………… 李　贵　433

走向民间：南宋五山禅僧、"五山文学"与庶民世界、
　　通俗文学 …………………………………… 王汝娟　466

苏轼前身故事的真相与改写 ……………… 赵惠俊　朱　刚　482

"分身千百亿"：论"未来佛"布袋弥勒的文学降生
　　——以宋代禅僧诗为中心 ………………… 王文欣　504

宋话本《钱塘湖隐济颠禅师语录》考论 ……………… 朱　刚　521

百回本《西游记》的文本层次：故事·知识·观念…… 朱　刚　548

一　禅宗文学与典籍、人物综论

雅俗之间:禅宗文学的两种面向
——以禅僧诗"行卷"和"演僧史"话本为例

朱 刚

中国佛教徒自六朝以来,早就认为"不依国主,则法事难立"①,故历代高僧多跟皇室或士大夫交结,走上层路线以获取支持;但是,作为宗教,还要在更为广大的社会下层中吸收信众,故佛教文化也须具备世俗面向。宗教的这种兼具上层路线与世俗面向的特征,使它往往成为雅俗文学沟通的桥梁,佛教对中国文学史发生的作用,就包含这方面。著名文人通过其师友中的僧人接受佛教的影响,僧人中出现擅长诗歌的"诗僧",或者僧俗诗人互相唱和,是文学史上常见的情形,而佛教徒面对大众的通俗讲唱活动,也早就发展到相当专业化的水平,敦煌遗书中保存的唐五代各类讲唱文本,大致便是此种"俗讲"的产物②。所以从"佛教文学"的内容构成来看,总体上由雅、俗两层合成,是其基本面貌。当然我们也不妨说,这跟整个社会文化的分层,呈现了同构的关系,并非特殊。但是,如果说到雅、俗两层之间互相沟通、交融的情形,则发生于宗教教团这样一个内部更为统一的共同体内,显然更为容易。我们无法在正史的列传里找到一系列说书人,但历代"高僧传"的"十科"分类里,却既包含了从事翻译和高深佛学著述的和尚,也包含了从事讲唱活动或具有

---

① 慧皎《高僧传》卷五《释道安传》,中华书局,1992年,第178页。
② 参考向达《唐代俗讲考》,《敦煌变文论文集》上册,上海古籍出版社,1982年。

传奇色彩的善于化俗的僧人①。实际上，佛教文学的雅俗互动可以说是整个中国文学雅俗互动的先导。

时至宋代，禅宗成为最具影响力的佛教宗派，朝廷通过敕差住持、五山十刹制度，使其逐步体制化，士大夫多与禅僧交流，而禅僧也呈现出"士大夫化"的趋向，除了山居诗、渔父词、四六疏榜等特色体裁外，他们在一般诗文写作上也相当努力，几与士大夫文学合流。另一方面，城市经济、市民社会的发展也使通俗文学的生长获得了更为肥沃的土壤，分化出许多各具特色的类别，而像"谈经""说参请""演僧史"等类别就与佛教或禅宗相关。本文以禅僧诗"行卷"和"演僧史"话本为例，勾勒其间的互动情形，以考察禅宗文学在沟通雅俗方面所起的作用。

一、禅僧诗"行卷"考述

到目前为止，我们能掌握的宋代禅僧诗，有作者千余人，作品约三万首，对照《全宋诗》，无论作者数还是作品数，都超过了10%。②作为一种特定社会身份所构成的特殊群体，达到这样的创作规模，当然是十分惊人的。除了"士大夫"外，我们找不到另一个可以与"禅僧"平行的宋代作者群，能达到这个创作规模。无疑地，这在很大程度上要归功于佛教徒建立了一个相对独立的文献保存区，就是佛藏，它使僧人著述容易留存至今。但前提是禅僧们勤于写作，有更大量的作品产生，才有其部分被保存下来的可能。实际上，虽然

---

① 《高僧传》的"十科"是译经、义解、神异、习禅、明律、亡身、诵经、兴福、经师、唱导。《续高僧传》改为译经、义解、习禅、明律、护法、感通、遗身、读诵、兴福、杂科声德，此后为《宋高僧传》和《补续高僧传》所遵循。
② 参考金程宇《宋代禅僧诗整理与研究的重要收获》，《中华文史论丛》2013年第1期；朱刚《宋代禅僧诗研究引论》，《跨界交流与学科对话——宋代文史青年学者论坛》，浙江大学出版社，2015年。

我们掌握的三万首禅僧诗,一半以上来自现存的禅僧别集,但千余作者中绝大多数并无别集存世,他们的作品辑自各种类型的文献。这就意味着,除了少量被编定、刊刻的别集外,禅僧诗曾以其他多种面貌流传。我认为,善于作诗的禅僧们把自己的作品抄成"行卷",投呈前辈、友人,是比较原初的一种面貌。

在宋末元初虎丘派禅僧松坡宗憩所编的《江湖风月集》中,有两首与"行卷"相关的诗,值得注意。一是宗憩自己的《题友人行卷》:

山行水宿几辛苦,雪韵霜词迥不同。谁把金梭横玉线,织成十丈锦通红。①

另一首是与他同时的千峰如琬《题行卷》:

白苹红蓼岸边秋,一曲吴歌转得幽。此处有谁知此意,春风攒上百花球。②

题中所说的"行卷",显然是个诗卷,虽然没有明确作者是谁,但宗憩这位"山行水宿"的"友人",多半可以推想为僧人,而如琬盼望"有谁知此意",则他所题的这个"行卷"也许就是他自己的。时代上与他们相近的石门善来禅师,也写有一首《题海藏主行卷》:

衲卷寒云访别山,瘦行清坐自闲闲。声前得句句中眼,不在吴头楚尾间。③

---

① 宗憩《题友人行卷》,朱刚、陈珏《宋代禅僧诗辑考》,复旦大学出版社,2012年,第714页。
② 如琬《题行卷》,朱刚、陈珏《宋代禅僧诗辑考》,第720页。
③ 善来《题海藏主行卷》,朱刚、陈珏《宋代禅僧诗辑考》,第529页。

这一个"行卷"的作者"海藏主",则明确是一位禅僧了,他在云游吴楚的生活中写了不少诗,编成了"行卷",投赠著名的善来禅师,为之题跋。

我们知道,"行卷"本是科举制度的产物,唐代进士为了博取上位者的赏识,有利于科举登第,而将自己的得意之作抄成"行卷"去投呈。自宋代科举实行封弥、誊录制度后,"行卷"的功能基本丧失,举子们已无必要做这件事。当然,向前辈或著名文人呈上诗卷请求斧正的行为,是依然存在的。禅僧们本不从事科举,但大概因为他们把科举叫作"选官",把参禅叫作"选佛",仿佛构成了相似的关系,所以也称自己的诗卷为"行卷"。收到这种"行卷"的人,往往要为之题跋,此题跋可以用诗写(如上引三诗),但也可以用文。检索《全宋文》,我们可以找到好几篇为诗僧"行卷"所作的序跋,如北磵居简(1164—1246)《书泉南珍书记行卷》云:

> 学陶、谢不及则失之放,学李、杜不及则失之巧,学晚唐不及则失之俗。泉南珍藏叟学晚唐,吾未见其失,亦未见其止,骎骎不已,庸不与姚、贾方轨![1]

这位"珍书记"应该是南宋临济宗大慧派的藏叟善珍(1194—1277),于居简为师侄,所以把"行卷"呈送长辈。从居简文可以看出,这是一个学晚唐诗风格的诗卷。此时的藏叟尚未担任住持,还是某个寺院的"书记",即负责寺院与外界往来文书的僧职。具备写作才能的禅僧,先担任"书记",然后获得声望和机会出任住持,是常见的"出世"途径。可想而知,年轻禅僧获得"书记"职位是需要写作才能被老和尚认可的,这就有了投递"行卷"的必要性。由此可见,虽然领

---

[1] 居简《书泉南珍书记行卷》,《全宋文》卷六八〇二,上海辞书出版社、安徽教育出版社,2006年。

域不同,功能上确实与唐代进士"行卷"相似。比藏叟更晚的无文道璨(1213—1271),也写有《跋敬自翁庐山行卷》《书灵草堂天目行卷》①等同类的文章。

除了老和尚外,诗僧的"行卷"也会投呈给世俗的名流,南宋宝祐状元姚勉(1216—1262)《赠俊上人诗序》云:

> 汉僧译,晋僧讲,梁魏至唐初僧始禅,犹未诗也。唐晚禅大盛,诗亦大盛。吾宋亦然。禅犹佛家事,禅而诗,骎骎归于儒矣,故余每喜诗僧谈……山中僧皆能诗,俊上人其一也。翌日,索其近稿,以《临川行卷》十余首进余。②

他喜欢跟诗僧交流,而遇到的这位"俊上人",把十余首诗编成了一个《临川行卷》。这跟道璨所题"庐山行卷""天目行卷"的命名方式相同,表示编入该"行卷"的作品在题材上比较集中。时代更晚的牟𪩘(1227—1311),也有《题四明二僧诗卷》云:

> 东皋谋师以四明此山、华国两上人,见余于蓬庐,过当过当。读行卷殊佳,盖有意趣,有标致,顾不类僧语。③

这里记述了两位僧人登门呈送"行卷"给士大夫的情形。

需要注意的是,从时间上看,以上这些在标题或正文中直接出现"行卷"字样的材料,都出自 13 世纪以降,即晚宋或宋元之交,似乎此时才流行"行卷"的称呼。牟𪩘的题中称之为"诗卷",北磵居简

---

① 道璨《跋敬自翁庐山行卷》《书灵草堂天目行卷》,《全宋文》卷八〇七九。
② 姚勉《赠俊上人诗序》,《全宋文》卷八一三四。
③ 牟𪩘《题四明二僧诗卷》,《全宋文》卷八二三〇。

的同类文章也有题为《书壁书记诗卷》《跋后溪、敬堂诗卷》①的,同时人刘克庄(1187—1269)亦撰有《跋通上人诗卷》②。看来"诗卷"的叫法是更早,也更为一般的。南宋初的周紫芝(1082—1155)就有《书珪上人诗卷后》《书何正平诗卷后》等为僧人"诗卷"所作的题跋③。若更往上推,则北宋苏辙(1039—1112)《与参寥大师帖》已有"所示诗卷愈加精绝,但吟讽无已"④之语,他读的是云门宗禅僧参寥子道潜(1043—?)的"诗卷"。道潜的诗歌后来由其法孙编成了《参寥子诗集》,编纂的基础应该就是这样的"诗卷",欧阳守道(1208—1272)有《敬上人诗集序》云:"云鏊上人示予诗卷……"⑤这也可以看成从"诗卷"编为"诗集"的一个例子。编纂别集时以现有的"诗卷""行卷"为基础,自是顺理成章之事。

当然,"诗卷"的称呼很一般,僧俗无别,但我们把考察范围从"行卷"扩大到"诗卷",还能看到另一类现象,如晁说之(1059—1129)《题黄龙山僧送善澄上人诗卷》云:

> 于是黄龙大德曰德逢、善清、如山、惠古、宗秀、直言、绍明、重政相与赋诗送行。予避贼高邮,获观览……靖康丁未春晁伯以。⑥

他看到的这个"诗卷"不是某一位诗僧的个人作品集,而是善澄离开

---

① 居简《书壁书记诗卷》《跋后溪、敬堂诗卷》,《全宋文》卷六八〇一。
② 刘克庄《跋通上人诗卷》,《全宋文》卷七五八六。
③ 周紫芝《书珪上人诗卷后》《书何正平诗卷后》,《全宋文》卷三五二一。"何正平"当作"可正平",即江西诗派的诗僧祖可(?—1108),字正平,文中有"曩时人问:'可郎诗何如?'仆尝应之曰……"云云,称为"可郎",即"可正平"也。关于祖可卒年,据周裕锴的考证,见《宋僧惠洪行履著述编年总案》,高等教育出版社,2010年,第71页。
④ 苏辙《与参寥大师帖》,《全宋文》卷二〇七四。
⑤ 欧阳守道《敬上人诗集序》,《全宋文》卷八〇〇九。
⑥ 晁说之《题黄龙山僧送善澄上人诗卷》,《全宋文》卷二八〇六。

黄龙山时,多位禅僧"赋诗送行"的一个"总集"性质的卷轴。假如它流传下来,面貌肯定跟保存在日本的《无象照公梦游天台石桥颂轴》《一帆风》①等相近,不过晁说之所题的这个"诗卷"比后者的产生时间要早一个半世纪。就禅僧的云水生涯而言,产生此类"诗卷"的场合是不少的,而且可以说是惯例性地产生的,比如无文道璨《贺知无闻颂轴序》云:

> 大川老子住净慈之三年,于五百众中命东嘉知无闻掌法藏。江湖之士美丛林之得人,大川之知人,说偈赞数,百喙并响。②

净慈寺新任命了一位僧人担任某个职务,很多人都送来诗颂,表示祝贺,联成了一个"颂轴"。类似的丛林"盛事",估计是频繁发生的。

综上所述,别集、总集性质的"行卷""诗卷",应该是禅僧诗流传的较为原初的形态,我们由此可以想见吟诗之风在禅林的盛行,时代越晚,此风越盛。因为禅宗不像其他宗派那样重视佛学论著或固定的修行仪式,所以到了宋元之交,人们印象中的所谓"禅僧",基本上就是在一心写诗的僧人。士大夫遇到禅僧,大抵都就诗歌的话题进行交流,谈佛论道的反而很少。

二、"演僧史"话本

禅僧诗中,亦有言及通俗文学者,如宋末临济宗虎丘派禅僧虚堂智愚(1185—1269)有一首《演僧史钱月林》云:

---

① 《无象照公梦游天台石桥颂轴》是宋末中日禅僧唱和诗集,见《宋代禅僧诗辑考》附录。《一帆风》是六十九位宋末禅僧给日本僧人南浦绍明(1235—1308)送行的诗集,有陈捷的介绍和辑录,见《日本入宋僧南浦绍明与宋僧诗集〈一帆风〉》,《中国典籍与文化论丛》第九辑,北京大学出版社,2007年。
② 道璨《贺知无闻颂轴序》,《全宋文》卷八〇七九。

> 浚发灵机口角边，断崖飞瀑逼人寒。若言列祖有传受，迦叶无因倒刹竿。①

从诗中看，这钱月林是一位说话人，而诗题中的"演僧史"应该指其说话的类别。

关于宋代通俗说话的类别，近代以来研治中国小说史的学者都根据《都城纪胜》《梦粱录》《武林旧事》等宋末笔记对说话家数的叙述，进行梳理。由于这些笔记的原文条理不甚清晰，所以学者们解说纷纭，难以一致②。这样的情形也导致某种误解，仿佛笔记所提供的类别名目已然全备，除此之外没有其它的名目了。其实，专就牵涉佛教、禅宗的部分而言，笔记提示的只有"谈经""说参请""说诨经"几个名目，如《梦粱录》云：

> 谈经者，谓演说佛书。说参请者，谓宾主参禅悟道等事，有宝庵、管庵、喜然和尚等。又有说诨经者，戴忻庵。③

此处对几个类别的含义有所解释，且也可见擅长这些题材的说话人中，如"喜然和尚"本身就是僧人。问题在于，我们迄今所了解的一些宋代流传的佛教故事，从题材上看，很难归入这些类别。比如东坡、佛印参禅的故事，固然勉强可以归入"说参请"，但有关花和尚的故事、唐三藏取经的故事，要归入"谈经""说诨经"或"说参请"，都文不对题。笔者曾考证《钱塘湖隐济颠禅师语录》基本上是一个南宋的话本④，其题材也与上述名目不相应。因此我们还有必要去考

---

① 智愚《演僧史钱月林》，《虚堂和尚语录》卷七，《续藏经》本。
② 参考赵景深《南宋说话人四家》，《赵景深文存》，上海古籍出版社，2016年，第699页。
③ 《梦粱录》卷二十"小说讲经史"条，中国商业出版社，1982年，第181页。
④ 朱刚《宋话本〈钱塘湖隐济颠禅师语录〉考论》，《西南民族大学学报》(人文社会科学版)2013年第12期，已收入本书。

察,史料中有没有别的更合适的类别名目?

同是宋末的资料,智愚禅师诗题中的"演僧史",就是叙述说话家数的笔记中未提及的名目,它也许是"说史书"或"演史"的一种,但诗中说到列祖传授之类,则似乎也可包含禅宗的故事,与"说参请"相交叉。具体情况当然难知其详,重要的是还有这样一个名目的存在,而且这个名目倒可以把上面提到的一些故事归纳进去,因为唐三藏、佛印了元、济颠禅师,都是唐代、北宋和南宋实际生存过的僧人,把有关他们的传说演为"僧史",跟"演史"话本的方式是相同的。在我看来,刊印时间与虚堂智愚很接近的《大唐三藏取经诗话》,就可以说是"演僧史"的话本,至少从字面上看,归入"演僧史"比归入"谈经"之类要合适得多。

宋代的禅宗灯录和某些笔记,对东坡、佛印参禅作诗,互斗机锋的情形有不少记载,若据此演成话本,与"说参请"之名目是相应的。但这种内容恐怕只是文人觉得有趣,讲给市民听,是索然无味的。所以,有关故事实际上朝着远离"参请"的方向发展,到《清平山堂话本》所录的《五戒禅师私红莲记》①,就几乎成为一个带色情的转世故事:东坡、佛印的前世是净慈寺的五戒、明悟两位禅师,五戒错了念头,与美女红莲媾合,因为被明悟点破,迅速坐化,投生为苏轼,明悟也立即赶去,再世为佛印,始终监着苏轼。——参禅故事发展到这样的形态,才能迎合听众的口味。这个话本里有好几处对时间的表述,如"治平年间""熙宁三年""元丰五年"等,似乎已颇有"演史"的味道。

至于花和尚的故事,现在难以知晓其单独被讲述时的具体情形,若看《水浒传》中对"鲁智深浙江坐化"的描写,则也牵涉到禅宗史上实有的高僧大慧宗杲(1089—1163):

---

① 洪梗辑、程毅中校注《清平山堂话本校注》,中华书局,2012年,第230页。

……直去请径山住持大惠禅师,来与鲁智深下火。五山十刹禅师,都来诵经忏悔。迎出龛子,去六和塔后烧化那鲁智深。那径山大惠禅师手执火把,直来龛子前,指着鲁智深,道几句法语,是:"鲁智深,鲁智深,起身自绿林。两只放火眼,一片杀人心。忽地随潮归去,果然无处跟寻。咄! 解使满空飞白玉,能令大地作黄金。"①

这一段对"下火"仪式和法语的叙述,与《钱塘湖隐济颠禅师语录》描写的同类场合,是十分相似的,宋代禅僧的语录中,有的也附载一些"下火"的法语,当时僧人火化确有这样的仪式。所以花和尚的故事,从内容上说固然可以与"朴刀""杆棒"之类"小说"的名目相应,但也少不了"演僧史"的成分。大慧宗杲是两宋之交影响最大的禅僧,其作为杭州的"径山住持"已在南宋,而鲁智深故事的设定时间是北宋末,这一点并不合拍,但很可能南宋的说话人已经创作了这个情节,他面对的听众都把大慧禅师视为高僧的代表。

从话本发展而来的小说中,出现大慧禅师的还有《警世通言》卷七的《陈可常端阳仙化》(亦见《京本通俗小说》,题《菩萨蛮》),故事设定的时代是南宋绍兴年间,主人公可常出家为僧,是灵隐寺"印铁牛长老"的弟子,此后又有一位传法寺住持"槁大惠长老"出场。作为灵隐寺住持的"印铁牛"也见于《钱塘湖隐济颠禅师语录》,笔者曾考证此僧为南宋临济宗大慧派的铁牛心印②,他确实做过灵隐寺住持;而所谓"槁大惠",应该是"杲大慧"即大慧宗杲的误写。当然从法系上说,心印是宗杲的法孙,并不同时,宗杲生前也没有做过传法寺的住持,但故事既以五山禅林为背景,则难免要将禅林最著名的领袖人物牵连进来。从这个角度看,该故事开始被讲说的时间,宜

---

① 《水浒传》第九十九回《鲁智深浙江坐化,宋公明衣锦还乡》,人民文学出版社,1997年第2版,第1284页。
② 参考拙作《宋话本〈钱塘湖隐济颠禅师语录〉考论》。

在南宋,而且可以说是名副其实的"演僧史"话本。

值得注意的是,《陈可常端阳仙化》中提到了"唐三藏",而且把他说成一个贪吃的人,这一点不符合《西游记》的唐僧形象,倒与《大唐三藏取经诗话》中的唐三藏有几分接近①。看来以上这些"演僧史"的故事,在发展中有互涉的倾向。"五戒"禅师是东坡的前世②,佛印禅师是东坡的朋友,历史上的大慧禅师则自称是东坡的再世,他在南宋禅林的巨大名声,使他成为故事中花和尚火化仪式的主持人,陈可常所在世界的领袖,其法孙"印铁牛"则既是陈可常的师父,也是济颠禅师火化仪式的主持人之一。故事所涉的人物,可以被如此牵连起来,形成一种"史"。较之世俗的"演史"故事,以"转世"的观念把生存时代不同的人物联结起来,可能是"演僧史"这一类别的特长,虽然相似的手法后来也被各种类型的小说所使用,但"转世"元素起初由佛教故事培植起来,并非超乎想象之事。除了体现出佛教要阐明的"因果"外,这样的说法带来的最大效果是,让听众感到这故事跟他们最熟悉、最敬仰的人物有关,从而引起兴致。作为宗教领袖的大慧禅师,被"演僧史"话本设定为标志性的背景人物,自是顺理成章,而把本朝第一文人苏东坡也牵连进来,则已经呈现了雅、俗文学互动的景观。

三、禅宗文学的雅俗互动

20世纪初中国"俗文学"研究兴起的时候,是把禅宗语录也当作唐代俗文学的,这主要是因为语录用了大量白话,而早期禅僧的行迹也多少有点传奇性。宋代的禅林越来越规范化、体制化,像济

---

① 参考太田辰夫《西游记研究》,复旦大学出版社,2017年,第32—33页。
② 宋人笔记所说的东坡前身是云门宗禅僧五祖师戒,"五戒"应是故事流传中讹变所致,参考朱刚、赵惠俊《苏轼前身故事的真相与改写》,《岭南学报》复刊第九辑,上海古籍出版社,2018年。

颠那样反常的、传奇性的禅僧不多见,其语录虽继续保持记录白话的传统,但颇具"别集"化的倾向,越来越多地附载禅僧所作的诗文。不过前文已指出,即便"士大夫"化的禅僧,作为宗教实践者也仍须面对普通信众,而具世俗面向。所以禅僧诗中,时常会涉及通俗文学的内容。上节所述的"演僧史"一名,就出自宋末禅僧虚堂智愚的诗题,下面我们回过头,举出一个宋初的例子。

临济宗的汾阳善昭(947—1024)禅师,是宋初禅僧诗的重要作者,他的诗歌中有一首《赞深沙神》,我们知道,这个深沙神后来演化为《西游记》中的沙僧。诗云:

> 大悲济物福河沙,现质人间化白蛇。牙爪纤锋为利剑,精神狞恶作深沙。鼻高言言丘带岳,耳大轮囷山叠窊。䮶颗两睛悬金镜,磔索双眉锸铁叉。有螺筋,有蚌结,皱皱皵皵身爆烈。脚蹋洪波海浪翻,手拨天门开日月。现威灵,如忿怒,遥见便令人畏惧。璎珞枯髅颈下缠,猛虎毒蛇身上布。师子衫,象王袴,更绞毒龙为抱肚。非但人间见者惊,一切邪魔无不怖。真大圣,实慈力,现相人间人不识。都缘尘劫纵顽嚚,不信大悲施轨则。或惊天,或震地,哮吼喊呀声匝地。警觉群生睡眼开,敲磕愚迷亲佛智。我今知,能方便,利物观根千万变。或擒或纵或扶持,只要速超生死岸。驱雷风,击靓电,霹雳锋机如击箭。鞠鞠磕磕震天威,爆爆煇煇须锻炼。丘区巘崿一齐平,剑戟枪刀无不殄。化人天,伏神鬼,硗硬刚强尽瞻礼。放光靓烁静乾坤,吐气停腾清海水。吾今赞尔实灵通,旷劫如来受受记。颂曰:威灵不测化人天,现质三千满大千。一念遍收无量劫,河沙诸佛口亲宣。①

---

① 善昭《赞深沙神》,《宋代禅僧诗辑考》,第169页。

此诗没有提及唐三藏取经故事,主要描绘深沙神令人畏惧的形象,但可以注意的一点是,深沙神的"颈下"已缠着"枯髅"(骷髅)。后来,这些骷髅被解释为深沙神吃掉的取经人头骨,而这些取经人乃是唐三藏的前世。《大唐三藏取经诗话》讲唐僧三世取经,前二世被深沙神所吃,至明代《西游记杂剧》,则发展为十世取经,九世被沙僧所吃①,吃掉后就把骷髅挂在脖子上。通行本《西游记》小说里没有明确叙述这样的情节,徒然让沙僧挂着这些骷髅,但在观音的指导下,唐僧依靠这些骷髅才渡过了流沙河。我们难以确知善昭禅师是否认为深沙神与唐三藏有关,但如此详细刻画深沙神形象的作品,在10世纪末或11世纪初,可谓绝无仅有。大概此后不久,玄奘的画像也开始在脖子上挂骷髅了。

另一方面,禅僧既以经常作诗为特征,则以禅僧为主人公的"演僧史"话本,自然也要包含一些诗歌,说话人必须替他的主人公从事诗歌创作。当然,这些拟作多数显得浅俗。实际上,上文提到的《五戒禅师私红莲记》《陈可常端阳仙化》和《钱塘湖隐济颠禅师语录》等文本中都交织着不少浅俗诗歌,《水浒传》里以大慧禅师的名义给花和尚"下火"的法语,也近似诗歌。从诗歌史的角度说,处理这些作品是比较麻烦的,比如《全宋诗》的编纂者似乎相信《钱塘湖隐济颠禅师语录》中的济颠诗歌就是南宋道济禅师本人的作品,但《水浒传》里的那段法语,肯定不会被辑入大慧宗杲的名下。这个做法妥当与否,可以再议。总体上说,由于禅僧作诗,本来就有一部分呈现了通俗风格,喜欢使用口语,所以即便是说书人拟作的浅俗诗歌,似乎也符合主人公的口吻,比有关柳永、王安石、苏轼的话本中替这些大文豪拟作的诗词,较少引起读者的不适之感。

禅僧诗中有一类特殊的作品,叫作"辞世颂",即禅师临终所说

---

① 详见张锦池《论沙和尚形象的演化》,《文学遗产》1996年第3期;谢明勋《百回本〈西游记〉之唐僧"十世修行"说考论》,《东华人文学报》第1期,1999年。

偈颂，形式上往往同于诗歌。宋代禅僧几乎都有"辞世颂"，话本中的五戒、陈可常、济颠也都有之，连《水浒传》也为花和尚拟了一段非常通俗的临终偈语。按理，"辞世颂"通常要表现出一位禅师毕生修行的功力，那就非同小可，不是说书人能够代拟出来的，但他们似乎也能找到一些办法，比如陈可常的《辞世颂》云：

五月五日午时书，赤口白舌尽消除。五月五日天中节，赤口白舌尽消灭。①

因可常生前被人诬告，故其端午辞世，作此颂，反复表示自己的清白，与话本内容倒也相应。但此颂实有来历，见《梦粱录》卷三：

杭都风俗，自初一日至端午日，家家买桃、柳、葵、榴、蒲叶、伏道，又并市茭、粽、五色水团、时果、五色瘟纸，当门供养。自隔宿及五更，沿门唱卖声，满街不绝。以艾与百草缚成天师，悬于门额上，或悬虎头白泽。或士宦等家以生硃于午时书"五月五日天中节，赤口白舌尽消灭"之句。②

由此可见，说话人为可常拟作的《辞世颂》，取自南宋民间的端午节行仪，稍加敷演而成。"舌耕"者的这类本事，自是不小。

雅俗文学互动所产生的一个更重要的结果，是它们能共同映现出一个时代具有标志性、特征性的景观。禅僧与士大夫一旦发生诗歌唱和，双方都容易自拟为佛印、东坡，因为这被视为诗禅交流的一种典范，于是《钱塘湖隐济颠禅师语录》也设置了济颠与临安知府唱和的情节，其唱和诗中也互拟为佛印与东坡，《五戒禅师私红莲记》

---

① 《警世通言》卷七《陈可常端阳仙化》，人民文学出版社，1956年。
② 《梦粱录》卷四"五月"条，中国商业出版社，1982年，第19页。

则为他们构造了两世因果。苏东坡是宋朝文人的标志性存在,所以说话人有意要把相关因素引入故事。另一个"箭垛式人物"是大慧禅师,说话人未必知道他的法名叫宗杲,作为宗教领袖是在南宋初年,当他的故事里需要一位德高望重的僧人时,便拉大慧出场。

不仅如此,由于驻跸临安的南宋朝廷把愿意与官方合作的禅门高僧召集到径山、灵隐、净慈等行在寺院,所以无论士大夫或说书人都耳濡目染,在杭州有这样一个特殊群体的存在,笔者曾称之为"临安高僧群",并指出其结构特征,在南宋前期是以临济宗杨岐派的大慧宗杲及其弟子佛照德光(1121—1203)一系为主干①。这个派系里产生了一批久负盛名的禅僧诗别集,如德光弟子北磵居简(1164—1246)的《北磵诗集》,法孙物初大观(1201—1268)的《物初剩语》、淮海元肇(1189—?)的《淮海挐音》,以及大慧四世法孙无文道璨(1213—1271)的《无文印》等,可以说代表了禅宗文学"雅"的一面。然而,若根据《钱塘湖隐济颠禅师语录》《陈可常端阳仙化》以及花和尚故事等通俗文学文本涉及禅师的情形,我们也可以勾勒出一个几乎相同的临安高僧群:

显然,临济宗杨岐派在南宋政权核心地区的发展,使一代禅宗文学的雅俗两面都浮现出共同的"临安高僧群"印象。禅僧这一特殊群体在文学史上沟通雅俗的功能,于此可见。

---

① 详见拙作《宋话本〈钱塘湖隐济颠禅师语录〉考论》。

新出黑水城文献与和刻本汉籍中的宋代禅宗文献述论

李 贵

一、引 言

近年来,随着出土文献的增多和域外汉籍的回流,新发现的宋代禅宗文献日益增多而重要,亟待作出综合整理,以方便学者利用。

零散的出土文献,如在贺兰山拜寺沟西夏方塔出土的一张佛典刻本残片,编号 F043,[1]据高山杉比对,此残片与曹洞宗真歇清了禅师(1088—1151)有关,而且很可能是真歇语录《一掌录》的评注。[2]国家图书馆藏宁夏灵武所出西夏文佛典文书中,包含少量汉文佛典,中有《禅宗永嘉集》注释书刻本残片两张,[3]高山杉考证为宋僧石壁行靖所撰《禅宗永嘉集注》,残片中《永嘉集》正文用大字,行靖《注》用双行小字夹注。[4]又,考古人员在嵩山少林寺初祖庵黄庭坚《达摩颂碑》的背面发现额为《长芦慈觉赜禅师塺中佛事碑》的石刻,正文题为"真州长芦赜禅师塺中佛事",末署"政和四年□月二十四

---

[1] 宁夏文物考古研究所编《拜寺沟西夏方塔》,文物出版社,2005年,第258—260页。
[2] 高山杉《西夏学上的一个谜题——谈拜寺沟方塔出土曹洞宗禅籍残片》,《南方都市报》2011年7月3日。
[3] 林世田主编《国家图书馆藏西夏文献中汉文文献释录》,北京图书馆出版社,2005年,第58—59页。
[4] 高山杉《西北所出宋僧行靖与净源著述残本考》,《东方早报·上海书评》2011年3月20日。

日,少林禅寺住持嗣祖赐紫沙门惠初记并书",①所录文字出自禅净双修的北宋名僧慈觉宗赜。这些残片旧刻皆弥足珍贵。

已经有了较深入研究的域外汉籍,如宋人孔汝霖编集、萧澥校正《中兴禅林风月集》三卷和宋末释松坡宗憩编《江湖风月集》,这两部僧诗总集在中国本土早已失传,却一直风行于日本禅林,并有多种版本和注本,经日本学者发现后引起中国学者重视,对宋代诗歌辑佚和禅僧事迹考辨有重要价值。日本五山禅僧义堂周信(1325—1388)编辑的《新撰贞和分类古今尊宿偈颂集》三卷和《重刊贞和类聚祖苑联芳集》十卷,收录大量宋元禅僧和部分日本僧人的诗歌,保留了许多中土失传的资料和宋代禅宗文献。朱刚、陈珏广稽群籍,充分利用上述汉籍和日本所存宋代禅僧资料,增入宋末中日禅僧的两个唱和诗轴(包含数十首宋代禅僧诗),编成《宋代禅僧诗辑考》一巨册,对《全宋诗》漏收的禅僧诗进行全面检索、校录,还对众多禅僧的生卒年及法系生平作出精当辨析,堪称《全宋诗》和宋代禅宗史之功臣。②

更大宗的集中发现则来自《俄藏黑水城文献》与《和刻本中国古逸书丛刊》。

二、《俄藏黑水城文献》中的宋代禅宗文献

黑水城文献是20世纪继殷墟甲骨、汉晋简牍、敦煌吐鲁番遗书、明清内阁大库档案之后的又一文献大发现,所含宋代文献主要集中在俄藏部分。《俄藏黑水城文献》由中俄学者共同编辑,上海古籍出版社从1996年起陆续出版,第1—6册为汉文文献,里面的禅宗文献已得到初步的整理和研究。特别是宗舜法师,对其中的汉文

---

① 温玉成、刘建华《佛教考古两得》,《佛学研究》第11期,2002年。
② 朱刚、陈珏《宋代禅僧诗辑考》,复旦大学出版社,2012年。

佛教文献从文本、内容、拟题、定名等方面作了精细研究，大体可从，又整理出"《俄藏黑水城文献》之汉文佛教文献简目"，甚便读者。①以下按照《俄藏黑水城文献》1—6册的收录顺序，结合先行成果，介绍其中的宋代禅宗文献。

1. 第3册TK132，《慈觉禅师劝化集》，第82—126页。长芦宗赜禅师，赐号慈觉。此集由门人普惠编成，起首有崔振孙作序，序末署"崇宁三年九月初八日"，目录后题为"镇阳洪济禅院慈觉和尚劝化文并偈颂"。镇阳即真定，在今河北正定。宗赜先后住持广平（今属河北）普会寺、真州（今江苏仪征）长芦寺、真定洪济寺，此当系住持洪济寺时作。据李辉、冯国栋考证，此集历代书目均不见著录，独南宋王日休《龙舒增广净土文》卷一一收录一文曰《真州长芦赜禅师劝参禅人兼修净土》，文后云："右赜禅师语，见禅师《劝化集》中。"②则宗赜确著有此书，但早已不传，今赖此本得以窥其原貌。经宋坤比对，此《劝化集》为现存宗赜文集的最早版本，最接近宗赜文笔原貌，传世文献当中的一些错误可据此本进行校正。③借由《慈觉禅师劝化集》及前述少林寺《长芦慈觉赜禅师塵中佛事碑》，学界对宗赜的生平、著作、思想以及宋代佛教的世俗化均有了更深细的认识。④

---

① 宗舜《〈俄藏黑水城文献〉之汉文佛教文献拟题考辨》，《敦煌研究》2001年第1期；《〈俄藏黑水城文献〉之汉文佛教文献续考》，原载《敦煌研究》2004年第5期，发表时"新旧定名对照表"和"《俄藏黑水城文献》之汉文佛教文献简目"两个附录均被删节，此据戒幢佛学教育网《宗舜法师文集》之完整版，http://www.jcedu.org/dispfile.php?id=5077，2014年7月9日访问。
② 李辉、冯国栋《俄藏黑水城文献〈慈觉禅师劝化集〉考》，《敦煌研究》2004年第2期。椎名宏雄对《慈觉禅师劝化集》作过介绍和校点，但点校错误不少，见其「黒水城文献『慈覚禅師勸化集』の出現」，『駒沢大学仏教学部研究紀要』第62期，2004年。
③ 宋坤《俄藏黑水城所出〈慈觉禅师劝化集〉钩沉》，载黄夏年编《辽金元佛教研究》，大象出版社，2012年。
④ 详见陈明光《大足宝顶山"报德经变"慈觉禅师宗赜溯源——探宗赜生平及其与宗颐异同辨》，《佛学研究》第13期，2004年；侯冲《宋僧慈觉宗赜新考》，收入作者《云南与巴蜀佛教研究论稿》，宗教文化出版社，2006年，第376—401页；李辉、冯国栋《慈觉宗赜生平著述考》，《中华佛学研究》第8期，2004年；韦兵《佛教世俗化与宋代职业伦理建构——以俄藏黑水城文献〈慈觉禅师劝化集〉为中心》，《学术月刊》2008年第9期。

2. TK133,《真州长芦了和尚劫外录》,第 127—164 页。侍者德初、义初编,中桥居士吴敏序,称"长芦了禅师,芙蓉之孙,丹霞之子",知是清了禅师语录。清了,号真歇,亦号寂庵,芙蓉道楷法孙,丹霞子淳法嗣,任真州长芦祖照侍者,后住持长芦寺,故自述"得法丹霞室,传衣祖照庭"。① 宏智正觉《崇先真歇了禅师塔铭》谓清了有"语录两集,行于世",②具体即《劫外录》和《一掌录》。《一掌录》全称《雪峰真歇了禅师一掌录》,原书早佚,只有李纲《梁溪集》卷一三七保存了所撰《雪峰真歇了禅师一掌录序》,新出疑似残本,见前高山杉文,亦出自西夏故地。《劫外录》在中土也早已失传,日本有和刻本二,一为宽永七年(1630)刊刻的《真州长芦了和尚劫外录》(宽永本),一为明和四年(1767)面山瑞方序刊的《真州长芦了和尚劫外录》(面山本)。宽永本罕见,面山本缺点虽多,由于收入《续藏经》中而得通行。慧达法师尝以三种版本对勘,指出黑水城本为最古版本,又以黑水城本为底本,参考宽永本和面山本,对《劫外录》作出校录。③ 宗舜校正了慧达校录的错误,④又对清了的生平、著述、《劫外录》版本情况(包括日本的抄物)等进行全面探讨,确认黑水城本是现存《劫外录》最早也是最好的刻本,可以校正两种和刻本的许多讹误;还发现《黑城出土文书(汉文文书卷)》中编号 F13:W12 的两个佛教抄本残页属于《劫外录》的内容;最后以黑水城本为底本,重新校点《劫外录》,并纠正了石井修道整理的《崇先真歇了禅师塔铭》中的疏漏。⑤

3. 第 4 册 TK272,原题"佛书残片",第 364 页,从内容看,乃《夹

---

① 道融《丛林盛事》卷下,『卍续藏经』第 148 册,第 92 页。
② [日]石井修道『宋代禅宗史の研究』附录资料一一,东京大东出版社,1987 年,第 504 页。
③ 慧达《新校黑水城本〈劫外录〉》,《中华佛学学报》2002 年第 6 期。
④ 宗舜《新校黑水城本〈劫外录〉商榷》,原载覃醒主编《觉群·学术论文集》,宗教文化出版社,2005 年,此据《宗舜法师文集》网络版。
⑤ 宗舜《真歇清了及其黑水城本〈劫外录〉》,原载《中国禅学》第 3 卷,中华书局,2004 年,此据《宗舜法师文集》网络版。

山无碍禅师降魔表》的残字。传世文献中,《夹山无碍禅师降魔表》一直附于《佛果圆悟禅师碧岩录》卷一后面,作者不得而知。

4. 第5册A20V.14,《佛印禅师心王战六贼出轮回表》,第277页,属末段残页,在内容上与世传《夹山无碍禅师降魔表》仅有数字出入,宗舜认为TK272可视作此残页的前面部分。为何传世《降魔表》的作者署名夹山无碍禅师,而俄藏黑水城文献此表却署名佛印禅师?作者究竟是谁?个中谜团有待深究。

5. A20V.15,《亡牛偈》,第279—281页。此件引起广泛讨论。《俄藏黑水城文献》整个A20V写本缀合情况复杂,涉及内容丰富,包括《满庭芳》《大圣乐》《暮山溪》《山亭柳》《小重山》《声声慢》《木栾花》《醉蓬莱》《小镇西》等词作,《大方广佛华严经梵行品第十六》残文,《大佛顶如来密因修正了义诸菩萨万行首楞严经卷第十》残文,前述《佛印禅师心王战六贼出轮回表》残文,《亡牛偈》残文,等等。《亡牛偈》残文包含10首诗,诗题分别是:亡二四牛、亡半三牛、亡四两牛(2首)、亡五一牛(2首)、牛亡人有、人牛俱亡、全尘六牛和亡一五牛。苏联汉学家孟列夫1984年在莫斯科出版的《哈拉浩特(黑城)出土汉文遗书叙录》里最早著录此写本,中国敦煌学家柴剑虹1991年从苏联抄录回国并作研究,将A20V.15拟题为《牧六牛诗》,判断这明显是一组与禅宗《十牛图颂》相似的以牧牛喻修禅的诗歌,推测这组残诗是宋代禅师所作。[①]受其启发,蔡荣婷发现这些诗歌与此件所抄录的《楞严经》相关者甚多,其思想内涵延承《楞严经》,《佛印禅师心王战六贼出轮回表》也与《楞严经》有关;宋代佛印禅师有五位,其中云居了元最有可能是《佛印禅师心王战六贼出轮回表》的作者;通过考察宋代禅宗牧牛诗的基本情况以及了元与《楞严经》、牧牛诗的密切关系,蔡荣婷推测这些亡牛诗的作者可能是了元

[①] 柴剑虹《俄藏黑城出土释道诗词写本简析》,《庆祝潘石禅先生九秩华诞敦煌学特刊》,台北文津出版社,1996年,第215—223页。

佛印,同时也指出其文学表现手法和理路发展不同于现存之宋代牧牛图颂。① 今按,佛印了元尝作牧牛颂,但只有四章,故此牧六牛诗不大可能出自佛印。尽管如此,牧六牛诗应该是属于禅宗系统的作品,有学者判断 A20V 抄件中的诗词写本最可能是金元时期黑水城的全真道住家道士所书,词作是全真作品,《亡牛颂》也许是一组经过道教徒改造的禅诗,②这是对禅宗强大的牧牛诗写作传统注意不够。

6. 第 6 册 B2.1,《往生极乐偈》,第 1 页。宗舜发现其文字所涉乃净土法事仪轨,颂语见于第 3 册 TK132《慈觉禅师劝化集》,亦见于宋释宗晓所编《乐邦文类》卷五,题作《劝念佛颂》,故应改题为《劝念佛颂》。

7. Φ229V、Φ241V,《景德传灯录》卷一一,第 96—103 页。"敬"字缺笔,乃避赵匡胤祖父赵敬名讳。此件先被弗鲁格误编入俄藏敦煌文献,后被孟列夫纠正,收入黑水城文献中。据荣新江研究,俄藏另有所谓敦煌本《景德传灯录》写本,其实是黑水城文献,与此本属同一写本。③ 马格侠推断,黑城写本的底本印刷时间只能在 1031—1084 年之间,考虑到刻写、运输和在西夏流传的时间,它可能是《景德传灯录》的最早版本,也可能是道原、杨亿等人的原刻本。④

8. инBNo.1044,《禅宗文献》,第 289 页。据宗舜考证,此抄本残片的文字出自《碧岩录》卷一,定名为《佛果圆悟克勤禅师碧岩录卷一残片》。

---

① 蔡荣婷《俄藏黑水城牧牛诗初探》,项楚主编《敦煌文学论集》,四川人民出版社,1997 年,第 43—64 页。
② 详见张廷杰《俄藏黑水城文献中的元佚词》,《宁夏大学学报》(人文社会科学版)2006 年第 1 期;汤君《西夏全真教佚词十一首考释》,《宗教学研究》2007 年第 2 期;汪超《俄藏黑水城文献 A20V 金元全真道诗词补说》,《文献》2013 年第 1 期。
③ 荣新江《俄藏〈景德传灯录〉非敦煌写本辨》,原载《段文杰敦煌研究五十年纪念文集》,世界图书出版公司,1996 年,收入作者《辨伪与存真:敦煌学论集》,上海古籍出版社,2010 年。参见府宪展《敦煌文献辨疑录》,《敦煌研究》1996 年第 2 期;荣新江《〈俄藏敦煌文献〉中的黑水城文献》,收入《辨伪与存真:敦煌学论集》。
④ 马格侠《俄藏黑城出土写本〈景德传灯录〉年代考》,《敦煌学辑刊》2005 年第 2 期。

上述文献以外,宗舜对《俄藏黑水城文献》中的佛教题跋作了汇编整理,方便查阅。① 由孙继民担任首席专家的国家社科基金重大项目"黑水城汉文文献整理与研究"已结项,成果包括《俄藏黑水城文献汉文佛教文献(佛经除外)整理》,相信出版后会推动相关领域研究的深入。

三、《和刻本中国古逸书丛刊》中的宋代禅宗文献

2012年,金程宇编辑的《和刻本中国古逸书丛刊》由凤凰出版社影印出版,丛刊总70册,38 000余页,汇聚日本刊刻的中国古逸书共110种,凡经部12种、史部5种、子部34种、集部59种,又附录相关文本与研究著作22种,是继黎庶昌《古逸丛书》以来国内外规模最大的同类丛书。丛刊所收珍稀资料所在多有,是中国古籍的重要补充,也为收藏、鉴定、研究和刻本提供了丰富而系统的信息。另有编者所撰前言、解题(10万字)及书名、著者索引,解题部分介绍每部典籍的作者、内容、国内外版本流传情况及参考文献,深具学术价值。② 以下专就其中的宋代禅宗文献作一评述。

1.《佛果圆悟真觉禅师心要》二卷,克勤(1063—1135)撰,子文编,据日本国立国会图书馆藏历应四年(1341)刊本影印。此书国内仅中国科学院图书馆藏明刊本一卷,日本今藏宋版达四部,和刻本多种。入《续藏经》。

2.《灵源和尚笔语》一卷,惟清(?—1117)撰。惟清著作世所罕见,仅《续藏经》之《续古尊宿语要》有《灵源清禅师语要》一卷,远不

---

① 宗舜《〈俄藏黑水城文献〉(汉文部分)佛教题跋汇编》,《敦煌学研究》2007年第1期,此据《宗舜法师文集》网络版。
② 金程宇将解题部分别出单行,题为"《和刻本中国古逸书丛刊》解题",收入其论文集《东亚汉文学论考》,凤凰出版社,2013年,第151—249页。

及本书内容丰富。此书全赖和刻本得以流传,丛刊所收系静嘉堂文库藏五山版,据椎名宏雄《宋元版禅籍之研究》考察,此本为历应五年(1342)覆宋版,①价值甚高。丛刊另附花园大学国际禅学研究所藏日本佚名撰《灵源笔语别考》,对书中人名、词语进行注释,足资参考。

《灵源和尚笔语》载惟清致文人士大夫及僧徒共 31 人的书简 80 余通,今依原书先后顺序列出受主如下,并在括弧内标出可考之通行姓名或法名:

伊川居士(或为程颐)、朱世英(朱彦)、陈莹中(陈瓘)、徐师川(徐俯)、洪帅张司成(张邦昌)、伯刚提举(待考)、洪驹父(洪刍)、虞察院(虞䜣,前附虞䜣来信。金程宇解题误作"虞谟")、宝觉和尚(黄龙祖心)、五祖演和尚(五祖法演)、卓禅人(长灵守卓)、逢禅人(通照德逢)、德禅人(释元德)、觉范(惠洪)、智海慧老(雪峰思慧)、宝峰祥老(泐潭景祥)、死心和尚(黄龙死心)、端禅人(法轮应端)、灵竹长老(灵竹德宗)、安侍者(释某安)、空室道人(空室道人智通,范珣之女,苏颂孙苏悌之妻,后出家为尼,法名惟久)、佛眼(佛眼清远)、佛鉴(太平慧勤)、古禅人(真乘慧古)、才禅人(上封本才)、觉禅人(天宁宗觉)、秀禅人(广化若秀)、然禅人(福唐连江了然,先参龟山晓津,晓津圆寂后转参惟清)、高居山主(高居寺住持)、端禅人(见前法轮应端)、权书记(释善权)、兴长老(释智兴)。②

这些书简对研究北宋禅宗思想、士大夫与佛教关系无疑非常重要。世传程颐曾向惟清问学,二人有书信往来,主要证据一直是收入《大正藏》之《禅林宝训》所载惟清致程颐书简 2 通,钱锺书谓"退之与大

---

① [日]椎名宏雄『宋元版禅籍の研究』,东京大东出版社,1993 年,第 100 页。
② 此处僧徒考证承蒙周裕锴教授赐教,谨致谢忱。

颠三书,适可与灵源与伊川二简作对",①即指《禅林宝训》中语。《灵源和尚笔语》起首载《答伊川居士》3通,又添新证。然此事古今学者、中日禅林素有争议,朱熹力主其伪,指所谓致程颐书简实为致潘淳;②久须本文雄力证其真,并考证5通书简的写作时间及信中"天下大宗匠"的具体所指。③ 聚讼纷纭,难以定谳。此亦儒学史、禅宗史上一大事因缘,不容不辨,个中细节可参见石立善的考辨。④在这类问题上,儒学学者和禅宗学者容易站在各自的立场上各执一词,徐梵澄的观点较为通达:

> 自来学林有此见解,谓宋学之形成是受了禅宗的影响。这是事实。同时宋学影响了禅宗,也是事实。相互有影响,不足以证明何者为高明,较胜,光荣。程、朱皆是用心研究释氏以及老、庄有年,然后卓立其理学,各成其教(非宗教);而禅门之南能北秀,灯印相承,自成其系统秩然。究竟禅宗是中国本土文化的产物,也无可讳言。⑤

与此类似,佛教禅宗与文学的关系研究也容易陷入泥沼,特别是影响研究,有时难以判然划分因果关系。王水照曾以苏轼为例,指出古代作家接受佛学影响的复杂性问题,并提醒说:

> 要之,我们在进行佛学与文学的影响研究时,既要重视对

---

① 钱锺书《谈艺录(补订本)》,中华书局,1984年,第65页。
② 黎靖德编、王星贤点校《朱子语类》卷一二六,中华书局,1986年,第3040—3041页。
③ [日] 久须本文雄『宋代儒学の禅思想研究』第五章「程伊川と禅」,名古屋日进堂书店,1980年。
④ 石立善《程伊川学禅说考辨——禅僧灵源惟清与程伊川书帖五通之真伪》,载陈义初主编《二程与宋学:首届宋学暨程颢程颐国际学术研讨会论文集》,华东师范大学出版社,2013年。
⑤ 徐梵澄《陆王学述——一系精神哲学》,上海远东出版社,1994年,第58页。

一些表层现象(如用语等)、一些明显的沿袭痕迹,作全面的搜集和细致的梳理,但更应重视研究因果关系中的中间环节。关键的不在于给出一个结论,而是提供出达到这一结论的论证过程。甲事物与乙事物在用语上的相同,并不等于甲事物一定是从乙事物来的,它还可能有别的来源,甚至此两者之间毫无关系;即使用语相同,往往也有一般性借用和内容上深化、改造、变异之别。尤其当我们跨越学科界限,研究两项事物之间的因果关系时,寻找彼此间的具体的中介,就显得更为重要了。①

准此,关注禅学与道学之间联系的具体中介,比争论程颐和惟清的关系更为重要。

3.《松源和尚语录》(《松源崇岳禅师语录》)二卷,崇岳(1132—1202)撰。本书罕见著录,宋元刊本皆佚,惟存和刻本。丛刊据日本南北朝刊本影印。

4.《破庵语录》(《破庵和尚语录》,又作《破庵祖先禅师语录》)一卷,祖先(1136—1211)撰。传世者亦仅有日本刻本,据应安三年(1370)春屋妙葩刊本影印。

5.《运庵和尚语录》(《运庵普岩禅师语录》)一卷,普岩(1156—1226)撰。仅日本有传本,据南北朝刊本影印。

6.《密庵和尚语录》二卷,咸杰(1118—1186)撰。中国国家图书馆藏有宋刻本,四川省图书馆藏有明崇祯十二年(1639)嘉兴楞严寺刊本。《大正藏》《续藏经》皆收录,丛刊据日本国会图书馆所藏五山版影印。

7.《佛鉴禅师语录》六卷,师范(1177—1249)撰。日本今藏宋版两部,丛刊影印所据为应安三年(1370)刊本。

---

① 王水照《关于佛学与文学关系的几点想法》,收入作者《鳞爪文辑》,陕西人民出版社,2008年,第178—182页。

8.《枯崖漫录》(《枯崖和尚漫录》)三卷,圆悟编。中国不见著录,惟日本有传本,据江户天和二年(1682)刊本影印。

9.《佛光禅师真如寺语录》一卷,祖元(1226—1286)撰。此书即《无学和尚初住大宋台州真如禅寺语录》之原编,丛刊据国会图书馆藏嘉庆二年(1388)周勋刊本影印。虽然《大正藏》所收《佛光国师语录》已包含部分内容,但所据为享保刻本,刊刻年代较此晚近350年。祖元诗,《全宋诗》仅收6首,此书存偈颂130余首,所得远为丰富。①

10.《雪峰空和尚外集》,慧空(1096—1158)撰。此书中土久佚,今仅存日本贞和三年(1347)建长寺僧契充刻本,《禅门逸书初编》《宋集珍本丛刊》皆曾据以影印。

11.《橘洲文集》十卷,宝昙(1129—1197)撰。日本元禄十一年(1698)织田重兵卫覆宋刻本十卷最称完备,但存世甚罕,丛刊据以影印。

12.《北磵诗集》九卷,居简(1164—1246)撰。今本土唯中国国家图书馆存清抄本一部,日本成箦堂文库存宋版足本一部,另有据宋版翻刻之五山版传世。丛刊据国立公文书馆内阁文库所藏应安七年(1374)刊本影印。

13.《北磵文集》十卷,居简撰。国内无足本传世,丛刊据日本南北朝刊本影印。

14.《北磵外集》一卷(《续集》一卷附),居简撰。此书国内久佚,日本宫内厅书陵部犹存宋版一册,又有五山刻本,存世少,丛刊影印所据为南北朝刊本。

15.《淮海挐音》二卷,元肇(1189—?)撰。此书中土不见著录,日本江户时期有元禄八年(1695)覆宋刊本,仅此一刻,传本罕见,丛刊据以影印。

---

① 参见《和刻本中国古逸书丛刊》卷首陈尚君序。

16.《藏叟摘稿》二卷,善珍(1194—1277)撰。此书中土既无著录,亦无传本,然传入日本则甚早,并有五山版流传,丛刊据日本南北朝刊本影印。

17.《物初剩语》二十五卷,大观(1201—1268)撰。此书早传日本,或系无学祖元赴日时所携入,宋版今藏御茶之水图书馆成簣堂文库、庆应义塾大学斯道文库。丛刊据国立公文书馆内阁文库藏宝永五年(1708)活字本影印。

18.《无文印》二十卷(附《语录》一卷),道璨(1213—1271)撰。道璨著作,除本书外,尚有《柳塘外集》四卷,收入《四库全书》。①《无文印》二十卷,日本藏有宋刻,今辽宁省图书馆(罗振玉旧藏,卷一二下抄补)藏宋本一部,即由日本回传者。丛刊据日本国会图书馆藏贞享二年(1685)刊本影印。

19.《江湖风月集》二卷,宗憩编。此书为宋末禅僧七言绝句选集,下卷阑入元僧作品。中土早佚而久行东瀛,传抄、刻印、注释之本甚多,现已引起国内学者注意。丛刊据日本南北朝刊本《江湖风月全集》影印,另附东京大学文学部藏古活字版《新编江湖风月集略注》,方便比对。②

20.《一帆风》一卷,智愚等撰。此书为日本入宋僧(金程宇解题误作"入日僧")南浦绍明(1235—1308)咸淳三年(1267)归国时,虚堂智愚等43名宋僧所作送别诗墨迹之合刊本,有初刻本和后印本(增补本)。此书所收诗作,中土文献皆不载,初刻本来自宋人真迹,价值极高。和刻本存世亦稀,丛刊据江户宽文四年(1664)跋刊本

---

① 此承卞东波先生提醒,谨致谢忱。
② 以上某些典籍新出了整理本,如朱刚、陈珏《宋代禅僧诗辑考》附录一《中兴禅林风月集》、附录二《江湖风月集》、附录三《无象照公梦游天台石桥颂轴》;许红霞对《北磵和尚外集》《籁鸣集 续集》《无象照公梦游天台偈》《中兴禅林风月》《物初剩语》等五种集子作了整理研究,见许红霞辑著《珍本宋集五种——日藏宋僧诗文集整理研究》,北京大学出版社,2013年。参见黄启江《一味禅与江湖诗——南宋文学僧与禅文化的蜕变》,台湾商务印书馆,2010年。

(增补本)影印。增补诸诗与初刻本所收诗作体例、风格迥异,所据当非同一手卷,是否皆为宋人作品,犹待深入研究。①

21.《石城遗宝》,日僧性宗(？—1717)编,所据乃寺藏宋元明禅僧及日人真迹,有《虚堂智愚禅师虎丘十咏》及中日禅僧《寄题吞碧楼》等内容,所收中国禅僧及文人诗文,仅见此书,富于文献价值。丛刊据元禄十三年(1700)妙乐寺刊本影印。

上述 21 种宋代禅宗文献,②有天下孤本,有全本善本,有坊间排印本之源出本,对研究宋代文化均极重要,而知者甚少,即知晓亦无从阅览者众,今赖丛刊影印刊布,化身千百,飞入寻常百姓家,俾学者能从容披览、全面研究,或可补空白,或可资比对,或可广其传,堪称适逢其时、功德无量。

四、余　　论

晚近学术生态发生很大变化,地下文献出土,中外交流频繁,域外汉籍回流,电子资源繁多,倘能借助大数据进行综合整理、辨伪存真,宋代禅宗文献的整体面貌庶几可见。针对宋代禅宗研究中常见的文献整理释读错误,当前需要先完成以下三事:

第一,厘清宗派源流,辨认僧人称呼,确定禅僧法系,以使文献辑录及研究获得可靠支持。《中国禅宗人名索引》《宋僧录》等工具

---

① 详见陈捷《日本入宋僧南浦绍明与宋僧诗集〈一帆风〉》,《中国典籍与文化论丛》第 9 辑,2007 年;侯冲健《南宋禅僧诗集〈一帆风〉版本关系蠡测——兼向陈捷女史请教》,《中国典籍与文化》2009 年第 4 期;许红霞《日藏宋僧诗集〈一帆风〉相关问题之我见》,《中国典籍与文化论丛》第 13 辑,2011 年。

② 本文初稿曾将行海撰《雪岑和尚续集》二卷误作禅宗文献,卞东波在大观《物初剩语》卷一一发现其《送海雪岑东归序》,序中谓行海雪岑"此性具学者会稽海雪岑也,探本宗余,喜吟事",则行海乃天台宗(性具宗)僧人,《雪岑和尚续集》非禅宗文献。详见卞东波《日藏宋代诗僧文集整理与研究的新成果与新创获——读〈珍本宋集五种:日藏宋僧诗文集整理研究〉》,北京师范大学"第一届宋代文学同人研修会"论文,2014 年 7 月。

书颇便读者,①但禅宗文献里的僧人称呼异常复杂,极易混淆。一方面,要了解唐宋禅僧的称呼习惯,如"以法名与表字连称,名取简称,即法名第二字,字取全称",②据此可以纠正古籍整理涉及禅僧时的许多表述和标点错误。③另一方面,禅师称呼以外,尚有法系义例。禅宗灯录对僧徒的生平事迹往往简略,而对禅僧的法系却交代得清楚明白,盖禅宗传灯,首重法系,后人遂能根据法系判断绝大部分禅僧的大致活动时期,又可辨别某些同名的禅僧。准此,按灯录的编纂凡例查明禅僧法系,是研读禅宗典籍的另一重要原则。历代灯录和宗派图等资料对禅僧法系的记载相当统一,据考察,绝大部分可互资印证,书目如下。

收入《大正藏》和《续藏经》者:《景德传灯录》《天圣广灯录》《建中靖国续灯录》《联灯会要》《嘉泰普灯录》《五灯会元》(以上宋编);《续传灯录》《增集续传灯录》《续灯存稿》《继灯录》《禅灯世谱》(以上明编);《续灯正统》《五灯全书》(以上清编)。

未入藏者:南宋汝达《佛祖宗派图》、日本东福寺所存《禅宗传法宗派图》、玉村竹二《五山禅林宗派图》之"中国法源部"。④

明乎禅僧的称呼惯例和法系世系,始能贴近禅门去解读禅宗,即不中,亦不远,否则极易张冠李戴、误读文献。据这两条义例,《宋代禅僧诗辑考》确认了大量禅僧的法名字号和大致年代,书末所附禅僧索引,以法名下字的发音为序,方便研究者查寻,学界称便。学界对这些义例尚不够重视,故于此特为表出。

第二,扩大宋代禅宗文献辑录范围,广求禅宗书法绘画中的资

---

① [日]铃木哲雄『中国禅宗人名索引』(附「景德伝燈録人名索引」),名古屋其弘堂书店,1975年;李国玲《宋僧录》,线装书局,2001年。
② 周裕锴《宋僧惠洪行履著述编年总案》,高等教育出版社,2010年,第2页。
③ 参见周裕锴《略谈宋僧人的法名与表字》,原载《佛学研究中心学报》第9期,2004年7月,修订本收入作者《宋僧惠洪行履著述编年总案》。
④ 朱刚、陈珏《宋代禅僧诗辑考·前言》,第5—6页。

料。宋代禅僧的书画作品在中土传世者稀,在东瀛的遗存则为数不少。据弓野隆之统计,日本现存的南宋高僧墨迹就有三四百件,较突出者如无准师范66件,虚堂智愚36件;渡日僧中,兰溪道隆63件,无学祖元47件,兀庵普宁45件。① 田山方南所编《禅林墨迹》《续禅林墨迹》《禅林墨迹拾遗》3部凡9册,共收录中国禅僧墨迹图版556件,是宋代禅宗文献的大宗补充。② 相比书法,禅宗绘画在中国留存更少,其原因盖如高居翰所论:"在中国,这类画作几乎毫无例外地受到批评而被摒弃,并未得以收藏保存——至少在重要的主流收藏的著录中难寻其迹。"③宋代禅画遗存日本者亦复不少。就禅宗文献研究而言,宋代禅画之价值略有三端。其一,禅僧画像让今人得以一睹宋代名僧真容风采。④ 其二,画像上的题跋多为传世文献所未载,可据以辑佚,如私人所藏牧溪《大慧宗杲自赞像轴》,有宗杲题赞;东福寺藏无准师范像,有师范题赞。其三,禅宗文献中多真赞、佛祖赞、禅会图赞之类文字,可找到相应绘画,文图结合,加深对文字的理解。⑤

　　第三,编制完整的宋代禅宗文献书目。椎名宏雄《宋元版禅籍之研究》于此贡献最早最多,考察内容计有:宋元版禅籍之刊行与覆刻、宋元时期的大藏经与禅籍、明代以降之大藏经与宋元版禅籍,以及宋元版禅籍之民间流传,特别是第一章所列"现存宋元版禅籍

---

① [日]弓野隆之《日本遗存的南宋墨迹》,台北"故宫博物院"《"文艺绍兴:南宋艺术与文化学术研讨会"论文集》,2010年11月。
② 详见胡建明《宋代高僧墨迹研究》,西泠印社出版社,2011年;江静《日藏宋元禅僧墨迹综考》,《甘肃社会科学》2010年第5期。
③ [美]高居翰(James Cahill)撰、丘慧蕾译《早期中国画在日本——一个"他者"之见》,上海博物馆编《千年丹青——细读中日藏唐宋元绘画珍品》,北京大学出版社,2010年,第51—76页。
④ 艺术史家指出,禅僧的肖像会分给众弟子作为传法之部分,故画工要真实地再现师尊的真容。见[美]胡素馨(Sarah Fraser)撰、潘艳译《禅会与南宋的视像——梁楷的〈八高僧图〉》,上海博物馆编《千年丹青——细读中日藏唐宋元绘画珍品》,第209—218页。
⑤ 参见严雅美《试论宋元禅宗绘画》,《中华佛学研究》第4期,2000年。

与五山版禅籍对照表"、附录一《宋金元版禅籍所在目录》和附录二《宋金元版禅籍逸书目录》，编撰全面而精要，一目了然，允称宋代禅宗研究之津梁。制作更完整的文献书目，需要充分吸收此书成果，普查地上地下、域内域外之现存失传文献，结合李国玲、宿白等考述，①详加增补。

早在 1991 年，中日学者就提出，对宋元佛教的研究要在资料上下功夫，一是尽量找原始资料，二是要收全，三要明确时代性。② 如今 20 多年过去，资料是越来越丰富，但在资料源流考订、全备方面问题仍多。1948 年，陈寅恪撰文《读梁译大乘起信论伪智恺序中之真史料》，强调要越出教史佛藏之外搜寻资料："今日中外学人考证佛典虽极精密，然其搜寻资料之范围，尚多不能轶出释教法藏以外，特为扩充其研究之领域，使世之批评佛典者，所持证据，不限于贝多真实语及其流派文籍之中，斯则不佞草此短篇之微意也。"③此论再次被近年新出来自不同领域的宋代禅宗文献所证明，也是今后搜寻新材料的方向。

新材料固然可喜，但旧材料犹不可废，有时甚至显得更加可贵。对新旧材料在研究中的相互关系，陈寅恪多年前曾告诫过：

> 所谓新材料，并非从天空中掉下来的，乃指新发现，或原藏于他处，或本为旧材料而加以新注意、新解释。（旧材料而予以新解释，很危险。如作史论的专门翻案，往往牵强附会，要戒惕。）必须对旧材料很熟悉，才能利用新材料。因为新材料是零

---

① 李国玲《宋僧著述考》，四川大学出版社，2007 年；宿白《汉文佛籍目录》，文物出版社，2009 年。参见哈磊《宋代目录书所收禅宗典籍》，《四川师范大学学报》（社会科学版）2010 年第 3 期。
② 黄夏年《中日第四次佛教学术会议综述》，《世界宗教资料》1992 年第 1 期。
③ 陈寅恪《陈寅恪集·金明馆丛稿二编》，生活·读书·新知三联书店，2001 年，第 147—148 页。

> 星发现的,是片断的。旧材料熟,才能把新材料安置于适宜的地位。正像一幅已残破的古画,必须知道这幅画的大概轮廓,才能将其一山一树置于适当地位,以复旧观。①

当前学术界,颇有几分"无新材料则不能作文"的意味,如何对待新材料与旧材料,陈寅恪的论述仍然值得当下的学界记取。

---

① 蒋天枢《陈寅恪先生编年事辑(增订本)》卷中,上海古籍出版社,1997年,第96页。

从出版史角度看南宋禅僧语录刊刻之意义

王汝娟

语录是南宋禅僧著述中最常见的体裁之一。他们在编集语录时,都采用了如实记录禅师言语的方式,基本看不出润色和修饰的痕迹。无论处于哪个时代,人们口头言说和交流所用的都是白话,因而如此原汁原味编集而成的禅僧语录当然具有很强的白话性。这一点,已为人们所共知。从语言学上来说,它们显然是我们现在了解宋元之际白话情况的很好材料,这是语言学领域的研究课题,笔者在此不作专门探讨。本文所关心的主要问题是,南宋禅僧语录的白话性,在文学史、文化史上具有怎样的意义?

关于这一问题,之前学界已有若干研究成果,譬如指出禅宗语录的白话性直接为宋儒语录所模仿、对当时诗歌创作的影响、对公文写作的影响,等等[1]。毫无疑问,宋代禅宗语录的白话特质,在中国文学与文化发展的历程中所起的作用是不容忽视的。本文将从出版史的角度出发,来对此问题重新作一粗略审视。

一、南宋禅僧语录之刊刻

中国古代的语录作品,主要包括诸子语录、禅宗语录、儒家语录

---

[1] 杨玉华《语录体与中国古代白话学术》,《四川大学学报》(哲学社会科学版)1999年第3期;任竞泽《论宋代"语录体"对文学的影响》,《文学遗产》2009年第6期。

等数种。钱大昕指出:"佛书初入中国,曰经、曰律、曰论,无所谓语录也。达摩西来,自称'教外别传,直指心印'。数传以后,其徒日众,而语录兴焉。……释子之语录,始于唐。"①禅门语录是早期自己标榜离经慢教、呵佛骂祖的禅宗发展到一定阶段的产物。唐人编集的以"语录"命名的禅门语录并不多,我们现在所能看到的仅《神会语录》《镇州临济慧照禅师语录》《五家录》《庞居士语录》《善慧大士语录》《赵州和尚语录》等若干种。至北宋,伴随着禅林"不离文字"之风,禅门语录编纂开始逐渐流行,不仅有弟子给自己的老师编语录,也有给唐代禅师隔代编修语录的情形,如《马祖道一禅师语录》《百丈怀海禅师语录》等。南宋时代,语录编纂之风习在禅僧中极为盛行,可以说是达到了空前的高潮。通过相关的序跋、题记、书志目录、他人记述等信息,基本可以判断为刊刻于南宋或宋元之交的是:

大慧宗杲:《大慧语录》《大慧普觉禅师语录》《普觉宗杲禅师语录》《大慧广录》《大慧法语》;

佛照德光:《佛照禅师语录》;

无用净全:《无用净全禅师语录》;

西山亮:《西山亮禅师语录》;

少林妙崧:《佛行少林崧禅师语录》;

退谷义云:《七会录》;

率庵梵琮:《率庵梵琮禅师语录》;

北磵居简:《北磵居简禅师语录》;

笑翁妙堪:《笑翁和尚语录》;

大川普济:《大川普济禅师语录》;

偃溪广闻:《偃溪广闻禅师语录》;

淮海元肇:《淮海原肇禅师语录》;

---

① 钱大昕《十驾斋养新录》卷一八"语录"条,清嘉庆刻本。

介石智朋:《介石智朋禅师语录》;
物初大观:《物初大观禅师语录》;
无文道燦:《无文道燦禅师语录》;
元叟行端:《元叟行端禅师语录》;
虎丘绍隆:《虎丘绍隆禅师语录》;
应庵昙华:《应庵昙华禅师语录》;
密庵咸杰:《密庵咸杰禅师语录》《密庵语录》《密庵禅师语录》;
松源崇岳:《松源崇岳禅师语录》;
破庵祖先:《破庵祖先禅师语录》;
曹源道生:《曹源道生禅师语录》;
运庵普岩:《运庵普岩禅师语录》;
无明慧性:《无明慧性禅师语录》;
天目文礼:《天目禅师语录》;
痴绝道冲:《痴绝道冲禅师语录》;
石田法熏:《石田法熏禅师语录》;
无准师范:《无准师范禅师语录》
虚堂智愚:《虚堂和尚语录》;
横川如珙:《横川和尚语录》;
石溪心月:《石溪和尚语录》《石溪心月禅师杂录》;
虚舟普度:《虚舟普度禅师语录》;
西岩了惠:《西岩了惠禅师语录》;
断桥妙伦:《断桥妙伦禅师语录》;
环溪惟一:《环溪惟一禅师语录》;
绝岸可湘:《绝岸可湘禅师语录》;
剑关子益:《剑关子益禅师语录》;
兀庵普宁:《兀庵普宁禅师语录》;
雪岩祖钦:《雪岩祖钦禅师语录》;

希叟绍昙:《希叟绍昙禅师语录》《希叟绍昙禅师广录》;

龙源介清:《龙源介清禅师语录》;

云谷怀庆:《云谷和尚语录》;

月礀文明:《月礀禅师语录》;

高峰原妙:《高峰原妙禅师语录》《高峰和尚禅要》

二、"白话出版"的第一次浪潮

自先秦"语录"这种书写体制产生之初,它就始终保持着权威性、典范性。只有一个在思想上具有权威地位的人,他的言语才值得被记录下来,并作为典范在一定的群体中流传,起到教化作用。显然,语录是相当神圣的。由此我们也就不难理解,产生于禅宗语录之前的诸子语录为何都要以规范、典雅的书面语言(文言)去记录书写。禅宗语录的出现,大胆挑战了这一传统规则。它们采用口语(白话)记录宗师说法言语,基本保留了口语的原貌。禅师语录当然并非南宋禅僧的新创,唐代就早已出现,但南宋编纂刊行的禅僧语录的数量之多,是唐五代以及北宋任何一个朝代都难以企及的。

南宋禅僧的传道说法为何选择用"白话"来记录?首先当然和禅宗"不立文字"的思想传统有一定的联系。若是记录者对禅师的说法语言加以雕琢修饰、以文质彬彬的文言形于笔墨,则不免有执着于"文字"的嫌疑,就如师明为《古尊宿语录》所作序中所说的:"譬若上林春色,在一两花,岂待烂窥红紫,然后知韶光之浩荡也。既知春矣,唤此录作立文字也得,不立文字也得,总不干事。"[1]第二是禅僧的说法,并不是以高深抽象的语句来阐释佛理,而常常是通过生活化、形象化的譬喻、模拟等途径来开悟众生,"俗"的特征非常明

---

[1] 师明《续古尊宿语要》卷首附自序,《卍续藏》本。

显,诚如明人为南宋禅僧云谷怀庆语录作的跋文所云:"南堂说法,或诵贯休山居诗,或歌柳耆卿词,谓之不是禅可乎? 近世尚奇怪生矫,苟见处不逮古人,如优场演史,谈刘项相似事,便体之者忘倦,其奚非真史也。"①可以想象,若以文言来记录,那么这种言辞间的形象和生动将会大打折扣。第三,我们今天读这些僧人的语录,可以发现当时聆听他们说法、向他们问答请益的,既有僧人,也有士大夫,还有妇女、普通民众等。那么语录刊刻出来后,读者层里面肯定也会包括妇女和普通民众等文化水平不高者。考虑到刊刻后的读者层因素,它们也更适于用白话来记录。

杨绳信《中国版刻综录》之第一章《宋元版刻》中,列举了宋代以前及宋元时期的刻本②。若从"四部"的角度来看,这些刻本以经、史、集三部为最多。毋庸赘言,经、史是儒家话语体系中具有权威性的著述,它们理所当然由文言来写作;集部刻本,则以士大夫诗文集为主,它们也基本是用文言写成。子部刻本中佛教大藏占了绝大多数,佛藏大体上主要包括佛经、经论与注疏、僧史与灯录、语录等数种,前三者的写作语言同样多是文言。正如前文所述,南宋刊刻的禅僧语录之数量远远超过了唐五代及北宋的禅僧语录,因此南宋禅僧语录成为宋元刻本的重要一类。但学界以往对出版与文学的关系研究,关注的一般只是诗文别集和总集,并未将禅僧语录纳入视野。日本学者内山精也先生《宋代文学可否称为"近世"文学?》一文在讨论"白话文体的社会地位提高"这个问题时,曾简单提到宋代禅宗语录的出版在此过程中所起的作用③,可惜语焉未详。因此我们有必要对此问题作一审视。由于它们是以白话记载,所以可以说,

---

① 宗敬等编《云谷和尚语录》卷末附善珍跋,《卍续藏》本。
② 杨绳信《中国版刻综录》第一章"宋元版刻",陕西人民出版社,1987年。
③ [日]內山精也「宋代文学は「近世」文学か?」,『名古屋大学中国語学文学論集』26号,2013年。

南宋禅僧语录的刊刻形成了中国出版史上第一次"白话出版"的浪潮。至此我们不免会疑惑：这股浪潮具有怎样的文化史及文学史意义？要回答这一问题，我们有必要考虑语言与用户的关系。大木康先生在《庶民文化》一文中，将中国的语言、文学及其所属社会阶层表示为下图①：

若我们根据该文的论点将这幅图进一步简化，则可归纳出下表：

	口语	书面语
士	官话	文言
庶	方言	白话

上图很清楚地说明，白话在一定程度上可以说是庶民世界的书写语言。大量的禅僧语录这种白话著作的公开出版，使白话从一般的书写语言升级为一种极为重要的出版语言，也即意味着庶民世界的价值首次被发现和认可。在此笔者当然并非把僧人的身份简单地看作"庶民"，强调的重点乃在于"庶民价值"。毫无疑问，这在很大程度上得益于南宋发达的出版业，尤其是日益繁荣的私刻行业。

"白话文学"并非肇端于南宋，从汉代民歌开始，它的生命便一直都在延续。然而只有到了宋代，甚至基本可以说是南宋禅僧的语

---

① ［日］大木康撰、马一虹译《庶民文化》，［日］森正夫等编《明清时代史的基本问题》，商务印书馆，2013年，第503页。

录开始,它才大规模地以印刷物的形式源源出现。胡适曾在《白话文学史》中总结白话语录的作用:

> 白话语录的大功用有两层:一是使白话成为写定的文字,一是写定时把从前种种写不出来的字都渐渐的有了公认的假借字了。①

在贵族时代,文化的传播主要依靠贵族沙龙;在手抄本时代,文化的传播主要依靠钞本。这些传播都是局部的、缓慢的。随着印刷术的兴起,个人出版著作成为可能,文化传播变得广泛和迅捷。实际上,南宋《朱子语类》等儒家语录之白话特质乃是沿袭了禅宗语录。关于这一点,前人已有诸多论证,笔者在此不再赘述。因此胡适所总结的"白话语录的大功用",更确切地说当为"南宋禅宗语录的大功用"。"使白话成为写定的文字",即以白话来"立言",于是成就神圣的"不朽"事业便不再是士大夫阶层的专利;使从前写不出来的文字有公认的假借字,换言之即"只要能说的就能写",意味着方言、俗语、俚语等庶民世界的语言取得了稳定的地位,这在手抄本的时代是难以想象的,唯有在印刷业高度发展的社会环境中才能得以实现。从另一方面来说,借助于刊刻出版,禅门语录得以向更广阔的社会阶层中传播和普及,这意味着普通民众较之以前有更多的机会接触和亲近以往基本是士大夫之生活雅趣的"禅"。可以说,在中国历史上这第一次"白话出版"的浪潮中,闪耀得最为显眼的是庶民世界的价值。

王水照先生在《南宋文学的时代特点和历史定位》中指出了南宋时代文化的下移趋势,即"文学成就的高度渐次低落,但其密度和

---

① 胡适《白话文学史》,百花文艺出版社,2001年,第355页。

广度却大幅度上升",得出这一论点主要是着眼于创作者的身份(士大夫/非士大夫):"江西诗派的中后期作家、'四灵'和江湖诗人群等,均属'民间写作'的范畴。"①创作者身份的扩大固然是考察"文化下移"的一扇很好的窗口,而书写语言乃至出版语言的变化也是不容忽视的一个方面。王水照先生揭橥的"民间写作"者的创作,乃以诗歌这种传统的雅文学(文言)为主;若我们将视线延伸到禅僧语录(白话)上,那么或许"文化下移"的趋势呈现得更为显著。

三、从南宋禅僧语录的刊刻到
江湖诗人作品的编刊

谈到宋代出版史,乃至整个中国出版史,陈起应该是大家都不会绕过和忽视的一个人。他未能考中进士,于是在家乡杭州开肆鬻书以为营生;又搜集整理江湖诗人的诗作,先后编为《江湖小集》《江湖后集》《江湖续集》刊刻出版。《江湖后集跋》云:"宋人陈起,在宝庆、绍定间以书贾能诗,与士夫抗颜列席,名满朝野。篇什持赠,随时标立名目,付雕即成,远近传播。"②可见他刊刻的这些书籍在当时流传甚广。

学界以往对南宋江湖诗派的研究,在探讨其存在的意义时,多总结为他们标志着文学创作群体的下移和扩大、共同使用"晚唐体"这种诗体、对日本诗坛产生了一定影响,等等。无论如何,这些影响的产生,最直接的前提和基础是陈起《江湖集》的刊刻出版,否则以这百余中小诗人每一个个体的社会地位、创作水平,很少有机会为人所关注和熟知。可以说,陈起《江湖集》的编刊是使他们成为一个"群体"而存在并产生影响的决定性条件。

---

① 王水照《南宋文学的时代特点和历史定位》,《文学遗产》2010 年第 1 期。
② 法式善《江湖后集跋》,《存素堂文集》卷三,清嘉庆十二年(1807)刻增修本。

作为一个私人刻书家,营利显然是陈起出版书籍时必须考虑的一大重要因素。他之所以编刊《江湖集》,必然是在编刊之前,就已经比较自信地预料到它会拥有相当数量的购买阅读者,从而给自己带来不错的经济收益,而实际情况也正如他所预料。换言之,当时的社会人士对于江湖诗人的作品有着比较强烈的阅读欲望。虽然没有直接的证据,但笔者猜测这与南宋百余年间一直持续的禅僧语录之刊刻所掀起的"白话出版"浪潮不无关联。正是由于大量的"白话出版",昔日难登大雅之堂的白话升级为一种重要的出版语言,白话所代表的庶民世界的价值也随之为人们所发觉和认可。想必陈起在当时已然敏锐地察觉到了这一思想动向,确信以处于社会下层的布衣为主的江湖诗人及其诗作,会吸引人们关注的视线。况且反过来说,南宋时期的出版中心,有杭州、福建、成都等,然而《江湖集》恰恰是出自杭州陈起的书肆,其他地区的私人刻书家并没有编刻出与之类似的中下层文人的作品丛书;此外,南宋的不少小说家之书,如《述异记》《大唐三藏取经诗话》《曲洧旧闻》等也都是在杭州地区的坊肆出版,仅尹氏书铺就出过十种小说家书。这与这些禅僧所在的寺院位于杭州及其周边地带或许有一定关系。

　　总而言之,南宋禅僧白话语录的刊刻出版,在文学史和文化史上有着浓重的"近世"味道。虽然之后明清时代层出不穷的白话小说、歌谣、笑话等白话文学并非自南宋禅僧的白话语录这一线发展而来,但白话变成重要的出版语言,至少使得"庶民"价值得以显扬,为后世通俗文学的繁荣作了思想上的重要铺垫。

宋元禅林清规的演变与禅林秩序的构建

陈志伟

宋代禅宗文学中有一批较为特殊的文类,日僧无著道忠《禅林象器笺》有"文疏门"即收录此类文章,包括疏、榜、状、祭文等①。这类文章的产生与禅林人事密切相关,属于禅林的公文文书,我们不妨借鉴《禅林象器笺》的分类,把这类公文文书称为"禅林文疏"。由于禅林文疏有着这样的特殊性,在对此类文本进行分析与阐释的时候,首先要了解的就是其产生环境与运作方式,那么最好的一手材料就是禅林清规。按照一般的观点,禅林清规源于唐代百丈怀海禅师的创制,而从官方立场敕令全国施行的则是元代的《敕修百丈清规》,然而从百丈禅师的草创到《敕修百丈清规》的定型,二者之间尚有诸多清规的过渡,并且《敕修百丈清规》并不是直接继承被后世认为是百丈禅师所创制的《禅门规式》,而是通过二者之间多部宋元时代的禅林清规逐渐累积而成的,其中北宋的《禅苑清规》实际上已经具备了《敕修百丈清规》的基本内核,并且正是其间的这几部清规,才构成了宋元禅林清规的主体面貌,更能体现出由唐至元禅林清规的演变过程。据笔者管见,尚未有学者对这些禅林清规文本的内在关系进行研究,本文则从百丈禅师创制清规这一源头入手,通过不同时代文本的对读,考察"百丈清规"由唐入宋的演进过程,进一步

---

① 参见[日]无著道忠《禅林象器笺》,蓝吉富主编《大藏经补编》第19册,华宇出版社,1986年。

揭示层累的"百丈清规"在宋代确立起的基本范式,而后通过分析宋元时期几部成熟的清规,揭示出禅林清规僧与俗的两种面向,以及其中所体现出的对禅林秩序的构建与丛林礼法的观念,最后放大视野,由禅林扩至教苑,由中国推及日本。

一、异代文本的裂隙:"百丈清规"考释

事实上,由百丈怀海禅师所创制的清规在其生活的时代并没有形成文字记载或者记载没有被保存下来,而在宋代也没有对其原貌记载的文字,目前大陆学者对百丈怀海禅师的清规进行研究,采用的都是《景德传灯录》卷六"百丈传"的附录《禅门规式》①,但从文献学的角度来看是值得商榷的,因为将《禅门规式》视为百丈禅师所创制的清规实际上是后人的追认,虽然这种追认从北宋初年就已经存在,但我们不能就此囫囵过去,还是要对早于《禅门规式》的相关史料详加考察。由于现今并不存在一个确定的文本可以称其为"百丈禅师的清规",为方便叙述,我们不妨用带有引号的"百丈清规"来指称抽象意义上的百丈禅师所创制的清规。现将现存有关"百丈清规"记载的资料按其成文时间罗列如下:

1.《敕修百丈清规》附录收陈诩《唐洪州百丈山故怀海禅师塔铭》(以下简称《塔铭》),亦见于《全唐文》卷四四六②

---

① 如林悟殊《从百丈清规看农禅——兼论唐宋佛教的自我供养意识》(胡素馨主编《佛教物质文化:寺院财富与世俗供养国际学术研讨会论文集》,上海书画出版社,2003年,第380—401页);若宽《百丈怀海〈禅门规式〉的创制及其意义》(《佛学研究》2006年,总第15期);黄奎《中国禅宗清规》(宗教文化出版社,2008年);李继武《〈百丈清规〉研究》(西北大学硕士学位论文,2010年);温珍金《百丈怀海禅法研究》(南昌大学硕士学位论文,2016年);韩焕忠《〈禅门规式〉与佛教的中国化》(《法音》2017年第9期)。
② 《敕修百丈清规》,《续藏经》第111册,新文丰出版公司,1993年影印本,第571页。董诰等编《全唐文》卷四四六,中华书局,1983年,第4548页。按《敕修百丈清规》所载文本较《全唐文》所载多出"碑侧记"内容,这一差异将在行文中得到解释。

2.《大宋僧史略》"传禅观法"条附"别立禅居"①

3.《宋高僧传》卷一〇《唐新吴百丈山怀海传》(以下简称《怀海传》)②

4.《景德传灯录》卷六"洪州百丈山怀海禅师"后附录《禅门规式》③

5.《敕修百丈清规》附录收杨亿《古清规序》④

6.《禅苑清规》卷一〇《百丈规绳颂》⑤

其中《塔铭》撰于唐宪宗元和十三年(818),是目前所见最早有关百丈禅师生平的记载。《大宋僧史略》"别立禅居"条与《怀海传》的作者均为赞宁,二者内容大致相同,可以看成赞宁笔下的"百丈清规",形成时间在宋太宗太平兴国七年(982)至端拱元年(988)之间,兹以后者为主,前者为补充。杨亿《古清规序》与《禅门规式》除个别文字有出入外,两个文本基本上是一样的,《禅门规式》末言:"禅门独行由百丈之始。今略叙大要,遍示后代学者,令不忘本也,其诸轨度山门备焉。"《古清规序》末亦言:"禅门独行自此老始。清规大要遍示后学,令不忘本也,其诸轨度集详备焉。"这表明两个文本不可能是百丈禅师亲自写作,一定是后人追述出来的。而《序》文又言:"亿幸叨睿旨,删定《传灯》,成书图进,因为序引。时景德改元岁次甲辰良月吉日书。"然现存《景德传灯录》中杨亿的《序》与此《古清规序》全然不同,并且《古清规序》目前所见仅存于《敕修百丈清规》中。由于杨亿曾奉诏裁定《景德传灯录》,那么《禅门规式》的文本很有可能也由杨亿写成,只不过在后世流传过程

---

① 赞宁撰、富世平校注《大宋僧史略校注》,中华书局,2015年,第58页。
② 赞宁撰、范祥雍点校《宋高僧传》,中华书局,1987年,第236页。
③ 道原著、顾宏义译注《景德传灯录译注》,上海书店出版社,2010年,第428—429页。
④ 《敕修百丈清规》,《续藏经》第111册,第574页。
⑤ 《禅苑清规》,《续藏经》第111册,第930—937页。

中，一方面《禅门规式》的作者被归为百丈禅师，另一方面这一文本被添枝加叶而成为了杨亿的《序》文。不过这并不影响我们对于这两个文本的使用，由于它们的内容基本一致，兹采用目前大多数学者所使用的《禅门规式》。《百丈规绳颂》成文于北宋后期，并且其规文部分与《禅门规式》是一致的，对这一文本的论述将放在下一节中进行。

上述被纳入考察范围内的四个文本一个最为直观的区别就是它们所处的时代不同。作为释氏墓志，唐代陈诩的《塔铭》应该是最为接近百丈禅师的，并且其在《塔铭》中云"诩从事于江西府，备尝大师之法味"，因此这篇《塔铭》的可信度是较高的。然而笔者在前序和铭文中发现陈氏只是在叙述百丈禅师禅法精深，学徒众多，而关于其"别立禅居"的业绩则只字未提。按照一般的观点，"百丈清规"是百丈禅师住百丈山后创立，现将《塔铭》中记载其住百丈山的文字摘录如下：

大师初居石门，依大寂之塔，次补师位，重宣上法。后以众所归集，意在退深。百丈山碣立一隅，人烟四绝，将欲卜筑，必俟檀那。伊蒲塞游畅甘贞，请施家山，愿为乡导，庵庐环绕，供施莠积，众又逾于石门，然以地灵境远，颇有终焉之志。元和九年正月十七日证灭于禅床。

这段文字只是叙述了百丈禅师如何住百丈山，之后的事情却并无记载，但"百丈清规"恰恰产生于其住山之后，这一点很是让人费解，为何创立禅居这样一件轰动后世禅林的大事却在其塔铭中不被提到？我们姑且放下这一疑惑，来看宋代文本的记载。由于宋代三个文本的主要内容相同，并有逐渐增加的趋势（详见后文叙述），因此我们只需以宋代最早的文本《怀海传》为对比对象即可：

  释怀海,闽人也。少离朽宅,长游顿门,禀自天然,不由激劝。闻大寂始化南康,操心依附,虚往实归,果成宗匠。后檀信请居新吴界,有山峻极,可千尺许,号百丈欤。海既居之,禅客无远不至,堂室隘矣。且曰:"吾行大乘法,岂宜以诸部阿笈摩教为随行邪?"或曰:"瑜伽论、璎珞经,是大乘戒律,胡不依随乎?"海曰:"吾于大小乘中博约折中,设规务归于善焉。"乃创意不循律制,别立禅居。

这段文字是传记的开头部分,而后则是叙述"别立禅居"的内容,传记的重点是叙述百丈禅师所创的清规,于其禅法则很少涉及,传记与塔铭的侧重点相差竟如此之大!两个不同时代的文本之间明显存在着一条裂隙等待我们来填补。赞宁在《大宋高僧传序》中写道:"或案诔铭,或征志记,或问辀轩之使者,或询耆旧之先民。"①那么按常理陈诩的《塔铭》他是能看到的,但二者又有明显出入的地方,如《塔铭》说怀海禅师"元和九年正月十七日,证灭于禅床,报龄六十六,僧腊四十七",而《怀海传》则说怀海"以元和九年甲午岁正月十七日归寂,享年九十五矣"②。如果我们相信赞宁的《怀海传》是有所依据的,并认为现存陈诩的《塔铭》是完整的,那么《怀海传》则是另有所本,只是我们现在看不到了,姑且称这一文本为 X,它大概率要晚于《塔铭》而不是同一时期。有一则材料可以支持这样的推论,就是现存于《敕修百丈清规》中的《塔铭》比存于《全唐文》中的多附的一段文字,援引如下:

  碑侧大众同记五事,至今犹存,可为鉴戒,并录于左。

---

① 赞宁撰、范祥雍点校《宋高僧传》,中华书局,1987 年,第 2 页。
② 关于这一出入及相关学者的争论参见温珍金《百丈怀海禅法研究》第三章第一节,南昌大学硕士学位论文,2016 年。

大师迁化后未请院主,日众议厘革山门,久远事宜都五件:一、塔院常请一大僧及令一沙弥洒扫。一、地界内不得置尼台尼坟塔及容俗人家居止。一、应有依止及童行出家悉令依院主一人,僧众并不得各受。一、台外及诸处不得置庄园田地。一、住山徒众不得内外私置钱谷。欲清其流,在澄其本,后来绍续,永愿遵崇。立碑日大众同记。

这段文字很明显不属于《塔铭》,故而《全唐文》未收也属正常,大概元代时期的僧人还能够看到石碑及碑侧所记载的"五事",故而将其收录在《敕修百丈清规》中。这五件事是百丈禅师迁化后,众僧举议厘革山门之时,凭借记忆而形成的文字记载,那么也就意味着百丈禅师生前虽然有着一套实际运行的规定,但大概率是没有形成文字记载的。于是我们可以作出这样的推测:百丈怀海禅师创立的清规在其生前并未盛行,时人尚未意识到重要性,故而在《塔铭》中没有提及;百丈禅师迁化以后,随着禅林逐渐对清规产生需求,禅僧们需要追忆百丈禅师的清规并加以扩充,于是产生了文本 X,它可能是文字文本也可能是口头文本,至少是在禅林中已经运行的,赞宁在搜集材料的时候获得了文本 X,并以之为据写成《怀海传》。于是就形成了"《塔铭》——文本 X——《怀海传》"这样一条前后相续的线索,文本 X 填补了二者之间的裂隙。

由于这样的创举,百丈禅师自然拥有了后世逐渐成文的清规的署名权,因此将《景德传灯录》中"百丈传"的附录《禅门规式》视为百丈禅师所作也是情理之中,稍晚于《传灯录》的《新唐书·艺文志》"丙部子录"即载"怀海《禅门规式》一卷"[①],这在成书于五代后晋的《旧唐书·经籍志》中是没有记载的,因此大概从宋代开始,《禅门规

---

① 欧阳修、宋祁《新唐书》卷五九,中华书局,1975 年,第 1529 页。

式》就已经被视作是百丈禅师制定的清规了。

二、层累的"百丈清规":禅林清规的初步成型

通过前面的论述,我们已经能够感觉到"百丈清规"是层累地形成的,同为宋代文本的《怀海传》、"别立禅居"条、《禅门规式》和《百丈规绳颂》之间的累积性则更为明显。因此《禅门规式》不是百丈禅师所作也没有关系,并且对《禅门规式》的研究仍有意义,因为从层累的视角看,它至少是北宋时期所认为的"百丈清规",至少可以反映北宋时期禅林清规的状态。那么宋代文本之间的承续性又是如何的呢?我们不妨再做一番对比,为方便直观,笔者以赞宁笔下的文本《怀海传》与"别立禅居"条为准做了如下表格(表1):

表1 《怀海传》《禅门规式》《百丈规绳颂》比较

《怀海传》	《禅门规式》	《百丈规绳颂》①
1. 初自达磨传法至六祖已来,得道眼者号长老,同西域道高腊长者呼须菩提也。然多居律寺中,唯别院异耳。	1. 凡具道眼有可尊之德者号曰长老,如西域道高腊长呼须菩提等之谓也。	1."尊"作"遵"。
2. 又令不论高下,尽入僧堂。	4. 所裒学众,无多少,无高下,尽入僧堂中,依夏次安排。	4."无高下"作"二无高下"。

---

① 对此表的几点说明:1. 引文前的序号为其在原文中的行文顺序;2.《百丈规绳颂》与《禅门规式》序号1—10部分的内容基本相同,故仅以校勘形式标注出不同之处;3.《百丈规绳颂》的颂文部分未加收录;4.《百丈规绳颂》的序号11原文有详细的三十条规文,为避免引文冗长,以省略号代之。

续 表

《怀海传》	《禅门规式》	《百丈规绳颂》
3. 堂中设长连床,施椸架挂搭道具。	5. 设长连床,施椸架,挂搭道具。	5. "施"字无。
4. 卧必斜枕床唇,谓之带刀睡,为其坐禅既久,略偃亚而已。	6. 卧必斜枕床唇,右胁吉祥睡者,以其坐禅既久,略偃息而已。具四威仪也。	6. 同。
5. 朝参夕聚,饮食随宜,示节俭也。	7. 除入室请益,任学者勤怠,或上或下,不拘常准。其阖院大众,朝参夕聚,长老上堂升坐,主事徒众雁立侧聆,宾主问酬,激扬宗要者,示依法而住也。斋粥随宜,二时均遍者,务于节俭,表法食双运也。	7. "坐"作"座"。"二时均遍者,务于节俭"作"二时均平,其节俭者"。
6. 行普请法,示上下均力也。	8. 行普请法,上下均力也。	8. 同。
7. 长老居方丈,同维摩之一室也。	2. 既为化主,即处于方丈,同净名之室,非私寝之室也。	2. 同。
8. 不立佛殿,唯树法堂,表法超言象也。	3. 不立佛殿,唯树法堂者,表佛祖亲嘱授,当代为尊也。	3. "树"作"构"。"亲嘱授"作"亲受"。
主事者谓之寮司。(见于《大宋僧史略》"别立禅居"条)	9. 置十务,谓之寮舍。每用首领一人管多人营事,令各司其局也。	9. 同。

续　表

《怀海传》	《禅门规式》	《百丈规绳颂》
或有过者,主事示以柱杖,焚其衣钵,谓之诫罚。(见于《大宋僧史略》"别立禅居"条)	10.或有假号窃形,混于清众,并别致喧挠之事,即堂维那检举,抽下本位挂搭,摈令出院者,贵安清众也。或彼有所犯,即以拄杖杖之,集众烧衣钵道具,遣逐从偏门而出者,示耻辱也。	10."或彼有所犯,……示耻辱也"作"或有所犯,即须集众以拄杖杖之,焚烧道具,逐从偏门而出者,示耻辱也"。
		11.诸方自古共遵,所济众务急,救弊之要者,凡三十件,用示方来,切在详禀。确志维卫,永成轨范,俾丑迹秽声,无流外听。不唯叔世禅林之光茂,亦乃护法之一端耳。其事件名数条牒如左。……

结合上述表格我们能够发现,首先,赞宁笔下的两个文本已经稍有不同,虽然《怀海传》与"别立禅居"条成文的时间相距很近并且内容基本相同①,但二者似乎有着各自的材料来源,《怀海传》自身已经相对完整,但在涵盖的范围上稍有欠缺,最明显的就是它缺少惩罚性的规定,而"别立禅居"条虽然行文简洁,但范围有所突破,因此我们要综合两个文本才能在规模上与《禅门规式》等同。所以《禅门规式》可以说是阶段性的"集大成者",在这里"百丈清规"基本定型,相对完备,其中关于"长老""方丈"等称呼的规定、僧堂的设施、"一切

---

① 《大宋僧史略》赞宁《序》曰:"(赞宁)以太平兴国初,迭奉诏旨,高僧传外,别修僧史。"

众生平等"以及突显方丈尊贵性等观念,是禅林长久以来累习而成的结果,而"置十务,谓之寮舍"实则初具了"禅林行政"的规模,并且增加了对违反清规、破坏僧人修行者的惩罚——"摈令出院"与"逐出山门"。《禅门规式》已经稍具系统性,并因刊在《景德传灯录》中得以广泛流传,也被后世接受为百丈禅师创制的清规,成为后世禅林清规的一个重要标杆。《百丈规绳颂》收录在《禅苑清规》卷一〇,顾名思义它是对"百丈清规"的"颂",这里的"颂"是"重颂",即用韵文的形式将其所要"颂"的内容重新表达一遍,它的行文规律就是一段"规文"附上一段"颂文",《百丈规绳颂》所用的"规文"就是《禅门规式》,以上表所引《禅门规式》的第3条为例:

不立佛殿,唯树法堂者,表佛祖亲嘱授,当代为尊也。(规文)
入门无佛殿,升座有虚堂。即此传心印,当知是法王。(颂文)

因此《百丈规绳颂》前半部分的"规文"与《禅门规式》基本一致,并无特别之处,但前者却又多出来上表中序号11所提及的"三十件"内容,这是值得思考的,我们将开头的部分摘录如下:

今禅门别行,由百丈之始,略叙大要,遍示后来学者,贵不忘其本也。诸方自古共遵,所济众务急,救弊之要者,凡三十件。……其事件名数条牒如左。(规文)
百丈存纲领,诸方酌古今。始终三十事,一一护丛林。(颂文)
一、堂司凡挂搭僧人,须依六念上戒腊资次安挂。或寺门主执及化导回,只可移上三五位,如经坐次已高,不可更移。或监收及小头首,不用移改。或诸方僧或辅弼丛席道德名望者,先挂搭毕,后白住持人。高低移上切在临时。(规文)
安僧排戒腊,执事略推移。小小诸头首,还应似旧时。辅

粥丛林者,名高道德高。到时先挂搭,方禀住持人。(颂文)①

我们看到《百丈规绳颂》中对"三十件"所述之内容也有颂文,假如我们事先没有读过《禅门规式》而是直接接触《百丈规绳颂》的文本,那么很容易以为"三十件"所述之内容也是"百丈清规"的内容。实际上,"诸方自古共遵,所济众务急,救弊之要者,凡三十件"这一段提纲挈领的文字已经暗示我们后面所列内容其实是经由后人整理加进去的,之所以没有为之另立名目,是因为它是承袭"百丈清规"而作,因此取名为《百丈规绳颂》,而这一文本想必早就已经流行于当时的禅林之中,因此宗赜在编定《禅苑清规》的时候将其全文收录。发展到这一文本,"百丈清规"的内容又得到了丰富,那么究竟丰富到什么程度呢?笔者对"三十条"进行细读后发现,它实际上相当于一部微型的《禅苑清规》,其所涉及的范围与《禅苑清规》范围相当,包括"挂搭"、"巡寮"、喫粥礼仪、洗浴礼仪和"送亡僧"等,故而这"三十条"已经比《禅门规式》更进一步,其中有一些是对《禅门规式》条目更为细节的规定,如"挂搭后,卧具衣服,常须齐整,非已单席不得擅意自移几,开单切须低细,亦不得于床上立地拽撲被服,及不得背面上床",有一些则是《禅门规式》中没有提及的规定,如"后夜及版钟未鸣,或先起,切须低声,揭帘出入不得拖拽鞋靸,及洗面处不得高声涕唾,敲磕桶杓,惊动清众"。"百丈清规"累积到此,可以说已经初具后世完备的禅林清规的规模。

最后我们再回到层累的观念中,通过上述梳理,我们可以说:第一,时代愈后,"百丈清规"内容愈多;第二,时代愈后,"百丈清规"涵盖的范围也愈来愈大,并出现向后世完备清规过渡的倾向;第三,我们虽然不能完全知道"百丈清规"在百丈时代的真实面貌,但

---

① 《禅苑清规》,《续藏经》第 111 册,第 932 页。

至少可以知道它在宋代的状况,或者说它可以反映宋代禅林清规的状貌。

三、僧与俗:宋元禅林清规的两种面向

《禅门规式》为禅林清规确立了基本准则,但随着时间的推移,仅凭《禅门规式》或者《百丈规绳颂》的规模恐怕难以撑起整个禅林的运行,而北宋自开国以来至徽宗朝已历一百四十多年,禅林中的人事也积攒了一百四十多年的经验,因此一部总括性的清规呼之欲出。宗赜所编的《禅苑清规》即于崇宁二年(1103)完成,序中也反映了当时禅林的情况:"少林消息已是剜肉成疮,百丈规绳可谓新条特地。而况丛林蔓衍,转见不堪,加之法令滋彰,事更多矣。"[①]自《禅苑清规》后,南宋以及元代禅林清规的撰述有了很大的发展,其中影响较大的有南宋宗寿集《入众日用》(又称《无量寿禅师日用小清规》)、《入众须知》,南宋惟勉编次《丛林校定清规总要》,元代咸编《禅林备用清规》,元代德辉编《敕修百丈清规》,元代明本著《幻住庵清规》。其中《禅苑清规》《丛林校定清规总要》《禅林备用清规》和《敕修百丈清规》是体例较为完善、总述禅林各项人事规定的清规,《入众日用》《入众须知》和《幻住庵清规》是私人所集,系统性不强,但这些清规中的一些规定,在总述性清规的编定过程中是会被收集进去的,如《丛林校定清规总要》的最后全文收录了《无量寿禅师日用小清规》,可知在当时《入众日用》已经颇为流行。

在总体考察上述禅林清规后,我们能够发现宋元时期禅林清规的两种面向:僧与俗。也就是说发源于禅林内部的清规已经超出了其自身的范围而走进更为广阔的世俗社会,世俗权力在禅林清规

---

① 《禅苑清规》,《续藏经》第111册,第875页。

发展的过程中亦起到了辅助的作用。禅林清规面向僧人群体的一面是指其产生是禅林内部发展的结果,一方面禅林清规早已滋生蔓延,发展到了一定阶段需要因时而变,另一方面禅林内部也存在着种种弊病,高僧大德护法心切,为挽救佛法、重振禅林而编撰清规。我们能够从清规的序中找到印证:

> 夫禅门事例,虽无两样毗尼;衲子家风,别是一般规范。若也途中受用,自然格外清高。如其触向面墙,实谓减人瞻敬。是以金谋开士,遍摭诸方,凡有补于见闻,悉备陈于纲目。噫!少林消息,已是剜肉成疮;百丈规绳,可谓新条特地。而况丛林蔓衍,转见不堪,加之法令滋彰,事更多矣。然而庄严保社,建立法幢,佛事门中,阙一不可。亦犹菩萨三聚,声闻七篇,岂立法之贵繁,盖随机而设教。初机后学,冀善参详,上德高流,幸垂证据。①

从宗赜的这段叙述中可以发现其编撰清规的两点原因:第一,僧人的修行需要清规来维护,是"佛事门中"缺一不可的。第二,禅林滋生演变,人事渐杂,需要一个综合性的清规文本,这也意味着禅林清规的"总结阶段"已经拉开序幕。我们也可以从之后的清规序中得到验证:

> 丛林规范,百丈大智禅师已详,但时代寝远,后人有从简便,遂至循习。虽诸方或有不同,然亦未尝违其大节也。余处众时。往往见朋辈抄录丛林日用清规,互有亏阙。后因暇日,悉假诸本,参其异、存其同而会焉。②

---

① 《禅苑清规》,《续藏经》第111册,第875页。
② 《丛林校定清规总要》,《续藏经》第112册,第1页。

> 循袭成弊,改革固难。致令丛席荒凉,转使人心懈怠。屡见寻常,目前过患,遂集百丈,见成楷模。①
>
> 然自唐抵今殆五百载,风俗屡变,人情不同,则沿革损益之说可得已哉。②
>
> 百丈清规行于世尚矣,由唐迄今历代沿革不同,礼因时而损益,有不免焉,往往诸本杂出,罔知适从,学者惑之。③
>
> 半千载前已尝瓦解,百丈起为丛林以救之,迨今不能无弊。④

由上我们能够看出每一部清规的编集,编撰者都注意到了一方面"风俗屡变,人情不同",前代的清规并不足以维系当前的禅林运行,另一方面禅林清规在流传的过程中避免不了"互有亏阙",需要时时加以更新。因此一旦出现一种总述性的清规,其于禅林中流传相当迅速,以《禅苑清规》为例:"昨刊此集盛行于世,惜其字画磨灭,今再写作大字,刻梓以传,收者幸鉴。"⑤这一现象固然得益于宋元之际印刷出版业的长足发展,亦是禅林之中对于总述性清规的迫切需求之体现。我们可以从总述性清规的成书时间间隔一窥端倪:《禅苑清规》成于崇宁二年(1103),《丛林校定清规总要》成于咸淳十年(1274),《禅林备用清规》成于至大四年(1311),《敕修百丈清规》成于至元二年(1336)。间隔时间的缩短不仅意味着禅林对于清规的迫切需求,还意味着禅林一直在努力打造出一部臻于完美的清规,因此宋元之际的禅林清规呈现出"发展——小结——再发展——再小结"的状态。

虽然佛教讲求的是出世间的修行,但却从未脱真正离世俗权力

---

① 《入众日用》,《续藏经》第111册,第943页。
② 《禅林备用清规》,《续藏经》第112册,第56页。
③ 《敕修百丈清规》,《续藏经》第111册,第577页。
④ 《幻住庵清规》,《续藏经》第111册,第972页。
⑤ 《禅苑清规》,《续藏经》第111册,第875页。

的管辖,尽管禅林清规的内容是面向僧人群体的,但其在制定以及刊刻的过程中毫无疑问要受到世俗社会的关注,不仅是国家权力的干预,还有来自地方社会的支持。我们可以从现存的《(重雕补注)禅苑清规》中寻找到其在两宋时期的刊刻情况:卷首为宗赜的序,作于崇宁二年,而后空一行空两字书:"昨刊此集盛行于世,惜其字画磨灭,今再写作大字,刻梓以传,收者幸鉴。嘉泰壬戌虞八宣教谨咨。"第一卷末有"武夷虞知府宅书局刊行"字样,第二卷和第十卷末均有如下题款:

  文林郎宁国军节度推官　　吴时　校勘
  朝奉大夫权知邵武军管劝农公事　　周玭　再校正
  朝请大夫新知郴州军州主管学事兼管内劝农营田事借紫金鱼袋　　虞翔　刊行①

于是我们能够知道,此清规自崇宁二年以后至少经历过两次刊刻,其中稍晚的一次是嘉泰二年(1202)的刊刻,据《(万历)郴州志》卷二知虞翔于"孝宗隆兴二年由朝请大夫任郴州知军"②,因此题款大概是隆兴二年(1164)后不久刊刻时题上去的,这应该是较早的那次刊刻。然而"虞八宣教""虞知府"和虞翔是否为同一人还不能确定,据《(弘治)八闽通志》卷六载:"(建宁府建阳县)大障山泉。在永忠里,泉出山顶,清洌可疗病,宋绍兴间,太守虞翔有宿疾,饮之遂痊。"③而《(嘉靖)建阳县志》卷三则载:"宋绍兴二年,太守虞翔有疾,取饮即愈。"④如果以《八闽通志》所载为准,将虞翔任建宁太守的时间定

---

① 《禅苑清规》,《续藏经》第111册,第937页。
② 明万历刻本。
③ 明弘治刻本。
④ 明嘉靖刻本。

在绍兴末,那么"虞八宣教""虞知府"可能都是指虞翔,只不过他后来犯了重大错误,由朝请大夫贬为了宣教郎。如果以《建阳县志》所载为准,那么从时间上看"虞八宣教"与"虞知府"可能是同一人,但绝不是虞翔,大概率是虞翔的后人。但无论是哪种情况,上述两次刊刻都受到了世俗社会的大力支持。

与宋王朝时期杨亿奉诏裁定《景德传灯录》相类似,元朝统治者也积极参与宗教事务的管理,最为典型的就是《敕修百丈清规》的颁布,现存的文本中收录了皇帝的诏书:

> 皇帝圣旨,行中书省行御史台行宣政院官人每根底,宣慰司廉访司官人每根底,军官每根底,军人每根底,城子里达鲁花赤官人每根底,往来的使臣每根底,百姓每根底,众和尚每根底。
> ……
> 圣旨:有来江西龙兴路百丈大智觉照禅师在先立来的清规体例,近年以来各寺里将那清规体例增减不一。有如今教百丈山大智寿圣禅寺住持德辉长老重新编了,教大龙翔集庆寺笑隐长老为头,拣选有本事的和尚,好生校正归一者。将那各寺里增减来的不一的清规休教行,依着这校正归一的清规体例定体行。①

皇帝诏书下达的对象上起中央的中书省、负责佛教事务的宣政院,下至地方长官达鲁花赤乃至普通的百姓和往来的使臣,等于是将这一事件推广至全国教内教外,这是只有世俗的中央权力才能做到的事情。另一个细微的变化是,这部清规出台的意义之一是"将那各寺里增减来的不一的清规休教行,依着这校正归一的清规体例定体行",这意味着禅林清规依据人事变迁而随时增删修改的情况似乎

---

① 《敕修百丈清规》,《续藏经》第 111 册,第 472 页。

到这里即将画上句号,反过来禅林清规作为成熟而明确的一套体系要规定并制约着禅林人事的运作,虽然这并不意味着禅林清规会一成不变,但不得不承认它的确从很大程度上建立起了禅林秩序。

四、制礼作乐:禅林秩序的构建

宋元禅林清规在向文本定型迈进的过程中,相比于"百丈清规"无论是内容上、范围上还是体量上都有了很大的进展。《敕修百丈清规》是德辉参照《禅苑清规》《丛林校定清规总要》和《禅林备用清规》三部清规萃编而成①,因此可以说《禅苑清规》已经初具了定型清规的基本内核,我们可以以其为例通过对比来揭示成熟的禅林清规具有怎样的特质,因其内容较多,兹以小标目为代表进行比对(表2):

表2 《禅门规式》《禅苑清规》对比

《禅门规式》	《禅苑清规》
1. 凡具道眼有可尊之德者号曰长老,如西域道高腊长呼须菩提等之谓也。 2. 既为化主,即处于方丈,同净名之室,非私寝之室也。 3. 不立佛殿,唯树法堂者,表佛祖亲嘱授,当代为尊也。 4. 所裒学众,无多少,无高下,尽入僧堂中,依夏次安排。 5. 设长连床,施椸架,挂搭道具。 6. 卧必斜枕床唇,右胁吉祥睡者,以其坐禅既久,略偃息而已。具四威仪也。	1. 受戒 护戒 办道具 装包 挂搭

---

① 《敕修百丈清规》德辉序:"受命以来,旁求初本不及见。惟宋崇宁真定赜公、咸淳金华勉公,逮国朝至大中东林咸公所集者为可采,于是会粹参同而诠次之。繁者芟,讹者正,缺者补,互有得失者两存之,间以小注折衷,一不以己见妄有去取也。"

续　表

《禅门规式》	《禅苑清规》
7. 除入室请益,任学者勤怠,或上或下,不拘常准。其阖院大众,朝参夕聚,长老上堂升坐,主事徒众雁立侧聆,宾主问酬,激扬宗要者,示依法而住也。斋粥随宜,二时均遍者,务于节俭,表法食双运也。	2. 赴粥饭　赴茶汤　请因缘　入堂　上堂　念诵　小参　结夏　解夏　冬年人事
8. 行普请法,上下均力也。	
9. 置十务,谓之寮舍。每用首领一人管多人营事,令各司其局也。	3. 巡寮　迎接　请知事　监院　维那　典座　直岁　下知事　请头首　首座　书状　藏主　知客　库头　浴主　街坊水头炭头华严头　磨头园头庄主廨院主　延寿堂主净头　殿主钟头　圣僧侍者炉头值堂　寮主寮首座堂头侍者　化主　下头首
	4. 堂头煎点　僧堂内煎点　知事头首煎点　入寮腊次煎点　众中特为煎点　众中特为尊长煎点　法眷及入室弟子特为堂头煎点　通众煎点烧香法　置食特为　谢茶　看藏经　中筵斋　出入警众
	5. 驰书　发书　受书　将息参堂　大小便利　亡僧　请立僧　请尊宿　尊宿受疏　尊宿入院　尊宿住持　尊宿迁化　退院

续 表

《禅门规式》	《禅苑清规》
10. 或有假号窃形，混于清众，并别致喧挠之事，即堂维那检举，抽下本位挂搭，摈令出院者，贵安清众也。或彼有所犯，即以拄杖杖之，集众烧衣钵道具，遣逐从偏门而出者，示耻辱也。	6. 龟镜文　坐禅仪　自警文　一百二十问　诫沙弥　沙弥受戒文　训童行　劝檀信　斋僧仪　百丈规绳颂

从上表可以看出，《禅门规式》中一些基础性的规定如"长老""方丈"的称呼，到《禅苑清规》时期已经成为禅林习惯而不必书诸清规。《禅苑清规》则是从介绍僧人进入禅林首先要认识的道具、装包等开始，这一转变意味着从百丈禅师以来，禅林已经形成了一定的运作传统，不需要再从外围框架方面进行规定，而是直奔主题与僧人的修行相联系。即使我们可以将《禅苑清规》的第 2 点看成是在《禅门规式》第 7 点基础上的扩充，但前者的第 3 点却远超了后者的第 9 点，清规中首次出现关于"知事""头首"的记载，并且作为后世禅林中的"六知事""六头首"的组织结构在这里已基本涵盖，这在《敕修百丈清规》中则演化为"两序章"中的内容。从《禅苑清规》的第 3 点我们能够知道禅林秩序已经初显端倪，共同生活在寺院中的僧人各司其职，维护着寺院乃至整个禅林的良性运转。《禅苑清规》的第 4、5 点是《禅门规式》所不具备的，第 4 点是对茶点礼仪的规定，第 5 点是寺院住持从延请到入院再到迁化一整套流程的规定，这两点都是细微层面的条文，说明禅林清规已经渗入僧人寺院生活的各个方面，使得僧人们的生活朝着更为规范化的方向发展。从篇幅上看，上表第 3、4、5 点所包含的内容是《禅苑清规》的主体，这似乎可以让我们认识到，在层累的"百丈清规"确立起禅林的基本范式之后，禅林生活向着更为细致与规范化的方向迈进，禅林规范渗入

到僧人日常生活的各个方面，僧人的行、住、坐、卧都要受到一定的规制。并且伴随着宋代政府的佛教政策，与寺院制度相匹配的，对寺院住持由入寺到迁化也产生了一套相应的禅林规制，因此我们可以说禅林秩序在宋代就已经得到了建立。

《禅苑清规》作为禅林第一部完备的清规，其所确立的内容与准则在后来的《丛林校定清规总要》和《禅林备用清规》之中得到了继承，二者基本上按照这一框架进行一些与时俱进的增删改补，到《敕修百丈清规》划分为九章，一部高度系统化、成熟化的清规就此形成。如果我们把目光向前拉远一点，其实也可以说自百丈禅师以来，禅林一直在致力于构建出一套普适的禅林秩序，禅林清规实际上就是禅林秩序的文字化总结，并用以维持这种禅林秩序，禅林清规逐步定型的过程也正是禅林秩序逐渐建立的过程。

与禅林秩序一同建立起的则是禅林礼法观念的形成，更确切地说禅林秩序的外显就是礼法观念，至少在宋僧心中就已经有了这样的看法。《宗门武库》中记载了一则故事，讲的是琳禅师在法云寺挂搭，方丈特为新到茶，事先命人去请琳禅师，但他恰好不在，侍者后来将其忘记，等到斋后鸣鼓会茶的时候发现琳禅师不在，又派人去请，琳禅师才到，众僧不知事情原委，于是责备琳禅师说："山门特为茶以表丛林礼数，因何怠慢不时至？"[①]"为新到茶"本是禅林普遍的一种做法，在清规中也有记载，众僧将其视为丛林礼数，正是当时禅林的普遍观念。《枯崖漫录》记载了另一个故事，淳祐年间，有郡守侯希逸以龟山、陈沈二禅道场请辟支岩主立坚，立坚"迫而后就"，后来又想回辟支岩，于是为同道写了一封别书，其中有一句自谦之词曰："素无道德言行之誉，未知仁义礼法之由。"[②]尽管采用的是儒家

---

① 《大慧普觉禅师宗门武库》，《大正藏》第47册，佛陀教育基金会出版部，1990年，第944页。
② 《枯崖漫录》卷下，《续藏经》第148册，第179页。

的语词,但毫无疑问这里的"仁义礼法"指的是禅林人事,也就是禅林秩序。

宋元之际的禅僧将由禅林清规所构建的禅林秩序视为"丛林礼法"是有其深层原因的,事实上这是自唐代以来中国佛教(尤其是禅宗)与中国社会逐渐融合的结果,最为直接的就是"三教合一"潮流下的儒学对禅宗的渗透。北宋初年的"排佛"风波并未对佛教造成严重的打击,相反却促进了儒学与佛学的融合,契嵩即是禅林中积极倡导儒释融合之人,他本人也对儒家思想非常了解,其思想对儒家的"礼"也有所借鉴,其著《论原》第一篇即是《礼乐》,这表明儒家的礼乐观念已经渗入到禅林之中。事实上,士大夫阶层也会带着原有的礼乐观念来衡量禅林中的人事,如《佛祖统纪》载:

> (司马光)暇日游洛阳诸寺,廊庑寂寂,忽声钟伐鼓,至斋堂,见沙门端坐,默默方进匕箸,光欣然谓左右曰:"不谓三代礼乐在缁衣中。"①

类似的记载亦见于欧阳玄为《敕修百丈清规》所作的序言中:

> 玄尝闻诸师曰:"天地间无一事无礼乐,安其所居之位为礼,乐其日用之常为乐。"程明道先生一日过定寺,偶见斋堂仪,喟然叹曰:"三代礼乐,尽在是矣。"②

司马光与程颢都将僧人们的生活举止行为视为"三代礼乐"之传承,

---

① 《佛祖统纪》卷四五,《大正藏》第 49 册,第 412 页。
② 《敕修百丈清规》,《续藏经》第 111 册,第 577 页。按,程颢的话亦见于《(咸淳)临安志》卷七七。

可见士大夫阶层对禅林秩序的认同,认为这是符合儒家礼乐规定的。我们知道宋代士僧之间的交往非常密切,司马光与程颢的这种观念一定会影响到禅僧对自己的看法,因此禅僧也就将禅林秩序视为丛林礼法,于是禅林清规的制定就被视为是"制礼作乐",这也就成为了宋元时期禅僧的普遍观念。我们可以从《禅林备用清规》弌咸的自序和天童比丘云岫的题中得见一瞥:

> 礼于世为大经,而人情之节文也。沿革损益以趋时,故古今之人情,得纲常制度以拨道,故天地之大经在。且吾圣人以波罗提木叉为寿命,而百丈清规由是而出,此固丛林礼法之大经也。①
>
> 禅苑清规始自百丈制礼作乐,防人之失。礼以立中道,乐以导性情。香烛茶汤为之礼,钟鱼鼓版为之乐。礼乐不失,犹网之有纲,衣之有领,提纲挈领,使无颠乱。行之在乎师匠,无其人则纲网衣领颠乱矣。②

弌咸认为百丈清规是"丛林礼法之大经",禅林清规应该像儒家礼教普遍作用于世俗之人一样普遍作用于僧人之中,它是禅林秩序的宗纲,僧人的日常生活都应以此为基准。云岫比丘说得更为明白,他认为百丈禅师创制清规实际上就是在"制礼作乐",目的是"防人之失",所谓"立中道""导性情"正是儒家中庸思想的体现,普通僧人的职责就是践行这些"礼乐"之教,而"师匠"级别的僧人还要负责将清规传承下去,这与上引欧阳玄《序》中提到的"安居其位""乐用其常"是一致的。王大伟在《宋元禅宗清规研究》一书中亦表达了相似的观点:"一部清规更像一部'礼书',僧人们严格

---

① 《禅林备用清规》,《续藏经》第112册,第56页。
② 《禅林备用清规》,《续藏经》第112册,第148页。

按照礼仪生活,礼仪是支撑了他们行住坐卧的'内核'。所以禅僧们也就生活在两个圈子里,外面是皇权社会,而里面是模拟家族制度形成的禅寺社会;制约他们日常生活的,又是一套援儒入佛的礼仪制度。"①

我们可以从清规本身来印证禅僧的这一观念,《敕修百丈清规》前两章"祝厘"与"报恩"是国家层面的圣节圣寿的祝赞以及国忌、国家祈祷等,接下来则是"报本"与"尊祖"二章,是对佛陀诞辰、成道与涅槃各种仪式的规定,以及对禅宗诸祖的祭祀,可以说这是对前两章国家层面的"覆现"。第五六七章分别为"住持""两序""大众",住持作为一寺之主,总理各项事务,西序六头首与东序六知事则分管文书写作、藏经、接客、僧众起居、纪律、修缮等维持寺院运作的具体事宜,普通的僧众则有从剃度到参禅再到病亡的一系列琐事,这样的结构框架与世俗社会中皇帝为一国之君,百官各司其职,百姓各司其业的层级划分具有高度的相似性,或许我们也可以将其视为一种"帝国的隐喻"②。皇帝通过祈祷与祭祀达到人神的交流,禅僧亦通过祭祀与道场达到与佛陀的交流,寺院职务的划分与帝国政治体制的诸层面也有着相似性,但是这一"隐喻"并不是对帝国行政的完全复制,例如住持并不能像皇帝一样主掌僧人的生杀大权,丛林的两序也并不像三省六部那样运作严密,皇帝通过百官与百姓进行沟通,他们之间的层级关系非常明显,但住持、两序僧人与普通僧人之间并不存在严格的层级区分,尽管他们尊卑有序。但正是这种"不对等"才构成了"隐喻"③,即神似而非形似,于是在这种"隐喻"之

---

① 王大伟《宋元禅宗清规研究》,宗教文化出版社,2013年,第329页。
② 这一概念来自王斯福《帝国的隐喻:中国民间宗教》(赵旭东译,江苏人民出版社,2008年)一书,在该书中指的是中国民间社会通过隐喻的修辞学途径来模仿帝国的行政、贸易和惩罚体系。
③ 王斯福在书中否定武雅士的研究时说到:"恰恰是由于神鬼的仪式和形象与活着的人的行为方式和特征之间的差异和缺乏对应性,才使得它们具有了一种隐喻的价值。"(《帝国的隐喻:中国民间宗教》,第66页)即民间社会的模仿并不是一一对应的。

下,将禅林清规视为丛林礼法就显得顺理成章,它的的确确是在以礼乐的身份维系着另一个世界的运作。因此宋元之际的禅林清规更像是一种预防性的约束准则,它先于僧人的一举一动,只要能够让僧人的行为举止符合清规的规定,禅林自然就会井然有序。禅林秩序一旦形成,在其运行的过程中必然会有大量的文本产生,也就是文章开头提到的禅林文疏,以上引《禅苑清规》第 5 点为例,住持的延请有山门疏、诸山疏与江湖疏,开堂则有开堂疏,迁化则有祭文以及起龛、下火等"小佛事"文,尽管先行的研究已有不少[1],但仍留有大量的空白等待学者的发掘。

五、余　　论

自百丈禅师以来,禅林清规就一直在不断与时俱进,在向宋元成熟清规迈进的过程中呈现出禅林与世俗紧密结合的特性,更加侧重于对僧人起居饮食等日常生活的细节规定,有着更为成熟的对寺院运行制度的规定,由此而形成了一套稳定的禅林秩序。但上述特征并不局限于禅宗,由于这一时期中国佛教以禅宗为主流,必然会向其他宗派辐射,并且政治史角度的宋、元历史分期在文化层面并不可行。如果把宋、元看成是一个连贯的时期,我们可以说"早期"产生于禅宗的清规,到"后期"已经辐射到了其他宗派。当然这不是说其他宗派是受到禅宗影响才开始创建清规的,而是说禅宗的清规

---

[1] 如黄启江《南宋禅文学的历史意义》(王宝平主编《东亚视域中的汉文学研究》,上海古籍出版社,2013 年,第 37—72 页);王汝娟《南宋禅四六论略》(王水照、侯体健主编《中国古代文章学的衍化与异形:中国古代文章学二集》,复旦大学出版社,2014 年,第 380—398 页);冯国栋《涉佛文体与佛教仪式——以像赞与疏文为例》(《浙江学刊》2014 年第 3 期);王汝娟《南宋的"小佛事"四六——以石溪心月〈语录〉〈杂录〉为中心》(周裕锴主编《新国学》第十三卷,四川大学出版社,2016 年);戴路《南宋五山禅林的公共交往与四六书写:以疏文为中心的考察》[《中南大学学报》(社会科学版)2017 年第 3 期];王宏芹《论禅门书记职事与文学创作的关系——以居简及其周围书记僧为例》[《四川师范大学学报》(社会科学版)2018 年第 1 期]。

以其相对成熟影响了其他宗派,我们从清规的序文中可以发现这一现象。元代自庆编述的《增修教苑清规》为天台宗的清规,时人黄溍为之序曰:

> 天台教苑清规,旧尝刻置上天竺山之白云堂,后毁弗存。今圆觉云外法师自庆,惧久将废坠,乃取故所藏本重加诠次,正其舛误,补其阙轶,而参考乎禅律之异同,为后学复刻焉。①

又有灵石山登善庵主张雨为之序曰:

> 往岁龙翔笑隐师校正百丈清规,定为九章,纲领粲然,将以救夫禅林之弊。今圆觉云外师复修教苑清规,折中古今,厘为十类,类以小序标表之。②

从上可以看出禅林清规的逐步完备,一定程度上拯救了"禅林之弊",因此带动了教苑清规的重修,在重修的过程中必然绕不开已经成熟的禅林清规。我们也可以从《增修教苑清规》的目录体例上看出这种借鉴,其目录划分为十门:祝赞门第一、祈禳门第二、报本门第三、住持门第四、两序门第五、摄众门第六、安居门第七、诫劝门第八、真归门第九、法器门第十。对此我们只需看一下《敕修百丈清规》的划分就能明白:祝厘章第一、报恩章第二、报本章第三、尊祖章第四、住持章第五、两序章第六、大众章第七、节腊章第八、法器章第九。同样的,元代省悟编述的《律苑事规》为律宗清规,其目录体例则与《禅林备用清规》相近,均采用千字文编次的方式逐一排列下去,内容上也吸收了禅林清规的成果:"于是再披抄疏,及

---

① 《增修教苑清规》,《续藏经》第101册,第687页。
② 《增修教苑清规》,《续藏经》第101册,第687页。

咨询律海耆造,并参禅林轨式,编成《律苑事规》,并备用要语,计十万余字。"①由上可见禅林清规不仅在禅宗盛行,其影响力也波及其他宗派。

如果我们把视角再放大一点,宋元时期日本僧人来华求法以及中国僧人东渡日本,禅法东传的过程中也必然带着禅林清规的东渐。《新刻清拙大鉴禅师清规叙》写道:"支那丛规,橐钥于马祖,黼黻于大雄。至赫照代,则千光国师倡之于先,大觉、道元和之于后,继是兴其废者,大鉴、莹山,规律丕振。百丈、千光、道元、大觉、莹山之定规,锲刻可观焉。"②叙文首先祖述中国清规,在日本则先后有千光国师、大觉、道元、莹山和大鉴五个标志性的人物。千光国师即荣西(1141—1215),他先后于仁安三年(1168)和文治三年(1187)两次入宋求法,为虚庵怀敞弟子③,其著作《兴禅护国论》借鉴参考了《禅苑清规》④。大觉即道隆(1213—1278),本为宋僧,于淳祐六年(1246)东渡日本传法,为日本建长兴国禅寺初祖,敕谥大觉⑤,为禅宗在日本的发展做了相当大的贡献。道元(1200—1253)本为日僧,于贞应二年(1223)来宋在天台一带求法⑥,所作《永平清规》受到了当时南宋禅林清规的影响,我们可以从清规的目录窥见端倪:典座教训、辨道法、赴粥饭法、众寮清规、对大己法、知事清规⑦。莹山绍瑾(1268—1325)所著《莹山清规》亦相沿袭。大鉴即清拙正澄(1274—1339),元代临济宗僧人,于泰定三年(1326)东渡日

---

① 《律苑事规》,《续藏经》第 106 册,第 2 页。
② 《新刻清拙大鉴禅师清规》,《大正藏》第 81 册,第 619 页。
③ 事迹详见《本朝高僧传》卷三,《域外汉籍珍本文库》第三辑子部第 19 册,西南师范大学出版社、人民出版社,2012 年,第 522—526 页。
④ 参见庞超《论 12—13 世纪中国禅寺清规对日本禅林制度的影响——以荣西、道元对〈禅苑清规〉的借鉴为中心》,宁波大学硕士学位论文,2019 年。
⑤ 事迹详见《本朝高僧传》卷一九,《域外汉籍珍本文库》第三辑子部第 20 册,第 46—48 页。
⑥ 事迹详见《本朝高僧传》卷一九,《域外汉籍珍本文库》第三辑子部第 20 册,第 41—43 页。
⑦ 《永平元禅师清规》,《大正藏》第 82 册,第 319 页。

本传法,寂灭后赐谥大鉴禅师①,其所著《大鉴禅师小清规》亦是宋元清规之余脉。因此,发源于唐代的禅林清规,到宋元时期发展成熟,不仅影响到了当时的其他宗派,并且随着当时中日僧人的密切交往,清规也流传至海外并在异域继续发扬光大。

---

① 事迹详见《本朝高僧传》卷二五,《域外汉籍珍本文库》第三辑子部第20册,第110—112页。

楼钥的禅僧交游与南宋禅林的地方化人际网络

赵惠俊

南宋禅宗的丛林制度与世俗政权有着紧密的粘连,各级禅寺的住持选任主要遵循地方政府的举荐安排,有的寺庙更由皇家直接敕差住持。于是高级别的禅寺不仅在寺产、度牒等方面享有相当之特权,还能够给住持带来极高的禅林声誉,甚至会获得被帝王召见并说禅于大内的恩遇,以至于相关禅寺往往就是当时禅林的中心,住持法席成为高僧大德的向往与追求,以期借此领导丛林发展,壮大本宗灯脉。宁宗嘉定年间,南宋朝廷发布了江南禅寺的官方等级名录,以五山十刹制度将已经实践百余年的上述禅林现象彻底认定了下来。南宋禅林高度粘合于政治的现象,使得士大夫与禅僧的交往更加频繁,不仅深刻影响到了士大夫思想与文学的变化发展,还为其带来了一种新的人际网络建构方式。

不过相较于南宋禅林之盛,相关研究则显得不足。就禅林与士大夫的交往互动而言,目前的讨论主要集中在北宋,南宋的情况则有待开拓。本文以南宋中期名臣楼钥的禅僧交游为考察个案,以此窥探南宋禅林与士大夫交往互动的特征。楼钥于孝宗登基的隆兴元年(1163)中举,政治生命横跨孝宗—光宗—宁宗三朝。这是南宋禅林最为活跃兴盛的时期,不仅与政治互动频繁,而且五山十刹制度尚未获得官方认定,禅僧没有被彻底束缚于政治与制度,自主性相对较高,对士人的影响也更为直接。楼钥的政治生涯虽偶有起落,但总体上还是持续上升的样态,最终以参政之位走完了嘉定二年(1209)至六年(1213)的生命最后时光,基本能够完整展现士大夫的禅林交往面貌。此外,楼钥及其家族所居之地明州还是南宋重要的佛教中心,不仅兰若相望、名德辈起,其地的阿育王寺与天童寺日后更名列五山,使得楼钥无论在朝与否,都能够结识到当代重要禅僧。在这些因素的综合下,楼钥的禅僧交游足以成为优秀的考察个案,不仅能够使我们全面了解南宋禅林与士人交往互动的面貌、方式、心态等,亦可察见禅林对于重大政治事件的选择因应,对于南宋中期的禅宗史与政治史研究皆有较高的价值。

一、《径山兴圣万寿禅寺记》:一次意外的禅林书写

士大夫与禅僧的交往痕迹主要见诸文集,诗歌酬唱之外,二者主要通过记、序、疏、赞、铭等文体沟通交往,分别涵盖了禅寺记文、禅僧语录序言、邀请住持疏文、禅僧写真赞以及塔铭等内容。这些应用文字构成了士大夫禅林书写的文本世界,从中可见丰富的禅僧交游信息。楼钥的禅林书写并不多,在篇帙浩繁的一百二十卷文集中不太起眼,与他反复自陈的"素非习佛者"相称。尽管如此,楼钥的禅林书写还是基本囊括了上述诸文体,映衬出禅林交往已经成为南宋士人无法避免的日常。

在楼钥的禅林书写中,《径山兴圣万寿禅寺记》是一篇颇值得关注的文字。庆元五年(1199)冬,临安径山寺遭遇了一场严重的火灾,全寺建筑悉数被毁。然而在住持蒙庵元聪禅师的带领下,寺院的重建工作在两年之后的嘉泰元年(1201)便全部完成。为了记此禅林大事,元聪特遣禅僧契日携带详载始末的书信拜访楼钥,请

其撰写记文。① 这番看似寻常的禅林书写,其实包含着不少意外的元素。径山寺位于临安余杭径山,在南宋时代的声望最为显赫,禅寺等级高居五山之首。楼钥其实鲜有与如此重要的临安禅寺互动的机会,他的禅林书写主要围绕明州当地寺院展开。不仅如此,早在庆元元年(1195)之时,楼钥便受"庆元党禁"的波及,退居明州乡里,至嘉泰元年时依然没有获得重新起用,也就更加不具备为五山之首的行在禅寺撰写记文的身份。楼钥在日后回忆此事的时候便指出:"径山之名甲于东南,一燔之后,欲兴瓦砾为宝坊,两宫赐予,檀施山委,旧观鼎新,又大过之,宜得玉堂金闺之英为之登载,顾乃访老朽于寂寞之滨,何耶?"②可见禅林与世俗的交往互动是需要以各自地位的匹配为前提,临安的高级禅寺之序记,是需要当朝翰苑名臣撰写的。当然除了士大夫自身履历必须过关,机缘的相逢也同样必不可少,毕竟楼钥在绍熙三年(1192)至五年(1194)间出任中书舍人,享有大手笔之誉,是名副其实的玉堂金闺之英,可是这段时间并没有五山住持请他写序作记。这样来看,地位崇高的禅僧特别是临安禅寺的住持其实并没有太大的士人交际圈,他们往往只与部分在朝的上层文官结识定交。比如蒙庵元聪,他在庆元三年(1197)方移住径山,③与楼钥在朝担任中书舍人的时间没有重合,从而在嘉泰元年之前,楼钥并不认识他,这也成为元聪修书请记之事最令人感到意外的元素。④ 直到嘉定元年(1208),楼钥重返行在的时候,才与这位高僧首次谋面定交。不过其时的楼钥不仅重新出任吏部尚书,更签书枢密院事,本就具备着与径山住持交往互动的对等身份。也正是由此机缘,嘉定二年(1209)元聪圆寂之后,他的弟子会

---

① 顾大朋点校《楼钥集》卷五四《径山兴圣万寿禅寺记》,浙江古籍出版社,2010年,第996—997页。
② 顾大朋点校《楼钥集》卷五〇《聪老语录序》,第948页。
③ 卫泾《后乐集》卷一八《径山蒙庵佛智禅师塔铭》,《文渊阁四库全书》本。
④ 顾大朋点校《楼钥集》卷五〇《聪老语录序》,第947页。

请楼钥为其编集的元聪语录作序。

无论后来如何,《径山兴圣万寿禅寺记》所承载的意外始终值得深思,蒙庵元聪为何会在楼钥不具备写作身份且二人并不相识的情况下邀请楼钥作记?关键的突破口就存在于这篇记文的写作活动之中。在楼钥接到元聪请记信函之初,他是拒绝写作的,但他最终同意的原因,除了元聪的再三请求,另有一位高僧起到了最为关键的作用,楼钥在记文间将此特为记下:"(元聪)求之再三,拙庵又助之请,遂櫽括其语,为之大书。"①这位帮助蒙庵元聪说服楼钥动笔的禅僧自号拙庵,即南宋中期著名禅僧佛照德光。他是大慧宗杲的法嗣,禅林地位相当崇高。德光历住灵隐、阿育王、径山三座五山禅寺,承继了先师积极与当朝政治互动的传统,与孝宗皇帝关系非常密切,亦频繁交往名臣耆硕,进一步壮大了临济宗杨岐派的声势。他还经常出入大内为孝宗说禅,孝宗在他的启发下对禅理有所开悟,以至于后世的禅宗灯录径将孝宗列在德光法嗣之下。此时的佛照德光年岁已高,早已不再担任住持,于明州阿育王寺东庵闲居多年,他能够帮助蒙庵元聪劝说楼钥,显然说明他与楼钥保持着密切的交往。综观楼钥的禅僧交游,他在为官之时从未结交过已经具备一定声望的高僧,反倒是退居乡里的时候与当时的显赫禅僧过从甚密,这多少透露出禅僧与士大夫的交往存在着身份相配的前提,同时相较于出仕时期,退居乡里才是士大夫更为重要的佛禅交往时空。因此,为了更好地理解《径山兴圣万寿禅寺记》的意外写作缘起,需要首先对佛照德光以及楼钥围绕他展开的禅僧交游情况详作考察。

---

① 顾大朋点校《楼钥集》卷五四《径山兴圣万寿禅寺记》,第996—997页。

二、佛照德光与楼钥退居明州时期的临济宗杨岐派禅僧交游

佛照德光(1121—1203),临江军新喻人。高宗绍兴十一年(1141),二十一岁的德光望见流放途中的大慧宗杲,私心仰慕,从而相继拜谒应庵昙华、月庵善果等临济宗杨岐派禅僧,但皆未自肯。绍兴二十六年(1156),大慧宗杲北还,住明州阿育王寺,德光当即往附,遂获大彻。后宗杲归老径山,德光随行,侍奉益虔,直至宗杲圆寂后方始分座。淳熙三年(1176),孝宗敕差德光住持灵隐寺,其间屡次入内说法。至七年(1180)夏,孝宗用仁宗待大觉怀琏故事,改差德光住持阿育王寺。至光宗绍熙四年(1193)时,已退位为太上皇的孝宗期愿与德光时时相见,遂改住径山。庆元元年(1195),孝宗升祔礼成,德光获准归老育王,退居寺之东庵,直至嘉泰三年(1203)示寂。①

观楼钥的仕宦履历,与佛照德光行迹重合处其实不少。淳熙三年德光初住灵隐,楼钥正在京差遣,供职于详定一司敕令所。不过淳熙五年(1178),楼钥即因龚茂良罢政事件外任添差台州通判,至七年秋方秩满归朝,②与德光住持灵隐的重合时间最多两载。再加之楼钥此时刚获改官,甫才结束十三年的选海浮沉,自然无法获得与灵隐寺住持交往的机会,从而二人于此时未获交游。

淳熙七年德光改住阿育王寺之时,楼钥并不在明州,但是德光的住持时间长达十三年,还是与楼钥有着较长的明州重合期。淳熙九年(1182)末,楼钥之父楼璩去世,楼钥旋与仲兄楼锡护丧归里。③

---

① 周必大《圆鉴塔铭》,王蓉贵、[日]白井顺点校《周必大全集》,四川大学出版社,2017年,第729—730页。
② 袁燮《絜斋集》卷一一《资政殿大学士赠少师楼公行状》,《文渊阁四库全书》本。
③ 顾大朋点校《楼钥集》卷五七《长汀庵记》,第1023页。

至淳熙十二年(1185)服除后，虽授温州知州，但犹待阙乡中，①直至十四年(1187)七月方得成行。② 然而在这守丧待阙的五年间，也不太见到与德光的明显交往痕迹。《攻媿集》中与阿育王寺关联互动的作品惟有《登育王望海亭》一诗，观诗中"蓬莱去人似不远，指点水上三山青"之句，③与范成大《育王望海亭》"海云暗霭日茏葱，案指光中万象空。想见蓬莱西望眼，也应知我立长风"诸句相通，④似为同时应酬或遥相呼应之作。如果确实如此，这一时期的楼钥应已与德光有所往来。相比于这番缥缈猜测，德光此时与范成大的交游则要明确得多。就在德光移住阿育王寺的淳熙七年，范成大起知明州，明年三月改知建康。在前往建康之前，范成大特为登临阿育王山，观览胜景，手书诗歌四首相赠德光，其中就包括了上引《育王望海亭》一诗。德光将范成大的三诗手迹刻于碑石，立在寺前，供南北僧客观览。与端明殿学士、明州知州范成大相比，楼钥在遭父丧前仅任宗正丞，政治地位与范成大相去甚远，于是他和范成大在明州与德光一隐一显的交往痕迹有力表明，官阶资历是士大夫得以结识住持一方禅僧的必要基础，地方行政长官是禅僧的首要交往对象。

德光改住径山的时候，适逢楼钥升任中书舍人，二人不仅共处临安，而且楼钥也步入高层文官序列，身份上已与德光匹配。可是他们在这一时期的交往痕迹依然难以寻觅，这或许与当时的政治情状有所关联。淳熙四年，光宗与太上皇孝宗的关系已经严重恶化，精神失常的光宗拒绝过宫请安已成为朝野共知的政治危机，为此宰执侍从频繁向光宗苦谏，希望能够获得风波的转圜缓解。在这种情势下，佛照德光的移住径山就显得非常微妙。上文已经提到，德光

---

① 顾大朋点校《楼钥集》卷一一一《安光远墓志铭》，第 1921 页。
② 顾大朋点校《楼钥集》卷八三《工部加赠焚黄祝文》(其二)，第 1435 页。
③ 顾大朋点校《楼钥集》卷一《登育王望海亭》，第 3 页。
④ 范成大著、富寿荪标校《范石湖集》卷二一，上海古籍出版社，2006 年，第 310 页。

深受孝宗信任，住持径山之命又完全出于孝宗的个人心愿，从而很可能就与过宫风波有所关联。以纯孝侍奉高宗而闻名的孝宗，在面对自己亲生儿子拒绝见面问安的时候，内心想必是非常的落寞凄凉，从而将德光召还身边，时时相见，不啻为一种排解疏导的有效办法，于是乎德光也就不会与疲于稳定光宗的外朝大臣有多少往来了。

到了庆元元年德光与楼钥双双退居明州之时，情形已较之前发生了明显的变化。此时楼钥是以显谟阁直学士、吏部尚书的身份退居乡里的，①完全达到了地方耆硕的标准，以他为中心的地方士人交际应酬在他这次退居生涯中频繁开展，与佛照德光的交往互动终于明晰起来。除了禅寺记文中出现的德光身影，《次仲舅韵寄拙庵》一诗是更为重要的交游线索，②说明德光同时与楼钥仲舅汪大猷往来密切。这一方面源于德光与汪大猷年纪相近，可能早有交往，另一方面也未尝与汪大猷以敷文阁直学士、吏部尚书致仕的身份无关。当时汪大猷与楼钥这对甥舅同时以尚书之位退居乡里，旋即成为明州当地乃至整个江南士林的佳话，时人每每以二尚书并提，周必大即有诗题云《朱叔止通判屡示诗词绰有家法辄次年字韵一篇兼简汪仲嘉敷学楼大防显学二尚书》，③足见二者在明州地方人际网络间的中心地位。从而此时方才显露的佛照德光与楼钥之交往痕迹，即可说明地方长官之外，乡里耆硕或地方名士也是禅林有意识地主动结识的对象。禅林的这种意识与行为也强烈影响到了士大夫的退居生活，当士人以一定的政治地位退居乡里，不论其嗜佛与否，都需要面对来自禅林的裹挟，必须妥善处理与当地高僧的关系，并积极主动地与他们交流互动，以至于成为乡里耆硕的一项重要地方社会义务。

---

① 袁燮《絜斋集》卷一一《资政殿大学士赠少师楼公行状》，《文渊阁四库全书》本。
② 顾大朋点校《楼钥集》卷六五《次仲舅韵寄拙庵》，第1162页。
③ 王蓉贵、[日]白井顺点校《周必大全集》，第396页。

除了与佛照德光的前后亲疏之异,楼钥的禅僧交游在庆元元年退居明州后,还存在着一个数量大幅增加、僧人地位明显提升的鲜明变化。不过这依然与佛照德光息息相关,因为他此时主要交往的禅僧基本从属于临济宗杨岐派,而且大多就是佛照德光的法嗣。最典型者莫过于秀岩师瑞,这位禅师是九江人,受佛照德光点化开悟,德光在师瑞出住舒州兴化寺时,送以偈曰:"直截全提向上机,从教佛祖浪头低。如今已是难藏掩,三脚驴儿解弄蹄。"①以杨岐方会的"三脚驴"公案认可师瑞之法,足见德光对其的器重。绍熙四年师瑞因德光由育王改住径山,被旨补育王之阙,也是缘于德光的举荐。后来德光退居育王东庵,其实有种将自己晚年托付于师瑞的意味。在嘉泰二年(1202)师瑞住育王九年之后,他也告老请辞,然犹未离开明州,而是退居育王西庵。② 于是乎师瑞主要是以阿育王寺住持的身份与乡里耆硕楼钥交往,二人的往来也由此更为深入,楼钥会时时向他询问江州五老、香炉诸峰的林泉景致,以弥补少年侍父南昌时未能登览的遗憾。嘉泰三年,德光圆寂,师瑞遂生归乡之情,想回到他最初落发的地方江州普照院。临行前,他特请楼钥为素无碑志的普照院写记,楼钥欣然提笔,于文末还抒发了一段不知何日能与师再见的慨叹,拳拳之情,跃然于纸。③ 让楼钥没想到的是,大约十年之后,师瑞又回到了育王西庵,直至嘉定十六年(1223)圆寂。④ 可是开禧三年(1207)末,楼钥被召还京,到了嘉定六年(1213)春才获准致仕归乡,但回到明州不久,便溘然长逝,真的未能获得与师瑞的重逢机缘。

秀岩师瑞嘉泰二年告老之后,被命补育王阙的退谷义云禅师依然是佛照德光的法嗣。退谷义云(1149—1206),福州人,于德光住

---

① 罗濬《宝庆四明志》卷九《僧师瑞传》,《宋元方志丛刊》第 5 册,中华书局,1990 年,第 5113 页下。
② 罗濬《宝庆四明志》卷九《僧师瑞传》,第 5113 页下。
③ 顾大朋点校《楼钥集》卷五四《江州普照院记》,第 998—999 页。
④ 罗濬《宝庆四明志》卷九《僧师瑞传》,第 5113 页下。

灵隐时参决大事,历住台州光孝、镇江甘露、平江虎丘,育王之后又住临安净慈,开禧二年五月示寂,① 也是临济宗杨岐派的一位重要僧人。楼钥并没有留下什么与他往来痕迹,但是邀请义云住持阿育王寺的疏文却是由楼钥所撰,② 鉴于此时佛照德光与秀岩师瑞皆尚在世,于是这篇应用公文很可能是受这两位高僧所托而写,楼钥也由此以乡里耆硕身份结识了第三位阿育王寺住持。此外,《攻媿集》中还有一篇为息庵达观禅师撰写的邀住疏文《灵隐观老奉敕住天童疏》。③ 息庵达观(1138—1212),婺州义乌人,嗣法于水庵师一禅师,尽管不同于佛照德光的大慧一脉,但二者的法系皆出于圆悟克勤,也是临济宗杨岐派在南宋得以大昌的中坚力量。达观在德光退居育王东庵时曾来明州参请,与首座用觉圆往来辩论,不落机锋,然终因一语不契而去。后住灵隐寺,开禧二年请用大觉怀琏故事告老,遂改住明州天童寺。④ 此时德光已逝,师瑞西归,从而楼钥这篇疏文不大可能再由故交高僧相请而作,更应是受明州地方政府或乡里僧众之托。可见此类公文写作,已成乡里耆硕的重要职责。观邀住疏文的结构布局与骈句行文,皆与制诰相近,因此曾经给舍行词并获大手笔之誉的楼钥,确实是撰文的完美人选,从个人乡里耆硕身份与优秀的行文质量两方面,大为提升了息庵达观此番改住所获之礼遇。不过息庵达观终究与佛照德光一系有所矛盾,与秀岩师瑞情义深重的楼钥并没有拒绝此次的疏文写作,可见士大夫在面对禅林交往时,更多地秉持着公务应酬的心态,不太会将自我牵扯进禅林世界的内部纠纷。

---

① 陆游《退谷云禅师塔铭》,马亚中、涂小马校注《渭南文集校注》卷四〇,浙江古籍出版社,2015年,第217—218页。
② 顾大朋点校《楼钥集》卷八二《云老住育王疏》,第1418—1419页。
③ 顾大朋点校《楼钥集》卷八二《灵隐观老奉敕住天童疏》,第1419页。
④ 居简《天童山息庵禅师塔铭》,纪雪娟点校《北磵文集:校勘本》卷一〇,西南师范大学出版社,2016年,第367—368页。

除了上述的高僧大德,楼钥庆元之后的禅僧交游还涉及一位日本僧人俊芿。俊芿并不是禅宗,而是天台宗僧人北峰宗印的法嗣。但他来华问道并不拘禅律台净之别,曾于庆元、嘉泰间从明州如庵了宏律师习律,亦短暂赴径山向蒙庵元聪问禅。俊芿驻足明州期间,曾持前代著名律师道宣及元照的写真求楼钥题赞,楼钥欣然应允,并特为撰写跋语一道以识此事。观楼钥在跋语中将俊芿视作律宗之僧,或是受到道宣、元照二位律宗大师身份的影响,亦或是他知晓俊芿正依如庵了宏习律,故有此一说。① 不过促成楼钥与俊芿相识的人物还是一位禅僧,据日僧虎观师炼所撰《元亨释书》记载,俊芿先结交了禅师朴翁义铦,义铦先述《不可刹那无此君》相赠,又复写道宣、元照二师像,并请楼钥述赞。义铦还明确告诉俊芿,之所以请楼钥为赞,就因为他是当代文宗,明确表达出禅林会主动利用士人之文名的交往心态。② 朴翁义铦亦嗣法于佛照德光,再次显示着楼钥此时与临济宗杨岐派佛照德光法系的亲密,从而俊芿于明州亦可能曾与佛照德光、秀岩师瑞等有所往来。无论如何,朴翁义铦毫无疑问与楼钥有着深厚交谊,他善为诗,后来还俗,恢复了俗家名姓葛天民,常与姜夔、赵师秀等江湖士人唱和,成为他最为后人熟知的形象。于是乎诗僧才是士大夫退居时最不可或缺的禅僧交游对象,这些禅僧可能地位不高,但却能通过诗歌艺文获得与士大夫的主动交往。义铦之外,北磵居简与橘洲宝昙也是与楼钥过从甚密的诗僧。居简亦嗣法德光,而宝昙的法系虽扑朔迷离,但主流的两种说法华藏安民与大慧宗杲皆是圆悟克勤的高足,③还是杨岐的正派嫡传。从而无论士大夫再怎么无心涉足禅林宗派之争,他的禅林人际网络终究会或多或少地受到影响。

---

① 顾大朋点校《楼钥集》卷六五《南山律师赞》《灵芝律师赞》,第1156页。
② [日]虎观师炼《元亨释书》卷一三,日本贞治三年(1364)活字刊本。
③ 详见朱刚、陈珏《宋代禅僧诗辑考》,复旦大学出版社,2012年,第672页。

三、足庵智鉴与楼钥守丧待阙期间的曹洞宗禅僧交游

上文已言,楼钥淳熙九年(1182)至十四年(1187)守丧待阙时的政治地位较低,不足以像庆元之后那样广泛结识名僧大德。然而这并不意味着他此时就没有禅僧交游,他主要结识的是身份不那么高的禅僧,宾主关系相对平等单纯,也更为相契。从一定意义上来说,这段时期的禅林交往更为深刻地影响着楼钥的地方人际网络及艺文雅趣。

楼钥多次明确表示过,与他交往最为深厚的禅僧是足庵智鉴,而二人主要就在楼钥守孝待阙期间频繁往来。足庵智鉴(1105—1192),滁州全椒人,俗姓吴。初依曹洞宗真歇清了禅师,服持甚谨,然始终未获超彻。遂于绍兴二年(1132)遁于四明山中默参,于次年正月十四夜,深定中豁然开悟。下山后与清了法嗣大休宗珏往来机锋,心甚叹服,遂自认嗣法于斯。绍兴二十四年(1154),首开法席于明州栖真寺,其后历住定水、广慧、香山、报恩等寺,足迹不出明州一地。淳熙十一年(1184),以八十高龄住雪窦,直至绍熙三年(1192)示寂。① 从智鉴一生行迹来看,他主要活动地区就是明州,所住禅寺等级并不高,从而禅林地位相对较低,声名流传也仅以明州为限。楼钥比智鉴年幼三十二岁,但却情谊深厚。淳熙十一年,智鉴移住雪窦,带领僧众开凿了一方名为锦镜的水池,完成了前郡守莫将在绍兴十四年(1144)做出的规划。智鉴特请楼钥撰写记文,以将此胜事告知来者。② 可以想见,在楼钥当日政治地位不高且文名未显的时候,智鉴犹能请楼钥撰记,除了二人亲密的私交以及楼氏家族在

---

① 顾大朋点校《楼钥集》卷一一六《雪窦足庵禅师塔铭》,第 2017—2019 页。
② 顾大朋点校《楼钥集》卷五四《雪窦山锦镜记》,第 988—989 页。

明州地区的影响力外,也与智鉴高度认可楼钥的文章手笔有关。实际上智鉴本就具备较高的文学鉴识能力,相当频繁地与明州士人文学互动,锦镜之池名便是由著名诗人张良臣所取。张良臣是楼钥的同年进士,但宦迹不显,中举后旋归四明,日从魏杞、史浩等耆硕国老游,复与诸禅僧往来吟咏。① 张良臣之诗尤长于唐人绝句,师法杜牧、李商隐,而欲洗落王安石、黄庭坚以来的怪奇之变,是南宋江湖诗人尚晚唐的先驱,与其吟哦讽咏的禅僧也深受其影响,使得四明禅僧之诗由蔬笋苦吟稍变于简古淡泊,智鉴亦在其列。② 观楼钥除了撰写《雪窦山锦镜记》一文外,尚留存《资圣寺》《锦镜》《妙峰亭》《隐潭》等题咏雪窦山资圣禅寺之诗,当是与智鉴诗歌往来的痕迹。③ 可见艺文同好也是二者交情甚笃的重要原因。

经由足庵智鉴的关系,楼钥出任中书舍人之前主要交往的禅僧便是曹洞宗法系。由于其时杨岐大盛,故而洞下心传只能获得地方性影响,智鉴便是典型之例,其所师承的大休宗珏同样也是如此。尽管楼钥称其幼时就听闻大觉小珏之名,然而无论是大觉之宏智正觉,还是小珏之大休宗珏,影响力皆仅限四明一隅。大休宗珏因靖康难起而避地补陀岩之后,足迹便未出明州,历住延寿、岳林、香山、雪窦、天童诸寺,法席亦多在中小禅寺间。此外,圆寂于绍兴三十二年的他,要到三十年后足庵智鉴以临终遗愿托付楼钥,方获塔铭之辞,④更能见出其影响力之有限。而智鉴此举,乃是利用自我人际网络,推动法脉宗派能于地方深入流传,表现出禅林与士大夫交往互动的功利一面。类似的行为亦见于其他的明州曹洞宗禅僧。如瑞岩寺住持如璧禅师之所以成功请得楼钥为石窗法恭禅师撰写塔

---

① 周必大《张良臣雪窗集序》,王蓉贵、[日] 白井顺点校《周必大全集》,第 510 页。
② 袁桷《延祐四明志》卷五《张良臣传》,台北成文出版社,1983 年,第 347—348 页。
③ 顾大朋点校《楼钥集》卷七《资圣寺》《锦镜》《妙峰亭》《隐潭》,第 166 页、168 页。
④ 顾大朋点校《楼钥集》卷一一六《天童大休禅师塔铭》,第 2012—2014 页。

铭,就是因为法恭的从姑嫁给了楼钥的叔祖。尽管这层关系看似非常疏远,但却足以让楼钥少时即与法恭游,①从而使得这位宏智正觉的法嗣获得了来自楼氏家族的宣传,延续了正觉以三十年天童住持之资在明州地区经营出的影响力。楼钥更在塔铭中尤为强调曹洞宗至芙蓉道楷而大振,一再传至宏智正觉,尤光明俊伟,而瑞岩法恭得正觉正传,卓立杰出,确然自信。②虽是出于姻亲而写之谀词,但却有力地进一步推动了正觉—法恭一系在四明地区的深植。

在楼钥这一时期围绕足庵智鉴的禅僧交游中,有位名叫老牛智融的僧人最为特别。智融的家族世居京师,本人以医入仕,南渡后官至成和郎。然在五十岁时弃官谢妻子,祝发于灵隐寺。后遍游诸方,最终驻足于雪窦,尤与智鉴契合无间。智融于禅学似无甚心得,但却以善画闻名,尤以作牛为好,是以自号老牛。③观禅林习惯用牛设喻以说禅,则智融画牛当有浓烈的借画言禅之意。楼钥于淳熙七八年间始闻智融时,即是先闻其画名,并在观画之后称许其为有道之士。后来楼钥经由智鉴终与智融谋面定交,往来的媒介亦是画作。楼钥曾以长句催智融作画,智融感于此诗寓理趣于谐谑,当即提笔作岁寒三友相赠,④更见书画艺文在禅林与士大夫的交往互动间的重要。绍熙二年(1191),足庵智鉴示寂,侍者道元来临安请楼钥撰铭,智融亦修书劝助此事,与智鉴以宗珏塔铭相托风神一致。不过智融还是用了自己的方式,他让道元一并捎来了自己所画之弥勒图,同时又遣他人寄来《归牛图》一轴,以充润笔之费。道元有鉴于此,也将自己所藏的两轴智融画作《牛溪烟雨》送给了楼钥。⑤可

---

① 顾大朋点校《楼钥集》卷一一六《瑞岩石窗禅师塔铭》,第2015页。
② 顾大朋点校《楼钥集》卷一一六《瑞岩石窗禅师塔铭》,第2016页。
③ 顾大朋点校《楼钥集》卷六六《书老牛智融事》,第1173—1174页。
④ 顾大朋点校《楼钥集》卷二《催老融墨戏》,第37页;卷六六《书老牛智融事》,第1173页。
⑤ 顾大朋点校《楼钥集》卷二《题老融画牛溪烟雨》,第53页;卷七《题老融归牛图》,第181页;卷六五《题老融画弥勒》,第1161页;卷六六《书老牛智融事》,第1174页。

见禅僧在与士大夫的交往中,也会积极投其所好,不仅为自我群体的发展提供便利,也对士大夫艺文雅趣的发展起到了积极作用。不过智融的画作影响力依然有限,楼钥之外,同时人寓目品题过智融画作的还有四明禅僧北磵居简、①橘洲宝昙,②浙东当地文士孙介;③而后人寓目者则有明州籍高僧虚堂智愚、④四明文人舒岳祥等,⑤共同提示着智融及其画作主要就在以明州为中心的地区流传,进一步表现出禅林世界强烈的地方化特征。

四、南宋禅林地方化人际网络对楼钥宦游期间禅僧交游的影响

除了两次长时间的乡居,楼钥在宦游期间也有一些禅僧交游的痕迹,依然深受南宋禅林人际网络地方化的影响。《攻媿集》中有一首瞎堂慧远写真赞,开篇云:"少识师于柯山之庵,晚见师于灵隐之南。"⑥可知他很早就与瞎堂慧远结识。瞎堂慧远(1103—1176),眉山人,年十三随其兄从释氏,嗣法于圆悟克勤。圆悟克勤去世后出蜀东来,历住龙蟠寿圣、琅琊开化、婺州普济、衢州光孝、天台护国、平江虎丘等寺。乾道六年(1170)开堂灵隐,赐号佛海禅师,直至淳熙三年(1176)示寂。⑦慧远移住衢州光孝寺时间在绍兴二十一年(1151),⑧而楼钥于次年随侍其父楼璩任西安监镇来到三

---

① 纪雪娟点校《北磵文集:校勘本》卷七《跋雪窦老融牛轴》《老融散圣画轴》,第206、220页;《北磵诗集》卷五《老融牛》《老融放耕图皇甫都护雁图》,《宋集珍本丛刊》第71册,线装书局,2004年,第294页上、295页上。
② 宝昙《橘洲文集》卷三《题老融斗牛图》,《续修四库全书》本。
③ 孙应时《烛湖集》附编卷上《答僧道融惠老融水墨一纸》,《文渊阁四库全书》本。
④ 妙源编《虚堂和尚语录》,《大正藏》本。
⑤ 舒岳祥《阆风集》卷二《老融墨戏词》,《文渊阁四库全书》本。
⑥ 顾大朋点校《楼钥集》卷六五《瞎堂远老赞》,第1159页。
⑦ 周必大《灵隐佛海禅师远公塔铭》,王蓉贵、[日]白井顺点校《周必大全集》,第374—375页。
⑧ 正受撰、秦瑜点校《嘉泰普灯录》卷二三,上海古籍出版社,2014年,第623页。

衢，①则在十六岁之时便与瞎堂慧远见面。而他在灵隐重见慧远，只能是淳熙元年（1174）至三年供职详定一司敕令所期间。由于楼钥除了这首暮年所撰的写真赞之外，并无其他与慧远交往互动痕迹，可以推测他与慧远的两次见面，更可能是随行远观，而无正式交流。

慧远之后，楼钥于添差台州通判任上曾与谷庵景蒙禅师相识。时值淳熙五年（1178）秋，谷庵景蒙被旨住台州瑞岩寺，楼钥为其撰写了邀住疏文。② 景蒙的这次移住，是得到再次出任宰相的史浩推荐。史浩早在绍兴年间分教永嘉之时，曾与临济宗黄龙派禅僧心闻昙贲相交甚笃。待其罢相里居，曾偶梦昙贲，见其旁有僧名景蒙者。史浩醒后以此梦求问于当时的天童寺住持慈航了朴，惊知天童首座即法号景蒙，招之相谈，则恍如梦中所见，其更恰好嗣法于昙贲，遂定下深交。③ 史浩不仅推荐景蒙住持台州瑞岩，还于淳熙十四年景蒙圆寂后修书请楼钥为其撰铭。④ 则楼钥与景蒙的交往，虽有台州为官之因缘，但更多还是有赖乡里人际网络之助。

类似的情况也见于与雪庵从瑾禅师的交往上。乾道七年（1171），时知温州的曾逮得旨重建温州能仁寺，他推荐雪庵从瑾担任住持。⑤ 时楼钥正在温州教授任上，经常代曾逮撰写四六公文的他也因此结识从瑾。然而同是心闻昙贲之嗣的从瑾，还是要通过史浩的关系才能与楼钥发生更为密切的互动，得以在改住天童之时获得楼钥撰写的邀住疏文。⑥ 淳熙十六年后，从瑾嗣法虚庵怀敞住持天童，赖其徒日本僧人千光荣西之助，于庆元年间重建天童山千佛阁，并请奉祠东归的楼钥为记。但楼钥与他的互动仍然依靠地方网络

---

① 顾大朋点校《楼钥集》卷七五《刘资政游县学留题》，第 1342 页。
② 顾大朋点校《楼钥集》卷八二《智门蒙老住台州瑞岩疏》，第 1416 页。
③ 顾大朋点校《楼钥集》卷一一六《瑞岩谷庵禅师塔铭》，第 2020—2021 页。
④ 顾大朋点校《楼钥集》卷一一六《瑞岩谷庵禅师塔铭》，第 2022 页。
⑤ 曾逮《诏复能仁寺记》，《全宋文》第 223 册，上海辞书出版社、安徽教育出版社，2006 年，第 347 页。
⑥ 顾大朋点校《楼钥集》卷八二《雪庵瑾老住天童疏》，第 1417 页。

的勾连，楼钥在记文中不仅提到了从瑾，更将这篇记文的意义定性为"表吾乡之胜"，①全然展现出承担乡邦建设的责任感。

更为典型的禅林人际网络地方性例子则见于楼钥为涂毒智策禅师撰写塔铭一事。绍熙三年，径山寺住持涂毒智策圆寂，门人宗惠为其料理后事，并请楼钥为之撰铭。涂毒智策是临济宗黄龙派的高僧，住径山时间在淳熙十五年至绍熙三年，而楼钥淳熙十六年即因温州知州任满而归朝，并于绍熙三年入列侍从，获得大手笔之文名。尽管二人有着较长的同在临安时间，但楼钥在面对宗惠之请时竟然惊愕地表示他甚至连智策的面也没有见过。宗惠并没有因此放弃求铭的努力，直到楼钥庆元元年奉祠东归后，犹时时贻书以请。最终楼钥还是念在宗惠与自己是同乡，方才提笔为铭，②足见乡邦情谊下的人际网络是禅林与士大夫交往中的首重元素。类似心态也见于智策自己的交游。尽管他在住持径山的时候没有怎么和名士贤达来往，但在住持绍兴等慈寺及大能仁寺之时，与退居山阴镜湖的陆游往来寖厚，以至于圆寂之日，陆游为诗以哭，遥致伤痛之意。③ 这不仅可以看出禅林是主动求友的一方，还能推断出他们在地方时的主动性远比在京时强烈，只要所住之地存在退居的重臣名士，多不会错过与他们的往来。如此看来，尽管南宋时期禅林与政治的联系日益紧密，但大多数禅僧还是更为看重地方性的培养。当然，占据一时要津的禅门宗派还是会有相对强烈的京城政治交游意识。楼钥在淳熙八九年间曾上径山览胜，为时任径山寺住持别峰宝印赋《游径山》一诗，是仅见的早期获交高僧的案例。④ 别峰宝印乃华藏安民法嗣，华藏安民则与大慧宗杲同出圆悟克勤，故而淳熙七年住持径山的他，⑤亦是推动

---

① 顾大朋点校《楼钥集》卷五四《天童山千佛阁记》，第 993 页。
② 顾大朋点校《楼钥集》卷一一六《径山涂毒禅师塔铭》，第 2012 页。
③ 熙仲《历朝释氏资鉴》卷一一，《卍续藏》本。
④ 顾大朋点校《楼钥集》卷七《游径山》，第 164 页；卷五四《径山兴圣万寿寺记》，第 997 页。
⑤ 马亚中、涂小马校注《渭南文集校注》卷四〇《别峰禅师塔铭》，第 207 页。

杨岐派在南宋中期大盛的重要僧人。结合楼钥此时新获转对资格，在孝宗面前论士大夫风俗事，①则杨岐僧人很可能是将楼钥视作将要崛起的政坛新秀，从而先行与之结交互动，以备日后往来之便。

五、禅林盛事与人间政治的交融：《径山兴圣万寿禅寺记》的写作缘起

上文通过梳理楼钥不同时期的禅僧交游，探究了禅林与士大夫交往互动的重要特征。结合这些信息，《径山兴圣万寿禅寺记》的意外写作也就可以获得一定的缘起解释，其间交织着禅林宗派格局、地方人际网络以及当朝政治事件等多重元素。

核心人物佛照德光不仅通过地方人际网络劝服楼钥写作，还凭借自己的禅林声望使得蒙庵元聪必须在四明地区考虑撰记人选。楼钥笔下可见这样的说辞："佛照德光自径山乞归，依师瑞居育王，更唱迭和，相为引重，衲子云集。"②陆游也有过类似的记载："会育王虚席，朝命师（退谷义云）补其处。时佛照方居东庵，父子相从，发明临济正宗，学者云集。"③可见佛照德光在阿育王寺东庵的退居，引发了众多禅僧前来归附请法，使得四明地区在禅林间的地位大为提升，直至德光圆寂，一直是当日的禅林圣地。禅林世界对此有着更为详细的记载，道璨《径山无准禅师行状》中云："久之，游四明，依育王瑞秀岩。时佛照禅师居东庵，印空叟分座，法席人物之盛，为东南第一。如觉无象、康太平、渊清叟、琰浙翁、权孤云、嵩少林辈皆在焉。"④其间提到的诸位禅僧皆是佛照德光的法嗣，而且他们中的大多数在日

---

① 佚名撰、汪圣铎点校《宋史全文》卷二七上，中华书局，2016 年，第 2272 页。
② 顾大朋点校《楼钥集》卷五四《江州普照院记》，第 998 页。
③ 马亚中、涂小马校注《渭南文集校注》卷四〇《退谷云禅师塔铭》，第 218 页。
④ 道璨《径山无准禅师行状》，黄锦君校注《道璨全集校注》，巴蜀书社，2014 年，第 157—158 页。

后得住五山，如空叟宗印、孤云权相继住持阿育王寺，浙翁如琰、少林妙嵩则曾出住径山寺，皆于禅林中独当一面，延续着杨岐大慧之盛。这些禅僧的禅林声望主要就是在随侍佛照德光于育王东庵之时培育起来的，从而佛照德光实际上通过围绕身边的嗣法弟子营建出了一个禅僧团体，不仅加深了其法脉在四明地区的流传，更成为当时禅林不可忽视的重要势力。如此一来，蒙庵元聪突然邀请楼钥为重建之径山寺撰写记文，既可以获得人间大手笔的文字，还能取得禅林领袖的认可，不仅巩固着径山的地位，也使得自我声望与径山住持相匹配，可以在未来引领杨岐派的持续发展。蒙庵元聪本人的问禅经历呈现着鲜明的包容杨岐诸家之意，他嗣法于晦庵慧光禅师，这并不属于当时盛隆的圆悟克勤一系，而是出于与圆悟克勤同嗣五祖法演的佛眼清远。元聪彻悟之后一直随侍慧光，在慧光圆寂后依然拒绝出住，选择广泛拜访杨岐名僧，其间不仅有大慧宗杲法嗣谁庵了演、瞎堂慧远，亦有虎丘绍隆下二世密庵咸杰、育王端育法嗣水庵师一等圆悟克勤系禅僧，还包括开福道宁下二世复庵可封。当然，佛照德光也是他的拜访对象。① 于是就禅学修养与人际网络而言，元聪可谓集五祖法演法脉之大成，隐隐具备了领袖杨岐的基础。如若再获得聚于明州的佛照德光法系的认可与交谊，那么与宁宗关系密切，又于庆元三年敕住径山的他，完全可以接继大慧宗杲、佛照德光的薪火，成为宁宗朝的一代禅林领袖。

除了禅林世界自身的分派与主盟，世间政治的动荡也在其间扮演着重要角色。大多数情况下，南宋禅林的核心空间是临安，与帝王及重臣密切互动的径山、灵隐、净慈三寺住持才会是一代禅林领袖。当一时领袖出于种种原因退居地方后，京城自会有新的禅僧接续其责，从而相当罕见如佛照德光这样虽退居地方却犹能领袖禅林

---

① 卫泾《后乐集》卷一八《径山蒙庵佛智禅师塔铭》，第736页上。

十年的现象。这主要缘于庆元元年到嘉泰三年的这十年,完全处于"庆元党禁"之中,朝堂政柄被韩侂胄独揽,居位要津者多是向韩氏溜须拍马之辈,绝大多数深获士林清誉的士大夫则退居地方,既包括道学型士人,也存在大量的与道学无甚联系的馆阁翰苑之士。这样一来,在京禅僧很难像之前那样结交到大量的显宦名流,从而也就无法借助他们传播与巩固自我声望,反倒是住持地方的禅僧能交往到更多的盛名之士。除此之外,这十年间的当朝给舍其实也不被士林认可为玉堂金闺之英,难获大手笔之誉,从而京城禅院欲借尘世妙笔一助名望的话,只能更多地寻觅退居地方的旧日词臣或名宦了。除此之外,蒙庵元聪本人的士大夫交游情况也深刻影响着他在庆元党禁中的因应。元聪对于自己的住持生涯其实有着很强的个人规划,经常拒绝地方官员的邀住之请,就是连一时之名流俊彦如留正、尤袤、丘崈等都曾邀请失败。但是赵汝愚在绍熙三年入京任吏部尚书之际,以隐静寺招其入住,获得了元聪的欣然从命。[①] 这或许与二者同为福建人有关,但至少可以说明他与赵汝愚保持着相对亲密的私交。于是以赵汝愚为最大政敌而发动庆元党禁并将赵氏贬死岭南的韩侂胄及其党羽,自然不会获得来自蒙庵元聪的交往互动。在庆元元年的时候,元聪还应允了福州知州詹体仁的雪峰寺住持之请。观詹体仁占籍福建浦城,亦于党禁开始时遭劾退居,则元聪偏好交往同乡士人并对庆元党禁间遭贬士大夫相对亲近的特征也就更为明显了。

在内外两方面的共同影响下,当蒙庵元聪于嘉泰二年完成径山寺的重建工程后,他完全不会请当朝翰苑之臣为其撰写记文。然而其时距庆元元年党禁之始已近十年,当初被逐出京城的道学大家或翰苑名臣大多已经不在人世,楼钥是硕果仅存的几位绍熙重臣之

[①] 卫泾《后乐集》卷一八《径山蒙庵佛智禅师塔铭》,第736页下。

一。再加之明州又在佛照德光的影响下成为当日禅林中心，于是无论在禅林还是士林，楼钥都拥有极为便利的人际网络资源，其实是最佳的作记人选。这篇南宋士大夫的禅林书写文字，也就汇集了多方元素于一身，不仅相对全面地承载了南宋禅林与士大夫在交往互动中的种种特征，也很好地展示了付诸实践时的相应样态。

二　禅僧诗研究

宋代禅僧诗研究引论

朱 刚

中国历代僧人中,能诗者不少,但传统的诗歌总集常把僧道、妇女、无名氏乃至鬼怪的作品编置末尾,形同附录。这说明,僧人即便能诗,也不能充当诗坛的主角。在中国的诗坛上,士大夫(文官)诗人一直占据了压倒优势。尽管与公务繁忙的士大夫相比,僧人更有可能成为专业诗人,但这种专业诗人也只有聊备一格的地位,不是主流。然而,若将视野拓展至东亚汉字文化圈,则日本镰仓、室町时代(约13至16世纪)的汉诗作者却都是禅宗的僧人,他们铸造了日本文学史上的"五山文学"时代。在这个时代的日本,禅僧诗不是聊备一格,而是绝对的文学主流。此种情形在中国是不可思议的,但"五山"禅僧诗的来源却在中国。需要特别指出的是,所谓来源,就其最为直接和重要者而言,乃是宋代的禅僧诗。这一点,不妨说是理所当然的,可无论在中国还是日本,研究者对此都显得认识不足。习见的研究方法,是在思想上或者法系上将宋、日禅僧联结起来,而一旦涉及诗歌,则总以陶渊明、杜甫、白居易、苏轼、黄庭坚等最著名的中国诗人为日本"五山"诗僧的艺术渊源。这种方法当然不能被指责为错误,但其结果确实将宋代禅僧诗轻易忽略了。实际上,宋代禅僧文学与日本"五山文学"不但在人事上具有确凿无疑的继承关系,在创作态度、创作体裁、基本风格上也具有相当程度的一致性,故我们可以把"五山文学"看作宋代禅僧文学的海外分流。

明乎此，对于宋代的禅僧诗，就有刮目相看的必要。据说，对"五山文学"的研究是日本文学史研究中最薄弱的环节，但至少已经有基本资料《五山文学全集》和《五山文学新集》的编纂出版。相比之下，中国对宋代禅僧诗的研究，可以说还处在起步阶段。前人编选的《古今禅藻集》之类，只能供人略窥一斑，还算不上文献清理。应该说，第一次以全部宋代禅僧诗为对象的搜集整理工作，是被包含在《全宋诗》的编订之中，绝大部分禅僧诗由此而获得第一个经过整理的文本。当然，因为专题研究成果的积累不足，对必然涉及的大量禅宗文献本身的特点还没有深入的认识，《全宋诗》在禅僧诗的辑录和作者次序排列、小传撰写等方面，存在缺陷较多。有鉴于此，笔者曾根据自己掌握的资料，将现在有诗作留存的宋代禅僧按其所属宗派、法系重新排列，凡《全宋诗》和《全宋诗订补》[①]已收录的作者、作品，仅指出其所在页码，未收录的则予以增补，编成《宋代禅僧诗辑考》十卷[②]。我的目的，是将此书与《全宋诗》相配，以反映出宋代禅僧诗的全貌。毫无疑问，错讹和遗漏仍难以避免，但距离"全貌"也许已经不远。在学术研究中，综合性的概论与专题性的考察理应相辅相成、循环促进，本文是在专题考察还非常缺乏的前提下，根据个人对宋代禅僧诗"全貌"的认识，尝试作一概论，自然极其粗浅，希望能为今后的深入研究开启端绪，故名为"引论"。

一、作为宋诗重要组成部分的禅僧诗

关于宋代禅僧诗在全部宋诗中所占分量，目前已有金程宇先生的统计。据他所云：《全宋诗》收录禅僧诗164卷另2 758首，共约两万首；《全宋诗订补》补出1 010首；《宋代禅僧诗辑考》（以下简称

---

① 陈新、张如安等《全宋诗订补》，大象出版社，2005年。
② 朱刚、陈珏《宋代禅僧诗辑考》，复旦大学出版社，2012年。

《辑考》)补诗 7 800 余首,由此可以大体推算出宋代禅僧诗约三万首之总数。作者方面,《辑考》共收禅僧 1 037 人(补《全宋诗》未收录禅僧 429 人)。这样,若以存诗二十五万首、作者近万人的《全宋诗》为宋诗的总量,则禅僧诗无论在作者数还是作品数上,所占比例都超过了十分之一。正如金先生所说:"禅僧这种特殊群体的创作达到如此规模,显然应当引起重视。"①

确实,从"特殊群体"或者特定作者群的角度讲,这无疑是极其惊人的创作规模,在宋代,我们很难找到另一个与"禅僧"平行的作者群,在诗歌创作的总量上可以与此相抗。近年的宋代文学研究中,流派研究和地域研究是比较多见的,但估算起来,再大的流派、再繁荣的地域(一般以现在的省为范围),也不大可能承担一代诗歌十分之一的创作量。除了"士大夫"外,宋代其他社会身份所构成的群体,如道士、禅宗以外的僧人、江湖谒客、落第举子、闺阁、市民等,现存的作品也远远达不到这个数量。当然,如以"士大夫"为特定作者群,则禅僧诗就算再翻上一倍,也无法动摇"士大夫"在诗坛的绝对优势地位。但是,禅僧已成为"士大夫"以外的宋诗第一作者群,这个现象依然富有历史意义。我们由此也不难理解,在缺乏由科举制度所产生的"士大夫"阶层的中世日本,从中国传衍而去的禅僧诗为什么能成为文学的主流了。

除非要跟现代文学或外国文学进行比较,一般情况下中国古典文学的研究者是不会把"士大夫"看作特殊作者群的,因为这种身份

---

① 金程宇《宋代禅僧诗整理与研究的重要收获》,《中华文史论丛》2013 年第 1 期。按,作者方面,1 037 名是指《辑考》正文所录现存诗作的禅僧,尚未计入《辑考》附录中考出的宋代禅僧,此外当然还会有所遗漏;作品方面,《辑考》对于某些现存的诗集,如觉庵梦真《籁鸣集》《籁鸣续集》、物初大观《物初剩语》,以及中日禅僧唱和诗卷《一帆风》等,虽被《全宋诗》失收,却也仅予指出,并未抄入。因此,宋代禅僧诗作者、作品的实际数量,应该比金先生统计的还要多。当然,《全宋诗》也没有把禅僧以外的作者作品悉数收录。保守地估计,说禅僧诗在全部宋诗中所占比例超过十分之一,应该不错。《籁鸣集》《籁鸣续集》和《物初剩语》的整理本,目前已收入许红霞校考的《珍本宋集五种》,北京大学出版社,2013 年。

特征对于传统的作者而言,几乎毫无特殊性。相反,包含禅僧在内的"非士大夫作者"群体的出现和成长,倒是更值得关注的现象,那意味着中国文学的作者开始了身份上的分化。笔者以为,这样的身份分化从北宋起零星出现,而到南宋就变得比较显著,闺阁作家李清照、朱淑真,著名词人姜夔、吴文英、周密,诗论家严羽,以及一大批无官的"江湖诗人",都是"士大夫"以外的作者,其写作能力却并不比士大夫逊色①。同时,禅僧诗的发展高峰,应该也在南宋。总体上看,一部南宋的文学史,恐怕已有相当的篇幅须让给"非士大夫作者"了。换句话说,"非士大夫作者"群体的崛起,正是南宋文坛的一个引人注目的特征。禅僧诗的发达,是以这样的时代特征为背景的。

  需要略加说明的,是禅僧与"江湖诗人"的关系问题。我们知道,"江湖诗人"或者"江湖派"得名于南宋陈起所编的《江湖集》,而从现存有关资料来看,《江湖集》也收入僧人的作品②。在宋代的语境里,"江湖"一词最常见的用法,就如著名的范仲淹《岳阳楼记》所示,是跟"庙堂"对举的。在这个意义上,非士大夫或者虽是士大夫却远离朝廷,都可以说成身在"江湖"。至于僧人,只要不在朝廷担任"僧统"之类官职,自然就属于"江湖"。禅宗僧人并不担任僧官,他们经常把"江湖"当作"禅林"的代称。宋末禅僧松坡宗憩所编的一部禅林七言绝句集,题名就叫《江湖风月集》③。所以,从名

---

① 参考笔者《唐宋"古文运动"与士大夫文学》第 243—249 页所论"文学创作者的身份分化",复旦大学出版社,2013 年。
② 张宏生《江湖诗派成员考》列出的僧人有释绍嵩、释圆悟、释永颐、释斯植,此外葛天民就是释义铦。见张宏生《江湖诗派研究》附录一,中华书局,1995 年。
③ 此书中国失传,而流行于日本禅林,详见《宋代禅僧诗辑考》附录二。按,《景德传灯录》卷六有"江西主大寂(马祖道一),湖南主石头(希迁),往来憧憧,不见二大士为无知矣"的记载,日本禅僧注释《江湖风月集》,多以"江湖"为上述记载中江西、湖南之合称,亦即禅宗的马祖、石头两大系统,实际上是把"江湖"视为禅林的专称了。但此说比较牵强,已有学者辨其非是,参考[日]芳泽胜弘《江湖风月集译注》,日本京都禅文化研究所,2003 年,第 3—4 页。

称的含义来说,"江湖诗人"应不限于"《江湖集》作者群",而可以广指包含禅僧在内的一切非士大夫诗人,乃至不在朝廷担任显要职务的士大夫。对于这个原本应该数量庞大,而存于史料者却相对有限的群体,我们与其视之为诗歌流派,还不如就当作"特殊群体"来处理①。

回到南宋"非士大夫作者"群体崛起的话题,目前学术界的有关论述,主要集中在"江湖诗人"上面,但就我们现在能够掌握的作者、作品数量而言,不是"《江湖集》作者群",而是禅僧,才构成了宋代"非士大夫作者"的最主干部分。这就说明,禅僧诗作为宋诗的重要组成部分,有着特殊的意义。

二、宋代禅宗和禅僧诗发展概况

《五灯会元》记菩提达磨偈云:

吾本来兹土,传法救迷情。一花开五叶,结果自然成。②

这与宋代文献中记载的许多达磨诗偈一样,并不可靠,因为禅宗"一花开五叶"即沩仰、曹洞、临济、云门、法眼五宗并列,是到五代时期才呈现的局面。但以上诗偈被制作并嫁名于达磨,说明宋代禅林已非常自觉地用五宗的模式来梳理禅宗的历史和禅僧的法系。

实际上,五宗并列的局面也并未维持长久。自五代入宋,沩仰宗最早失去传人,可能入宋而有诗偈传世的沩仰宗僧人,《宋代禅僧

---

① 宋史学界对宋代的"特殊群体"也已有所关注,游彪先生曾将他有关宋代宗室、官员子弟、僧人、士兵等的论文集为《宋代特殊群体研究》一书(商务印书馆,2006年)。我以为文学史研究也可采纳类似的方法,没有必要将大小不同的各种"群体"都勉强视为文学上的"流派"。

② 《五灯会元》卷一,中华书局,1984年,第45页。

诗辑考》只辑到芭蕉继辙和承天辞确二位,诗偈只有四首。接下来消亡的是法眼宗,该宗派因为五代时期南方割据政权的大力扶持,一度非常繁荣,能诗者也不少。《辑考》的第一卷所辑多数是法眼宗僧人,他们大抵集中在浙江地区,其中名声最大、存诗也最多的,应数永明延寿(904—975)。他的影响,当时还波及海外,但《佛祖统纪》对此的叙述是:"高丽国王遣三十六僧来受道法,于是法眼一宗盛行海外而中国遂绝。"①延寿的老师天台德韶(890—971)是法眼文益的亲炙弟子,《全宋诗》辑录了他的两首诗偈,其中一首云:"通玄峰顶,不是人间。心外无法,满目青山。"②据说法眼对此十分肯定,以为"只消此一颂,自然续得吾宗",但后来大慧宗杲却判断:"灭却法眼宗,只缘遮一颂。"③我们很难分辨此类言论的是非,但禅僧对诗偈的重视,却可见一斑。反正,盛极一时的法眼宗到北宋只传衍数代,即烟消云散。可以顺便提及的是,诗歌史上所谓"宋初九僧"中的宝华怀古也是法眼宗禅僧。

  差一点与沩仰宗、法眼宗一起失传的是曹洞宗。"曹洞"之称缘自唐代禅僧洞山良价和曹山本寂,洞山是师,曹山是弟子,倒过来称"曹洞",大概只因平声在前、仄声在后比较顺口。实际上传到宋代的曹洞宗跟曹山无涉,是从洞山另一弟子云居道膺延续下来的法脉:道膺传同安道丕,再传同安观志,再传梁山缘观,再传大阳警玄(943—1027)。自道膺以下,直到警玄才有详细的传记资料(如惠洪《禅林僧宝传》卷一三《大阳延禅师传》,"延"是"玄"的避讳字),我们可以推算其师缘观应该活到了北宋,但缘观和警玄留下的诗偈都不多,而且他们的弟子都没能把法脉再延续下去。警玄去世后,受过

---

① 志磐《佛祖统纪》卷四三,《续藏经》本。
② 德韶《偈》,《全宋诗》第1册,北京大学出版社,1991年,第6页。按,次句"人间",《全宋诗》误作"人门"。
③ 宗杲《正法眼藏》卷二之下,《续藏经》本。

他教导的临济宗禅僧浮山法远(991—1067)指派一名弟子投子义青(1032—1083)去继嗣警玄,这才使曹洞宗已绝而复兴。宋代的禅籍记载此事大抵清晰,虽然后世的曹洞宗禅僧有些不愿信服,但从生卒年看,义青不能直接得法于警玄,乃是不争的事实,而后世的曹洞禅,全部从义青传衍而来。所以,这投子义青不妨被视为宋代曹洞宗的再度创始人,他也是诗偈写作方面的大家,有颂古专集《空谷集》传世,《续藏经》所收的两种义青语录中,也包含了大量诗作。其弟子芙蓉道楷(1043—1118)、大洪报恩(1058—1111),再传弟子丹霞子淳(1064—1117)、枯木法成(1071—1128)、大洪守遂(1072—1147)等,都有诗作传世。迨至南宋,继承芙蓉、丹霞法系的天童正觉(1091—1157)倡导"默照禅",与临济宗大慧宗杲的"看话禅"相对抗,《全宋诗》辑录正觉诗偈六卷,数量有一千数百首,在所有禅僧中亦可以名列前茅了。"默照禅"的口号是"只管坐禅",作风内敛,在南宋也传衍不广,但法脉倒也不绝如线。《宋代禅僧诗辑考》专设两卷,分别辑录北宋和南宋的曹洞宗禅僧诗,就其全体来看,大致对禅宗史影响较大的,存诗也就较多,义青和正觉可为代表。

北宋时期最为繁荣的宗派,应数云门宗。云门大师(文偃)于南汉乾和七年(949)入寂,距宋朝建国十一年,其弟子一代应有入宋者,目前可以确认的是洞山守初(910—990),《古尊宿语录》中有他和法侄智门光祚的语录,都包含不少诗偈。光祚的弟子雪窦重显(980—1052)可以算禅僧中的大诗人,他的《祖英集》《颂古集》历来声名卓著。云门宗禅僧存诗较多的还有法昌倚遇(1005—1081)、明教契嵩(1007—1072)、慧林宗本(1020—1100)、佛印了元(1032—1098)、智海本逸、蒋山法泉、本觉守一、长芦宗赜、慈受怀深(1077—1132)、月堂道昌(1089—1171)等。另外,《建中靖国续灯录》的编者佛国惟白,著名的诗僧参寥子道潜(1043—?),以及"江西诗派"中的饶节,出家后叫作香严如璧(1065—1129),也是云门宗禅僧。这个宗派在北宋后期以开封府为传法中心,盛况达至极点①,到南宋后却突然衰熄,据南宋笔记《丛林盛事》所说,原因在于月堂道昌的作风过于严峻:

> 月堂昌和尚,嗣妙湛,孤风严冷,学者罕得其门而入。历董名刹,后终于南山净慈。智门祚禅师法衣传下七世,昌既没,则无人可担荷,遂留担头交割,今现存焉。故瞎堂远为起龛,有"三十载罗龙打凤,劳而无功。佛祖慧命如涂足油,云门正宗如折袜线"之句。呜呼,可不悲哉!②

所谓"法衣传下七世",当指:智门光祚——雪窦重显——天衣义怀——慧林宗本——法云善本——妙湛思慧——月堂道昌。其实这道昌并非没有弟子,《嘉泰普灯录》的编者雷庵正受(1146—1209)就是一个,但他似乎没有获得法衣,这是我们目前可以考知的最晚的云门宗禅僧了。值得一提的是,道昌于南宋初期先后住持临安府的灵隐寺、净慈寺,这两所寺院后来都属于所谓"五山",在道昌之后,除个别曹洞宗禅僧外,基本上都由临济宗禅僧担任住持了。为道昌起龛的灵隐寺住持瞎堂慧远(1103—1176)就属临济宗杨岐派,他所谓"云门正宗如折袜线",就是为云门宗唱的挽歌,这同时也宣告了临济宗独盛时代的到来。

临济宗自唐代以来,原本绵延于北方,入宋的第一代风穴延沼(896—973),原名"匡沼",避宋讳而改,弟子有首山省念(926—993),留下的诗偈都很少。但省念的弟子汾阳善昭(947—1024),却有大

---

① 《建中靖国续灯录》和《续传灯录》列出慧林宗本的法嗣达二百人,其师弟圆通法秀、弟子法云善本,法侄佛国惟白,亦住京师大寺,法嗣众多。苏轼《请净慈法涌禅师入都疏》(《苏轼文集》卷六二,中华书局,1986年)云:"京师禅学之盛,发于本、秀二公。"即指宗本、法秀,而法涌禅师就是善本。
② 道融《丛林盛事》卷上,《续藏经》本。

量诗偈传世,在法眼宗永明延寿之后、云门宗雪窦重显之前,可算诗偈写作的大家。善昭的弟子石霜楚圆(986—1039)也能诗,跟西昆体诗人杨亿(974—1020)有密切的交往,而且开始把传法的基地转移到南方,其门下有杨岐方会(992—1049)和黄龙慧南(1003—1069),分别开启了临济宗的杨岐派和黄龙派,传衍益盛。当然,从风穴、首山传下来的其他临济宗禅僧中,也有值得注意的诗偈作者,比如西余净端(1031—1104),外号"端师子",擅作白话诗,与北宋"新党"的章惇、吕惠卿有较多交往,却对"新党"的政策持批判态度。在我看来,此僧可称北宋最好的白话诗人。

黄龙派的根据地主要在江西,黄龙慧南与其弟子东林常总(1025—1091)、黄龙祖心(1025—1100)、真净克文(1025—1102)等都善于写作诗偈,而且与士大夫交往甚多,尤其是被"新法"政府所排斥的"旧党"士大夫,凡是有兴趣参禅的,大多被罗入法门。按《五灯会元》排列的法系,苏轼在东林常总的门下,黄庭坚在黄龙祖心的门下,苏辙在慧南另一弟子景福顺(1009—1093)的门下,真净克文的语录也由苏辙作序,他的弟子清凉惠洪(1071—1128)著有《石门文字禅》,是北宋后期著名的诗僧。另外,"江西诗派"的善权也是黄龙派禅僧。

以云门宗和临济宗黄龙派为代表的北宋禅宗的显著发展,也引起了朝廷的注意。厉行"新法"的宋神宗对开封大相国寺的组织结构也做了一番改革,专门辟出慧林、智海两个禅院,于元丰六年(1083)诏云门宗的慧林宗本和临济宗的东林常总赴京,为第一代住持。这等于由朝廷来赐封宗教领袖,意在掌控禅宗这一越来越显得巨大的文化资源。原本兴起于南方的云门宗,以宗本应诏住持慧林为标志,呈现了向北发展的趋势,这可能也是云门宗极盛于北宋而至南宋急剧衰亡的原因之一。与此相反,东林常总则选择了拒诏,他一直留居庐山。坚持以南方为根据地,显然有利于临济宗在南宋的发展。

确实,南宋禅林基本上是临济宗的天下,但其主流却是杨岐派,而不是东林常宗所属的黄龙派。黄龙祖心的法孙东山慧空(1096—1158)有语录传世(收入《续藏经》),日本还保存了他的诗集《雪峰空和尚外集》,《全宋诗》即据以辑录其诗二卷。这是进入南宋的黄龙派禅僧中留下作品最多的了。绍兴二十七年(1157),真净克文的法孙典牛天游给杨岐派的大慧宗杲寄诗云:"世上有你何用余。"①这似乎承认了黄龙派衰落而杨岐派兴盛的现实。不过,天游的弟子涂毒智策(1117—1192)在宋孝宗时还担任过"五山"之一径山寺的住持,智策的弟子古月道融则是笔记《丛林盛事》的作者。

杨岐派起初不如黄龙派人手众多,但杨岐方会的弟子白云守端(1025—1072)、保宁仁勇,守端的弟子五祖法演(?—1104),仁勇的弟子上方日益都善于写作,留下许多诗颂。法演的弟子有太平慧懃(1059—1117)号佛鉴、圆悟克勤(1063—1135)号佛果、龙门清远(1067—1120)号佛眼,就是所谓"五祖门下出三佛",杨岐派从此繁荣起来。"三佛"都留下大量作品,尤其是圆悟克勤,可以视为禅宗和禅僧诗发展在两宋之交承前启后的代表人物,他的两个弟子虎丘绍隆(1077—1136)和大慧宗杲(1089—1163)分别开启了虎丘派和大慧派,成为南宋"五山"禅林的主流。当然,虎丘、大慧两派之外的杨岐派禅僧也有不少勤于写作,北宋如法演的另一弟子开福道宁(1053—1113),两宋之交如清远的弟子龙翔士珪(1083—1146),南宋如克勤弟子瞎堂慧远(1103—1176)、克勤法孙或庵师体(1108—1179),以及道宁的四世法孙月林师观(1143—1217)、师观弟子无门慧开(1183—1260)等,所作诗偈的数量都甚为可观。

大慧宗杲是南宋初年影响最大的禅僧,秦桧政府对他的迫害,

---

① 典牛天游《寄宗杲颂》,《宋代禅僧诗辑考》,第308页。

反而增强了士大夫和普通民众对这位宗教领袖的好感。他所提倡的"看话禅",可谓风靡一世,理论上虽有曹洞宗天童正觉的"默照禅"与之对峙,但被人信奉的程度远不能与"看话禅"相比。秦桧死后,大慧再次住持临安府径山寺,登高而呼,应者云集,成为南渡禅林的核心。可想而知,在政治、经济、军事等方面都欠缺力量的南渡朝廷,特别需要掌控包含禅林在内的文化资源,来帮助收拢人心。大慧之受重视,实际上是南宋政府逐步使禅宗成为国家化宗教的开始。宋神宗诏命慧林、智海住持的做法被继承下来,临安府的径山、灵隐、净慈等著名寺院的住持由皇帝来钦定,象征了宗教与国家法权的结合。后来,这三个寺院连同庆元府的育王、天童二寺,正式被钦定为禅宗最高寺院,这便是著名的"五山"制度。虽然南宋的史书中缺乏有关这一制度形成的确切记载,但它肯定存在,而且几乎原汁原味地被搬到了日本。不妨说,以浙江"五山"为代表的南宋禅林,也拥有中国的"五山文学",与日本的"五山文学"直接联结。

不管"五山"制度正式确立于何时,自大慧住持径山起,该寺就已成为南宋禅僧众望所归之地。据学界目前对"五山"历代住持的法系进行考察的结果①,可以发现南宋时期的住持禅僧大半集中于杨岐派。具体来说,南宋前期以大慧宗杲及其弟子佛照德光(1121—1203)的法嗣为多,后期则有越来越多的住持出自大慧师兄虎丘绍隆的法脉。也就是说,南宋禅林经历了以大慧派为主流,到大慧、虎丘二派并盛的过程,至宋元之交,虎丘派颇有后来居上之势。禅僧诗的发展情况,也大抵与此相应。

《全宋诗》录大慧诗五卷,《宋代禅僧诗辑考》又增补五十首以上,数量甚巨。其弟子中,懒庵鼎需(1092—1153)和卍庵道颜(1094—

---

① 参考[日]石井修道「中国の五山十刹制度の基礎的研究」(一)至(四),『駒澤大学仏教学部論集』13—16,1982—1985 年。

1164)存诗较多,云卧晓莹则是笔记《云卧纪谭》的作者,值得一提的还有一位女弟子无著妙总,《辑考》得其诗近五十首,可称李清照、朱淑真之后的第三名宋代女作家了。佛照德光是大慧去世后的禅林领袖,他本人诗作不多,但弟子中却有浙翁如琰(1151—1225)、率庵梵琮、北磵居简(1164—1246)等以诗著称,江湖诗人葛天民也曾是德光的法嗣,称朴翁义铦。居简的《北磵集》和弟子物初大观(1201—1268)的《物初剩语》,浙翁弟子淮海元肇(1189—？)的《淮海挐音》,以及大慧四世法孙无文道璨(1213—1271)的《无文印》,都是久负盛名的禅僧诗文别集。此外,浙翁弟子大川普济(1179—1253)、偃溪广闻(1189—1263)、介石智朋都能诗,普济就是《五灯会元》的编者。《全宋诗》还录有德光另一法孙藏叟善珍(1194—1277)诗一卷,善珍的弟子元叟行端(1254—1341)出家后由宋入元,《续藏经》所收《元叟行端禅师语录》亦包含大量诗颂。

至于虎丘派,虎丘绍隆南渡后住世日浅,作诗也不多,但其弟子应庵昙华(1103—1163)和法孙密庵咸杰(1118—1186),在《全宋诗》中都已有诗二卷。密庵出世后连续住持径山、灵隐、天童等"五山"禅寺,从此振兴了虎丘派。其弟子中有松源崇岳(1132—1202)、破庵祖先(1136—1211)和曹源道生,各自传播禅法,被视为虎丘派的三个分枝,他们本人也都写了不少诗颂。此后,《全宋诗》辑录的有曹源弟子痴绝道冲(1169—1250)诗一卷,破庵弟子无准师范(1178—1249)和石田法薰(1171—1245)诗各三卷,松源再传弟子石溪心月(？—1254)诗四卷、虚堂智愚(1185—1269)诗五卷、虚舟普度(1199—1280)诗一卷,这几位禅师都曾住持径山寺。长期以来,一位僧人在"禅"和"诗"两方面的声誉往往难以兼得,"禅"道高深的即便能诗而不以诗名,以"诗"著称的则容易在"禅"的方面受人怀疑。但到了虎丘派的这几位禅师身上,"诗"与"禅"已完全无碍,融合为一了。无准师范的门下,《全宋诗》录诗二卷以上的有西岩了惠(1198—1262)、断桥妙伦(1201—1261)、环溪惟一(1202—1281)和雪岩祖钦(1216—1287),而希叟绍昙(？—1297)诗多至七卷,法系上与他们同代的还有横川如珙(1222—1289),亦有诗二卷,觉庵梦真则有诗集《籁鸣集》《籁鸣续集》存于日本。可以说,宋元之交的虎丘派禅僧诗,正处在其发展的全盛期,除以上所举外,现存数十首诗作的禅僧可谓不胜枚举,其遭遇世变的结果是:一部分绵延入元,一部分分流扶桑。无准师范、石溪心月和虚堂智愚等径山长老都有一些日本弟子,其中国弟子中也有受邀东渡的,他们直接成为日本"五山"禅寺之开山。

以上根据《全宋诗》和《宋代禅僧诗辑考》,对宋代禅僧诗的发展概况作了极为粗略的叙述,从中不难看到,有大量的个案研究值得进行而尚待开展。不过,在深入研究个案之前,对相关文献及其表述特征、禅僧诗的基本类型和风格倾向有所了解,将不无裨益。下文分述这几个方面。

三、相关文献及其表述特征

上文说过,禅僧是现存宋诗除"士大夫"以外最大的作者群。这当然是我们能够搜集到的资料所显示的情形,原本不太合乎情理。因为那个时代具有写作能力的人中,落第举子的数量无疑最大,他们应该是比"士大夫"更大的作者群,其创作量决不可能低于禅僧这一特殊群体。然而,除了作为"江湖诗人"的部分,以及少量例外,那么多落第举子的作品都没能流传下来。禅僧的情况则与此不同,他们建立了一个特殊的文献系统,在书籍的编纂、出版、保存、传习诸环节,都较少受世俗的影响而相对独立,所以能避开不少导致文献失传的因素,而将业绩传给后人。

当然,佛教文献建立其独立的"大藏经"系统,不自宋代始,但禅家对此也有所增益和变革。比如在僧人传记方面,以"译经""义解"等"十科"为基本分类的"高僧传"模式虽也延续不断,但就禅宗僧人来说,最重要的却是新兴的"灯录"模式。自《景德传灯录》始,宋代又陆续编纂了《天圣广灯录》《建中靖国续灯录》《联灯会要》《嘉泰普灯录》和《五灯会元》,接下去还有明人编的《续传灯录》《增集续传灯录》《续灯存稿》《继灯录》,清人编的《续灯正统》《五灯全书》等,形成一个庞大的系列。此外还有专门的禅僧传记集,如惠洪的《禅林僧宝传》。一般来说,禅宗僧人并不注释经典、写作专著,但著名的禅僧大致会有弟子编撰的"语录"传世,很多"语录"会附载禅僧的诗偈、法语、书信等,兼具别集的功能。而且,除了单行的语录外,很早就出现了《古尊宿语录》那样的语录总集。有些禅僧撰有笔记,如惠洪的《林间录》,与此相似的还有《人天眼目》那样的杂著。以上这些类型的书籍中,都可能记录禅僧诗作品。

一部分禅僧出版了诗文别集,北宋如参寥子道潜的诗集、蒋山法泉的《证道歌颂》,南宋更有《北磵集》《无文印》等。总集也不在少数,如《禅门诸祖师偈颂》《禅宗颂古联珠通集》《禅宗杂毒海》等,更是禅僧诗的渊薮。

阅读和使用这些与禅宗相关的文献,必须掌握其表述特征。与一般传记不同,"灯录"的记事重点是摘录禅僧的精彩发言,而不是对禅僧行履的纪年式叙述。除了社会影响甚大的人物外,绝大部分传主都没有记其生卒年,甚至只提供名单而已,了无生平记述。但是它有一个突出的优点,就是几乎所有被收录的禅僧,都被编入代代相续的传法谱系之中,依其法系不难判断该僧的活动时期。可以与此印证的还有一类资料,叫"宗派图",《续藏经》中有明人编的《禅灯世谱》,而日本保存着南宋人绘制的《禅宗传法宗派图》[1]和《佛祖

---

[1] 日本东福寺所存《禅宗传法宗派图》,见《大日本古文书·东福寺文书之一》,东京大学出版会,1956年。

宗派图》①，后者将菩提达磨以下四千多位禅僧编入了法系，大部分与"灯录"所载一致。这充分说明了禅林对于法系的重视程度，从研究的角度说，我们了解一位禅僧诗作者的法系，大约相当于了解一位世俗作者的家世。

除了法系外，禅宗文献对禅僧的称呼方式，值得特别提出。禅僧有两个字组成的法名，但史料中往往只以下字称呼之，如大慧宗杲省称"径山杲"，黄龙慧南省称"黄龙南"，乃至于"南禅师""南书记""南匦头"之类。于是，有一些禅僧的法名，我们现在只能知其下字，不知上字。与法名连称的还有字号（包括表字、赐号、自号）和所住寺院名，常见的方式有：寺名加法名，如"雪窦重显""慧林宗本"等；赐号加法名，如"真净克文""佛眼清远"等；法名下字加表字，如"洪觉范"（惠洪字觉范）、"可正平"（祖可字正平）等②。这对于区别法名（或仅其下字）相同的禅僧，是非常有效的，而在我们辑录禅僧诗作品，或考察某位禅僧的生平、交游时，不了解这种称呼方式，几乎就寸步难行。比如《禅宗颂古联珠通集》，辑录了四十卷禅僧诗，但其所标示的作者名，全是"洞山聪""泉大道""野轩遵""佛印元"这样的简称，须对照"灯录"和"宗派图"，才能确认他们是洞山晓聪、芭蕉谷泉、中际可遵和佛印了元。故《全宋诗》编纂之时，对此书虽已利用，但很不充分。类似的问题在面对所有禅宗文献时，几乎都会碰到，《宋代禅僧诗辑考》在很大程度上就是为此而作的。

宋代禅僧诗作品能获得良好的保存，还有一个不可忽略的原因，就是宋代禅僧不但拥有中国的后继者，还有他们的"东海儿孙"。

---

① 南宋汝达《佛祖宗派图》，整理本见［日］须山长治「汝達の「仏祖宗派総図」の構成について——資料編」，『駒澤短期大学仏教論集』9，2003年。
② 详细请参考周裕锴《略谈唐宋僧人的法名与表字》，《宋僧惠洪行履著述编年总案》附录，高等教育出版社，2010年。

我们熟知,日本保存了不少中国已经失传的古籍,但总体上说,世俗文献中哪些会失传、哪些被保存,是具有偶然性的,而禅宗文献则是具有系统性地被彼邦所保存,因为日本的禅林需要传习这些文献。大量的书籍由于被收入《大正藏》《续藏经》而变得通行,但考其原本,有许多是仅存于日本的。此外还有南宋人编的《中兴禅林风月集》和宋末元初禅僧所编《江湖风月集》,是很重要的僧诗总集,近年才从日本回传,一起回传的还有《物初剩语》《籁鸣集》等禅僧别集。在宋元易代之际,有不少禅僧作品、禅林资料因东渡日本而幸免于中国的战火焚烧,某些中日禅僧的唱和诗稿,更因日僧的携去而仅存,如近年被介绍到中国学界的《无象照公梦游天台石桥颂轴》和《一帆风》,就是两国禅僧的唱和诗轴,都包含了数十首宋僧作品。值得一提的还有收录在《大日本佛教全书》中的《新撰贞和分类古今尊宿偈颂集》三卷和《重刊贞和类聚祖苑联芳集》十卷,编者是日本"五山"禅僧义堂周信(1325—1388),乃宋末渡日禅师无学祖元的三传弟子。他曾搜集宋元禅僧和一些日本僧人的诗歌,分类编订,前者据说是一个盗印本,后者才是周信晚年重新修定的。现在看来,有关南宋禅僧,特别是宋元之交禅僧及其作品的资料,义堂周信所掌握的很大一部分在我们的闻见之外,无疑值得重视。当然,这两部总集标示作者的方式,与其他许多禅籍一样,也以"大慧杲""投子青"甚或"汾阳""虚堂"那样的简称为主,但有时候会注明其嗣法何人,给我们确认作者带来方便。可以说,日本禅僧编纂的文献,也完全继承了宋代禅籍的表述特征。

四、禅僧诗的种类

我们所谓的"宋代禅僧诗",实际上不能简单地定义为"宋代禅僧所写的诗",因为它们辑自以上所介绍的各类文献,而辑录之时,对于某些作品是不是"诗",是需要判断的。判断的标准自然宽严有别,所以大体而言,"禅僧诗"包括了以下几个不同的种类。

第一类当然是体制上与世俗文人所作无异的真正的"诗"。这一类无须多加说明,像《参寥子诗集》和《江湖风月集》等别集、总集所收录的,以及禅僧与士大夫的唱和之作、中日禅僧唱和诗轴中的作品,都属此类。与下述其他种类的禅僧诗不同,这种传统意义上的"诗"更容易进入诗歌批评者的视野,被各家诗话所点评,而长于写作者便获得"诗僧"之称。自唐代以来,就有皎然、贯休等著名的"诗僧",北宋禅僧中大概以参寥子道潜的声誉为最高。

第二类按中国传统的文体分类系统,应该属于"文"而不是"诗",如题名为"赞""铭""颂"之类的韵文。这些韵文既押韵而又多为齐言体(每句字数相同),形式上与诗无别,一般集部书籍虽归入"文",但自六朝以来,僧人的作品就经常与文体分类系统产生冲突。这可能因为佛教经典所显示的印度的文体分类没有中国那么复杂,一般只分散文体(sutra,修多罗,长行)和诗体(gatha,伽陀,偈颂;geya,祇夜,重颂),也就是说,没有与"诗"相别的"韵文"。那么,僧人就很容易把诗与韵文等量齐观,恰恰诗体的法语又被汉译为"颂",而中国的"颂"又是韵文的一个类别,这就出现了僧俗差别:俗人写的"颂"是文,而僧人写的"颂"可能是诗。这个情况当然会蔓延到别的韵文类别,可想而知,僧俗之间亦难免相互影响,到了宋代,就显得非常因人而异:有些人严格区别诗与韵文,甚至把诗与偈颂也区别开来,有些人则毫无区别的观念。在这种情况下,现在从事辑录的人,是只好从宽,无法从严的,因为即便被作者的别集编在"文"类的作品,如果用的不是四言而是五、七言,就有可能被他人所编的总集当作"诗"收录。

第三类就是偈颂了。由于禅僧们区别诗与偈颂的观念各不相同,故这一类与第一类在实际区分上是非常困难的。推其源起,偈颂是印度诗体的汉译,译经的人经常是用中国的五、七言诗体去对译的,但不一定用韵,所以佛教徒有时候会模仿翻译文体,作无韵的偈颂。这与我们对"诗"的要求差距甚远,但因为相当少见,姑且可以不论。更多的情况是,虽然用韵,但语言浅俗,以此与诗相别。可想而知,对于形式上完全一致的东西,要根据语言风格去作出区分,几乎是不可操作的,更何况许多作者并无区分的意识。从名称上说,"偈"是音译,"颂"是意译,若题名为"偈"的视为诗,则题名为"颂"的也可视为诗,问题是我们不易判断作者所谓的"颂"是"偈颂"之"颂",还是中国传统的韵文体之"颂",实际上他完全有可能不加分别,这就使第二、三类之间,也经常难以区分。

第四类是禅家特有的创作体制,即针对前代某一公案发表见解、体会,撰成一颂,名曰"颂古"。它也许可以被视为"颂"的一种,但语录、灯录中都有此专名,而且还有专门收录"颂古"的总集,如《禅宗颂古联珠通集》四十卷,就是《全宋诗》和《宋代禅僧诗辑考》所用的重要文献。此类"颂古"以七言绝句体最为常见,其特殊性在于,读者须同时阅读相关的公案,才能索解。举个例子,如《禅宗颂古联珠通集》卷一九载以下公案:

> 赵州问一婆子:"甚么处去?"曰:"偷赵州笋去。"师曰:"忽遇赵州,又作么生?"婆便与一掌。师休去。

这是唐末五代禅僧赵州从谂的故事,在这公案下面,《通集》辑录了宋人的十首"颂古",较易理解的有"野轩遵"即云门宗中际可遵禅师的一首:

> 赵州笋,被婆偷,遭掴如何肯便休?合出手时须出手,得抽头处且抽头。

意思相近的还有"佛鉴懃"即临济宗杨岐派太平慧懃禅师的一首：

> 从来柔弱胜刚强，捉贼分明已见赃。当下被他挥一掌，犹如哑子吃生姜。①

跟许多用语浅俗的偈颂一样，我们可以把这样的"颂古"看作白话诗，但其含义却并不简单。婆子去偷赵州的笋，而被赵州当场捉住，人赃俱获，可谓身陷绝境。没有别的办法了，她只好放手一搏：一掌打去。面对这绝地反击、意在拼命的婆子，赵州岂敢与之争锋，当即"休去"。——这真是意味深长的行为艺术，但与其说赵州与婆子本人出于此意，还不如说可遵和慧懃对此公案的参悟结果如此。比较来说，以上第一、二类禅僧诗，体制上与世俗文人所作无别，第三类也与其他宗派的僧人所作无别，只有这"颂古"一类，则专属禅僧。故就禅僧诗本身而言，研究上似须以这一类为中心。

最后还有第五类，是与严格的"诗歌创作"距离最远的，几乎不能视为"作品"的文本，姑且称为"有韵法语"。语录、灯录中所见禅僧上堂说法，经常包含押韵的语句，后人编纂僧诗总集，有时会把这种押韵的段落当诗辑出，《全宋诗》和《宋代禅僧诗辑考》也尊重了这一传统，尽量收录"有韵法语"。不过，此类文本的取舍、分割有较大的随意性。如果禅僧的某一次发言全部用韵，那当然可以看作一首诗，但常见的情形是部分用韵，或者基本用韵但夹杂某些散句，这就既可以舍弃不顾，也可以舍弃散句而把押韵的几句分割出来当成"诗"。这样的"诗"在性质上相当于有些诗集中所录的"口号"，可以相信不少禅僧是有意为之的，但也有可能是灯录、语录的编辑者修饰而成，我们现在既无从甄别，又无法保证经过分割而得的一首

---

① 宋僧法应编、元僧普会续编《禅宗颂古联珠通集》卷一九，《续藏经》本。

"诗"在表意上的完整性,所以禅僧诗中虽然有此一类,但基本上不宜视为独立的作品。

五、禅僧诗风浅论

作为一个特殊的社会群体,相同的身份和生活状态使禅僧们的诗歌创作在风格上呈现出相当大的趋同性,这是不难理解的现象。同时,也因为禅僧是现存宋诗除士大夫外的最大作者群,所以他们的趋同风格对宋诗整体的风貌也有不小的影响。

首先,不光是禅僧,所有僧人的诗作,在题材、内容和表达上都颇受限制,不能写爱情,不能写世俗欲望,对美好事物的过度迷恋、激烈的情绪,以及怀才不遇之感,等等,都不合适。虽然不是每首诗都必须谈及佛理,但过于华丽的"绮语"则须克制。《六一诗话》记载的一个故事非常生动地形容出僧人在写作上所面临的这种困境:

> 国朝浮图,以诗名于世者九人,故时有集号《九僧诗》,今不复传矣。余少时闻人多称之。其一曰惠崇,余八人者,忘其名字也。余亦略记其诗,有云"马放降来地,雕盘战后云",又云"春生桂岭外,人在海门西",其佳句多类此。其集已亡,今人多不知有所谓九僧者矣,是可叹也。当时有进士许洞者,善为词章,俊逸之士也。因会诸诗僧分题,出一纸,约曰:"不得犯此一字。"其字乃山、水、风、云、竹、石、花、草、雪、霜、星、月、禽、鸟之类,于是诸僧皆阁笔。①

除了自然景物,僧人还有什么可写?那么,在仅有的题材上努力推

---

① 欧阳修《六一诗话》,《历代诗话》,中华书局,1981年,第266页。

敲,讲究技巧,锻炼佳句,便是唯一的出路。当然从另一方面说,他们面对自然和从事推敲的闲暇肯定比士大夫要多,对超然世外的萧散意态、清苦境况的表现也是其本色,所以虽受限制,仍有特长。我们熟知,欧阳修所提到的"九僧"和某些身份相近的隐士,是宋初"晚唐体"诗歌的代表作家。现在看来,这"晚唐体"虽以时代风格命名,到了宋代却已有群体风格的内涵,其作者多为僧人、隐士,他们构成了诗风相近的特殊群体,而同时存在的"白体",则以士大夫作者为主。这当然不能说成绝对的分野,但诗风与不同作者群的对应关系,大致是可以肯定的。我们若从群体风格的这个角度看待"晚唐体",则欧阳修对僧诗的另一种批评,即所谓"菜气",以及苏轼所说的"蔬笋气",乃至用语更为苛刻的"酸馅气"之类①,就与"晚唐体"有相当重叠的含义。按宋代文学史的通常叙述,"晚唐体"出现在北宋初期和南宋后期两个时段,后一个时段的"晚唐体"也可以称为"江湖体"。上文已提及,"江湖"一名的含义也主要指向作者的非士大夫身份,"江湖诗人"也包含僧人。所以,如果把全部僧诗考虑在内,我们也可以说"晚唐体"一类的诗风在两宋三百年间是从未绝迹的。虽然作为诗风的"晚唐体"可以蔓延到僧人以外的作者身上,甚至也有高级士大夫主张或擅长于此,不能专指僧诗的群体风格,但只要我们承认僧诗群体风格的存在,则其与"晚唐体"的密切关系,就值得充分重视。毫无疑问,宋代僧诗的绝大部分就是禅僧诗。

另一方面,从北宋中期起,优秀的诗僧往往因为对僧诗群体风格的摆脱,而获得士大夫的赞誉。实际上,无论是"菜气"还是"蔬笋气"的说法,在原来的语境里,都是为了称赏某僧的诗句不同凡响,而说他没有此"气"。不过这种赞誉经常也引起反对的意见:如果僧人为了避免"蔬笋气"而努力向世俗文人的作风靠拢,那是否就意

---

① 详见胡仔《苕溪渔隐丛话前集》卷五七"僧诗无蔬笋气"条,人民文学出版社,1993年,第406页。

味着只有"浪子和尚"才能写出好诗？在此类问题上，禅僧与其他宗派的僧人又有显著的区别。佛教的各宗派中，禅家的作风最为自由、泼辣，富有叛逆精神，敢于挑战成规，禁忌相对较少，故在摆脱"蔬笋气"上具有相当的优势。他们甚至会以禁忌的领域来暗喻佛法，如五祖法演曾诵艳诗"频呼小玉元无事，只要檀郎认得声"，而圆悟克勤就从中悟禅，写出他的体会："少年一段风流事，只许佳人独自知。"①参禅悟道被比况为"一段风流事"，佛门最大的禁忌在言语表达上就不复存在。当然，这只是一种言语上的冒险，除了少数破戒狂僧，一般不会转换到实际行为的。然而，言语冒险正不妨说是禅僧诗的突出特征，不只是艳情话语、战争、武器、屠杀类话语，还有呵佛骂祖，对丑陋事物的形容，出人意料的比喻，莫名其妙的跳跃，故意的自我矛盾、逆向思维，以及鄙俚俗语的大量运用，等等，禅僧们斗机锋时的表达风格，也全盘被移入诗歌创作，真可谓"语不惊人死不休"。具有此种言语追求的某些禅僧会成为"江西诗派"中人，并不是一件奇怪的事，我们完全可以倒过来认为：构成黄庭坚"诗法"的不少因素原本来自禅家言语冒险的影响。

值得特别提及的是大量运用俗语所造成的诗歌白话化倾向。自唐寒山、王梵志以来，白话诗已自成一种写作传统，而继承这一传统的主要就是禅僧。在上节列举的禅僧诗各种类中，偈颂类、"颂古"类以及从语录、灯录中辑出的"有韵法语"，都包含了一部分可称白话诗的作品。虽然宋代的禅宗不断地走向亲近士大夫的一途，但作为宗教，也必定不能抛弃其世俗面向，禅僧们不但要给士大夫说禅，也须给平民百姓说禅，故禅僧诗的白话化倾向与其作者的身份也是相应的。而且，若论宋代的白话诗，主要的部分怕就是禅僧诗，数量上应远超唐代。这也是我们搜集和研究宋代禅僧诗的一大意义。

---

① 《五灯会元》卷一九，第1254页。

当然,更多的禅僧诗作品不是纯粹的白话诗,而是文言、白话并用,有意识地造成一首诗在言语风格上的不一致,比如北宋上方齐岳禅师的一首《颂古》:

云生洞里阴,风动林间响。若明今日事,半斤是八两。①

前面是对仗工整、格律稳妥的"正常"诗句,最后却来一句俗语。还有与此相反的情形,如中际可遵禅师的一颂:

八万四千深法门,门门有路超乾坤。如何个个踏不着,只为蜈蚣太多脚。不唯多脚亦多口,钉嘴铁舌徒增丑。拈椎竖拂泥洗泥,扬眉瞬目笼中鸡。要知佛祖不到处,门掩落花春鸟啼。②

这大概是说禅僧们的行为都是多余的,把他们比为多脚的蜈蚣,做的事情也仿如以泥洗泥而已。全首基本上使用白话口语,但最后一句却变为"正常"而且很优美的诗句。言语风格上的前后不协,破坏了习见的诗歌格调,所以不少批评家对此表示不满,如明代杨慎云:

至于筋斗样子、打乖个里,如禅家呵佛骂祖之语,殆是《传灯录》偈子,非诗也。③

他认为杂入俗语的这类文本,只能叫作偈子,不是诗。然而,这种"筋斗样子"带来的对习见诗歌格调的破坏,却正是禅僧诗作者有意追求的效果,那无疑也是言语上的一种冒险。北宋有一位以"筋斗"

---

① 《宋代禅僧诗辑考》,第 57 页。
② 《宋代禅僧诗辑考》,第 92 页。
③ 杨慎《丹铅余录》卷一六,《文渊阁四库全书》本。

著称的禅僧,即西余净端,语录记其事:

> 师到华亭祇园寺,众请升座,云:"本是霅川师子,却来云间哮吼。佛法无可商量,不如打个筋斗。"遂打筋斗,下座。①

很显然,"打筋斗"是对升座说法之类禅僧日常行为的破弃。诗歌中突然转变言语风格,也正如打了一个"筋斗",其破弃之意与此无异。所以,我们恰恰可用"筋斗样子"一语,来概括最大部分禅僧诗的诗风。包含它在内的各种言语冒险所带来的冒险乐趣,在我看来是禅僧们如此勤于写作的最根本原因。

---

① 《湖州吴山端禅师语录》卷上《西余大觉禅寺语录》,《续藏经》本。

北宋诗僧惠洪考略

李 贵

一、惠洪姓名字号考

黄启方《释惠洪五考》一文(《中外文学》第23卷第4期,1994年9月)考辨惠洪的姓名字号云:惠洪俗姓喻,字觉范,又名德洪,别号甘露灭、寂音、冷斋、俨或老俨。所论甚是,然犹有未备者。

关于惠洪的法名,其诗文集《石门文字禅》卷二四《寂音自序》(以下简称《自序》)云先是"冒惠洪名"。释祖琇《僧宝正续传》卷二载其先假惠洪名,后因故改名德洪;同是丛林史传,释正受《嘉泰普灯录》卷七、释念常《佛祖历代通载》卷二九则谓其初名"慧洪"。今当从《自序》作"惠洪"。本文不称"德洪"而称"惠洪",是因为由其经历看,从得度到成名,从冒牒案发到再次得度,他都用"惠洪"名,易名"德洪"已是在二次得度以后。

惠洪尚有其他名号。因他曾名临川居所曰明白庵,自称"明白老"(《明白庵铭并序》),故人或称之"明白洪"。唐宋丛林在称呼方面有个惯例,即把僧人法名下字与其表字连在一起称呼,因此惠洪觉范又被称为"洪觉范""觉范洪"。惠洪再次得度后,郭天信"奏锡椹服,号宝觉圆明"(《自序》、《僧宝正续传》卷二)。史家又有"清凉惠洪"之称,乃因惠洪曾住金陵清凉寺之故。又,据吴曾《能改斋漫录》卷一一载,王安石之女读到惠洪"十分春瘦缘何事,一搦乡心未到家",斥之为"浪子和尚",故后世或称惠洪为"浪子和尚"。

二、惠洪生平经历考

忽滑谷快天《中国禅学思想史》(上海古籍出版社1994年版)和黄启江《僧史家惠洪与其"禅教合一"观》一文(附有《惠洪年谱简编》,载《大陆杂志》第82卷第4期,1991年4月)基本概述了惠洪的生平简历,这里只就有关问题展开讨论。

1. 关于传记资料

综合忽滑谷快天、黄启江以及陈垣《释氏疑年录》(中华书局1964年版)等研究成果,惠洪生平事迹主要见于以下诸种文献:《自序》,释晓莹《罗湖野录》卷上、《云卧纪谭》卷上,许顗《智证传后序》,释祖琇《僧宝正续传》卷二,释正受《嘉泰普灯录》卷七,吴曾《能改斋漫录》,释念常《佛祖历代通载》卷二九等。然三位学者的研究犹有遗漏。

事实上,记述惠洪生平的早期(宋代)文献尚有:释祖咏《大慧普觉禅师年谱》、晁公武《郡斋读书志》卷一九、陈振孙《直斋书录解题》卷一七和方回《瀛奎律髓》卷一六。其中祖咏之书多载惠洪与大慧宗杲交游事,方回之语源自韩驹《觉范墓志》,二者犹足珍贵。上文所列书目再补以此四书,则较可信之惠洪生平事迹自然得见。

2. 关于生卒年

方回云:"考韩子苍《觉范墓志》,(惠洪)熙宁四年辛亥生。"(《瀛奎律髓汇评》卷一六)这是直接写明惠洪生年的原始文献。惠洪常自述某年几岁,如本集卷一七《戊戌生日》自述"政和八年四十八",《自序》称宣和五年"时年五十三矣",由此可推知惠洪生于熙宁四年(1071),与方回所记吻合。关于惠洪圆寂年月,历来有三说:建炎元年(1127)夏,建炎中,建炎二年(1128,五月)。今考惠洪本集,卷二六《跋叔党子》明言作于建炎二年三月十八日，则卒于建炎元年之说显系误记。又，据祖琇记载，建炎二年十月韩驹致信宗杲曰："昨烦作《觉范行状》及出世入寂月日，欲为作一铭，托同安入石，切不可缓也。"(《大慈普觉禅师年谱》)是惠洪圆寂当在建炎二年三月到十月之间。然则祖琇等人的说法可信，惠洪于建炎二年五月示寂，当时的诗坛领袖韩驹为撰塔铭。

3. 关于五度入狱

惠洪一生共五度入狱。先是崇宁四年(1105)冒名事发下金陵制狱。后出狱。出狱未两月，复收入禁。前后共一年(《御手委廉》《自序》《僧宝正续传》)大观三年(1109)秋，惠洪复"以弘法婴难入狱"，至次年春二月仍病卧狱中(《昭默禅师序》《涟水观音》)。政和三年(1113)五月，复下太原狱，十月始获释(《记福岩言禅师语》《寂音自赞》)。此四次牢狱之灾，研究者或误系年月，或减少次数，故于此简单一辨。

又几年，惠洪第五次下狱。有学者认为当在宣和四年(1122)，然所据不明(杜继文、魏道儒《中国禅宗通史》，江苏古籍出版社1993年版)。惠洪虽未明言，但《自序》曰：

(政和)五年夏于新昌之度门。往来九峰、洞山者四年。将自西安入湘上，依法眷以老，馆云岩。又为狂道士诬以为张怀素党人，官吏皆知其误认张丞相(引者按：指张商英)为怀素，然事须根治。坐南昌狱百余日，会两赦，得释，遂归湘上南台。

自政和五年(1115)起过了四年，本当为政和八年或九年。而宋徽宗在政和八年十一月改元重和，又在重和二年二月改元宣和，则惠洪下南昌狱当在政和八年(重和元年)或重和二年(宣和元年)。又，惠洪自称"会两赦，得释"，史载政和八年春正月、冬十一月先后两次大赦天下,则惠洪入狱当在两赦之前,亦即政和八年十一月之前。此外,卷一七有《八月十六日入南昌右狱作对治偈》。八月十六日入狱,距二次大赦后即十一月后获释,正好百余日。合此种种,可知惠洪是次入狱当在政和八年(1118)八月十六日,出狱当在重和元年(1118)十一月底至十二月初。黄启江《惠洪年谱简编》仅据《自序》而定入狱在宣和元年(1119),是年两赦早过、惠洪已得释,怎会入狱?黄谱有误。

三、惠洪成就著述考

惠洪具有多方面成就。吴曾说惠洪"以医刘养娘识天觉"(《能改斋漫录》卷一二)。如此,则惠洪通医术。

惠洪善画工词。同时人许颉称惠洪"善作小词,情思婉约,似少游",成就过于仲殊、参寥(《彦周诗话》)。读者可由《宋人传记资料索引》《词话丛编索引》查得前人褒扬惠洪画作词作的文献线索,兹不赘述。

惠洪亦工文。陈振孙称"其文俊伟,不类浮屠语"(《直斋书录解题》卷一),今人钱锺书对惠洪之文亦评价甚高(《管锥编》,第1384页)。

至于惠洪之诗,由宋迄今均享有较高声誉。宋黄庭坚《赠惠洪》诗曰:"数面欣羊腔,论诗喜雉膏。"任渊注:"上句言每见辄移顷,久而益亲;下句言得诗之膏腴。"(《山谷诗集注》卷二〇)同时诗人谢逸、王庭珪,诗论家许颉均对惠洪诗推许有加,惠洪诗在南宋甚至成了僧诗的典范(均见各人诗集、文集)。清四库馆臣说洪诗"清新有致",在北宋后期能自成一家(《四库全书总目》卷一五四),《宋诗钞》则从另一角度说其诗"雄健振踔,为宋僧之冠"。贺裳、陈衍对惠洪的古体尤为推崇(《载酒园诗话》《宋诗精华录》)。当然,持批评意见者亦有,如朱熹、方回就认为惠洪诗虚骄,终不及参寥(《瀛奎律髓汇评》卷一六)。

惠洪在佛禅领域的成就至为杰出,其著述亦以佛学禅理为主。这里仅讨论他撰写《禅林僧宝传》的成书时间。本集卷二三《僧宝传序》谓"书成于湘西之南台",宣和五年正月八日已有人缮写完毕送惠洪作序;又宋本《僧宝传》有惠洪好友侯延庆宣和六年序。而《佛祖历代通载》卷二九徽宗甲辰条下云"《禅林僧宝传》成",徽宗甲辰即宣和六年。是《僧宝传》至晚成于宣和四年(1122),而印行则在六年(1124)。又,本集卷二六有《题淳上人僧宝传》《题其上人僧宝传》《题英大师僧宝传》等题语,皆明言作于宣和四年,不仅可证《僧宝传》成书时间,由题语亦知是书付梓前已广为传播。于谷认为是书成于宣和二年,但未言所据(《禅宗语言和文献》,江西人民出版社1995年版),故特为拈出一辨。

妙观逸想文字禅
——论惠洪的艺术思维与诗歌艺术

李 贵

高举"文字禅"大旗的北宋名僧惠洪(觉范)在佛禅领域的造诣向为学界瞩目,[①]其文学成就在今天则不太引人注意。其实,惠洪的文学作品在历史上一直为人所称道,宋陈振孙《直斋书录解题》卷一一谓"其文俊伟,不类浮屠语",清《宋诗钞·石门诗钞》推其诗为"宋僧之冠"。惠洪诗在南宋甚至成了僧诗的典范。[②] 对这样一位杰出的高僧和著名诗僧,学术界的研究还很不够,本文拟就惠洪的诗歌艺术展开讨论,以期为宋诗研究、僧诗研究增加一个代表性的个案。

《宋诗钞》说惠洪之诗"雄健振踔",《四库全书总目》卷一五四《石门文字禅》提要评惠洪诗曰"清新有致,出入于苏、黄之间,时时近似",两种意见综合起来便见出惠洪的诗歌风格兼具雄健振踔与清新有致。那么,这两种风格是如何形成的? 换言之,隐藏在风格背后的惠洪的艺术思维和诗歌艺术是怎样的?

[①] 详见陈垣《中国佛教史籍概论》卷六,中华书局,1962 年,第 132—142 页;黄启江《僧史家惠洪与其"禅教合一"观》,《大陆杂志》第 82 卷,第 4、5 期,1991 年;杜继文、魏道儒《中国禅宗通史》,江苏古籍出版社,1993 年,第 397—401 页;周裕锴《文字禅与宋代诗学》,高等教育出版社,1998 年,第 25—42 页。

[②] 如庆老能诗,绍兴初李汉老祭文称之为"今洪觉范,古汤惠休"。见晓莹《云卧纪谈》卷上,《续藏经》本。又见洪迈《夷坚乙志》卷一三,《宛委别藏》本。

惠洪与一般的作家不同。他首先是学者,然后才是诗人。渊博的学识、丰富的经历和豪放的个性使他的作品既有别于传统的僧诗,①也不同于通常的宋诗,虽然他与苏轼、黄庭坚相似,都属学者型诗人。在上述条件之外,惠洪的批评家身份应引起我们的注意。身兼作家与批评家双重角色,他的创作与批评有时互相促进,有时却又互相掣肘。② 但无论如何,惠洪带着明确的诗学思想来指导创作是值得重视的,即使普通的艺术技巧在这种背景下也有了更深一层的意义。惠洪的诗歌艺术可谓丰富多彩,其章法结构之技已有学者举例指出,本文将重点论述其妙观逸想之妙。

一、妙观逸想的内涵

在整个文艺创作过程中,思维方式具有根本性意义。在某种程度上,可以说,有什么样的思维方式就有什么样的文学艺术,思维方式的特质决定着文学艺术的风格,中西古代艺术的不同根本上是由于思维方式的差异。

在人类的认识活动中,艺术掌握世界与宗教掌握世界的方式有相似之处,诗歌和佛教禅宗尤其如此。学识渊博、禅教双修的惠洪显然意识到了这种相似,并且主动将二者融会贯通,从而悟出诗歌的思维方式——"妙观逸想"。其笔记《冷斋夜话》卷四云:

> 今人之诗,例无精彩,其气夺也。夫气之夺人,百种禁忌,诗亦如之。富贵中不得言贫贱事,少壮中不得言衰老事,康强

---

① 关于惠洪的经历和人格心理,详见李贵《论惠洪的人格心理与诗歌艺术》,四川大学硕士学位论文,1998年。
② 参见张双英《试探胡仔论惠洪评诗之弊的理论基础》,《中国文学批评的理论与实践》,国文天地出版社,1990年。

中不得言疾病死亡事,脱或犯之,人谓之诗谶,谓之无气,是大不然。诗者,妙观逸想之所寓也,岂可限以绳墨哉!如王维作雪中芭蕉,自①法眼观之,知其神情寄寓于物,俗论则讥以为不知寒暑。

这段话的核心在于"妙观逸想",即诗人在观照世界、构思艺术时应当天马行空,任意驰骋,不受任何禁忌束缚。"妙观"是释家的认知范畴,主体以智慧之心对世界作神秘的、直觉的、超越常规的观照,妙观察智,圆教圆融。②"逸想"一词出自画论、书论及诗论,指创作过程中自由自在、洒脱不羁、变化无碍的审美构思。③"妙观逸想"四字融合了宗教和艺术把握世界的术语,正见出惠洪打通诗禅的用意。惠洪认为,诗歌是神妙的观照与放逸的构思的寄寓物,在俗人眼中不可思议的情状在真正的诗人那里恰是真意之所在,正如周裕锴所分析的,"妙观逸想"作为艺术家的构思过程,"特别指艺术形象的塑造突破常形常理的局限,而进入一种挥洒自如、圆融无碍的创作状态"。④ 这种状态既得益于惠洪禅教双修的深厚造诣,也是其豪放不羁的个性在创作上的必然发展。

惠洪在诗文中多次以"妙观逸想"为标尺去衡量文艺。《冷斋夜话》卷七评东坡留戒人疏曰:"予谓戒公甚类杜子美黄四娘耳,东坡妙观逸想,托之以为此文,遂与百世俱传也。"其诗文集《石门文字禅》在各体作品中至少八次提到了"妙观逸想""妙观"和"逸想":五古如卷四《提举》⑤"知公寓逸想,喧不碍岑寂";七古如卷四《大圆庵

---

① 中华书局1988年陈新点校本作"诗",此据《文渊阁四库全书》本改。
② 参见丁福保《佛学大辞典》上册,上海书店影印本,1991年,第1212页中;慈怡主编《佛光大辞典》,佛光山出版社,1989年,第2858页。
③ 参见皮朝纲《慧洪审美理论琐议》,张高评主编《宋代文学研究丛刊》第2期,1996年。
④ 周裕锴《文字禅与宋代诗学》,高等教育出版社,1998年,第109页。
⑤ 惠洪《石门文字禅》,《四部丛刊》本。以下凡引自此书者,均只注明卷数、篇名。又,惠洪诗题普遍较长,为省篇幅,除非必要,本文对长篇名只列简称。

主》"知谁逸想寓此意,必也高人非画师";五律如卷九《题会容室》"刹尘彰帝纲,妙观现层层;画赞如卷一九《东坡画应身弥勒赞并序》"二老流落万里,而妙观逸想寄寓如此,可以想见其为人"。有了神妙的观照,万物自会层层呈现;有了纵逸的构思,喧嚣与寂静可以并存不碍。惠洪在评画像时亦用妙观逸想,证明他不仅论诗、而且论一切文艺皆以此为标准。惠洪在在不忘从妙观逸想的角度去评判文艺,可见他始终以此作为文艺之圭臬。妙观逸想的思维方式对惠洪的诗歌创作影响巨大,其诗歌的题材与体式、辞格与技巧均以此为出发点。多重的人格心理和不拘一格的思维方式促成了惠洪诗歌风格的双重性。

二、妙观逸想与题材、体式

诗僧用以作诗的材料一般都很缺乏。由于诗僧普遍不问世事,隐身山林,生活的平静、经历的平凡和心性的淡泊使得他们在诗中都只是看云览月、体道见性,因此僧诗的题材显得过于狭窄,缺乏广泛深刻的社会生活内容,意象也过于单一,不外山水风云、香钟棋茗之类。据欧阳修《六一诗话》载,宋初有进士名许洞者与九僧聚会,分题作诗。许洞摆出一张纸,和诸僧相约"不得犯此一字",诸僧看纸上写的字乃是山、水、风、云、竹、石、花、草、雪、霜、星、月、禽、鸟之类,于是纷纷搁笔,不敢作诗。可见除了自然景物的题材,诗僧很难写出其他方面的东西。即使惠洪很欣赏的诗友、江西派诗人祖可也不免此病,如《韵语阳秋》卷四评祖可诗曰"观其体格,亦不过烟云、草树、山川、鸥鸟而已",同派诗人李彭说"可诗句句是庐山景物,试拈却庐山,不知当道何等语"(《扪虱新话》上集卷四引)。诗材不富是传统僧诗的通病。

然而读者在惠洪身上见不到这种通病。惠洪诗歌的题材非常广泛，他自称"江山得意且题诗"（卷二《自豫章》），山光水色当然是他描摹的对象（这部分地促成了他清新的风格），但山程水驿不是限制而是扩大了他的视界，举凡读书论理、观画赏乐、社会人生乃至酒肉食品皆可入诗，没有任何题材局限。随手翻开《石门文字禅》卷一就可发现这点：在总共45首古风当中，以人物描写为主的21首，将近一半；以谈诗、赏画、论书为主的品艺诗共8首；以自然景物为主的写景诗只有7首，犹不及品艺诗；吟咏名胜古迹、历史人物的咏史诗（极少风景描写）共6首；此外还有咏马、咏粥、记梦诗各1首。即使就历代僧诗的代表体式五律作比较，惠洪在题材上也绝无捉襟见肘之尴尬。《石门文字禅》卷九共收五律95首，①其中无景物和几乎无景物描写的至少有31首。唐人无诗不造自然意象，宋初九僧离开山林风月无从下手，惠洪不写自然景物却照样得心应手，材源滚滚，触处生春，这与苏轼、黄庭坚有共通之处。更有甚者，惠洪诗歌中还有不少酒色的题材，这不仅使僧容失色，正统文人诗中也不多见。

即使同为自然意象，惠洪使用的目的与来源也与传统诗僧不一样。有时诗中的景物其实是在写人，如"大范风月湖，小范烟雨柳"（卷一《赠范伯履承奉二子》）、"邦基今年方十九，美如濯濯春月柳"（同上《赠许邦基》），皆以自然景物比喻人物风采，其法源于六朝的人物品藻，此即所谓"妙观"。其诗中不少意象是用典与"逸想"的结果，如九鼎、华亭、钓舟、凤凰、鹓雏、豹隐，等等。以上这些意象都并非缘于感物起兴，而是来自神妙的观照与奔逸的构思。

惠洪诗中最常见的是诗（诗眼、句法、诗兴等）、书（经卷、简册等）、翰墨（笔墨、丹青、书法等）之类意象，它们与上文提到的以物写人、典故意象一起构成了惠洪诗歌意象的主要特点：书卷

---

① 《早行》乃黄庭坚诗，见于《山谷外集补》卷二，今除去不计。

气、理性化和人文性,这是惠洪学富五车在诗歌里的反映,也使得惠洪在诗题意象上迥异于诗僧和一般诗人,而接近当时的大诗人黄庭坚。①

"苦嗟所历小,不尽千里目"(《后山诗注补笺》卷七《和魏衍三日二首》之一),陈师道对自身诗歌题材局限的嗟叹在宋代不少诗人那里都会产生共鸣,但惠洪不会如此,因为坎坷的人生阅历玉成了惠洪诗歌的广泛题材。虽然,惠洪繁富的诗材有得于其渊博的学识和丰富的经历,但更主要的还是由于其思维方式的运用。祖可读书亦多,②其诗题材却与传统僧诗无甚两样。道潜经历亦颇曲折,其诗材却显狭窄。③可见渊博的学识、丰富的经历只提供了可能性,倘若诗人囿于传统和禁忌,诗歌题材仍不会广泛,只有突破常规的思维方式才会使这种可能性变为现实性。正是由于妙观逸想理论的指导,惠洪的诗歌才会有如此繁富的材料和多元的意象。北宋如晏殊、欧阳修等诗人都有近色狎妓的真实经历,但他们都为道德要求和文体本色所限而不在诗中作艳语;惠洪未必有违反色戒的事实,但他彻底打破禁忌而好为绮语。两相对照,妙观逸想的思维方式对惠洪取材的指导意义是不言而喻的。

妙观逸想的思维方式不仅使惠洪在题材上突破了传统,而且也使他的诗歌在体式上超越了以往的诗僧。惠洪之前的诗僧普遍善近体而不善古体,而近体中又以五律这种句式简约、篇幅短小的体裁见长。④惠洪则不然。为便于讨论,且将《石门文字禅》中各体诗歌总数列表如下(表1):

---

① 黄庭坚的诗歌意象具有浓郁的书卷气和强烈的理性精神,详见周裕锴《论黄庭坚诗歌的艺术特征》,《四川大学学报丛刊》第28辑,1985年。
② 《艇斋诗话》说祖可初学诗时"取前人诗得意者手写之,目为'颠倒篇'",《韵语阳秋》卷四载徐俯赞可于前代诗人及王安石、苏、黄等皆"心得神解",可见祖可读书多。
③ 方回《瀛奎律髓》卷四七评语:"参寥诗句平雅有味,做成山林道人真面目。"道潜既是诗僧的典型,则其诗材亦不富。
④ 周裕锴《中国禅宗与诗歌》第二章,上海人民出版社,1992年。

表1 《石门文字禅》各体诗歌体式及数量、比例

诗歌总数	诗歌体式		各体数量		所占比例(%)	
1 535①	古体	五古	242	449	15.8	29.3
		七古	207		13.5	
	近体	律诗 五排	5	1 086	0.3	70.7
		律诗 五律	95		6.1	
		律诗 七律	397		25.9	
		绝句 五绝	92		6	
		绝句 六绝	90		5.9	
		绝句 七绝	407		26.5	

从表中可以看到,虽然近体诗仍占70.7%的大比数,但僧诗常见的五律只有95首,约占总数的6%,与罕见的六绝接近,数量相当少;相反,古体的比例高达29.3%,无论五古、七古均远远超过五律,这在历代僧诗中是仅见的,在宋人诗里也是少有的。一般说来,近体诗声偶要求太严而且字数不多,七律才56字,五律只有40字,诚如刘昭禹所谓"如四十个贤人,着一个屠沽不得"(黄彻《䂬溪诗话》卷五引),而古体诗在声律方面的限制相对较少,篇幅可长可短,虽难以表现深微的兴致,却适合铺张扬厉、直抒胸臆,这正是豪放不羁、视野开阔、富于想象力的诗人所喜欢的,李白的古风比例高达91%,②就是证明。正是由于古体具有大快人心、疏瀹五藏的宣泄作用,充满人格冲突的惠洪才致力于这种豪放雄健的诗体创作。周

---

① 卷二《次韵见寄二首》实仅1首,今按1首计入。卷八《送因觉先》《妙高墨梅》实乃《浣溪沙》词(见《全宋词》),卷九《早行》乃黄庭坚诗,今除去不计。
② 蒋寅《大历诗风》,上海古籍出版社,1992年,第207、210页。

裕锴认为:"中国古代各种诗体都是'有意味的形式',选择诗体往往意味着选择一种审美趣味。"①惠洪大力制作古体诗表明了他对"诗者,妙观逸想之所寓也"这种审美观的偏爱。

后人对惠洪的评价也大多着眼其古风。贺裳《载酒园诗话》赞惠洪"五言古诗,不徒清气逼人,用笔高老处,真是如记如画";陈衍《宋诗精华录》卷四谓其"古体雄健振踔,不肯作犹人语,而字字稳当,不落生涩,佳者不胜录";莫砺锋说"惠洪的各体诗中,以七古为最佳",②都是赞扬其古风的成就。限于篇幅,本文只能择要分析一二。七古如《石门文字禅》卷一《题李愬画像》:

> 淮阴北面师广武,其气岂止吞项羽!君得李祐不肯诛,便知元济在掌股。羊公德化行悍夫,卧鼓不战良骄吴。公方沉鸷诸将底,又笑元济无头颅。雪中行师等儿戏,夜取蔡州藏袖里。远人信宿犹未知,大类西平击朱泚。锦袍玉带仍父风,拄颐长剑大梁公。君看鞬橐见丞相,此意与天相始终。

首句的"师广武"与次句的反诘语气使全诗开笔即显得气势充沛。接下来由不诛李祐、卧鼓不战、沉鸷忍耻和雪夜入蔡诸方面铺写李愬的战斗远略、德化政策、深谋勇猛和神速隐秘,最后从过去的史实转到眼前的画像,盛赞李愬的风度与忠诚。全诗有意识地运用了类比手法,诗共四层,每一层都以历史人事作对比衬托(韩信师广武、羊祜行德化、李晟击朱泚、形象仍父风),构思精巧独到。类比虽多,转接却很自然,如从描写李愬雪夜入蔡到摹刻画像之间极易脱节,但作者用"大类西平击朱泚"和"锦袍玉带仍父风"两句就将前后巧妙地衔接起来,因为李愬的用兵韬略与乃父李晟(西平王)有相似之

---

① 周裕锴《中国禅宗与诗歌》,第83页。
② 莫砺锋《江西诗派研究》,齐鲁书社,1986年,第123页。

处,二者的风度仪表亦神似,画像的"仍父风"紧承行兵的"大类西平",转接圆转自如,气脉流畅连贯。更重要的是,此诗属论赞体,议论颇多,但由于议论时出之以史事和抒情,故读来并不觉枯燥乏味。总的说来,此诗类比滔滔而重点突出,气势开张而层次分明,镜头转换丰富快捷而转接自然,议论煌煌而真切得体,语言雄健稳当,有碑版文字气息,故陈衍评曰:"抵段文昌一篇碑文,不啻过之。"(《宋诗精华录》卷四)惠洪此法类似黄庭坚《送范德孺知庆州》(《山谷内集诗注》卷二),《彦周诗话》称惠洪此诗"当与黔安(山谷)并驱",盖亦着眼于章法结构。杨载《诗法家数》指出:"七言古诗,要铺叙,要有开合,有风度,要迢递险怪,雄俊铿锵,忌庸俗软腐。须是波澜开合,① 如江海之波,一波未平,一波复起。又如兵家之阵,方以为正,又复为奇,方以为奇,忽复是正。出入变化,不可纪极。"从以上分析来看,《题李愬画像》是达到了这个要求的。

此外,卷二《至丰家市读商老诗次韵》也是出色的七古,陈永正说此诗"气格近苏而笔致似黄,章法流走而句法生新,别具一格",② 莫砺锋认为它"把乡间生活写得饶有情趣,风格清新轻快而不失之浅薄",③所评皆中的。此亦可见惠洪诗既有雄健振踔的一面,又有清新有致的一面。

五古的风格也有两面性。清新明畅的如卷四《次韵天锡提举》:

携僧登芙蓉,想见绿云径。天风吹笑语,响落千岩静。戏为有声画,画此笑时兴。夙习嗟未除,为君起深定。蜜渍白芽姜,辣在那改性?南归亦何有?自负芦圌柄。旧居悬水旁,石室如仄磬。行当洗过恶,佛祖重皈命。念君别时语,皎月破昏

---

① 按:"波澜开合"以下全抄自姜夔《白石道人诗说》。
② 陈永正《江西派诗选注》,中山大学出版社,1985年,第165页。
③ 莫砺锋《江西诗派研究》,第124页。

暝。蝇头录君诗,有怀时一咏。

全诗可分三层,前六句为第一层,极写登山之乐,其中三、四句以动衬静,更见出幽谷丛林之神奇;七到十六句为第二层,追叙自朱崖北归后的生活与未来的志向,一片禅境;第三层乃怀友之情,"念君别时语,皎月破昏暝"二句是说友人临别之语像夜空中皎洁的月光,像清除了世界的昏暝一样照亮了自己灵魂的暗夜,虽有恭维之嫌,但比喻贴合诗人身份而且暗寓空灵之境,禅意无限。

五古雄健者如卷四《瑜上人》,表达自己履险如平地的态度以及与瑜上人的深厚友谊。全诗共38句,篇幅宏大,设喻精当,妙趣横生,夹叙夹议,挥洒自如。诗句如"安知跨大海,往反如入郭。譬如人弄潮,覆却甚自若。旁多聚观者,缩项胆为落""想见历千峰,细路如遗索",融夸张、想象、比喻于一炉,尤其结尾"寄声灵石山,诗当替余作。便觉鸣玉轩,跳波惊夜壑"数句,寓意山水清音才是最好的诗句,构思奇特而思致高远,实前人所未道。

《载酒园诗话》认为:"僧诗之妙,无如洪觉范者,此故一名家,不当以僧论也。"《宋诗精华录》卷四评《题李愬画像》及上引二诗说:"以上数诗,何止为宋僧之冠,直宋人所希有也。"就惠洪的古体而言,贺、陈二人的观点是很有见地的。

据蒋寅的研究,唐人写题咏、闲情、酬赠、送别等题材常用律诗,而写咏怀、叙事、感兴、讽刺等题材则多用古体。[①] 惠洪在这方面也有所突破,其古体可说是无所不写,咏怀叙事固然包括在内,如上引《瑜上人》;即使题咏酬赠之类也用古体抒写,如上文分析的本集卷一中,除去写景品艺诗,其余的都属题咏、酬赠、送别题材,共29首,约占该卷总数45首的64%,而且佳作不少,前面分析的《题李愬画

---

① 蒋寅《大历诗风》,第210页。

像》即是。惠洪在体式方面的成就超越了历代诗僧,在古体题材的选择上则突破了唐人的畛域。

古体在声律上规定不严,但在章法结构上要求甚高,姜夔《白石道人诗说》即主张"作大篇,尤当布置"。因此,如果缺乏神奇的想象和构思,即使生性豪放也未必能工于此体,惠洪能在古体方面获得众口一词的赞美,其人格个性固然是一个条件,但根本条件乃是其妙观逸想的思维。正因如此,惠洪的古风才写得跌宕生姿、波澜起伏。

惠洪在古体方面的突出成就常使读者忽略了他的近体。事实上,惠洪亦擅近体。《载酒园诗话》在赞叹惠洪五古后论其近体诗,列举了"永与世遗他日志,尚嫌山浅暮年心。冻云未放僧窗晓,折竹方知夜雪深"(《石门文字禅》卷一○《石台夜坐二首》之二)、"夜久雪猿啼岳顶,梦回山月上①梅花"(同上《上元宿百丈》)等七律对句,称许它们"俱秀骨嶷然"。今人陈永正《江西派诗选注》共选惠洪诗10首,其中五古3首,七古2首,五律2首,七律2首,七绝1首;②莫砺锋《江西诗派研究》也认为惠洪七律如《次韵赠庆代禅师》(卷一二)、《寄李大卿》(卷一○)等"句律老健,语言清拔,豪华落尽而筋骨嶙峋",③皆可证惠洪近体亦优。

惠洪在体式方面的求新出奇还体现在对六绝的大量制作上。六言绝句这种体裁,历来数量无多,洪迈编《万首唐人绝句》,其中只有38首六绝(见该书卷二六)。宋人诗中也不多见,据莫砺锋统计,王安石集中有5首,苏轼集中有11首,黄庭坚较多,也只作了66首。④六绝如此之少的原因,洪迈认为是"六言诗难工",其《容斋随笔》卷一五说:"予编唐人绝句,得七言七千五百首,五言二千五百

---

① 《石门文字禅》所载、《载酒园诗话》所引皆作"清月在",《冷斋夜话》卷五作"山月上"。从对偶句法及全诗意境看,"山月上"较胜,故从《冷斋夜话》。
② 陈永正《江西派诗选注》,第156—170页。
③ 莫砺锋《江西诗派研究》,第46页。
④ 莫砺锋《江西诗派研究》,第46页。

首,而六言不满四十,信乎其难也"。惠洪却知难而进,竟写了 90 首六绝,与五律、五绝的比例相当。惠洪此举显然受了黄庭坚的影响,他曾说:"予绍圣初留都下,闻士大夫藉藉诵青石牛诗,而此四绝尤著闻,恨不见此老。"(卷二七《跋珠上人山谷酺池诗》)所谓青石牛诗,当指《题山谷石牛洞》(《山谷内集诗注》卷一)六言绝句。绍圣元年(1094)惠洪 24 岁,大诗人的六绝是如此深地吸引了他,以至于他创作了数量远远超过偶像的六言绝句,其中不乏优美可诵者,如卷一四《李端叔》五首之四:"月下一声风笛,尊前万顷云涛。玉堂他年图画,卧看今日渔船。"又同卷《和人春日三首》之一:"冰缺涓涓嫩水,柳涡剪剪柔风。浡色尽情澄晓,游丝放意垂空。"由于六言诗本身在句式、节奏、韵脚等方面存在的弱点,①惠洪的六绝成就不如其他诗体,但他在体式层面超越前人、自立门户的实验确实值得我们注意。

三、比喻与拟人

从根本上讲,一切艺术都是想象的产物,艺术思维自然也包括想象。艺术家在构思时必然要张开想象的翅膀任意飞翔,所谓"精骛八极,心游万仞"(陆机《文赋》)就是对这种构思状态的高度概括。惠洪既然主张"妙观逸想",那么艺术想象当然是应有之义,其诗歌也常有明显的想象之辞,如"佳章忽来生喜气,风轮载我登昆仑"(卷三《余作舍利赞》)、"泠然驭风欲仙去,引手便觉天可扪"(卷四《次韵彭子长》)、"用谷量云当衣钵,以江盛月展家风"(卷一二《题清富堂》),夸张与想象二合为一,气象万千。但是,如果仅此而已,我们就没有必要大力研究惠洪,因为李白的想象早已为文学树起了高

---

① 详见刘继才《论唐代六言近体诗的形成及其影响》,《文学遗产》1988 年第 2 期。

峰。我们之所以研究惠洪,是因为他不仅把想象作为一种艺术技巧(就像李白那样),而且将它提升为一种思维。换言之,想象在惠洪那里不仅具有工具论的意义,更具有本体论的价值。所以,本文在此并不打算分析作为一种技巧的想象如何给惠洪诗歌增色,而只想探讨它作为思维方式对其他艺术技巧的影响。

毫无疑问,比喻和拟人的描写本体都是真实的、当下的,而其喻体、人物则是非当下的,也不一定是真实的,两种辞格的哲学基础是事物的普遍联系,而它们运用得如何则取决于诗人对世界的观照方式和创作时的构思。因此,可以说,没有细致的观察和高超的想象就不可能有精妙的比喻和拟人。在这个意义上,妙观逸想的思维方式非常有利于诗人自如地运用比喻、拟人手法。

比喻是惠洪用得最多的修辞手段。惠洪的比喻囊括了明喻、暗喻、借喻、曲喻、博喻等各种类别,其中最能见出个人风格的是曲喻和博喻。

首先是曲喻。曲喻包括两小类,一是牵强性比喻,一是扩展性比喻,二者在惠洪的曲喻中皆极为常见。

先看扩展性比喻。惠洪常常把描写对象比作某物,然后离开描写对象即本体,专在喻体上扩展引申,或者在喻体身上生出新的比喻。卷八《寄南昌黄次山》可说是这方面的典型:

> 次山心地平如镜,照海照毛无少剩。刘公诃之昏雾蒙,张公磨之复清莹。张刘皆是善知识,大黄甘草各医病。

此诗咏叹黄次山的心性学问,除了第一句外,后几句专就心地如镜的"镜"这一喻体着力铺陈形容,完全抛开了心地这一本体。先由心地联想到镜子,联想的依据是二者性质相似——皆平坦,进而联想到照海照毛,于是刘公的教诲就如对镜呵气导致镜面模糊,张公的教导则好比擦拭镜面使之明净如初。惠洪的比喻显然受到北宗神秀偈的启迪。神秀有偈语云:"身是菩提树,心如明镜台。时时勤拂拭,莫使有尘埃。"(《坛经》)先是把心比作明镜,然后坐实喻体,以拂拭明镜喻日常修行,从寓意到手法都开了惠洪的先路。惠洪的成功之处在于,他借用神秀的"原文本"从酬赠的狭小天地跳出来,通过这种扩展,诗歌的内容丰富了,境界扩大了,审美价值也提高了,平庸的日常生活获得了诗性消解,这可说是惠洪反抗日常经验的有效武器。惠洪的扩展性比喻,有的是利用事物的别称来造成比喻关系,如卷一〇《访鉴师不遇》"应门童子能迎客,满地榆钱欲买春",榆钱是榆树叶的借喻性称呼,榆树叶不能买东西,但"钱"是货币可以购物,因而离开树叶这一本体,专在别称的另一意义上展开描写。此法并非惠洪首创①,但他在诗中多次使用,如卷一二《次韵彦周二首》之二"榆钱满地买春去,岳色渡江排闼来"、卷一六《春晚二首》之二"榆钱满地赎春归,山茶昨夜都开了"、同卷《意行》"浓笑春风穷似我,也将柳絮当榆钱",可见惠洪是有意识地运用这种手法,而且有所偏爱。

再看牵强性比喻。和通常的"雪山比象,满月况面"的形象相似性的比喻不同,惠洪的比喻大多着重性质上的相似性,而在形象、事类上可以毫不相干,甚至本体自身根本不是具象而是抽象的。这种比喻看起来牵强,实则相当准确深刻,它摒弃了事物表面的类似而直指事物之间的相近本质,极见匠心和功力。譬如"见之美如痒初爬"(卷五《和曾逢原试茶连韵》)一句,用扒痒的生理感觉比喻读诗的审美感受,二者的共同处在于感受的性质都是过瘾、舒服,虽然受到苏轼启发②,但能翻过一层。这种比喻遍布各种诗体,而本体又

---

① 参见岑参《戏问花门酒家翁》:"道傍榆荚仍似钱,摘来沽酒君肯否?"陈铁民、侯忠义校注《岑参集校注》卷二,上海古籍出版社,1981年,第89页。
② 苏轼《与胡祠部游法华山》:"忽逢佳士与名山,何异枯杨便马疥。"《苏轼诗集》卷一九。

集中在三种事物：一是世事人生，二是人物品性，三是文艺鉴赏。试看以下几例：

> 世味甘于浣蜜刀，舐之割利那可逃。（卷二《王表臣》，七古）
> 我诗如石田，疏理终无用。（卷三《次韵道林》，五古）
> 哭子如临敌，当勾失短鋋。（卷九《次韵哭夏均父》，五排）
> 生涯如倦鸟，栖息此山中。（同上《寓钟山》，五律）
> 已把功名比鸡肋，更惊世路似羊肠。（卷一二《次韵宿东安》，七律）
> 我诗水清浅，双鹄浴不烦。（卷二四《余居》之七，五绝）
> 文章风行水上，岁月舟藏壑中。（同上《寄冀中三首》之二，六绝）
> 爱师任运如湘月，影入千江体不分。（卷一六《会师》，七绝）

世味、诗文、哭友之伤悲、生涯、任运等本体都是抽象的东西，而浣蜜刀、石田、大敌、湘月等喻体却是具体可感的物质实在，本体和喻体之间能连在一起类比烘托，完全基于它们在性质上而非形象上的相似。浣蜜刀似乎甜美可口，但一旦真去舐它，舌头就会受伤；人生、世道之味似乎美好，但倘若积极入世，就会遍体鳞伤。世味和浣蜜刀之间的相似点在于：它们都是表面美好实则会贻害主体的事物。惠洪的牵强性比喻多以奇胜，如"文如水行川，气如春在花"（卷三《送朱泮英》）、"丽句妙于天下白，高才俊似海东青"（卷一一《书承天寺》）四句，《雪浪斋日记》赞曰："皆奇句也。"（《宋诗纪事》卷九二引）相对于以具象比具象，这种以具象喻抽象的手法更要困难，它要求诗人对万事万物有深切的感受、深入的观察和深广的联想，因而就更显得技巧高超，成为诗人炫耀学识和才华的有效手段。或许正是

出于此类目的,惠洪有时仅以一个牵强性的比喻就写成一首诗:

> 有味新诗名不得,正如仙爪为爬身。此时风味无人会,想见麻姑掰脯麟。(卷一五《再和答师复五首》之四)

构成全诗的基石仅是一个曲喻:新诗之味犹如仙爪挠身。① 诗人随后又进一步联想到传说中的麻姑搔痒,但仍围绕着本体——抽象的诗味。此诗纯粹是妙观逸想的结果,其创作契机是古书典故而非自然物象,其美学效果是智力谐趣而非情景交融。

惠洪诗中曲喻的两种内涵——扩展性比喻和牵强性比喻——常常结合在一起使用,如上引《寄南昌黄次山》和《再和答师复五首》之四都是先有一个牵强性比喻,然后再坐实喻体,就喻体展开描写。这样的手法具有搜奇猎异、雕字琢句的特点,主要以出人意料的机智、新颖取胜,读者从曲喻中获得的趣味常常是理智胜于美感。

其次是博喻。按钱锺书的解释,所谓博喻就是"一连串把五花八门的形象来表达一件事物的一个方面或一种状态",②惠洪在这方面也有表现:

> 夫子和雪诗,放意如注瓦。手搏华严界,笑中已见借。高词师枣柏,宁暇数班马?如登妙高峰,如游广莫野。(卷六《景醇见和复和戏之》)

为了描写诗的"放意",诗人连用三个牵强性比喻,用好几个具体的形象来表现抽象的"放意",让人目不暇接,而"放意"的状态在这一连串的形象中暴露无遗。惠洪有时不是单用几个形象比喻事物的

---

① 参见杜牧《读韩杜集》:"杜诗韩集愁来读,似倩麻姑痒处抓。"《樊川文集》卷二。
② 钱锺书《谈艺录》,中华书局,1984年,第226页。

一种性质,而是比喻同一事物的不同方面,但其中心仍是同一事物。譬如"两公作妙语,清绝类阴何。气爽如南山,暗岚掩峨峨。意快如落瀑,万仞崩银河。秀如华林风,嫣然散微和"(卷六《和元府判游山句》)、"我读元侯诗,险若过惊浪。忽于旋涡中,溅雪涌千嶂。又如曹征西,唾手缚袁尚。又如花间春,熟视迷背向"(同上《次韵元不伐知县见寄》),皆以多个不同形象比喻同一事物——友人诗歌的特色或自己读诗的感受,迫使事物无所遁形,读者则随着作者的博喻时而真实、时而虚幻地体验着事物的性状。

诚然,惠洪之前已有不少诗人在曲喻、博喻上取得成就,如韩孟诗派的扩展性比喻、黄庭坚及江西诗派的牵强性比喻、苏轼的博喻都为人所称道。① 不过,惠洪在学习、模仿苏黄②的基础上确实有着不容忽视的表现,而且他自觉用妙观逸想的理论指导自身的实践,在比喻的技巧上还受到禅教典籍的启发。③ 因此可以说,惠洪在艺术上的大特色就是比喻的丰富、新鲜和贴切。这些比喻兼顾到自然对象和人文对象,为读者创造了一个又一个新奇的世界。美国学者萨金特的说法也许有助于我们理解惠洪诗中比喻的深层作用:"比喻是一个任意的翻译者,它随心所欲地更新世界。"④

如果说妙观逸想为惠洪多用、巧用比喻提供了思维武器,那么,理一分殊的宗教思想则是惠洪取譬设喻的终极目标。佛教认为,道只有一个,其具体表现则可有千千万万;反过来说,万事万物最终都归结为一个道,"青青翠竹,尽是法身;郁郁黄花,无非般若",具象的山水草木都是抽象的佛性的化身。惠洪的水月和春花之喻就体现了这种思想:

---

① 钱锺书《谈艺录》,第 22 页。
② 莫砺锋《江西诗派研究》,第 122—123 页。
③ 钱锺书《谈艺录》,第 615—616 页。
④ [美]萨金特《后来者能居上吗:宋人与唐诗》,莫砺锋编《神女之探寻》,上海古籍出版社,1994 年。

稽首一切智成就,譬如一月落万水。乃知洪崖桥上看,不离文殊一月体。(卷一五《立上人》)

天全之妙,非粗不传,如春在花,如意在弦。(卷一九《郴州乾明进和尚舍利赞》)

体分天下正如月印万川,妙传四方正如春遍群芳,世间万物都有着佛性的生命,佛性的生命可以由世间万物来表现,那么,比喻,尤其是以具象喻抽象的牵强性比喻就成为表现宗教义理和体验的最佳方式,即便本体为凡尘俗物的牵强性比喻也契合宗教精神。因此,当惠洪在设喻取譬时,他实际上是在以外界色相参证妙悟禅理,由事物的普遍联系思考自身的存在与世界的关系,用艺术实践体现宗教精神。比喻不仅是一种艺术技巧,更是一种宗教手段。比喻的宗教性质使惠洪区别于苏黄而独具自家面目。

比喻而外,拟人也是惠洪诗歌辞格中非常突出的一种手法。比惠洪年长的大诗人黄庭坚善用此法。吴沆《环溪诗话》指出:"(山谷)以物为人一体最可法,于诗为新巧,于理亦未为大害。"惠洪诗学山谷,其比拟亦使人倍感新鲜巧妙,如"浮根争附络,细叶正商量"(卷九《早春》)、"枝上啼禽毛羽光,商量密叶恰能藏"(卷一六《次韵晚春二十七首》之七),把细叶繁茂比作人正凑在一起商量,不仅生动贴切,而且幽默风趣,充满生机。又如"绿波垂柳眼初开"(卷一一《都下》),杨柳初绽新芽,仿佛豆蔻少女开始能抛人媚眼,经此比拟,杨柳的神韵如在眼前,富于动态感。《山谷外集诗注》卷一《寄黄从善》有云"渴雨芭蕉心不展,未春杨柳眼先青",惠洪之拟或由此化出。又《山谷诗集注》卷一《演雅》通篇把动物当作人来写,惠洪则把植物当作人写:

高节长身老不枯,平生风骨自清癯。爱君修竹为尊者,却笑寒松作大夫。不见同行木上座,空余听法石为徒。戏将秋色供斋钵,抹月批(披)云得饱无?(卷一〇《崇胜寺后竹千余竿,独一根秀出,呼为竹草者》)

全诗句句把竹当人,在诗人的比拟下,这株修竹高风亮节,鄙笑官禄,重悟道而轻口腹,无血无肉的修竹成了有德有智的高僧。此诗通过拟人法形象地表达了作者清雅高洁的生活理想,修竹的形象、高僧的形象,归根到底是作者的自我形象。表层结构是以人拟物,深层意旨却是由物见人,语言平淡诙谐,意境清淡含蓄,可谓得咏物三昧。虽然黄诗刻画了多种动物形象,此诗始终围绕一根秀竹比拟,但其效果显然与黄诗异曲同工,难怪黄庭坚一见辄喜,且手书此诗(见《能改斋漫录》卷一一)。

在惠洪的妙观逸想下,自然万物都有了人的生命:"试问井中龙,吾行汝知不"(卷三《临川》),井中雨龙成了诗人的朋友;"一雨饯残暑"(卷九《次韵衡山》),雨落暑退的自然现象成了人类的设宴饯行;"草虫对语僧临砌"(卷一一《秋夕》),虫在草中鸣叫仿佛知心好友的对床夜语。惠洪对拟人法是如此的喜欢,以至于他在卷一六的七绝组诗《次韵通明叟晚春二十七首》中一口气将诗中所有的景物都进行了人化比拟,而且主要是以女色比花木,佛门的清规戒律在诗家的妙观逸想面前完全无效。就像黄花翠竹在佛家看来都是佛性的生命一样,自然万物在惠洪眼里都是性灵之人,它们甚至因诗人而有喜怒之情:

晓从城郭来,山亦为余喜。(卷三《洪玉父》)

兀坐思归不举头,窗风为我翻书叶。……故应山亦为余喜,隔岸遥看圆笑靥。(同上《乾上人》)

修筠有泪知谁恨,枯木开花为我春。(卷一二《龙兴禅师》)

一方面是诗人强烈的自我意识,另一方面是"自作多情"的物为己用。与传统的追求天人合一、人融于物或人的物化不同,惠洪并未使自己消融在万物当中,相反,他驱使了万事万物,是物的人化而非人的物化成了他孜孜以求的目标。拟人的结果是自然的人化,人化自然才是惠洪心仪的自然。无论何时何地,他都要将主体介入自然,"个中著我添图画,便似华亭落照湾"(卷一六《舟行》),再美的风景,必须有"我"的存在才会如画。妙观逸想的思维方式使惠洪运用拟人法时得心应手,拟人法则令其诗歌避免了传统僧诗意境过于清寒的毛病而充满生命的律动,呈禅境而无禅寂,溢人气而不俗气。

以上本文分析了惠洪诗中用得最多、最突出的两种修辞手法:比喻和拟人,其中比喻又以曲喻与博喻最有成就。需要强调的是,比喻和拟人在惠洪这里已不是一般的艺术技巧,它们更主要的是作为妙观逸想的思维方式在诗中的灵动体现,前者暗寓了诗人的宗教精神,后者反映了诗人的自我意识,此其一。其二,惠洪在比喻、拟人时往往出之以典故,由历史人物、故事、语句来充当喻体的做法给他的诗歌添上了很浓的书卷气,这有别于通常的僧诗而更接近苏黄的风格。

综上所述,妙观逸想的思维方式使惠洪诗歌在构思、题材、体式和修辞等方面都超越了传统僧诗,也在不同程度上突破了世俗诗歌,佛门乃至人间的清规戒律在妙观逸想面前几乎无效,世间万物在妙观逸想的观照下无所遁逃,想象的翅膀载着诗人穿越时空之限、天人之别,推动诗人最大限度地发挥艺术潜能。历来讥讽僧诗者好以"蔬笋气"为戏,[①]北宋郑獬《郧溪集》卷一四《文莹师集序》亦云:"浮屠师之善于诗,自唐以来,其遗篇之传于世者,班班可见。缚于其法,不能闳肆而演漾,故多幽独、衰病、枯槁之辞,予尝评其诗,

---

① 周裕锴《中国禅宗与诗歌》第二章第四节。

如平山远水,而无豪放飞动之意。"但在惠洪这里,寒俭拘谨之气几乎完全消失,代之而起的是"雄健振踔"的豪放之气和"清新有致"的灵动之趣。惠洪自称"我词勿学郊岛寒,谪仙笔端能造化"(卷七《忠子》),谢薖也赞他"吟诗不复郊等伍"(《谢幼槃文集》卷三《有怀觉范上人》),这些评价是合乎实际的。朱熹从僧诗正统出发,认为惠洪诗歌不及参寥(方回《瀛奎律髓》卷四七引),方回认为"觉范诗虚骄之气可掬","觉范佳句虽多,却自是士人诗、官员诗"(同上),皆对惠洪的越轨持批评态度。其实,钱锺书所指出的"有风月情,无蔬笋气",①正是惠洪的可爱之处,朱熹和方回所挑的缺点正是惠洪诗歌的优点。研究僧诗的成就、研究宋诗对唐诗的超越,都不能忽略惠洪的诗歌理论和创作。

---

① 钱锺书《谈艺录》,第 226 页。

评周裕锴《宋僧惠洪行履著述编年总案》

朱　刚

　　清人王文诰有《苏文忠公诗编注集成总案》，是彼时为止最详尽的苏轼年谱，今人周裕锴著《宋僧惠洪行履著述编年总案》(高等教育出版社，2010年)，亦是今日为止最详尽的惠洪年谱。所谓"总案"者，盖诗人年谱与诗歌系年实为一事，王氏依创作年份编录苏诗，加以注释，名为《编注集成》，又以案语形式阐明系年理由，总成一书，便等于年谱。大概周氏对于惠洪别集《石门文字禅》，也有编年注释之计划，其先成《总案》，则编注之面世，可以克日待也。

　　宋人别集，尤其是自编或亲友所编的别集，每类作品的编排大抵有时间顺序，这为作品系年提供了甚大的便利，苏轼《东坡集》亦不例外[①]；但惠洪的三十卷《石门文字禅》，现在看来却是个很突出的例外，我曾数度努力推寻其编排顺序，皆了无所获，今得周氏所考比照之，可确定此集编者并无时间意识。这就使作品系年失去最可依靠的信息，周氏编纂此《总案》的难度与用力之勤，不难想见。当然，如本书《弁言》《凡例》所云，周氏之前，已有日本江户僧阔门《注

---

① 王文诰有时改变《东坡集》编排顺序，另行系年，反成错讹。姑举数例：《东坡集》卷七《次韵刘贡父李公择见寄》，编在熙宁九年诗中，王氏据朋九万《东坡乌台诗案》改系熙宁八年(1075)；《东坡后集》卷六《子由生日》《以黄子木拄杖为子由生日之寿》，编在元符元年(1098)诗中，王氏以为此年东坡已作《沉香山子赋》贺苏辙生日，不当重复，故改系元符二年(1099)。其实，以上数诗在苏辙《栾城集》卷六、《栾城后集》卷二皆有和作，其编排顺序所示创作年份，与《东坡集》《东坡后集》可谓弥合无间，王氏轻改系年，殊不足据。今人孔凡礼《苏轼年谱》《苏辙年谱》仍沿王氏臆见，不重宋集序次，窃以为亦失当。

石门文字禅》、京都大学人文科学研究所《禅林僧宝传译注》附柳田圣山《觉范惠洪略年谱》、美国学者黄启江《惠洪年谱简编》、中国台湾学者黄启方《释惠洪五考》、吴静宜《惠洪文字禅之诗学内涵研究》附《惠洪年谱》、中国大陆学者陈自力《释惠洪研究》附《惠洪年谱新编》、李贵《宋代诗僧惠洪考》等先行成果。周氏综合其说,驳正错讹,补其未详,在长达十年之间,细读惠洪一生著述,旁参历史文献、宋人别集、禅门典籍与各种传记资料,周密考证,终成五十余万字的巨编。书成寄我,我披寻数月,受教无量,而要其大端有三:一是对诗僧惠洪的生平创作,可得全新的了解;二是读禅门史料,可得其行文的凡例;三是对北宋后期文坛,可得立体化的认知。下文就此三端,略作胪叙。实不足为本书之评议,仅述本人开卷之益而已。

一、对惠洪生平创作的全新了解

由中古以来标榜"不立文字"的佛教宗派——禅宗,发展出南宋乃至日本镰仓以后的"五山文学",其对于"文字"的态度之转变,当然会有一个较长的历史过程,但北宋惠洪明确倡导的"文字禅",实堪视为标志。新近出版的禅宗思想史著作,也有特辟专节加以论述者[①]。作为宋代首屈一指的"诗僧",惠洪受文学史界的关注,从上文所列研究成果,也可见其一二。尽管如此,有关惠洪的研究仍未臻于充分的程度,随着研究的深入,即便是对其生平著述的基本描述,也须不断改写。《宋僧惠洪行履著述编年总案》(以下简称《总案》)几乎一开卷,就刷新了一个基本信息:"俗姓彭氏,名乘。"(第5页)

惠洪的俗姓,一向有姓彭、姓喻二说,《总案》据惠洪集中多处对其宗亲的称呼方式,判断其本家姓彭,出继喻氏。在此基础上,周氏

---

① 如麻天祥《中国禅宗思想史略》第二编第六章第四节"惠洪与文字禅",中国人民大学出版社,2007年。

对《稗海》本《墨客挥犀》卷六"渊材开井禁蛇"条的自注"渊材姓彭名几,即乘之叔也"加以考察,因《墨客挥犀》为杂抄他书的辑撰性质,而"开井禁蛇"一条乃抄自惠洪的《冷斋夜话》卷九,故自注所谓"乘之叔也","乘"当是惠洪自称。彭渊材确实是惠洪的叔父,而惠洪曾被下狱刺配,剥夺僧籍,其时著述宜署俗名,故"彭乘"为惠洪俗名的判断,我认为是可信的。以前孔凡礼校点《墨客挥犀》(中华书局,2002年)时,也曾查明此书的辑撰性质,但他认为上述注文"乃后人妄加,不可信",而又复猜测此书辑撰者必是惠洪彭氏族人,他称之为"彭□"。在我看来,孔氏离正确的结论只有一步之微,其否定"彭乘"而另立一位"彭□",何如径认"彭乘"?可见文史考据之学,决不仅仅是发现和搜集史料而已,根据史料所载信息,作出合理的判断,是至为关键的。

当然,有判断也就会有异见,有异见则必须争议,有争议而所涉问题重要者,则堪称之为学说。《总案》附录《惠洪与换骨夺胎法——一桩文学批评史公案的重判》《关于〈惠洪与换骨夺胎法〉的补充说明——与莫砺锋先生商榷》二篇,就是在拥有的史料基本相似的情况下,因不同的判断而引起一番争议的记录。这争议不光关涉惠洪的生平著述,也牵连到文学史、文学批评史的重要问题,故有必要稍作说明。周氏前文曾发表于《文学遗产》2003年第6期,后文的纸本则初见本书(电子本已载《文学遗产》网络版第四期)。《文学遗产》在发表周氏前文的同期,一并刊出了莫氏《再论"夺胎换骨"说的首创者》,针锋相对。这显然出于编者的组织,本来应该很有意义,但由于周氏是提出新说,而莫氏乃维持成说,故这样的安排容易给读者造成的印象是:此事由周氏挑起,又由莫氏平息了,等于什么也没发生。其实,如果抛开对于学术史上相沿已久的成说的顾虑,则二氏得出相反的结论,关键在于惠洪《冷斋夜话》中一段文字的标点问题。按周氏的标点,换骨夺胎法乃惠洪所创,而按莫氏所认可的传统标点,则惠洪乃是转述黄庭坚的说法。仅就文意而言,两种标点都是通的,其他史料中也未确凿明言首创者为谁,那么,作出不同的判断,完全基于判断者对黄庭坚、惠洪二人的生平著述、写作习惯乃至当时文风诗风的了解。莫氏早以黄庭坚和江西诗派研究闻名,周氏也擅长宋代诗学和禅宗研究,他们在这个问题上形成了不同的学说,都值得倾听,因为专家对于研究对象的理解,有长年沉浸其中所致的体会,不是追问证据、辨析语义之类通常的研究方法可以为他们分辨短长的。不过我个人是倾向于支持周说的,这倒不是因为我能够断定黄庭坚决无这样的诗法,而是如周氏所言,禅门诗僧更喜欢谈论此类诗法,其出于惠洪的可能性更大。而且,从批评史的角度说,换骨夺胎法见于惠洪笔下是确凿无疑的,其是否出于黄庭坚却还有疑问,那么,在获得新的证据以前,这"产权"只能判归惠洪。批评史上其实也有相似的现象,比如"成竹在胸"之说,苏轼的原文也可以被理解为:他在转述画家文同的指教①,但一般批评史都在苏轼名下,而不在文同名下评述此说。有关史料都揭示出来后,信从哪一种说法,只待读者自己的判断了,但无论惠洪是提出者还是转述者,禅门说诗的传统与江西派诗学在他身上的综合,是值得重视的。

上文说过,《石门文字禅》的编排大致无序,确定每个作品的写作时间极其困难。但是,通观《总案》,周氏对惠洪绝大部分作品都作了系年考证,这在很大程度上得力于他对北宋禅林和文坛全景的整体了解,故能旁参他人的行迹,捕捉住惠洪作品中隐含的信息,推求其确凿的或者最可能的写作时间,信以传信,疑以传疑,使惠洪、禅林、文坛三者得以立体呈现。另一方面,对惠洪作品的精读,自不可少。他的精读称得上心细如发,比如第129页发现十四首编在古

---

① 苏轼《文与可画篔筜谷偃竹记》,阐述其成竹在胸之说后,紧接一句"与可之教予如此"。《苏轼文集》卷一一,中华书局,1986年。

体诗的作品,均为《浣溪沙》词,而为《全宋词》失收,便是突出的例子。其订正前人误说之处,亦辨析精严,比如第14—15页订正"十九试经"之说,也是显著的一例。"十九试经"出自惠洪本人的《寂音自序》,故前人皆以为可靠无疑,但《总案》以确凿的证据,断定惠洪到开封试经得度,乃在元祐五年(1090)二十岁时,从而判明《自序》为晚年误记。这样的例子举不胜举,相信任何人通读本书后,都会感到:我们从来没有如此深入具体地了解惠洪。

二、禅门史料的行文凡例

对宋代禅林从整体全景到具体细节的深入了解,是周氏的专长,《总案》反映出他在这方面的造诣,可谓独步海内。

读书首重识例,像禅宗典籍那样的专业文献,不识其行文的习惯、凡例,就无法正确理解和充分运用,甚至根本读不通。《总案》第2页解释"洪觉范"的称呼时,即发其一例:

> 北宋末禅僧常以法名与表字连称,名取简称,即法名第二字,字取全称。以本集所见,如洪觉范、平无等、如无象、睿(慧)廓然、祖超然、一万回、珪粹中、权巽中、太希先、规方外、因觉先、忠无外、超不群、端介然、修彦通、演胜远、清道芬、津汝楫等等,均属此类。据此称呼惯例可考证禅僧之字,以补僧传、灯录之不足。

周氏本人也觉得此例甚为重要,故另作《略谈唐宋僧人的法名与表字》一文,附录本书之后,对禅门僧人的称呼习惯解释得更为清楚,并据此纠正当前古籍整理中涉及禅僧时的许多表述和标点错误。实际上,就我所知,由于不明此例,各种学术著作中出现表述不确、理解错误、辑佚遗漏、张冠李戴等种种缺憾的情况,比周氏指责的远为严重。比如原始资料中以字号或简称形式出现的宋代禅僧(真净克文称为"真净""真净文""文关西",大慧宗杲称为"杲""径山杲""妙喜""普觉禅师"之类),我们在转述时,理当调查其正式的法名加以说明,至少在《全宋诗》《全宋文》的作者小传或《宋人传记资料索引》《宋僧录》那样的工具书中,不应照抄原始资料,沿用简称、字号而已。在涉及世俗人物时,这已是最起码的原则,但一涉及僧人,这条原则几乎全被放弃,有关宋代禅僧的表述中,几乎满眼皆是简称、字号,甚至把同一僧人的不同称呼并列起来分别表述,仿如二人。更为严重的是,编纂总集时照录原始资料,真的把一僧拆成了二人。如周氏已指出的,释祖可字正平,时人呼为"可正平",后人又妄改为"何正平",我们现在翻检《全宋诗》,就可以看到"释祖可"与"何正平"两立。周氏考明释士珪字粹中[①],而《全宋诗》亦将"释士珪"与"珪粹中"两立。其他如惠洪嗣法之师克文禅师号真净,而《全宋诗》除"释克文"外还有两位"释真净",其中一位当作"释居说"(净住居说,号真净),一位就是克文;跟惠洪有交往的惟清禅师号灵源,而《全宋诗》既有"释惟清"又有"释灵源";彦岑禅师号圆极,而《全宋诗》既有"释彦岑"又有"释圆极";释蕴常字不轻,而《全宋诗》既有"释蕴常"又有"常不轻";大慧宗杲有室名妙喜,而《全宋诗》既有"释宗杲"又有"释妙喜";此外如"勇禅师"当即"释仁勇","普融知藏"当即"释普融",等等,不一而足。反过来,"释道全"名下,却将一个字

---

① 见《总案》第65页。除周氏所论外,吕本中《东莱诗集》卷一四有《东林珪、云门杲将如雪峰,因成长韵奉送》,卷一五有《简乾元珪老》《别后寄珪粹中(一作鼓山)》诗,此"东林珪""乾元珪老""珪粹中"即为同一人,《新续高僧传四集》卷一一《宋温州龙翔寺沙门释士珪传》云:"靖康改元,江州漕使方郎中请住庐山东林,后以兵乱避地闽中乾元。"其经历与吕诗之称呼相合,此亦可证珪粹中即士珪。吕氏诗题中的"云门杲"则是大慧宗杲,《古尊宿语录》卷四七有《东林和尚、云门庵主颂古》,就是士珪与宗杲所作颂古各一百十篇,《大慧普觉禅师年谱》绍兴三年条云:"东林珪禅师自仰山来同居,各作颂古一百一十篇。"以下转录士珪《书颂古后》一文,可以证实。但《全宋诗》编者却将"东林和尚"误认为卍庵道颜,在"释道颜"名下辑录这些颂古作品。

"大同"的南宋僧人和北宋的黄檗道全禅师合为一人;"释宗印"名下,则不但将南宋临济宗大慧派佛照德光的法嗣空叟宗印、铁牛心印合为一人,而且误抄天台宗北峰宗印的传记资料。释契嵩的《镡津文集》有一篇旧序,乃"莹道温"所作,即《玉壶清话》《湘山野录》的作者释文莹(字道温),但《全宋文》的"释文莹"名下并不辑录此序。如此种种,全非资料搜集上的缺陷,只因不明禅门称呼之惯例,而令千辛万苦搜集来的资料不能被正确、充分地使用。笔者有幸在十年前即遇周氏指教此例,自那以后,方觉禅籍可读可用,在这方面有切身的体会,故愿提请学界师友,认真看待此事。

其实,有宗教信仰的人做事认真,出于僧人之手的文字大部分疏凿明白,并非荒唐杂乱的堆积。宋代比较重要的禅僧,在灯录、僧传中大抵有所记载,只要明白其表述惯例,细心推寻,不但上述种种缺憾都可以避免,还能收获大量有用的信息。灯录所载重在禅僧的精彩语句,对其生平经历时常忽略,所以大量禅僧的生卒年不可知,但对所录禅僧的法系,即其嗣法何人,却交代得非常明白,我们根据法系,不仅可以判明绝大部分禅僧的大致活动时期,也可以分辨某些同名的禅僧。所以,按灯录的编纂凡例查明禅僧的法系,是阅读和使用禅籍时必须遵循的又一重要原则。《总案》在这方面称得上示范之作,对每一位涉及的僧人,都致力于法系的调查或考证,除书中各条案语外,书后又有人名索引以便翻检,而附录的《惠洪交往禅僧法系世系表》,则是其查考结果的集中展现。此表共列155位与惠洪有交往而法系明确的禅僧(其他法系未明者不在此表),其中八十余位见于灯录的记载,由此可见灯录对宋代禅林面貌的反映,其深度、广度大抵都不让人失望。

当然,灯录也不可能全无缺漏错讹,比如惠洪的师兄佛照惠杲禅师,各灯录都只记"佛照杲禅师",周氏据惠洪的文字,又纠正版刻错讹,才推考出他的全名;又如惠洪为之作塔铭的长沙三角道劼禅师,在《续传灯录》中只有"三角劼禅师"之名见于卷二九目录龙门清远禅师法嗣的名单,而周氏据惠洪所作塔铭,知其实为石门应乾禅师的法嗣,故疑《续传灯录》误载。应当说,塔铭是更原始的第一手资料,我们完全有理由据此纠正灯录。不过这样的情况毕竟很少发生,更须下功夫的乃是对灯录失载禅僧的法系考证,周氏据《石门文字禅》和其他史料考明的此类禅僧,亦将近 70 位。灯录对这些禅僧的失载,倒也未必是编者的怠慢,因为按禅林的习惯,一位禅僧的法系是在他就任寺院住持的仪式上,为其嗣法之师拈香而正式交代的,所以不曾担任住持或所住寺院过于偏僻的禅僧,人们难以了解他的法系,其为灯录所遗漏的可能性便甚高。北宋著名的诗僧如参寥子道潜,灯录亦失载,我们据陈师道《后山集》卷一一《送参寥序》"妙总师参寥,大觉老之嗣",这才知道他是云门宗大觉怀琏(1010—1091)禅师的法嗣。事实上,诗僧、画僧之类,以一艺著称后,其禅学上的造诣反易遭人怀疑,经常不会担任住持,多半要被灯录遗漏的。以周氏所考为例:《总案》第 72 页的僧善权,字巽中,号真隐,名列《江西宗派图》,乃著名诗僧,周氏据惠洪《冯氏墓铭》考明其为石门应乾禅师弟子,属临济宗黄龙派,于惠洪为法侄;《总案》第 91 页的华光仲仁,以墨梅著称于画史,周氏据惠洪《妙高仁禅师赞》考明其为临济宗黄龙派东林常总之法孙、福严惟凤之法子,于惠洪亦为法侄。此二僧皆未见灯录记载,但在文学艺术史上却有一定的重要性,从其身为禅僧的角度而言,周氏考明其禅门法系的意义,相当于对世俗作家考明其家世。这本来应该是文艺史研究的基础工作之一,可惜我们在周氏此书中,才看到对此基础工作的负责认真之态度。

由于种种原因,无法确定其宗派、法系的僧人,自然还是存在的,比如同样名列《江西宗派图》的释祖可,《总案》第 70 页虽据《云卧纪谈》考得其师为"真教果禅师",但对此"果禅师"的法系却也无从调查,第 71 页推考祖可卒年为大观二年(1108),则是另一种可喜的成果。就全体而言,《总案》在这方面的大量收获,已经向我们证明:法系是有关禅宗僧人的最重要的基本信息,嗣法关系在宗教、思想、情感、艺术等人文联系的意义上完成了对宗族血统关系的模仿,不同时代的禅僧由法系而获得对精神性传统的认同,同时代的禅林则依法系为纽带而编织成一张兼具精神性和现实性的网络,而且这张网络还有意朝士大夫、文人的世界延伸,从而也会间接地促成士大夫、文人间的联结。仍以上文所举为例,我们既知参寥为大觉怀琏之嗣,则考虑到苏洵与怀琏的友谊,当可进一步观察苏轼与参寥的"世交",再考虑参寥与秦观的友谊,当可深化对苏、秦联结的认识。值得指出的还有一点非常重要:《总案》围绕惠洪而详考其所交往的禅僧及其联系,等于把惠洪所属的临济宗黄龙派这一"局域网"完整而具体地描画了出来,这不难令我们联想到"苏门"文人集团与黄龙派的关系。在灯录中,苏轼为东林常总的法嗣,苏辙为上蓝顺的法嗣,黄庭坚为黄龙祖心的法嗣,秦观为建隆昭庆的法嗣,他们的师祖都是黄龙慧南。惠洪嗣法真净克文,法系上与他们同代,而如《总案》所考,这一代禅师的法嗣中,多有江西诗派中人。不过惠洪乃克文晚年弟子,实际上只能仰视那些"法兄",而平交于"法侄"辈的禅僧、文人,包括江西派诗人、诗僧①。那么,诗家江西宗派的建立,在很大程度上是以禅家黄龙派的存在为依托的了。当然,黄龙派向士大夫世界或"文坛"的延伸,还不限于此,像王韶、徐禧、彭汝砺、韩宗古等政治上与苏氏"蜀党"乃至元祐旧党不一致的士大夫,也被列在黄龙祖心的法嗣中,甚至王安石也被列入真净克文的法嗣,与惠洪关系密切的张商英、陈瓘,则可列入黄龙派的更下一代②,而

---

① 我个人以为,惠洪常遭非议,生平坎坷,或与其认师年辈太高有关。如果他肯嗣法于湛堂文准或兜率从悦等法兄,自降一辈,则与其他禅僧会更易相처。
② 宋代灯录皆载张商英嗣法兜率从悦(惠洪法兄),明代《居士分灯录》卷二则谓陈瓘嗣法灵源惟清(清嗣黄龙祖心),此虽未必可靠,但《大慧普觉禅师宗门武库》载陈瓘"酷爱南禅师语录,诠释殆尽",此"南禅师"当指黄龙慧南,则瓘亦可视为黄龙派中的士大夫。

此二人的政治态度,也有同有异。所以,《总案》描画出的禅僧丛林,自然与士大夫社会或"文坛"相联结。

三、对北宋后期文坛的立体化认知

2001年10月,我曾有幸赴日本神户大学进修,恰逢周氏几乎在相同时间访问大阪大学,此时北京大学派遣在神户大学任教的张健,和阪大主持中国文学教席的浅见洋二,都是宋代文史的研究者,于是招请当时执教于京都女子大学的大野修作,和在阪大做助教的加藤聪、攻读博士课程的藤原佑子等,共组读书会,读本就是江户僧廓门注《石门文字禅》。这个读书会两周一次,维持了大约两年,稍后到早稻田大学访问的陈尚君,游历关西时亦曾客串。读书之外当然也有其他活动,但读的时候是相当认真的,对惠洪的几乎每个文字都细致考索。记得有一次读《器之喜谈禅,纵横迅辩,尝攫衲子,丛林苦之。有诗见赠,次其韵》诗,诗的内容都解释了,可就是不知道题目中的"器之"是谁。根据"彭侯惯法战"的诗句,可知此人姓彭,"器之"当是字,但姓彭而字"器之"的人,不但大家都没有印象,各种人名辞典也全无收录。当时《四库全书》的电子检索软件开发上市不久,阪大已购置于其中国文学研究室,于是设想种种可能的词条加以搜索,结果也一无所获。苦恼之余,当然只好作罢,但我彼时尚属年轻,不曾经历多少挫败的事,所以对此番挫败始终记忆犹新。然而时隔十年,周氏却在《总案》的第27页解决了这个问题:

> 诗称"彭侯惯法战",可知器之姓彭。诗又谓"从来内外护,刘远名亦双",乃用东晋刘遗民与僧慧远事,以喻己与器之。然为外护者,须为一邦之守臣。而内护者如慧远乃居庐山,故可推知外护者当为庐山所在地江州之守臣。诗又言"追配能与

庞",以庞居士喻指彭侯。考惠洪于绍圣元年秋后至庐山归宗寺,其时知江州者正为彭汝砺。《林间录》卷上:"灵源禅师为予言:彭器资每见尊宿必问:'道人命终多自由,或云自有旨决,可闻乎?'往往有妄言之者,器资窃笑之。暮年乞守溢江,尽礼致晦堂老人至郡斋,日夕问道,从容问曰:'临终果有旨决乎?'晦堂曰:'有之。'器资曰:'愿闻其说。'答曰:'待公死时即说。'器资不觉起立曰:'此事须是和尚始得。'予叹味其言,作偈曰:'马祖有伴则来,彭公死时即道。睡里虱子咬人,信手摸得革蚤。'"据此,则彭汝砺亦喜谈禅,且尝窃笑妄言衲子,与"喜谈禅""尝摧衲子"之彭器之事相合。又据前举汝砺《云居相送至下山庄》"好去庞居士,善来洪上人"一联,正所谓"追配能与庞"之意。故惠洪此诗题之"器之",当为"器资"之误。据宋杜大珪《名臣碑传琬琰集》中卷三一曾肇《彭待制汝砺墓志铭》,汝砺于绍圣元年十二月某日卒于知江州任上,则惠洪此诗当作于十二月前。

我读到此段,可谓积年疑惑,一朝涣然冰释,所以虽然读的是考证文字,感受却如在清风朗月下。周氏本人,一定喜过于我,有《总案》的《后记》为证:

> 细绎文本,如侦探推理;广采旁证,如法官办案。蛛丝马迹,草灰蛇线,水穷云起,柳暗花明。得一二条材料,辄作数日喜,破两三处疑难,复有半月乐。故五载寒暑,何啻五载清欢,其间兴味,所谓可与知者道,难与俗人言也。

为了不做俗人,我们应该积极分享周氏的喜乐。然而正如彭汝砺的这条例子所示,关于许多人物的考证,并不是简单使用工具书、检索软件，或偶遇一两条史料便可解决的，有时候脑子要转几个弯，古人所谓"思之思之，鬼神通之"，这里也有转瞬即逝的灵感，而抓住这灵感的力量来自积年辛勤、持之以恒的求索。

彭汝砺在北宋英宗朝状元及第，此后十年沉沦下僚，而处之淡如，颇见其"德行"；神宗朝出任御史，为职在纠弹的"言语"之官；哲宗朝曾任中书舍人，乃专掌辞命的"文学"之选；后来晋升吏部尚书，则亦不乏"政事"之才。衡以孔门四科，他在当时士大夫中都堪称一流，又有《鄱阳集》十二卷现存，可资研读。但自近代以来，人文领域被强分为文、史、哲三个学科，以各自的标准确立研究对象，哪个学科都不容易关注到他。近代学科体系造成的此类盲点，似乎也只有在制作人物年谱时，作为谱主的交游对象才偶然显现出来，但只要我们不满足于简单抄几句史传了事，那么这个人物留在各种史料中的痕迹，还是会让我们感受到一个杰出的生命存在数十年间放射的热量，不允许我们仅仅视其为"时代背景"中的一物。也正因为宋代思想、历史、文学的研究者中，越来越多的人有这样的体会，所以随着研究的深入，各领域几乎不约而同地向"士大夫研究"倾斜，将包含一般意义上的"思想家""政治家""文学家"在内的"士大夫"或"士大夫社会"作为考察的对象。通读《总案》全书，我们就不难看到，围绕惠洪的除了禅宗丛林外，还有这样一个士大夫社会，在文学史的意义上，也可以视为当时的"文坛"。而《总案》之所以能给我们提供这个"社会"，当然是因为周氏对他涉及的每一个人物都不轻易放过，经过他穷追猛打式的考索，每一个体都无从遁形，于是大量的"现场"就获得真实的还原。

《总案》第204页对潘兴嗣的考证，第269页对许顗卒年的考证，第289页对陈瓘卒年的考证，都是很具体的成果，这样的成果很难一一列举，但让我最感兴味的，是第23页对黄庆基的考证。元祐年间弹劾苏轼的这位御史，是文学史家研究苏轼时的一个"背景"

物，从未有人关心他究竟是何许人也。但经过周氏的调查，我们可以知道他是抚州金溪人，王安石的表弟，也就是王安石好几首诗题里的"黄吉甫"。另外周氏还曾告我，曾巩《喜似赠黄生序》亦为黄庆基作，"喜似"即为其"似"王安石而"喜"。可能因为文中未明言"黄生"之名，周氏不愿将此判断写入《总案》，不过我认为这判断无误。当我们知道了黄庆基的这番来历后，至少对于其弹劾苏轼一事将增进几分认识，读王诗、曾文时也会有更多的联想，或许还应该思考元祐朝廷何以听任王安石的死党出任御史？这个在元祐末期为"新党"的重新崛起开路的人物，何以选择苏轼为打击对象？总之，我们决不会认为这番考证是多余的。然而，如果允许我饶舌的话，我还想借这个例子再次提示"士大夫研究"的必要性，因为我们不妨思考这样一个问题：为什么迄今为止的王安石、苏轼、曾巩的年谱、传记对这样一个人物都轻易放过，不加深究？

士大夫之外，当然还有一个更宽广的社会。惠洪的行迹北至太原，南达海岛，周氏查检了大量的地志（不够明确处也时加考案），联系惠洪作品，来追踪其所到之处交游、创作的场景，细心的读者也将看到一幅一幅北宋末年地方社会的画面，那是与《清明上河图》所描绘的开封府的面貌有相当差异的。由于本书毕竟不是论著，周氏只能点到为止，但他的案语时时在提醒我们如何更深入地阅读惠洪作品中反映出来的那个时代、社会。此处姑举一例。宋徽宗宣和元年（1119）正月，推出了一个奇怪的宗教政策，似乎是以道教吞并佛教，令寺院改为宫观，僧人皆称"德士"（《总案》第243页），至次年九月，又取消此令，"德士"复为僧人（第264页）。这当然一向被视为徽宗的许多荒唐行为之一，但周氏却从惠洪《德士复僧求化二首》，发现此事另有玄机："此言德士复僧，换新度牒，必输五千钱，乃朝廷敛财之一途。此文可补诸史之阙。"（第265页）我们由此才明白这一"荒唐"行为原来是如此"高明"的操作：取消僧人身份再加以恢复,让他们重新付钱领度牒,统计全国所得,其财必相当可观。虽然周氏的案语说得很简单,但他的学术关注面之广,于此例可窥一斑。

示寂于建炎二年(1128)的惠洪,在临终前夕看到了北宋的灭亡。一个行脚僧与他的时代几乎同时走到终点,仅凭此点,《总案》的读者想必就能了解周氏研究惠洪的意义。其积年辛劳所收获的成果,并非区区一文所能总结转述的,但我以为,即便只就以上三个方面来说,此书也已经把当前的学术研究提升到一个新的水平。而且,因为舍弃了一般性的叙述、铺垫,集中表达尖端成果,从而使本书拥有的真正丰富性,似乎也很难为其他著述形式所具备,故对于周氏采用"总案"形式以免去虚语,我以为亦值得赞许。

《中兴禅林风月集》续考

朱 刚

《中兴禅林风月集》上、中、下三卷,题"若洲孔汝霖编集,芸庄萧瀣校正",为宋末江湖诗人所编僧人绝句集,共百首。本土久已失传,而行于东瀛之禅林,近年因编辑、补订《全宋诗》之故,始受中国学者注意。张如安、傅璇琮《日藏稀见汉籍〈中兴禅林风月集〉及其文献价值》[1]已据所得龙谷大学藏本补辑《全宋诗》,嗣后卞东波《〈中兴禅林风月集〉考论》[2]、黄启江《南宋诗僧与文士之互动——从〈中兴禅林风月集〉谈起》[3]继续比对各自所得异本,考论其中诗人、诗作,颇多收获。黄文对现存的各种版本罗列最详,下文所据主要为大冢光信编《新抄物资料集成》第一卷影印本,即其所谓"《集成》"本,原本则藏于名古屋市蓬左文库[4],有估计为日本五山禅僧所作的注释,与龙谷大学藏本的注释基本近似。这些注释提供了不少有关诗僧的传记信息,有的可与现存的其他史料互相印证,有的却找不到旁证,也不知注者所据为何种资料。就此类"抄物"的一般情形而言,其注释所反映的未必只是注者个人的学识,而很可能是

---

[1] 《文献》2004年第4期。
[2] 《域外汉籍研究集刊》第3辑,中华书局,2007年。
[3] 收入所著《一味禅与江湖诗》,台湾商务印书馆,2010年。
[4] 下文误以为"原本藏于日本京都府立综合资料馆",黄文亦承此误。笔者检核,《新抄物资料集成》第一卷所印有京都府立综合资料馆藏《中兴禅林风月集抄》、名古屋市蓬左文库藏《中兴禅林风月集》二种,而下文所谓"《集成》"本实指后者。

历代禅林讲习的累积，也就是说，信息的来源可能很早。在宋元之交，中日禅僧交往频繁的时代，宋元东渡的僧人和日本的入宋、入元求法僧人，都可能获悉有关诗僧的传记信息，通过五山禅林历代讲习，这些信息借"抄物"而传递至今，所以，今人即便找不到其他史料与之印证，亦不可以忽视它的价值。

本文即以蓬左文库藏本的注释为主要依据，旁参龙谷大学藏本以及其他现存史料，对《中兴禅林风月集》收诗的作者（诗僧）加以考证。因为上述张、傅、卞、黄诸文已经有所考证，故本文题为"续考"。三卷收入作品的诗僧共62位，有些已见于《全宋诗》（但《全宋诗》根据的是其他史料），故对照《全宋诗》及其小传，叙录于下。

1. 道潜

见《全宋诗》第16册，第10715页，录诗十二卷，已含本集诗。

按，参寥子道潜（1043—?）[①]是北宋著名诗僧，据陈师道《后山集》卷一一《送参寥序》云："妙总师参寥，大觉老之嗣。"可知他是云门宗禅僧大觉怀琏的弟子。

2. 保暹

见《全宋诗》第3册，第1445页，录诗二十五首，已含本集诗。

按，本集名"中兴"，当指南宋，但开卷二僧实是北宋僧（以下亦尚有疑为北宋僧者），不知何故。

3. 显万

见《全宋诗》第28册，第18276页，录诗十四首，张如安、傅璇琮辑本集诗三首补之。

蓬左文库本注："字致一，本集号悟溪。"按，"悟溪"应是"浯溪"之讹。据《全宋诗》小传，显万曾见吕本中（1084—1145），应该是北

[①] 《东坡题跋》卷六《跋太虚辨才庐山题名》："太虚今年三十六，参寥四十二，某四十九。"据此，道潜比东坡小七岁。

宋末、南宋初的诗僧。

4. 蕴常

见《全宋诗》第 22 册，第 14615 页，录诗十首，已含本集诗。

蓬左文库本注："字不轻，号野云，金山寺无用之弟子也。"据《全宋诗》小传，蕴常字不轻，与苏庠(1065—1147)兄弟相交，乃北宋末诗僧，著有《荷屋集》。按，南宋赵蕃(1143—1229)《淳熙稿》卷六有《寄青原山常不轻》诗，卷二〇《代书寄周愚卿二首》之二云："穷冈冈上欧阳子，荷屋屋中常不轻。"同卷《寄周愚卿》云："青原若访常荷屋，助尔扶携觅句新。"综合起来看，赵蕃所说的住在"荷屋"里的"常不轻"，应该就是字不轻而又著有《荷屋集》的蕴常，但他是南宋中期的诗僧。《全宋诗》第 47 册第 29653 页有诗僧"常不轻"者，录诗一首，小传说他与杨冠卿(1138—?)有交往，则与赵蕃诗所云应是同一位僧人。蓬左文库本注中的"金山寺无用"，不知何人，南宋临济宗大慧宗杲的法嗣中有无用净全(1137—1207)，也许可以推测蕴常是他的弟子①。不过，《全宋诗》所载蕴常诗中，有题为《别苏养直》者，则确是北宋末与苏庠相交的僧人所作。虽然我们也不妨设想一个年龄在苏庠、赵蕃之间，可以前后相及的蕴常，但更可能的是前后有两个同名的僧人，其诗作被混在了一起，现在也难以分辨了。

5. 法具

见《全宋诗》第 27 册，第 17452 页，录诗十七首，张如安、傅璇琮辑本集诗一首补之。

蓬左文库本注："字圆复，号化庵，大鉴派僧。"按，《直斋书录解题》卷二一著录《化庵湖海集》二卷，"僧法具圆复撰"，与此注可以互证。但"大鉴派"一语却极其无谓，"大鉴"即六祖慧能，宋代的禅宗都自慧能而出，没有一个不是"大鉴派"。在说明禅僧的派系时，不

---

① 无用净全见《全宋诗》第 47 册，第 29565 页，录诗七首。净全的各种传记，都未提到他住持金山寺，但他在径山寺参大慧宗杲，并嗣其法。有可能"金山"是"径山"之讹。

应该有"大鉴派"这样的说法，所以这很可能是"佛鉴派"的抄讹①。果真如此，则法具为临济宗杨岐派佛鉴慧懃(1059—1117)之弟子。楼钥(1137—1213)《攻媿集》卷七三《跋云丘草堂慧举诗集》云："近世诗僧，如具圆复、莹温叟辈，沦落既尽。"具圆复即法具，如果他是慧懃的弟子，则应该比楼钥年长，而又有可能共世，称为"近世诗僧"是很合适的②。

6. 道全

见《全宋诗》第13册，第9058页，录诗六首，已含本集诗。

蓬左文库本注："字大同，号月庵。"按，《全宋诗》释道全(1036—1084)的小传，据《天台续集别编》卷五谓其"字大同"，又据《五灯会元》卷一七、苏辙《栾城集》卷二五《全禅师塔铭》叙其生平。现在看来，这里可能把两位道全合在一起了。《五灯会元》和苏辙所铭的道全，是北宋临济宗黄龙派真净克文禅师的法嗣黄檗道全，并不以写诗见长，也没有"字大同"的记载。南宋的有些资料中，倒可以见到字号为"大同"的全禅师，如《钱塘湖隐济颠禅师语录》中说，济公圆寂后三日，"时有江心寺全大同长老，亦知，特来相送。会斋罢，全大同长老与济公入龛，焚了香曰：大众听着。才过清和昼便长，莲芰芬芳十里香。衲子心空归净土，白莲花下礼慈王……"由此可见，湖隐道济(1137—1209)卒时，全大同犹住江心寺；而日本东福寺本《禅宗传法宗派图》(见《大日本古文书·东福寺文书之一》)有"大同全禅师"，乃临济宗杨岐派圆极彦岑之法嗣、云居法如(1080—1146)之法孙；另外，黄龙派涂毒智策(1117—1192)之法嗣古月道融撰《丛林盛事》，其卷下也记有"四明道全，号大同者"，录其赞金沙滩头菩萨像一首。推算时代，以上三种资料中的全禅师可为同一僧，他才应该是本集的诗

---

① 日文的"佛"写作"仏"，笔画潦草或字迹模糊的时候可能误认为"大"。
② 提及蕴常和法具二僧的，还有《竹庄诗话》卷二一、《舆地纪胜》卷五引洪迈《夷坚己志》一条。

僧道全。《全宋诗》所录"释道全"诗六首,宜分属两位道全,而湖隐语录所录一偈,《丛林盛事》所录一首,都可补南宋禅僧道全之诗。

7. 昙莹

见《全宋诗》第 38 册,第 24021 页,录诗七首,已含本集诗。

蓬左文库本注:"自号萝月。"按,《四明尊者教行录》卷五《上永安持山主书》有"乾道二年(1166)四月八日萝月昙莹"跋,就是此僧。《乐邦文类》卷五有萝月禅师昙莹《西归轩》诗,《禅宗杂毒海》卷四也收有"萝月莹"《妙高台》诗,可补《全宋诗》之阙。

8. 志南

见《全宋诗》第 45 册,第 27690 页,录诗一首,即本集《江上春日》诗,仅第二句文字有所差异。

蓬左文库本注:"武夷僧也,雪豆派也。"按,禅家讲"雪豆",通常是指雪窦重显(980—1052),则志南乃云门宗僧。但朱熹《晦庵集》卷八一《跋南上人诗》云:"南上人以此卷求余旧诗,夜坐为写此……南诗清丽有余,格力闲暇,绝无蔬笋气,如云'沾衣欲湿杏花雨,吹面不寒杨柳风',余深爱之,不知世人以为如何也。淳熙辛丑清明后一日,晦翁书。"朱熹所引的"南上人"诗句,就是《江上春日》的后两句,所以"南上人"就是志南,他与朱熹同时,应是南宋僧人,与雪窦重显相去甚远。而且,云门宗在宋室南渡后凋零殆尽,因此我怀疑蓬左文库本注中的"雪豆"不指重显。在朱熹写作上引跋文的淳熙八年(1181),雪窦寺的住持是自得慧晖(1097—1183)禅师①,紧接着是足庵智鉴(1105—1192)禅师②,这两位都是曹洞宗的尊宿,最后都在雪窦寺迁化,志南可能是他们中某一位的弟子。

---

① 《嘉泰普灯录》卷一三《临安府净慈自得慧晖禅师》:"绍兴丁巳(1137),待制仇公念请开法补陀,徙万寿及吉祥、雪窦。淳熙三年(1176)敕补净慈……七年(1180)秋退归雪窦,晦藏明觉塔。十年(1183)仲冬二十九日中夜,沐浴书偈而逝。"

② 楼钥《攻媿集》卷一一〇《雪窦足庵禅师塔铭》:"(淳熙)十一年(1184),雪窦虚席,众皆以师为请……勉力起废,一住八载。"可见足庵智鉴是紧接自得慧晖住持雪窦寺的。

9. 宝昙

见《全宋诗》第43册,第27084页,录诗四卷,已含本集诗。

蓬左文库本注:"自号橘洲。"按,橘洲宝昙(1129—1197)是南宋著名诗僧,但他在禅门的法系却颇有问题。《丛林盛事》卷下云:"昙橘洲者,川人,乃别峰印和尚之法弟。"《增集续传灯录》第六《杭州径山石桥可宣禅师》亦云:"蜀嘉定许氏子,别峰印公、橘洲昙公之师弟,昙又其同气。时人谓师禅与印,诗与昙相颉颃。"据此,橘洲宝昙与别峰宝印(见《全宋诗》第36册,第22520页)、石桥可宣(《全宋诗》漏收其诗)是同门师兄弟,而在俗时又与可宣为亲兄弟,所以宝昙应属于临济宗杨岐派,为圆悟克勤(1063—1135)的法孙、华藏安民的法子。但是,《续藏经》中有宝昙自著的《大光明藏》一书,分门别派介绍前代主要禅僧,而于圆悟克勤的法嗣只录大慧宗杲(1089—1163)一人,宰相史弥远为此书作序,也说:"橘洲老人,蜀英也,有奇才,能属文,语辄惊人。一日忽弃所业,参上乘于诸方,后造妙喜室中,决了大事。"妙喜就是大慧宗杲,据此说法,宝昙应嗣宗杲,为临济宗大慧派禅僧。宋代传下来的各种灯录、宗派图,在华藏安民、大慧宗杲下面的法嗣中都不列宝昙。可能的情况是:宝昙本来是华藏安民的弟子,但出川之后,看到大慧宗杲影响巨大,所以改嗣大慧。但这样一来,他虽然以诗著称,为士大夫所喜,却得不到禅门的首肯了。

10. 居简

见《全宋诗》第53册,第33032页,录诗十二卷,张如安、傅璇琮辑本集诗一首补之。

蓬左文库本注:"字敬叟,号北磵,蜀人。"按,有关北磵居简(1164—1246)的详细论述,请参考黄启江文。

11. 法照

见《全宋诗》第57册,第35977页,录诗四首,含本集《表忠观》一首,张如安、傅璇琮辑本集法照诗另三首补之。

蓬左文库本注:"天台僧,号晦岩,大川弟子。"按,大川普济(1179—1253)是南宋临济宗大慧派禅僧。《全宋诗》小传则据《新续高僧传四集》卷三叙述法照的生平,依其所叙来看,他就是天台宗的佛光法照法师(1185—1273),在《续佛祖统纪》卷一有更详细的传记。考虑到南宋浙江地区台教、禅宗颇有互染,则法照曾拜大川普济为师,是不无可能的事。

12. 义铦

见《全宋诗》第72册,第45297页,录诗一首,无小传。

蓬左文库本注:"字朴翁,号朴庵,会稽之名士葛无怀,字天民,后作僧也。"按,葛天民是南宋江湖诗人,见《全宋诗》第51册,第32062页,录诗一卷,已含本集诗。陈新等《全宋诗订补》①已指出《全宋诗》将葛天民与释义铦分列之误,应该合并。朴翁义铦在禅门属临济宗大慧派,是佛照德光(1121—1203)的法嗣,禅门典籍如《禅宗颂古联珠通集》《禅宗杂毒海》,以及日本义堂周信所编《重刊贞和类聚祖苑联芳集》《新撰贞和分类古今尊宿偈颂集》中,都有义铦的不少佚诗,可补《全宋诗》之阙。

13. 正宗

蓬左文库本注:"杭州之吴山僧。"张如安、傅璇琮以为即《全宋诗》第28册第18274页之"释正宗",辑本集诗一首补之。按,《全宋诗》录正宗诗五首,小传云:"出家后居梅山……有《愚丘诗集》。"释晓莹《云卧纪谈》卷上载"池州梅山愚丘宗禅师"与练塘居士洪庆善夜话,这"愚丘宗禅师"应该就是正宗,他是两宋之交的禅僧,但法系不明。

14. 志道

《全宋诗》无志道。

蓬左文库本注:"会稽人,号萝屋,痴绝派也。"按,痴绝道冲(1169—1250)是南宋临济宗虎丘派禅僧,志道在他的派下,算来已是宋元之

---

① 陈新等《全宋诗订补》,大象出版社,2005年,第697页。

交的僧人了。

15. 永颐

见《全宋诗》第57册，第35983页，录诗一卷，张如安、傅璇琮辑本集诗一首补之。

蓬左文库本注："蜀成都人也，字山老，号云泉，无准派僧也。"按，无准师范（1178—1249）是南宋临济宗虎丘派禅僧。黄启江文对永颐有比较详细的考证。

16. 善珍

见《全宋诗》第60册，第37774页，录诗一卷，已含本集诗。

蓬左文库本注："字藏叟，青原人也。"按，藏叟善珍（1194—1277）是南宋末的禅僧，嗣法于妙峰之善（1152—1235），之善是佛照德光（1121—1203）的法嗣，属临济宗大慧派。善珍诗除《全宋诗》所录外，在《增集续传灯录》《禅宗杂毒海》及义堂周信编的两部诗集中，还有一些。

17. 斯植

见《全宋诗》第63册，第39319页，录诗二卷，已含本集诗。

蓬左文库本注："字子莫，号芳庭，天台人也。芳庭法师，玄会弟子也，在天台日久，故极知山之根源也。"按，黄启江文对斯植考证较详。

18. 大椿

《全宋诗》无大椿。

蓬左文库本注："字老輂，号灵岳。……文集十卷，行于世。"张如安、傅璇琮以为即《宋诗纪事补遗》卷九六所录释大椿。

19. 惠斋

《全宋诗》无惠斋。

蓬左文库本注："字举直，至于庐山东溪寺，参常崇禅师。有文集四十六卷，号《草堂集》。"按，张如安、傅璇琮据龙谷大学藏本录作"慧峰"，但无论是"慧斋"还是"慧峰"，都像别号而不像僧人的法名，而本集的署名是一律用法名的。我以为这是"慧举"之讹。惠举是南宋的诗僧,周必大《文忠集》卷一七一《乾道壬辰(1172)南归录》二月戊午条有云:"有僧慧举,字举直,姓朱氏,父祖皆仕宦,颇能诗,住庵在数里间。闻予入山,来相伴。"楼钥《攻媿集》卷七三《跋云丘草堂慧举诗集》云:"余顷岁游云岩,有诗牌挂壁上,拂尘读之,云:'朝见云从岩上飞,暮见云归岩下宿。朝朝暮暮云来去,屋老僧移几翻覆。夕阳流水空乱山,岩前芳草年年绿。'爱其清甚,视其名,则僧举也。曰:'非季若乎?'僧曰:'此今之庐山老慧举也。'后得其诗编,号《云丘草堂集》,及与吕东莱紫微公、雪溪王性之、后湖苏养直、徐师川、朱希真诸公游,最后尤为范石湖所知,尽和其大峨诸诗……"周必大记慧举"字举直",楼钥记慧举的集名叫《云丘草堂集》,与蓬左文库本的注释合若符节,这一方面可以纠正本集署名的讹误,另一方面又可以证明本集的注释必有传承的依据。在范成大的《石湖诗集》中,可以见到他与一位"举书记"唱和,必定就是慧举了;陆游《渭南文集》卷二九也有一篇《跋云丘诗集后》,历叙宋朝诗僧,而对慧举甚为推崇。不过,我们现在能够看到的慧举作品,也只有楼钥所引的诗牌,以及本集的《琅花洞》一首而已。另外,上引注中所云庐山东溪寺常崇禅师,不见于宋代灯录的记载,不知是何人,若指东林常总(1025—1091),则慧举似乎不及见之。依楼钥所记,慧举确实到过庐山,此注必有所本,有待考证。

20. 绍嵩

见《全宋诗》第 61 册,第 38605 页,录诗七卷。张如安、傅璇琮辑本集诗二首补之。

蓬左文库本注:"字亚愚,青原人也,痴绝派僧也。"按,痴绝道冲(1169—1250)是南宋临济宗虎丘派的禅僧,黄启江文对绍嵩有详细的考论。

21. 行昱

《全宋诗》无行昱。

蓬左文库本注:"字如昼,号龙岩。"按,张如安、傅璇琮考证他是宋末句容僧,又录其字作"如画",与蓬左文库本异。但此僧名"昱",当以字"如昼"为是。

22. 永际

《全宋诗》无永际。

蓬左文库本注:"号瘦岩,南州人,大川派也。"按,大川普济(1179—1253)是南宋临济宗大慧派的禅僧。张如安、傅璇琮据龙谷大学藏本录作"永隆"。考无文道璨《无文印》卷七有《瘦岩序》云:"淳祐戊申(1248)二月,隆上人自灵隐访予于径山,以瘦岩谒序。"卷一九又有《与隆瘦岩书》。据此,作"永隆"是正确的。

23. 道璨

见《全宋诗》第65册,第41161页,录诗二卷。

蓬左文库本在本集卷上《宿道场云峰阁下》诗题下署名道璨,注:"字无文。"按,张如安、傅璇琮所据龙谷大学藏本无此署名,连上一首《崇真观》都认作"永隆"的作品。由于同卷后面又收有署名道璨的《送汤晦静起盱江守》《上丞相郑青山》二诗,则同一卷中收录同一人的作品而拆作两处,看来不太合理,所以有理由认为蓬左文库本的前一个署名是衍文。但是,我所见的内阁文库藏白文本《中兴禅林风月集》卷之上,在《宿道场云峰阁下》诗题下也有这个署名,因此还不能断定此诗是永隆而非道璨的作品。无文道璨(1213—1271)是南宋临济宗大慧派著名禅僧,《全宋诗》所录道璨诗中有《迎晦静汤先生》一首,即本集的《送汤晦静起盱江守》,又有《上安晚节丞相三首》,其第一首就是本集的《上丞相郑青山》[1],无《宿道场云峰阁下》诗,不过41175页《秋思》诗有"自携团扇绕阶行"之句,与本集所录此诗第二句"自携团扇下阶行"几乎相同。

---

[1] "安晚"是南宋宰相郑清之(1176—1251)的别号,所以《全宋诗》所录《上安晚节丞相三首》诗题中的"节"字应当是衍文,或者是"郑"字之讹。

24. 觉崇

《全宋诗》无觉崇。

蓬左文库本注:"蜀人,号雪牛,圆悟派僧也。"按,圆悟克勤(1063—1135)是临济宗杨岐派著名禅僧,南宋的大慧派、虎丘派都出自圆悟门下,虎丘派的《痴绝道冲禅师语录》卷下有《示觉崇禅人(前往建宁府三峰)》法语,看来觉崇约与道冲(1169—1250)同时。

25. 赤骥

《全宋诗》无赤骥,张如安、傅璇琮辑本集诗二首补之。

蓬左文库本注:"字希良,号北野。"目前尚无其他史料可与印证。

26. 宝泽

张如安、傅璇琮据龙谷大学藏本录作"宗璹",而内阁文库本与蓬左文库本同作"宝泽"。《全宋诗》皆无。

蓬左文库本注:"自号秋岩,文集四十卷行于世也。"目前尚无其他史料可与印证。

27. 祖阮

张如安、傅璇琮录作"祖元"。内阁文库本与蓬左文库本同作"祖阮"。《全宋诗》无祖阮,另有"释祖元",张、傅以为是另一人。

蓬左文库本注:"字叔圆,又翁渊,号清溪,即密庵派僧也。"按,密庵咸杰(1118—1186)是南宋临济宗虎丘派的禅僧。

28. 师侃

《全宋诗》无师侃,本集录其诗共三首。

蓬左文库本注:"天台人也,字直翁,号真山。"按,《全宋诗》第65册第40656页有刘澜(?—1276)《夜访侃直翁》诗,"侃直翁"应该就是字直翁的这位师侃了,他与刘澜同时,是南宋末期人。

29. 行肇

本集署名"行肇"的《探梅》一诗,见《全宋诗》第59册,第36924页,作者释元肇。"行"字应是抄讹。

蓬左文库本注:"自号淮海。"按,淮海元肇(1189—?)是佛照德光的法孙、浙翁如琰(1151—1225)的法嗣,属临济宗大慧派。黄启江文对元肇有详细论述。

30. 惠嵩

见《全宋诗》第72册,第45435页,录诗一首,即本集诗。

蓬左文库本注:"字少陵,青原人也,号雪庭。"按,黄启江指出周弼《端平诗隽》卷二有《送惠嵩上人住西山兰若》诗。

31. 智逸

《全宋诗》无智逸。

蓬左文库本注:"字仲俊,号竹溪,诗集二卷,行于世。"目前尚无其他史料可与印证。

32. 可翔

《全宋诗》无可翔。

蓬左文库本注:"字冲高,自号侵翁也。"张如安、傅璇琮推测为南宋嘉定间吴僧。

33. 宝莹

张如安、傅璇琮录作"宗营",又云《宋诗纪事》卷九三作"宗莹"。《全宋诗》皆无。

蓬左文库本注:"字叔温,玉山人,号玉涧,诗集一卷在。"按,无文道璨(1213—1271)《无文印》卷八有《莹玉涧诗集序》云:"予友莹玉涧,早为诸生,游场屋,数不利,于是以缁易儒。胸中所存,浩浩不可遏,溢而为诗。"应该就是此僧。

34. 希颜

《全宋诗》无希颜,张如安、傅璇琮考明本集所收《普和寺》诗见《宋诗纪事》卷九三,作者"晞颜",字圣徒,号雪溪。

蓬左文库本注:"浙江人也,住元广寺,有录,号曰《希颜录》,行于世也。"按,此僧法名,现存的各种史料或作"希颜",或作"晞颜",

又或作"睎颜"。《佛祖统纪》卷一六载:"首座睎颜,字圣徒,自号雪溪,四明奉化人……扁所居小轩曰'忆佛',作诗以见志……"(同书卷二七又作"睎颜"。)这是一位天台宗僧人,又颇事净土,《乐邦文类》卷五载"雪溪首座希颜"《忆佛轩诗》十首,其中一首与《佛祖统纪》所引相同。《四明尊者教行录》卷七有"雪溪希颜"《四明法智大师赞》,作于绍兴甲戌(1154)。《法华经显应录》卷下还有希颜悼无畏法师(法久)一诗。

35. 法渊

《全宋诗》无法渊。

蓬左文库本注:"号别舸,永嘉人。"目前尚无其他史料可与印证。

36. 梦真

《全宋诗》无梦真。

蓬左文库本注:"号觉庵,杭州宣城人也。"按,觉庵梦真是松源崇岳(1132—1202)的法孙、大歇仲谦的法嗣,属临济宗虎丘派。日本尊经阁文库藏有他的《籁鸣集》《续集》抄本,金程宇先生已录出这两个抄本所载诗二百三十五首①,但其中并不包含本集所录的《寄江西故人》诗,而且,在义堂周信编的两部诗集里,也还有不少梦真的作品,不见于《籁鸣集》和《续集》。看来,日本五山禅林间,还曾流传过他的另一个诗集,有待寻访。另外,《籁鸣集》有《送萧芸庄归江西》诗,可见梦真与本集校正者萧澥有交往。

37. 自南

见《全宋诗》第70册,第44445页,录诗一首,张如安、傅璇琮辑本集诗一首补之。

蓬左文库本注:"号叔凯,天台之人也。"按,《全宋诗》小传云自

---

① 金程宇《尊经阁文库所藏〈籁鸣集〉、〈籁鸣续集〉校录》,刊于其所著《稀见唐宋文献丛考》,中华书局,2008年。

南"生平不详",推测为宋末人。考《无文印》卷八《周衡屋诗集序》云:"顷见故人南叔凯于南湖。"卷一三《祭灵鹫(行)果南涧讲师》云:"尚记昔者侍坐时,升降进退,眼中无凡子,韵如叔凯,清如小山,雅如贯卿,和如养直,颤颤印印,应接不暇。今三子者已不可作,小山深入台云……"据此,自南是与无文道璨(1213—1271)同时的天台宗僧人,而卒于道璨之前。《元叟行端禅师语录》卷八有《跋大慧、痴绝、天目、偃溪、晦岩、断桥、象潭、叔凯诸老墨迹》云:"叔凯苦吟,师浪仙而不及者,《九皋集》今在焉。"这里记载了他的集名。

38. 觉真

张如安、傅璇琮录作"觉新",《全宋诗》皆无。

蓬左文库本注:"会稽僧也,字行古,号冶城。"按,黄启江指出,周弼《端平诗隽》卷一有《送觉新上人还越》诗,看来作"觉新"是对的。

39. 正暹

张如安、傅璇琮录作"正逻",《全宋诗》皆无。

蓬左文库本注:"颍川永宁县人也,号石庵。"目前尚无其他史料可与印证。

40. 智纲

《全宋诗》无智纲。

蓬左文库本注:"号柏溪,四明人。"张如安、傅璇琮推测为晚宋僧人。

41. 海经

张如安、傅璇琮录作"海径",《全宋诗》皆无。

蓬左文库本注:"字巨渊,号柏岩。"目前尚无其他史料可与印证。

42. 若溪

《全宋诗》无若溪。

蓬左文库本在卷中《夜坐》诗下注:"雪川僧,号云壑,雪豆派僧。"但卷下《山中》诗下又注"号云岳"。按,本集注中所谓"雪豆",

似不指雪窦重显(980—1052),参考前文第8"志南"条。

43. 本立

《全宋诗》无本立。

蓬左文库本注:"号虚舟也。"按,《江湖后集》卷二〇有李韔《送虚舟立上人还天竺》诗,释文珦《潜山集》卷五也有《哭立虚舟》诗,应该就是这位本立。

44. 法俊

《全宋诗》无法俊。

蓬左文库本注:"自号退庵。"目前尚无其他史料可与印证。

45. 妙通

《全宋诗》无妙通。

蓬左文库本注:"字介石,号竹野。"张如安、傅璇琮文和黄启江文都指出,周弼《端平诗隽》卷二有《送僧妙通游平江万寿寺》诗。

46. 宗敬

《全宋诗》无宗敬。

蓬左文库本注:"号菊庄,天台之人也。"目前尚无其他史料可与印证[①]。

47. 景偲

《全宋诗》无景偲。

蓬左文库本注:"字与明,号兰诸,天台人也。"目前尚无其他史料可与印证。

48. 昙岳

《全宋诗》无昙岳。

蓬左文库本注:"闽中僧也。"目前尚无其他史料可与印证。

---

① 从上文第11法照条、第17斯植条、第37自南条的情况来看,本集注文所谓"天台僧""天台人""天台之人"等,似乎就指天台宗僧人。

49. 如广

《全宋诗》无如广。

蓬左文库本注："号默堂也。"目前尚无其他史料可与印证。

50. 守辉

《全宋诗》无守辉，但张如安、傅璇琮考《全宋诗》第72册，第45250页所录"释辉"，就是此僧。

蓬左文库本注："字明远，雪川人。"龙谷大学藏本又云"所作号《船窗集》"。张如安、傅璇琮考释永颐《云泉诗集》有《游雪城寄辉明远》诗，释居简《北磵集》卷五有《辉船窗见过》等诗，与注释内容契合。按，张、傅所考正确，但《全宋诗》"释辉"名下所录的五首诗，有两首录自《宋艺圃集》卷二二，实是北宋僧仲殊的诗，原书标作者"僧晖"，也许是因为仲殊在俗时名张挥而致误。

又，本集收守辉诗《八月十四夜简印书记》，蓬左文库本注诗题中"印书记"云："径山印月江也。"按，《续藏经》有《月江正印禅师语录》三卷，据卷上《月江和尚初住常州路碧云禅寺语录》，其初为住持在元贞元年乙未（1295），那么他担任书记的年份应该略早于此。守辉上交北磵居简（1164—1246），下交月江正印，应是宋末元初僧人。

51. 永聪

《全宋诗》无永聪。

蓬左文库本注："灵隐之僧也。"张如安、傅璇琮考："释居简《北磵集》卷十有《金山蓬山聪禅师塔铭》，记其字自闻，号蓬山，于潜徐氏子，师事径山别峰，但未记其曾为灵隐僧，不知其人是否与诗僧永聪为同一人。"按，北磵所铭的，是南宋临济宗杨岐派禅僧蓬庵永聪（1161—1225），嗣法于径山寺的别峰宝印禅师。我以为本集的注释是日本五山禅林讲习的累积，这些禅僧对禅门祖师的派系，尤其是与径山寺有关的，应该十分熟悉，如果这里的诗僧永聪，真的就是蓬庵永聪，他们一定能注出来。所以我怀疑这位永聪是另外一僧。

52. 子蒙

《全宋诗》无子蒙。

蓬左文库本注:"天竺寺之僧也。"按,《景德传灯录》卷二六目录载永明延寿禅师有法嗣"杭州富阳子蒙禅师",不知是否此僧?永明延寿(904—975)是北宋法眼宗禅僧。

53. 嗣持

《全宋诗》无嗣持。

蓬左文库本注:"号高峰。"张如安、傅璇琮考张镃《南湖集》卷六有《赠嗣持上人》诗。

54. 守璋

见《全宋诗》第37册,第23389页,录诗一首,即本集卷下《春晚》诗。

蓬左文库本注:"吴山之僧也。"按,据《全宋诗》小传,守璋于绍兴初住临安天申万寿圆觉寺,应是南宋初的天台宗僧人。

55. 清顺

见《全宋诗》第16册,第10709页,录诗五首,已含本集诗。

蓬左文库本注:"天竺僧也。"按,据《全宋诗》小传,清顺是北宋杭州的诗僧[①]。

56. 若珍

《全宋诗》无若珍。张如安、傅璇琮录作"若玢",并考其人即《全宋诗》第72册第45357页之"释若芬",辑本集诗一首补之。

蓬左文库本注:"字仲岩,号玉礀,金华人。"按,如果张、傅所考正确,则从注中提供的字号来看,此僧的法名应作"若玢"。

57. 景淳

见《全宋诗》第18册,第12060页,录诗二首,已含本集诗。

[①] 晓莹《云卧纪谈》卷上载熙宁间西湖僧清顺诗二首,在《全宋诗》所录五首之外。不过,《天圣广灯录》卷二八已将此二诗录为灵隐玄顺庵主的作品,此书编成在前,不能误抄后人作品,所以此二诗应属玄顺。玄顺是北宋法眼宗僧人,《全宋诗》失收。

蓬左文库本注:"桂林人也。"按,景淳事见《冷斋夜话》卷六,是北宋的诗僧。

58. 致一

《全宋诗》无致一。

蓬左文库本注:"青原山之人也。"目前尚无其他史料可与印证。

59. 中宝

张如安、傅璇琮录作"仲宝",内阁文库本作"中瑶",《全宋诗》皆无。

蓬左文库本注:"号月溪,武林僧。"按,张如安、傅璇琮考周弼有《赠僧仲宝月溪》诗。

60. 法钦

《全宋诗》无法钦。

蓬左文库本注:"吴门之僧也。"按,《直斋书录解题》卷一五著录《唐僧诗》三卷,云:"吴僧法钦集唐僧三十四人诗二百余篇,杨杰次公为之序。"据此,法钦与无为居士杨杰同时,是北宋的僧人。

61. 俊森

张如安、傅璇琮录作"复森",《全宋诗》皆无。

蓬左文库本注:"山阴之僧也。"按,《偃溪广闻禅师语录》卷上《庆元府阿育王山广利禅寺语录》,署"侍者复森编",也许就是此僧。偃溪广闻(1189—1263)是南宋临济宗大慧派的禅僧。

62. 清外

见《全宋诗》第72册,第45195页,录诗一首,张如安、傅璇琮辑本集诗一首补之。

蓬左文库本注:"吴中之僧也。"按,《全宋诗》无此僧小传,目前尚无其他史料可与印证。

僧诗、"晚唐体"与"江湖诗人"
——从《圣宋高僧诗选》谈起

朱 刚

一、关于陈起编《圣宋高僧诗选》

南宋江湖诗人陈起所编的《圣宋高僧诗选》[①](以下简称《诗选》),有前集一卷、后集三卷、续集一卷。前集就是"宋初九僧"诗的一个选集,面目清晰,容易把握,故历来也较受关注;后集和续集则要复杂得多,收入作品的两宋诗僧共计52位,编者只标出僧名,并不注明传记信息,对于使用此书的人来说,是一件很头疼的事。从清代的《宋诗纪事》,直到当代的《全宋诗》,辑录者都试图通过其他史料来确认这些诗僧,将他们纳入按时代编排的序列,但都只获得局部的成功。而且令人遗憾的是,对于尚未考知生平的诗僧,《全宋诗》似乎倾向于将他们放弃,故此书中有数十首作品未被收录。

确实,由于僧人同名者多,相关资料又不足,对《诗选》所收作者的考证是颇为艰难的事。知见所及,这方面最值得赞誉的一篇力作,是卞东波的《陈起〈圣宋高僧诗选〉丛考》[②],此文将《全宋诗》失

---

① 此书版本情况,详祝尚书《宋人总集叙录》,中华书局,2004 年,第 332 页。现有上海古籍出版社《续修四库全书》影印南京图书馆清抄本,台湾新文丰出版公司《丛书集成三编》影印《南宋群贤小集》本,较易见。后者题名《增广圣宋高僧诗选》,其实内容与前者一致。
② 卞东波《南宋诗选与宋代诗学考论》第四章,中华书局,2008 年。

收的诗作一一录出,比对了诗歌文本,并对多位作者加以详细的考证。在资料上,卞东波最重要的发现,是《四明尊者教行录》卷六所载北宋真宗时二十三位东京僧人赠天台宗知礼大师的诗卷,每一首诗的题下都标明了作者的职务,如"雪苑左街讲经论文章应制笺注御集赐紫鉴微""上都左街应诏笺注御集赐紫遇昌""上都应诏笺注御集僧希雅""东京左街讲经文章应制同注御集赐紫尚能""笺注御集赐紫秘演""应制笺注御集僧继兴""雪苑僧择邻"等[①],而以上这七位僧人,恰恰都见于《诗选》,所录的诗也有部分相同。这一发现把我们对《诗选》的认识推进了一大步。下表是我们目前掌握的作者传记信息(略去前集的"宋初九僧"):

序号	僧名	传 记 信 息
后集卷上		
1	赞宁	919—1001,见《全宋诗》第 1 册第 150 页,小传较详。
2	智仁	见《全宋诗》第 3 册第 1479 页,小传考与"九僧"同时。
3	鉴微	见《全宋诗》第 72 册第 45191 页,卞东波考为北宋真宗朝僧。
4	尚能	见《全宋诗》第 3 册第 1928 页,小传考为真宗朝浙右诗僧。
5	子熙	《全宋诗》未录,卞东波考为北宋中叶僧。
6	用文	《全宋诗》未录。生平不详。
7	文莹	见《全宋诗》第 7 册第 4394 页,北宋僧,小传较详。
8	秀登	《全宋诗》未录。生平不详。

---

① 宗晓《四明尊者教行录》卷六《东京僧职纪赠法智诗二十三首》,《大正藏》本。

续表

序号	僧名	传 记 信 息
9	惠琏	见《全宋诗》第72册第45191页,无小传。
10	惠岩	《全宋诗》未录,卞东波考为金溪人,号文惠大师。
11	显万	见《全宋诗》第28册第18276页,小传考为北宋末期僧。
		后集卷中
12	延寿	904—975,见《全宋诗》第1册第18页,小传较详。
13	智圆	976—1022,见《全宋诗》第3册第1497页,小传较详。
14	遵式	964—1032,见《全宋诗》第2册第1097页,小传较详。
15	重显	980—1052,见《全宋诗》第3册第1633页,小传较详。
16	契嵩	1007—1072,见《全宋诗》第6册第3560页,小传较详。
17	宝麐	?—1077,见《全宋诗》第1册第591页,小传考为北宋神宗时僧。
18	惟政	986—1049,见《全宋诗》第3册第1831页,传见《禅林僧宝传》卷一九。
19	仲休	见《全宋诗》第3册第1580页,小传考为北宋真宗时僧。
20	显忠	见《全宋诗》第12册第7901页,小传考为临济宗石佛显忠禅师。
21	清晦	见《全宋诗》第72册第45193页,生平不详。
22	南越	见《全宋诗》第72册第45193页,生平不详。
23	楚峦	见《全宋诗》第72册第45192页,卞东波考为北宋初年僧。
24	道潜	即参寥子(1043—?),见《全宋诗》第16册第10715页,小传较详。

续 表

序号	僧名	传记信息
后集卷下		
25	善权	《全宋诗》未录,卞东波考为北宋末江西诗派僧。
26	梵崇	《全宋诗》未录,卞东波据《宋诗纪事》谓其"字实之"。
27	昙颖	989—1060,见《全宋诗》第 3 册第 1923 页,传见《禅林僧宝传》卷二七。
28	清顺	见《全宋诗》第 16 册第 10709 页,小传考为北宋神宗朝杭州僧。
29	元照	1048—1116,见《全宋诗》第 18 册第 12052 页,小传较详。
30	晓莹	见《全宋诗》第 32 册第 20575 页,南宋临济宗大慧派禅僧。
31	昙莹	见《全宋诗》第 38 册第 24021 页,小传考为南宋僧,号萝月。
32	仲皎	见《全宋诗》第 34 册第 21336 页,小传据《剡录》考为北宋末期僧。
33	希雅	见《全宋诗》第 72 册第 45194 页,卞东波考为北宋真宗朝僧。
续集		
34	秘演	见《全宋诗》第 3 册第 2017 页,北宋欧阳修友人。
35	择邻	见《全宋诗》第 72 册第 45195 页,卞东波考为北宋真宗朝僧。
36	清外	见《全宋诗》第 72 册第 45195 页,卞东波考为吴中僧人。
37	蕴常	见《全宋诗》第 22 册第 14615 页,小传考为北宋末期僧人。

续 表

序号	僧名	传 记 信 息
38	正勤	见《全宋诗》第 72 册第 45194 页,生平不详。
39	昭符	见《全宋诗》第 72 册第 45194 页,卞东波考为北宋初期僧人。
40	法具	见《全宋诗》第 27 册第 17452 页,小传考为两宋之交僧人。
41	如璧	即江西诗派饶节(1065—1129),见《全宋诗》第 22 册第 14539 页。
42	惠洪	即德洪(1071—1128),见《全宋诗》第 23 册第 15054 页。
43	道全	见《全宋诗》第 13 册第 9058 页,卞东波考其号为"月庵"。
44	守璋	见《全宋诗》第 37 册第 23389 页,小传考为南宋高宗朝僧。
45	希颜	《全宋诗》未录,卞东波考为南宋高宗朝僧。
46	守诠	见《全宋诗》第 14 册第 9752 页,小传据《竹坡诗话》考为北宋杭州僧。
47	正宗	见《全宋诗》第 28 册第 18274 页,小传考为南宋初期僧。
48	继兴	《全宋诗》未录,卞东波考为北宋真宗朝僧。
49	遇昌	见《全宋诗》第 2 册第 976 页,小传考为北宋初期僧。
50	益	《全宋诗》未录。此僧法名残缺,不可考。
51	法平	见《全宋诗》第 38 册第 24218 页,南宋大慧宗杲(1089—1163)弟子。
52	慧梵	《全宋诗》未录,卞东波据《宋僧录》[①]考知其人,约南宋中期僧。

① 李国玲《宋僧录》,线装书局,2001 年,第 938 页。

从以上表格来看，《四明尊者教行录》中所见的七位真宗朝僧人被散列在后集的卷上、卷下和续集，这说明，虽然《诗选》的编者掌握了相关的资料，但并非一开始就决定把他们全部选入。在各卷之中，时而出现一部分作者按时代先后排列的情形，但这个编纂方式并不贯彻全卷。所以，《诗选》恐怕是一卷一卷乃至于一部分一部分地选编出来，随编随刊而成的。这一特点自然令我们联想到编者就是出版者。入选的作者中，北宋的僧人占了绝大部分，南宋僧甚少，而且没有发现晚于陈起的作者，可以相信是陈起编刊的。

下东波也已指出，《诗选》的某些作者作品，亦见于日本保存的南宋孔汝霖编、萧澥校正《中兴禅林风月集》。经比对，上表中的11显万、24道潜、28清顺、31昙莹、36清外、37蕴常、40法具、43道全、44守璋、45希颜、47正宗，以及"宋初九僧"中的保暹，共十二位诗僧被选入《中兴禅林风月集》。对于这个集子收录的作者，已有学者加以考证，本人也曾撰文探讨①，这里不再重复。以下对表格中的26梵崇、35择邻和52慧梵，补充一些自己的所见。

梵崇被收在《诗选》后集卷下的第二位，次江西诗派的善权之后，其诗多达十七首，可以看出编者对他的欣赏。下东波据《宋诗纪事》卷九二谓之"字实之"，检原书，谓字"宝之"②，但未提供根据。不过，十七首中的最后一首《观燕肃山水》，也见于南宋孙绍远编《声画集》卷四，题下署名"僧崇宝"③，而《宋诗纪事》也抄录了这一首。

---

① 张如安、傅璇琮《日藏稀见汉籍〈中兴禅林风月集〉及其文献价值》，《文献》2004年第4期；下东波《〈中兴禅林风月集〉考论》，《域外汉籍研究集刊》第三辑，中华书局，2007年，后收入《南宋诗选与宋代诗学考论》第三章；黄启江《南宋诗僧与文士之互动——从〈中兴禅林风月集〉谈起》，收入所著《一味禅与江湖诗》，台湾商务印书馆，2010年；朱刚《〈中兴禅林风月集〉续考》，《国际汉学研究通讯》第4期，北京大学出版社，2011年12月。此集的校勘本曾收入朱刚、陈珏《宋代禅僧诗辑考》附录，复旦大学出版社，2012年。最新的文本见许红霞校考的《珍本宋集五种》，北京大学出版社，2013年，许氏对入选诗僧也有详细的考证。
② 厉鹗《宋诗纪事》卷九二，上海古籍出版社，1983年，第2233页。
③ 孙绍远编《声画集》卷四《观燕肃山水》，《文渊阁四库全书》本。

看来,厉鹗所见的《声画集》也许作"僧梵崇字宝之"。梵崇之名也见于南宋绍嵩的《江浙纪行集句诗》①,作为诗僧应有一定的名声。其名为"崇",则字"宝之"当不误。《重修琴川志》卷一三有吴郡陆徽之撰于大观二年(1108)的《东灵寺天台教院庄田记》,提到"今阇梨梵崇"②,若即此僧,则为北宋后期人。《诗选》所录梵崇诗,有《瑛上人自庐山来相访》一首,我怀疑这"瑛上人"乃庐山开先寺的行瑛禅师,为临济宗黄龙派东林常总(1025—1091)禅师的弟子③,梵崇与他有交往,则活动时期也在北宋后期。那么,梵崇与江西诗派的善权约为同时人,故《诗选》把他们列在一起。

择邻是上述《四明尊者教行录》所列的北宋真宗朝僧人之一,下东波已考证其诗作于天禧四年(1020)。然而,他又从《续传灯录》卷一九发现了一位"净慧择邻禅师",并谓其著作甚多,有《义断记》等。按,净慧择邻乃法云善本(1035—1109)的弟子,时代上不相合,而有《义断记》等因明学著作的择邻,应是唐代章敬寺沙门。僧人同名者实在太多,考证时需要小心。

慧梵列在《诗选》的最后,从我们目前了解的情况来看,他似乎是《诗选》所录时代最晚的僧人。此僧的传记资料,有南宋北礀居简(1164—1246)禅师所作的《梵蓬居塔铭》④,谓其"具宗旨于天竺如虎子,学诗于处士陆永仲",又谓"亡友上方朴翁义铦"为其编次诗集。按,"如虎子"是南宋高宗朝的天台宗应如法师,传见《佛祖统纪》卷一四;陆永仲名维之,亦高宗朝隐士,传见《宋史翼》卷三六;朴翁义铦就是江湖诗人葛天民,在禅宗法系上,与北礀居简同为佛照德光

---

① 绍嵩《江浙纪行集句诗》中的《振策》一首,自注有句出自梵崇,见《江湖小集》卷五,《文渊阁四库全书》本。
② 《宛委别藏》第48册,江苏古籍出版社影印本,1988年,第521页。
③ 《续传灯录》卷二〇"东林照觉常总禅师法嗣"下列"庐山开先广鉴行瑛禅师",《续藏经》本。
④ 居简《北礀集》卷一〇,《文渊阁四库全书》本。

(1121—1203)的法嗣。推算起来,慧梵当是南宋中期的诗僧,其生存时间比陈起略早。

《续修四库全书》在影印南京图书馆藏清抄本《圣宋高僧诗选》的同册,也影印了同为南图所藏的元陈世隆《宋僧诗选补》三卷和《宋诗拾遗》二十三卷。关于后者,已有学者撰文讨论①,前者则是陈起之书的补编,下文略作研究。

二、关于陈世隆编《宋僧诗选补》

陈世隆另有《北轩笔记》传世,卷首有作者小传云:"陈彦高名世隆,以字行,钱塘人。自其从祖思以书贾能诗,当宋之末,驰誉儒林。"②此处交待他是陈思的侄孙。陈思是否就是陈起之子陈续芸,学界尚有不同看法,但从"书贾能诗"的说法,以及陈世隆编《宋僧诗选补》以续陈起《圣宋高僧诗选》的情形来看,我愿意相信他们是一家人。

《宋僧诗选补》三卷,卷上、卷中各收十六名作者,卷下只有永颐一人。此书在有一些作者的名下,注出了他的字号,给我们考证作者带来方便,以下是我目前掌握的情况。

【卷上】

1. 知和三首。按,二灵知和庵主(?—1125),乃临济宗黄龙派宝峰应乾(1034—1096)的弟子,见《全宋诗》第22册第14796页。传详《五灯会元》卷一八。

2. 祖可二首。按,祖可(?—1108)字正平③,属江西诗派,见

---

① 王友胜《论〈宋诗拾遗〉的文献价值》,《湖南科技大学学报》(社会科学版)2006年第5期。此书亦有标点本,辽宁教育出版社,2000年。
② 陈世隆《北轩笔记》卷首,《文渊阁四库全书》本。
③ 周裕锴考祖可卒于大观二年(1108),见《宋僧惠洪行履著述编年总案》,高等教育出版社,2010年,第71页。

《全宋诗》第22册第14609页，又见同册第14615页，作"何正平"，实为"可正平"之讹，即祖可。

3. 祖心一首。按，黄龙祖心(1025—1100)禅师，号晦堂，乃临济宗黄龙派创始人黄龙慧南弟子，见《全宋诗》第11册第7367页。传详《五灯会元》卷一七。

4. 道璨十五首，名下注："字无文。"按，无文道璨(1213—1271)，南宋临济宗大慧派僧，见《全宋诗》第65册第41161页，亦见《中兴禅林风月集》。

5. 惟正一首。按，净土惟正(986—1049)，北宋初法眼宗僧人，见《全宋诗》第3册第1831页，作"惟政"。《圣宋高僧诗选》后集卷中收录的"惟政"，亦是此僧。

6. 法成一首。按，枯木法成(1071—1128)，北宋后期曹洞宗僧，见《全宋诗》第22册第14989页。传详《五灯会元》卷一四。

7. 文及翁二首。按，所录为《和苏学士东坡韵二首》，亦见《全宋诗》第66册第41286页，据《至元嘉禾志》收入宋末执政文及翁名下。然文及翁非僧人，检《至元嘉禾志》卷三一，在文及翁诗前，有苏轼的原作，题《本觉文长老方丈》，则二人乃同时唱和者。《苏轼诗集合注》此诗题为《秀州报本禅院乡僧文长老方丈》①，可见《至元嘉禾志》和《宋僧诗选补》所署的"文及翁"，当指此北宋禅僧文长老，"及翁"也许是他的字号②。

8. 慧日一首。按，所录《题院中白莲花》诗，见《全宋诗》第71册第45087页，题《白莲花》，作者"释惠日"，出宋杨潜《云间志》卷中。检原书，在寺观类"明行院"下，其前有北礀居简(1164—1246)所作

---

① 见冯应榴《苏轼诗集合注》卷八，上海古籍出版社，2001年，第390页。
② 冯应榴查注引《本觉寺碑记》，谓"宋蜀僧文及主之，请易为寺"。孔凡礼遂云苏轼"至报本禅院，晤乡僧文及，题诗"(《苏轼年谱》，中华书局，1998年，第236页)，盖以"文长老"之名为"文及"。果如此，则苏轼自称之为"及长老"，而非"文长老"，且《至元嘉禾志》与《高僧诗选补》在"文及"法名后特加一"翁"字，亦不可解。兹不取其说。

《院记》。此文收入《北磵集》卷四,题《华亭南桥明行院记》,文内提及院主慧日。可见慧日与居简同时。

9. 净昙一首。按,育王净昙(1091—1146)禅师,乃临济宗黄龙派僧,见《全宋诗》第 31 册第 19671 页。传详《五灯会元》卷一八。

10. 法常一首。按,所录《题室门》诗,见《五灯会元》卷一八,报恩法常禅师所作。他是临济宗黄龙派雪巢法一(1084—1158)的弟子。

11. 真觉一首。按,所录《再题华庵》诗,亦被清沈季友编《檇李诗系》卷三〇收入。沈氏必已见到《宋僧诗选补》,故从此书转录僧诗不少。沈氏标作者为"真觉禅师",并释云:"真觉,不知何许人。徽宗时,陈太后病,用咒水已之,乃令住持崇德福严禅院,赐金环磨衲。"①相同的记载亦见《至元嘉禾志》卷一一寺院类"福严禅院"下,乃"真觉禅师志添"事。志添乃临济宗黄龙派禅僧,传详《建中靖国续灯录》卷一九,为东林常总(1025—1091)弟子。不过此僧法名"志添","真觉"是朝廷赐号,其是否即《宋僧诗选补》所录的诗僧真觉,实难确定。

12. 彩云一首。按,所录《彩云偈》,亦被《檇李诗系》卷三〇转录在"彩云禅师"名下,并释云:"嘉兴真如寺禅堂后有彩云桥,相传禅师居此。"实际上,"彩云"乃此诗开篇语,诗题作"彩云偈"已较勉强,连作者亦名"彩云",则显然有误。《全宋诗》中此诗出现两次,一在第 20 册第 13458 页"释慧懃"名下,据《嘉泰普灯录》卷二七录;一在第 67 册第 42338 页"释月磵"名下,据《月磵禅师语录》录,仅少量词语差异。佛鉴慧懃(1059—1117)乃北宋临济宗杨岐派禅僧,月磵文明(1231—?)则是宋末临济宗虎丘派禅僧,后者当称"释文明",不宜名号混用。相比之下,慧懃的时代早,且禅宗文献如《雪堂行和尚拾遗录》、《禅宗颂古联珠通集》卷一〇等,都记此诗作者是慧懃,应予

---

① 沈季友编《檇李诗系》卷三〇,《文渊阁四库全书》本。

信任。《月磵禅师语录》中有此诗,可理解为文明引用前人语。

13. 惟湛一首,名下注:"字广灯。"按,广灯惟湛禅师乃云门宗僧,传详《嘉泰普灯录》卷五,谓其建炎初年卒,则其活动时间主要在北宋末期①。

14. 怀悟一首,名下注:"字瑞竹。"按,此僧此诗见《全宋诗》第71册第45094页,所据为《乐邦文类》卷五。检原书,署"御溪沙门怀悟",而前有无为子杨杰《瑞竹悟老种莲》诗,杨杰《宋史》有传,乃嘉祐四年(1059)进士,怀悟与之交往,乃北宋僧。不过,释契嵩《镡津文集》附录了沙门怀悟所作《序》,末云"绍兴改元之四年甲寅重阳后一日,书于御溪东郊草堂之北轩"②,应该就是这位"御溪沙门怀悟",南宋绍兴时犹存。

15. 净真一首。按,此诗见《全宋诗》第56册第35154页,据释如惺撰《大明高僧传》卷一《松江兴圣寺沙门释净真传》录。

16. 梵卿一首,名下注:"字象田。"按,此诗见《全宋诗》第20册第13454页,出《嘉泰普灯录》卷六。象田梵卿(?—1116)乃北宋临济宗黄龙派僧。

【卷中】

1. 法具一首。按,法具已见《圣宋高僧诗选》续集。

2. 蕴常三首,名下注:"字不轻。"按,蕴常已见《圣宋高僧诗选》续集。

3. 斯植十二首,名下注:"字建中。"按,斯植乃南宋天台宗僧,亦见《中兴禅林风月集》,此不赘叙。

4. 宗觉一首,名下注:"字无象。"按,此诗见《全宋诗》第37册第

---

① 《槜李诗系》卷三〇亦转录此诗,标名"广灯禅师惟湛",但名下所释,实是天台宗超果惟湛法师事,不可从。
② 《镡津文集》卷二二,《四部丛刊三编》影印明弘治刊本。

23042页,出王十朋《梅溪前集》卷二《寄僧觉无象》诗附录。明永乐《乐清县志》卷八有宗觉传,谓其"字无象,乐清人……宣和间,为寇所迫,堕于层崖之下,振衣而起,了无所伤"①,此后与王十朋(1112—1171)相交,可见其生存在北宋末年至南宋前期。又,无文道璨撰《径山无准禅师行状》有云:"久之,游四明,依育王瑞秀岩。时佛照禅师居东庵,印空叟分座,法席人物之盛,为东南第一。如觉无象、康太平、渊清叟、琰㴑翁、权孤云、嵩少林辈皆在焉。"②佛照禅师即临济宗大慧派僧德光(1121—1203),无象宗觉似是该派弟子。《北磵集》卷一〇有《祭觉无象,以渊清叟配》一文,盖居简为宗觉所作祭文。

5. 智鉴一首。按,《檇李诗系》卷三〇转录此诗于"梅溪僧智鉴"下,并释云:"智鉴,滁州人,元祐时僧。长依真歇于长芦,大休首众,即器之。后遁象山,百怪不能惑。复住雪窦。尝居嘉兴梅溪,有诗。"据此所述,乃曹洞宗足庵智鉴(1105—1192)禅师,但别无证据,可备一说而已。足庵智鉴见《全宋诗》第35册第22071页,传详楼钥《攻媿集》卷一一〇《雪窦足庵禅师塔铭》。

6. 原妙一首,名下注:"字高峰。"按,高峰原妙(1238—1295)为宋末元初临济宗虎丘派僧,见《全宋诗》第68册第43161页。

7. 奉恕一首。按,所录《夏云》诗,见《苕溪渔隐丛话前集》卷五七引《冷斋夜话》,谓章惇(1035—1105)贬雷州日,蜀僧奉忠以此诗讽之。《宋诗纪事》卷九二亦抄入此首,标作者"奉忠"。

8. 妙普二首,名下注:"字性空。"按,性空妙普庵主(1071—1142),乃临济宗黄龙派禅僧,见《全宋诗》第23册第15429页。

9. 可观一首,名下注:"字宜翁。"按,竹庵解空尊者可观(1092—1182)字宜翁,天台宗僧人,见《全宋诗》第27册第17926页,传详

---

① 《乐清县志》卷八,《天一阁藏明代方志选刊》第20册,上海古籍书店,1981年。
② 《径山无准禅师行状》,《径山无准和尚入内引对升座语录》附录,《续藏经》本。

《佛祖统纪》卷一五。

10. 道举一首。按,所录《过郑居士斋》,见《全宋诗》第34册第21479页,题《臞庵》,出《吴郡志》卷一四。作者道举,小传考为南宋高宗朝僧。

11. 净端三首。按,西余净端(1030—1103)号端师子,乃北宋临济宗禅僧,见《全宋诗》第12册第8337页。但《宋僧诗选补》所录三首,实明教契嵩诗,见《全宋诗》第6册第3568页、3572页、3577页。

12. 林外一首。按,所录《酒楼》诗见《全宋诗》第45册第27705页,题《题西湖酒家壁》,出周密《齐东野语》卷一三。作者林外,乃姓林名外,字岂尘,非僧人也。

13. 志铨一首。按,所录《梵天寺》诗,已见《圣宋高僧诗选》续集,题《晚归》,作者守诠。《全宋诗》第14册第9753页亦据周紫芝《竹坡诗话》录此诗,作者"释守诠",小传谓"一作惠诠"。由此看来,"志铨"或为"惠诠"之讹。"惠诠"之名首见于《冷斋夜话》卷六(《苕溪渔隐丛话前集》卷五七亦引之),谓"东吴僧惠诠,佯狂垢污而诗句清婉,尝书湖上一山寺壁",即此诗,后苏轼见而和之,诠遂以诗知名。今检苏轼诗集,题曰《梵天寺见僧守诠小诗清婉可爱次韵》[①],则原作"守诠"。要之,此僧乃苏轼(1037—1101)同时人。

14. 宇昭一首。按,宇昭是"宋初九僧"之一,所录诗已见《圣宋高僧诗选》前集,但在"九僧"中另一僧希昼之名下。《全宋诗》第3册第1441页亦录为希昼诗。

15. 善珍一首。按,所录《春寒》诗见《全宋诗》第60册第37792页,作者藏叟善珍(1194—1277),乃宋末临济宗大慧派僧,亦见《中兴禅林风月集》。

16. 德祥一首。按,天界止庵德祥禅师,乃临济宗虎丘派僧,自

---

① 见《苏轼诗集合注》卷八,第356页。

宋末入元者,传详释文琇《增集续传灯录》卷六、释明河《补续高僧传》卷二五。

【卷下】

1. 永颐二十三首,名下注:"字山老。"按,永颐见《全宋诗》第57册第35983页,乃南宋临济宗虎丘派禅僧,亦见《中兴禅林风月集》。

综上所考,此集三十三位作者中,有五位(惟政、法具、蕴常、守诠、宇昭)已见《圣宋高僧诗选》,还有四位(斯植、道璨、善珍、永颐)另见《中兴禅林风月集》。相比之下,此集排列作者更为凌乱无序,有一些作品还存在问题,但集中毕竟包含了不少被《全宋诗》漏辑的"佚诗",仍具较高的文献价值。总体上说,《圣宋高僧诗选》主要收录北宋诗僧的作品,而《宋僧诗选补》则有更多南宋乃至入元的作者;《圣宋高僧诗选》收录了不少天台宗诗僧,禅宗僧人相对较少,这可能跟编者身居浙江有关,但禅宗毕竟是宋代佛教的主流,《宋僧诗选补》收录的作者大致就以禅僧为主了。所以,两书合璧,文献价值就更高。

三、诗僧与"江湖诗人"

中国的诗坛,虽然一直由士大夫(文官)诗人占据了绝对优势地位,但与公务繁忙的士大夫相比,僧人毕竟更有可能成为专业诗人,故"诗僧"现象亦出现甚早,到宋代便更为常见。一般诗歌总集、诗话类编(如《苕溪渔隐丛话》《诗话总龟》等)多会涉及诗僧,这些书籍往往将僧道作者与妇女、无名氏乃至鬼怪等收编卷末,处在相当于"附录"的位置。这说明,人们对僧诗有所关注,但大抵以为僧人擅诗具有偶然性,他们不是正宗的"诗人",或者说他们的本职不是写诗,谈论僧诗的意义也仅限于"聊备一格"。就此而言,僧诗专集的出现,却暗示了此种观念有被改变的趋势。卞东波讨论《中兴禅林风月集》时,已指出这一点:

> 晚宋时期出现了数部唐宋诗僧选本,至今仍存三部,一部是李龏所编的《唐僧弘秀集》,一部是陈起所编的《圣宋高僧诗选》,一部即是《风月集》。①

《唐僧弘秀集》选录唐代诗僧的作品,另两部则是当代(宋代)僧诗的选本。自然,这两方面都非南宋人所创始,如《直斋书录解题》卷一五著录《唐僧诗》三卷云:"吴僧法钦集唐僧三十四人诗二百余篇,杨杰次公为之序。"这位法钦也见于《中兴禅林风月集》,他与无为居士杨杰同时,应是北宋的僧人。而《圣宋高僧诗选》的前集,看来就是北宋陈充(944—1013)所编的《九僧诗集》②。可见,北宋已有选编僧诗之举,但其寖成风气,确实要到南宋后期以至元代,除了卞东波列举的三书外,还有上文讨论的《宋僧诗选补》,以及日本保存的宋末虎丘派禅僧松坡宗憩所编《江湖风月集》。诗话方面的情形也相似,宋人编的《苕溪渔隐丛话》将有关僧诗的谈论集中在《前集》卷五六、五七和《后集》卷三七,仍是附置卷末的状态,但至宋末元初,却出现了方回的《名僧诗话》,据其自云:

> 丁丑(1277)、戊寅间,留扬州石塔寺,稍述一二。逮还桐江,过钱塘,搜访古今僧集,订以贝经灯传,至明年己卯(1279),缉成六十卷。③

---

① 卞东波《南宋诗选与宋代诗学考论》,第79页。
② 参考祝尚书《宋人总集叙录》第6页《九僧诗集》叙录,中华书局,2004年。
③ 方回《名僧诗话序》,《桐江集》卷一,《宛委别藏》本。

此书应是专论僧诗的诗话,其篇幅达六十卷,可称洋洋大观,惜乎不存。

以上这些传世或未传世的书籍,向我们透露了一个时代的特点:在13世纪后半叶,中国诗坛开始正式接受僧人这一特殊社会群体对于诗歌艺术作出的贡献,"诗僧"被承认为诗坛之一翼。也就是说,"诗僧"不再是偶然出现的个体,其全体成为一个特定作者群而引起关注。这是一个"诗僧"开始具备集团性、社会性的时代,较之从前,"僧诗"的历史意义无疑是被放大了。

众所周知,在文学史上,这也是因"江湖诗人"作为一个群体的存在而引起关注的时代。而且,上述的僧诗选本几乎都与"江湖诗人"相关:《唐僧弘秀集》的编者李龏、《中兴禅林风月集》的校正者萧澥,都是"江湖诗人",陈起更是著名的《江湖集》编刊者,陈世隆是他的后代。这说明诗僧被承认为诗坛之一翼的现象,是与"江湖诗人"的崛起相伴随的。无独有偶,《江湖风月集》的题名中就有"江湖"二字。所以,诗僧与"江湖诗人"的关系问题,看来值得探讨。

在宋代的语境里,"江湖"一词最常见的用法,就如我们在范仲淹《岳阳楼记》中读到的那样,是跟"庙堂"对举的,指的是京城高官圈之外的广阔世界。在这个意义上,非士大夫或者虽是士大夫却远离朝廷,都可以说成身在"江湖"。陈起将其所编的诗集命名为《江湖集》,主要也是就诗歌作者的"在野"或近于"在野"的身份而言。故所谓"江湖诗人",如果突破当代学者以研究"诗派"的方法清理出来的"成员"范围①,而仅就这个名称本身的含义去理解,便可以广指一切非士大夫诗人,乃至一部分低级士大夫或暂时休官的高级士大夫。至于僧人,那自然就属于"江湖"。实际上,禅宗僧人就经常以"江湖"一词代指"禅林"(如《江湖风月集》之题名)。所以,广义的"江湖诗人"是

---

① 参考张宏生《江湖诗派成员考》,见氏著《江湖诗派研究》附录一,中华书局1995年。

包括诗僧在内的。从现存有关资料来看,《江湖集》也收入僧人的作品,故当代学者清理出来的"江湖诗派成员"中,就有好几位僧人①。

考虑诗僧与"江湖诗人"的关系问题,也能提示我们将"江湖诗人"当作"诗派"处理有所未妥②。具备作诗能力而未获高级士大夫身份的人群,原本应该是相当庞大的,但存于史料者却必然数量有限,依靠这种史料记载的有限性,我们才能为一个"诗派"画出范围,但无法解释:为什么有几位诗僧属于"江湖诗派",而其他诗僧却不是?谁能说出他们之间的区别?

在我看来,如果从非士大夫身份的意义上理解"江湖"一词,则将全部诗僧都视为"江湖诗人",也并不过分。跟其他在俗的"江湖诗人"相比,僧人的"江湖"身份更为牢固,而且在更早的历史时期,在世俗"江湖诗人"还不曾大量出现于诗坛的年代里,诗僧们已经在引领一种与士大夫诗人有别的诗风,这便是以"宋初九僧"和某些身份相近的"隐士"为代表的"晚唐体"。这"晚唐体"后来也被用来概括"江湖派"的诗风,但追本溯源,却与"诗僧"这种特殊身份的作者群相关。

四、特定作者群与"晚唐体"

按严羽的"以时而论"之说,"晚唐体"当指晚唐时期流行的经常被形容为"清苦"的诗歌风格,作为后人学习的对象,其核心作者是贾岛、姚合③。受《礼记·乐记》"声音之道与政通"的影响,评论者

---

① 张宏生《江湖诗派成员考》列出的僧人有释绍嵩、释圆悟、释永颐、释斯植,此外葛天民就是释义铦。
② 参考史伟、宋文涛《"江湖"非"诗派"考论》,《社会科学家》2008年第8期;侯体健《刘克庄的乡绅身份与其文学总体风貌的形成——兼及"江湖诗派"的再认识》,《中山大学学报》(社会科学版)2011年第3期。
③ 严羽《沧浪诗话》之《诗体》篇云:"以时而论,则有……晚唐体。"《诗辩》篇云:"晚唐之诗,则声闻、辟支果也……近世赵紫芝、翁灵舒辈,独喜贾岛、姚合之诗,稍稍复就清苦之风,江湖诗人多效其体,一时自谓之唐宗,不知止入声闻、辟支之果。"参考张健《沧浪诗话校笺》,上海古籍出版社,2012年,第7、185、203、217页。

经常会从时代风格的角度理解"晚唐体",即所谓衰世之音,或亡国之音。这自然也有道理,但仅从这个角度出发,还不能认识"晚唐体"的所有特征及其形成的理由,因为它并未成为对中国所有朝代的末期诗风的概括。固然,晚唐、晚宋都流行"晚唐体",但明末、清末的主流诗风,却并不被称为"晚唐体"。另一方面,具备类似风格的诗人,也并不一概出现于朝代的末期。"宋初九僧"便是例证,把他们的诗风简单地解释为晚唐"遗风"的延续,是不够合理的,他们的活动时期大约在太宗、真宗乃至仁宗朝,开国之后生存了数十年,且据上文所述《四明尊者教行录》卷六提供的信息,其中的简长、行肇等还在东京做"笺注御集"的体面工作,时值天书屡降、祥瑞日献,朝廷一意粉饰盛平的真宗朝,不妨说,他们是在最应该发出治世之音的年代里吟唱着"晚唐体"诗歌。

所以,"晚唐体"虽以时代风格命名,实际上不能仅从时代风格的角度去认识。让我们重温诗歌批评史上关于"宋初三体"的最著名的一段论述,即方回的《送罗寿可诗序》:

> 诗学晚唐,不自四灵始。宋划五代旧习,诗有白体、昆体、晚唐体。白体如李文正、徐常侍昆仲、王元之、王汉谋;昆体则有杨、刘《西昆集》传世,二宋、张乖崖、钱僖公、丁崖州皆是;晚唐体则九僧最逼真,寇莱公、鲁三交、林和靖、魏仲先父子、潘逍遥、赵清献之父,凡数十家。
>
> 嘉定而降,稍厌江西,永嘉四灵复为九僧旧晚唐体,非始于此四人也。①

所谓"宋划五代旧习",言下之意,后面提出的三体都是北宋形成的

---

① 方回《送罗寿可诗序》,《桐江续集》卷三二,《文渊阁四库全书》本。

新诗风,不是"旧习"了。这表明方回并未把"晚唐体"视为唐末五代残余的遗风。被他列举为三体代表人物的,"白体""昆体"无一例外是士大夫,而"晚唐体"虽也有寇准、赵湘等士大夫,但主要是九僧,以及林逋、魏野、潘阆那样的隐士。尤其是当我们沿着方回的思路,将宋初"晚唐体"看作南宋"永嘉四灵"乃至"江湖诗人"的先驱时,其主要作者的非士大夫身份便十分引人注目。由此看来,方回讲的"晚唐体",其内涵的侧重点与严羽有所不同,严羽是"以时而论",侧重于时代风格,而方回也用作对僧人、隐士作品的一种群体风格的概括。这种风格既然被称为"晚唐体",当然渊源或者说形成于晚唐时期,但它在时代变更后仍获得持续的发展,主要是因为社会上有这样一批特定身份的人,即一个特定作者群喜好和擅长于写那样的诗。而且,他们形成这种喜好和特长决非偶然,毋宁说,这是出于一种不可抗拒的原因,与其实际生活状态以及必须扮演的社会角色具有内在的联系。其实,真正的晚唐诗坛,未必只有一种诗风,"晚唐体"的作者选择贾岛为学习对象,多少跟贾岛本人曾出家为僧有关。出于身份方面的原因而主动认同的因素,是一直存在的。所以,宋代诗歌史上的"晚唐体",其主要内涵已经不是时代风格,而是特定的群体风格了。

从特定作者群的角度说,属于当时社会上一个特殊群体的僧人[①],是比隐士更为特征鲜明的。正是这个特殊群体的长期存在,持续地为诗坛提供了"晚唐体"的作者群,因为对于他们来说,"清

---

① 关于"特殊群体",请参考游彪《宋代特殊群体研究》,商务印书馆,2006年。此书将他有关宋代宗室、官员子弟、僧人、士兵等各种"特殊群体"的研究论文汇集一编。我以为,一方面文学史研究也可采纳类似的方法,没有必要将大小不同的各种"群体"都勉强视为文学上的"流派";另一方面,在从事"特殊群体"研究时,诗歌作为其最具体而精微的自我表述,是非常值得倾听的。作为研究方法,这跟目前文学史研究中常见的"流派""家族""地域"研究有许多相似之处,因为后者实际上也是对"特定作者群"的研究,只不过以各种不同的标准来划分群体而已。不就"江湖诗人"来说,超越"流派"研究的思路,而从"特定作者群"的角度去探讨,我以为是更切合实际的做法。

苦"即便不是生活的本色,也是社会对他们的期待,无论真心与否,这样的表达风格与其担当的社会角色是最相适应的。仅仅依靠常识,我们就不难理解一个僧人从事诗歌写作时,在题材、主旨和表达上面临的种种限制,他不能写爱情,不能写政治,不能写世俗欲望,对美好事物的过度迷恋、激烈的情绪,以及怀才不遇之感,乃至华丽的辞藻、历史典故,等等,一般来说都不合适。中国诗歌史所积累的丰富资源,能供诗僧利用的,其实没有多少。尽管诗歌的世界是广阔的,但诗僧却只能选择一条狭窄的路,果断前行。当他们走到常人不能到达之处时,便拥有了自己的特长。

被《圣宋高僧诗选》和《宋僧诗选补》重复收录的释守诠《梵天寺》诗,可以视为这方面的典范。现据周紫芝《竹坡诗话》录出原文:

> 余读东坡和梵天僧守诠小诗,所谓"但闻烟外钟,不见烟中寺。幽人行未已,草露湿芒屦。唯应山头月,夜夜照来去",未尝不喜其清绝,过人远甚。晚游钱塘,始得诠诗云:"落日寒蝉鸣,独归林下寺。松扉竟未掩,片月随行屦。时闻犬吠声,更入青萝去。"乃知其幽深清远,自有林下一种风流。东坡老人虽欲回三峡倒流之澜,与溪壑争流,终不近也。①

所谓"言为心声",守诠小诗凄清到了极点的意境,是与其特殊生活状态造就的心境融为一体的,擅诗如苏轼,手摹心追,亦不可及。按周紫芝的评论,这就好像溪壑虽小,却有其特殊的风景,东坡格局再大,能力再强,也不能在特殊领域与之争锋。

抽象地说,每个从事特殊职业的社会群体,都能在表达上形成相应的特长,但具体就中国诗歌史而言,却是僧人首先形成了与一

---

① 周紫芝《竹坡诗话》,《历代诗话》,中华书局,1981年,第350页。苏轼诗即《梵天寺见僧守诠小诗清婉可爱次韵》,详上文。

直独占诗坛的士大夫相异的诗风。当这种诗风显出它的特长,为一般士大夫诗人难以仿效时,人们开始关注诗僧,这大概是北宋的情形;进一步,当其他非士大夫诗人较多地走上诗坛,也就是所谓"江湖诗人"涌现的时候,早就在士大夫之外独树一帜的僧诗,便获得了先驱和典范的意义,于是,"江湖诗人"通过编刊僧诗专集,来肯定这样的典范并学习之,这便是南宋后期的情形了。总而言之,在宋代由僧人这一特殊群体逐渐蔓延到"江湖诗人"乃至部分士大夫的"清苦"诗风,按照诗歌鉴赏方面对前代诗人主动认同的传统方式,而被称为"晚唐体",但实际上我们不必太迷恋这种鉴赏的结果而固执于这个名称,因为鉴赏者心目中的"晚唐"也各自有所不同。"晚唐体"作为对一个历史时期实际存在的社会群体在表达上趋同风格的概括,其意义应该比作为时代风格重要得多。

在群体风格的意义上考察"晚唐体",也更有利于我们对其存在、发展经过的把握。一般文学史叙述的"晚唐体",出现在宋代诗歌史的两端,即北宋初期和南宋后期,但只要我们将僧诗纳入视野,这两端之间就能具备确凿无疑的联系。本文考察的宋代僧诗专集,便是这方面的有力证据,从上文对诗僧传记信息的考证中可以看到,两宋三百年间,与这个特定作者群的身份相应的诗风一直不曾断绝。对于他们在诗风上趋同的现象,宋代的批评家其实也早有察觉,故有关资料中还出现了另外一些批评用语,如欧阳修所谓"菜气",苏轼所谓"蔬笋气",以及听起来更觉苛刻的"酸馅气"之类[①]。这些说法与"晚唐体"之间构成怎样的关系,是我们今后需要探讨的问题。

---

① 详见胡仔《苕溪渔隐丛话前集》卷五七"僧诗无蔬笋气"条。

《江湖风月集》成书与解题

王汝娟

《江湖风月集》是一部僧诗选集,题南宋临济宗虎丘派禅僧松坡宗憩编,分上、下两卷,共收录了74位[①]僧人的264首七言绝句。该书在中土素来湮没无闻,据笔者目前所见,它一直未尝见于中土书志和目录,今日已亡佚不存;但它在日本却颇为流行,自14世纪初期传入以来[②],产生了二十余种刊本、抄本、选本、笺注本以及仿作本[③],其中笺注本有东阳英朝《新编江湖风月集略注》、天秀道人《江湖风月集略注》、阳春主诺《江湖风月集略注取舍》、无著道忠《江湖风月集解》、可山禅悦《江湖风月集训解添足》,等等。日本花园大学芳泽胜弘汇校多种传本及后人题跋,并加以解说,撰成《江湖风月集译注》[④];朱刚、陈珏《宋代禅僧诗辑考》据此书抄录诗歌白文,另以东洋文库藏五山版《江湖风月全集》、蓬左文库藏《江湖风月集抄》续校之。此二书为我们对该诗集进行进一步研究提供了文献上的极大便利。

本文将先从文献考证出发,对该书之作者、编者、成书等诸问题的相关疑点作一考论;并在此基础上,通过对书名中"江湖""风月"

---

① 关于作者数量问题,参本文第一部分之分析。
② 今日本所存最早的《江湖风月集》版本为五山版(东洋文库、成簣堂文库等藏),据[日]川濑一马『五山版の研究』(日本古书籍商协会,1970年)的考证,该五山版刊刻于南北朝前期(约14世纪前半叶)。故该书当在此时之前即已传入日本。
③ 关于日本所存《江湖风月集》版本,参驹泽大学图书馆编《禅籍目录》,驹泽大学图书馆,1928年,第198—200页。
④ [日]芳泽胜弘『江湖風月集訳注』,日本禅文化研究所,2003年。

二词的解读,进一步观照宋元之际"江湖""江湖诗人"以及禅林文学生态之一斑。

一、《江湖风月集》之作者、编者及成书再考

今东瀛所存《江湖风月集》诸版本,皆以人系诗,于每位作者下录其诗作数首。由于相关传记资料的阙如,其中部分作者之生活年代与生平事迹已难以详尽考证。首先不妨将《全宋诗》、《江湖风月集译注》(以下简称《译注》)、《宋代禅僧诗辑考》(以下简称《辑考》)等对集中所录作者之生卒年或大致活动年代的既有考证结果整理于下(表1):

表1 《江湖风月集》作者及其生活年代

序号	作 者	生卒年或活动年代
卷 上		
1	大川普济	1179—1253。见《全宋诗》第56册第35155页。
2	介石智朋	嗣浙翁如琰(1151—1225)。见《全宋诗》第61册第38521页。
3	西岩了惠	1198—1262。见《全宋诗》第61册第38099页。
4	偃溪广闻	1189—1263。见《全宋诗》第59册第36993页。
5	虚堂智愚	1185—1269。见《全宋诗》第57册第35902页。
6	象潭濡泳	《辑考》考证嗣大歇仲谦,南宋晚期禅僧。
7	石溪心月	?—1254。见《全宋诗》第60册第37688页。
8	石林行巩	1220—1280。见《全宋诗》第65册第41059页。
9	古田德垔	《辑考》考证嗣断桥妙伦(1201—1261)。

续表

序号	作者	生卒年或活动年代
10	清溪通彻	《辑考》考证嗣偃溪广闻(1189—1263)。
11	中溪应	
12	末宗德本	《辑考》考证嗣断桥妙伦(1201—1261)。
13	子元祖元	《译注》指出此人即无学祖元(1226—1286)。
14	敬之简	《译注》考证为简翁居敬,嗣痴绝道冲(1169—1250)。
15	毒海妙慈	《辑考》考证嗣偃溪广闻(1189—1263)。
16	南叟宗茂	《辑考》考证嗣石溪心月(？—1254)。
17	率庵梵琮	嗣佛照德光(1121—1203)。见《全宋诗》第54册第33815页。
18	北山绍隆	《辑考》考证嗣痴绝道冲(1169—1250)。
19	石门善来	《辑考》考证嗣大川普济(1179—1253)。
20	指堂摽	《译注》考证嗣石林行巩(1220—1280)。
21	清叟宁一	《译注》考证嗣断桥妙伦(1201—1261)。
22	复岩克己	《辑考》考证嗣东叟仲颖,南宋晚期禅僧。
23	柏堂祖森	《辑考》考证嗣石溪心月(？—1254)。
24	笑堂悦	
25	晦谷光	《译注》考证嗣无准师范(1177—1249)。
26	寂庵妙相	《译注》考证嗣偃溪广闻(1189—1263)。
27	悦堂祖訚	《辑考》考证其1235—1309在世,法名又作祖闇。
28	无尘净	《译注》考证嗣少林妙崧,南宋中后期禅僧。

续 表

序号	作 者	生卒年或活动年代
29	自然恭	
30	月洲法乘	《译注》考证嗣西岩了惠(1198—1262)。
31	九峰升	
32	雪岩祖钦	1216—1287。见《全宋诗》第65册第40576页。
33	南洲永珍	嗣石溪心月(？—1254)。见《全宋诗》第70册第43952页。
卷 下		
34	松坡宗憩	《辑考》考证嗣无准师范(1177—1249)。
35	竺山如圭	《译注》考证为竹山如圭,嗣断桥妙伦(1201—1261)。
36	雪山祖昙	《辑考》考证嗣断桥妙伦(1201—1261)。
37	绝像无鉴	《辑考》考证"像"又作"象",嗣断桥妙伦(1201—1261)。
38	希叟绍昙	？—1297。见《全宋诗》第65册第40733页。
39	灵叟道源	《辑考》考证嗣无准师范(1177—1249)。
40	横川如珙	1222—1289。见《全宋诗》第66册第41215页。
41	象外超	
42	溪西广泽	《辑考》考证嗣大歇仲谦,南宋晚期禅僧。
43	月庭正忠	《辑考》考证有嗣无学祖元(1226—1286)、退耕德宁(？—1270)二说,南宋晚期禅僧。
44	古帆远	《译注》考证嗣石门善来,南宋晚期禅僧。
45	云外云岫	1242—1324。见《全宋诗》第69册第43531页。

续表

序号	作　者	生卒年或活动年代
46	藏室正珍	《辑考》考证嗣断桥妙伦(1201—1261)。
47	石霜导	《辑考》考证嗣荆叟如珏,宋元之际禅僧。
48	中叟质	
49	方庵会	《译注》考证许嗣无准师范(1177—1249)。
50	东洲惟瑞	《辑考》考证嗣虚堂智愚(1185—1269)。
51	一关德溥	《辑考》考证嗣大歇仲谦,南宋晚期禅僧。
52	敬叟庄	
53	闲极法云	《辑考》考证嗣虚堂智愚(1185—1269)。
54	革彻翁	
55	竺卿章	
56	石桥法思	《辑考》考证嗣断桥妙伦(1201—1261)。
57	千峰如琬	《译注》考证嗣伊岩怀玉,宋末元初禅僧。
58	柟堂元益	《辑考》考证嗣东叟仲颖,宋末元初禅僧。
59	北山凤	
60	隐岩妙杰	《译注》考证嗣虚舟普度(1199—1280)。
61	柏庭意	《译注》考证嗣觉庵梦真,宋元之际禅僧。
62	古帆慈	
63	竟陵海	《辑考》考证大致为南宋初期禅僧。
64	仲实悫	
65	同山颖	

续表

序号	作者	生卒年或活动年代
66	禹溪一了	《辑考》考证嗣虚堂智愚(1185—1269)。
67	东屿德海	《译注》考证嗣石林行巩(1220—1280),宋元之际禅僧。
68	汉翁杰	《译注》考证有嗣古帆新、石帆惟衍二说,南宋晚期禅僧。
69	虚庵实	《辑考》考证嗣虚堂智愚(1185—1269)。
70	用潜德明	《辑考》考证嗣物初大观(1201—1268)。
71	仲南参	《译注》考证嗣月坡普明,南宋晚期禅僧。
72	逊庵恭	
73	廓然圣	
74	松岩永秀	《辑考》考证嗣别山祖智(1200—1260)。
(75)	石霜焘	《辑考》考证即前见47"石霜导",宋元之际禅僧。

在以上所列75位作者中,其中63"竟陵海"有部分版本未出,所收其二首诗作皆归于62"古帆慈"之名下;而东洋文库藏五山版《江湖风月全集》、内阁文库藏《新编江湖风月集略注》、东京光融馆书店1935年版《(新编)江湖风月集(凿空抄)讲义》,皆有"竟陵海",且《船子》一首,亦见于《禅宗颂古联珠通集》卷一七,署"竟陵海首座"。另据《辑考》考证,47"石霜导"与75"石霜焘"为同一人。故而《江湖风月集》实际所录作者当为74人。在前人既有成果之基础上,笔者另将其中阙考之数人的大致生活年代推断如下:

(1) 29 **自然恭**

《江湖风月集》所收其《鹤林塔》,亦见于《禅宗颂古联珠通集》卷八及《宗鉴法林》卷七,署"自默恭"。按二书的作者排列顺序,他当为南宋中后期禅僧。

(2) 31 **九峰升**

《江湖风月集》所收其《香严击竹》,亦见于《禅宗颂古联珠通集》卷二五。按该集的作者排列顺序,他当为南宋中期禅僧。

(3) 54 **革彻翁**

《江湖风月集》收录了其《橘州塔》:"离离秦望土三尺,埋没岷峨玉一团。三拜起来揩泪眼,越山只作蜀山看。"按,橘洲宝昙(1129—1197),蜀人,杨岐派僧,以诗文名,活跃于江浙一带。从内容看,该诗当为凭吊橘洲宝昙之作。故革彻翁至早应活跃于南宋中期。

(4) 55 **竺卿章**

《江湖风月集》收录有古田德垕《寄竺卿章藏主》,据此竺卿章当与古田德垕为同时代人,大致活跃于南宋晚期。

(5) 64 **仲实悫**

《江湖风月集》收录了其《慈受塔》:"山喂乌鸢水喂鱼,全身放倒不堪扶。包山山下思溪上,骸骨难寻空按图。"按,两宋之际云门宗禅师慈受怀深(1077—1132),嗣长芦崇信。《嘉泰普灯录》载其圆寂后,"分灵骨塔于包山之显庆,思溪之圆觉"①,则该诗为凭吊慈受怀深之作无疑。又,诗中云"骸骨难寻空按图",则仲实悫作此诗时距慈受圆寂当已有些久远。据此,他至早当生活于南宋中期。

通过上表中所列《全宋诗》《译注》《辑考》等对《江湖风月集》中作者的考证以及笔者补充的若干条考察,可以很清楚地看到,该集中生平可考或可略知的作者,皆为南宋或宋元之际的禅僧。之所以关注该集中作者的生活年代,是因为这直接牵涉到该书的编者及成书年代等问题。

---

① 正受《嘉泰普灯录》卷九,《卍续藏》本。

关于该书的编者及成书年代，今日本所见诸注本存有异见，有一种观点认为该书上卷为松坡宗憩所编，而下卷出自比松坡宗憩更晚的元人之手，上、下卷并非同时成书。① 作出此推论的主要依据是，下卷收录了松坡宗憩本人的13首诗作，由此把整个下卷之编成悉归为元人之功。然而笔者对此颇有疑问。存疑之理由，首先正如前文所述，该集中生卒年代可考证或可略知的作者，皆生活于南宋或宋末元初，尚无一人可以确凿断定晚于松坡宗憩；其次，实际上该集最初编成时作者为72人，因此有可能是松坡宗憩最初选录了72位僧人的诗作编成了上、下卷，后人在此基础上又增入了2人。关于后者这一点，可从元代禅僧南堂清欲(1288—1363)②为《江湖风月集》而作的一首题诗中推断得知：

大唐国里没禅师，七十二人他是谁。业款从头都纳了，犁耕拔舌已多时。

"大唐国里没禅师"典出《圆悟佛果禅师语录》："(圆悟)复举黄檗和尚示众云：'汝等诸人，尽是不着便底，恁么作略，何处有今日也。还知大唐国里无禅师么？'"③意为叹息禅道衰落。从这首诗来看，当时南堂清欲读到的《江湖风月集》版本所收作者为72人；然如上表所见，目前所见诸版本中的实际作者为74人，显然有2人是后人所追加。对此，可山禅悦《江湖风月集训解添足》认为，除用潜德明及石霜焘二人外，集中所收作者为72人，后人所追加者乃用潜德明和石霜焘。然而他并未为此结论提供具体依据和论证。笔者认为，后

---

① 持此观点者，有[日]可山禅悦『江湖風月集訓解添足』等。芳泽胜弘《译注》亦作如是观（参该书第556—557页「編者と成立」）。
② 南堂清欲，嗣古林清茂，传见《增集续传灯录》卷六，《卍续藏》本。
③ 绍隆等编《圆悟佛果禅师语录》卷六，《大正藏》本。

人增入的两位作者,更有可能是松坡宗憩和千峰如琬——松坡宗憩为《江湖风月集》之编者;而千峰如琬曾为该集作跋,跋文中对该集不无褒誉之词。从常理来推断,此二人之诗作不太可能在该集编成之初就收于集中,否则不免有"自吹自擂"之嫌,而最有可能是后来人们所增补;除了这一常理性推断以外,还有一史实或可为证,集中收录了千峰如琬之《送人》:

> 去去何须皱断眉,不愁无处挂藤枝。西湖南寺与北寺,尽是大元国里师。①

"南寺"即南山净慈,"北寺"即北山灵隐,均在南宋五山之列。从句意来看,这里"西湖南寺与北寺"当指代当时杭州的所有禅宗寺院。而《佛祖统纪》记载:

> (至元)二十五年正月十九日,江淮释教都总统杨琏真佳集江南教、禅、律三宗诸山至燕京问法。禅宗举云门公案,上不悦。云梦泽法师说法称旨,命讲僧披红袈裟右边立者,于是赐斋香殿,授红金襕法衣,锡以佛慧玄辩大师之号,使教冠于禅之上者自此。②

从该段记述来看,至少在至元二十五年(1288),江南禅林和蒙元朝廷仍旧处于不合作状态;倘若当时江南禅林已"尽是大元国里师",那么想必那些"国师"定会对元朝皇帝阿谀逢迎,也就不会在众目睽睽之下发生如此不友善的冲突。因此可以确认,千峰如琬这首《送人》当作于至元二十五年之后。而他为《江湖风月集》所题跋文

---

① 诗歌文本据[日]芳泽胜弘《译注》。下引同。
② 志磐《佛祖统纪》卷四八,《大正藏》本。

末明确署有"戊子夏千峰如琬谨跋",戊子即至元二十五年。由此基本可以肯定,千峰如琬的这首《送人》是在《江湖风月集》编成之后增入的。

综观集中作者可考者的生活年代以及集中所录作品,尚缺乏下卷非由松坡宗憩编成而出自元人之手的有力证据。因此在日后或将发现更多的相关史料之前,笔者暂且倾向于相信该集上、下卷皆由松坡宗憩编成,成书年代为宋末元初;成书之初所录作者为72人,松坡宗憩和千峰如琬的作品乃后人所增补。

二、关于"江湖"

随着"文字禅"之风的日渐蔓延,炎宋一朝禅林文学的土壤上,不仅开出了大量禅僧诗文别集之繁花,至宋元之际还出现了几部颇为引人注目的禅僧诗选集,《江湖风月集》就是其中之一。它和同时代的其他僧诗选集如《圣宋高僧诗选》《中兴禅林风月集》等相比,显著差异之一在于其他选集北宋、南宋诗僧皆收,而它选录的作者,至少我们现在能够判定的均为南宋或宋元之际的僧人;其次在于其他选集的编者均非佛门中人,而松坡宗憩乃一介禅衲,"僧人选僧诗"可以直观呈现出禅僧自身对于禅文学的价值认同与审美取向。基于这两点,《江湖风月集》较之同时代的其他僧诗选集更能集中而清晰地折射出南宋时代的禅林文学之影像。我们对它的观察,不妨从书名中"江湖""风月"二词的涵义开始。

单纯的"江湖"一词之字面意义,可作多种理解。关于这一点,学界目前已有诸多研究,笔者在此不再作赘述。而若将该词置于南宋诗坛的特定语境,则不难使我们联想到"江湖诗人""江湖诗"以及《江湖小集》等。那么在"江湖风月集"这一书名中,"江湖"的具体涵义又为何?首先不妨看看千峰如琬为该集所题跋文:

> 松坡前嘉熙末出峡,遍游诸老门庭,造诣深远。尝侍香冷泉,掌教龙渊、大明,更化雪窦,以寓半檐。偶染风疾,无出世意,养痾十余年。以从前所见闻尊宿雷霆于一世者,唯唯然陆沉于众底者,掩息而不辉者,平时著述语,或二篇三篇至数篇,皆采摭而论,编而成策,目之曰《江湖集》。如试大羹蔵,可知鼎肉。以此见松坡虽忘江湖,犹未忘江湖也。戊子夏千峰如琬谨跋。

这篇跋文叙述了松坡宗憩编纂《江湖风月集》的缘起,提到松坡"虽忘江湖,犹未忘江湖也"。炎宋一朝,以禅法而雷霆一世、于禅宗史上大显异彩者,不难举出大慧宗杲、佛照德光、无准师范、松源崇岳等尊宿大德;以诗文之才而有声于丛林、留下洋洋大观的诗文集者,则有北磵居简、物初大观、无文道璨、淮海元肇、藏叟善珍等著名诗僧。然而点检《江湖风月集》所收录的74位作者,除了极个别例子外,绝大多数既非禅学高僧,亦非诗文名手,由此可以看出松坡宗憩编纂此集的主要目的,是将那些湮没无闻、名不见经传的僧人之作品昭之于世。若从社会结构的角度来看,"居庙堂之高"的士大夫文人处于文坛的中心位置,毫无世俗权力的禅僧无疑是"处江湖之远"的一个群体。而在后者这个群体中有与朝廷和士大夫往来密切者,有以禅法或文藻致天下衲子云合风趋者;也有"唯唯然陆沉于众底者,掩息而不辉者"(此正是他们中有大多数人的生平难以详考的重要原因),他们或可谓是处在"江湖之江湖"。故松坡宗憩选录的这些僧人无疑是处在社会"边缘之边缘"的一个群体,这一点是首先颇值得我们注目的。

以上简要概览了《江湖风月集》所收录作者所体现出的"江湖"特质。创作主体既然具有极强的"江湖"性,那么他们写作的具体诗歌作品,是否也具有某种"江湖"之味? 这是另一个值得我们思考的问题。单从集中所录诗歌的标题来看,就可以清楚地发现其中有多首作品与下层"职人"有关。不妨将这些诗作抄录于下:

大川普济
《吹笛术者》

慈峰古曲无音韵,知命先生知不知。甲乙丙丁庚戊己,阳春白雪鹧鸪词。

偃溪广闻
《送琴僧》

十三徽外见全功,却与寻常调不同。去去莫弹鸣鹤怨,老僧门外有松风。

石林行巩
《赠龟卜人》

鸿蒙未剖是何物,一画才分六用彰。河水不痕天象正,夜深时得见羲皇。

《赠裁缝》

三千刹海佛袈裟,不犯针锋见作家。更与曾郎裁一领,荔枝山搭碧江斜。

南叟宗茂
《秤命术者》

卦盘掇转绝疑猜,却许先生用处乖。只靠这些平等法,看谁负命上钩来。

晦谷光
《赠钟楼匠人》

大匠曾无可弃材,胸中自有一楼台。是谁敲动黄昏月,不觉和声送出来。

寂庵妙相
《演　史》

纷纷平地起戈鋋,今古山河共一天。莫谓是谁功业大,恐妨林下野人眠。

《听　琴》

妙音妙指发全功,绝岳苍髯树树风。一曲未终天似洗,希声闻在不闻中。

九峰升
《挽更鼓》

烂木头边钉钉着,死牛皮有活机关。须弥槌子轻拈出,撼动一天星斗寒。

松坡宗憩
《归江陵奔讲师丧》

讲罢残经去不回,石床花雨翠成堆。天荒地老重相见,眼在髑髅眉底开。

雪山祖昙
《送绵匠》

密密绵绵见不难,多应知暖未知寒。重重擘破君须看,暮雨朝云裹断山。

闲极法云
《松窗术士》

涛声细细月生寒,六户虚凝夜未阑。掇转卦盘重点过,子宫却在午宫看。

这些诗涉及民间音乐艺人、占卜算命者、裁缝、撞钟人、说话艺人、守更人、弹棉花匠人等,总而言之都是社会下层的劳动者。大木康《明清文学人物——按职业分类的文学记录》一书从"身份、阶层、职业"的角度出发,将明清时代文学作品中出现的农民、手工艺者、奴仆等人物形象分门别类作了具体梳理和阐述,同时对"江湖""江湖人"作了如下界定:

"江湖"大致相当于"世间"。而汉语中的"江湖"专指为了谋生而从事种种活计的场域;此外它还包含有"居无定所"的意味,例如本书中所探讨的商人(大商人)等,就与其定义并不契合。具体而言,江湖之人指占卜者、走街串巷的卖药商贩、魔术师、街头武艺者、说书艺人、相声艺人、外出卖艺者、侠客等,总而言之是那些居无定所的漂泊者。……江湖之人于明清文学而言,为《水浒传》以及其他作品提供了绝好的题材;此外,江湖艺人群体虽然未尝将作品以文字形式书写记录下来,但无可否认,他们对文学作品的口头传播起着相当重要的作用。①

毋庸赘言,这些下层民众(即江湖之人),在明代以前的文学作品尤其是诗、文等雅文学中是较少登场的,而在明清文学尤其是明清通俗文学中却一跃而成为重要角色,这个转变应该不是在一夜之间完成的,南宋(特别是南宋中后期)或可谓是这个转变发生之前夜,"大量游士、幕士、塾师、儒商、术士、相士、隐士所组成的江湖士人群体纷纷涌现,构成举足轻重的社会力量"②。《江湖风月集》中收录多首此类诗作,就是在这一历史背景下产生的现象。当然《江湖风月集》也并非绝无仅有的孤例,譬如南宋五山诗僧淮海元肇之《淮海挐音》中有《吊毛惜惜》一诗,题下有自注云:"毛乃高沙妓,端平间,营全叛城,呼毛佐酒,不从,遭戮,骂贼至死不绝口。"③虽说毛惜惜乃为节义而死,但一个和尚为妓女作悼诗,并堂而皇之地将其收入自己的诗集中,这在南宋之前大概是匪夷所思的。

张宏生在《江湖诗派研究》中,谈到题材之俗、表现手法之俗和

---

① [日]大木康『明清文学の人びと——職業別文学誌』,东京创文社,2008年,第216页。
② 王水照、熊海英《南宋文学史》,人民出版社,2009年,第4页。
③ 元肇《吊毛惜惜》,《淮海挐音》卷上,元禄八年刊本。

语言之俗乃江湖诗的重要特征。① 而从《江湖风月集》所录诗歌来看,总体上题材和意象极为通俗和日常,所用语言和句式的白话性很强,呈现出典型的江湖诗风貌。例如中叟质的《灵照女》:

> 家贫固是计无方,肯怪爷爷少较量。河里失钱河里摝,笊篱赢得柄添长。

此诗几乎全用口语写成,"肯怪""较量""摝""笊篱""柄"等皆是难登大雅之堂的日常俗语和俗物(虽然"河里失钱""笊篱"等本是出自禅宗典故),句式也平白浅近,无论是在内容方面还是艺术方面,"俗"的特质都极为明显。这类诗作在《江湖风月集》中比比皆是,譬如石林行巩《水庵生缘》:"虚空突出个拳头,坏得家无片瓦留。野老不知愁满地,深耕白水痛鞭牛。"横川如珙《寄石林》:"佛法当今谁是主,长廊系马北风吹。近来买得砂锅了,只阙锄云钝铁锥。"等等,不胜枚举。而渡日元僧清拙正澄(1274—1339)为《江湖风月集》所题跋文则曰:

> 宋末景定、咸淳之时,穿凿过度,殊失醇厚之风。然有绳尺,亦可为初学取则。既知法则,然后弃之,勿执其法。如世良匠精妙入神,大功若拙,但信手方圆不存规矩,其庶几乎? 学者宜自择焉。嘉历三年(1328)戊辰建酉下旬,清拙跋之,以示后世学者不知述作之意旨者。

这里所谓的"既知法则,然后弃之,勿执其法""大功若拙,但信手方圆不存规矩",从另一个角度来说,即不计题材雅俗,不避以日常物、

---

① 参张宏生《江湖诗派研究》第四章"审美情趣"三"俗的风貌",中华书局,1995 年。

日常事入诗,并以日常平白语道之。如此呈现出的美学趋向,自然是"俗"的。

总而言之,作者身份的"江湖"之质、诗歌内容的"江湖"之味、写作艺术上的"江湖"之貌,此三者绾合交结,构成了《江湖风月集》之"江湖"性的基本色调。它在南宋时期江湖诗发展嬗变过程中处于怎样的地位、具有怎样的意义,是值得进一步深究的问题,俟另作专文讨论。

三、所谓"风月"

无独有偶,南宋末江湖诗人孔汝霖编有一部僧人绝句集——《中兴禅林风月集》,它和《江湖风月集》书名中皆有"风月"一词。据笔者目前所见,以"风月"名集者,仅此二书而已,且它们均为僧诗选集,这是颇有意思的。那么《江湖风月集》所谓的"风月",其意为何?《新编江湖风月集略注》解题有云:

> 行脚衲子江湖遍历之间,吟风啸月,如此颂出者也。亦所谓"无边风月眼中眼",又云"翰林风月三千首",几文字禅谓之"风月"乎?①

这里明确指出了"风月"大致相当于"文字禅",即以文学的方式来表达佛理禅解,也就是要"绕路说禅"。说到"绕路说禅",我们不难想起东坡与妓参禅的著名故事:

> 苏子瞻守杭日,有妓名琴操,颇通佛书,解言辞,子瞻喜之。

---

① [日]东阳英朝『新編江湖風月集略注』卷上,宽永七年刊本。

一日游西湖，戏语琴操曰："我作长老，汝试参禅。"琴操敬诺。子瞻问曰："何谓湖中景？"对曰："落霞与孤鹜齐飞，秋水共长天一色。""何谓景中人？"对曰："裙拖六幅湘江水，鬓挽巫山一段云。""何谓人中意？"对曰："随他杨学士，鳖杀鲍参军。如此究竟何如？"子瞻曰："门前冷落车马稀，老大嫁作商人妇。"琴操言下大悟，遂削发为尼。①

在这个故事中，东坡和琴操借用看似毫不相干的前人诗句以表达自己对禅的见解，层层逼近，琴操终得大彻大悟。禅宗本就是主张人们看待事物时要取消万物之间的外在差别，发觉事物的"本来面目"，看似玄妙、高深的禅，原来就在人们日常的一驻足、一凝眸、一侧耳之间——一朵花的绽放、一片树叶的凋零中，皆包含着宇宙无常种种；一只鸟的欢唱、一阵夜雨的淅沥中，也沉潜着人生百般况味。颇具慧根的琴操，从俗世的风花雪月中悟出种种妙义，最终皈依佛门。

那么《江湖风月集》究竟是如何"绕路说禅"的呢？首先它所收录作品之性质，日本僧人之题跋普遍认为是"偈颂"，如天秀道人贞和二年(1346)所作跋文中就讲得非常明确：

> 此集者，自炎宋景定、咸淳逮大元至治、延祐，诸方尊宿所作偈颂也。人各有本录，多则千言万语，少则三百五百也。今此所编，脍炙人口者也。……小子重玄，务读此册，其志殷勤。竭力教授，诵前遗后。愍厥暗钝，信笔注解与之，庶希久久发明。只为老婆心，妄加穿凿。切勿家丑外扬，贻诮傍人。玄也若能得鱼得兔，必能忘筌忘蹄。那时正好百张古纸，堪糊破窗。其或不

---

① 田汝成《西湖游览志余》卷一六"香奁艳语"，第304页。

然，它时异日，典座寮里，以盖酱瓿也得。左之右之，助子多矣。

他认为参学者研读这些偈颂有助于悟道。另外宽永七年（1630）刊《新编江湖风月集略注》第二叶大川普济《琉璃灯棚》之注解下有一朱笔"以下衍文不诵"，由此可见该集对于日本僧人来说，是他们参禅学佛日常功课的诵读对象。的确，该集大部分作品从标题和本文语句就可以直观判断出是表达佛理禅解的偈、颂，比如石林行巩的《水庵生缘》、末宗德本的《马郎妇》、北山绍隆的《血书楞严》等，这部分作品自不必赘语；除此以外的作品，遣词造句和内容题材上的"偈颂"特征并不明显，表面看来似乎与佛禅无关，但如果深入探究，也未尝不可以将它们作为偈颂来解读。比如晦谷光的《读捷书》：

阃外安危策已成，全锋不战屈人兵。归来两眼空寰宇，一曲琵琶奏月明。

阳春主诺注曰：

以看人悟道机缘语句等，比读捷书。①

再譬如介石智朋的《灵隐听猿》：

此心未歇最关情，那更猿声入夜频。从此飞来峰下寺，又添多少断肠人。

阳春主诺注解云：

---

① ［日］阳春主诺『江湖風月集略注取捨』卷上，享保十七年（1732）刊本。

一二四句言今夜听猿,我不堪悲,因思后来几人在此地可悲,推我愁情以怜后人也。①

诸如此类,不一而足。由此看来,将《江湖风月集》视作一部僧人的偈颂集未尝不可。东阳英朝跋文曰:

　　宗师偈颂,其旨不二焉。付法、传衣、拈古、颂古、赠答、时事、咏怀、漫兴,凡皆详其实,可以解厥含蓄之妙。……自雪窦、真净已下,稍带风韵含雅音,千态万状,攒花簇锦。是则春风桃李,一以贯之。

也就是说,《江湖风月集》中的这些作品通过隐喻、比拟等修辞,以审美的、文学的方式来迂回曲折、含蓄隐晦地表达禅宗义理——这就是"文字禅"②,亦即书名所谓的"风月":

　　宋代"文字禅"主要表现为以语言文字去阐释古德公案。然而,宋代禅师也知道,佛门的最高教义(第一义)是不能用语言文字表达的,"才涉唇吻,便落意思,尽是死门,终非活路"。那么,怎样解决"不立文字"与"不离文字"之间的矛盾呢? 宋代禅师们借鉴并改造了佛经诠释学中"遮诠"的方法,在语言唇吻中杀出一条"活路"来。③

此外值得注目的是,集中所录 74 位作者,其中法系可考者,除了云

---

① [日]阳春主诺『江湖風月集略注取捨』卷上,享保十七年刊本。
② 关于"文字禅"之界定,参阅周裕锴《文字禅与宋代诗学》第四章第三节"绕路说禅:从禅的阐释到诗的表达",复旦大学出版社,2017 年。
③ 周裕锴《文字禅与宋代诗学》,第 166 页。

外云岫一人是曹洞宗僧人外,其余皆为临济宗杨岐派僧。而临济宗杨岐派向来就有偈颂传统。《大慧普觉禅师年谱》绍兴三年(1133)条记载:

> 东林珪禅师自仰山来同居,各作颂古一百一十篇。按,东林书颂古后云:绍兴癸丑四月,余过云门庵,同妙喜度夏。山顶高寒,终日无一事,相从甚乐。妙喜曰:"昔白云端师翁谢事圆通,约保宁勇禅师夏居白莲峰,作颂古一百一十篇,有'提尽古人未到处,从头一一加针锥'之语。吾二人今亦同夏于此,事迹相类,虽效颦无愧也。"遂取古公案一百一十则,各为之颂。更互酬酢,发明蕴奥,斟酌古人之深浅,讥诃近世之谬妄,不开知见户牖,不涉语言蹊径,各随机缘,直指要津。①

这里出现的白云守端(1025—1072)、保宁仁勇、东林士珪(1083—1146)、大慧宗杲(1089—1163)皆为杨岐派禅僧。从这段轶事可以看出,杨岐派僧人对于自己宗派的偈颂传统有着明确和自觉的体认,并积极继承之。因此《江湖风月集》的编者松坡宗憩,作为一名杨岐派后人,以杨岐僧人为主角、拣择他们所作的偈颂荟萃于一编,未尝没有有意扬举杨岐家风之目的。

---

① 祖咏《大慧普觉禅师年谱》"绍兴三年"条,吴洪泽编《宋人年谱集目/宋编宋人年谱选刊》,巴蜀书社,1995年,第179页。

南宋禅僧诗集《一帆风》版本关系蠡测
——兼向陈捷女史请教

侯体健

日本学者玉村竹二所编《五山文学新集》[①]别卷《诗轴集成》收诗集《一帆风》一卷，该集收录诗歌共44首，其中七言绝句41首、七言古诗3首。前有宋咸淳三年（1267）冬僧人苕溪慧明的序，其文曰：

> 日本明禅师（南浦绍明），留大唐十年，山川胜处，游览殆遍，泊见知识，典宾于辇寺，原其所由，如善窃者，间不容发，无端于凌霄峰顶，披认来踪，诸公虽巧为遮藏，毕竟片帆已在沧波之外。

据此，知此集实乃中土诸僧送行日本入宋僧人南浦绍明之诗歌总集。此集中土不传，或为南浦绍明归国时带去东瀛。其所录诸诗多可补《全宋诗》之缺，具有相当的文献价值。且考察此书，亦可窥见宋时中日文化交流状况之一斑。该集值得学界研究利用。关于《一帆风》，日本国文学研究资料馆文学资源研究系陈捷教授曾在2006年8月于四川大学召开的"宋代文化国际学术研讨会"上宣读过一

[①] 东京大学出版会，1991年版。下文所引均据此版，不注。本文乃据查屏球先生复印件，特此致谢。

篇论文,其题为《日本入宋僧南浦绍明与宋僧诗集〈一帆风〉》[1],该文用力劬勤,资料丰富,颇为全面地描述了南浦绍明入宋和《一帆风》的基本情况,而其最具价值处则在于发现了《一帆风》的两个版本,但是关于两个版本的关系情况窃以为尚有可商榷处,今特撰此文以述己见,并向方家通人,特别是向陈教授请教。

《一帆风》的赠送对象南浦绍明(1235—1308),俗姓藤原氏。日本嘉祯元年(南宋理宗端平二年,1235)生于骏河国安部郡。自幼随建穗寺净辩法师学习天台教理,15岁来到镰仓建长寺,向宋入日禅师兰溪道隆参学问道,致力于禅门修行。正元元年(宋理宗开庆元年,1259),25岁的南浦绍明来到中国,追随雪窦山虚堂智愚问学。在宋八年,于文永四年(宋度宗咸淳三年,1267)秋返回日本。其他情况陈文已有详细介绍,此不赘述。

据陈文,我们可知《五山文学新集》所载《一帆风》乃为初刻本,而《一帆风》其实存在两个版本。除了初刻本,还有一版为后印本。关于后印本的情况,笔者并未见到实物[2],陈文说后印本"是日本江户宽文四年(清康熙三年,1664)日僧轮峰道白刊刻的版本,一卷一册,单边无界,半叶九行十八字。卷首、版心均题'一帆风'"。后印本共收诗69首,比初刻本多出25首。后附轮峰道白的跋语。关于这个后印本,陈文以为它乃完璧,而笔者从阅读感受来看,此版十分可疑,多出的25首诗歌来历不明,或为后人随意添加而成,疑其并非宋僧送辞南浦绍明之诗偈,不当列入《一帆风》诗集里,亦不可轻易以此增补《全宋诗》。请陈理由如下:

第一,初刻本较后印本流传范围稍广,一定程度说明后印本的刊刻时间距离原版刊刻较远。后印本多出的诗歌来源不明,将其归

---

[1] 该文未收入会议论文集。后刊载于《中国典籍与文化论丛》第九辑,北京大学出版社,2007年。

[2] 本文所引后印本诸诗情况,均来自陈捷教授论文所附,特此致谢。下文不注。

作宋人之作,证据不足。江户时代后期,伊藤松辑成《邻交徵书》三篇,其中初篇卷二从《一帆风》中收录了天台惟俊和江西道东(洙)的两首诗,在道东诗后,伊藤松注云:"同时送者四十三人,后世僧衙白梓行,今载二人。"①依此可知,伊藤松所见版本仍为初刻本,而后印本却不为伊藤松所见,后印本的传播甚为可疑。

第二,后印本的刊刻者轮峰道白在跋语里就曾提及当时有人怀疑过这个收诗六十余首的本子。他说:"《一帆风》者,南浦明禅师回檐之秋,一时髦英各声诗送游,辑而颜是名也。余索之十最余,或得而不过其一二尔。甲辰夏,偶获完轴于神京古刹,凡六十有七章,首于惟俊,尾于修善②。然而似之时人,或不以为然也。余虽于诗未窥斑,想其言之圆活奇绝,非巨禅硕师,讵能若斯耶?"轮峰道白说他发现这六十余首的"完轴"时,有人因为觉得一些诗歌似为当时人所作而对此"完轴"不以为然,他自己则觉得这些诗偈的语言都"圆活奇绝",相信乃"巨禅硕师"所作,同时,他也未否定"时人所作"的说法,所以他将其刊刻流播。显然,轮峰道白也无法证明后来之诗非时人之作,在此情况下,有充分理由怀疑"完轴"的不可信。

第三,初刻本自我系统比较完整,后增诸诗有损集子的编纂体例。初刻本收诗四十四首,除开最前面的序言和冠于卷首的虚堂智愚诗偈,总共是四十三首诗,这些诗的排序是以七言绝句为开始,以七言古诗结束。其编纂以分体方式排列,井然有序。且卷末又附跋语一段,结构显然是完整的。而后印本在初刻本最后一首——天台可权的七言古诗后,又续上题为"师仙"的僧人七言绝句,其后所录全为七言绝句,显然整卷诗歌的分体排序被打乱。这附上的新作二十五首与初刻本四十余首明显不是一体的。

---

① 见《邻交徵书》,上海辞书出版社,2007年,第69页。
② 除开虚堂智愚那首偈,从天台惟俊开始到修善结束,总共应为68首,而非67首,轮峰道白统计失误。

第四，后印本所增诸诗的作者称名方式与前文不一致，所加诸诗内容指向不够明确。初刻本所录诸诗作者均以四字称，如虚堂智愚、天台惟俊、江西道东(洙)、象山可观等，而新增二十五首则以二字称，如师仙、瑞鹿、可及、修善等。二者之间，界限明显。最为重要的是，这新增二十五首绝句总体上虽然都是涉及水边送别之诗，但是较之初刻本四十几首诗歌，其指称对象不明确，看不出是送予南浦绍明的，甚至看不出是送给日本人的。初刻本四十余首诗歌不断出现"唐朝"(指中土)、"大唐"、"宋国"、"宋地"、"巨宋"、"华言"、"华夏"、"中华"等指称宋代中国的名称，同时也不断出现"东海""日本""扶桑"等指称日本国的名词，甚至出现了许多直接对应南浦绍明访宋经历的词汇，如"十年宋国自奔驰"(剑南妙相诗)的"十年"(南浦绍明在宋八年，十年为概称)、"定应错骂老虚堂"(金华智端)的"虚堂"，等等。十分明显，初刻本的诗歌指称对象明确指向南浦绍明。而后印本新增诸诗无一"宋国""日本"等类似词汇，更多的是普通的"烟波""渔火""沙岸""扁舟""归帆"等描写一般的水边或带离别情感、或纯粹写景的诗歌语汇。这与前面的送别僧人南浦绍明归日本国的本事基本没多大关系，甚至可以说毫不相干。但是后二十余首也不断出现一些比较独特的趋同词汇，如"北斗(向北)""谢家""流别(派)""船头拨转""百城(处)""火"及类似词汇等，似乎透露出这一组诗亦具有共同的本事。我怀疑这一组诗乃针对另一事件而创作的，被编刻者硬生生续在《一帆风》之后。

第五，初刻本作者中，有相当一部分可考证是虚堂智愚的弟子，而新增诸诗的作者无一迹象显示他们中间有虚堂智愚的弟子。《虚堂和尚语录》十卷，参与编撰的弟子署名者有二十七人，这二十七人中有四人出现在《一帆风》初刻本里，即天台惟俊、古洪净喜、南康道准、天台禧会。保守估计，《一帆风》作者中还有更多的人是虚堂智愚的弟子。这充分说明，初刻本的诗偈与虚堂智愚、南浦绍明之间具有必然的联系。而新增的诗偈没有证据可以将它们与南浦绍明归国一事联系起来。它们的来源是可疑的。

据以上判断，私意以为，《一帆风》初刻本是一个可信的本子，而后印本所增诸诗并不可信，所增诸诗的作者不但时段不可确定，国籍也很难确定，基于此种考虑，在订补《全宋诗》时，初刻本诸诗可全部收录，而后印本新增诸诗应该采取慎重态度，不予收录。

作者附记：

此文 2009 年刊出后，陆续得到学界回应。陈捷教授在电子邮件中给予了本人许多教益，此后许红霞《日藏宋僧诗集〈一帆风〉相关问题之我见》（载《中国典籍与文化论丛》第 13 辑，2011 年）、衣川贤次《南宋送别诗集〈一帆风〉成书考》（收入氏著《禅宗思想与文献丛考》，复旦大学出版社，2017 年）均指出了本文的失误之处，本人都接受批评。从两位学者所考，可知本文解读错误有三：① 所谓"似之时人"之"似"并非"与时人相似"，而是"举似"之"似"，意即奉示时人，给当时的人看；② 后印增补本诸诗作者，并非"无一迹象显示他们中间有虚堂智愚的弟子"，实则增补的第八首诗作者德惟即是虚堂智愚的弟子；③ 因对此集版本未作实地调查，最后结论"不可轻易以此增补《全宋诗》"也不够稳妥。虽然这篇短文瑕疵不少，但考虑到提出的问题引起了学界的关注，激发了禅宗诗学文献领域学者的持续讨论，由此在一定程度上促进了《一帆风》的研究，故而不避浅陋，仍收入本书。

宋末诗僧觉庵梦真及其《籁鸣集》考略

李 贵

宋末元初禅僧觉庵梦真乃一代名僧,有诗集《籁鸣集》,但久失其传,其人其诗均不见于《全宋诗》。近年始有学者稽考其作,在《中兴禅林风月集》和《精选唐宋千家联珠诗格》里辑得梦真《寄江西故人》诗一首。① 最大宗的收获来自金程宇日本访书所得,他在日本尊经阁文库发现《籁鸣集》及其续集的抄本,载诗近三百首,并征得日本有关方面同意予以全文校录发布。② 本文尝试考察梦真的生平及其著述,以引起学术界的研究兴趣。

明释无愠编于洪武年间的《山庵杂录》卷上(卷下有一部分)、明释文琇于永乐十五年(1417)撰成的《增集续传灯录》卷四有比较详细的梦真传记,后者被清代聂先的《续指月录》和超永的《五灯全书》摘录。嘉靖年间范镐编修的《宁国县志》"仙释"类对梦真的记载也简明扼要,崇祯年间释净柱所编《五灯会元续略》也记载有梦真的轶事。综合此六书所载,可简单概括梦真生平如下:

---

① 详见张如安、傅璇琮《日藏稀见汉籍〈中兴禅林风月集〉及其文献价值》,《文献》2004年第4期;卞东波《〈唐宋千家联珠诗格〉所载〈全宋诗〉佚诗辑考》,《古典文献研究》第8辑,凤凰出版社,2005年。又,许红霞《南宋禅僧丛考》(北京大学博士学位论文,2003年)考证过梦真及其《籁鸣集》《籁鸣续集》,全文未见,此据其"博士论文摘要",见《中国典籍与文化》2003年第4期。
② 金程宇《尊经阁文库所藏〈籁鸣集〉及其价值》《尊经阁文库所藏〈籁鸣集〉〈籁鸣续集〉校录》,《稀见唐宋文献丛考》,中华书局,2008年。

梦真,宁国(今属安徽)卢仁乡人,①俗姓汪,八岁出家,法名梦真,字友愚,号觉庵,临济宗杨岐派法嗣,南岳下第二十世。十九岁受具足戒,二十岁出门游方求法,遍访尊宿名师。至径山寺,访无准师范禅师,初悟修行之路。又至雪窦寺,从大歇仲谦学佛,因见琉璃灯而豁然开悟。后在永庆寺讲法,迁连云、何山寺,晚年至苏州承天寺。元至元间,有华严讲主奏请将江南两浙名刹都改易为华严教寺,奉旨南来,抵承天寺。次日,梦真升座说法,博引华严旨要,纵横恣肆,剖析诸师论解是非,了如指掌。讲主闻所未闻,深受教益,至于泣下,忏悔而退,因回奏,遂停止执行前旨。梦真屡住名山,声誉远播,宗说兼通,人称为"小大惠"。示寂茶毗,舍利涌出。学唐人诗法,有《籁鸣集》《语录》行于世。②

需要注意的是,历史上名字号叫"觉庵"的僧徒很多,最容易与觉庵梦真混淆的是比丘尼觉庵道人,南岳下第十五世,圆悟克勤法嗣。据罗愿(1136—1184)《雪山子道茂传》,南宋又有僧道茂,亦自号觉庵。③ 名"梦真"的僧徒也为数不少,如北宋九僧之一的行肇,有《酬赠梦真上人》诗,此梦真当为北宋僧人,而有的论著却将此北宋的梦真与宋末元初的梦真混为一谈。

释家传法,最重法系。今据《五灯全书》目录,列梦真法系如下:

六祖慧能——南岳怀让——马祖道一——百丈怀海——黄檗希运——临济义玄——兴化存奖——南院慧颙——风穴延

---

① 今天的安徽宁国是县级市,隶属地级市宣城管辖。按自东汉以来即设宁国县,宣城在隋初改名宣州,南宋乾道二年(1166)后改名宁国府,故关于梦真的籍贯有宣州、宣城、宁国等不同说法,实皆指一地。
② 无愠《山庵杂录》卷上,《卍续藏经》第148册;文琇《增集续传灯录》卷四,《卍续藏经》第142册;聂先《续指月录》卷五,《卍续藏经》第143册;超永《五灯全书》卷四九,《卍续藏经》第141册;净柱《五灯会元续略》卷三,《卍续藏经》第138册;范镐《宁国县志》,安徽省宁国县地方志编纂委员会办公室点注重刊,1987年,第111页。
③ 罗愿《雪山子道茂传》,《罗鄂州小集》卷六,《文渊阁四库全书》本。

沼——首山省念——汾阳善昭——石霜楚圆——杨岐方会——白云守端——五祖法演——昭觉克勤——虎丘绍隆——天童昙华——天童咸杰——灵隐崇岳——雪窦仲谦——承天梦真

梦真开示,好以竹篦打人。释云岫(1242——1324)有诗题作《觉庵和尚室中举行脚:"明什么边事?"进云:"明一色边事。"庵示竹篦云:"者个是什么?"进云:"竹篦。"庵擒住痛打一顿。因思前事,为作一偈》,诗云:

室里曾遭痛竹篦,等闲放过却成迷。思量一色明边事,好采无言答得师。①

梦真用竹篦痛打僧徒,苏州穿窟独木林禅师也遭遇过。据载,林禅师至明州(今浙江宁波)报恩寺,适值梦真入室提起竹篦,云:"唤作竹篦则触,不唤作竹篦则背。"林把住竹篦,云:"和尚离却这个别道。"梦真竖起拳头,林曰:"话作两橛。"梦真打一下,云:"诸方即得,报恩门下吃棒有分。"林曰:"逢人但与么举。"②梦真此举可谓深得临济宗棒喝宗风之真传。③

梦真生平行迹,有确切年月可考者略举一二。梦真《月磵和尚语录序》云:

净慈仁知客袖《月磵和尚语录》示余。余与翁别久,喜犹见翁,因重抚卷而曰:"龙渊一滴,甚于毒药,曼衍四海,鱼龙虾蟹

---

① 《全宋诗》第 69 册,第 43538 页。
② 《增集续传灯录》卷五《苏州穿窟独木林禅师》。
③ 禅门以"德山报恩棒、临济喝"最为著名,临济义玄兼而有之。详见周裕锴《禅宗语言》,浙江人民出版社,1999 年,第 227—234 页。

莫不丧身失命,毒流东湖,益见毒波浩渺。三十年后,支分派别,当无际涯。后之学者,切忌望洋向若。"至元甲申秋,住平江府双峨比丘觉庵梦真敬序。①

至元甲申即公元1284年,是年梦真在苏州承天寺,为《月磵和尚语录》作序。平江府治所在今江苏苏州,有些梦真传记称他为"平江府承天觉庵梦真禅师",即指苏州承天寺。该寺始建于梁,初名重元寺,宋朝改名承天寺,后因朝廷禁止寺观桥梁以"天、圣、皇、王"等字命名,而改为"能仁寺",元代把宋代这两个名字合二为一,称为"承天能仁寺"。又有人叫它"双峨寺"。梦真在此住持,"以明德为世师表"。② 明代发现郑思肖《心史》之所在,即是此承天寺。

宋末元初袁桷(1266—1327)有《真禅师住定水疏》云:

古人冢间树下,是大道场;彼处山色湖光,乃真长物。虽三宿恐成知见,然一击终有本原。飞锡肯来,虚车以俟。真公长老,松源嫡嗣,竹阁儒流。大庾岭掷衣,了无诤语;双峰山举拂,允谓报恩。卧白云以送千帆之飞,斟清泉以展一钵之供。为仁由己,斯道觉民。今年贫胜旧年,幸尚有卓锥之地;东涧水流西涧,俨相望埋玉之阡。寿祝三宫,道参七佛。③

按照唐宋时期僧人称呼的惯例,④觉庵梦真可以称作"真禅师""真公"。此处称"真公长老,松源嫡嗣",松源即灵隐松源崇岳禅师,乃梦真师祖。此文所请真禅师当系觉庵梦真。"定水"即"定水教忠报

---

① 《月磵禅师语录》卷首,《卍续藏经》第150册。
② 见黄溍《平江承天能仁寺记》,《金华黄先生文集》卷一九,《四部丛刊》本。
③ 《清容居士集》卷四〇,《四部丛刊》本。
④ 详见周裕锴《略谈唐宋僧人的法名与表字》,《佛学研究中心学报》2004年第7期。

德禅寺",是袁桷家族的功德寺(功德院)。袁桷是袁韶的曾孙。袁韶生前将自己的墓址选定在慈溪(今属浙江)双峰山麓,于墓址旁建功德寺,南宋理宗赐额"定水教忠报德禅寺"。① 袁桷请梦真住定水,是为了表达报恩报德之意,此举也可见梦真在当时禅林中举足轻重的地位。

袁桷又有《祭定水真禅师》文,首云:"维皇庆二年三月辛卯朔,越八日戊戌,具官袁桷,谨以香茗之奠,告于双峰长老真师之塔。"② 则梦真之卒年当在皇庆二年(1313)之前。

除却前引释云岫诗,《全宋诗》尚有数首涉及梦真的诗歌。释普度(1199—1280)《偈颂一百二十三首》其九五:"用钮斧子,非重非轻。拈起放下,肘后符灵。"注:"何山觉庵和尚至。"释惟一(1202—1281)《偈颂一百三十六首》其一三四:"故人义重,访我岩扉。鸟啼花笑,云淡风微。莫怪坐来频劝酒,自从别后见君稀。"注:"天宁觉庵和尚至。"顾逢《寄真觉庵》:"百年如闪电,未可百年期。少见回头者,能思瞑目时。山林忙不歇,猿鹤冷相窥。千里求名客,多应恶子规。"③

关于梦真的作品,《江南通志》"艺文志·集部二·诗文集"著录有《籁鸣集》,纳入"方外"类,无卷数,注:"宁国梦真觉庵,汪姓。"又"子部·释家"类著录《梦真语录》,注:"宁国僧。"④这都与《宁国县志》所载同。按,历史上文集名《籁鸣集》者有三家,一为南宋曹辅《籁鸣集》十五卷,⑤二为梦真《籁鸣集》,三为明代黎密《籁鸣集》一卷,⑥当加区别。据金程宇的考察,梦真《籁鸣集》中土久佚,仅日本

---

① 参见王清毅《越国公请额定水寺》,《慈溪日报》2009 年 1 月 4 日;白文固《宋代的功德寺和坟寺》,《青海社会科学》2000 年第 5 期。
② 《清容居士集》卷四三。
③ 分别见《全宋诗》第 61 册,第 38510 页;第 62 册,第 39012 页;第 64 册,第 40033 页。
④ (康熙至雍正)《江南通志》卷一九四、卷一九二,《文渊阁四库全书》本。
⑤ 杨时《枢密曹墓志铭》,《龟山集》卷三七,《文渊阁四库全书》本。
⑥ 上海图书馆编《中国丛书综录》,中华书局上海编辑所,1959—1962 年,第 1 册,第 898 页;第 2 册,第 1366 页。

尊经阁文库藏一抄本,《籁鸣集》分上下两卷,又有《籁鸣续集》,二集共收诗235题,近300首。

梦真佚诗,除傅璇琮等学者所辑《寄江西故人》,尚可从其他典籍辑佚。朱刚、陈珏辑得《颂古》《偈颂》《数珠》《灵照女》《迪正岩归临江》《和侍者》《天宁雪岩师》《仰山大拙能首座》《朝阳》《平侍者》《立侍者》《莹侍者》等共12首。①

元释英对梦真十分景仰,其《礼觉庵真禅师塔》云:

一死虽无憾,平生亦可怜。道高人不识,语妙世空传。舍利光含日,浮图影插天。修名清似水,宜葬太湖边。②

又《题海云寺西庵惠长老令师真禅师道行卷后》云:

空色俱明了,何心涉世缘。高名争共仰,顽石不须镌。箧笥无遗物,衣盂有的传。西庵今跨灶,光照海云边。③

对梦真生活的贫苦、道行的高深、声明的清扬、传承的有序都作了高度称扬。

的确,梦真弟子众多,声名远扬,影响广远。元释行端(寂照),早年参梦真,别后得其启发,遂赋《思洞庭寄承天寺觉庵老师》一诗寓意,措辞特异:

烟苍苍,涛茫茫,洞庭遥遥天一方。上有七十二朵之青芙蓉,下有三万六千顷之白银浆,中有人兮体服金鸳鸯。游龙车,

---

① 朱刚、陈珏《宋代禅僧诗辑考》,复旦大学出版社,2012年,第582—584页。
② 释英《白云集》卷三,《武林往哲遗著》本。
③ 释英《白云集》卷三,《武林往哲遗著》本。

明月珰,直与造化参翱翔。忆昔天风吹我登其堂,饮我以金茎八月之沆瀣,食我以昆丘五色之琳琅。换尔精髓,涤尔肝肠,洒然心地常清凉。非独可以眇四极,轻八荒;抑且可以老万古,洞三光。久不见兮空慨慷。久不见兮空慨慷。①

梦真晚年住苏州承天寺,苏州太湖中有洞庭山。此诗以极富想象夸张之色彩描述梦真之道行和教学方法,梦真的魅力和影响力可以想见。圆至天隐禅师也尝依梦真学法。② 梦真的高徒有古林清茂,后者传法给多位日本僧人,对日本禅林影响甚大。③ 梦真的《籁鸣集》能远播东瀛,恐怕与古林清茂及其日本法嗣大有关系。因此,研究梦真不仅对深入了解宋元佛教、文学有帮助,对研究中日佛教关系以及日本禅宗文学也大有裨益。

---

① 无愠《山庵杂录》卷下。
② 戴表元《圆至师诗文集序》,《剡源文集》卷九,《文渊阁四库全书》本。
③ 陈得芝《古林清茂与元代中日佛教文化交流》,郝时远、罗贤佑主编《蒙元史暨民族史论集——纪念翁独健先生诞辰一百周年》,社会科学文献出版社,2006年。

临安末照中的禅僧诗变容：觉庵梦真《籁鸣集》《籁鸣续集》

王汝娟

　　临济宗虎丘派僧觉庵梦真(1214?—1288)，宁国卢仁乡人，俗姓汪，字友愚，号觉庵，嗣法大歇仲谦，曾住永庆寺、连云寺、何山寺、承天寺等。梦真也是一位热衷于笔墨的诗僧，有诗集《籁鸣集》二卷、《籁鸣续集》一卷存世。此两种诗集在中国已经亡佚，仅在日本存有古抄本(尊经阁文库藏)。然《全宋诗》未收录其人其作，金程宇从日藏《籁鸣集》《籁鸣续集》抄本录出所载诗二百三十五首[①]，朱刚、陈珏《宋代禅僧诗辑考》据他书补辑十三首[②]；《全宋文》亦无其人，据笔者目前所见，梦真撰有《月碉和尚语录序》[③]，此文或当补入。

　　梦真生活的宋末元初时代，禅门文学已臻于烂熟。然梦真的创作，以对政治和社会的强烈关怀、对国家和现实的深刻反思，为我们清晰地展现出禅僧诗的另一种面貌。

一、亲历宋元鼎革

　　祥兴二年(1279)，厓山被蒙古军攻破，陆秀夫负幼帝投海，至此

---

① 金程宇《尊经阁文库所藏〈籁鸣集〉〈籁鸣续集〉校录》，载氏著《稀见唐宋文献丛考》，中华书局，2009年。
② 朱刚、陈珏《宋代禅僧诗辑考》，复旦大学出版社，2012年。
③ 梦真《月碉和尚语录序》，《月碉和尚语录》卷首，《卍续藏》本。

国祚延续了三百余年的赵宋画上了句号,一个王朝终于谢幕。梦真在人生的暮年亲身经历了宋元鼎革,目睹南宋山河为异族铁蹄践踏、无辜百姓在战火硝烟中饱受种种苦难,尽管他是方外之士,也不免为之动容唏嘘,用一首首诗歌记录下他的所见、所闻、所思。这类作品为数不少,在他的集子中所占比例颇重,无论是对于我们今日研究南宋诗歌嬗变还是宋元之际的社会面貌都是极为珍贵的材料。关于这一点,许红霞在其《珍本宋集五种》之《〈籁鸣集〉〈籁鸣续集〉整理研究》中已经指出。譬如以下三首诗:

瓜州望金山有怀

何许金笳发,边兵早禁城。夕阳收塔影,疏雨湿钟声。旧俗淳风泯,新春白发荣。大江东去急,犹带犬羊腥。

闻宣城为虏所据

山川旧俗晋风流,花满东溪月满楼。胡骑北来云气黑,王师南溃剑光收。岂无石鼓刊龙德,安有金城贮犬茜。昨夜梦魂归最切,腥风吹雨湿松楸。

送人游金陵归九华

西风吹断吴山云,长空万里玻璃明。扁舟未解北星缆,清梦忽堕长干城。城头呜呜吹画角,城下嘤嘤奏胡乐。风前一曲断肠声,几人血泪□珠落。麒麟脚底春雷动,是谁耕破前王冢。玉杯依旧出人间,白骨自生秋草梦。君家住近江水东,山开九朵青芙蓉。苍崖鬼火照夜雨,古洞□乐延秋风。吁嗟世路惊蛇绕,危机杀人当面笑。归欤荒田宜早锄,愿无旱潦雀鼠相侵渔。①

---

① 许红霞《珍本宋集五种——日藏宋僧诗文集整理研究》,北京大学出版社,2013 年,第 159、179、172 页。

这三首诗描写了瓜洲、宣城、金陵等长江下游地区因战事频仍,到处血雨腥风、民不聊生的凄惨场景。梦真所作《籁鸣续集跋》曰:

> 呜呼!孰无生?生于治世;孰无死?死于正寝。生非治,死非正,率为冤□□□。丙子予客四明,三月九日,北帅奥鲁赤部马步五千,由会稽入四明,躬责归悃。越三日,搜兵四掠,穷山绝顶,例不免祸。继此黄世强合刺正副招讨出兵为口,搜劫不已,民生哀号,毋所赴愬。奉川盐□□□素秉忠义,气盖一方。奋臂一呼,万□□□□集,痛与之角。开合三月,北兵日增。即□□□□泯灭无闻。北兴问鼎,乡民十杀□□□□□□血厌原隰,焚荡掘伐,野无完□。□□□□□地西山,日寓于目,多以诗纪之。□□□□□之音,哀怨乖困,非盛时雍容和□□□□□日既久,积成若干篇,荐入诸梓。□□□□□今老矣,必有极治之时,予不得□□□□□。知我罪我,准此集乎!戊寅中秋寅□宣城觉庵梦真友愚书。①

从这篇跋文可以看出,梦真亲历了兵火中的颠沛流离,他用诗歌记录下自己体验和见闻的种种,并"积成若干篇",收入自己的诗集中付梓。在此我们不可忽视和忘却的是梦真的"禅僧"身份。虽然与唐代、北宋相比,南宋禅僧诗在题材上已然明显扩大,与士大夫之诗渐趋接近,但在反映社会、反思现实这一点上,仍然是与士大夫诗歌有相当差距的。而梦真的诗歌创作,正如上引其跋文所云,他主观上就有非常强烈的关心社会、关心国家的意识,所以才有这类数量丰富的反映现实的诗作之诞生。

---

① 许红霞《珍本宋集五种——日藏宋僧诗文集整理研究》,第204页。

二、对昏君奸臣的赤裸裸抨击

  虽然目前学界对所谓"江湖诗派""江湖诗人"等的界定颇有歧见,但如果仅从身份上说,无一官半职的禅门诗僧自然属"江湖诗人"无疑。张宏生《江湖诗派研究》将江湖诗派创作的主题倾向概括为"忧国忧民之怀""行谒江湖之悲""羁旅之苦"和"友谊之求"四种;其中在"忧国忧民之怀"中,作者以主要收录江湖诗人诗歌的总集《南宋六十家小集》为例,指出在其5340首诗中,具有忧国忧民情怀(即政治内涵)的诗作有180首以上,并将其政治内涵总结为忧国(主要是渴望收复)和忧民(主要是关心农民)两类。① 那么梦真的这类诗作,和其他江湖诗人有何不同呢?

  首先从直观的数量上来看,《籁鸣集》《籁鸣续集》所收230余首诗作中,具有明显政治内涵者有近60首,所占比率约为四分之一。相较于《南宋六十家小集》(180/5340),这个比率显然是非常引人注目的。其次,《南宋六十家小集》中的这类诗作主题多是渴望收复失地以及关心农民,直白露骨地抨击黑暗时政之作并不多,而《籁鸣集》《籁鸣续集》中这类政治题材的诗作往往多毫不隐讳地揭露时政之弊。以下从《籁鸣续集》之组诗《家国丧亡,自昔有之,不有不道颠覆之君,则有奸伪卖主之臣。以今日事体考前代国史,盖大有难言者,使人扼腕,泪不之禁。杂咏十二绝以纪此时,于诗何有哉》中选取数首为例来作分析。该诗由十二首绝句组成:

(一)

  风流十万羽林郎,生死唯知义所将。丞相指令都解甲,伯

---

① 张宏生《江湖诗派研究》,中华书局,1995年,第44—58页。

颜徐步藕花塘。

（二）

海风推上伍胥魂,怒气何时罢吐吞。欲问春秋吴越事,胡儿骑马入修门。

（三）

绮罗巷陌管弦楼,人在华胥国里游。胡马一嘶天地黑,蜀关无路幸龙辀。

（四）

花市灯残漏曙光,千官拥阙六街香。莫嫌过眼繁华歇,元是春闺梦一场。

（五）

湖水粼粼接御沟,春风吹起满城愁。□□□□通蛮徼,此日金珠委虏酋。

（六）

葛仙坡下藕花庄,水阁风亭处处香。师相厌听歌管乐,半年一度入都堂。

（七）

宫梅苑杏感无言,凤沐先皇雨露恩。北客爱花犹畏禁,袖笼一朵出黄门。

（八）

银烛煌煌洞火城,六街香雾拥香尘。胡儿马上横孤笛,吹落关山月一轮。

（九）

马城西畔百花林,一树荼丹一两金。花自南开人自北,春风那有两般心。

（十）

西湖花柳又逢春,别馆旗亭草积茵。陌上相逢不相识,语音多是北来人。

（十一）

野塘春水绿于醅，无主山花落又开。日暮鸬鹚无处泊，衔鱼飞上拜郊台。

（十二）

西林春雨草青青，牧马应须趁晓晴。惭愧胡儿相戒饬，岳王坟近莫高声。①

这十二首诗一气呵成，读来颇有酣畅淋漓之感。从该诗题中的"不有不道颠覆之君，则有奸伪卖主之臣"一语，即可见出其内容为抨击导致国家走向覆亡的昏君和佞臣。首先看第一首。"羽林郎"为汉置禁军官名，掌宿卫、侍从（《后汉书·百官志二》："羽林郎掌宿卫、侍从。常选汉阳、陇西、安定、北地、上郡、西河凡六郡良家补"），这里指南宋军士。首二句写这些军士为保家卫国而奋勇御敌、舍生忘死。第三句之"丞相"所指似为南宋末宰相陈宜中。伯颜（1236—1295），蒙古军将领。《宋季三朝政要》记载：

> 攻平江府。通判王矩之以城降。至桐关，去杭百里，我师败绩。独松关告急，召文天祥入卫。天祥自吴门还，遣守独松关。时天祥军三万，张世杰五万，诸路勤王师犹有四十余万。天祥与世杰秘议，今两淮坚壁，闽、广全城，王师与之血战，若捷，则罄两淮之兵，以截其后，国事犹可为也。世杰大喜，遂议出师。独宜中沮之，白太皇降诏，以王师务宜持重为说。遂止。②

---

① 许红霞《珍本宋集五种——日藏宋僧诗文集整理研究》，第186—187页。
② 王瑞来《宋季三朝政要笺证》，中华书局，2010年，第422—423页。

此诗乃根据史实而作，毫不留情地直接痛斥了当朝宰相为苟且偷生而将疆土拱手相让的懦弱行径。

第二首首句用了伍子胥的典故。伍子胥身为吴国功臣，忠心耿耿，但吴王却听信奸臣太宰嚭谗言令其自刎，后吴国终为越国所灭。这里以吴越春秋之历史，影射南宋由于小人当道、贤臣良将不得重用甚至惨遭迫害而导致国家沦亡于异族之手。从"海风推上"一语来看，具体所指当为景炎二年（1277）十二月，宋端宗南逃至井澳（今珠江口一带），海上忽起飓风，端宗落水染病；在元军追击下，他又从海路逃往碙洲（今硇洲岛），不久即驾崩。赵昺被拥立为帝，陆秀夫为左丞相。陆秀夫与伍子胥一样同为楚人，祥兴二年（1279）厓山被攻破，"秀夫度不可脱，乃杖剑驱妻子入海，即负王赴海死"①，至此国祚延续了三百余年的赵宋王朝正式画上了句号。《宋史》评论道："宋之亡征，已非一日。历数有归，真主御世，而宋之遗臣，区区奉二王为海上之谋，可谓不知天命也已。然人臣忠于所事而至于斯，其亦可悲也夫！"②而宋末秉政的正是上一首诗所抨击的陈宜中，因此第二首与第一首有一定的承续性。

第三首批判南宋朝廷偏安一隅，在江南的和风细雨中沉溺于冶游享乐，不励精图治，与林升的"山外青山楼外楼，西湖歌舞几时休。暖风熏得游人醉，直把杭州作汴州"可谓有异曲同工之妙。末句"蜀关无路幸龙辀"以唐玄宗作比况，安史之乱中首都长安沦陷，玄宗逃往蜀地，躲过性命之劫，之后唐王朝仍延续了百余年。而宋末蒙古军攻占临安后，虽然端宗和赵昺也乘船外逃至南方，却没有玄宗幸运，不久就彻底国破家亡。

第六首主要是讽刺南宋权相贾似道。《宋史纪事本末》记载：

---

① 脱脱等《宋史》卷四五一，中华书局，1985年，第13276页。
② 脱脱等《宋史》卷四七，第946页。

三年二月,贾似道上疏乞归养,帝命大臣侍从传旨固留……特授平章军国重事,一月三赴经筵,三日一朝,治事都堂,赐第西湖之葛岭,使迎养其中。似道于是五日一乘船入朝,不赴都堂治事……时蒙古攻围襄、樊甚急,似道日坐葛岭,起楼阁亭榭,作半闲堂,延羽流,塑己像其中,取官人叶氏及倡尼有美色者为妾,日肆淫乐……酷嗜宝玩,建多宝阁,一日一登玩。闻余玠有玉带,求之,已殉葬矣,发其冢取之。人有物,求不与辄得罪。自是或累月不朝,虽朝享景灵宫,亦不从驾。有言边事者,辄加贬斥。①

这首诗中所述贾似道之情状与史实是一致的。它非常直白地痛斥了贾似道耽于淫乐、不理政事,以致于朝纲废弛,国家终走向灭亡。

第十一首通过写景来寄寓亡国之情。首二句不难令我们联想到杜甫的"国破山河在,城春草木深",而作者眼前的景象比杜甫当时所见更为凄凉,因为南宋才是真正的"国破","无主"一词饱含着多少兴亡之感。这里的"拜郊台"既是眼前实景,可能也双关了吴王之拜郊台,《中吴纪闻》载:"吴王拜郊台,在横山之上,今遗迹尚存。春秋时,王政不纲,以诸侯而为郊天之举,僭礼亦甚矣。"②吴王拜郊台是"王政不纲"的象征,以此暗讽南宋末年的腐朽朝政导致了亡国。

通过以上数例,我们已经可以清楚地看出梦真对于国家、时政等的深切关注,对为君、为臣之道的深刻反思。这种关注和反思,并不是隐晦的,相反可以说非常直白和显露,这是他与当时其他江湖诗人创作的显著差异。

方勇《南宋遗民诗人群体研究》一书对南宋遗民诗人的地域分

---

① 陈邦瞻《宋史纪事本末》卷一〇五,中华书局,1977年,第1128—1129页。
② 龚明之《中吴纪闻》卷三,上海古籍出版社,1986年,第63页。

布作了考察和归纳,大致可分为"阵容庞大的故都临安群""诸社联袂的会稽、山阴群""台州、庆元的联合群""以方凤等为首的浦阳群""以桐庐为中心的严州群""以庐陵为中心的江西群""以建阳、崇安为中心的福建群""以赵必𤩽为首的东莞群"。① 可以看出,南宋灭亡后浙江一带是遗民诗人尤为集中的地区。这一方面当然是因为宋室南渡后随之而来的文化中心之转移,经过一个半世纪的积淀,浙江一带已成为当时的文人渊薮之一;另一方面或许是因为南宋驻跸临安,周边地域长年来历经皇城雨露的熏沐,文人的家国意识尤为强烈,故而在山河沦亡后更易生发出万般悲慨。

方勇在该书中,认为对于"南宋遗民诗人"的界定,不应该"把是否出仕新朝作为裁决是非的依据",而应当"主要看他在内心深处是否怀有较强烈的遗民意识"。② 按照这一判断标准,梦真虽然在元世祖至元二十一年(1284)出任承天寺住持(关于梦真住持承天寺的时间,参《珍本宋集五种——日藏宋僧诗文集整理研究》之《〈籁鸣集〉、〈籁鸣续集〉整理研究》对梦真生平的考证),但从其诗作反映的心境来讲,他无疑可归于南宋的遗民诗人队伍。梦真毕生大部分时间都活动于浙江地区,和该地的不少士大夫文人和江湖文人也有密切交游,因而他以这样一种"遗民"心态创作出政治色彩、入世色彩此般浓重的诗歌自然是不足为奇的。

三、禅僧诗之变容

《宋代禅僧诗辑考》之"前言"中,将宋代一般的禅僧诗题材归结为五类:第一类与士大夫所作之"诗"无别,如唱酬之作、山居诗、乐道歌等;第二类是偈颂;第三类是针对前代某一公案发表见解、体会

---

① 方勇《南宋遗民诗人群体研究》第三章,人民出版社,2000年。
② 方勇《南宋遗民诗人群体研究》,第8页。

而撰成的"颂古";第四类是赞、铭等;第五类是与严格的"诗歌创作"距离最远的"有韵法语"。显而易见,其中后四类题材与禅僧的身份最为契合。而第一类题材,僧人因为生活环境和佛门戒律的局限,创作的此类诗歌往往会落入"陈词滥调"的窠臼。欧阳修《六一诗话》中记载了这样一个故事:

> 当时有进士许洞者,善为词章,俊逸之士也。因会诸诗僧分题,出一纸,约曰:"不得犯此一字。"其字乃山、水、风、云、竹、石、花、草、雪、霜、星、月、禽、鸟之类,于是诸僧皆阁笔。①

这个故事常为后人引用,借以指摘佛门文学单调、陈腐、枯槁之弊病。其实这些字亦常常出现在士大夫的诗歌(尤其是山水诗)中,并不唯僧人诗作所独有,诸如谢灵运"池塘生春草,园柳变鸣禽"、王维"行到水穷处,坐看云起时"、岑参"北风卷地白草折,胡天八月即飞雪",等等,可是这些字并没有妨碍它们成为脍炙人口的优秀作品。可见,这些字(或后来所谓的意象)本身是无所谓优劣的;问题在于在僧诗中,这些意象所承载的内涵和情感往往被固定化,这些语词所指向的,无非是山林、幽居,无非是闲适、寂寥。人人如此,内容便显得空洞无物;读者读多了,不免味同嚼蜡。

方勇《南宋遗民诗人群体研究》序章指出:"中国诗歌发展到南宋后期,明显地表现出一种卑弱、雕饰的'衰气'。然而,蒙古铁骑的突如其来,却无情地惊醒了宋末士子的酣梦,使他们真正体验到了国破家亡的痛苦与悲哀。"南宋山河易主,自然会有不少士大夫为之痛心疾首,以笔墨书写一腔悲愤。其实,被蒙古的铁骑惊醒的不仅有"居庙堂之高"的士人,也有"处江湖之远"的下层文人。国破家亡

---

① 欧阳修《六一诗话序》,《历代诗话》,中华书局,1981年,第266页。

的亲身经历,亦不免深深触动梦真的诗笔,诚如在《籁鸣集序》中所云,他创作诗歌是由于"遇物感兴""风激林籁":

> 诗与禅俱用参,参必期悟而后已。参须参活句,不当参死句。活句下悟去,迥然独脱。死句中得来,略无向上承当。知诗、禅无二致,是必日悟而后已。唐之名家者不下三百余辈,皆从参悟中来。王建《宫词》有曰:"树头树底觅残红,一片西飞一片东。自是桃花贪结子,错教人恨五更风。"学者多作境会,既不求意于言外,又不求悟于意外,徒诵之哓哓而卒无成功,是岂后□□□扬子云者用心之不苦耳。予结发从□□□□,及其长也,讨论湖海名流,凡四□□□□□疲。飒然白首,虽未臻闻奥门墙,□□□□□能强使之为也。必也遇物感兴,而□□□□诸中必形诸外,如风激林籁,自然□□□□鸣也。故名是诗曰"籁鸣"。①

"遇物感兴"之"物"、"风激林籁"之"风",理所当然包括作者身处的时代和社会。正是在这种诗学理念的支撑下,梦真才创作出了如此之多的见证历史、见证现实的诗歌。这一创作风貌,不难令我们联想到在宋代获得"诗史"之誉的杜甫。② 虽然梦真的《籁鸣集》《籁鸣续集》中并无明确提及杜甫的文字,但从其具体诗作来看,他应该对杜诗颇为熟稔并有意模仿之。例如这首《卖炭翁》:

> 伐薪南山窑,烧炭通都鬻。权门炙手热,焰焰莫轻触。阓人买炭不与直,炭翁缩缩僵门立。手皴足裂面黑漆,此时力不胜寒敌。呜呼炭翁汝知否,炭是汝烧寒汝受。明朝天地春风

---

① 许红霞《珍本宋集五种——日藏宋僧诗文集整理研究》,第137页。
② 周裕锴《中国古代阐释学研究》第五章,复旦大学出版社,2019年。

酣,炭无人买□□安。①

该诗无论是标题、诗体,还是内容、语言等,都显然有杜甫《卖炭翁》一诗的影子。此外,在《籁鸣集》《籁鸣续集》中,有不少出自杜诗的典故或化用杜诗的句子,例如"巡檐索共梅花笑""忆昔太平无事日"等。显而易见,杜诗对梦真的创作影响极深。

经历宋元鼎革的方外禅僧,当然并非仅梦真一人。然而,在我们目前所能看到的当时禅僧的创作中,唯有他用如许丰富的作品来记录了在当时风云变幻下的外在景况和内心思索。《籁鸣集》《籁鸣续集》在内容上表现出关注社会和政治的强烈现实精神,从这个意义来说,梦真的诗歌创作,可谓是传统禅僧诗的一种变容。这一内容上的开拓,矫正了传统禅僧诗语言、题材、思想等单一化、趋同化的倾向,带来了禅僧诗的崭新境界。

---

① 许红霞《珍本宋集五种——日藏宋僧诗文集整理研究》,第163页。

三　各种诗体、文体研究

宋代禅僧道号及道号颂论略

王汝娟

周裕锴先生《谈名道字——中国古人名字中的语言文化现象考察》一文对僧人的法名与表字进行了细致深入的解说①,予人诸多启发。今笔者不揣谫陋,围绕禅僧的另一种称呼——"道号"以及由此而创作的"道号颂"的相关问题,略作粗浅考察。

一、禅僧道号源流略考

首先有必要对禅僧道号之源流略作梳理。就整个佛门而言,道号的起源或可追溯到梁武帝普通四年(523)。据《释氏通鉴》记载,是年"制中外毋斥法师惠约名,别号智者。沙门别号,自是而始"②。而从僧史、灯录、语录等记载来看,从唐代到北宋中后期,禅宗僧人绝大多数并无专门的道号,人们多以其所居之地名、山名或寺名尊称之,禅僧自己亦往往以此自称,如青原(行思)、南岳(怀让)、百丈(怀海)、首山(省念)、雪窦(重显)、黄龙(慧南)、灵云(志勤)等。③ 不唯禅宗,佛门其他宗派亦是如此,例如天台(智𫖮)、慈恩(窥基)、荆

---

① 周裕锴《谈名道字——中国古人名字中的语言文化现象考察》,《四川大学学报》(哲学社会科学版)2008年第1期。
② 本觉《释氏通鉴》卷五,《卍续藏》本。
③ 参周裕锴《维摩方丈与随身丛林——宋僧庵堂道号的符号学阐释》,《新宋学》第5辑,复旦大学出版社,2016年。

溪(湛然)、圭峰(宗密)等。同一地、一山、一寺,高僧大德代代更迭,于是自然会产生称呼"共享"的现象,譬如"黄龙"可能指慧南,也可能指祖心,等等,需要根据具体的语境来判别。因此从理论上来说,以地名、山名或寺名作为禅僧的称呼,并不具有"特指"的意义;但实际上,在大部分情况下并不会引起混淆,譬如上举的青原、南岳、百丈、首山等,人们通常只会认为是行思、怀让、怀海、省念等,而基本不会有歧见。这种具有普泛意义、使用较广的称呼方式,在相当大的程度上具有了"定指"的功能,因此我们可以将其视为后来广泛使用的真正意义上的"道号"的前身。

禅僧中较早拥有明确的道号的,可能是道林(734—833)、马祖道一(709—788)的弟子慧海以及会昌年间(841—846)的温州禅僧无绎。《宋高僧传》卷一一载:

> (道林)见秦望山峻极之势,有长松枝繁结盖,遂栖止于松巅。时感鹊复巢于横枝,物我都忘,羽族驯狎,由兹不下,近四十秋。每一太守到任,则就瞻仰,号"鸟窠禅师"焉。①

《景德传灯录》卷六载:

> 越州大珠慧海禅师者,建州人也,姓朱氏。……自撰《顿悟入道要门论》一卷,被法门师侄玄晏窃出江外,呈马祖。祖览讫,告众云:"越州有大珠,圆明光透,自在无遮障处也。"众中有知师姓朱者,迭相推识结契,来越上寻访依附。时号"大珠和尚"者,因马祖示出也。②

---

① 赞宁《宋高僧传》卷一一,中华书局,1987年,第255页。
② 道原《景德传灯录》卷六,《大正藏》本。

《永宁编》载:

> 温州瑞安本寂禅院僧无绎,因武宗会昌沙汰,隐于东北谷,结庵禅定,阅十年,藤萝缠绕,俨然不动,人号之藤萝尊者。①

由此可以看出,道林由于栖于树巅鸟巢四十载,故人以"鸟窠禅师"称之;马祖取珠"圆明光透,自在无遮障处"之义隐晦地褒赏慧海,同时"珠"又谐音慧海之俗姓"朱",因而众人敬称慧海为"大珠和尚";无绎则因久隐于山谷,身体被藤萝缠绕,故而人称"藤萝尊者"。总之,此三位禅僧无论是自己还是他人,皆非有意要立道号,只是被偶然地附会了一个"号",并流传开来了而已。然而与上述以地名、山名、寺名为号者的一个本质区别是:这些地名、山名、寺名之号都是客观的、中性的,不带有任何情感、道德意义;而"鸟窠""大珠""藤萝"这类称号,则或多或少地包含了某些主观的、正面的情感、道德上的评判,被赋予了或隐或显的"意义",尽管这种"意义"尚不如北宋后期以后的道号那么明显。

自北宋后期开始,立道号之风在禅林悄然兴起,常见的是以庵堂为道号,例如晦堂(祖心)、湛堂(文准)、长灵(守卓),等等。② 除了常见的庵堂道号以外,也有一些其他的命名道号的方式,譬如由法名、地名关联引申,《禅林象器笺》中即对此有举例:

> 《明极俊禅师语要》曰:"……崇福胤公藏主,问号于予。予曰:夫胤者,继也,嗣也,受经所禀师训,名既曰胤,宜以'嗣宗'二字号其道。"

---

① 觉岸《释氏稽古略》卷三引,《大正藏》本。
② 详参周裕锴《维摩方丈与随身丛林——宋僧庵堂道号的符号学阐释》,《新宋学》第5辑。

忠曰：《语要》所言，道号字义自炳然。

虎关炼和尚曰："圣一在中华时，需道号于无准。准曰：汝乡里名何？一曰：骏河州久能。准云：不可别求，但'久能'为号，可也。"①

还有以禅僧个性或行为特征命名的，例如：

赋性绝雕饰，机语皆质直，故有"百拙"之号。②

告众曰："适来有个汉，牙如剑树，口似血盆。手把一条垂绦，如铁鞭相似，老僧亲遭一下。汝等诸人，切须照顾。"自此号曰"铁鞭"。③

等等。除了正式的道号以外，还有一种带有戏谑意味的特殊道号，宋代的几部禅门笔记里面即有不少记载：

白头因。因事立号，丛林素有之。因以少年头白，故得是名。如骗头副、赤头璨、钁头通、安铁胡、觉铁嘴、刘铁磨、清八路、米七师、忽雷澄、踢天太、鉴多口、不语通、黑令初、明半面、一宿觉、折床会、岑大虫、独眼龙、矬师叔、周金刚、筒浙客、陈蒲鞋、泰布衲、备头陀、大禅佛、王老师、浏阳叟，皆禅林之白眉。闻其名者，莫不慕其所以为道也。④

龟山光和尚……喜（大慧）见之，曰："此正是禅中状元也。"因号为"光状元"。⑤

---

① ［日］无著道忠《禅林象器笺》，全国图书馆文献缩微复制中心，1979年，第203页。
② 圆悟《枯崖漫录》卷一"衢州报恩百拙登禅师"条，《卍续藏》本。
③ 圆悟《枯崖漫录》卷一"铁鞭韶禅师"条，《卍续藏》本。
④ 善卿《祖庭事苑》卷二，《卍续藏》本。
⑤ 道融《丛林盛事》卷上"龟山光"条，《卍续藏》本。

如无明,三衢人。参云盖智,悟汾阳十智同真话,凡说禅,便说十智同真,丛林号为"如十智"。①

中际可遵禅师,号野轩。早于江湖以诗颂暴所长,故丛林目之为"遵大言"。②

蒋山佛慧禅师,丛林号"泉万卷"者,有《北邙行》曰:……③

端往参礼,机缘相契,不觉奋迅翻身作狻猊状,岳因可之。自是丛林雅号为"端狮子"。④

台州护国元禅师,丛林雅号为"元布袋"。⑤

别峰遍身有长毫,时号"珍狮子"。⑥

从上举数例来看,这些带有戏谑意味的道号多是"因事"而立。与正式道号多为二字不同,它们基本是三字,或彰禅师修为,或表禅师文采,或述禅师性情,或状禅师形貌,等等,生动而贴切,饶有趣味。

对于道号的种种命名缘由,《丛林盛事》有如下概括和总结:

> 大抵道号有因名而召之者,有以生缘出处而号之者,有因做工夫有所契而立之者,有因所住道行而扬之者,前后皆有所据,岂苟云乎哉?⑦

这段话指出了道号命名皆有所依据,而非随意为之,常见的依据是"名""生缘出处""做工夫有所契""所住道行"等;同时其中也透露出一个信息:道号具有彰显修为、道行的作用。正因为如此,道号成

---

① 道融《丛林盛事》卷上"如无明"条,《卍续藏》本。
② 晓莹《云卧纪谭》卷下"野轩诗颂"条,《卍续藏》本。
③ 晓莹《云卧纪谭》卷下"泉大道颂"条,《卍续藏》本。
④ 晓莹《罗湖野录》卷上,《卍续藏》本。
⑤ 晓莹《罗湖野录》卷上,《卍续藏》本。
⑥ 圆悟《枯崖漫录》卷三"介石朋禅师"条,《卍续藏》本。
⑦ 道融《丛林盛事》卷下"庵堂道号"条,《卍续藏》本。

为一些禅僧自我标榜、自我炫耀的工具。《丛林盛事》中接着说道:

> 今之兄弟,才入众来,未曾梦见向上一着子,早已各立道号,殊不原其本故。①

由此可以看出,拥有道号对于禅僧而言是一件较有荣光的事,道号成为这些急功近利的禅僧们装点门面、显示自己悟道之深的一个招牌。这种风气代代相承,以致道号愈来愈沦为附庸风雅之具,流毒不小。明代笑话书《解愠编》中即记载了一则与此相关的笑话:

> 党太尉性愚骇,友人致书云:"偶有他往,敢借骏足一行。"太尉惊曰:"我只有双足,若借与他,我将何物行路?"左右告曰:"来书欲借马,因致敬,乃称骏足。"太尉大笑曰:"如今世界不同,原来这样畜生也有一个道号。"②

"如今世界不同,原来这样畜生也有一个道号",巧妙地讽刺了道号泛滥、失去其原有典刑意义的现象。

在宋代禅林这股热衷于立道号的风潮中,长翁如净(1163—1228)较为特殊,虽然时人以"净长"之道号称之,但他不愿以此自称。其远法孙面山瑞方在如净行录中专门谈及此事:

> 祖师讳如净,在世不自称道号。其为人也颀然豪爽,是故当时丛林号曰"净长",用兹后来为传者,亦随呼长翁也。③

---

① 道融《丛林盛事》卷下"庵堂道号"条,《卍续藏》本。
② 乐天大笑生纂辑《解愠编》卷九"道号非人"条,明逍遥道人刻本。
③ [日]面山瑞方编《天童如净禅师行录并序》,宝历二年(1752)刊本。

由这段记述可知,如净拒绝自称道号乃是有意为之,似乎具有一种对抗世俗的意味。这也从一个侧面反映出当时道号甚为普遍和流行,以致于被个别矫然不群的禅僧视作一种流俗劣迹而厌恶排斥。而如净之法嗣、日本曹洞宗开创者永平道元(1200—1253),亦是日本禅僧中罕见的无道号者,或许与其师之影响不无关系。

二、道号的命名、使用及其文化背景

禅僧出家后舍弃俗名,改称法名,同时也可以有表字、道号。道号除了上举的戏谑性质的以外,一般来说其取得主要有如下几种途径。一是自号,如庵堂道号多为禅僧为自己命名,再如"雪巢一和尚,自号村僧"①、"径山本首座,自号无住叟"②、"白云海会守从禅师……自号竹灵叟"③、"蜀僧普首座,自号性空庵主"④、"归里居梅岩十余年,自号云山耕叟"⑤,等等。二是由德高望重的尊宿所拟,如"师请道号,惠以无著号之"⑥、"庵主名志清,欲求别号,号之曰碧潭"⑦、"自是如痴似兀而度日,准书'兀庵'二大字遗之,因以为号焉"⑧、"亲见死心,对曰:'死心非真,真非死心。虚空无状,妙有无形。绝后再稣,亲见死心。'于是死心笑而已。灵源禅师遂以空室道人号之",⑨等等。此外还有个别由禅僧所交好的士大夫所命名,例如北宋著名诗僧道潜,"以诗见知于苏文忠公,号其为参寥子"⑩,等等。

---

① 道融《丛林盛事》卷下,《卍续藏》本。
② 晓莹《云卧纪谭》卷上"径山本首座"条,《卍续藏》本。
③ 晓莹《云卧纪谭》卷上"海会守从"条,《卍续藏》本。
④ 晓莹《罗湖野录》卷上,《卍续藏》本。
⑤ 圆悟《枯崖漫录》卷三"福州越山法深禅师"条,《卍续藏》本。
⑥ 念常《佛祖历代通载》卷二〇,《大正藏》本。
⑦ 了觉等编《石田法薰禅师语录》卷三《示清庵主》,《卍续藏》本。
⑧ [日] 虎关师炼《元亨释书》卷六,《大藏经补编》本。
⑨ 晓莹《罗湖野录》卷上,《卍续藏》本。
⑩ 晓莹《云卧纪谭》卷上"道潜参寥子"条,《卍续藏》本。

从现有文献来看,自北宋后期道号兴起之后,表字、道号的地位或谓普及程度并非对等,相对而言,道号的使用更为常见和普遍。以南宋禅僧为例,我们根据其语录、行状、塔铭以及灯录、笔记等相关资料,可确定或大致认为有字的,仅晓莹(字仲温)、居简(字敬叟)、广闻(字偃溪)、元肇(字圣徒)、普岩(字少瞻)、行巩(字石林)、如珙(字子璞)、梦真(字友愚)、祖元(字子元)、绍嵩(字亚愚)等寥寥十余人;然而,据现有文献来看,南宋禅僧基本上都有道号,有些禅僧的道号还不止一个。表字与道号普及程度的巨大差异,是极为显见的。

在对宋代禅僧的称呼上,与表字一样,道号也必须采用全称,而不采用简称;道号与法名一起连用时,则大多采用"道号+法名"四字连称或"道号+法名殊名"①三字连称的形式,道号在前、法名在后,跟表字与法名连用时通常的法名在前、表字在后的习惯有所不同。以《大藏经》《卍续藏》所收宋代禅僧语录为例,语录名之全称多采用"道号+法名+禅师语录"的形式,简称则多用"道号+和尚/禅师语录"的形式,如《北磵居简禅师语录》《虚堂和尚语录》等;再例如《禅宗颂古联珠通集》,在标示北宋后期以及南宋禅僧作者时,亦大多采用"道号+法名殊名"的形式,如"瞎堂远"(瞎堂慧远)、"野轩遵"(中际可遵)、"懒庵需"(懒庵鼎需)等。这除了反映出道号的普及程度之高外,也从一个侧面透露出道号如同士大夫之字一样,也具有"表德"这种功能,以道号称呼禅僧,带有尊敬和美化的意味。从这个意义上来说,禅僧道号与士大夫表字之性质、功能较为相似。

值得注意的是,在禅宗的话语系统里,"道号"与"法号"并非一回事。从用例来看,"法号"多指僧人法名。例如:

> 匾檐山晓了禅师者,传记不载。唯北宗门人忽雷澄撰塔

---

① 关于"法名殊名",详参周裕锴《谈名道字——中国古人名字中的语言文化现象考察》,《四川大学学报》(哲学社会科学版)2008年第1期。

碑,盛行于世。略曰,师住匾檐山,法号晓了,六祖之嫡嗣也。①

师有时示众曰:"吾有闲名在世,谁能与吾除得?"有沙弥出来云:"请师法号。"师白槌曰:"吾闲名已谢。"②

便往江西再谒马师。未参礼,便入僧堂内,骑圣僧颈而坐。时大众惊愕,遽报马师。马躬入堂视之曰:"我子天然。"师即下地礼拜曰:"谢师赐法号。"因名天然。③

问僧:"甚处来?"曰:"九华山控石庵。"师曰:"庵主是甚么人?"曰:"马祖下尊宿。"师曰:"名甚么?"曰:"不委他法号。"④

大师法号义存,姓曾氏,泉州南安邑人也。⑤

因而,我们有必要区分"道号"与"法号",不可将两者混同。

那么,北宋后期以来的禅僧们为何热衷于立道号、使用道号呢?单从禅僧群体的内部看,似乎很难找到这个问题的答案;但若把观察视野扩大到士大夫群体,则不难发现其与士大夫有着某种共同的趋向。周裕锴《维摩方丈与随身丛林——宋僧庵堂道号的符号学阐释》中指出:"当禅僧日益将庵堂作为生活空间与精神空间之时,其功能便与士人的书斋有了某种相通之处。如果我们横向比较一下宋代禅僧庵堂道号与士人室名别号的符号学意义,便可看出二者之间有不少的共性。"如果把道号这种"符号"的"意义"进一步往前追溯到"起源",那么这一共性也同样存在。杨慎《升庵集》卷五〇"别号"条云:

> 幼名,冠字,长而伯仲,没则称谥,古之道也。未闻有所谓

---

① 道原《景德传灯录》卷五,《大正藏》本。
② 静、筠《祖堂集》卷六"洞山和尚",中州古籍出版社,2001年,第218页。
③ 道原《景德传灯录》卷一四,《大正藏》本。
④ 普济《五灯会元》卷五"长髭旷禅师",中华书局,1984年,第266页。
⑤ 龙集《雪峰义存禅师语录叙》,《雪峰义存禅师语录》卷末附,《卍续藏》本。

别号也。杜甫李白倡和,互相称名;张仲吉甫雅什,但闻举字。近世士夫,多称别号,厥名与字,懵然莫知。传刻诗文,但云张子李子,或云某庵某斋,当时尚不谙其谁何,后此安能辨其甲乙。……又近日民风漓猾,白衣市井,亦辄称号。永昌有锻工戴东坡巾,屠宰号一峰子。一善谑者见二人并行,遥谓之曰:"吾读书甚久,阅人固多,不知苏学士善锻铁,罗状元能省牲,信多能哉!"相传以为笑。①

赵翼《陔余丛考》卷三八"别号"条则更进一步追溯号的源流:

未必上古之人如后世于字、名外,别立一号,以自标榜也。别号当自战国时始。……然其人类多隐逸者流,欲自讳其姓名而为此,非如后人反借此以自标异也。两汉之时尚少。……至达官贵人,则自以官位相呼,不闻别署一号以托高致也。达官贵人之有别号,盖始于宋之士大夫,亦谓之道号。如长乐老、六一、老泉、半山、东坡之类,相习成风,遂至贩夫牙侩,亦莫不各有一号。宋人小说载某官拿获一盗,责其行劫,盗辄曰:"守愚不敢。"诘之,则"守愚"者,其别号也。盗贼亦有别号,更何论其他矣。近有人讥别号诗曰:"孟子名轲字未传,如今道号却纷然。子规本是能言鸟,又要人称作杜鹃。"可为一笑也。②

赵翼指出,在宋代以前,有别号(道号)的多是隐逸者之流,目的在于隐藏真实姓名;自宋代开始,则士大夫群体中也风行起了道号;士大夫对于道号的热衷,又辐射到了其周边群体及庶民阶层,使之纷纷效仿。而禅僧既然出家,本已舍弃俗姓、俗名,统一姓"释"、另立法

---

① 杨慎《升庵集》卷五〇"别号"条,《文渊阁四库全书》本。
② 赵翼《陔余丛考》卷三八,乾隆五十五年刻本。

名,已无以别号来隐藏姓名之需要;但自北宋后期开始,道号却在这个群体中日渐流行,以至到了南宋几乎各禅僧皆有道号,则显然如杨慎、赵翼所云,是士大夫取别号之习强大辐射下的产物——"民风漓猾,白衣市井,亦辄称号","相习成风,遂至贩夫牙侩,亦莫不各有一号",与禅宗的士大夫化不无关系。宋代尤其是南宋禅僧与士大夫之间空前密切的交流互动,使得禅僧们踵武士大夫之风雅,以道号标榜趣味性情;同时士大夫们也往往以"居士"或上引杨慎文中所谓的"某庵"为号,如东坡居士(苏轼)、淮海居士(秦观)、后山居士(陈师道)、石湖居士(范成大)、无尽居士(张商英)、无垢居士(张九成),一庵(蔡沉)、月庵(刘思恭)、草庵(胡安国)、复庵(李直方)、晦庵(朱熹)、云庵(李邴),等等,不遑枚举。这种"禅"与"儒"相互的、双向的交融渗透的潮流,其蔓延的极致便是禅僧道号与士大夫之号"意义共享"或者趣味趋同的现象,譬如僧人的庵堂道号与士人书斋号的"意义共享"(如了庵、了堂/了斋,山堂/山斋,可庵/可斋、可轩,等等)就极为明显①。

除了受士大夫的影响之外,宋代禅僧好立道号之习或许也是"文字禅"风潮下的产物。道号本质上是一种人为设置的"符号",以佛家的立场来看,属于"相"的范畴,而"凡有所相,皆是虚妄"(《金刚经》),宗门"第一义"是不需要也没有办法用言语来表达的。《坛经·顿渐品》中就记载:

> 一日,师告众曰:"吾有一物,无头无尾,无名无字,无背无面。诸人还识否?"神会出曰:"是诸佛之本源,神会之佛性。"师曰:"向汝道'无名无字',汝便唤作本源佛性。汝向去有把茅盖头,也只成个知解宗徒。"

---

① 参周裕锴《维摩方丈与随身丛林——宋僧庵堂道号的符号学阐释》,《新宋学》第5辑。

在慧能看来,最高的"本源佛性"是"无名无字"、不能用语言道出的,否则便只是"知解宗徒"而已。慧能还在一首偈中说"妄立虚假名,何为真实义",也是同样的意思。禅宗又主张"无分别心",即从"佛性"的角度而言,无论是人兽,还是草木,抑或墙壁瓦砾,都是有"佛性"的,故而平等无差别。"为你众生界中见解偏枯,有种种差别,故立此差别名号,令汝于差别处识取此无差别底心"①,立种种人人有殊的"名号"不过是为开导无明众生的权宜之举而已。而从中唐到北宋,随着禅宗从"不立文字"逐渐走向"不离文字",与"文字"关系极为密切的道号也开始大行其道,无疑是一种文饰的体现:

> 道号之称,虽起于末世,然义各有取,或因性急,而以韦自勉;或因性缓,而以弦自厉。有思亲而号望云,有隐江湖而号散人,纷然不同。然皆士流则有之。今也不然。而胥吏之徒,往往而有以号者众也。恒虑其相同,崇尚新奇,有名木者号曰半林,有姓管名箫者号曰四竹,穿凿亦甚矣,于义何居,且习以成俗,而称谓之间,有不谙大义者。或责其友曰:"我长于汝也,曷不以号称而字我邪?"嗟夫!孔子祖也,子思孙也,尝称仲尼;明道兄也,伊川弟也,尝称伯淳。盖字之者,乃所以尊之也,何独取于号乎?古者相语名之,质也;周人尚之以字,文矣;末世别以号称,弥文也哉?②

这段话中所谓的"道号"虽并非专指僧人道号,也包括士大夫甚至胥吏等在家人之号,但其实质是一样的:从古至今,从称名、到称字、再到称号,是一个从"质"、到"文"、再到"弥文"的过程,号是"末世"的产物。关于此,郎瑛《七修类稿》卷五一"道号"条、褚人获《坚瓠

---

① 宗杲《正法眼藏》卷三,《卍续藏》本。
② 徐官《古今印史》"道号"条,《宝颜堂秘笈》本。

集》十集卷一"别号"条等亦皆有论及,兹不赘述。

三、道号颂的兴盛及其文学、文化意义

道号在宋代禅林的风行,并非一个孤立的文化现象,也给禅门文学带来了较大的影响。概言之,主要有两个方面:一是"道号颂(偈)"这一禅门特有文体的发达;二是对禅林"文学圈"的形成与稳固所起的重要纽结作用。

前文已经谈到,禅僧道号与士大夫表字具有很强的相似性。在士大夫群体中,起源于中唐、兴盛于两宋的"字说(序)"是一个重要的文类。① 此风亦波及禅林,例如惠洪《石门文字禅》中就收录了9篇为僧人所作的"字序"。② 道号风行后,道号颂亦随之诞生,并且后来居上,声势日隆,在数量上、影响上都远远超越了禅僧所作的字说(序)。一个显著的体现是南宋宗杲集、清代性音重集的《禅宗杂毒海》(八卷)中"道号颂"占据了整整一卷(卷七),共收作品百余首,其诸位作者中,生平可考或可略知者,皆生活于两宋或宋元之际,其中较早的是参寥(道潜,1043—1106)、灵源叟(惟清,?—1117)、志芝庵主(嗣法黄龙慧南)等。除此之外,道号颂亦时时可见于一些禅僧语录、诗文集、笔记等文献中,譬如《希叟绍昙禅师语录》卷六收录了《漩翁》《黑山》等27首道号颂,《石溪心月禅师语录》卷三收录了《损翁》《溪翁》等20首道号颂,等等,不胜枚举。较之惠洪《石门文字禅》中的9篇字序,北宋后期至整个南宋道号颂在数量上的直观性优势,是非常显著的。

道号颂一般直接以所颂道号为标题,形式上大多为七言绝句,

---

① 参张海鸥《宋代的名字说与名字文化》,《中山大学学报》(社会科学版)2013年第5期;刘成国《宋代字说考论》,《文学遗产》2013年第6期。
② 参周裕锴《〈石门文字禅校注〉的学术意义》,《光明日报》2018年8月8日第11版。

亦偶有四言、五言或六句、八句、十句者；内容上，则主要是围绕着道号的文字，阐述字义或进一步申发出"理"（佛道禅理），这一点与字说（序）较为相似。例如：

灭　堂

　　瞎驴一喝惊天地，临济家风始大张。累及儿孙成话把，无门无户可承当。（浙翁琰）

无　碍

　　三家村里讴歌去，十字街头烂醉来。红粉佳人归宿处，伽黎倒搭舞三台。（大川济）

月　航

　　平如镜面曲如钩，落在波心搅不浮。索性一篙都搣碎，冬冬擂鼓转船头。（参寥）①

《灭堂》紧扣"灭"字，首句本于临济义玄"谁知吾正法眼藏，向这瞎驴边灭却"之语，之后对其继续申发。《无碍》化用了多个禅宗典故，用四个并列性句子，从四个方面描述了事事"无碍"的景况。《月航》前两句写"月"，后两句写"航"，表达了佛性的普遍与永恒，但人又不必拘执于佛法的见解。它们既是在阐述作道号颂者对于佛道禅理的见解，同时又是对受颂者的赞扬；不仅具有理趣，也具有较强的文学性、形象性，含蓄蕴藉，恰到好处地运用典故而又最终落实到"本地风光"，而并非枯燥单调的机械式说理。因而无论是从数量上还是文学价值上，道号颂都理应在禅门文学中占有一席之地。

从道号颂写作者的身份来看，多为当时较有名望的高僧或诗僧，禅僧往往以得到他们的一首道号颂为荣，甚至直接求其为自己

---

① 三首俱见于《禅宗杂毒海》卷七，《卍续藏》本。

立道号。如此,则必定有多番书札、人际往来或诗文唱酬。例如《丛林盛事》中就记载了了演与道融为同一禅僧的前后两个道号作道号颂之事:

> 竦空谷者,余杭人,在象田演座下充维那。为人清苦贫甚,冬则芦华当絮,自非本色丛林,断不放复。故演为颂其道号曰:"谷空空谷谷空空,空谷全超万象中。流水落华浑不见,清风明月却相容。"后在天童沿流缚屋,号曰"吊古"。多有兄弟陪其胜游。余时在玉几拙庵老人会中,以颂寄之曰:"闻君缚屋傍山阿,远吊龙湫诺讵罗。未必将身潜碧嶂,且图跷足向清波。韵传空谷人难到,门掩山华雪不过。我待秋风洗岩壑,杖藜相与傲烟萝。"①

这段记述,一则透露出道号颂在维持禅林人际关系中的重要作用,二则也显示出当时禅林文学风气、文学交流之盛。不难推测,这位禅僧也应当会致以答谢书札或诗文之类。

除了个别写作的道号颂外,还有多名禅僧围绕同一个道号为之作颂的"同题创作",如"无传"就是一例:

> 钟山正知客,忽起故山之思,往别北磵于常熟慧日。磵喜其为正传室中真子,乃以"无传"号之。山中胜集,皆有出山句。横推竖推,无非以祖祖相传,传而无传,不是无传,而曰无传。盖无传即正传,正传即正无传也。嘘,无传之旨,果如是耶? 若言以心传心,却唤什么作心? 即世谛则伪求之,可乎? 离世谛则伪求之,可乎? 或曰,到处见成亲受用,不从葱岭带将来。皆

---

① 道融《丛林盛事》卷上"竦空谷"条,《卍续藏》本。

非吾所能知也。要识无传之旨,当从正无传问之。①

很显然,此次雅集的一项主要活动即是为无传作道号颂,并且事后这些作品被汇集为一编,心月为之写下了这篇跋文。此类由道号颂编集而成的颂轴(或颂编、偈编)在南宋甚为流行,成为当时禅林文学的一道引人注目的风景。②——南宋禅僧们在参禅修道之余,不仅个人沉迷于舞文弄墨,还举行诗文雅集、围绕同一主题进行创作,足可见文字禅之风的浸染之深,更足见士大夫文化在禅门的渗透之深。

正如前文所述,道号具有彰显修为、道行的作用,因此常常含有印可、褒赏之意,故道号以及道号颂还往往被写成书法作品赠予弟子或参学者,如此它在维系禅林"文化圈""文学圈"之丰富与稳固上所起的作用就显然更为重大。例如,南宋虎丘派僧人普宁(1199—1276),嗣法无准师范,"自是如痴似兀而度日,准书'兀庵'二大字遗之,因以为号焉"③;日本东京的常盘山文库藏有断溪妙用赠入宋日僧白云慧晓(嗣法圆尔辨圆)道号颂之墨迹,落款为"右为日本晓禅翁题白云雅号。咸淳己巳,住越东山断溪老樵妙用拜手",钤"越关妙用""东山老樵"二印;同年,溪西广泽亦有赠白云慧晓道号颂墨迹(大阪藤田美术馆藏),落款为"日本晓上人以白云为号,佛日溪西广泽证以二十八字,咸淳己巳上元后二日书",钤"广泽""溪西"二印;京都长福寺藏有宋末元初禅僧古林清茂为弟子月林道皎所题道号及道号颂墨迹,卷首书"月林"二大字,中为四句颂,落款为"皎藏主号,为书,仍赋云。时泰定四年三月望日,金陵凤台清茂",钤"休居

---

① 心月《跋无传颂》,《石溪心月禅师杂录》,《卍续藏》本。
② 关于禅林颂轴(或颂编、偈编),参拙著《南宋"五山文学"研究》第八章第一节,复旦大学出版社,2021年。
③ [日]虎关师炼《元亨释书》卷六,《大藏经补编》本。

叟""金刚幢"二印。显而易见,在宋元时代,道号颂已超越了文体、文学本身,成为禅僧之间交流思想、维系情谊、礼节往还等的一种重要媒介。

在文学史上来看,道号颂固有其地位与价值;但如果将其置于思想史上来看,则不免违背了禅宗"不立文字"的本旨,执着拘泥于语言文字,在语言文字上苦心孤诣、尽逞机巧,失去了早期禅宗那种质朴活泼的机锋、"直指人心"的力量,确为禅道"烂熟"乃至"衰落"①时代的一个明证。对此辩证关系,元初的渡日禅僧竺仙梵仙有很深刻的体认:

> 至于景定、咸淳之间,所谓大道衰,变风变雅之作,于是雕虫篆刻竞之,仿效晚唐诗人,小巧声韵,思惟炼磨,而成二十八字,曰"道号颂"。时辈相尚,迄今莫遏。于中虽有深知其非,而深欲绝去之者,然以久弊,不能顿除,勉随其时,曲就其机,亦复不拒来命。时或秉笔,觌面信手赋塞所需,聊为方便接引之意也。然以其音律谐和,与夫事理句意俱到,而□脱者,使或哦之,诚亦可人。然譬如食蜜,中边皆甜,宜乎人其爱之。若夫欲济饥馁,不可得也。②

他肯定了道号颂的文学价值,也痛心其泛滥之状,最后更一针见血地指出"若夫欲济饥馁,不可得也",譬如蜂蜜,甜则甜矣,却不得济饥——终究非禅人学"道"之正途。这个评价,置于思想史上而言,是较为全面和公允的。

---

① 参[日]忽滑谷快天著、朱谦之译《中国禅学思想史》(下),上海古籍出版社,2002年。
② 转引自[日]无著道忠《禅林象器笺》"经录门",全国图书馆文献缩微复制中心,1979年,第604页。

公案的诗化阐释：南宋禅僧之颂古创作
——以《禅宗颂古联珠通集》为中心

王汝娟

颂古是禅门特有的一种诗歌体裁。从现存文献看，唐代禅僧创作的颂古作品并不多，至北宋中期开始，则在数量上有大幅跃升，此风流及南宋禅林，呈鼎盛之势，以至出现了《禅宗颂古联珠通集》（本文以下一般简称为《通集》）这样的一大颂古总集。《通集》所收颂古，南宋禅僧之作占据其泰半。以下将主要以《通集》为中心，对颂古这一文体的形成与流变、《通集》的成书与版本流传情况、南宋禅僧颂古创作的概貌等问题进行粗略考察。

一、颂古之源流

"颂古"为偈颂之一种。关于此名称之内涵，《禅林象器笺》有如下解释："颂名本起于六诗（风、赋、比、兴、雅、颂），歌诵盛德，以告于神明者也。如禅家颂古，则举古则为韵语而发明之，以为人。亦是歌诵佛祖之盛德，而扬其美，故名颂古。"[1]简而言之，"颂"即歌颂，"古"即禅林古则。关于颂古之起源及流变，大慧宗杲弟子、南宋著名禅僧卍庵道颜认为：

---

① ［日］无著道忠《禅林象器笺》，京都中文出版社，1972年，第603页。

少林初祖衣法双传,六世衣止不传。取行解相应世其家业,祖道愈光,子孙益繁。大鉴之后,石头、马祖皆嫡孙,应般若多罗悬谶要假儿孙脚下行是也。二大士玄言妙语流布寰区,潜符密证者比比有之。师法既众,学无专门。曹溪源流,派别为五,方圆任器,水体是同,各擅佳声,力行己任。等闲垂一言、出一令,网罗学者,丛林鼎沸,非苟然也。由是互相酬唱,显微阐幽。或抑或扬,佐佑法化。语言无味,如煮木札羹、炊铁钉饭,与后辈咬嚼,目为拈古。其颂始自汾阳。暨雪窦宏其音、显其旨,汪洋乎不可涯。后之作者,驰骋雪窦而为之,不顾道德之奚若,务以文彩焕烂相鲜为美。使后生晚进,不克见古人浑淳大全之旨。乌乎!予游丛林,及见前辈,非古人语录不看,非百丈号令不行,岂特好古,盖今之人不足法也。望通人达士,知我于言外可矣。①

南宋黄龙派禅僧心闻昙贲则认为:

教外别传之道,至简至要,初无他说,前辈行之不疑,守之不易。天禧间,雪窦以辩博之才,美意变弄,求新琢巧,继汾阳为颂古,笼络当世学者,宗风由此一变矣。逮宣政间,圆悟又出己意,离之为《碧岩集》。彼时迈古淳全之士,如宁道者、死心、灵源、佛鉴诸老,皆莫能回其说;于是新进后生,珍重其语,朝诵暮习,谓之至学,莫有悟其非者。痛哉!学者之心术坏矣。绍兴初,佛日入闽,见学者牵之不返,日驰月骛,浸渍成弊,即碎其板,辟其说,以至祛迷援溺,剔繁拨剧,摧邪显正,特然而振之。衲子稍知其非而不复慕。②

---

① 慧洪《禅林宝训》卷三,《大正藏》本。
② 昙贲《与张子韶书》,《禅林宝训》卷四引,《大正藏》本。

昙贲提到的圆悟克勤《碧岩集》,作为颂古发展史上一大重要坐标,于第一则颂古后有评曰:"大凡颂古,只是绕路说禅,拈古大纲据款结案而已。"①直截地指出了颂古的根本性质是"绕路说禅",以曲折的方式(即所谓的"遮诠")阐释和表达禅理。《碧岩集种电钞》进一步申述云:

> 盖颂古者,颂出古则之奥义,令知斧头元是铁也。其中或有扬或有抑,虽涉言语,初无斧凿之迹。其言也如咬铁酸馅,其义也如望重溟而不可测其渊深也。故汾阳善昭禅师为颂古略示其秘要,其后雪窦以博达之才,乃继汾阳放开禅苑花锦,令学人入群玉之府而采其所求。然有至其奥旨,虽佛祖未容易企其步,何况初机后学者有委悉其玄旨乎!所谓雪窦颂古者颂古圣者,岂虚设哉!若夫久参上士,虽山河虚空水声鸟语唤作玄旨去在矣。②

元代禅僧竺仙梵僊,则将颂古比附为儒家的咏史之作:

> 颂古之作,譬之儒家,则犹咏史也。复几数百载矣。盖始于宋国初汾阳,是时尊宿,皆悉浑厚蕴藉,不尚浮靡。天禧间,雪窦以辩博之才,恢宏其音,莫不卷舒抑扬,纵横得妙。后之作者,莫出其右。然亦有以其美意变弄求新琢巧,变其宗风,失古淳全之作矣。③

综合以上数家言论,我们可以作如下梳理与归结:六祖慧能传法不

---

① 克勤《佛果圆悟禅师碧岩录》卷一,《大正藏》本。
② 《碧岩集种电钞》,日本元文四年(1739)刻本,日本蓬左文库藏。
③ [日]无著道忠《禅林象器笺》,第604页。

传衣,各门派蜂起,石头、马祖之玄言妙语流布天下;至"一花开五叶"后,各宗派僧人为了显发宗义之幽微而对古则进行阐释、品评,即"拈古",其特点是"如煮木札羹、炊铁钉饭""如咬铁酸馅",即语言枯燥乏味、艰深晦涩,使人难解其意;汾阳善昭(947—1024,临济宗)则开创了以偈颂的形式来阐发古则奥义的"颂古"之先河,其《颂古百则》成为颂古之发端;雪窦重显(980—1052,云门宗)继承并发扬了汾阳开创的这一体制,亦创作了《颂古百则》,以笼络当时学者,使颂古走向繁盛,亦使宗风为之一变;而雪窦之后的禅僧亦步亦趋,纷纷效仿,却忽略了阐发宗义之本旨,一味追求辞藻文采,可谓舍本逐末;至南宋,禅僧们对颂古更是趋之若鹜,将其奉为圭臬,以致遭到当时的宗教领袖大慧宗杲的极力摒斥。通过以上四则材料的叙述,我们已经可以较清晰地看出从北宋到南宋,"颂古"这一体制的起源及流变的大致脉络。很显然,以上四人皆以颂古为"今"时"繁""邪"之物,认为其遮蔽了禅法的淳古之旨,不足为训,对颂古泛滥所造成的积弊持忧心的态度。而我们若换个角度来看,这些从理论上对颂古进行较为详细的辨析、反思者——卍庵道颜、心闻昙贲、竺仙梵僊,均生活于南宋或元初,可间接反映出其时颂古创作在禅林中已然蔚成风气。

宋代禅僧中,除了汾阳善昭、雪窦重显以外,以现存著述来看,创作颂古较多或影响较大者,尚有白云守端(1025—1072,杨岐派),存有 110 首,且在当时影响颇巨,"勤询学问,法悟杨岐,名播宗席。语要颂古,诸方盛传"①;保宁仁勇(杨岐派),作有 60 首;丹霞子淳(1064—1117,曹洞宗),存有 100 首;宏智正觉(1091—1157,曹洞宗),存有 100 首;无门慧开(1183—1260,临济宗),其《无门关》(收于《大正藏》第 48 册)是一部专门的颂古集,收录了 48 首;虚堂智愚

---

① 惟白《建中靖国续灯录》卷一四,《卍续藏》本。

(1185—1269,虎丘派),存有100首;等等。

北宋中期以来禅门颂古之风的盛行,除了上述这些创作数量较多的个人颇为引人注目以外,我们还可从禅宗灯录、语录的编纂体例上窥得一斑。首先看灯录的情况。12世纪之前的灯录,如《祖堂集》《景德传灯录》《天圣广灯录》等,皆以人物为次第来帙卷编排(当然,《景德传灯录》略有些特殊:卷一至二七为祖师人物,卷二八为"诸方广语",卷二九为"赞颂偈诗",卷三〇为"铭记箴歌"。但毫无疑问,其主体部分是以人物为次第的,且"赞""颂""偈""诗""铭""记""箴""歌"等诸种文体淆杂参驳);而成书于建中靖国元年(1101)的《建中靖国续灯录》则不然,全书总分为以下五门:

  一曰正宗门(西天此土,诸祖相传,契悟因缘,直叙宗致)
  二曰对机门(诸方师表,啐啄应机,敷唱宗猷,发明心要)
  三曰拈古门(具大知见,拈提宗教,抑扬先觉,开凿后昆)
  四曰颂古门(先德渊奥,颂以发挥,词意有规,宗旨无忒)
  五曰偈颂门(古今知识,内外兼明,唱道篇章,录为龟鉴)①

不难看出,这样的编排体例,其背后所贯穿的思想、宗旨与《祖堂集》《景德传灯录》《天圣广灯录》等有本质上的差异:由既纯粹单一、又杂糅万象的"人物",变成对"人物行动"秩序井然的分门别类。而在这些人物行动的门类中,"颂古"占据了独立的一席之地。前文已述及,颂古是偈颂的一种;然而,《建中靖国续灯录》将颂古单独拈出,将其置于与偈颂相对等的地位,足可见出其时颂古的盛行以及灯录纂作者对颂古地位的特出;并言其"词意有规",即它作为一种文体,已比较成熟。其后的《嘉泰普灯录》,则总分为"示众机语二十一卷"

---

① 惟白《建中靖国续灯录》卷一,《卍续藏》本。

"圣君贤臣二卷""应化圣贤一卷""广语一卷""拈古一卷""颂古二卷""偈赞一卷""杂著一卷",此体例总体上与《景德传灯录》是相似的,但"广语""拈古""颂古""偈赞""杂著"等由《景德传灯录》的混杂状态变成各自分剖独立,且颂古占据了二卷。这两部灯录所体现出的显而易见的撰述体例的一大转向,从一个侧面反映出自北宋后期开始,颂古在禅门中如火如荼的发展样态。

再看禅僧语录的情况。以《汾阳无德禅师语录》卷中"颂古代别"为滥觞,北宋的若干禅僧语录中出现了颂古专卷,如《白云守端禅师广录》、《舒州龙门佛眼和尚语录》(收于《古尊宿语录》卷二七—三四)、《圆悟佛果禅师语录》等。而到了南宋禅僧那里,颂古专卷(或明确标出"颂古"之目而与其他文体合为一卷)在语录中比比皆是,如《大慧普觉禅师语录》《虚堂和尚语录》《宏智禅师广录》《应庵昙华禅师语录》《瞎堂慧远禅师广录》《率庵梵琮禅师语录》《北磵居简禅师语录》《物初大观禅师语录》《大川普济禅师语录》《龙源介清禅师语录》《松源崇岳禅师语录》《运庵普岩禅师语录》《无准师范禅师语录》,等等,不胜枚举。这种情形,一是表明颂古在南宋禅僧中极为风行,成为这个群体人人皆擅的一种日常性文体;二是反映出较之上堂说法时口头创作的颂古,有意的书面创作的颂古(详见本文第三部分)显著抬头的趋势。

二、《通集》之成书、版本及概貌

《禅宗颂古联珠通集》是一部主要收录宋代禅僧颂古的总集。该书最早著录于《直斋书录解题》卷一二"释氏类":"《禅宗颂古联珠集》一卷,僧法应编。"[1]可知宋僧法应编定的宋本名为《禅宗颂古联

---

[1] 陈振孙撰,徐小蛮、顾美华点校,《直斋书录解题》,上海古籍出版社,2015年,第358页。

珠集》，卷数为一卷，现已亡佚不传。《通集》现存的三种版本皆为元僧普会的续补补：十卷本（残本），二十一卷本，四十卷本。十卷本为元刻本，在现存诸本中最为古老，卷首附有张抡序、法应自序。其残本现藏于日本宫内厅书陵部，有抄配。该版本的一大特点是每叶书口上皆镌有助刊者姓名，如"月岩道人叶觉明助刊""绍兴朱道坚助刊""普度比丘景沅助刊""江西瑞州智门比丘明净助"等。二十一卷本最早由明僧净戒（？—1418）于洪武壬申（1392）捐衣资锓板，后又在此版基础上校补，入《洪武南藏》（现藏于四川省图书馆），之后又为《永乐南藏》等所收，①今《中华大藏经》收录者即为《永乐南藏》本。四十卷本，目前所见最早者收于日本《弘教藏》，又见于《频伽藏》《卍续藏》等。② 这三种版本，不仅分卷上存在差异，收录作品数量也不一：卷数越多者，所收公案及颂古数量也越多；四十卷本规模最为庞大，所收作品最为齐备。故本文以下引用或举例，一般依从四十卷本。

　　三种版本的共通点是体例皆极为明晰，收录的公案及颂古包含三种形态：第一种形态是没有任何标示的，为法应的原集；第二种形态是标有"【续收】"字样的，为普会在某则公案下续收的作品；第三种形态是标有"【增收】"字样的，为普会在原集基础上增收的公案及其颂古。如此，我们可以把法应的原集与普会的续集、增集一目了然地区分开来。

　　关于法应原集的成书经过，其自序云：

　　　　法应自昔南游访道，禅燕之暇，集诸颂古。咨参知识，随所闻持，同学讨论，去取校定三十余年，采摭机缘三百二十五则、

---

① 关于《通集》的《洪武南藏》本与《永乐南藏》本之关系，参张昌红《〈禅宗颂古联珠通集〉叙录》，《新世纪图书馆》2013年第1期。
② 《通集》应该还曾存在过四十五卷本，见《金陵梵刹志》卷四九（明刻本）。今已不传。

颂二千一百首、宗师一百二十二人,编排成帙,命名《禅宗颂古联珠集》。愿与天下学般若菩萨共之。虽佛祖不传之妙,不可得而名言,初无字书,安有密语。临机直指,更不覆藏,彻见当人本来面目。故诸佛以一大事因缘出现于世,譬喻言词,说法开示,欲令众生悟佛知见,岂徒然哉?池阳信士衷金刻板,以广见闻,为大法光明之施。淳熙二年乙未腊八日编次谨书。

张抡序则云:

池州报恩宝鉴大师法应,尝因禅悦余暇,衷集采撷,由佛世尊以至古今宗师,凡得机缘三百廿五则,颂古一百廿二人,目之《禅宗颂古联珠集》。可谓毗卢藏内全收众珍,旃檀林中莫非香木。开悟知见,利益后来,锓木流通,岂曰小补。以予夙慕宗乘,乐推法施,请为序引,不获固辞。淳熙岁在屠维大渊献冬十一月序。

综观两篇序文,可知法应的原集名为《禅宗颂古联珠集》(此正可与《直斋书录解题》之记载相印证),编定于淳熙二年(1175),淳熙六年(1179)刊行,共收录了宗师122人、公案325则、颂古2100首。

《通集》卷首所附普会自序则云:

爰自一华敷而五叶联芳,方世传而两派支衍。机缘公案,五灯烨如。诸祖相继,有拈古焉,有颂古焉。拈古则见之于《八方珠玉》《类要》等集;颂古则有宝鉴大师宋淳熙间居池阳报恩,采集佛祖至荼陵机缘凡三百二十有五则,颂古宗师一百二十有二人,颂二千一百首,目之曰《禅宗颂古联珠》。丛林尚之,而板将漫灭。因念淳熙至今垂二百载,其间负大名尊宿星布林立,颂古亦不下先哲，惜乎联继之作阙如也。每惭滥厕宗门，且有年矣。禅无所悟，道无所诣，欲作之，复止之，趑趄者亦屡矣。元贞乙未，叨尸义乌普济山院，事简辄事续稿，仅得一二。萍梗之踪，或出或处，随见随笔，二十三四年间稍成次序。机缘先有者颂则续之，未有者增之，加机缘又四百九十又三则，宗师四百二十六人，颂三千另五十首，题曰《禅宗颂古联珠通集》，将募板行与后学共惑者。……时延祐戊午六月旦前住绍兴路天衣万寿禅寺钱唐沙门普会自序。

据此可以看出，在法应的原集《禅宗颂古联珠集》刊行后，普会又搜集了淳熙以后的公案、颂古，"采机缘而补前阙，缀颂古而入新刊"（卷末附希陵《后序》），共增补了公案493则、颂古3 050首、宗师426人，于延祐四年（1317）编成，名曰《禅宗颂古联珠通集》。诚如云外云岫《后序》"《联珠颂古通集》，变本加丽，勾章棘句，愈出而愈多"所言，这是一次规模巨大的增补。该《后序》时间署"至治春"（1321），则普会增补的《通集》之初刻，当在1321年后。

从四十卷本所收五百余位作者的时代来看，其可考者，大部分生活于宋代，其次是宋元之际或元代。也有少量宋代以前的作者，如傅大士（497—569）、剋符道者（唐代）、虎头上座（唐代）、长沙景岑（唐代）、景遵（唐代）、曹山本寂（840—901）、法眼文益（885—958）等。从作者身份看，绝大部分为禅宗僧人，也有两位天台宗僧人——竹庵可观、萝月昙莹；还有一些禅宗居士，如颜丙、赵善期、胡安国、圭堂居士、傅大士、刘经臣、吴伟明、张商英、张九成、杨杰等。故总体上而言，所占比例最大的是宋代的禅宗僧人。

四十卷本《通集》，卷二为"世尊机缘"，卷三为"菩萨机缘"，卷四为"菩萨机缘之余"及"大乘经偈"，卷五为"大乘经偈之余"，卷六至卷四〇为"祖师机缘"。其中，"世尊机缘"所颂公案共二十四则，"菩萨机缘"所颂公案共二十九则，远不及"祖师机缘"所颂公案之众，从一个侧面印证了宋元祖师禅对如来禅的超越。在"大乘经偈"中，所颂较多者依次是：《首楞严经》（十七则）、《金刚般若经》（十一则）、《圆觉经》（十则）、《法华经》（九则）、《华严经》（六则）、《维摩经》（五则），不难看出这几种佛经在宋元禅僧中的受欢迎程度。它们与宋代士大夫最爱阅读的几部佛教经典——《楞严经》《金刚经》《圆觉经》《维摩经》《华严经》等①大致重合，说明宋元的儒士与释子在对待佛教经典的态度上有比较相近的趋尚。在"祖师机缘"中，所颂较多者依次是：赵州从谂（六十九则）、云门文偃（六十二则）、雪峰义存（三十二则）、南泉普愿（二十七则）、洞山良价（二十六则）、沩山灵祐（二十五则）、仰山慧寂（二十二则）、曹山本寂（二十一则）、投子大同（十九则）、玄沙师备（十九则）、临济义玄（十七则）、睦州陈尊宿（十七则）、石霜慈明（十五则）、庞蕴居士（十四则）、药山惟俨（十四则）、德山宣鉴（十四则）、法眼文益（十四则）、岩头全奯（十三则）、洛浦元安（十二则）、疏山匡仁（十二则）、风穴延昭（十二则）、雪窦重显（十二则）、夹山善会（十则）、杨岐方会（十则）、五祖法演（十则）。很显然，赵州从谂和云门文偃在宋元禅僧中是显要的典型人物。《景德传灯录》卷一五《赵州观音院从谂禅师》即载："师之玄言布于天下，时谓赵州门风，皆悚然信伏矣。"②苏澥为云门文偃语录所作序则言："祖灯相继数百年间，出类迈伦，超今越古，尽妙尽神，道盛行于天下者，数人而已。云门大宗师特为之最。擒纵舒卷，纵横变化。放开江海，鱼龙得游泳之方；把断乾坤，鬼神无行走之路。草木亦当稽首，土石为之发光。其传于世者，对机室录垂代勘辨。"③由《通

---

① 参周裕锴《文字禅与宋代诗学》第二章"'文字禅'的阐释学语境：宋代士大夫的禅悦倾向"，复旦大学出版社，2017年。
② 道原《景德传灯录》卷一五，《大正藏》本。
③ 苏澥《云门匡真禅师广录序》，《云门匡真禅师广录》卷首，《大正藏》本。

集》来看,这两段对于赵州、云门其人其语影响力之巨的记述,洵非夸饰与虚语。

三、颂古之创作机制

《通集》这样一部卷帙浩繁的大型总集的编成,显而易见,其前提是在宋元禅僧尤其是南宋禅僧群体中,"颂古"这一体裁的创作已蔚成风尚。颂古的创作,概而言之主要有以下四种形式。

(一) 颂古专集等有意的书面创作

从创作方式而言,颂古可以划分为书面创作与口头创作两种。书面创作的颂古,与普通的诗、文等一样,是有意"写"出来的作品;口头创作的颂古,是禅僧们上堂说法时,为弘法之便宜而"说"出来的作品。在此先看书面创作尤其是颂古专集的情况。

与语录、诗文等专集一样,专门的颂古集在宋代禅僧中也非常流行。这些颂古集有的流传至今,例如丹霞子淳的《虚堂集》、投子义青的《空谷集》、宏智正觉的《颂古百则》、雪庵从瑾的《雪庵从瑾禅师颂古集》等。有的零散残存在《通集》《宗鉴法林》《禅林类聚》等总集、类书中,譬如正堂明辩(又作辨)"谢事庵居,作颂古百首"[①],现《通集》中收录了48首;又如月堂道昌临终自述曰:"吾平生拈古、颂古流布其语已多,尚何言哉?"[②]现《通集》中收录其颂古62首;反过来,有些禅僧的传记资料中并没有关于颂古创作的记录,但《通集》《宗鉴法林》《禅林类聚》等总集、类书中收其作品颇多,我们可以猜测当时他们可能有颂古专集存在。还有的颂古专集,现已完全亡佚,我们无从睹其形迹。例如,佛慧法泉现存的颂古数量颇多,可推

---

① 正受《嘉泰普灯录》卷一六,《卍续藏》本。
② 曹勋《净慈道昌禅师塔铭》,《松隐集》卷三五,《嘉业堂丛书》本。

测其当时很可能有专集存在。

(二) 唱和

以《通集》所收作品看,通常是一则公案下,有数首乃至数十首同时代或不同时代的颂古。这样的一组作品,很显然属于"同题创作"。在一组作品中,有些颂古所用起句或韵字相同。那么我们基本可以判断,这些不仅题材相同、而且韵字相同的作品,很可能是有意识的唱和或追和之作。例如卷七于著名的六祖慧能"风动幡动"公案下,所收颂古中有如下数首:

> 不是风兮不是幡,黑花猫子面门斑。夜行人只贪明月,不觉和衣渡水寒。(法昌遇)
> 不是风兮不是幡,斯言形已播人间。要会老卢端的意,天台南岳万重山。(天衣怀)
> 不是风兮不是幡,于斯明得悟心难。胡言汉语休寻觅,刹竿头上等闲看。(圆通秀)
> 不是风兮不是幡,白云依旧覆青山。年来老大浑无力,偷得忙中些子闲。(雪峰圆)
> 不是风兮不是幡,清霄何事撼琅玕。明时不用论公道,自有闲人正眼看。(圆通僧)
> 不是风兮不是幡,寥寥千古竞头看。彻见始知无处所,祖庭谁共夜堂寒。(通照逢)
> 不是风兮不是幡,认为心者亦颠顸。风吹碧落浮云尽,月上青山玉一团。(疏山常)
> 不是风兮不是幡,几人北斗面南看。祖师直下无窠臼,眼绽皮穿较不难。(佛灯珣)
> 不是风兮不是幡,一重山后一重山。青春雨过无余事,独

倚危楼望刹竿。(佛性泰)

不是风兮不是幡,多口阇黎莫可诠。若将巧语求玄会,特地千山隔万山。(琅琊觉)

不是风兮不是幡,碧天云静月团团。几多乞巧痴男女,犹向床头瓮里看。(水庵一)

不是风兮不是幡,入泥入水与人看。莫把是非来辨我,浮生穿凿不相干。(月林观)

不是风兮不是幡,白云尽处见青山。可怜无限英灵汉,开眼堂堂入死关。(淳庵净)

不是风兮不是幡,分明裂破万重关。谁知用尽腕头力,惹得闲名落世间。(松源岳)

不是风兮不是幡,将军骑马出潼关。安南塞北都归了,时复挑灯把剑看。(天目礼)

此外,《通集》中的有些颂古虽然表面上看起来似乎没有有意唱和的痕迹,但实际上确实是在唱和过程中写就的。例如,《通集》在一些公案下,"鼓山珪"(鼓山士珪)与"径山杲"(大慧宗杲)经常成对出现,究其缘由,这些颂古应当是辑自两位禅师的唱和作品集,《大慧普觉禅师年谱》绍兴三年(1133)条即记载"东林珪禅师自仰山来同居,各作颂古一百一十篇",并在其后转录了鼓山士珪的《书颂古后》一文。① 很显然,当时鼓山士珪与大慧宗杲进行了有意识的颂古唱和,并且被编集成册。② 此外,《通集》中经常成对出现的还有"白云端"(白云守端)与"保宁勇"(保宁仁勇),其情形殆与鼓山士珪、大慧

---

① 吴洪泽编《宋人年谱集目/宋编宋人年谱选刊》,巴蜀书社,1995年,第179页。此事《佛祖历代通载》(《卍续藏》本)卷二〇亦有记载:"(宗杲)阅二十年,辟地湖湘,转仰山,邂逅竹庵珪禅师,相与还云门,著颂古百余篇。"
② 《东林和尚云门庵主颂古》,载《古尊宿语录》卷四七,《卍续藏》本。

宗杲类似。①

(三) 联句

联句作颂古的情形，在《通集》中也较为普遍，最常见的是某位禅僧作前数句，另一位禅僧续最后一句。例如宗杲《正法眼藏》云："何必不必，绵绵密密。觌面当机。有人续得末后句，许你亲见二尊宿。"②《通集》卷二九即收录了无得慈的如下颂古：

> 何必不必，绵绵密密。觌面当机，官马厮踢。

联句的性质非常明显。又例如卷一一、卷一三所收的两首：

> 王老明明要卖身，一时分付与傍人。可怜天下争酬价，请续此句。(佛印元)
>
> 鲁祖当年不用功，逢僧面壁显家风。若遇上乘同道者，请续此一句。(黄龙新)

上引两首颂古的续作虽然没有留存下来，但很显然，当时的颂古创作存在联句这种形式。

(四) 上堂说法

《通集》中有不少颂古是出自禅僧上堂说法时的口头创作，这可以通过两点清晰地反映出来。一是有很多作品，亦见于现存的禅僧

---

① 在杨岐方会圆寂后，白云守端、保宁仁勇两人同游四方。《大慧普觉禅师年谱》"绍兴三年"条载："妙喜曰：昔白云端师翁谢事圆通，约保宁勇禅师夏居白莲峰，作颂古一百一十篇，有'提尽古人未到处，从头一一加针锥'之语。吾二人今亦同夏于此，事迹相类，虽效颦无愧也。"吴洪泽编《宋人年谱集目／宋编宋人年谱选刊》，第179页。
② 宗杲《正法眼藏》卷一，《卍续藏》本。

说法语录中,例如《通集》卷二二所收宏智正觉颂古"凛凛将军令已行,八荒四海要澄清。提来剑气干牛斗,洗荡氛埃见太平",据《宏智禅师广录》记载为住天童时上堂说法所言:"上堂。举,僧问睦州:'高揖释迦,不拜弥勒时如何?'州云:'昨日有人问,赶出了也。'僧云:'和尚恐某甲不实。'州云:'拄杖不在,苫帚柄聊与三十。'师云:'好大众,驱耕夫之牛,夺饥人之食,方有宗师手段。天童不免随后赞叹去也。凛凛将军令已行……"①又如《通集》卷三三所收无准师范颂古"云门一曲,从来无谱。韵出五音,调高千古。就中妙旨许谁知,几拟黄金铸子期",据《无准师范禅师语录》记载为师范住庆元府雪窦山资圣禅寺时上堂说法所言:"上堂。举,僧问云门:'如何是云门一曲?'门云:'腊月二十五。'师云:'云门一曲……'"②《通集》卷一五所收雪岩祖钦颂"沩山睡次,仰山问讯"公案"一杯晴雪早茶香,午睡方醒春昼长。拶着通身俱是眼,半窗疏影转斜阳",据《雪岩祖钦禅师语录》所载为上堂说法时所言:"上堂。一种平怀,泯然自尽,明暗情忘……听取一颂:一杯晴雪早茶香……"③此类例子不遑枚举。

第二种情形是《通集》中的一些颂古,我们虽然无法在现今所存的禅僧语录中找到其出处,但它们带有一些比较明显的上堂说法的痕迹,即在独立完整的颂古作品之外,会附带有诸如"咄""咄咄""嘎""咦"等语气词,或"参""思之""奈我何"等插入语,或"喝一喝""击禅床"等动作提示语之类:

> 玉转珠回着眼看,有相干处没相干。只将此个以为主,[喝一喝云]一剑倚天星斗寒。(石溪月)
>
> 香严上树口衔枝,手不攀枝脚累垂。才开口,[咦]不答也

---

① 正觉《宏智禅师广录》卷四,《大正藏》本。
② 师范《无准师范禅师语录》卷一,《卍续藏》本。
③ 祖钦《雪岩祖钦禅师语录》卷三,《卍续藏》本。

又相违。未上树时道将来,金刚宝剑顶门挥。(卍庵颜)

不是心,不是佛,不是物,[以拂子击禅床]为君击碎精灵窟。天上人间知不知,鼻孔依前空突兀。(谁庵演)

连天野火了无涯,起处犹来辨作家。眼里瞳人双翳尽,面前遍界绝空华。道吾老,也堪夸。[且道毕竟从什么处起]汲水僧归林下寺,待船人立渡头沙。(佛灯珣)

上引数例,[ ]中的文字很显然并非颂古本身,而是上堂说法时动作词、语气词等的记录。除却[ ]中的部分外,还出现了一些三字句,如"才开口""不是心,不是佛,不是物""道吾老,也堪夸"等。这些三字句,于严格意义上的颂古体制不符,而都很口语化,且读来节奏铿锵,朗朗上口——毋宁说,其"说唱"的色彩较为明显。也就是说,这类颂古并非禅僧有意的书面创作,而是口头说法的一个构成部分。这类颂古,应该是《通集》的编者从禅僧说法语录中辑出的。

四、文字禅:"拼图"的"点铁成金""夺胎换骨"

清代类书《骈字类编》中,收录了出自《通集》的米盆、米价、豆娘、菜篮、茶味、茶香、茶饭、茶瓶、茶碗、茶罢、药山、莲华、莲峰、莲座、莲出、藕花、芙蓉、菱华、芦花、草树、草头、草户、草履、草鞋、草料、草里、栗棘、木瓜、木人、木童、木球、竹篦、花影、花心、花月、花砖、花锦、花冠、花鼓、花酒、花狸、花里、花下、花红、花笑、花开、花秀、花落、花贴、花点、花簇、花拈、花付等五十余个语词,其数量之多,在禅宗典籍中是绝无仅有的;且其中有不少是首见于《通集》。这些词语从直观上来看,大多与禅林生活关系较为密切,正是很典型的宗门语。如《骈字类编》"凡例"所言,"至如字面虽实,而类聚不伦及不甚雅驯,或于对属无取者,概不泛及"①,可见该书收词原则为"雅驯"或有裨于"对属",简而言之即有助于诗歌创作。《通集》以片段式、日常性、生活化的意象选择与诗歌表达,实现对公案宗教性、抽象化内容的消解与重释;以跳跃、直观、微小、细致的语词,构成与宏观义理的比照——此乃宋诗式表现手法对性理表述的一种超越,是公案的诗意呈现,正是"文字禅"的典型。

"宗门中有一千七百则公案,名之今古,又曰长物。言之则污人唇齿,置之则回避无门。"(淳朋《禅宗颂古联珠通集后序》)对公案的阐释,正是陷于"言之则污人唇齿,置之则回避无门"这样一种左右为难的困境之中:用语言文字去直接解释,则会背离"不立文字"的宗旨,所得终非"第一义";置之罔顾,则又是掩耳盗铃式的刻意逃避。本文第一部分已提到,颂古的根本性质是"绕路说禅",即惠洪所谓的"护持佛乘,指示心体。但遮其非,不言其是。婴儿索物,意正语偏;哆啝之中,语意俱捐"②,以"遮诠"的方式在此困境之中开辟出了一条险径。

汾阳善昭《都颂》对颂古的功用有如下总结:"先贤一百则,天下录来传。难知与易会,汾阳颂皎然。空花结空果,非后亦非先。普告诸开士,同明第一玄。"③即无论公案是"难知"还是"易会",颂古都能发明其"第一玄"(即"第一义"),使之意蕴昭然。作为禅林文学的一种,颂古自然带有禅宗语言的一般特点,如隐晦性、乖谬性、游戏性、通俗性、随机性等,周裕锴先生《禅宗语言》下编已对此有深入探讨。在此主要讨论"点铁成金""夺胎换骨"等语言手段。

如上所述,颂古是对古德公案的歌颂。也就是说,每一首颂古所围绕的题材是固定的,即该则公案。这好比如今的"同题作文",

---

① 《骈字类编》,《文渊阁四库全书》本。
② 惠洪《六世祖师画像赞·初祖》,《石门文字禅》卷一八,《四部丛刊》本。
③ 善昭《都颂》,《汾阳无德禅师语录》卷中,《大正藏》本。

无论正说反说、横说竖说，其"题"都始终是同一个。通过对《通集》的阅读可以发现，不仅某则公案下所收的作品题材同一，构成一个具有题材相同性的局部单元，而且从三十九卷(去除卷一目录)总体来看，每首颂古的每个句子，也大部分是"成句"或"成语"——这个"成"，就是前人诗歌以及所谓的"宗门语"。更极端的是，甚至有些颂古，具有完全相同的数句，如卷一一"南泉玩月"公案下所收的两首颂古：

> 剑落寒潭谩刻舟，霜花浪急使人愁。若凭言语论高下，赢得南泉一默酬。(虎头上座)
> 剑落寒潭谩刻舟，霜花浪急使人愁。渔翁罢钓归深坞，一只鸳鸯落渡头。(上方岳)

这两首同题作品，前两句完全相同。此类例子比比皆是。概而言之，《通集》中的大部分句子都不是作者的新创或独创：小至每首颂古本身，大到整个《通集》，事实上可以说是一张"拼图"，这张拼图的大部分"元素"，都可以在前人诗歌或禅宗典籍中找到。周裕锴《宋代诗学通论》即指出："古典诗歌的老化主要表现在两方面：一是语词的沿袭，意象的重复，即所谓'辞不出于《风》《雅》'；二是构思的沿袭，意境的重复，即所谓'思不越于《离骚》'。"[①]显而易见，禅宗颂古正是处于这种"老化"的危险境地——"辞"多是成语或成句，"思"则是禅理或禅解。

既然语言元素具有相当大的趋同性，那么是否每首颂古都大同小异、了无新意呢？实际情况并非如此。我们可以发现，《通集》中的这些颂古，并没有陷入思想雷同、僵死的窘境，而都有自身的独

---

① 周裕锴《宋代诗学通论》，上海古籍出版社，2019年，第152页。

到、超拔之处。即语言素材是"旧"的,但通过对语言素材的不同排列组合或改造变异,使拼出的"图"各各有异,从而表达"新"的思想,挣脱出"老化"的绝境。例如《通集》卷一九所收著名的"庭前柏树子"公案下,收录了涂毒智策、瞎堂慧远、长翁如净、石庵知玿、退庵道奇等南宋五山禅僧的颂古:

（一）庭前柏树子,分明向君举。大雪满长安,灯笼吞佛祖。（涂毒策）

（二）静鞭声里驾头来,紧握双拳打不开。打得开,云压香尘何处是,静鞭声里驾头来。（瞎堂远）

（三）西来祖意庭前柏,鼻孔寥寥对眼睛。落地枯枝才踔跳,松萝亮隔笑掀腾。（天童净）

（四）庭前柏树子,一二三四五。窦八布衫穿,禾山解打鼓。（石庵玿）

（五）快人一言,快马一鞭。赵州庭柏,洗脚上船。（退庵奇）①

第一首的第一、二句,是一种"顺着说"的策略:先重复了"庭前柏树子"这一话头,再强调这五个字已经说得很清楚了。第三句"大雪满长安"及第四句"××吞佛祖"在禅宗语录、偈颂中很常见,均为禅林熟语,但与第一、二句毫无关系,是一种大幅度的"跳跃"。第二首涉及的禅门熟语有"静鞭声""空手捏双拳"等,第一句与第四句相同,采用了回环式结构,而全诗与"庭前柏树子"表面上无直接关系,可以说是一种指东说西的"话题转移"。第三首的第一句,与第一首的第一句一样,也是"顺着说",第二句是承接第一句而作的评判,其中

---

① 为便于说明,此处序号为笔者所加。

的"鼻孔"是禅林惯用语,禅僧问答中常见"失却鼻孔""穿却鼻孔""识取鼻孔""拈得鼻孔""鼻孔辽天"等之类的表述。第三、四句中"踍跳""掀腾"等是禅门熟语,"枯枝""松萝""亮隔"与主题"庭前柏树子"有一定的相关性,但又超脱常理:枯枝如何会"踍跳",松萝如何会"笑掀腾"? 这是禅门常见的所谓的"反常合道"的"格外句"。①第四首的四句全部是禅门极为常用的成句,"拼图"的痕迹最为明显,四句之间表面上无关联,彼此句意独立,这也是一种常见的颂古写法。第五首的"快人一言,快马一鞭"是成句,见于不少的禅僧说法语录中,"赵州庭柏""洗脚上船"亦是两个成句,整首是成句的组合,因此第五首与第四首的创作手法基本一致;两者的不同之处在于,第四首是先点题,第五首是先言不相干之事,到第三句再回归公案的题旨。

通过以上对具体作品的分析,我们可以看出实际上是采用了"点铁成金"和"夺胎换骨"这两种方法。正如《宋代诗学通论》所指出"'点铁成金'是对'辞不出于《风》《雅》'的应战,'夺胎换骨'则是对'思不越于《离骚》'的回答"②:

> "点铁成金"的前提是,"用古人语,而不用其意",也就是说,利用成语典故或袭用前人诗句,必须在意义上与原典文本的意义有相当大的距离。……这种"取古人之陈言入于翰墨",就不是蹈袭,而是改造,甚至创造。③
> 从纵向看,宋人的"夺胎换骨"可分为三个层次。一是意义和结构的因袭,缺乏自己的创造,虽改头换面,却弄巧成拙。……

---

① 周裕锴《禅宗语言》下编第三章"反常合道:禅语的乖谬性"二"格外句",复旦大学出版社,2017 年。
② 周裕锴《宋代诗学通论》,第 161 页。
③ 周裕锴《宋代诗学通论》,第 156 页。

二是前人诗意的深化和转化。……三是前人诗意的否定和翻转,窥入前人之"诗胎",反其意而言之。①

《通集》中的颂古,就是通过诸如"旧瓶装新酒""新瓶装旧酒"等之类的手段,来实现既有语言材料的"点铁成金"和既有诗意的"夺胎换骨",来构造出"拼图"的千形万状。

8至10世纪,中国佛教转型的标志之一便是"理论兴趣的衰退":除开战乱等客观社会环境因素,一个重要原因便是贵族知识阶层的瓦解与普通知识阶层的兴起,导致知识的简约和实用风气;②与此转型相同步,佛教语言亦经历了一次深刻的"语言学转向":佛教经典中的书面语言被生活中的日常语言所替代,生活中的日常语言又被特意变异和扭曲的语言所替代,这种语言又逐渐转向充满机智和巧喻的艺术语言。③宋代以来,在佛教各宗中拥有最广大信徒的禅宗,"使本来充满宗教性的佛教渐渐卸却了它作为精神生活的规训与督导的责任,变成了一种审美的生活情趣、语言智慧和优雅态度的提倡者"④。禅文学从唐发展至宋,总体上呈现出由质朴到典丽的演变脉络。尤其是到了宋代,试经制度、度牒制度、敕差住持制等一系列制度的形成完善以及印刷术带来的书籍获取的便利,促使禅僧的文化水平远远高于唐代。唐代禅文学中那种原始朴拙的山野之气,至宋一变而为锦心绣口的书斋之味。颂古作为禅门特有的诗体、作为南宋禅僧文学创作的一大重要体裁,在禅宗文学发展史上有其重要意义。它生动了反映了在"文字禅"大盛的时代,禅宗那些抽象的教义,是如何披裹着机巧的语言文字的外衣,

---

① 周裕锴《宋代诗学通论》,第169、170页。
② 葛兆光《中国思想史》第二卷,复旦大学出版社,2014年,第54—56页。
③ 葛兆光《中国思想史》第二卷,第83页。
④ 葛兆光《中国思想史》第二卷,第81页。

以审美化的形态呈现出来,"禅宗不再坚持文字与禅的对立,而逐渐以文士禅的面貌拓展其存在的空间"[①]。此实堪视为"唐宋转型"在禅门之显要表征。

[①] 黄启江《一味禅与江湖诗》,台湾商务印书馆,2010年,第208页。

斓斑要作自家衣：亚愚绍嵩《江浙纪行集句诗》

王汝娟

亚愚绍嵩(1194—?)，庐陵人。法名又作"少嵩"，号亚愚，南宋临济宗虎丘派禅僧，嗣法痴绝道冲。《江浙纪行集句诗》是他在南宋绍定二年(1229)至绍定四年(1231)这段时间，自长沙出发漫游江浙，记录沿途所见所闻、所思所感的一部集句诗集。它收于陈起所辑《江湖小集》卷三至卷九，共存诗7卷376首，从数量上来说占了有宋一代集句诗的近四分之一，[①]显然颇引人注目。

从目前学界的研究情况来看，已有张福清《绍嵩〈江浙纪行集句诗〉对〈全唐诗〉校勘、辨重和辑佚的文献价值》《再谈绍嵩〈亚愚江浙纪行集句诗〉对〈全唐诗〉校勘、辨重的文献价值》《绍嵩〈江浙纪行集句诗〉对〈全宋诗〉的辑佚价值》《从绍嵩〈亚愚江浙纪行集句诗〉看宋人对唐宋诗人诗歌的接受》等四篇论文对其文献价值作了较为全面和充分的考辨。[②] 本文笔者将从文学史角度出发，对它在集句诗发展史上的地位和意义作初步论析。

[①] 张福清《宋代集句诗校注》，上海古籍出版社，2014年。
[②] 张福清《绍嵩〈江浙纪行集句诗〉对〈全唐诗〉校勘、辨重和辑佚的文献价值》，《古籍整理研究学刊》2007年第6期。张福清《再谈绍嵩〈亚愚江浙纪行集句诗〉对〈全唐诗〉校勘、辨重的文献价值》，《中国韵文学刊》2008年第3期。张福清《绍嵩〈江浙纪行集句诗〉对〈全宋诗〉的辑佚价值》，《韩山师范学院学报》2013年第1期。张福清《从绍嵩〈亚愚江浙纪行集句诗〉看宋人对唐宋诗人诗歌的接受》，《中国韵文学刊》2012年第4期。

一、题材的广泛化、严肃性

　　集句诗虽然起源很早,但它最初只是作为一种游戏文体而存在,真正发展成熟要到北宋,仁宗朝的石延年、胡归仁,神宗朝的王安石,徽宗朝的葛次仲、林震,是集句诗发展过程中几位非常关键的诗人;南宋以来,集句诗又呈现出一些新的特点,其中之一就是"专题化"的势头越来越明显,譬如咏梅花的集句诗、集杜诗的大量产生,等等。① 绍嵩生活于南宋晚期,当时集句诗的创作不再是凤毛麟角,而已颇成气象。他可以说是一个有集句之癖的人,除了《江浙纪行集句诗》以外,还有《渔父词集句》二卷,可惜今已不传。那么他作为一位集句诗的高产作家,其创作又具有哪些特征呢?首先不妨从《江浙纪行集句诗》的内容和题材看起。

　　既然《江浙纪行集句诗》题曰"纪行",首先诗集中数量最多的当然是描写沿途自然风光的写景咏物诗,譬如《江上》《咏道中所见》《雪后复雨过西湖》《曲江野眺》《春日郊行》《咏梅五十首呈史尚书》《柳》等;第二是他寻访名胜佳迹时的题咏,诸如《题净众壶隐》《题灵隐》《题谢公桥》《题林唐臣别业》等;第三是抒发行程中所思所感的诗作,如《客思》《夜泛有怀》《自笑》《叹命》《春夜书怀》《坐夏净慈戏书解嘲》《临川道中怅然有感因作遣情》等;第四是他和友人交游唱酬、投赠往来之作,如《写怀寄湛上人》《送别永上人》《答仲宽》《次韵杨判院送春》《江上嬉行和永上人》《呈胡伯图尚书》《见张明府》《知府黄寺簿生日》等。集中作品之内容大致可以分为这四类。当然这种划分并不绝对,有时某一作品的内容题材并不单一,难免会出现重叠交叉现象。为便于讨论,姑且采用这种相对简单的划

----
① 张明华《集句诗的发展及其特点》,《南京师范大学文学院学报》2006年第4期。

分方法。

纵观以上四类题材，不难看出，它们几乎已经涵盖了绍嵩两三年间漫游江浙的生涯行履之全部：作为承平年代一位行脚游方、又有文字之癖的佛门僧人，一路上无非就是散怀山水、寻幽访胜，或与友人同道以文字交游往还，并往往触景生情或因事感怀，由一些景物一些人事激荡起内心的波澜；其他活动，譬如干涉朝政、流连风月等，盖非他这位佛门中人所可为。换言之，也就是绍嵩把这三四年间的耳目闻见之声色、内心所感之悲欢等日常生活之点点滴滴都用这些集句诗记录了下来。由此已可明显看出集句诗这种诗歌样式对于他生涯的重要意义。

上文已经提到，集句诗发展至南宋，题材上普遍有"专题化"的趋向；那么绍嵩之创作，不妨说其内容题材又有了"广泛化"、更确切地说是"全面化"的新的质变。关于这种质变产生的深层思想基础，我们可以从《江浙纪行集句诗》卷首所附绍嵩《自序》中找到答案：

> 余以禅诵之暇，畅其性情，无出于诗。但每吟咏，信口而成，不工句法，故自作者随得随失。今所存集句也，乃绍定己丑之秋，自长沙发行访游江浙村行旅宿感物寓意之所作。越壬辰五月中澣，嘉禾史君黄公尹元以大云虚席，俾令承乏。八月初九日，永上人来访，盘礴旬余，茶次每炷香，请曰："师游江浙，集句谅多，可得闻乎？"予谢曰："不敢。"永曰："禅心，慧也；诗心，志也。慧之所之，禅之所形；志之所之，诗之所形。谈禅则禅，谈诗则诗，是皆游戏，师何愧乎？"予谢曰："不敢。"力请至再至三又至于四，遂发囊与其编录，得三百七十有六首，离为七卷，题曰《江浙纪行》以遗之。①

---

① 绍嵩《江浙纪行集句诗自序》，《江湖小集》卷三，《文渊阁四库全书》本。

留住记忆,留住思想,留住人生——《江浙纪行集句诗》并非绍嵩在参禅之闲暇排遣无聊之作,而是他生命中某段历程的认真和虔诚记录。透过这篇《自序》的字里行间,不难看出绍嵩对于《江浙纪行集句诗》的分外重视;同时他还借永上人之口,肯定了传统的"诗言志"观念。这表明,他对于集句诗的创作,态度是严肃认真的,并不以之为一种调笑或炫耀式的笔墨游戏。正因如此,他才会创作出数量如此浩瀚宏富、内容关涉到自己生活与内心每一个角落的集句诗集。

说到集句诗,在人们以往的一般观念中,多会推举文天祥(1236—1283)为翘楚。他在狱中曾经作了《集杜诗》一卷,共计200首五言绝句。其《自序》有云:"予所集杜诗,自余颠沛以来,世变人事,概见于此矣。"[①]"文天祥的集杜诗说明杜甫的传统对宋末诗坛的深刻影响,也说明集句诗这种形式也可能改变其游戏文字的性质而成为严肃的创作,虽说这也许是文学史上仅有的一个范例。"[②]文天祥的《集杜诗》之价值固然不容低估,但如果我们把绍嵩的《江浙纪行集句诗》也考虑进来的话,那么文天祥的《集杜诗》是集句诗"改变其游戏文字的性质而成为严肃的创作"的"文学史上仅有的一个范例"之说或许便要打一个问号:首先,《江浙纪行集句诗》思想内容上的广泛性、严肃性,并不亚于文天祥的《集杜诗》;其次,绍嵩生于绍熙五年(1194),比文天祥早了近半个世纪;再次,《江浙纪行集句诗》存诗376首,规模上几乎是《集杜诗》的两倍。当然,绍嵩作为一介僧人,其作品的社会影响力肯定比不过文天祥,但这并不妨碍《江浙纪行集句诗》在集句诗发展史上理应具有的重要地位。

---

① 文天祥《集杜诗自序》,《文山集》卷一六,《四部丛刊》本。
② 莫砺锋、黄天骥主编《中国文学史》第三卷,高等教育出版社,2005年,第174页。

二、集句来源的多样化及所集作者的"下移"趋势

张福清《宋代集句诗校注》一书收录了两宋三百余年间100多位诗人的1500多首集句诗,对所集诗句一一考证指明了出处。从《江浙纪行集句诗》中诗句的来源看,以唐、宋两代为最多。它共集唐代35人668句,其中所集句子较多的诗人分别是:方干(89句)、郑谷(87句)、杜荀鹤(78句)、贾岛(70句)、杜甫(67句)、韦庄(62句)、温庭筠(44句),等等;集北宋诗人120人、南宋诗人14人共1325句,所集句子较多的诗人是:杨万里(189句)、释晓莹(136句)、翁衍(87句)、陈与义(75句)、林逋(71句)、张釜(61句)、李彭(50句),等等;所集的宋代134位诗人中,进士及第者为60人。综观《江浙纪行集句诗》中诗句的所有来源,绍嵩集句的倾向是显而易见的:从时间来说,多集录中晚唐以降的诗作;从流派看,主要集晚唐体、江西派、江湖派的诗句;从作者身份而言,士大夫诗人和大家名家较少,而主要集录非士大夫、中小诗人的作品。

以上这些统计数据以及总结归纳,首先可以说明在绍嵩笔下,集句诗的句子来源突破了以往惯集的名家名作,进一步扩大和多样化;其次也可以看出绍嵩对中小诗人、非士大夫诗人的注目,他所选择的对象具有一种较明显的身份"下移"趋势。这一方面反映了中小诗人、非士大夫诗人在南宋中后期诗坛颇受关注;另一方面,也许是因为绍嵩本人是一位禅僧,所以那些中小诗人、非士大夫诗人的作品更贴近他的生活,更能唤起他的共鸣,所以他"量体裁衣",有意较多地选集了这类诗人的作品。

三、技法的自然圆融

明代李东阳《怀麓堂诗话》云：

> 集句诗，宋始有之，盖以律意相称为善。如石曼卿、王介甫所为，要自不能多也。后来继作者，贪博而忘精。乃或首尾衡决，徒取字句对偶之工而已。①

这段话一针见血地指出了集句诗易犯的弊病。的确，要从浩如烟海的前人诗作中苦心孤诣地搜寻出契合自己表情达意的句子，同时还必须周全地考虑声律、对偶等形式上的问题，绝非一件易事，作者往往会顾此而失彼，造成集句诗的技法粗劣或徒具形式而忽视内容。苏轼《次韵孔毅父集古人句见赠五首》其一写道："羡君戏集他人诗，指呼市人如使儿。天边鸿鹄不易得，便令作对随家鸡。退之惊笑子美泣，问君久假何时归。世间好句世人共，明月自满千家墀。"②他犀利地指出集句诗与原作之落差就好似"家鸡"与"鸿鹄"。《梦溪笔谈》中则有关于王安石集句诗的评论：

> 古人诗有"风定花犹落"之句，以谓无人能对，王荆公以对"鸟鸣山更幽"。"鸟鸣山更幽"本宋王籍诗，元对"蝉噪林逾静，鸟鸣山更幽"，上下句只是一意。"风定花犹落，鸟鸣山更幽"，则上句乃静中有动，下句动中有静。荆公始为集句诗，多者至百韵，皆集合前人之句。语意对偶，往往亲切过于本诗。后人

---

① 李东阳《怀麓堂诗话》，《文渊阁四库全书》本。
② 王文诰辑注、孔凡礼点校《苏轼诗集》卷二二，中华书局，1982年，第1155—1156页。

稍稍有效而为者。①

"语意对偶,往往亲切过于本诗",这无疑是集句诗的最高境界,所以王安石之后的人对此"效而为"。那么绍嵩《江浙纪行集句诗》的情况如何呢?不妨以其中《安吉道中》这首七律为例来稍作分析:

六尺枯藤了此生,青春作伴日同行。墙头花吐旧枝出,原上人侵落照耕。芳草似袍连径合,乱山如画带溪平。杜鹃知我归心急,啼了千声更万声。(陈与义,晓莹,总老,韦庄,韦庄,翁元广,诚斋,康节)②

首句"六尺枯藤"即手杖,不难令我们浮想出他的颓貌衰颜;孑身、手杖、芒鞋,杖策漫游,了此一生,可见其于世无挂碍。然又有"青春作伴",从上句的萧瑟清寂中透出一抹亮色:虽说自己已然心如止水,但这无边春色还是撩人心弦。该句总领全诗,为下面三联作了铺垫。颔联和颈联紧承首联写景:"墙头花吐旧枝出"是近处的局部特写,"原上人侵落照耕"则是远处的广角扫描。一近一远、一静一动,俯仰之致已宛在目前。如果颔联是水墨画中着意描绘的景物的话,那么颈联就好比是整幅画的背景,它用大泼墨式的手法,由绿草、群山晕染出融融春色。这两联不但在文字上对仗甚为工整,而且在意思上也极为自然贴切。尾联看似仍在摹景,实则转向了写情,借杜鹃之啼声暗示自己归心似箭;同时与首联相呼应,形成首尾圆融的结构。八句诗的原作者,有唐人,有宋人;有士大夫,有江湖文人,有佛门僧人,有理学家;有江西派,有花间派,有江湖派……各自的作

---

① 沈括《梦溪笔谈》卷一四,《四部丛刊》本。
② 陈起编《江湖小集》卷六,《文渊阁四库全书》本。

品在这首诗里得到了巧妙的镕铸。再看一首《临川道中怅然有感因作遣情》：

路傍官河一带长，风飘沙鸟认微茫。人生行乐知能几，世事多虞只自伤。破衲卷云秋漠漠，淡烟斜日晚荒荒。不堪吟罢东回首，底处青山是故乡。（晓莹，宝昙，林和靖，吕居仁，徐叔静，陈与义，鹏来，于湖）①

首联看似写景，实则写情：那绵延的长河何尝不是自己剪不断、理还乱的万千思绪之写照，一"飘"字中也已透出无枝可依之感。颔联直抒胸臆，叹人世艰难、命途多舛。颈联"破衲"一词，是自己身世的真实写照。综观全诗，各句之间衔接和转换极为平顺自然，丝毫无断裂或突兀之感。这于集句诗来说颇为难能可贵，可以说是集句诗的较高境界。贺裳《载酒园诗话》有云："余最不喜集句诗，以佳则仅一斑斓衣，不且百补破衲也。"②然而从绍嵩的情况来看，谁能说他这些质料"斑斓"的诗作，不是一件件得体合身的"自家衣裳"呢？

绍嵩集句诗不露斧凿之痕的高超技法，使他获得了时人的称许。陈应申绍定四年(1231)所撰《江浙纪行集句诗跋》云：

作诗固难，集句尤不易。前辈有云：不行万里路，莫读杜甫诗。一杜诗且病其难读，而况集诸家之诗乎？亚愚嵩上人穿户于诗家，入神于诗法，满心而发，肆口而成，玉振大成，默诣诸圣处，人目其诗固不知其为集句，而上人亦不自知也。抑犹有妙于此者，青出于蓝而青愈于蓝。盖诸家之体制，各随其所至

---

① 陈起编《江湖小集》卷六，《文渊阁四库全书》本。
② 贺裳《载酒园诗话》卷一"集句"条，《清诗话续编》本，上海古籍出版社，1983年，第241页。

而形于言。今观亚愚之集,千变万态,不桔于所见,如所谓老坡之词,一句一意,盖不可以定体求也。①

这里"人目其诗固不知其为集句,而上人亦不自知也""随其所至而形于言""不可以定体求"等几句,是说绍嵩的集句诗全然无"集句"之痕迹,似出于己口,用前人现成诗句抒发自己之胸臆,摆脱了一般集句诗空洞、呆板、造作、支离等弊端。这些评价对于集句诗而言,是非常高的。

四、《江浙纪行集句诗》之象征性意义

《王直方诗话》有云:

> 荆公始为集句,多者至数十韵,往往对偶亲于本诗,盖以诵古今人诗多,或坐中率然而成,始可以为贵也。②

这里指出了优秀集句诗的创作秘诀之一在于"诵古今人诗多"。和王安石、李龏、文天祥等宋代其他几位创作集句诗较有成就的诗人相比,绍嵩身份的特殊之处在于他是一位禅僧。众所周知,释家以佛典教义为内学,以此外之学(譬如诗词文赋等)为外学。绍嵩之内学修养如何,我们今日似已无从得知;但仅从《江浙纪行集句诗》来看,可以肯定他的外学修为是相当高的。他能创作出数量如此丰富、艺术水平如此高超的集句诗,毫无疑问,他必定对这数百家诗人之诗了然于胸。绍嵩的同乡杨梦信,有《乡禅嵩老集古人佳句成诗,

---

① 陈应申《江浙纪行集句诗跋》,《江湖小集》卷九,《文渊阁四库全书》本。
② 胡仔著、廖德明点校《苕溪渔隐丛话》前集卷三五引《王直方诗话》,人民文学出版社,1962年,第239页。

编成巨帙以示余,钦叹不足,辄赋二绝,率然悚仄》:

> 胸中历历古人诗,妙用纵横自一机。管得杜韩惊且泣,斓斑要作百家衣。
>
> 学诗元不离参禅,万象森罗总现前。触着见成佳句子,随机钌铜便天然。①

从杨梦信题咏的这两首绝句中"胸中历历古人诗""触着见成佳句子"等句可以看出,绍嵩已读破万卷诗书。这与宋代由于印刷术的发展,大量诗歌别集、总集被刊刻是分不开的。但他作为一介禅僧,诗书于其无疑乃"外学",并非他的本分之事,故他在当时或许因此而受到一些诟病,但他本人对此并不介怀:

> 虽然,愚固喜其诗,然亦有不平于上人者焉。夫以无为为有,以有识为无,此固宗风箕裘之业。顾乃挽行城市,嘲风弄月,与我辈抗衡,是果何见也?上人浩然叹曰:"君之言过矣。孔墨之道,本相为用,况予由儒入释也,非为释而盗儒也。如□山斋易文昌□东山杨大师诸公,皆不我弃。予方以诗而与君友,君反以诗而怒我也。君苟释然于心,请为我书之于《集句》之首。或有不知我而罪我者,当以此公案为之张本。"予于是乎慨然为之书,亦以为雌黄者之戒云。②

绍嵩面对时人的质疑,辩解说自己热衷于文墨乃是"由儒入释",最终落脚点还是在"释"。这固然是他的一种托词,但由此也可看出当

---

① 杨梦信《乡禅嵩老集古人佳句成诗,编成巨帙以示余,钦叹不足,辄赋二绝,率然悚仄》,《江西诗征》卷一八,清嘉庆刻本。
② 陈应申《江浙纪行集句诗跋》,《江湖小集》卷九,《文渊阁四库全书》本。

时"外学"(主要是文学)向禅林渗透程度之广之深。一个禅僧若没有大量的前人诗歌烂熟于心,如何能创作出这370余首集句诗?因此在某种程度上可以说,绍嵩《江浙纪行集句诗》在南宋时期禅宗僧人的文学创作,乃至历代禅僧文学中都具有一定的象征性意义。

集句与佛禅：词体写作"日常化"的一种途径

赵惠俊

自从日本学者吉川幸次郎在初版于 1962 年的《宋诗概说》中提出欧阳修诗歌具备"日常化"倾向以来，"日常化"就成为宋诗研究的重要命题，逐渐从吉川幸次郎论述的欧阳修、梅尧臣等人扩展开去，成为理解宋诗的重要视角之一。在中外学者的相继努力下，目前已经认识到"日常化"不仅是日常生活的简单诗歌记录，诗人在其间也有着超越日常生活的诗意追求。同时宋诗"日常化"特征更是社会生活发生近世、近代转型的体现，诗人记录与吟咏的是至今还延续在我们周围的日常生活。① 前贤的研究细腻而精微，但是似乎都将诗歌与日常生活对立起来讨论，从而结论总有未尽之憾。如若不再将诗歌与其吟咏的对象视作相互对立的主客二体的话，则可以发现宋人写诗不再像前代那样，多集中在政事、沙龙、祖席、旅途等几个固定场合，而是随意发生于士大夫日常生活的各个角落，写诗这一行为被纳入了士大夫日常生活中。从广义上来讲，写诗与读书、习字、作画、赏花等一样，成为士大夫消遣日常的一种生活方式。当诗人写下一首吟咏某种日常生活的诗歌之时，他其实就在完成这场日常活动中的必备环节，于是诗歌的风格与体式就会与日常生活的样

---

① 详见朱刚《唐宋"古文运动"与士大夫文学》，复旦大学出版社，2013 年，第 155—159 页。

态高度趋同。到了南宋江湖文人那里，写诗更成了谋生的方式，他们的工作就是参与士大夫的一场日常文学活动，可谓宋诗"日常化"的最极端表现。这或许可以为宋诗"日常化"倾向的意义与表现作一补充。

由于诗词的不同起源与写作传统，词体文学疏离于政治之外的特性尤为明显，故而以往的研究都会注意到北宋中后期士大夫开始用词体表达政治情绪的变化，于是词体文学进入士大夫政治生活为词体带来的发展新变是一直以来的关注焦点。然而将词体文学引入政治生活的士大夫作者就是宋诗"日常化"转向的主力，日常化的文学写作方式势必会对词体写作发生影响，于是也就在北宋中后期，词体文学跟随着宋诗的脚步进入了士大夫的日常生活，填词也开始日渐成为士大夫的一种日常生活行为。这实际上是词体诗化雅化的重要方面，只有当词体文学也能像诗歌一样深入士大夫的日常生活，成为士大夫的一种日常生活方式，才能真正摆脱类型化男女情爱的花间范式，新题材、新风格、新体式才能相继产生。

目前关于词体写作日常化的讨论主要围绕欧阳修—苏轼的发展线索展开，这既是讨论宋诗日常化的主流线索，也是以政治生活作为词体诗化讨论重心的延伸。但是正如宋诗的"日常化"倾向方面众多、形态各异，词体写作"日常化"的发生也有若干源流。目前对宋诗日常化的研究已经超越了吉川幸次郎勾勒的梅尧臣—欧阳修这条主线，向宋诗整体全面铺开，词体文学的相关研究也应突破传统的欧苏格局，才能获得更全面的理解。是故本文即拟围绕王安石与早期黄庭坚的词体创作，讨论政治生活与欧苏统绪之外的词体写作日常化的途径。这是一条借集句体式触发的诗词合流，使词体写作逐渐与宋诗发生交融，与士大夫日常生活特别是佛禅生活发生碰撞。这些自由写作日常间佛禅思辨的词篇，为词体写作触及更广阔的日常生活做好了准备。

一、北宋前期集句词：诗源
选择与以诗为词

既然词体写作的"日常化"倾向是受宋诗的写作经验影响，那么这就会触及一个熟知的词学命题"以诗为词"。尽管"以诗为词"被认为是苏轼的特色，但很显然在苏轼之前这一现象就已经普遍见于士大夫词人笔下，甚至在《花间集》中就可以找到许多以诗句为语典的例证。但为何这一命题会在苏轼身上被反复言说？如若以"日常化"倾向的视角考察，问题似乎可以迎刃而解。以苏轼为代表的"以诗为词"实际上与之前的"以诗为词"在所用之诗上有唐宋诗的含义区别。也就是说，"以诗为词"经历了一个由唐入宋的变化，花间时代是在借鉴宫体诗的写作经验将世俗艳词初步典雅化，南唐及宋初词人是以晚唐诗为词而成格高韵远的气象，而晚年欧阳修大量引白居易诗入词，开启了词体写作"日常化"倾向的大幕，苏轼便是将座师的突破传承更新，发扬光大，不再主要援引唐诗入词，而是直接以自己的写诗方式填词，使得词体写作进入"以本朝诗为词"的阶段，最终完成了"以诗为词"的文学使命。由于集句词写作是集诗句入词，是以北宋集句词的诗源变化恰好提供了这场入词之诗由唐入宋的线索。

北宋时期的集句词其实并不多，宋祁的这阕《鹧鸪天》向来被视为现存最早的集句词[①]：

  画毂雕鞍狭路逢。一声肠断绣帘中。身无彩凤双飞翼，心有灵犀一点通。 金作屋，玉为笼。车如流水马如龙。刘郎已恨蓬山远，更隔蓬山几万重。[②]

[①] 参见宗廷虎、李金苓《中国集句史》，山东文艺出版社，2009年，第67—68页。
[②] 唐圭璋编纂、王仲闻参订、孔凡礼补辑《全宋词》，中华书局，1999年，第148页。

这阕词所集诗句以李商隐为主,其间还包括了刘筠《无题》诗句,显然是深受西昆诗风影响的词作,符合北宋初年京城词坛围绕宴饮活动的华美富艳特征,也是花间开创的以宫体诗艳情诗为词的传统。不过这种集句词面貌很快就随着北宋诗学思潮的变化而变化,在欧阳修带有集句色彩的词中,西昆痕迹就已不太强烈:

减字木兰花

> 留春不住。燕老莺慵无觅处。说似残春。一老应无却少人。　　风和月好。办得黄金须买笑。爱惜芳时。莫待无花空折枝。①

这阕词的上片分别来自白居易《城上夜宴》《大林寺桃花》《春去》三首诗,与宋祁相比显然发生了诗法取向上的转变。欧阳修另有四阕《减字木兰花》,亦是有浓郁的集句色彩,在保持晚唐诗传统基础上,入词诗源向白居易倾斜的现象仍然比较突出[②],足以说明欧阳修将宋初白体诗的写作经验融入了词体写作,使得白居易诗成为晚唐诗之外的重要填词诗源。朱刚已经指出,宋诗的"日常化"倾向在宋初李昉、李至的《二李唱和集》中就已见端倪,这并非欧阳修、梅尧臣为宋诗开创的特色,它植根于科举士大夫的生活境遇,而渊源于宋初"白体"士大夫诗人对白居易诗风的片面发展。"[③]因此集句词的主要诗句来源从李商隐到白居易的转变,很可能不仅仅为词体扩大了诗源范围,白体诗自身的日常化趋向也得以渗透入词。尽管欧阳修的内容还是保持着词体即席咏妓伤春的传统,但很快,北宋士大夫

---

① 欧阳修撰,胡可先、徐迈校注《欧阳修词校注》卷一,上海古籍出版社,2016年,第69页。
② 《欧阳修词校注》卷一,第71—76页。
③ 朱刚《唐宋"古文运动"与士大夫文学》,第162页。

的日常生活就出现在集句词中。

二、王安石的集句词创作与宋诗入词

  第一位大规模创作集句词的作者是王安石,也就是他首次将集句词引入士大夫日常生活。王安石本来就是集句诗的大家,宋人就已经认为是他将集句一体发扬光大。如《蔡宽夫诗话》云:"荆公晚多喜取前人诗句为集句诗,世皆言此体自荆公始。"①蔡絛虽然对此论作出批评,认为集句国初即有,但也不得不承认"至元丰间,王荆公益工此"。②无论二人认为集句起于何时,他们的评论都透露着王安石大规模从事集句写作是其晚年的事情,陈师道亦云"王荆公暮年喜为集句"③,于是写作集句诗是王安石晚年退居金陵半山园时的日常活动,集句词也应大多写于此时。

  学者大多判断王安石的集句词数量不足十首,如张明华就认为:"今可考的集句词作品有《甘露歌》3首、《菩萨蛮》(数间茅屋闲临水)、《浣溪沙》(百亩庭中半是苔)和《菩萨蛮》(海棠乱发皆临水)等6首。"④这六首集句词都是描绘山中风物与山居生活,统一反映着王安石晚年与政治疏离的生活状态与表面的闲适追求,可见王安石的集句词已经完全从词体宴饮应歌的传统中走出,接轨于个人性的"日常化"生活,与他的集句诗写作并无太大区别。这六首词不仅反映王安石的集句词在内容的突破,而且从诗源分布的角度来看亦颇有意味。王安石并不喜用李商隐与白居易的诗句,反倒是来自杜甫与刘禹锡的诗句数量陡然提升,如《菩萨蛮》(海棠乱发皆临水)一

---

① 胡仔《苕溪渔隐丛话》前集卷三五,人民文学出版社,1962年,第240页。
② 《苕溪渔隐丛话》前集卷三五,第239页。
③ 陈师道《后山诗话》,见何文焕《历代诗话》,中华书局,1981年,第306页。
④ 张明华《论古代集句词的基本特征及发展原因》,《文史哲》2016年第3期。

阕八句,杜诗的数量占了四句,另有韩愈诗两句、刘禹锡诗一句①,可见他进一步打破了晚唐诗的束缚,将主体诗源上推到中唐与杜甫,同时又有意摒弃欧阳修引入的白居易,完全形成了一套自家路数。由于杜甫与韩愈是北宋中后期诗坛绝对推崇的经典诗人,故而王安石创作集句词的时候有意识地选择了具备宋诗特征的诗句。而且他也直接集录宋人之诗入词,如《菩萨蛮》(数间茅屋闲临水)一阕中出现了吕夷简的诗句,甚至还有集自己诗句入词的现象②。这些现象足以表明,王安石在有意识地将集句词诗源的主流转变为宋诗,以此与借鉴晚唐诗写作经验的词坛传统分庭抗礼。这是在苏轼之前的文学现象,说明"以宋诗为词"的转向并非只是苏轼的一人之力,而是众多词人共同参与摸索的文学任务,王安石就通过集句词写作指示了一条与后辈苏轼不太相同的路径。在张明华指出的六首集句词之外,王安石还有一阕非常明显的集句词《南乡子》(自古帝王州),或许因为主题是金陵怀古而非山居日常,故而王安石没有刻意避开晚唐诗,李商隐、郑谷、杜羔之妻等诗人的诗句与谢朓、李白、王勃、李翱的诗句一起被王安石选作咏叹金陵的材料。这首词可与《桂枝香·金陵怀古》并观,说明在王安石的晚年,咏史怀古也是一项重要的日常生活。

除了上述七首外,王安石还有没有其他的集句作品?宋刻王安石全集已经收录了荆公的长短句歌词,而全集的编纂结构其实提供了非常重要的集句词数量信息。今传王安石全集总共有两大版本系统,一是王安石曾孙王珏高宗绍兴二十一年(1151)重订前刻而刊行之《临川先生文集》一百卷,一是刻于安徽龙舒的《王文公文集》一百卷。长短句歌词收录在《临川先生文集》卷三七,共计十调二十

---

① 《全宋词》,第268页。
② 《全宋词》,第264页。

阕。是卷卷首标目云"集句",则编者认为此卷所收皆是集句体作品。由于卷三六卷首亦标目"集句",并有小注"古律诗",则可以判断卷三七所收乃集句歌辞,故是卷除了收录长短句歌词外,另有《胡笳十八拍》十八首与古体歌行《虞美人》一首。龙舒本的情况同样也是如此,长短句歌词被收在《王文公文集》卷八〇,共计十一调二十二阕,比《临川先生文集》多出一阕《雨霖铃》,另亦包括《胡笳十八拍》十八首。是卷卷首以更明确的"集句歌曲"标目,前卷卷七九卷首亦明确标为"集句诗"。如此可以做出这样的判断,见于今传王安石全集中的二十一阕长短句歌词全部都是集句词,这进一步印证了集句写作在王安石晚年生活中的日常性。

三、王安石表达佛禅义理的集句词

这样一来,王安石的集句词数量便大为增加,其内容也就不再限于山野闲居与怀古咏史这两种退居日常,佛禅义理的表达在这二十一阕词中也数量可观。当然王安石并非在词中硬辟蹊径,生造佛禅词境,而仍是用集诗句之法将佛经阅读与禅理思考的日常活动用词体表现出来,只不过这里入词之诗太富个性,皆是禅宗灯录里记载的禅僧诗。比如这阕《南乡子》:

嗟见世间人。但有纤毫即是尘。不住旧时无相貌,沉沦。只为从来认识神。　作么有疏亲。我自降魔转法轮。不是摄心除妄想,求真。幻化空身即法身。①

这阕词首句集自拾得诗"嗟见世间人,个个爱吃肉"②,第二、三句集

---

① 《全宋词》,第 266 页。
② 中华书局编辑部点校《全唐诗(增订本)》,中华书局,1999 年,第 9188 页。

自宝志和尚《十二时颂》"若捉物,入迷津,但有纤毫即是尘。不住旧时无相貌,外求知识也非真"①,上片最后一句集自湖南长沙景岑禅师偈子"学道之人不识真,只为从来认识神"②,过片集自襄州居士庞蕴偈子"无我复无人,作么有疏亲",其下一句集自《一钵歌》"嗔即喜,喜即嗔,我自降魔转法轮"③,最后两句集自真觉大师《证道歌》:"君不见,绝学无为闲道人,不除妄想不求真。无明实性即佛性,幻化空身即法身。"④可见此词是一阕非常完整典型的集句词。

谈禅问佛是王安石晚年退居金陵时的重要日常活动,他经常拜访钟山僧寺,并与笃信佛教的俞紫芝兄弟往来唱和,词集中就留下五阕唱和俞紫芝的《诉衷情》⑤,内容也是一种清寂的禅理表达。在宋人笔记中,亦多见王安石晚年与二人唱和往来佛禅义理诗词的记载。⑥可见写作佛禅义理词作已经成为王安石完成习佛参禅这项日常活动的重要内容,他也可以借佛禅之说消解内心因政治失意带来的愤懑,又与退居日常发生新的关系,不啻为后世士大夫用词体表达谪居日常与心情的滥觞。

这阕《南乡子》除了首句用了拾得诗之外,其他皆集自北宋禅僧诗偈,这与前文提到的集本朝诗句入词的现象相吻合,王安石不仅有意抬高中唐诗人的地位,而且也将北宋方兴未艾的禅僧诗带进词

---

① 道元辑、朱俊红点校《景德传灯录》卷二九,海南出版社,2011年,第1028页。
② 《景德传灯录》卷一〇,第241页。
③ 《景德传灯录》卷三〇,第1077页。
④ 《景德传灯录》卷三〇,第1067页。
⑤ 《全宋词》,第265—266页。
⑥ 如叶梦得《石林诗话》云:"俞紫芝字秀老,扬州人,少有高行,不娶,得浮图心法,所至翛然,而工于作诗。王荆公居钟山,秀老数相往来,尤爱重之,每见于诗,所谓'公诗何以解人愁,初日芙蕖映碧流,未怕元刘争独步,不妨陶谢与同游'是也。秀老尝有'夜深童子唤不起,猛虎一声山月高'之句,尤为荆公所赏,和云:'新诗比旧仍增峭,若许追攀莫太高。'秀老卒于元祐初,惜时无发明者,不得与林和靖一流概见于隐逸。其弟澹,字清老,亦不娶,滑稽善谐谑,洞晓音律,能歌,荆公亦喜之,晚年作《渔家傲》等乐府数阕,每山行,即使澹歌之,然澹使酒好骂,不若秀老之恬静。"叶梦得《石林诗话》卷中,何文焕《历代诗话》,第427—428页。

体的视野,显然是扩大了本朝诗的诗源范围,进一步推动与普及"以宋诗为词"的写作方式,同时也再次促进诗词互通的"日常化"转向。由于禅僧诗的生存空间主要在世俗社会,而且王安石时代禅林尚未那么重视禅僧文献的保存,从而大量禅僧诗偈就此散佚,这可能是王安石佛禅集句词如今难以找到诗源的原因。但无论如何,王安石用集句的方式将士大夫习佛参禅的退居日常引入词体,应无太大疑议。

四、早期黄庭坚的佛禅词写作

众所周知,黄庭坚早年的词作以俗词为主,艳情词是其间的重要内容。黄庭坚在当日就因写作艳情词招致朋友的批评,最著名的便是道人法秀对其"当下犁舌之狱"的劝诫,他也不得不用"空中语"为自己回护。今日学者也在为黄庭坚这些不太符合士大夫行为规范的艳情词提供解释,如彭国忠就根据佛家"在欲行禅"的观念认为:"黄庭坚受佛禅悲天悯人的救世精神影响,而有意创作艳情词。"[1]无论这一结论是否合理,彭国忠的研究足以说明黄庭坚在早年生活中就已经频繁参悟佛禅,并影响到了他的词学观,甚至可能渗透到了传统艳情词的写作中。实际上并不需要如此曲折地从艳情词中寻找佛禅痕迹,这番日常已经被黄庭坚主动填进词中,他早年表达佛禅义理的词作数量其实并不比艳情词少多少。这些词作足以窥探黄庭坚词学观中的佛禅影响,同时亦可借此察见士大夫在集句体式之外的以佛禅日常入词的渊源。

以佛理禅语入词实际上是僧人向世俗民众传法的一种手段,民

---

[1] 彭国忠《黄庭坚艳情词的佛禅观照》,《深圳大学学报》(人文社会科学版)2008年第6期。亦见彭国忠《唐宋词学阐微——文本还原与文化观照》,安徽大学出版社,2008年,第109—110页。

间流传着大量的和尚传道说法之词,在敦煌曲子词中就可以看到大量这样的作品,它们或演说佛祖的本生故事,或宣扬佛教教义,这种写作内容与市井口语为基础的写作语言相结合,形成了一种特别的语言系统,既平易俚俗,又带有浓郁的宗教意味。随着时间的推移,一些禅宗和尚不再以世俗民众为主要期待读者,他们填词并非简单地为了向世俗民众传道说法,而是将词作视为自己发挥禅意参悟禅理的方式,从而词作语言也就规整起来,产生了对佛禅词语言系统的审美追求。如释晓莹在《罗湖野录》中记载了这样一阕词:

> 潼川府天宁则禅师,蚕业儒,词章婉缛。既从释,得法于俨首座,而为黄檗胜之孙,有《牧牛词》,寄以《满庭芳》调曰:"咄!这牛儿,身强力健,几人能解牵骑。为贪原上,绿草嫩离离。只管寻芳逐翠,奔驰后,不顾顾危。争知道,山遥水远,回首到家迟。　牧童,今有智,长绳牢把,短杖高提。入泥入水,终是不生疲。直待心调步稳,青松下,孤笛横吹。当归去,人牛不见,正是月明时。"世以禅语为词,意句圆美,无出此右。或讥其徒以不正之声,混伤宗教。然有乐于讴吟,则因而见道,亦不失为善巧方便,随机设化之一端耳。①

尽管这阕词的作者是南宋中叶的临济宗黄龙派高僧,但既然晓莹将之作为禅僧词的典范,那么其间的技法趣味当可以体现以禅入词的古今共同追求。这阕词重要的语言特征就是在非常口语化的句子之间夹杂着两三典雅的句子,特别是结尾"人牛不见,正是月明时"云云,就是传统歌词里常见的以景收情方式,绝类冯延巳名句"独立小桥风满袖,平林新月人归后"。但是在这首词的总体风貌下,这句

---

① 晓莹撰、夏广兴整理《罗湖野录》卷二,见《全宋笔记》第五编第一册,大象出版社,2012年,第227页。

结语显得非常不相称,不过佛禅词需要表达的禅意机锋就在这突然的语言变化中悄悄地灌注进来。这种语言处理方式其实是在禅僧诗中常见的诗法"筋斗样子",禅僧在写诗的时候特别喜爱在一篇充满俗语俚句的诗歌中来一句典雅风华的结尾,期望读者能够在这番突兀中参透禅意。天宁则禅师的这番词中筋斗当是吸收禅僧诗的语言与法度,将本来传法说道的佛禅词典雅化,构成了禅林世界的以诗为词。于是当士大夫也参与以禅入词的时候,首先就会被这种雅俗掺杂而见佛禅之道的语言所吸引,因为这一方面符合士大夫意句圆美的艺术追求,也相合于士大夫好为哲理思辨的佛禅日常。黄庭坚这阕《渔家傲》便是如此:

> 予尝戏作诗云:"大葫芦挈小葫芦,恼乱檀那得便沽。每到夜深人静后,小葫芦入大葫芦。"又云:"大葫芦干枯,小葫芦行沽。一往金仙宅,一往黄公垆。由此通大道,无此令人老。不问恶与好,两葫芦俱倒。"或请以此意倚声律作词,使人歌之。为作《渔家傲》。
>
> 踏破草鞋参到老。等闲拾得衣中宝。遇酒逢花须一笑。长年少。俗人不用嗔贫道。何处青旗夸酒好。醉乡路上多芳草。提著葫芦行未到。风落帽。葫芦却缠葫芦倒。①

《渔家傲》本来就是禅僧常用的唱道词调②,黄庭坚以此调行禅理可谓本色当行。诗词欲表达的义理无外乎佛性藏于众生之间,不管是已经不打酒的葫芦还是仍然在打酒的葫芦都同等地体现着最高的

---

① 黄庭坚撰,马兴荣、祝振玉校注《山谷词校注》,上海古籍出版社,2011年,第75页。
② 吴曾《能改斋漫录》卷二云:"京师僧念《梁州》《八相太常引》《三皈依》《柳含烟》等,号'唐赞'。而南方释子作《渔父》《拨棹子》《渔家傲》《千秋岁》唱道之辞。"刘宇整理《能改斋漫录》卷二,《全宋笔记》第四编第三册,大象出版社,2008年,第227页。

佛性。词序中提到的诗歌写作缘起可能就是他原有一大一小两个打酒葫芦,但如今大葫芦已经破了,只剩小葫芦还能打酒了,于是就借此契机用禅词话语模式开一场佛道的玩笑。黄庭坚的这阕词主要是由俚俗语句构成,而且多是略显颠倒疯癫的禅僧话语体式,但却在其间悄悄地掺进了"醉乡路上多芳草"的常见典雅语句,显然是深受禅僧诗词"筋斗样子"的影响。不过词中还包括了孟嘉落帽这种并非来源佛典的故实,说明士大夫的佛禅词写作还是避免不了自己的知识结构影响,也就不能完全等同于禅僧之作,只是属于士大夫日常佛禅生活的记录。实际上,在日常生活中,黄庭坚经常像这样开开佛道的玩笑,戏谑本就是士大夫钟爱的日常活动之一,因此诸如此类的佛禅作品本身就与日常化写作倾向关系密切。

　　这阕词的小序提示着佛禅词作得以发生的渊源,它交代了黄庭坚这阕词是在重写诗意,这虽然与和尚布道时先吟诗后唱词的程序相仿佛,但也足以说明士大夫的佛禅词写作与集句词一样渊源于诗,是表达佛禅义理之诗下移入词的结果。黄庭坚不仅用词改写自己的禅诗,也曾用一阕《诉衷情》重写著名的华亭船子和尚偈语[1],更曾在江宁江口阻风时效仿保宁勇禅师作数阕表达佛禅义理的《渔家傲》[2]。禅诗写作是宋诗日常化的表现之一,这些诗歌其实也不见得有很深的义理思辨,很多就是士大夫一时玩笑游戏文字,但其间又或多或少地呈现着自我独特的禅理思考,是日常参悟佛禅义理的心得记录,于是当佛禅内容进入词体的时候,与禅诗写作相关的日常性也就随之而来。不过黄庭坚此时并没有依循苏轼从欧阳修

---

[1] 惠洪《冷斋夜话》:"华亭船子和尚偈曰:'千尺丝纶直下垂,一波才动万波随。夜静水寒鱼不食,满船空载月明归。'丛林盛传,想见其为人。宜州倚曲音成长短句曰:'一波才动万波随。蓑笠一钩丝。金鳞正在深处,千尺也须垂。　　吞又吐,信还疑。上钩迟。水寒江静,满目青山,载月明归。'"陈新点校《冷斋夜话》卷七,中华书局,1988年,第54页。
[2] 《山谷词校注》,第77—84页。

那里承继发展而来的径以自己徒诗入词的日常化路径,而是采用相对特殊的禅诗禅理作为沟通诗词的桥梁,一方面体现着词人在以宋诗为词之初的小心谨慎面貌,另一方面则说明他的这条词体日常化途径与苏轼关系不大。实际上黄庭坚早年的佛禅词大多数写在元祐元年(1086)会面苏轼之前,他的"以诗为词"在时间上就无法上溯自苏轼,山谷词转向东坡词法是要绍圣年间贬谪黔南之后才发生的事,于是黄庭坚早期的这些佛禅作品当是别有渊源。

相关渊源难以确考,这些佛禅词或许与艳情词一样,都是黄庭坚早年熟悉世俗社会歌词写作的产物,但也可以从词作的写作心态与文本形态两方面找到一些可能线索。效仿保宁勇禅师的《渔家傲》是在旅途困滞间为消磨时光而作,已经具备了日常闲作的写作心态,与王安石晚年借集句将佛禅日常引入词体写作风神一致。此外,黄庭坚多将禅诗改写成词又在文本形态上与王安石集禅僧诗句为词相仿佛,都是以宋诗为词的早期痕迹。于是黄庭坚的这些作品尽管舍弃了集句这条船,登上了直接填制禅词的彼岸,但仍然有可能与王安石的佛禅集句词有所关联。那几阕《渔家傲》的写作空间江宁恰是王安石退居之所,而写作时间也与之相合,这或许并不是偶然的巧合。两宋江南地区正是丛林齐聚之所,诗僧群体也很庞大,江南诗僧本就是宋初诗歌流派的重要一支,深刻影响到了北宋前期的诗歌面貌,王安石与黄庭坚在江南空间中前后创作佛禅义理词,很可能也是江南禅僧群体的文学影响在词体文学领域的呈现。除此之外,黄庭坚在江南的佛禅词写作也会有着禅僧之外的渊源,日本学者内山精也已经指出,黄庭坚在遇见苏轼之前的诗歌创作,有一股承袭王安石的渊源暗流,[①]而这番词中的佛禅日常,可能也

---

① [日]内山精也《黄庭坚与王安石——黄庭坚心中的另一个师承关系》,见[日]内山精也著、朱刚等译《传媒与真相——苏轼及其周围士大夫的文学》,上海古籍出版社,2013年,第463—509页。

是一种私淑王安石的现象,毕竟他接触集句词创作,就是源于对王安石的仿效,最明显的证据就是这阕《菩萨蛮》:

> 王荆公新筑草堂于半山,引八功德水作小港,其上垒石作桥。为集句云:"数间茅屋闲临水。窄衫短帽垂杨里。花是去年红。吹开一夜风。　梢梢新月偃。午醉醒来晚。何物最关情。黄鹂三两声。"戏效荆公作。
>
> 半烟半雨溪桥畔。渔翁醉着无人唤。疏懒意何长。春风花草香。　江山如有待。此意陶潜解。问我去何之。君行到自知。①

这阕词不仅在小序中明言效荆公而作,也承袭了王安石以集句歌词抒发山居日常的内容,展现出早期山谷词罕见的渔樵归隐主题,俨然构成了后期以词体抒发谪居日常的基础。从这阕词的诗源来看,黄庭坚并未集李商隐或白居易的诗句,大半篇幅倒是被杜诗占据,要说这是黄庭坚诗法杜甫的展现,毋宁说是继承王安石集句词的法度。这种现象在黄庭坚后期集句词中并不常见,届时杜甫及中唐诗人不再是黄庭坚的主要诗源,比如这阕《南乡子》云:"黄菊满东篱。与客携壶上翠微。已是有花兼有酒,良期。不用登临恨落晖。满酌不须辞。莫待无花空折枝。寂寞酒醒人散后,堪悲。节去蜂愁蝶不知。"②就是明显的白居易与晚唐诸诗家混杂的格局,在集句法度上与欧阳修更为接近,再次透露着黄庭坚后期词作发生了面向苏门的转向。于是黄庭坚很有可能就是通过对王安石集句歌词的仿效接触到以佛禅入词的写作日常化倾向,再加之自己对世俗歌词语言体式与禅诗写作的熟悉,得以在词中直接表达日常的佛禅思辨,

---

① 《山谷词校注》,第223页。
② 《山谷词校注》,第130页。

词体写作也得以更直接地与士大夫日常生活发生碰撞。

结　　语

　　随着黄庭坚晚年词体写作转向的发生，词体写作的日常化路径也就完全归于欧苏指出的方向，即通过莺燕花草的词体传统寄寓自我政治遭际、功业理想与谪居苦闷，王安石与早期黄庭坚探索的路径也就隐而不显。但是暗流虽隐，不意味着就影响不存。无论是王安石集宋诗入词，还是早期黄庭坚改禅诗为词，都是在为诗词二体提供相互系联的桥梁，实际上都推动着宋诗的日常化特质向词体写作的渗透。当徽宗朝在野士大夫词人接续欧苏词统，直接用词体抒发闲居之适与江湖雅趣的时候，王安石抒发退居日常的集句词已然也是一种写作传统，可供这些士大夫词人找寻到这样写作的前代依凭，使他们可以更自如地"以宋诗为词"。而以周邦彦为代表的专业词人在慢词中大量化用老杜诗的手法，自然也可以滥觞于王黄以杜甫作为集句词的主要诗源。对于徽宗以降的朝野词坛来说，这股由集句与佛禅带来的词体写作日常化暗流其实都留下了影响的印记，只不过都被投射在显于台前的欧苏身上了。

南宋禅四六论略

王汝娟

南宋僧人之四六文创作，可以分为两类：一是"个人写作"，即基于个人的言志抒情需要而写作的纯文学性质的四六；二是"公文写作"，即禅僧用骈体文写作日常各类应用性文书。从数量上来看，第一类四六为数不多，仅有个别禅僧写作的数篇骈赋而已，并不具有代表性意义；他们创作的主要是第二类四六文。

在"个人写作"的场合，禅僧写作一篇文章是选择用散文还是骈文，其自主权完全掌握在自己手中，骈俪只是一种文学写作的体裁与手段；而在"公文写作"的场合，采用什么样的文体便不再是一种自由的选择，而是一种体制性的规定。我们不妨将这些"不得不"采用骈俪写作的禅门四六称之曰"禅四六"。换言之，"禅四六"即禅门文书中必须用四六为之者。南宋一朝，禅四六大显异彩，在禅林日常生活中蔚然成风，流传至今者为数甚多，各种书写体制也在南宋趋于完备和定型。故本文以南宋僧人的禅四六为考察对象，对其类型体制、文学特征、思想倾向、文献价值、对中外文学之影响等问题尝试作一浅显的初次探讨。

一、南宋禅四六概貌

从现有文献看，中唐以降至北宋，在禅四六创作上堪称名家者仅惠洪(1071—1128)一人,《全宋文》录其疏、榜70余篇。而南宋禅僧中则出现了几位成就非常突出者:橘洲宝昙(1129—1197),《全宋文》录其疏、榜近60篇;北磵居简(1164—1246),《全宋文》录其疏、榜、上梁文近200篇;无文道璨(1213—1271),《全宋文》录其疏、榜、上梁文、青词、起骨、起馆、下火等30余篇。在《全宋文》搜辑范围之外,另有石溪心月(?—1254),其《语录》《广录》中有"小佛事"四六60余篇;物初大观(1201—1268),其诗文集《物初賸语》中有疏、榜、谢表、上梁文150余篇;淮海元肇(1189—1265),其文集《淮海外录集》中有谢表、榜、疏、上梁文等60余篇;藏叟善珍(1194—1277),其诗文集《藏叟摘稿》中有疏、榜、上梁文等40余篇。此四人的禅四六作品,《全宋文》绝大部分失收。除了这几位禅僧创作数量较多、影响较大外,尚有其他个别僧人若干零星作品,散见于其语录或寺志中(以下论述过程中涉及具体篇章时,再一一注出来源)。

无著道忠在其《禅林象器笺》之"文疏门"中,将历代与禅林有涉之文书作了种类划分(其选取对象,不仅包括禅僧写作的文书,也包括士大夫写作的与禅林生活有关系的文书)。然而他的分类,有疏漏、重叠、繁冗等欠完善处。以下将在其研究基础上,对南宋禅四六尝试重新进行一种更为合理的分类方式并略作解释说明,以勾勒出它的大致面貌。

(一) 疏

"疏者,条畅布陈其所蓄望也。"[①]根据使用场合的不同,主要有劝请疏、劝缘疏、贺疏等三种。

1. 劝请疏

劝请疏为劝请某僧住持某寺院所作之文书,"旧说曰,士大夫为

---

① [日]无著道忠《禅林象器笺》,京都中文出版社,1979年,第248页。

僧制请疏，泛论之，则南北朝时沈休文发讲疏为始；禅林请住持疏，韶州防御使何希范等制请疏，令云门偃禅师住灵树为始，其疏载在《云门语录》后也；僧疏，则九峰韶公作疏请大觉琏和尚住阿育王山，此为始矣"。① 可见禅僧作劝请疏肇端于北宋。根据出疏者之身份差别，劝请疏主要又可分为以下几种。

一是山门疏。"古之开堂，朝命下，或差官敦请，或部使者，或郡县遣币礼请就某寺，或本寺官给钱料设斋开堂。各官自有请疏及茶汤等榜，见诸名公文集。近来开堂，多是各寺自备。"②山门疏为迎请新住持时，寺院所出之疏。例如藏叟善珍《雪峰请环溪山门疏》《法石请愚谷山门疏》。

二是诸山疏。诸山疏为"本寺邻封之诸山制新住持入寺疏也"③，如橘洲宝昙《请德和尚住象田诸山疏》、物初大观《雪窦请西江诸山疏》。

三是江湖疏。江湖疏乃"江湖上禅刹人制新命入寺疏也"④，如物初大观《太虚住台州报恩江湖疏》《楫铁船出世洪祐江湖疏》。

大致来看，劝请疏在内容上一般为三段式结构：开篇第一部分先发议论，或论彼时佛法之盛衰，或论新来住持者修行之高下；第二部分常以"恭惟某人"一语领起，陈述新住持参学之师承渊源等；第三部分则致恳请、欢迎之意，多为客套语。

据《敕修百丈清规》⑤，劝请疏作毕，并非呈于新住持个人阅读，而是交付给寺院，在开堂日由首座、维那等当场公开宣读，名曰"宣疏"。宣读毕，住持依次出法语——回应，是为"拈疏法语"。

---

① ［日］无著道忠《禅林象器笺》，第248页。
② 德煇《敕修百丈清规》卷三，《大正藏》本。
③ ［日］无著道忠《禅林象器笺》，第249页。
④ ［日］无著道忠《禅林象器笺》，第249页。
⑤ 《敕修百丈清规》卷三："近来开堂，多是各寺自备。至时入院，侍者分付行者铺设法座，报众挂上堂牌，具写官员诸山名目，预呈住持。于座左设位，铺卓袱炉烛，排列疏帖，预先和会维那宣公文，首座宣山门疏次，头首或诸山江湖名胜宣其余疏……（住持）先呈公文举法语毕，接付维那宣白，次山门、诸山、江湖疏，一一递上。有法语，分送宣读。"《大正藏》本。

2. 劝缘疏

僧人化缘所用之疏,意为向个人或团体募集物质资助。根据所化之物不同,南宋禅林劝缘疏主要有以下几种。

一是修造疏。即寺院营修殿宇、屋堂、廊庑等建筑或塑造佛像时,向社会募集善款所用之疏。如物初大观《灌顶修殿塑佛疏》《大能仁造佛阁三门疏》。

二是求僧疏。南宋对僧道实行严格的度牒制度,"进纳度僧"(即通过缴纳钱财来换取度牒)从北宋中期开始渐渐大规模流行[1],至南宋,度牒价格一度奇高。为募集度牒钱,而作此疏。求僧疏的使用者是欲出家而尚未正式取得僧人资格的人,故我们现在在禅僧集子中看到的求僧疏皆为代言之作。如橘洲宝昙《川行者求僧疏》《写法华经求僧疏》。

三是杂疏。寺院举行如结夏、佛诞、刻经、祈雨等法事活动或僧人化日常器物如食物、器具等时候,为筹集活动资金或募集器物所用之疏。例如藏叟善珍《朋介石开语录疏》《化芋疏》。

3. 贺疏

遇节日、诞辰、喜庆等场合为致庆贺意所作之疏。例如淮海元肇《史卫王寿疏》《赵寺丞寿疏》。

(二) 榜

1. 茶汤榜

新住持入院时,寺院行茶汤之礼所张之榜。"凡十方寺院住持虚席,必闻于所司,伺公命下,库司会两序勤旧茶……茶汤榜请书记为之。如缺书记,择能文字者分为之,用绢素写榜"[2],"有榜当先安

---

[1] 参曹旅宁《试论宋代的度牒制度》,《青海师范大学学报》(社科版)1990年第1期。
[2] 德辉《敕修百丈清规》卷三"请新住持"条,《大正藏》本。

下处呈新命,入院日挂僧堂前"①。如物初大观《天童请西岩茶汤榜》《北磵老人住道场茶榜》。

2. 修造榜

为寺院兴土木营建之时劝缘之文书,例如物初大观《平江慧日修造榜》《径山火后再造榜》。

按,"修造榜"与"修造疏"虽在性质上有一定类似,常有混用的情况,如物初大观《庐州资国地藏院再造佛殿三门榜疏》《北关行堂榜疏》《育王行化榜疏》,但一般而言疏为下级对上级的文书,而榜为上级对下级或平级之间的文书②,是故疏、榜有分途。

3. 法事榜

寺院举行法事活动时,为布告僧俗而张贴之榜。如北磵居简《神林宝云诵莲经会榜》《圆明结夏光明经会榜》。上述茶汤榜,实则为法事榜之一种,因其数量较多,故此处单列为一类。

(三) 表

"圣旨敕黄,住持者即具谢表;示寂有遗表;或所赐所问,俱奉表进。"③南宋禅四六中,以谢表为最多,包括谢御赐匾额、谢赐紫衣师号、谢敕任住持等。如物初大观《谢御书觉皇宝殿表》《谢御书正遍知阁华严法界二扁》。

(四) 上梁文

王应麟谓后魏温子升《阊阖门上梁文》为上梁文之始④,而禅门上梁文则始见于南宋。如无文道璨《荐福法堂上梁文》《感山依云阁

---

① 弋咸《禅林备用清规》卷四,《卍续藏》本。
② 参[日]玉村竹二『五山文学:大陸文化紹介者としての五山禅僧の活動』,東京至文堂,1955年。
③ 《敕修百丈清规》卷四"书记"条,《大正藏》本。
④ 王应麟《困学纪闻》卷二〇,《四部丛刊》本。

上梁文》。

（五）青词

又名"青疏"，乃道教斋醮仪式所用文书，"凡太清宫、道观荐告词文，用青藤纸朱字，谓之青词"①。禅僧所作青词，均是为道士代言之作。如无文道璨《祈雨青词》《禳火醮青疏》。

（六）起龛、挂真、下火、起骨、入龛、指路等"小佛事"四六

均为释门丧荐仪式所用文书，为释门特有之四六。《四六文章图》卷五《禅家四六并偈颂类》中，专立"七佛事"一条："一曰锁龛，二曰挂真，三曰起龛，四曰奠汤，五曰奠茶，六曰下炬，七曰念诵。或维那也，减锁龛、挂真，谓五佛事；减锁龛、挂真、起龛、念诵，谓三佛事；加取骨、安骨，谓九佛事也。"②另有一类"指路"，其文未见录于禅僧语录、文集或寺志，但在南宋话本《钱塘湖隐济颠禅师语录》中有署名"道清长老"和湖隐济颠的三篇《指路》，可备参阅。③ 关于这类"小佛事"四六的产生背景、形成过程、文体特征等，将另作探讨，兹不赘述。

以上对南宋禅四六作了大致的分类与介绍。回顾唐代和北宋，我们目前所能看到的禅四六体裁仅限于榜、疏两种；如果再往后看，那么元明清时代之禅四六，在体裁上已不出南宋这几类，不再有新创。因而，南宋既是禅四六的发展成熟期，也是它的定型期。

---

① 李肇《翰林志》，《知不足斋丛书》本。
② ［日］大颠梵通『四六文章图』卷五，宽文六年刊本，光丘文库藏。
③ 据朱刚《宋话本〈钱塘湖隐济颠禅师语录〉考论》考证，现存该《语录》最早为隆庆三年（1596）本，其内容经过明人一定的添附改造；"隆庆本虽刊刻于明代，有一些明人改动的痕迹，但其内容接近南宋的原本"。因而其中所涉南宋之禅四六，基本可予信任。

二、东坡四六之遗响远韵

南宋禅僧诗文集在刊行之初流传范围就不广①,后世又由于天灾或人祸,有不少在中土亡佚,故南宋禅四六数百年来一直鲜为人知,我们现在很少能寻找到时贤及后人注解或品评它的只言片语。无文道璨《柳塘外集》中有一篇《云太虚四六序》,这是笔者至目前所见到的南宋以来唯一一篇集中论述禅四六的文章。在这篇文章中,他集中表达了自己对禅四六创作的看法。不妨将其主体部分抄录于下:

> 四六,词人难能之伎,变为榜疏,尤词人之所甚难能者。盖体格贵劲正,意味贵暴白,句法贵苍老,使工于词学为之,不失于优柔绰约,必流于怪僻诡俗,未见其能也。亡友云太虚,用力于此积三十年,劲正而婉娩,暴白而停蓄,苍老而敷腴,叙事无剩词,约理无遗意,纡余不牵合,简切不窘束。盖太虚以气为根本,学为枝干,词为花叶,此所以兼词人之能而无词人之失欤?②

云太虚,按丛林称呼规则,"云"当为法名下字,"太虚"为字或号,其人生平已阙考。该文作者无文道璨,大慧派禅僧,曾两次住持荐福寺,又住持开先寺,有诗文集《无文印》《柳塘外集》存世,为丛林所重,是南宋非常著名的一位文学僧。因而他的文章学观念,在相当程度上具有群体代表性,即反映着南宋禅林对于禅四六创作的普遍

---

① 上文提及的南宋禅四六创作的几位名家,其诗文集为宋代书志、目录等著录者,仅《北磵文集》一而已。
② 道璨《云太虚四六序》,《全宋文》第 349 册,上海辞书出版社、安徽教育出版社,2006 年,第 299 页。

性、一般性看法。从他这篇序言中，首先当然可以看出禅宗和尚将四六公文写作看作一项非常高深的技能，在体格、立意、句法等方面都有自身特殊的内在轨范；接着他盛赞云太虚所作禅四六水平之高妙，最后从创作论上指出云太虚能取得如此成就的原因——"气""学""词"的有机统一。虽然他言之简略，但已经给我们提示了一条线索：南宋禅四六在内容、章法、辞采三方面都有自己的特性。我们对它的观察，不妨就先从这三方面开始入手。

"在古文运动兴起时，体制上的优胜被认为是古文必须取代骈文的最显明彰著之理由。当然，这种优胜性的被确认，是与立意密切相关的，所谓立意，也就是'载道'，古文的优越性，指的就是它比骈文更适于'载道'。"①诚然，中唐、北宋之际这次以古文取代骈文的人为的、有意识的文体改革，其倡导者提出的最冠冕的理论依据便是四六这种贵族化的文体不适合于议论说理，故难以"载道"。这个理由若排除韩、柳等人作为新起的科举士大夫的特殊身份而有意与旧贵族唱反调的成分，从客观来说还是具有一定合理性的：首先是骈文以骈四俪六、使事用典为根本体式，对自由表达造成限制；其次，四六从魏晋发展至中晚唐，苦心于追求形式和技巧，渐流于绮靡空洞，"除杜牧、李商隐等人能够做到文质彬彬、华实相扶之外，其他人如温庭筠、段成式等人则以绮艳浮靡相尚，即使是寻常书信也偶对连篇，华艳非常"②。但是，四六作为文体本身，真的不能够"载道"吗？《荆溪林下偶谈》中对两宋四六文有这样一段广为人知的评论：

> 本朝四六以欧公为第一，苏王次之。然欧公本工时文，早年所为四六，见《别集》，皆排比而绮靡。自为古文后，方一洗去，遂与初作迥然不同。他日见二苏四六，亦谓其不减古文，盖

---

① 朱刚《唐宋四大家的道论与文学》，东方出版社，1997年，第170页。
② 于景祥《中国骈文通史》，吉林人民出版社，2002年，第617页。

> 四六与古文同一关键也。然二苏四六尚议论,有气焰;而荆公则以辞趣典雅为主;能兼之者,欧公耳。……水心见箕窗四六数篇,如《代谢希孟上钱相》之类,深叹赏之。盖理趣深而光焰长,以文人之华藻,立儒者之典刑,合欧苏王为一家者也。①

可见在一些宋人自己看来,欧苏这一脉四六,在内容上恰恰是"尚议论""理趣深"而能"立儒者之典刑"的。在南宋禅四六中,议论、说理也正是其最普遍的表现手法。与士大夫在四六文书中针对具体事件发表议论不同,禅四六的议论和说理大多没有具体的针对对象,而倾向于普遍意义上的佛理的揭示阐发;且这种揭示阐发,并非以抽象的、说教的方式进行,而是借助于具体事物,以文学性语言表达。试看无文道璨《灵隐化钟楼浴堂疏》:

> 大小随吾扣尔,冷暖惟自知之。即耳处而悟圆通,更上一层始得;向镬汤而成正觉,要令合国咸知。声教无边,恩波不尽。②

虽然这是一篇为修造钟楼和浴堂而作的劝缘疏,却并不止于劝缘,而是通篇处处紧扣钟楼、浴堂二物,用形象的语言表达了禅宗的某些重要基本理念,明理而不流于说教,议论而不失风趣,极富文学色彩,是南宋禅四六议论说理的典型,其面貌全然不同于以说理为旨归的佛教义学僧和理学家之文。王志坚《四六法海》有云:"四六与诗相似,皆着不得议论。宋人长于议论,故此二事皆逊唐人。唐人非全不议论也,但其议论有镜花水月之致耳。"③结合语境,可知王

---

① 吴子良《荆溪林下偶谈》卷二,王水照编《历代文话》第1册,复旦大学出版社,2007年,第554—555页。
② 道璨《灵隐化钟楼浴堂疏》,《全宋文》第349册,第450页。
③ 王志坚《四六法海》卷二,《文渊阁四库全书》本。

志坚所言唐人四六议论的"镜花水月之致",是指说理的审美化、文学化,隔着一层,不直接点破,而给人自由思考、联想的空间。刘宁《骈文与说理——以中古议论文为中心的考察》一文指出:骈文是否适合说理,不可一概而论;中古议论文的两个传统——诸子学论著等"理论性论理之文"与针对现实问题的奏疏等"实用性议事之文"就在不同程度上对骈俪有所吸收,而议事之文吸收骈俪的优势在于可以增强文辞修饰。① 很显然,南宋禅四六属于"实用性议事之文"的范畴。它们通过审美化、文学化的说理,意在言外而理寓于中,避免了呆板、枯槁的说教式议论文的流弊,高处不减唐人。

在四六文创作中,用典作为一种基本的行文手段,直接反映出作者的学识深浅,"盖指事欲其曲以尽,述意欲其深以婉,泽以比兴,则词不迫切;资以故籍,故言为典章也"②。王禹偁在给赞宁(919—1001)文集所作序言中开篇即大力颂之曰:"释子谓佛书为内典,谓儒书为外学。工诗则众,工文则鲜。并是四者,其惟大师。"③在宋初人看来,一个和尚能兼通内外之学,是一件非常了不起的事情。然而到了南宋,后来居上者,已经屡出不鲜了。一个极为显目的直观表现,便是南宋禅四六中典故的运用:一是其中所用之典,内、外兼而有之,不仅显示出南宋禅僧文化修养的飞跃,也反映了他们对"外学"兼容并包的文化心态;二是在典故使用上,往往以己语化之,不露斧凿之痕,即使阅读者没有相关知识储备,也并不妨碍对文义的理解,使文章呈现出典雅而不晦涩、流丽而不艰深的总体风貌。例如淮海元肇《化茭笋疏》:

> 绿衣楚楚,散泽国之无边;白玉亭亭,当金风而露体。彼玉

---

① 刘宁《骈文与说理——以中古议论文为中心的考察》,《长江学术》2004年第1期。
② 李兆洛《骈体文钞序·中编序》,《养一斋集》文集卷五,道光二十三年刊本。
③ 王禹偁《左街僧录通惠大师文集序》,《小畜集》卷二〇,《四部丛刊》本。

板师出尖太早,笑萝卜头跺根尤深。入泥入水处,正好提撕;吃粥吃饭时,切忌蹉过。①

此篇中"当金风而露体"典出《碧岩录》第27则:"举。僧问云门:树凋叶落时如何?云门云:体露金风。"元肇用之,既指茭笋在秋季成熟,又生动描摹出了茭笋成熟时的情状。"玉板师"为东坡对竹笋的爱称,有诗云"不怕石头路,来参玉版师"(《刘器之好谈禅不喜游山中笋出戏语器之可同参玉版长老》)。"萝卜头"出自赵州语录"镇州出大萝卜头"。"入泥入水"为禅僧说法时常用语,谓高僧将佛法与大众说破:"又古德曰:此事不可以有心求,不可以无心得,不可以语言造,不可以寂默通。此是第一等入泥入水,老婆说话。"②由于茭笋栽植于水里泥沼中,故"入泥入水"一语颇为贴切。"吃粥吃饭"为禅家惯用话头,谓禅就在日常生活中,"问:乞师指个入路。师云:吃粥吃饭"③,"但着衣吃饭、行住坐卧、晨参暮请,一切仍旧,便为无事人也"④,此处亦指茭笋。短短数句,如风行水上,不着影迹,古典今情,融为一体。假如一个读者不具备与所用典故相关的任何知识,也能毫无障碍地从整体上理解作者所要表达的思想情感。

因四六的基本体制是对偶,故而前句用了典故,后句也必以典故与之相对。关于这种典故的对仗手法,宋人自己有一些说明,如《四六谈麈》云:"四六经语对经语,史语对史语,诗语对诗语,方妥帖。"⑤《四六话》云:"四六有伐山语,有伐材语。伐材语者,如已成之柱桷,略加绳削而已;伐山语者,则搜山(搜山一作披山)开荒,自我取之。伐材,谓熟事也;伐山,谓生事也。生事必对熟事,熟事必

---

① 元肇《化茭笋疏》,《淮海外录集》卷上,宝永七年(1710)刻本。
② 蕴闻编《大慧普觉禅师语录》卷二五,《大正藏》本。
③ 守坚编《云门匡真禅师广录》卷上,《大正藏》本。
④ 惠洪《禅林僧宝传》卷四,《卍续藏》本。
⑤ 谢伋《四六谈麈》,《历代文话》第1册,第34页。

对生事。若两联皆生事,则伤于奥涩;若两联皆熟事,则无工。盖生事必用熟事对出也。"①这些规定,当然是非常严格的。而南宋禅四六的典故之对偶,显得非常宽松,上述淮海元肇《化茭笋疏》就是很好的一例。该疏无论是典故门类,还是所谓"生""熟",对仗都不符合宋人严格意义上的规则,而较为自由松散。

在遣词造句上,南宋禅四六常融入散文句法,句子成分之间呈正常的语脉关系,较少用倒装、省略、互文、当句对等,行文平易畅达;且常常不避虚词,一如日常交流言说之语。诸如无文道璨《江湖劝请源灵叟住灵岩疏》:"圆悟三世而至中峰,落巨浸于九渊之底;破庵一传而得双径,灿朝阳于百卉之间。"②《饶州岳庙钧天阁修造榜》:"由宣和迄至于今,上横华阁;历嘉定重修而后,多涉岁时。朱檐欹燕雀之风,碧瓦乱鸳鸯之影。宗庙百官之富,尽在是矣;工师大木之求,岂可缓哉。"③橘洲宝昙《马道人造庵疏》:"京华年少,弃黄金真如泥;泽国秋深,顾白发恍如梦。"④等等。此外,他们还突破传统四六文创作多用四字句、六字句的风习,常以短句、长句交错铺排入文,信笔所至,句式参差错落。如淮海元肇《水乡出队疏》:

三吴跨太湖三万六千顷,乃是国一生缘;双径萃禅衲一千七百员,旧为妙喜世界。云自岭头闲不彻,月在波心说向谁。惟再三捞摝方知,故出没卷舒无碍。老浙翁祖风犹在,须水张帆;诸檀越乡情尚存,从苗辨地。红蓼岸白蘋汀到了,绿蓑衣青箬笠都抛。⑤

这篇疏最短的一联为十四字,而最长的一联有三十二字,极具摇曳

---

① 王铚《四六话》卷上,《历代文话》第1册,第8页。
② 道璨《江湖劝请源灵叟住灵岩疏》,《全宋文》第349册,第446页。
③ 道璨《饶州岳庙钧天阁修造榜》,《全宋文》第349册,第444页。
④ 宝昙《马道人造庵疏》,《全宋文》第241册,第205页。
⑤ 元肇《水乡出队疏》,《淮海外录集》卷上,宝永七年刻本。

多姿、跌宕有致之感。《四六谈麈》中指出:"四六施于制诰表奏文檄,本以便于宣读,多以四字六字为句。宣和间,多用全文长句为对,习尚之久,至今未能全变。前辈无此体也。此起于咸平王相翰苑之作,人多效之。"①而在禅四六中,并非多四字、六字句,亦非全用长句,而是笔随意转,在句式的选择上更加自由灵活;再加上上文所言的虚词的使用、平易的文风等,使得文章的整体语势既节奏分明,又不失畅达。

以上对南宋禅四六的文学特征稍作了浅显的分析。而如果我们把这些特征置于两宋文章史,从历时的角度加以审视的话,之前某些既有的对骈文发展的认识与概括或许便值得推敲。"皇朝四六,荆公谨守法度,东坡雄深浩博,出于准绳之外,由是分为两派"②,这已然成为文学史一般性常识。具体而言,"苏轼四六的两大特点一是长句排比,外形体制为骈体,实际上简直就是散文的偶句化,无晦涩之弊,极流畅之致;一是并非不用典,而是运典能化,甚至用全经语而如己出"③。通过对以上南宋禅四六具体例子的观察与分析,我们不难发现此处施著所指出的东坡四六"散文的偶句化""运典能化",再加上《荆溪林下偶谈》所言"尚议论"这三大特点,南宋禅四六的风貌与之十分契合。关于苏、王两家四六在南宋的传承情况,之前留给我们的印象,似乎是王安石一脉绵延不绝,而东坡一脉则后继乏人、枯萎凋敝,如《宋四六论稿》便指出"南宋普遍存在的求工稳的做法实际上已经表明,苏轼的用经语如己出做法的后继无人。相反,王安石尊体的做法在南宋得到更多回应"。④ 从南宋士大夫的四六创作来看,这种观点确实符合史实;然而在禅门中,四六创作延

---

① 谢伋《四六谈麈》,《历代文话》第1册,第34页。
② 杨囦道《云庄四六余话》,《历代文话》第1册,第119页。
③ 施懿超《宋四六论稿》,上海古籍出版社,2005年,第64页。
④ 施懿超《宋四六论稿》,第71页。

续和传承的基本是东坡破体一脉,它一直未曾断绝,在南宋始终有着长青的生命力。因而要全面把握宋代骈文史,对这些禅四六不可不予以重视。

三、士大夫化与世俗化:南宋禅四六的两种并行走向

和北宋相比较,南宋禅四六不仅在直观数量上占据了绝对优势,还有两点值得我们注意。一是南宋禅四六文体较之前代更加多样和丰富,各种禅四六文体在南宋已经齐备,文体层面的禅四六在南宋已经定型和成熟。在不同的场合——诸如延请住持、新住持上任、开展法事活动、修缮营建、受朝廷赏赐、与士大夫应酬往来、僧人迁化等——都有相应的文体可以使用,禅四六的创作和运用在南宋已经成为一种普遍风气,这在唐代和北宋是不曾见到的现象。这表明南宋禅四六不仅作为一种文体已经成熟,而且在相当程度上已经深深进入了制度层面,成为禅林日常行仪的一个重要组成部分。二是南宋禅四六的作者主要集中于若干禅僧,换言之即南宋禅四六创作已经形成了相对比较专门的写作队伍,作者群体呈现出专职化的趋向。宋代禅林执掌文书写作的职位叫"书记"。书记并不是宋代禅林的新创,刊刻于北宋崇宁二年(1103)的《禅苑清规》即列有"书状"一职;刊刻于元至元二年(1265)的《敕修百丈清规》,则以"书记"之名取代之。虽然二者只是同一职位在不同时期的不同称呼,但若分别检视两部清规中的解说,则会发现二者有所差异。《禅苑清规》"书状":

> 书状之职,主执山门书疏。应须字体真楷、言语整齐、封角如法及识尊卑触净僧俗所宜……院门大榜、斋会疏文,并宜精

心制撰,如法书写。①

《敕修百丈清规》"书记":

> 即古规之"书状"也。职掌文翰,凡山门榜疏书问祈祷词语悉属之。……而名之著者,自黄龙南公始。又东山演祖以是职命佛眼远公,欲以名激之,使兼通外典,助其法海波澜。②

对比两条材料,前者更多强调的是禅门文书写作的法度(包括字体、语言、礼仪等),即禅门文书要合乎文书写作的一般规范;后者则强调写作者的学识,且主要是外学,并认为书记广博的学识有助于弘法。由此我们不难看出,从唐、北宋到南宋,对禅四六重要性的体认是逐渐升高的,它从一种单纯的禅林应用文体上升到影响法门盛衰的关键。因而,对于写作者(即书记)的要求也就非常严格,"非才学兼优者莫与其选"③。书记在禅门内受到极高的推崇,例如上述橘洲、北磵、无文、物初、淮海、藏叟这几位禅僧皆由书记而升任为南宋五山等大寺院的住持④。

四六文书在南宋禅林中应用上的制度化、创作者的专门化,不免使我们产生疑惑:文书本来是儒家政治体系中的行政手段,是朝廷、各级地方官府和官员个人传递信息的载体,何以在南宋彻底渗透到出世间的佛门,并且这种渗透几乎是无孔不入?日本学者镜岛元隆在《南宋禅林小考》中指出南宋"丛林职位的贵族化"和"禅门行

---

① 宗赜《重雕补注禅苑清规》卷三"书状"条,《卍续藏》本。
② 德辉《敕修百丈清规》卷四"书记"条,《大正藏》本。
③ 元贤《禅林疏语小引》,《禅林疏语考证》卷首,《卍续藏》本。
④ 橘洲曾住仗锡,北磵曾住净慈,淮海曾住育王、净慈、灵隐、径山,物初曾住育王,无文曾住荐福、开先,藏叟曾住育王、径山。

仪的贵族化"①,的确,此时的禅宗,早已经过了"一日不作,一日不食"的农禅时代,相反大寺院林立,掌握着大量土地和物产。这与南宋朝廷对佛教的干预——诸如僧官制、系帐制、敕额制、敕差住持制、五山十刹制等是分不开的,其干预的范围和力度远远超过了前代。② 当禅门失去了经济和精神上的独立,只能迎合依附于世俗政治权力,将国家统治秩序中的行仪轨则移植于佛门的土壤,在客观上被卷入士大夫化、贵族化的洪流。甚至有不少南宋禅僧,经常出入宫廷,如佛照德光、瞎堂慧远等③,几乎成为御用禅师。试看物初大观代人作《谢御书表》:

> 臣僧□言:月日中使传宣赐臣御书"圆照"二大字,并唐僧道源《发愿文》一轴者。龙蟠凤翥,配昭陵飞白之奇;玉转珠回,超正观硬黄之秘。粲星河之黼黻,发严谷之光华。捫己知荣,扣心非称。……兹盖伏遇皇帝陛下,智烛万机,书周八法。揭仲尼之日月,莫匪生知;与妙觉之言诠,自然吻合。臣神驰北阙,道谢南阳。历衍万年,效涓埃于嵩祝;宝藏千古,严呵护于山灵。④

昔东晋慧远有"沙门不敬王者"之论,而在这篇谢表中,作为当时宗教界大德的大观,其笔下却屡对皇帝俯首称臣,并极尽客套恭维之语,去慧远何其远哉! 在南宋这样一种世俗权力极力纳宗教于统治秩序、禅宗主动向世俗权力靠拢的两相情愿的普遍风气下,便不难理解彼时的禅门何以乐于移植儒家政治体系中的四六文书并使之

---

① [日]镜岛元隆《南宋禅林の一考察》,《驹沢大学仏教学部研究紀要》第19号,1961年。
② 参刘长东《宋代佛教政策论稿》,巴蜀书社,2005年。
③ 德光有《佛照禅师奏对录》(收于《古尊宿语录》卷四八,《卍续藏》本);《瞎堂慧远禅师广录》(《卍续藏》本)卷二有慧远多次"入内"说法的语录。
④ 大观《谢御书表》,《物初賸语》卷一八,许红霞《珍本宋集五种——日藏宋僧诗文集整理研究》(下),北京大学出版社,2013年,第858页。

在佛土开花了。

"唐中叶以后,禅僧多隐栖山林,致力于实践修道,接触幽邃的自然风物,遂引发中国人固有的文字癖,再加上受到唐代文学风气勃兴的影响,因而产生了以禅门独特的韵文流露诗情的风尚"①,这固然是中晚唐之际在传统经、律、论之外"文字禅"开始萌芽的一个重要因素。中晚唐的禅文学,以寒山等人朴拙的、表达佛理禅解的白话诗为代表;到了北宋,经过文学手段修饰的、抒发个人生命体验的诗文成为禅文学的主流形态,出现了道潜、惠洪等大家;南渡之后,一方面北宋禅文学的血脉继续延伸以至于绚烂,另一方面在这条脉络之外,又有禅四六的发达。如果中晚唐禅文学产生的动因之一是禅僧"隐栖山林",那么毫无疑问,南宋禅四六的如火如荼,其主要原因是禅僧"走向世俗"。因为禅四六不是以抒发个人情感体验为目的的创作,而是以实现礼仪功能、交际功能为目的的书写,只有当清净佛履踏入纷扰尘世,它的功用才得以显现。与禅宗在思想层面"走向世俗"相伴随,南宋禅四六的"世俗化"主要体现于以下两个方面。

一是在遣词造句上,南宋禅四六经常直接采用或化用日常生活口语、俚语俗言及又俗又雅的"宗门语",使文章呈现出活泼灵动、弥漫着人间烟火味的总体风格,与士大夫四六文书庄重典雅、书卷气息浓厚的面貌迥然有别。这样的例子举不胜举,如"某人英华尽敛,峭拔如常。借蛊毒死活人,可见血滴滴地;动溪声广长舌,谁辨干曝曝禅"②、"打鼓撞钟,管取一日钵盂两度湿;登门上户,莫怪去年和尚又来斋"③、"乃翁初时卖狗悬羊,解把虚空揣出骨;云容三载捞虾

---

① [日]高雄义坚著,陈季菁等译《宋代佛教史研究》,台湾华宇出版社,1986年,第107页。
② 大观《传枯山住仗锡诸山疏》,《物初賸语》卷二〇,《珍本宋集五种——日藏宋僧诗文集整理研究》(下),第914页。
③ 元肇《化夏供疏》,《淮海外录集》卷上,宝永七年刻本。

攉蚬,别移烟棹入芦花"①等,虽然用了一些内、外典故,但在语言上几乎是纯用日常口语作成,且"干曝曝""钵盂两度湿""卖狗悬羊""捞虾攉蚬"等"宗门语",暂时撇开它们在禅门的特殊含义不谈,单从语言角度说,皆为村言俚语,极鄙俗之至。本来中国禅宗自初创之日,禅师说法时即常以日常器物或惯用俗语为渡人之善巧方便,诸如在回答"如何是祖师西来意"等这类极具形而上色彩的问题时,对以"庭前柏树子""麻三斤"等。这一方面是由于早期禅宗的信众主要是文化水平并不高的农民,俗言俚语对他们来说"莫此亲切";另一方面是由于南宗禅本来即主张禅在日常生活中,行住坐卧、运水搬柴,无非妙道。这种以俗语解禅的传统并没有在后来因为参禅主体的改变(士大夫居士越来越多)而断裂,而是一直沿用了下来,成为禅宗语言的一大特色。这个特色亦在禅僧著述中得到充分发挥,最显著的表现就是禅宗和尚语录,多由白话、俗语作成。在南宋禅四六中,这种"俗"的传统得以一以贯之,与它的实际功用是分不开的。南宋禅四六在各种体裁中,写给皇帝看的"谢表"以及呈予士大夫的"贺疏"之类只占了很小的一部分,其余的疏、榜、上梁文等面向的受众除了僧人自己以外,主要是文化水平并不高的非士大夫群体(即庶民)。而四六文在产生之初本来就是一种非常贵族化、书面化的文体,无论是写作还是阅读都需要相当高的文化修养。因此,南宋禅四六是用一种"雅"的文体,面向"俗"的受众的写作。这种文体性质与面向受众之间的错位与断层,无疑是促使南宋禅四六偏离传统四六创作的轨道、"破体为文"的重要因素。

二是在行文技法上,南宋禅四六不拘四六文章规则,信笔所至,常出于法度之外。例如前文所引"借蛊毒／死活人,可见／血滴／滴地;动／溪声广长舌,谁辨／干曝曝禅"一句,无论是上下句相同位置

---

① 元肇《狼山请贤老○嗣无用》,《淮海外录集》卷上,宝永七年刻本。

上语词的词性,还是句子内部的结构、停顿等,都不符合严格意义上的骈句对仗规则。本文第二部分亦已经提到南宋禅四六在内容上善于议论说理、用典上浅显通俗、句法上援散入骈等特点,都是突破一般创作规则的典型体现。施懿超《宋四六文体研究》在论及"宋四六的专门性和实用性"时,认为"在所有宋四六的文体体制中,有两个方面的问题最为突出,一则是宋四六的程序化写作特色,以及在程序化规范之下个性化的显现;再则是宋四六最高创作原则'得体'、'称旨'表现非常明显,以及在最高创作原则下对各类具体文体的不同要求"①。从南宋禅四六来看,程序化、"得体"、"称旨"等这些文体体制上趋同性表现得非常微弱,我们很难从这些作品中概括出每一类文体一般性的写作模式与体制来。与宋代士大夫四六注重文体规范不同,南宋禅四六着意追求的是作为一种禅僧自己书写的实用文体,面向非士大夫群体的读者时,如何才能更好地被理解和接受。换言之,南宋禅四六非常明显地表现出对普通庶民知识水平、审美趋尚等的努力迎合,而相对忽略其本身的内在文体要求。如果在这些四六文中不依凭具体事物而大谈深奥的道理、直接从古书中拈来艰深的典故而无所点化、使用佶屈聱牙的句式而不加节制,很难想象这样的四六文能够被文化水平有限的普通民众所理解和接受。

从这个角度来看,南宋禅四六无论是遣词造句上的俚语俗言的大量运用,还是在书写方式上的善议论说理、以己语化典、对仗宽松、句法援散入骈、行文平易畅达等特点,共同指向的是通俗性和世俗性。内藤湖南以宋代为中国"近世"的开始,而在文学史领域,所谓"近世"是以通俗性、世俗性为主要特征的,南宋禅四六正体现了这种倾向。禅四六作为文体层面的"雅"与其内容、技法层面的

---

① 施懿超《宋四六文体研究》,王水照、朱刚主编《中国古代文章学的成立与展开:中国古代文章学论集》,复旦大学出版社,2011年,第194页。

"俗",正好相反相成,正是这种矛盾的张力,造就了它有别于士大夫一般四六文的独特风貌。

四、南宋禅四六之文献价值

"骈四俪六,锦心绣口",四六由于其辞藻的极端华丽、技巧的刻意追求,使读者一眼看过去首先看到的就是它外在的华美璀璨、精巧工整,而容易忽略它内在所承载着的丰富的历史文化意蕴。禅四六由于使用范围的特定性,故其包含的文献史料信息主要集中于佛教史方面,可为我们今天的佛教史研究提供诸多有益的参考。据笔者目前的观察,南宋禅四六的文献价值至少存在于以下四个方面。

一是南宋禅四六中保存了不少南宋朝廷佛教政策的相关史料。南宋朝廷对佛教的干预空前加强,一方面实行较为严格的度牒制度,控制僧侣的数量,另一方面大力推行敕封皇家寺院、敕差住持、赐紫衣师号、赐宸翰御匾等"恩宠"措施。而正史中关于此方面的记载寥寥,给我们今日的南宋佛教政策研究带来了一定的障碍。然在南宋禅四六中,恰蕴藏了丰富的相关史料,可与正史互为补充参证。例如无文道璨《求僧疏》中有曰:"出岭二十年,居无所定;短发三千丈,老不饶人。厌听穷鬼之揶揄,羞见少时之行辈。"①物初大观《天竺行者求僧疏》则说得更为直白:"囊类杜陵羞涩,牒如少室价高。"②由此当时僧人度牒的价格之高已然可见一斑,高价售卖度牒俨然已成为朝廷的一条生财之道。同时诸多谢表也屡屡出现于他们的文集中,例如物初大观就有《谢御书觉皇宝殿表》《谢御书表》《谢御书正遍知阁华严法界二扁》《住育王谢表》等,不难看出南宋朝

---

① 道璨《求僧疏》,《全宋文》第349册,第454页。
② 大观《天竺行者求僧》,《物初腾语》卷一八,《珍本宋集五种——日藏宋僧诗文集整理研究》(下),第874页。

廷对于禅宗的极力拉拢。此前后两种政策看似略有矛盾，实则在根本上共同指向的是朝廷对禅宗的干预力量越来越强。

二是南宋禅四六中有不少篇章反映出南宋寺院的经济状况。在大部分劝缘疏、修造榜、上梁文等文书中，直接记载了寺院的日常用度、法事开支、营修费用、田地产业、朝廷及地方官府拨款、民间募集等多方面的收支途径。另外值得我们注意的是，越到南宋后期，劝缘疏的数量就越多，甚至连五山这样的大寺院也屡屡有之。这从一个侧面说明，南宋后期随着内忧外患诸种矛盾的加深，朝廷渐渐无法在物质上对宗教予以足够的支持，僧侣必须更多地涉足市井、寄迹于庶民之中自谋衣食。这种寺院经济状况的变化，或许也是南宋佛教走向世俗化的一个原因。

三是南宋禅四六中包含了不少当时禅林人事制度、人事变迁的相关情报。虽然明清以来编修的很多寺志中几乎都会有"历代住持"的记载，但由于这些寺志的编定跟南宋隔了数百年的时间，且所本文献种类芜杂，既有正史、禅宗灯录、禅师语录，也有笔记杂著、野史轶闻、师资口耳授受等，甚至把话本小说也网罗在内，史料可信度参差不齐，编定者亦大多未顾及前后重复、脱漏、矛盾、错误等情况。且寺志一般仅仅简单罗列住持者名号，而其委任过程、住持时间等信息一般不予提及。而从南宋不少劝请疏、谢表等禅四六中，我们不仅可以较为详细地了解某住持的选举经过、到任时间等微观具体信息，而且通过对此类禅四六的整体观照，可以从宏观上看到南宋禅林在住持遴选上，存在着朝廷敕差、官府敦请、丛林选举，甚至拈阄等多种方式的并存以及在不同时期的此消彼长。诸如物初大观《住育王谢表》"仰朝家之为法，据舆论以择人"[①]，淮海元肇《径山谢表》"自高皇之临幸，眷国一之道场。凡曰住山，必由宸命""臣曾祖

---

① 大观《住育王谢表》，《物初賸语》卷一八，《珍本宋集五种——日藏宋僧诗文集整理研究》（下），第859页。

大慧杲被绍兴之特恩,大父佛照光受绍熙之眷渥。父佛心琰承明纶于嘉定之岁,兄佛智闻蒙睿旨于宝祐之年"①等陈述,是我们今日研究南宋禅林人事制度、人事变迁等问题的重要史料。

四是南宋禅四六为我们再现了南宋禅林生活之行仪习俗的多彩画面。上文已经提到,南宋时期禅四六已经渗透至禅林日常生活的方方面面,几乎每种不同的场合都有相应的文书必须使用,反映出南宋禅林对于仪式、轨范等的重视与践行。南宋禅四六中的每一类文体,都形象直接地再现了诸如新任住持入院开堂、寺院做法事、行脚化缘、谢朝廷礼遇、屋宇落成等种种场合中,禅门相应的特有风俗习惯。尤其值得一提的是,南宋中后期产生的起棺、下火、起骨等与丧葬仪式有关的文书,种类繁多,暗示着彼时僧侣丧葬仪式的过程非常烦琐。这类四六为前代禅林所未有,灯录、僧史中亦少见相关记载。通过它们,我们不仅可以从直观上了解彼时禅门丧仪的一般程序,而且可以看出南宋中后期禅门之行仪习俗与世俗社会越来越接近、方外与红尘的界限越来越模糊。研究宋代禅宗史,对这些四六理应予以重视。

五、南宋禅四六于中外文学之影响

四六文作为一种"雅"的文体,至宋元之际,渐融入市井通俗文学的创作中,对通俗文艺产生了重要影响,我们可以在南宋之后的小说、戏曲中看到大量骈语。之前已有学者关注到这一现象,如马琳萍、朱铁梅《八股文对明代前期戏曲创作的影响——以〈香囊记〉的骈偶倾向为例》②,颜建华《乾嘉骈文的艺术成就及其对小说、戏

---

① 元肇《径山谢表》,《淮海外录集》卷上,宝永七年刻本。
② 马琳萍、朱铁梅《八股文对明代前期戏曲创作的影响——以〈香囊记〉的骈偶倾向为例》,《河北学刊》2011年第2期。

曲影响》①，川浩二《战斗与闺阁——〈水浒传〉〈金瓶梅〉中骈语的叙述机能》②，等等。这种影响的发生，并非始自明代，在南宋即已萌芽，比如南宋话本《钱塘湖隐济颠禅师语录》中就有很多骈句。于景祥《中国骈文通史》一书中"骈文对宋代小说和戏曲的影响、渗透"一节就指出："宋代骈体文在社会各阶层中都被广泛使用，并且成为新兴的话本小说和戏曲的有机组成部分。虽然正统文学样式中骈文不甚发达，但小说戏曲中则有精湛的骈语。"③这的确是一个不争的事实。但宋元之际骈文对通俗文学的作用究竟是如何发生的、这种影响又具体是何种程度等诸问题，于著论之未详。前文已经论及南宋禅四六"俗"之特质——通俗的语言、破体为文的技法、主要面向非士大夫群体的受众，等等——较之于文质彬彬的庙堂四六，天然地更贴近于市井凡尘，更贴近于世俗民众。因而，在考虑骈体文对于通俗文艺的影响时，南宋禅四六所起的作用不可不予以考虑。这是一个值得深究的问题，尚俟专文考证和论述。

南宋禅四六除了在之后的小说、戏曲等通俗文学中烙下了印记外，还远播东瀛，对日本僧人的创作产生了重要作用。日僧虎关师炼(1278—1346)集九峰鉴韶、清凉惠洪、橘洲宝昙、北礀居简、淮海元肇、藏叟善珍、物初大观、无文道璨、曾会、蒋之奇、汪应辰、李邴等人所撰疏、榜、祭文等，编成《禅仪外文集》一书。该书卷首附有康永元年(1342)师炼自序，可见在1342年之前，这些南宋禅僧的四六文就已经漂洋过海到了日本，并为师炼所得。师炼为《禅仪外文集》所作序云：

---

① 颜建华《清代乾嘉骈文研究》第九章"乾嘉骈文的艺术成就及其对小说、戏曲影响"，光明日报出版社，2011年。
② [日]川浩二「鬪と閨の語り―『水滸伝』・『金瓶梅』における駢語の叙述機能―」，『中国文学研究』第28期。
③ 于景祥《中国骈文通史》，第712页。

《语》曰:行有余力以学文。余有二焉:溢余,外余。孔孟之文者,道德溢余之力也;游夏之文者,仁义外余之力也。溢余文者,大醇矣;外余文者,不能无小疵矣。汉唐诸儒,咸外余而匪溢余焉。不特儒也,吾门亦然。三祖《信心铭》、石头《参同契》等者,溢余也;石门、橘洲以降,外余也。大凡衲子,吐演有内外文。提纲、拈提、偈赞等者,内也;疏、榜等,外也。内者不可亏矣,外者随宜矣。唐宋之间,迄于汴京,入院、开堂两也。南渡后合为一焉,是我门之大仪也,以故疏、榜出焉。疏、榜者,四六也,不得不文矣。若夫文者,法格体裁不可失矣。近世庸流,叨作句语,体格荡灭,故我撮古之有体制者,作类聚备鉴诚焉。①

从这篇自序可以看出,他编纂此书的目的,是给时人树立疏、榜等四六文书写作的模范法则。是书编成后,至江户时代,共产生了十余种刊本、抄本、注本等,足可见其传播范围之广、影响力之巨。而在14世纪初,日本五山汉文学"在汉文中古文占据主流地位,后来流行的四六骈体文在此时还看不到"②;自14世纪中叶左右开始,南宋禅僧们创作的汉文学体裁主要有偈颂、语录、作为纯世俗文学的汉诗文和疏表等四六文四种③。因此被编入《禅仪外文集》的那些禅四六,称得上是日本五山汉文学中骈体文的最早渊源之一。

与中国情形不同的是,日本的五山禅僧还在国家的外交活动中扮演着重要角色,担负着写作外交文书的职责。在镰仓时代末期中国禅四六尚未传入时,作为外交使节的五山僧人主要通过汉诗与东

---

① [日]虎关师炼《禅仪外文集序》,《禅仪外文集》卷首,谷村文库藏本。
② [日]丸井宪《日本早期"五山汉文学"渊源之探讨》,《北京大学学报》(哲社版)2003年第1期。
③ 参[日]玉村竹二『五山文学:大陸文化紹介者としての五山禅僧の活動』,东京至文堂,1955年。

亚其他国家进行交流;①而到了室町时代,他们学习了四六文作法,以表等作为外交文书之写作体裁。此在西尾贤隆《室町幕府外交中的绝海中津》②以及《日中禅林中从疏到表的展开》③中已有详尽探讨,故本书不再赘述。总而言之,南宋禅四六对于日本中世的文学、社会的影响都是不容忽视的。

---

① [日] 村井章介『東アジア往還—漢詩と外交—』,东京朝日新闻社,1995年。
② [日] 西尾贤隆「室町幕府外交における絶海中津」,氏著『中世の日中交流と禅宗』第九章,东京吉川弘文馆,1999年。
③ [日] 西尾贤隆「日中禅林における疏から表への展開」,氏著『中世の日中交流と禅宗』第十章。

南宋的"小佛事"四六
——以石溪心月《语录》《杂录》为中心

王汝娟

笔者在《南宋禅四六论略》中,曾提到在南宋时代的"禅四六"里面,有一类起龛、挂真、下火、起骨、入龛、指路、入塔等禅门特有的丧葬仪式上所用的文书,即"小佛事"四六。作为南宋中后期的一位高僧,石溪心月今有《石溪心月禅师语录》(又名《传衣石溪佛海禅师语录》《石溪和尚语录》)、《石溪心月禅师杂录》(又名《传衣石溪佛海禅师杂录》)传世。观此二部石溪语录,我们不难发现一个有趣的现象:《石溪心月禅师语录》(以下简称《语录》)卷下"小佛事"中收录了《石田和尚入祖堂》《无准和尚入塔》《昭觉土庵圭和尚起骨》《智回首座锁龛》《吉州信上座下火》等 20 篇与丧葬行仪有关的四六文,《石溪心月禅师杂录》(以下简称《杂录》)之"小佛事"中收录了《第一移龛》《第二锁龛 仙上坐》《第三挂真 石田和尚》《第四举哀 无准和尚》《第五奠茶 铁塔长老》《为坦都庄下火》《圆觉讲主起灵》等 49 篇此类四六文(其中部分仅存篇名而无正文,故实际数量为 44 篇)。两者合计,共有 69 篇,从数量上来讲已经颇为可观。其实此类四六文并非石溪心月《语录》《杂录》所独有,翻检南宋其他禅僧的语录,亦往往可见,譬如《无准师范禅师语录》《石田法薰禅师语录》《希叟绍昙禅师语录》等。但从整体上来看,石溪心月创作的此类四六数量最多,编排体式也最为齐整,故而不妨以他为例来对这种"小佛事"四六进行初步考察。

一、文体形成与确立

在考察"小佛事"四六之前,首先有必要简单看看何谓"小佛事"。据笔者目前所掌握的资料,"小佛事"一语最初是出现在南宋时代的禅师语录中,其下收录的无一例外都是下火、起骨、秉炬、锁龛等与丧葬行仪有关的文书。因而我们可以推测,"小佛事"或许专指这些丧葬仪式中各个环节的种种行事。

北宋长芦宗赜所编《禅苑清规》中虽然没有明言"小佛事",但卷七"尊宿迁化"条明确规定了高僧圆寂后丧葬行仪的具体过程,谨引长文如下:

如已坐化,置方丈中,香花供养。以遗诫偈颂贴牌上,挂灵筵左右。于众尊宿中请法属一人为丧主,如无法属,则请自余住持尊宿。然后修写遗书,报官员、檀越、僧官、邻近尊宿、嗣法小师、亲密法属,请僧分头下书。三日后入龛,如亡僧法。入龛时,请尊宿一人举灵座,当有法语。法堂上西间置龛,东间铺设卧床衣架、随身受用之具,法座上挂真。法堂上用素幕白花灯烛供养之物,真前铺道场法事。小师在龛帏之后幕下,具孝服守龛。法堂上安排了,丧主已下礼真讫,然后知事、头首、孝子、大众与丧主相见。丧主已下次第相慰。如有外人吊慰,外知客引到堂上,内知客引于真前,烧香致礼竟,与丧主、知事、首座相看,却来幕下慰孝小师,然后却来与丧主茶汤,外知客送出。如有致祭,于真前陈设。若不将带读祭文人来,即本院维那、书记代读。送葬之仪合备大龛,结饰临时,并真亭、香亭、法事花幡。起龛之日,本院随力作一大斋,衬施重于寻常。至时请尊宿一人举龛,当有法语。孝子并行者围绕龛后,次丧主已下送孝人及本院大众等相继,中道而行,官员、施主在大众左右并行,尼师、宅眷随在末后送葬。若焚化,即请尊宿一人举火,当有法语。若入塔,即请尊宿一人下龛,当有法语。又请尊宿一人撒土,当有法语。然十念等如亡僧之礼,本院应散念佛钱。归院,请尊宿一人挂真,当有法语。且就寝堂内安排丧主已下礼真,相慰而散。知事、头首、孝子等早暮赴真前烧香,及斋粥二时随众供养。候新住持人入院有日,则移入真堂。其入龛、举龛、下火、下龛、撒土、挂真,并有乳药,丧主重有酬谢。

《禅苑清规》成书于北宋崇宁二年(1103),因此尊宿迁化后一系列隆重的丧葬仪礼应该在此之前就已经形成和存在。《禅苑清规》在一些环节,譬如举灵座、举龛、举火、下龛、撒土、挂真等过程中,屡屡言及"当有法语",然而我们翻阅唐代禅师的语录及其他著作,并没有看到这类"法语",它们直到北宋的禅师语录中才开始出现,至南宋时则已然蔚为大观。例如"下火",下火法语最早出现在五祖法演(?—1104)的《法演禅师语录》①中,但其中收录的这两段法语仅有短短数句,且同其他上堂法语等被一起编录于"次住太平语录",并未单独列出;再譬如"挂真",挂真法语最早见于《续古尊宿语要》所收龙门清远(1067—1120)禅师语录②,篇幅比前者稍长,但同样也被混杂于其他法语之中。这表明,此类与丧葬仪式有关的法语在形成之初很有可能是以即兴的口头创作来完成的,尚未形成固定的格式与体制,具有相当的随意性。

管见所及,此类法语最早以单独篇目的形式出现,是在圆悟克

---

① 才良等编《法演禅师语录》,《大正藏》本。
② 师明集《续古尊宿语要》卷三《佛眼远禅师语》,《卍续藏》本。

勤(1063—1135)的《圆悟佛果禅师语录》①中。其卷二〇收录了"偈颂""真赞""杂著""佛事"四类著述,其中"佛事"包括《为智海法真和尚入龛》《为佛眼和尚举哀》《为佛眼和尚下火》《为妙禅人下火》《为佛真大师下火》《为范和尚下火》《为亡僧下火》等七篇文章。从文体来看,它们基本上可归入骈文范畴。这一方面可以说明"小佛事"四六作为一种专门和独立的文体在此时已经形成,并且有了规定的名称(虽然在《圆悟佛果禅师语录》中尚被称作"佛事","小佛事"之名则要待稍晚才有);另一方面也可说明它们已经脱离了禅师口头创作的形态,在相当场合已经转变为一种书面化写作了。

自圆悟克勤之后,此类四六文在禅师语录中频频出现,一直绵延至元、明、清时代;并且在大多情况下都冠以"小佛事"之统一称呼,是为定例。南宋时在自己的语录中留下这类"小佛事"四六的禅师,主要有石田法薰(1171—1245),存 18 篇;无准师范(1177—1249),存 17 篇;石溪心月(? —1254),存 64 篇;西岩了惠(1198—1262),存 20 篇;虚舟普度(1199—1280),存 12 篇;断桥妙伦(1201—1261),存 19 篇;环溪惟一(1202—1281),存 11 篇;绝岸可湘(1206—1290),存 16 篇;希叟绍昙(? —1297),存 49 篇;月磵文明(1231—?),存 20 篇;等等。这从一个侧面证明,此类四六在南宋时代(尤其是南宋中后期)是相当流行的,我们有必要把它们作为一种专门的四六文类来进行探讨。

另外值得一提的是,"小佛事"四六不仅是宋代以来中国禅僧著述的一个专门文类,而且还传播到日本。南宋时代,中国禅宗经由渡海的两国僧人而传到日本,在异域生根发芽。一方面宋代的禅门清规、寺院建制等制度层面的轨则为日本禅林所借鉴,另一方面中国尊宿所创作的语录、诗文、笔记等禅文学也成为日僧学习的

---

① 绍隆等编《圆悟佛果禅师语录》,《大正藏》本。

典型，因而"小佛事"四六亦屡屡可见于日本禅僧语录或文集中。譬如元初渡日禅僧清拙正澄(1274—1339)，其《禅居集》①分为"诸体混""佛祖赞""自赞　小佛事""题跋"等部分；日僧天岸慧广(1273—1325)，其《东归集》②分为"偈颂""赞""小佛事并序引"等部分。由此可见，他们亦是将"小佛事"四六当作一个专门和独立的文类来对待的。

二、"小佛事"四六之文体特征

以上简要梳理了"小佛事"四六文体的形成和确立过程，可以肯定它作为一种独立文体，其存在是确凿无疑的。但是就笔者管见，在宋代以来的中国文章学著作中，并未有只言片语对之有所论及。而日本光丘文库藏有《四六文章图》，据其卷末所附跋语，它成书于宽文六年(1666)，编撰者为大颠梵通。这是一本分门别类讲述各种四六文写作要领的文章学著作，其卷五《禅家四六并偈颂类》中，专立"七佛事并图"一条。所谓"七佛事"，书中说明为："一曰锁龛，二曰挂真，三曰起龛，四曰奠汤，五曰奠茶，六曰下炬，七曰念诵。或维那也，减锁龛、挂真，谓五佛事；减锁龛、挂真、起龛、念诵，谓三佛事；加取骨、安骨，谓九佛事也。"③"七佛事并图"一条详述此类"小佛事"四六文的体制规范，并配以图解，非常直观。我们不妨以《四六文章图》为参照，来看看以石溪心月之作为代表的南宋"小佛事"四六之文体特征。

《四六文章图》首先规定了各类"小佛事"四六在内容上的写作程序，譬如其中论锁龛之"二用三法"：

---

① 清拙正澄《禅居集》，收于[日]上村观光编『五山文学全集』卷一，京都思文阁，1992年。
② [日]天岸慧广《东归集》，收于[日]上村观光编『五山文学全集』卷一。
③ [日]大颠梵通『四六文章图』卷五，日本光丘文库藏。

> **锁龛二用**
> 一曰放行,二曰把住。分全体于二段,而先放行,后把住。
> **锁龛三法**
> 一曰仁,二曰死,三曰活。此外加静意也。①

再如论"下炬五要":

> 一曰德,二曰死,三曰哀,四曰活,五曰奠。此五要必非不用之,是下炬肝要也。②

诸如此类,等等。虽然我们现在已难以知晓"放行""把住""仁""死""活""德""哀""奠"等的确切要领,但很显然这些规定了内容方面的套路,写作者只需要按照这几个固定的套路去谋篇布局即可。

除了内容之外,《四六文章图》还对"小佛事"四六的对仗、用韵、句式等作了详尽的规范,并配以直观的图解,例如其中的"挂真式并图"条:

> 先颂,次八字称,又次隔对一连、直对一连或二连,又隔对一连、直对一连或二连,次正与么时,如此书。而又直对一连或隔对,次隔对一连或直对,次散文或二十三四十字,用脚韵,次落句,是古语著语类也,次一字关,或指空,或段段横样不一样。
> 略则先颂,次八字称,又次隔对一连、直对一连或散文,次落句、一字关。
> 又曰,先颂,次八字称,次散文,次落句,次一字关。
> 又曰,先颂,次散文,次落句,次一字关。

---

① [日] 大颠梵通『四六文章图』卷五。
② [日] 大颠梵通『四六文章图』卷五。

锁龛、起龛、奠汤、奠茶、下炬、拈香,略则有三法,皆如此。

可见它对格式的规定非常细致,不仅提供了"挂真"四六的一般性写法,还提供了三种简略性写法;图解部分,则主要是规定了"挂真"四六的句法、押韵与平仄。限于篇幅,这里仅举其中一简略图(按日人习惯,○表示平声,●表示仄声,◐表示可平可仄):

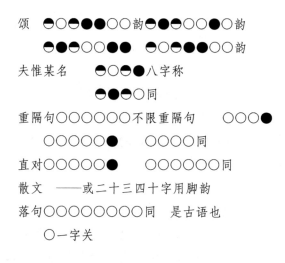

其他"锁龛""下火""起龛"等条目亦与此类似。

以上为《四六文章图》对于"小佛事"四六写作的内容和形式两方面的理论性总结。那么南宋时代创作的实际情况,又是如何呢?

总的来看,我们现在所能看到的南宋"小佛事"四六,无论是内容还是体制皆十分宽松随意,完全循规蹈矩者少之又少。它们大部分篇章属于简略式,篇幅较为短小。其内容上的要求——譬如锁龛"二用三法"、下炬"五要"等,往往并不遵循。相对而言,《四六文章图》所规定的开头"颂"的部分,南宋的"小佛事"四六基本都符合这一点。此或许是因为以韵语开篇,读起来朗朗上口,正与这类四六文口头宣读的需要相契合。而在"对"的部分,实际上它们并不讲究严格的对仗,对偶较为宽松。此外无论是骈俪部分还是散文部分,都采用大量的白话、俗语,较少使用典故,或者用典而能化,与传统四六文之典丽庄重、文质彬彬的面貌迥然不同。试看石溪心月的《第三挂真　石田和尚》:

> 南山片云,西湖滴水。面目全彰,何处回避。谓是石田老人,千里对面;谓非石田老人,对面千里。是耶非耶,(乃展真云:)总在者里。休论沤灭沤生,爱取清风匝地。①

对照上文所引的《四六文章图》之"挂真式并图",很显然这篇《第三挂真　石田和尚》大致是采用了其中的简略性写作法则。但它也并未完全遵循法则,结尾处并没有所谓的"一字关"。再如其《清净灯首座撒骨》:

> 石城顶颙望乡园,目力穷时却宛然。江国春风忽吹散,不知消息落谁边。(举骨云:)个是清净炉鞴里,千煅万炼底灯首座。一把灵骨,坚如金石,莹若冰霜。放去则包括十虚,收来则总在者里。平生道义,末后夤缘。落在天宁手中,且道如何安着?区中日月不及处,方外乾坤自卷舒。②

这也是一篇依照简略法则写作的"撒骨"四六。它以一首七言四句颂领起,韵脚为"园""然""边",音韵铿锵,适于口头念诵。下面骈偶句,譬如"放去则包括十虚,收来则总在者里""区中日月不及处,方外乾坤自卷舒"二句,"包括/总在""十虚/者里""不及处/自卷舒"

---

① 心月《第三挂真　石田和尚》,《石溪心月禅师杂录》,《卍续藏》本。
② 心月《清净灯首座撒骨》,《石溪心月禅师杂录》,《卍续藏》本。

这些词语在词性、语义以及结构上对仗并不严格。文中还出现了不少口语词,如"个是""底""一把灵骨""总在者里""落在""安着"等。总而言之,它通篇带给我们的是强烈的世俗化印象,而不是典雅的书卷气息。南宋的其他"小佛事"四六亦大多类此,"破体"的特征极为明显。概言之,它们或可称为"世俗化的四六"。

那么造成这一现象的根本原因,究竟是禅僧学识与写作水平的限制,还是说有更深层的思想背景?通过对南宋禅僧的其他作品——语录、诗歌、古文、一般性骈文、笔记等的观察,我们完全有理由相信,南宋禅僧的学识与文才,总体上来说远远超越了唐代和北宋,其水平与士大夫文人可以说难分伯仲。由此可以推断,这种"小佛事"四六之世俗化面貌的形成,并非由于他们学识与写作水平的牵制。南宋禅僧向庶民世界的融入、禅宗文学与通俗文学的互相渗透,才是形成这一面貌的深层要因。此将在下一部分详述。

三、"小佛事"四六之形成及文体特征的思想史背景考察

永井政之在《中国佛教成立的一个侧面——中国禅宗葬送仪礼之成立与展开》一文中指出:"因亲近者的死亡而感到悲伤,是超越了时代、民族和阶级的一种共通情感。一个宗教如何对待死亡,在某种意义上可以说决定了它将来的走向。"[①]笔者在《南宋禅四六论略》中论及,南宋禅四六的成熟繁荣及其所表现出的文体特征是禅宗同时走向士大夫化与世俗化的结果——一方面朝廷等世俗权力努力纳禅宗于统治秩序、禅宗积极向世俗权力靠拢,另一方面禅宗与庶民世界的联系也越来越密切。"小佛事"四六作为禅四六之一

---

① [日]永井政之「中国仏教成立の一側面—中国禅宗における葬送儀礼の成立と展開—」,『駒沢大学仏教学部論集』第26号,1995年。

种,理所当然也符合这个大判断。具体来看,禅门种种"小佛事"丧葬行仪之本身以及"小佛事"四六的形成是受儒家孝道观念影响的产物,而"小佛事"四六表现出的文体特征则是禅宗文化、禅宗文学受庶民文化、通俗文学之影响的结果。

永井政之在另一篇论文《孝服与禅僧——围绕〈禅苑清规〉之尊宿丧法》里提到,禅门丧仪的成文化,即始自此《禅苑清规》;此类种种行仪规矩,显然是受儒家葬送礼仪的影响。① 成河峰雄《禅宗的丧葬仪礼》也指出,《禅苑清规》记载的入龛、举龛、下火、挂真等葬送仪礼为"儒家礼仪的禅宗丛林化",它"并没有表明佛教的或者禅宗的生死观"。② 的确,在佛家的固有观念中,人的身体由地、水、风、火所谓"四大"构成,而"四大皆空",人死后即进入下一个轮回,所以佛家反对厚葬以及繁琐的丧葬礼仪,《佛说无常经》中就说僧人圆寂后,先以诵经、散花、烧香供养,"然后随意,或安窣堵波中,或以火焚,或尸陀林乃至土下"。③ 由此可以看出佛门丧葬虽然本来也有一些行仪,但这些行仪都是不成体系和极为简洁随意的。儒家的丧葬则不同。正如《论语·为政》中所说的"生,事之以礼;死,葬之以礼,祭之以礼"那样,无论生死皆讲究一个"礼"字,而"礼"的直接外在体现即是仪式。仪式越庄重、越繁琐,"礼"也就越高级、越周全。《礼记》之"丧服小记""丧大记""祭法""祭统""奔丧""问丧"等篇章就记录了儒家繁琐的丧葬仪式。从前引《禅苑清规》可以看出,禅林举行种种"小佛事"过程中的请丧主、具孝服、各方吊唁、读祭文等,显然基本上是儒家丧葬礼仪的移植。且从思想史上来看,南宋正处于"儒佛合流"的大语境下,禅门主动援用儒家行仪也是顺理成章之

---

① [日]永井政之「孝服と禅僧——『禅苑清規』尊宿喪法をめぐって」,收于『禅学研究の諸相——田中良昭博士古稀紀念論集』,东京大东出版社,2003年。
② [日]成河峰雄「禅宗の喪葬儀礼」,爱知学院大学『禅研究所紀要』第24号,1996年。
③ 义净译《佛说无常经》,《大正藏》本。

事。因此,儒家的孝道文化、礼制文化是孕育"小佛事"以及"小佛事"四六的最根本土壤。那么这一文体形成之初及定型以后,为什么会以本文第二部分所描述的那种世俗化面貌呈现? 笔者认为,此乃南宋禅宗与庶民文化相融合的产物。

宋代民间的说唱艺术十分发达,有小说、说经、讲史、合生等所谓的"说话四家"。其中的"说经"即僧人向市井大众演说佛经故事,是一种专门的僧人说唱。回忆南宋临安风华的笔记《武林旧事》记载的"说经"艺人名单中,有长啸和尚、达理和尚、周春辩和尚、有缘和尚等。① 《梦粱录》之"小说讲经史"条则云"谈经者,谓演说佛书。说参请者,谓宾主参禅悟道等事。有宝庵、管庵、喜然和尚等"②,等等。当然僧人从事此类说唱活动的现象并非自宋代才开始出现,梁代《高僧传》中就有十余位"唱导僧"之传,敦煌文献中也有不少与佛教有关的"俗讲""变文"等;但可以肯定的是,随着商品经济的发达和庶民文化的繁荣,僧人的这一说唱职业及其相关活动在南宋达到空前活跃。加之南宋驻跸临安,我们从《武林旧事》《梦粱录》《都城纪胜》等这些专门描写南宋都城的笔记中就可以看出当时临安市井文化之繁华。凑巧的是,上文提到的南宋写作"小佛事"四六数量较多者——石田法薰、无准师范、西岩了惠、虚舟普度、断桥妙伦、环溪惟一、绝岸可湘、希叟绍昙、月磵文明等,均为临安及其周边地区的五山僧人,石溪心月同样也不例外。

虽然目前笔者尚未发现有直接的证据能证明"小佛事"四六是受到了当时民间说唱艺术的影响,但从以上揭示的"小佛事"四六的文体特征,可看出它的形成、成熟是禅宗与庶民文化相融合的产物。首先,从事此类"小佛事"活动似乎并非一种"正统"行为,而多少有些"另类"的意味,《西湖游览志余》就记载:"济颠者,本名道济,风狂

---

① 周密《武林旧事》卷六"诸色伎艺人"条,中华书局,1991年,第144页。
② 吴自牧《梦粱录》卷二〇"小说讲经史"条,中华书局,1985年,第194页。

不饬细行,饮酒食肉,与市井浮沉,人以为颠也,故称济颠。始出家灵隐寺,寺僧厌之,逐居净慈寺,为人诵经下火,累有果证。"①道济是南宋著名的癫狂僧,被逐出灵隐寺后所事职业为"为人诵经下火",可见"下火"之类的活动并非大雅之事。第二,如本文所分析,它们在实际写作时并不严格遵守四六文的文体规范,体制上十分宽松,相对而言却比较注重押韵,而且大量使用日常口语、俗语和白话,极少运用高深晦涩的典故,或者用典而能化,这些特征皆十分符合"说唱"文学的要求。第三,从这些"小佛事"四六的文本来看,中间往往夹杂了不少提示动作(且这些动作常常带有戏剧性)的语句,类似于戏曲表演的舞台提示。譬如石溪心月《语录》卷三收录的《吉州信上座下火》有"掷下火把云",《径水头下火》有"以火划一划云",《选塔主下火》有"以火打圆相云",《杂录》收录的《第七对灵小参 为净慈无极和尚》有"喝一喝""拈拄杖云""卓拄杖一下""良久云"等,可见禅僧在丧葬法事上念诵这些四六时伴随有不少肢体动作。第四,这些"小佛事"四六本由禅僧当众念诵,但此过程中经常会突然出现其他人的问话,尔后念诵的禅僧往往以颇为夸张或戏剧性的语句答之,十分类似于戏曲中的"插科打诨"。第五,因为"小佛事"通常如《四六文章图》所述有七个或九个环节,每个环节皆有相应的四六,从现存文献来看每个环节相应的四六文通常由不同的禅僧分别念诵,这不难令我们在某种程度上联想到民间的集体性歌谣活动。

限于篇幅,本文难以对以上诸点展开具体论述,暂且先作简单的概括,相关问题俟另作专文予以详细讨论。

四、向庶民世界及通俗文学的渗透

"小佛事"四六本是僧人圆寂后,佛门中人在其丧仪的各个环节

---

① 田汝成《西湖游览志余》卷一四"方外玄踪",第275页。

所作并加以念诵的具有一定格式的骈体文。也就是说,它产生之初的创作者是僧人,所面向的对象也是僧人。然而后来它却出现了泛滥的情况,即其所针对对象逐渐扩展到了市井庶民,甚至还出现了为动物、植物所作的此类文章,这可以说已经是一种笔墨游戏;此外宋元话本及明清小说也深受其影响,在这些通俗文学作品中往往可见其身影。

首先来看它向庶民世界泛滥的情况。石溪心月《杂录》中,收录了《为张府夫人余氏起棺并掩土》《郭公起灵掩土》《为上海蔡府属起灵并秉炬》《为刘都钤掩圹》等为世俗在家人而作的"小佛事"四六。值得注意的是,虽然这些人可能具有官职,但从题目中"张府""郭公"等这些称呼来看,他们的官职并不高,或者亦有可能是地方乡绅,因为若他们官居高位,当会以官职称呼之。这里出现的"都钤",又称"都钤辖""钤辖",北宋前期尚握有兵权,但随着王安石新政中"将兵法"的实行,至南宋已经成为一种虚职。因此,这些人与真正意义上的士大夫有一定距离,其身份中更多含有普通市民的性质。南宋笔记《中吴纪闻》卷六则有"周妓下火文"一条,载录了一篇一位姓周的名倡亡故后,名叫道川的僧人为其所作的"下火"四六。① 这位周姓女子乃一名娼妓,道川却并不忌讳她的身份而为之专门作文,由此不难想见本是佛门文书的"小佛事"四六向庶民世界的渗透程度。

《希叟绍昙禅师语录》中有《灵鹫为猿下火》,这是一篇为死去的猿猴作的简短的"下火"四六:"红树栖云,古藤挂月。捷影一飞,清吟三迭。直下息攀缘,死生心路绝。无复经行异类中,(掷火把云:)火聚何妨参胜热。"②陶宗仪《南村辍耕录》卷二八则载录了一篇为梅花作的"下火"四六:"周申父之翰寒夜拥炉爇火,见瓶内所插折枝

---

① 龚明之《中吴纪闻》卷六"周妓下火文"条,《知不足斋丛书》本。
② 绍昙《灵鹫为猿下火》,自悟等编《希叟绍昙禅师语录》,《卍续藏》本。

梅花冰冻而枯,因取投火中,戏作下火文云:……"①

以上略举了数例南宋时期"小佛事"四六的写作对象由佛门僧人扩展至普通庶民,乃至出现为动植物而写的"戏作",这充分反映出它的蔓延范围之广。

与此同时,这一文体也渗透到了通俗文学之中。南宋话本《钱塘湖隐济颠禅师语录》②中记载了济颠圆寂后,众长老为其举行丧仪,为我们呈现了一系列较为完整的各种"小佛事"四六文:

> 济公写毕,下目垂眉,圆寂去了。沈万法大哭一场,众官僧道俱来焚香。至三日,正欲入龛,时有江心寺全大同长老亦知,特来相送。会斋罢,全大同长老与济公入龛。焚了香曰:
> 大众听着。才过清和昼便长,莲芰芬芳十里香。衲子心空归净土,白莲花下礼慈王。恭惟圆寂书记济公觉灵,原系东浙高门,却来钱塘挂锡。参透远老葛藤,吞尽赵州荆棘。生前憨憨痴痴,末后奇奇特特。临行四句偈云,今日与君解释:从前大戒不持,六十年来狼藉。囊无挑药之金,东壁打到西壁。再睹旧日家风,依旧水连天碧。到此露出机关,末后好个消息。大众且道如何是末后消息?弥勒真弥勒,化身千百亿。时时识世人,世人俱不识。咦!玲珑八面起清风,大地山河无遁迹。
> 全大同长老念罢,众皆叹赏。第二日启建水陆道场,助修功德。选日出丧,届八月十六日百日之期,灵隐寺印铁牛禅师与济公起龛。禅师立于轿上,递香云:
> (此处"起龛"四六文略)
> 印铁牛长老念罢,众团头做索起龛,扛至法阴寺山门下,请

---

① 陶宗仪《南村辍耕录》卷二八,《四部丛刊三编》本。
② 关于《钱塘湖隐济颠禅师语录》乃南宋话本之论断,参朱刚《宋本〈钱塘湖隐济颠禅师语录〉考论》,《西南民族大学学报》(人文社会科学版)2013年第12期。

上天竺宁棘庵长老挂真。宁棘庵长老立于轿上,手持真容道:

（此处"挂真"四六文略）

宁棘庵长老念罢,鼓乐喧天,迎丧入虎跑山门烧化。宣石桥长老与济公下火,手拿火把道:

（此处"下火"四六文略）

宣石桥长老念毕,举火烧着,舍利如雨。众僧拾骨,宁棘庵与济公起骨道:

（此处"起骨"四六文略）

念罢,沈万法捧了骨头,宁长老道:"贫僧一发与他送骨入塔。"道:

（此处"入塔"四六文略）

宁长老念罢,把骨送入塔了,回丧至净慈寺山门前。

该段文字中囊括了入龛、起龛、挂真、下火、起骨、入塔等六种"小佛事"四六。通过这系列性的描述,各个环节的程序、人物、仪礼、动作等一目了然;借由这样极富戏剧性、表演性的具体语境,"小佛事"四六的世俗化特征也呈现得极为明显。

明末冯梦龙编纂的白话短篇小说集"三言"中,《警世通言》卷七《陈可常端阳仙化》（又见于《京本通俗小说》,题作《菩萨蛮》）、《喻世明言》卷二九《月明和尚度柳翠》、卷三〇《明悟禅师赶五戒》（又见于《清平山堂话本》,题作《五戒禅师私红莲记》）里也出现了三篇"下火"四六。关于这三种话本或拟话本,一般多倾向于认为《陈可常端阳仙化》与《明悟禅师赶五戒》为宋元作品,而《月明和尚度柳翠》出自明人之手。① 也就是说,南宋"小佛事"四六在当时就被通俗文艺所吸收,成为话本中的一个新鲜元素;之后它又一直在民间口耳相

---

① 参[日]小川阳一『三言二拍本事論考集成』,东京新典社,1981年。

传,至明代依然拥有着生命力。这也恰恰表明,"小佛事"四六的形成及所具特征是受了庶民文化、通俗文艺的影响,它形成之后又反过来影响了庶民文化、通俗文艺,因此它们之间的关系与作用是双向的、相互的。

苏轼与云门宗禅僧尺牍考辨

朱　刚

自《嘉泰普灯录》始，苏轼被编入临济宗黄龙派东林常总（1025—1091）禅师的法嗣①，但不可否认的是，他生前跟云门宗禅僧的交往其实更为密切。现存苏轼尺牍中，有不少是写给云门宗禅僧的，本文对这些尺牍的内容和写作时间作些考辨，在此基础上概述苏轼与云门宗禅僧的交往情形。

现在通行的孔凡礼点校本《苏轼文集》②卷六一，也就是尺牍部分的最后一卷，集中了苏轼写给僧人的尺牍，按受书人为序编集。这个《文集》的底本是明代茅维所编《苏文忠公全集》，其尺牍部分显然经过整理。但是，茅维不是第一个以类似方式整理苏轼尺牍的人，实际上，若将《文集》卷六一与《纷欣阁丛书》本《东坡尺牍》的最后一卷即卷八对勘，基本面貌是近似的。《纷欣阁丛书》虽刊于清代，但这八卷《东坡尺牍》却一定有很早的来历，因为中国国家图书馆所藏元刊残本《东坡先生翰墨尺牍》二卷，除少数漏页外，与《东坡尺牍》的前两卷完全相同，而且《纷欣阁丛书》本虽然外题"东坡尺牍"，其每一卷的标题也作"东坡先生翰墨尺牍卷之一"等，所以，《纷欣阁丛书》编者所根据的原本，应该就是与元刊残本《翰墨尺牍》内容

---

① 雷庵正受《嘉泰普灯录·总目录》卷上，《续藏经》本。
② 孔凡礼点校《苏轼文集》，中华书局，1986年。

一致的某个完整的本子①,而且这样的本子也必然为茅维所有,成为他整理苏轼尺牍的重要依凭,因此才会出现《文集》卷六一与《东坡尺牍》卷八面貌近似的情况。

当然,茅维的整理工作还有另一个重要的依凭,就是在他之前已经出版的《重编东坡先生外集》和七集本中的《续集》所收的尺牍。与《翰墨尺牍》按受书人为序的编次方式不同,《外集》和《续集》的尺牍部分是按写作时地编次的,如《外集》就依苏轼生平,标出"京师""凤翔""除丧还朝""杭倅""密州""徐州""湖州""黄州""离黄州""赴登州""登州还朝""翰林""杭州""召还翰林""颍州""还朝""赴定州""南迁""惠州""儋耳""北归"等 21 个阶段,将八百多首尺牍分编在各阶段。很显然,这一方式与具体的系年成果,也为茅维所吸收,故《文集》所收尺牍,不但总数上超过《纷欣阁丛书》本《东坡尺牍》,而且每位受书人名下的尺牍,几乎都被重新排列顺序,并标出与《外集》相似的阶段名称。拿《文集》卷六一与《东坡尺牍》卷八相校,情况也是如此;而若与《外集》相校,则其标示的阶段也基本近似。②

这样看来,茅维综合了前人编次苏轼尺牍的两种方式,加以整理,虽然其整理的结果未必全部正确,但他把苏轼写给僧人的尺牍集中在一卷,并标出写作时地,对于我们研究苏轼与僧人的交往乃至其生平行事,是极有裨益的。实际上,从孔凡礼所著《苏轼年谱》③就可以看出,谱主留下的大量尺牍,给《年谱》的编纂提供了多少有用信息! 前人编苏轼的年谱,大抵以编年诗为主要依据,孔《谱》超越前人之处,我以为首先就在于对尺牍的比较充分的利用。反过来也可

---

① 与国图所藏元刊残本内容相似的,还有上海图书馆藏《东坡先生往还尺牍》十卷,亦被判断为元刊本,但其内容只相当于《纷欣阁丛书》本的前四卷和第五卷的一部分,稍稍异其编次、拆分卷帙而已。总之,目前所知的这个系统的本子中,以《纷欣阁丛书》本为最善。
② 关于现存苏轼尺牍各种版本的详情,请参考笔者《东坡尺牍的版本问题》一文,见《中国典籍与文化论丛》第 12 辑,2010 年。
③ 孔凡礼《苏轼年谱》,中华书局,1998 年。

以说,孔《谱》包含了一个堪称巨大的成果,就是为大部分现存的苏轼尺牍系年。众所周知,在目前对苏轼各体作品的系年研究中,以尺牍的系年工作最为落后,幸而有《外集》、茅维、孔《谱》的成果为基础,可以继续深入考辨,以求精确。最近出版的《苏轼全集校注》[①],其文集部分就以孔凡礼校点的《文集》为底本,注释中对尺牍的系年,也大多参据孔谱,但也有一些跟孔谱不同,可以参考。

在《文集》卷六一所列受书人中,现在可以确认有十一位是云门宗禅僧[②],以下先画出这十一位禅师的嗣法谱系(图中加框的就是受书人),再分别叙录苏轼写给他们的尺牍,间加考辨。

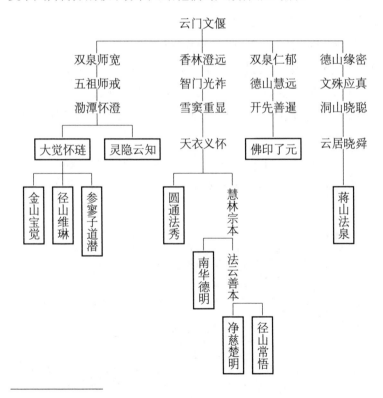

---

① 张志烈、马德富、周裕锴主编《苏轼全集校注》,河北人民出版社,2010年。
② 笔者此后继续比对资料,又发现尚有两位,补充于文后。

一、《与大觉禅师三首》

大觉怀琏(1009—1091)①禅师,字器之,曾受宋仁宗礼遇,住持东京净因禅院,晚年归老于明州阿育王山广利寺,惠洪《禅林僧宝传》卷一八有其详传②。《苏轼诗集》卷二《次韵水官诗》引云:"净因大觉琏师,以阎立本画水官遗编礼公,公既报之以诗,谓轼汝亦作,轼顿首再拜次韵,仍录二诗为一卷献之。"③孔凡礼《苏轼年谱》系此事于嘉祐六年(1061),"编礼公"就是苏洵,可见怀琏是苏洵的朋友④,他也是苏轼最早交往的禅僧。

《与大觉禅师三首》,亦见《纷欣阁丛书》本《东坡尺牍》卷八,题作《与大觉祖师》,三首排列顺序完全一致。而在《重编东坡先生外集》⑤中,都题为《与大觉禅师琏公》,第一首编在卷六三"杭倅"阶段,第二、三首编在卷七三"杭州"阶段,与《文集》第一、二首下标示的写作时地也完全一致⑥。

第一首的主要内容,是苏轼要将亡父苏洵生前珍爱的"禅月罗汉"即贯休所画罗汉像施舍给怀琏所在阿育王寺。其中提及:"舍弟

---

① 怀琏卒于元祐六年(1091)正月一日,参考孔凡礼《苏轼年谱》该年第一条。《苏轼文集》卷一七《宸奎阁碑》记其年八十三,卷七一《跋太虚辩才庐山题名》又谓"太虚今年三十六,参寥四十二,某四十九,辩才七十四,(大觉)禅师七十六矣",可证怀琏长苏轼二十七岁,当与苏洵同龄。
② 惠洪《禅林僧宝传》卷一八《大觉琏禅师》,《续藏经》本。此传记怀琏卒年"八十二",如果不是文字讹误,就是惠洪将其卒年记成了元祐五年(1090),因为怀琏在元祐六年的第一天就离世了。
③ 苏轼《次韵水官诗并引》,孔凡礼点校《苏轼诗集》卷二,中华书局1982年。
④ 怀琏与苏洵的交游,可能始于庆历七年(1047)苏洵至庐山时。《苏轼年谱》于此年载洵在庐山与圆通居讷(云门宗僧)、景福顺长老(临济宗黄龙派僧)交往,而据《禅林僧宝传》卷一八《大觉琏禅师传》云:"去游庐山圆通,又掌书记于讷禅师所。皇祐二年(1050)正月,有诏住京师十方净因禅院。"可见怀琏赴京前,在圆通寺为书记,可能与苏洵相识。
⑤ 本文所用《重编东坡先生外集》,为《四库全书存目丛书》影印本。
⑥ 《文集》于第一首下标"杭倅",第二首下标"以下俱杭州"。

今在陈州,得替,当授东南幕官,冬初恐到此,亦未甚的。"《苏轼年谱》因此而系于熙宁六年(1073),《苏轼全集校注》亦从之,盖以为苏辙熙宁三年(1070)任陈州教授,计其"得替"当在六年。但同是孔凡礼所编的《苏辙年谱》①,则从苏辙的具体事迹来推排,在熙宁五年(1072)叙述此事。相比之下,前者粗略不确,后者当然更为合理②。就苏轼方面来说,他在熙宁四年(1071)末已到达杭州通判(即所谓"杭倅")任上,也不应迟至六年,方与近在明州的怀琏通信③。

第二首是苏轼于元祐四年(1089)任杭州知州时所作,其中有"奉别二十五年"之语,故《年谱》在治平二年(1065)叙"大觉禅师怀琏乞归明州,英宗依所乞。苏轼与怀琏别"事,引此为证,且明云此首"作于元祐四年"。然而,《年谱》在元祐四年下不叙此事。其实苏轼这封信的真迹,清人犹能见之,具载于吴荣光《辛丑销夏记》卷一"宋人十札"条,孔凡礼编《文集》时,也据《辛丑销夏记》的录文补上信末"轼再拜大觉器之禅师侍者,十二月二十日"落款17字。据此,写作的日期亦可以确定。《全集校注》认为是"元祐五年十二月二十日",则差了一年。尺牍中有云:"到此日欲奉书,因循至今。"可知这是苏轼知杭州后首次与怀琏通信,他于元祐四年七月已至杭州,"因循"便至岁末,若更迟至次年末,则无礼过甚,恐不好意思再说"日欲奉书"。

第三首讲的是苏轼为怀琏作《宸奎阁碑》的事,他把刚刚撰成的初稿录示怀琏,同时向怀琏征求资料,以备修改。日本宫内厅书陵部今存苏轼亲书《宸奎阁碑》宋拓④,署"元祐六年正月",而怀琏于

---

① 孔凡礼《苏辙年谱》,学苑出版社,2001年。
② 《苏轼年谱》和《苏辙年谱》关于此事的不同说法,在孔凡礼后来合编的《三苏年谱》(北京古籍出版社,2004年)中,仍然两存其说,而未疏通其间的矛盾。
③ 《文集》附录《苏轼佚文汇编》卷四,从《圣宋名贤五百家播芳大全文粹》辑得《与大觉禅师一首》。按,此首文字,在《大全文粹》中连在《文集》第一首后,而标题不作"二首",则是《大全文粹》所录文本多出一段,并非另为一首。
④ 这个宋拓本原藏京都东福寺,为入宋僧圆尔辨圆携归之物,甚可靠。影印于《书道全集》第十五卷,平凡社,1954年。

该月初一已去世。《文集》卷六一《与通长老九首》之七云:"大觉正月一日迁化,必已闻之,同增怅悼。某却作得《宸奎阁记》,此老亦及见之。"①看来,怀琏及见苏轼录示的初稿,但定稿上石已在怀琏身后,不过《宸奎阁碑》文中没有提到怀琏已去世,可能苏轼定稿时未闻其死讯。本首尺牍的写作时间,大概在元祐五年末,《年谱》《全集校注》亦如此系年。但由此亦可知,上面的第二首,即苏轼知杭州后与怀琏始通音问之书,决不可能作于元祐五年十二月二十日,而应该在前一年。

二、《与灵隐知和尚一首》

此首亦见《东坡尺牍》卷八,《外集》未收,但茅维却能标出时地"密州",估计是他根据书信的内容自己判断的。《年谱》系熙宁八年(1075),则孔凡礼的判断也与茅维相同,并谓《五灯会元》卷一五的"灵隐云知慈觉禅师",就是这位"知和尚"。按,所考甚确。"慈觉"当是赐号,禅门灯录对云知禅师的记载,始于云门宗佛国惟白所编《建中靖国续灯录》卷六,只载其机缘语句而不详其生平,此后其他灯录也陈陈相因而已。但灯录的好处在于强调嗣法谱系,我们据此可知云知禅师嗣法于泐潭怀澄,是大觉怀琏的同门师兄弟。《全集校注》所考亦同此。

---

① 《文集》所录《与通长老九首》之前五首,《外集》在卷三五,题《答水陆通长老》。《文集》卷六二有《苏州请通长老疏》,称其为"成都通法师","业通诗礼"而"自儒为佛",苏州四众请他住持"报恩寺水陆禅院"。《苏轼诗集》卷一一又有诗云《成都进士杜暹伯升,出家,名法通,往来吴中》。综合起来看,所谓"水陆通长老"应该就是这位来自成都,由进士而出家,住持报恩寺水陆禅院的法通禅师。唯《疏》中称其为"通法师",似不确,疑是"法通师"之误乙。《苏轼年谱》和《苏轼全集校注》对"通长老"都未详考,故补考之。

三、《与宝觉禅老三首》

此三首亦见《东坡尺牍》卷八,次序全同。《外集》卷六四"密州"阶段有《答金山宝觉禅师》,即第一首。第二首不见于《外集》,第三首则见于卷七三"杭州"阶段,但题作《与赵德麟》的第二首。

《文集》于第一首下标"以下俱密州",则茅维对第一首写作时地的判断是根据《外集》而来的。《年谱》和《全集校注》俱系熙宁八年,判断亦同。笔者也同意这个系年。需要指出的是,《年谱》中初见宝觉禅师,在熙宁七年(1074)苏轼因转运使檄往常、润、苏、秀等州赈济饥民时,此行路过不少寺院,多与僧人交往,《苏轼诗集》卷一一就有《留别金山宝觉、圆通二长老》诗,题下录查注云:"《金山志》,宋宝觉禅师,乃育王琏禅师法嗣。"可见金山宝觉乃是大觉怀琏的弟子。但《年谱》却谓查注"恐误",因为孔凡礼查了《五灯会元》卷一五、一六,发现怀琏的法嗣中没有宝觉。按,查注实不误,《建中靖国续灯录》目录卷二列出"东京净因大觉禅师法嗣二十二人",其中就有"润州金山宝觉禅师",只因佛国惟白可能不曾搜集到他的机缘语句,所以其名目只见于目录,而不见于后面的正文。此后其他灯录如《续传灯录》等,也是如此处理。宋代流传下来的汝达《佛祖宗派图》①和明人所编《禅灯世谱》(见《续藏经》),也将金山宝觉列入怀琏的法嗣,这一点应该没有什么疑问。

第二首以"圆通不及别书,无异此意"开头,"焦山纶老,亦为呼名"结尾,没有一般尺牍的起讫套语,看来是第一首的附书。《全集校注》亦系熙宁八年。圆通长老也是金山寺僧人,已见于上引诗题,纶老是附近焦山寺的僧人,《诗集》卷一一也有《书焦山纶

---

① 南宋汝达《佛祖宗派图》,现存日本,其整理本见[日]须山长治「汝達の「仏祖宗派総図」の構成について——資料編」,『駒澤短期大学仏教論集』9,2003年。

长老壁》。

第三首比较特别。开头是"明守一书，托为致之"，即托其捎带一封信给明州的知州，后面说到大觉怀琏曾受仁宗礼遇之事，而近日却被小人所困，希望知州能予照应。最后说"某方与撰《宸奎阁记》，且夕附去"。从苏轼为大觉怀琏写作《宸奎阁记（碑）》的时间，可以推得此首作于元祐五年（1090），但令人不解的是，金山宝觉本是怀琏弟子，对怀琏的事自然非常熟悉，而信中介绍怀琏情况的语气，似乎是书人与怀琏并不熟识。由此看来，此首尺牍并不是写给宝觉的，孔凡礼编《文集》时也发现了这一问题，特别在文后加了一条校记，认为像《外集》《续集》那样题为《与赵德麟》，显得更合理些。《全集校注》也同意此说。但孔凡礼在《年谱》元祐五年条下，已进一步考证，苏轼此时尚未与赵令畤交往，而《圣宋名贤五百家播芳大全文粹》卷七五又载此首尺牍是写给毛滂（泽民）的，更为可信。按，笔者同意这一结论。信中说到大觉怀琏"今年八十三"，但《纷欣阁丛书》本《东坡尺牍》以及《外集》《圣宋名贤五百家播芳大全文粹》的文本都作"八十二"，依本文所考怀琏的年龄，元祐五年八十二岁是正确的。此时的赵令畤正在颍州担任签判，与知州陆佃唱和颇多，具见于陆佃《陶山集》①，应无替苏轼携书至明州之事。

四、《与径山维琳二首》

亦见《东坡尺牍》卷八，次序同。《外集》题为《与径山长老惟林》，编在卷八一"北归"阶段，也是《外集》所收全部苏轼尺牍的最后二首。这是苏轼临终前夕所作，《年谱》和《全集校注》都系建中靖国

---

① 陆佃（1042—1102）以元祐五年六月出知颍州，八月到任，次年闰八月被苏轼代去，改知邓州。《陶山集》中与赵令畤唱和之诗皆此期间所作，如卷二《依韵和赵令畤三首》之二云："更住一年方五十。"盖元祐五年陆佃四十九岁也。

元年(1101),当然是正确的。

与此密切相关的苏轼作品,还有其编年诗的最后一首《答径山琳长老》①,开头云:"与君皆丙子,各已三万日。"可见维琳亦生于景祐三年(1036),与苏轼同龄。释明河《补续高僧传》(《续藏经》本)卷一八有其传,云:"宣和元年(1119),师既老,朝廷崇右道教,诏僧为德士,皆顶冠。师独不受命。县遣使谕之,师即集其徒,说偈趺坐而逝。"可见他以八十四岁高龄抗议宋徽宗的宗教政策而死。《建中靖国续灯录》卷一一称为"杭州临安径山维琳无畏禅师",是大觉怀琏的法嗣,与金山宝觉同门。他是苏轼命终之际的守护僧,关系自然非同一般。

苏轼又有杂记《维琳》一条云:"径山长老维琳,行峻而通,文丽而清。始,径山祖师有约,后世止以甲乙住持。予谓以适事之宜,而废祖师之约,当于山门选用有德,乃以琳嗣事。众初有不悦其人,然终不能胜悦者之多且公也,今则大定矣。"②这是说,径山寺原为本寺老师弟子代代承传的甲乙住持制,苏轼打破了这一传统,以云门宗的维琳禅师为其住持。此事在《补续高僧传》的维琳传中,表述为"熙宁中,东坡倅杭,请住径山",孔凡礼《年谱》也系熙宁五年(1073)通判杭州时。不过,此事多少有些疑问,南宋楼钥《径山兴圣万寿禅寺记》云:"元祐五年(1090),内翰苏公知杭州,革为十方,祖印悟公为第一代住持。"③据此,径山承天禅寺(南宋改额"兴圣万寿禅寺")被改为十方住持制,是在苏轼知杭州时,而且第一代住持是祖印常悟禅师(关于此僧的详考见下文),不是维琳。明人所编的《径山志》④

---

① 见《苏轼诗集》卷四五。
② 《苏轼文集》卷七二《维琳》。这是绍圣二年(1095)苏轼在惠州为僧惠诚历书吴越名僧中的一段,《东坡志林》卷二题为《付僧惠诚游吴中代书十二》,中华书局,1981年。
③ 楼钥《攻媿集》卷五七,《四部丛刊》本。
④ 明天启四年刻本,影印于杜洁祥主编《中国佛寺史志汇刊》第1辑第32册,台湾明文书局,1980年。

卷一,把维琳列为"十方住持"的第七代,甚为牵强①,但此书对维琳的以下记叙,却颇堪重视:"维琳无畏禅师,俗姓沈,武康人,约之后也,好学能诗。熙宁五年,苏轼通判杭州,招住径山大明。"值得注意的就是这"大明"二字。《建中靖国续灯录》卷一一《杭州临安径山维琳无畏禅师》亦云:"初住大明。"看来《径山志》编者认为"大明"即属径山。检苏辙元丰八年(1085)在绩溪有《送琳长老还大明山》诗②,诗中谓"琏公善知识,不见十九年",乃怀念大觉怀琏,又谓"不知邻邑中,乃有门人贤",则所谓"琳长老"者,当非维琳莫属。大明山在杭州昌化县,正是绩溪之"邻邑"。再检《(乾隆)昌化县志》卷九,"大明慧照寺"条下,引《(成化)杭州府志》云:"元祐中,无畏禅师与二苏游,留题云:手里筇枝七八节,石边松树两三株。闲来不敢多时立,恐被人偷作画图。"③由于二苏从来不曾同处杭州,故这段记载以及维琳题诗的真实性,大概有些问题,但综合以上资料来看,恐怕维琳所住并非临安县径山承天寺,而是昌化县大明山的慧照寺。不过,维琳也确实被人称为径山僧④,或许真如《径山志》表述的那样,大明慧照寺当时曾为径山下属寺院吧。

---

① 日本学者石井修道根据《扶桑五山记》等资料整理了径山寺历代住持表(见「中国の五山十刹制度の基礎の研究(三)」,『駒澤大学仏教学部論集』15,1984年),与《径山志》卷一所载颇有差异。石井的表中并无维琳,第七代是"广灯惟湛"。按,石井表与《径山志》相同者,有第一代祖印常悟、第二代净慧择邻、第三代妙湛思慧(1071—1145),皆云门宗法云善本(1035—1109)之法嗣。今考《嘉泰普灯录》卷一六《湖州道场正堂明辨禅师》云:"年十九,事报本蕴禅师。圆颅受具,辞谒径山妙湛慧禅师。慧移补净慈……"以下又载明辨卒于绍兴二十七年(1157),寿七十有三,则正堂明辨(1085—1157)赴径山谒妙湛思慧,当在崇宁年间,已在苏轼身后,此后思慧移补净慈寺住持,离开径山,再经第四、第五、第六代后,方由维琳任第七代住持,则苏轼墓木拱矣。故维琳为第七代住持,乃决不可能之事,而据《嘉泰普灯录》卷五《西京招提广灯惟湛禅师》,惟湛(亦云门宗僧)卒于建炎初,则其曾任径山第七代住持,事属可能。石井表较《径山志》显然更为合理。《径山志》又将"广灯湛"为第一代十方住持常悟之前,甲乙住持制时期的第七代住持,愈为荒唐。
② 见《苏辙集·栾城集》卷一四,中华书局,1990年。参考《苏辙年谱》元丰八年部分。
③ 《(乾隆)昌化县志》卷九,乾隆十三年(1748)刊本。
④ 毛滂《东堂集》中涉及维琳的文字较多,称为"径山无畏老人""琳径山"等。

果真如此,则所谓苏轼招维琳住径山,即指其"初住大明"而言。禅僧之"初住",又称为"出世",而一位禅僧之能否"出世",决定于各级地方官是否去聘请。苏轼于熙宁五年违背众情、断然改变寺规而请年未四十的维琳"出世",究其原因,除了维琳能诗,与其气味相投外,想必也有维琳的老师大觉怀琏力荐的因素。这也可以为上文的考订提供一个补充性的旁证,就是苏轼到杭州后,不会迟到熙宁六年才与怀琏通信的。

五、《与参寥二十一首》

参寥子道潜(1043—?)①是苏轼生平最重要的诗友之一,但禅门灯录中不载其法系。据陈师道《送参寥序》云:"妙总师参寥,大觉老之嗣。"②可知参寥与金山宝觉、径山维琳同门,亦是怀琏弟子。我们从这几个弟子身上,也不难察见怀琏的门风如何跟苏轼对路了。所以,虽然道潜初见苏轼是在元丰元年(1078)秋,当时苏轼已在徐州知州任上③,但两人一见如故,关系骤至亲密,其中也必有苏轼对怀琏的感情在起作用。

按《文集》的校记,《与参寥二十一首》茅维本原作二十首,孔凡礼发觉第八首"为二首所合",加以拆分,故增第九首,而原第九首则标为第十,以下仿此。今与《东坡尺牍》核对,则《文集》的第八、第九首在《东坡尺牍》中也分作两首,并未误合,倒是《文集》的第三、四首,被合成一首④,而第五、六、七、二十首未收入,其他基本相同,只

---

① 《苏轼文集》卷七十一《跋太虚辩才庐山题名》云:"太虚今年三十六,参寥四十二,某四十九。"据知,道潜少东坡七岁。参考[日]西野贞治「詩僧参寥子について」,见「平野顕照教授退休特集中国文学論叢(文芸論叢第42号)」,大谷大学,1994年。以笔者所知,对参寥生平行实的详细考证,以此文发表最早。
② 陈师道《送参寥序》,《后山居士文集》卷一一,上海古籍出版社,1984年。
③ 参考《苏轼年谱》元丰元年"道潜来访,呈诗,是为始见"条。
④ 《文集》的第十一首,也被接在第四首后,但有一方框隔开。

是排列次序颇有差异。未收入的4首中,第五首孔氏校记云:"此首,《外集》卷五十四收入《题跋·游行》。又,本集卷十二入'记'类。今姑两存。"观其内容,也并非尺牍,实际上没有必要"两存"。第二十首也有孔氏校记:"此文,见《诗集》卷三十九,为诗题。今删文留题。"则此首亦属茅维误采,孔氏删之甚妥。那么茅维在《东坡尺牍》之外,所补充的其实只有第六、第七首,而这两首恰恰可以在《外集》中找到。《外集》收苏轼致参寥的尺牍共七首:卷六四《与参寥》一首,列"徐州"阶段,就是《文集》的第一首,题下标"徐州",据孔凡礼云,"徐"字原被茅维误作"密",今已正;卷七四《答参寥》二首,列"颖州"阶段,即《文集》第六、第七首,亦标"以下俱颖州";卷七五《与参寥》一首,列"赴定州"阶段,即《文集》第八首,题下亦标"赴定州";同卷《答参寥》三首,列"惠州"阶段,即《文集》第十七、十八、十九首,亦排在标了"以下俱惠州"的第十六首之后。这样看来,茅维的搜集、整理工作,据《东坡尺牍》和《外集》,是可以一一复核的。

第一首确实应作于徐州,事在参寥初访苏轼,离别之后。因其中有"某开春乞江浙一郡"语,《年谱》系元丰元年(1078)末,《全集校注》则系元丰二年(1079)正月,虽然对"开春"语理解有所不同,但相差实无几,不必强定。

《文集》于第二首标"以下俱黄州",指第二、三、四、五首,《年谱》皆系于元丰三年(1080),大致是不错的。不过具体来说,第二首有追忆昔游、感叹今日的内容,显然是苏轼贬居之后第一次与参寥通信,也许就因此故,《年谱》于苏轼初到黄州时叙述之。但细读之,其中有"到黄已半年"之语,则应在该年七八月间,《全集校注》即据此系七月。第五首就是《文集》卷一二《秦太虚题名记》,文中明示了写作时间"去中秋不十日",故《年谱》亦系于八月上旬,而第四首已提到"《题名》绝奇,辩才要书其后,复寄一纸去",那么所谓《秦太虚题名记》就是应辩才(杭州天台宗僧元净)之求而"书其后"的"一纸",

且与第四首尺牍一齐寄去的。大概茅维已了解这一点,所以才会把《秦太虚题名记》列在第四首后面,当做了第五首。如此看来,第二、第四首的写作时间相隔并不久。至于列在中间的第三首,在《东坡尺牍》中本与第四首合为一首,不知茅维根据什么拆开。其首云:"知非久往四明,琏老且为致区区。"这样的口吻,也表明参寥是怀琏的弟子了。

第六、七首采自《外集》,所标时地"颍州"亦同于《外集》,《年谱》《全集校注》皆系元祐六年(1091),是。第八首标"赴定州",亦同《外集》,《年谱》《全集校注》也系元祐八年(1093)九月,此由篇中"某来日出城,赴定州"语可证其不误。该篇又提及"近递中附吕丞相所奏妙总师号牒去,必已披受讫",指宰相吕大防为参寥奏请了一个赐号"妙总大师",但吕氏奏请获赐后,转让苏轼寄去,却说明这一番奏请原是出于苏轼的拜托。苏轼将此牒寄去时,必伴随尺牍一首,就是《文集》的第十首,开头略作寒暄后,马上就说:"吕丞相为公奏得妙总师号,见托,寄上。"所以这第十首必作于第八首之略前,茅维标"定州",显误,《年谱》《全集校注》改系元祐八年七月,是正确的。颇有问题的是第九首,因为其中有"畏暑"之语,孔凡礼认为与第八首之作于九月者不同,纠正了茅维将第八、九首合并的错误,但他将第九首就系于此年的夏天,却过于草率。第八首开头说"吴子野至",指该年吴复古至京,带来了参寥的信;第九首开头也说"吴子野至,辱书,今又遣人示问,并增感佩",还是跟吴复古带信有关。如果这两首中的"吴子野至"是指同一件事,那么第九首应当作于第八首之后,或许茅维就根据这一点,而将两首联在一起的。孔氏则以"复古之来为夏季事"解释之,而在引证第九首文字时故意略去"今又遣人示问"语,似亦自知有所扞格,却不愿深究。其实,第九首的系年问题是不该轻易放过的,因为其中还提到另一件事:"惊闻上足素座主奄化。"这是指参寥的一个弟子去世了,而此首的主要内容就是安慰参寥失去弟子的悲伤之情。"素座主"是谁呢?《文集》卷七二有《钟守素》杂记一篇,介绍了此僧:"参寥行者钟守素,事参寥有年,未尝见过失……"由此可知"素座主"姓钟,那么,尺牍第十二首所谓"钟和尚奄忽,哀苦不易",第十五首所谓"参寥失钟师,如失左右手,不至大段烦恼否",都指此僧去世而言。所以,第九首的系年问题还牵连到第十二、十五首,不是小事。吴复古是广东人,后来苏轼贬惠州后,复古也南归看望苏轼,《年谱》系于绍圣二年(1095)。如果不受茅维将第八、九首误合为一的干扰,我们本来不必将两首中的"吴子野至"认作同一事,完全可以更合理地将第九首的"吴子野至"理解为吴氏至惠州看望苏轼。所以,我认为第九、第十二、第十五首都应系绍圣二年。可以佐证这一点的还有第十二首最后所云:"宜兴儿子处支米十石,请用钟和尚念佛追福也。"苏轼南迁时留长子苏迈在宜兴安家,故可让苏迈出资为钟守素念佛追福。孔凡礼不知"钟和尚"就是"素座主",将第十二首系于"钟山泉公"(即蒋山法泉,详见下文)卒时,虽然也在绍圣二年,但"钟山泉公"断无称为"钟和尚"的道理。《全集校注》倒是注明了"素座主"就是钟守素,但不知何故,仍将第九首与第十二、十五首分系不同的年份。苏轼在尺牍中反复提到钟守素之死对参寥的打击,可见他对参寥的关心,不过详审第十二、十五首的语气,似乎这二首不是写给参寥,而是写给参寥法孙法颖的①,也可能是在致参寥的尺牍后,附带写了几句给法颖的话。

凡是不见于《外集》的尺牍,系年都有些困难,如果茅维的判断有失误,还会带来很消极的影响。上面已说了第十首标"定州"的错误,接下来说第十一首。茅维在这首标了"以下俱南迁",然后又在第十

---

① 法颖就是《四部丛刊三编》影宋本《参寥子诗集》的编者,苏轼《与参寥二十一首》屡及此僧,称为"颖沙弥""颖上人"或"颖师",《苏轼文集》卷七二也有《法颖》一篇,就是《东坡志林》卷二《付僧惠诚游吴中代书十二》中的一段。

六首标"以下俱惠州",意思是第十一至十五首皆绍圣元年(1094)贬赴惠州的途中所作。《年谱》将第十一首系于四月份从定州出发时,因为信中说"弥陀像甚圆满,非妙总留意,安能及此,存没感荷也……辄已带行,欲作一赞题记,舍庐山一大刹尔",故《年谱》表述为"以道潜专人所送弥陀像随行",而《全集校注》则系于七月份行近庐山之时。按,《文集》卷二一《阿弥陀佛赞》序云:"苏轼之妻王氏,名闰之,字季章。年四十六,元祐八年八月一日卒于京师。临终之夕,遗言舍所受用,使其子迈、迨、过,为画阿弥陀像。绍圣元年六月九日像成,奉安于金陵清凉寺。"此与第十一首中"存没感荷"(无论生者死者都感激您)一语可以对应,想必参寥曾为画像之事出力。这个佛像结果并未舍于庐山,而是在六月份舍于金陵清凉寺了,故我们可以确定苏轼此信写于六月九日之前,但说参寥在四月份派人把佛像送到了定州,却并无依据。第十三首有"垂老再被严谴""已达江上"语,《年谱》系六、七月间,第十四首有"衰老远徙"语,亦大约同时所作。推想当时的情形,是在苏轼行近"江上"时,得到了参寥的慰问信件,所以有这些回信。至于第十二、十五首,则并非此年作,上文已考证了。

第十六至十九首,《年谱》皆系绍圣二年(1095),这是受了《文集》所标时地的影响,其实,在《外集》为一组的是第十七、十八、十九首,而第十七首有"某到贬所半年"语,这当然可以确定在绍圣二年;但第十六首并不在这一组中,《全集校注》据其与《海月辩公真赞》的关系,考为绍圣元年十月至惠州后、十二月前,理据甚明,此不复述。《全集校注》还注明第十六、十九首中的"慧净"当作"净慧",指杭州下天竺净慧禅师思义,第十九首的"琳老"指径山维琳,"黄州何道士"当作"广州何道士",皆甚确。

第二十首是苏轼作于惠州的诗题,已被孔凡礼所删。第二十一首则明显是建中靖国元年(1101)临终前不久所作,兹不论。

六、《与佛印十二首》

佛印了元(1032—1098)也是与苏轼关系极密切的云门宗禅僧，禅门的各种传记资料对他的记载比较详细，但《东坡尺牍》卷八却没有苏轼致佛印的信件。茅维搜集的《与佛印十二首》，全部来自《外集》，故先画一表，以明其对应关系。

《文集》顺序、所标时地	《外集》次序、卷数、时地	《外集》题名	《年谱》系年	《全集校注》系年	本文系年
第一首，以下俱黄州	1. 卷六八，黄州	《答佛印禅师》	元丰三年(1080)	元丰六年	元丰五年
第二首	2. 同上	又	元丰五年(1082)	元丰五年	元丰五年
第三首，以下俱离黄州	3. 卷六九，离黄州	《与金山佛印禅师》	元丰七年(1084)	元丰七年	元丰七年
第四首	4. 同上	《与佛印禅师》	元丰四年(1081)	元丰五年	元丰七年
第五首	5. 同上	又		元丰七年	元丰七年
第六首	6. 同上	又	元丰七年(1084)	元丰七年	元丰七年
第七首，以下俱翰林	7. 卷七一，登州还朝	《答佛印禅师》	元丰八年(1085)	元丰八年	元丰八年
第八首	11. 卷七三，(杭州)召还翰林	《与佛印禅师》	元丰八年(1085)	元丰八年	元丰八年
第九首	12. 同上	又		元丰七年	元祐年间

续　表

《文集》顺序、所标时地	《外集》次序、卷数、时地	《外集》题名	《年谱》系年	《全集校注》系年	本文系年
第十首	8.卷七三,(杭州)召还翰林	《与佛印禅师》		元丰七年	元祐六年
第十一首	9.同上	又	元丰五年(1082)	元丰七年	元祐六年
第十二首	10.同上	又	元祐元年(1086)	元祐二年	元祐六年

很明显,茅维在大体依循《外集》的前提下,略微调整,而《年谱》与《全集校注》的系年则前后错落得比较厉害。为了方便读者的观览,表中预先列出了笔者的系年,以下逐一说明。

第一、二首在《文集》《外集》中都自为一组,《年谱》将第一首系于元丰三年(1080),是因为信中有"今仆蒙犯尘垢"之语,孔氏以为指其贬谪黄州,故系初至黄州之年。但是,原文是"今仆蒙犯尘垢,垂三十年",则决非贬谪三十年之意,当指身涉世故已近三十年,故《全集校注》改系元丰六年(1083),这是从苏轼首次离家的至和二年(1055)下推了二十九年。不过,把"垂三十年"确定为二十九年,还是有点危险的。此首开头说"归宗化主来,辱书",据此可推测此时的佛印了元正住持庐山归宗寺。按《云卧纪谈》载:"佛印禅师元丰五年九月,自庐山归宗赴金山之命。维舟秦淮,谒王荆公于定林……"① 那么,元丰五年已是下限。第二首《年谱》和《全集校注》俱系元丰五年,因为其中提到的《怪石供》一文,在《文集》卷六四,有苏轼自署之年月,判然无疑。由此考虑,第一首也以系于元丰五年,较为妥当。值得一提的是,苏轼与佛印的交往就始于此,据《禅林僧宝传》卷二

---

① 晓莹《云卧纪谈》卷下"佛印谒王荆公"条,《续藏经》本。

九《佛印元禅师传》云:"已而又谒圆通讷禅师,讷惊其翰墨,曰:'骨格已似雪窦,后来之俊也。'时书记怀琏方应诏而西,讷以元嗣琏之职。"可见佛印年轻时曾受圆通居讷(1010—1071)之赏识,且继怀琏任圆通寺书记,则苏轼与佛印的交往,也可能始以怀琏为介。至少,苏洵与居讷、怀琏等僧人的友谊,使苏轼对庐山僧人感到亲切。至元丰七年(1084)苏轼得以离开黄州,便沿江而东,先至庐山北麓的圆通寺,缅怀苏洵之旧游,然后赴筠州看望苏辙,回程又畅游庐山南麓。他与临济宗黄龙派东林常总的会面,就在此年。而此时的佛印已经移住润州金山寺,离开了庐山。

第三首有"见约游山,固所愿也,方迫往筠州,未即走见,还日如约"语,与苏轼元丰七年行踪符合,《年谱》和《全集校注》也据此系年。但孔凡礼认为此时佛印就在庐山,则不确,因为《外集》中这一首题作《与金山佛印禅师》,而佛印建议苏轼游玩庐山,是不必以其身在庐山为前提的。此事与下面的第七首有关,后文再详。

第四、五、六首在《外集》也自为一组,第五首有"梦想高风,忽复披奉,欣慰可知"语,显然是在第一次见面后所作,事在元丰七年苏轼访金山寺后。第六首提到"秀老"(即圆通法秀禅师)自真州长芦赴东京法云寺之事,《年谱》也据此系元丰七年,《全集校注》亦同。那么,第四首也以系于同一年,较为妥当。但《年谱》却系第四首于元丰四年(1081),根据是其中说到"腊雪应时,山中苦寒",而孔凡礼认为"今年腊雪多",故系此年。这自然不足为据。而此首又有"一水之隔,无缘躬至道场"语,《全集校注》认为苏轼谪居的黄州和佛印住持的庐山归宗寺之间是"一水之隔",故系元丰五年。这样的"一水之隔"也未免过于夸张①。元丰七年佛印在金山,此年"腊雪"降

---

① 类似的夸张确曾见于宋人的笔下,如惠洪《禅林僧宝传》卷二九《云居佛印元禅师》云:"苏东坡谪黄州,庐山对岸,元居归宗,酬酢妙句,与烟云争丽。"这里的"对岸"也斜得厉害。然而,谪居黄州的苏轼不能擅离罪籍,其"无缘躬至道场"并不是"一水之隔"的问题。

时,苏轼在扬州上表乞常州居住,因未能投进,不得不继续北行,所谓"一水之隔"若指扬州与金山之间,应更合理。第六首又云:"殇子之戚,亦不复经营,惟感觉老忧爱之深也。"苏轼在此年曾殇一幼子于金陵,"觉老"是佛印的字。

　　第七首比较特别,因为此首的受书人又作东林常总。《文集》附录《苏轼佚文汇编》卷四,据《圣宋名贤五百家播芳大全文粹》辑得《与东林广慧禅师一首》,孔凡礼在校记中已指出:"此简,一见《文集》卷六十一,为与佛印第七简。未敢定为为谁作,姑互见于此。"其实,在《东坡尺牍》卷八,就有《与东林广慧禅师》三首,其第一首便是此首。茅维肯定也发现此首同于致佛印的第七首,所以《文集》卷六一只有《与东林广慧禅师二首》,少了一首。显然,他比较相信《外集》,认为这一首的受书人是佛印。然而,正如《全集校注》所考,此首可以确认为苏轼致常总的尺牍,不是致佛印的。尺牍中说:"复欲如去年相对溪上,闻八万四千偈,岂可得哉!南望山门,临书凄断。"这当然与苏轼元丰七年在庐山所作《呈东林总长老》偈中"夜来八万四千偈"①之句相应,而"南望"一词,指庐山也比指金山更恰切。但《年谱》却据此认为,元丰七年佛印也在庐山,曾与苏轼一起游山,而这第七首则被系于元丰八年(1085)的岁暮,因为其中有"行役二年,水陆万里,近方弛担"之语。按,此固勉强可以解释"去年相对溪上"语,但仔细琢磨,仍见矛盾。此首开头说:"经年不闻法音。"苏轼元丰八年赴登州途中曾见佛印,《文集》卷六六《书楞伽经后》一文可证,《年谱》亦记其事,则"经年不闻"之语,若指佛印,当发于次年即元祐元年(1086),这便与"去年相对溪上"不合了。所以,这一首的受书人应依《东坡尺牍》和《圣宋名贤五百家播芳大全文粹》作常总,写作时间当然是元丰八年的岁暮,也就是苏轼刚被召回京师不久。

---

① 苏轼《呈东林总长老》,《苏轼诗集》卷二三。

顺便提及,《外集》虽也误题此首为《答佛印禅师》,但置于"登州还朝"阶段,就写作时间而言是正确的。在《外集》所标示的阶段中,"登州还朝"与"翰林"是区别开来的,前者始于元丰八年末,而后者则始于元祐元年九月苏轼初任翰林学士。茅维在第七首标"以下俱翰林",不如《外集》准确。

第八、九2首,与第十、十一、十二3首,《外集》各自为一组,都置"(杭州)召还翰林"阶段,也就是元祐六年(1091)。《文集》虽将这两组的顺序互易,却也都排在标了"以下俱翰林"的第七首后,可见茅维对这5首写作时间的判断,并不完全背离《外集》,只是出于某种考虑,不愿像《外集》那样明确地限定在元祐六年而已。但《年谱》和《全集校注》的系年,则完全不考虑《外集》。5首之中,《年谱》认为最早的是第十一首,因其中有"承有金山之召"语,遂与第二首同系元丰五年。按,元丰五年佛印自庐山归宗寺移住金山,已见上文,但考周必大《文忠集》卷一五《题东坡与佛印元师二帖》云:"昔佛印元师两住金山。"则不能仅据"金山之召"来判断第十一首的写作时间了。细检此首原文,为"承有金山之召,应便领徒东来……惟早趣装,途中善爱",元丰五年苏轼尚在黄州,对他而言,自庐山至金山不能表述为"东来"。《全集校注》也许考虑了"东来"一语,故改系元丰七年苏轼至江东后,但此时的佛印已居金山,根本没有"趣装"赴任的问题。若依《外集》编次,第十首云"治行草草",是东坡元祐六年三月自杭州赴京师时语;第十一首促佛印"东来",此时不知佛印在何处,但自杭赴京途中的苏轼,是可作"东来"之语的;第十二首"某蒙恩擢置词林,进陪经幄",上句谓任翰林学士,下句谓兼侍读,《年谱》只据苏轼任翰林学士之时间而系元祐元年,不确,轼于元祐二年八月兼侍读,此首至早可如《全集校注》那样系于二年,但元祐六年苏轼自杭州以吏部尚书召归,因苏辙升为执政,而避嫌改任翰林学士承旨,不久又兼侍读,故此语也符合元祐六年五、六月到京后之情形。如此,《外集》前一组便次序井然。该年八月,苏轼又出知颍州,闻八月已至任上。依《外集》编次,后一组(即第八、九首)当作于至颍州前,但第八首云"阻阔,忽复岁暮",第九首云"向冷",而苏轼自杭州召还至此,中间并无"向冷"的"岁暮",则《外集》此处之编次有误,确不可从,茅维改易顺序,或者就因此故。《年谱》和《全集校注》将第八首与第七首同系元丰八年,当然受了茅维改易顺序的影响,但茅维之所以如此改易,恐怕是因为第九首有"知倣装取道,会见不远"之语,似乎与第十一首"惟早趣装"语意相接,故将《外集》的后一组移到前面去了。当然,这与元祐六年苏轼促佛印"东来"时的节气还是不合,而第七首既然并非致佛印的尺牍,则也不能成为第八首系年的参照。所以,第八、九两首的系年确实颇为困难,只能勉强作点推测。第八首有"久不至京"语,似乎近于元丰八年召回京师时的口吻,就此而言,《年谱》和《全集校注》的系年还是比较合理的。考惠洪《冷斋夜话》载:"福州僧可遵好作诗……尝题诗汤泉壁间,东坡游庐山,偶见,为和之……遵自是愈自矜伐。客金陵,佛印元公自京师还,过焉,遵作诗赠之曰:'上国归来路几千,浑身犹带御炉烟。凤凰山下敲篷咏,惊起山翁白昼眠。'"①据此,在东坡游庐山之后,佛印曾至京师,那时间,大约应在元祐年间,所以,我们或许可以推测第九首是东坡在京师等候佛印前来时所作,至于究竟在哪一年,则无法确定了。

苏轼致佛印了元的尺牍,除了《与佛印十二首》外,《文集》附录《苏轼佚文汇编》卷四,还辑录了《与佛印禅师三首》,第一首只有一句,第三首是从《西楼帖》辑得的完整尺牍,孔凡礼都已注明为元丰八年之作②。第二首辑自《冷斋夜话》,却是误辑,惠洪的原文明云

---

① 惠洪《冷斋夜话》卷六"僧可遵好题诗"条,《稗海》本。
② 《苏轼文集》1986年第一次印刷时将第三首的写作时间注为"元祐七年",后来重印时订正为元丰八年,可能是吸收了徐无闻《成都西楼帖初笺》一文的意见,见《西南师范大学学报》(哲学社会科学版)1990年第2期。

此首是写给"云庵"即惠洪之师真净克文的，或许因为惠洪在《禅林僧宝传》的佛印传中也叙述了此事，所以被孔凡礼误认，但传中也写明是给"真净"的。

佛印去世于元符元年(1098)正月，时苏轼贬在海外，但他去世前不久，曾至筠州访问苏辙，《续藏经》中有一卷《五相智识颂》，其末尾有绍圣三年(1096)九月苏辙跋和十月二十日佛印跋，苏辙跋明确说："佛印元老自云居访予高安，携以相示。"因《苏辙年谱》漏叙此事，故补叙之，由此也可见佛印与苏氏兄弟的友谊终其一生。

七、《与泉老一首》

此首见《东坡尺牍》，而《外集》未收，《年谱》亦未论及，《全集校注》则以"泉老"为"不详"之僧。但《年谱》绍圣元年(1094)六月七日条云："泊金陵。晤钟山法泉佛慧禅师，法泉说偈，苏轼有诗。"根据是苏轼本人的诗题和《罗湖野录》卷三的记事，相当可信。钟山又名"蒋山"，故灯录中一般称此僧为"蒋山法泉"，亦云门宗僧，"佛慧"是其赐号。《与泉老一首》的内容是拜托对方收留一位七十六岁的穷书生，而自云"老夫自是白首流落之人"，与苏轼绍圣元年的处境正相符合，故可判断此"泉老"乃是法泉。这法泉很会写诗，现在出版的《全宋诗》卷五一八①只辑了他十一首诗，但《建中靖国续灯录》《嘉泰普灯录》《禅宗颂古联珠通集》及《续藏经》中《证道歌颂》一书，录有其诗数百首，称之为"诗僧"也并不过誉的。

八、《与圆通禅师四首》

此四首，题名、顺序与《东坡尺牍》卷八全同，茅维只加标时地

---

① 《全宋诗》第9册第6303页"释法泉"条，北京大学出版社，1992年。

"俱黄州"而已。《外集》录第一首于卷六八"黄州"阶段,题为《答圆通秀禅师》;第四首于卷六六,也属"黄州"阶段,但题为《答通禅师》。另两首不见于《外集》。《年谱》于元丰七年(1084)苏轼离开黄州时总叙之:"在黄,长芦法秀(圆通)禅师尝有简来,有答。"并云:"《文集》卷六一《与圆通》四简叙往还之迹。"《全集校注》的系年也都不晚于元丰七年,这当然都是受了茅维的影响。

圆通法秀(1027—1090)是北宋云门宗影响甚大的高僧,上文已提到他在元丰七年自真州长芦赴东京法云寺事,则苏轼在黄州时,法秀正在长芦。第一首中自述"年垂五十","未脱罪籍",确实是黄州所作无疑。然而,此僧法名"法秀"而赐号"圆通",则可称"圆通秀禅师",而不可称"通禅师"。所以,第四首并不是写给法秀的。第一首开头说"闻名已久",又云"想望而不之见者",可知二人在此之前并不相识,而第四首径称"故人",也可以证明受书人不是法秀。另外,第二首亦称"故人",第三首云"别后",如果真的像茅维所标的那样"俱黄州"之作,则第二、三、四3首的受书人俱非法秀。苏轼与法秀的相识,估计要到元丰末召回京师之后。

苏轼"故人"中法名为"通"的僧人,当然也是有的,如金山寺的圆通(此僧法名圆通,与法秀赐号圆通不同)、苏州报恩寺水陆禅院的法通(即《文集》卷六一《与通长老九首》之受书人)等,第二、三、四首或许是写给他们的尺牍,但没有资料可供佐证。

九、《与南华明老三首》

此三首,《东坡尺牍》卷八误题"与宝华明老",但内容、次第全同。《外集》录在卷七九"北归"阶段,题为《答南华明老》,三首次第亦同。《文集》于第一首标"以下俱北归",也与《外集》合。看来,诸种资料都显得相当统一,问题首先在于,这"明老"是什么人?

据《年谱》,苏轼于绍圣元年南迁惠州时,八、九月间路过曹溪南华寺,与当时的住持重辩禅师交往。这南华重辩见《建中靖国续灯录》卷一四,是临济宗玉泉谓芳的法嗣、浮山法远(991—1067)的法孙,估计年龄跟苏轼相近。苏轼与重辩相关的文字较多,只因《五灯会元》不录南华重辩,故孔凡礼不能详其法系,却说:"《筠溪集》卷二十二《福州仁王谟老语录序》谓重辩'非凡僧'。"按,检李弥逊《筠溪集》此文云:"予旧观东坡《南华寺》诗,意明上座非凡僧。"说的是"明上座",并非重辩。《南华寺》诗见《苏轼诗集》卷三八,诗云:"云何见祖师,要识本来面。亭亭塔中人,问我何所见。可怜明上座,万法了一电。饮水既自知,指月无复眩。"诗中用六祖慧能与蒙山道明禅师的著名典故①,但照李弥逊的意思,似乎当时南华寺也实有一位"明上座",苏诗既用古典,也兼指今人。待苏轼元符三年(1100)北归,再过南华寺时,重辩已化去,新住持是"明公",见《文集》卷一二《南华长老题名记》,这就是"南华明老"了,如果李弥逊所谓"明上座"也指此僧,那么他原先就在南华寺,等重辩去世,便继为住持。

《年谱》只引苏轼文字叙述"南华明老"事,不考其法系。禅宗史家杨曾文认为:"据《嘉泰普灯录》卷一三的目录,南华明禅师是曹洞宗禅僧,上承洞山下七世芙蓉道楷——枯木法成——太平州吉祥法宣(隐静宣)的法系,是洞山下第十世。"②按,芙蓉道楷(1043—1118)的年龄已小于苏轼,枯木法成(1071—1128)更小苏轼三十余岁,计其开堂说法时已届苏轼晚年,他的法孙是断不可能与苏轼交往的。其实,若假设"南华明老"未被灯录所遗漏,则各种灯录中法名下字

---

① 《五灯会元》卷二:"袁州蒙山道明禅师者……闻五祖密付衣法与卢行者,即率同志数十人,蹑迹追逐,至大庾岭,师最先见,余辈未及。卢见师奔至,即掷衣钵于磐石曰:'此衣表信,可力争邪?任君将去。'师遂举之,如山不动,踟蹰悚栗,乃曰:'我来求法,非为衣也,愿行者开示于我。'卢曰:'不思善,不思恶,正恁么时,阿那个是明上座本来面目?'师当下大悟,遍体汗流……曰:'某甲虽在黄梅随众,实未省自己面目。今蒙指授入处,如人饮水,冷暖自知。今行者即是某甲师也。'"中华书局,1984年。
② 杨曾文《宋元禅宗史》第七章第四节第六部分,中国社会科学出版社,2006年。

为"明"而曾住韶州南华寺的禅僧,都有可能,而从时间上看,我觉得《续传灯录》卷一三目录中的"南华德明禅师",可能性最大。此僧亦见于南宋汝达的《佛祖宗派图》,与《续传灯录》一样列在云门宗慧林宗本(1020—1099)的法嗣。从宗本的年龄来推算,德明禅师也许比苏轼年轻一些,但也不会太小,称为"明公""明老"大约是无妨的。

从《年谱》来看,苏轼重过南华寺,逗留至元符三年岁末,故《与南华明老三首》之系年,正好自元符三年跨越至建中靖国元年(1101)。第一首作于未到达时,在元符三年无疑;第二首作于离别后,苏轼已在"赣上待水",则是建中靖国元年,亦无可疑;唯第三首《年谱》和《全集校注》都系元符三年,与原材料的序列有违,当然原材料的序列也未必准确,可不深论。值得一提的是南华德明的老师慧林宗本,乃圆通法秀的师兄,属北宋云门宗最繁荣的一派,即雪窦重显(980—1052)——天衣义怀(993—1064)的派下。宗本住东京大相国寺慧林禅院,其地位相当于敕封的宗教领袖,《建中靖国续灯录》和《续传灯录》列出他的法嗣达二百人,是中国禅宗史上法嗣最多的禅僧。加上师弟法秀住持东京法云寺,亦是弟子众多(《建中靖国续灯录》的编者佛国惟白,就是法秀的法嗣),可以说,正是宗本和法秀将云门宗的盛况推向了极致。在敕住慧林之前,宗本也曾住持杭州的净慈寺,恰好是苏轼担任杭州通判之时,《文集》卷六二的《杭州请圆照禅师疏》就是代表地方官命他住持净慈寺的请疏,"圆照"是他的赐号。宗本的弟子中最受朝廷重视的是法云善本(1035—1109),原来也在杭州净慈寺,元祐六年(1091)奉旨入京住持法云寺(因其师叔法秀在上一年去世),正好也是苏轼知杭州时,《文集》卷六二的《请净慈法涌禅师入都疏》即为善本而作,"法涌"是其赐号(后来又赐"大通")。善本继承宗本的禅风,也是弟子众多,当时称他们是"大本"和"小本"。不过,"小本"入京以后,净慈寺需另请高僧住持,这就有了下面的《与净慈明老五首》。

十、《与净慈明老五首》

《文集》卷七二《楚明》篇云："净慈楚明长老,自越州来。始,有旨召小本禅师住法云寺,杭人忧之曰:'本去,则净慈众散矣。'余乃以明嗣事,众不散,加多,益千余人。"据知"净慈明老"乃楚明,《建中靖国续灯录》列入法云善本的法嗣。《年谱》系苏轼请楚明事于元祐六年二月。

此五首尺牍,《文集》标"以下俱杭州",亦见《外集》卷七三"杭州"阶段,题为《与承天明老》,五首次序全同。《东坡尺牍》卷八亦有《与净慈明老》五首,但排列次序不同。可见茅维承用了《东坡尺牍》的标题,而又遵循《外集》的次序。其实,楚明从越州承天寺受请住持杭州净慈寺,五首皆敦请语,说明尚未至净慈开堂,题称"承天明老"是更准确的。依《外集》的五首次序,可见苏轼初请、被拒绝、再请、蒙对方应允而表示欢迎,这样一个合乎情理的过程,所以茅维遵循这个次序,现在看来也是可以接受的。

十一、《与祖印禅师一首》

此首亦见《东坡尺牍》卷八,而《外集》未收。信中云:"昨夜清风明月,过蒙法施,今又惠及幽泉,珍感珍感。"可见祖印禅师与苏轼夜谈以后,次日又送去泉水,苏轼遂书此以表感谢,此外全无时地信息。《全集校注》于此首的作年和受书人都注"未详",《年谱》则于熙宁七年(1074)苏轼离开杭州通判任时,引述此信,谓苏轼"倅杭时,或与释显忠(祖印)有交往",又引《五灯会元》卷一二"越州石佛寺显忠祖印禅师"条,谓"杭、越密迩,故系其事于此"。按,杭、越虽近,身为杭州通判的苏轼恐怕也不能随意前往越州石佛寺,且于夜话后次日便回,而显忠又能立即送达"幽泉",于事理不合。实际上,我们目前并未掌握苏轼曾与石佛显忠交往的其他证据,孔凡礼推测"祖印禅师"为显忠,仅凭其赐号为"祖印"而已。这个推测很不可靠,因为当时得到"祖印"赐号的僧人还有好几位,上文曾引用南宋楼钥《径山兴圣万寿禅寺记》云:"元祐五年(1090),内翰苏公知杭州,革为十方,祖印悟公为第一代住持。"这"祖印悟公"就是与苏轼确有交往,而赐号"祖印"的禅僧。此事亦见《年谱》元祐五年末,所据为《径山志》,但只书"祖印悟禅师",未考其法名上字。检《建中靖国续灯录》卷二五"东京法云禅寺善本大通禅师法嗣"中,有"杭州径山承天禅院常悟禅师",应该就是这位"祖印悟禅师"了。这常悟禅师在苏轼去世后,还跟苏辙交往,政和元年(1111)苏辙有《悟老住慧林》诗,乃送常悟入京担任大相国寺慧林禅院的住持①。就因为常悟后来担任了慧林住持,所以《嘉泰普灯录》卷八所录法云善本的法嗣中,没有径山常悟,而有"东京慧林常悟禅师",但下面所录的机缘语句,则仍与《建中靖国续灯录》卷二五径山常悟名下所录有部分相同,只是更为简省而已。此后《五灯会元》等书也照抄《嘉泰普灯录》,导致明人所编《禅灯世谱》将"慧林常悟"列入法云善本的法嗣,又另出"径山悟",以为法系不明,盖不知其为同一僧。唯有南宋汝达《佛祖宗派图》,于善本法嗣中不列"慧林常悟",而列"径山一世祖印常悟",与上述各种资料十分契合。

由此看来,本首尺牍的受书人"祖印禅师",可以推定为径山常悟,而不是石佛显忠。其写作时间,则在元祐五年或六年,苏轼知杭州而常悟住径山之时。

以上详细考辨苏轼致云门宗十一位禅师的尺牍,从中可见他们

---

① 苏辙《悟老住慧林》,《苏辙集·栾城三集》卷三。参考孔凡礼《苏辙年谱》政和元年"悟老住慧林,作诗"条。

的交往。相对而言,苏轼与临济宗禅僧的交往就没有如此纷繁密切。这一方面是因为云门宗在北宋神宗朝以后达到极盛,其影响力颇为巨大,另一方面也因为苏轼出川后最初的社会关系是继承他父亲苏洵而来,所以他第一个交往的禅僧就是苏洵的故交大觉怀琏。苏氏兄弟可谓天性孝悌,在父亲去世后,对其故交亲如父师①,对与苏洵同龄的怀琏更是感情真挚。苏轼因怀琏而识其同门灵隐云知,其弟子金山宝觉、径山维琳、参寥子道潜等,恰好维琳又与苏轼同龄,而参寥子亦与他情如兄弟。当苏轼担任杭州地方官时,先后请维琳和参寥住持杭州的寺院;当苏轼遭受贬谪,颠沛流离时,参寥不但专程至黄州相伴,还曾准备浮海前往岭南;由此直至其临终,关切其生死大事而专程前来送行的,仍是径山维琳。苏轼与大觉一门的交情,无疑是既深且笃。很有可能也因怀琏的介绍,苏轼于贬居黄州期间开始与佛印了元通信,然后访之于金山寺,其交往亦维持终生。当然,北宋云门宗最繁荣的一派是继承雪窦法脉的天衣门下,慧林宗本和圆通法秀并居东京,弟子众多,所以苏轼也先后与他们交往,并与宗本弟子法云善本、南华德明,乃至善本弟子净慈楚明、径山常悟等禅师有交。正如他自己概括的那样:"京师禅学之盛,发于本、秀二公。"②由于宗本和法秀将弘法的基地移至京师,与朝廷配合,故能将云门宗的盛况推向极点。苏轼正好遇到了他们的"盛世"。

不过,有资料表明,苏轼虽也称道"本、秀二公"的业绩,其实心里对他们不以为然。《文集》卷七二有《本秀二僧》一篇云:"稷下之盛,胎骊山之祸。太学三万人,嘘枯吹生,亦兆党锢之冤。今吾闻本、秀二僧,皆以口耳区区奔走王公,汹汹都邑,安有而不辞,殆非浮

---

① 除怀琏外,苏辙在筠州交往的上蓝顺禅师,也是苏洵的故交,而《五灯会元》遂列苏辙为上蓝顺禅师的法嗣,与苏轼同属临济宗黄龙派。不过,《嘉泰普灯录》则以苏辙为圣寿省聪的法嗣,省聪嗣慧林宗本,属云门宗。

② 苏轼《请净慈法涌禅师入都疏》,《苏轼文集》卷六二。

屠氏之福也。"同样的文字也见于《东坡志林》卷三的"本秀非浮屠之福"条。《志林》的这类短小札记,应来自所谓《东坡手泽》①,也就是他随手写下的零篇断简,被子孙搜集起来的。那么,这样的文字在他生前可能不曾向外发表,只是私下流露他的想法而已。但是,这倒比应付场合而写的请疏之类的文字,更能表达他真实的思想。很显然,这里的"本、秀二僧"非宗本、法秀莫属②,苏轼对他们的做法其实心怀不满。固然,禅僧们希望得到士大夫乃至朝廷的扶持,是无可厚非的,与世俗政权的靠拢也是宋代禅宗无可避免的发展趋势,因为朝廷方面也有必要掌控禅宗这个越来越显得巨大的文化资源。具有标志性的事件,首先是杨亿等高级士大夫参与编定《景德传灯录》;此后是宋神宗的新法政府在元丰六年(1083)从东京大相国寺辟出慧林、智海两个禅院,诏云门宗高僧宗本、临济宗高僧常总赴京,为第一代住持,这等于由朝廷来敕封宗教领袖。宗本的巨大影响力当然与此有关,而在正式的场合,作为朝廷官员的苏轼也不会去公开指责的。然而,并不是所有禅僧都愿意"奔走王公,汹汹都邑",在宗本受诏赴京的同时,临济宗黄龙派的常总禅师便壁立千仞,坚决拒诏,他一直留居庐山东林寺,正好接待了元丰七年苏轼的来访。如果他也应诏赴京,中国的这座名山就会失去其见证当代第一诗人与"僧中之龙"③会面的机会。虽然苏轼与常总的见面,只有这一次,但他显然与常总之间达到了更高的精神契合。以苏轼为常总的法嗣,有苏轼的悟道偈《呈东林总长老》为据,并非黄龙派的生拉硬扯,因为首先明确表述这个嗣法关系的《嘉泰普灯录》,其编者雷庵正受(1146—1209)不但不属临济宗,而且恰恰就是云门宗禅

---

① 陈振孙《直斋书录解题》卷一一著录《东坡手泽》三卷,并云:"今俗本《大全集》中所谓《志林》者也。"
② 《苏轼全集校注》亦注"本、秀二僧"为宗本、法秀。
③ 苏轼《东林第一代广慧禅师真赞》:"堂堂总公,僧中之龙。"《苏轼文集》卷二二。

僧，如果他要把苏轼拉入自己的宗派，则根据苏轼生前的人际交往，而归之于大觉怀琏的门下，似乎也无不可。实际上，苏辙就被他编在云门宗，只是后来《五灯会元》等不予认同而已。可见，以苏轼嗣常总实出公论。

当然，云门宗内部也并非全如"本、秀二僧"，善本和常悟虽也相继进京，但苏轼终生亲近的大觉门下就展现出不同的风貌。径山维琳以抗拒宋徽宗的宗教政策而死，不愧其"无畏大士"的称号，不愧为苏轼的同龄人。参寥子则受苏轼政敌的迫害，晚受牢狱之灾，乃至一代诗僧，不知所终，良可叹息。然而曾受苏轼欣赏的参寥法孙法颖，编订了《参寥子诗集》十二卷流传至今，让我们看到了历代僧诗中第一流的作品集。

【补　录】

上文考辨《苏轼文集》卷六一所列的尺牍受书人中，有十一位可以确认是云门宗禅僧。现继续比对资料，还可以补充确认二位，兹先将其法系图示于下，再按上文之例加以考辨：

云门文偃—香林澄远—智门光祚—雪窦重显┬长芦智福—清凉和
　　　　　　　　　　　　　　　　　　└报本有兰—中际可遵

一、《与遵老三首》

此三首亦见《纷欣阁丛书》本《东坡尺牍》卷八，标题、次序全同，《重编东坡先生外集》卷七〇收入第一、二首，标题为《答灵就遵老》，七集本《续集》卷六则题为《答灵鹫遵老二首》。茅维大概综合了以上材料，编定为《与遵老三首》，而在题下标"以下俱杭州"。但《外集》卷七〇所标时地为"离黄州",不知茅维何故改置"杭州"阶段?也许他把"灵鹫"认作了杭州的灵隐寺。但寺名"灵鹫"者其实不止一处,据此改动《外集》的系年信息,殊不可取。

《苏轼全集校注》考证"遵老"为庐山圆通寺僧可遵,即云门宗中际可遵禅师。元丰七年(1084)五月苏轼游庐山时,曾在汤泉壁上见可遵一偈,随即唱和,故尺牍第一首有云:"前日壁间一见新偈,便向泥土上识君。"如果尺牍作于苏轼游庐山之时,或稍后数日,那正好就在《外集》所标"离黄州"阶段,故笔者以为此考证不误。至于何以称为"灵鹫遵老",则也许可遵曾经或将要担任某一灵鹫寺之住持,因缺乏资料,难以考定了。陆游《老学庵笔记》有云:

> 僧可遵者,诗本凡恶。偶以"直待众生总无垢"之句为东坡所赏,书一绝于壁间继之。山中道俗随东坡者甚众,即日传至圆通,遵适在焉,大自矜诩,追东坡至前途。而途中又传东坡《三峡桥》诗,遵即对东坡自言:"有一绝,却欲题三峡之后,旅次不及书。"遂朗吟曰:"君能识我汤泉句,我却爱君三峡诗。道得可咽不可漱,几多诗将竖降旗。"东坡既悔赏拔之误,且恶其无礼,因促驾去,观者称快。遵方大言曰:"子瞻护短,见我诗好甚,故妒而去。"径至栖贤,欲题所举绝句。寺僧方砻石刻东坡诗,大诟而逐之。山中传以为笑。①

陆游对临济宗的禅僧是很尊敬的,这位云门宗的可遵禅师却被他形容得很是不堪。主要的原因,大概在于云门宗到南宋法脉已绝,无子孙为之主张,故士人可以毫无忌惮地斥言之。从当事人苏轼留下的尺牍来看,他对可遵的印象决不坏,陆游的记载并不可信。

---

① 陆游《老学庵笔记》卷四,中华书局,1979年,第55页。

不过,《与遵老三首》中,第三首是颇有问题的。先据《苏轼文集》抄录此首于下:

> 某启。前日辱临屈,既已不出,无缘造谢。信宿,想惟法体佳胜。筠州茶少许,谩纳上,并利心肺药方呈。范医昨呼与语,本学之外,又通历算,甚可佳也。谨具手启。不宣。

苏轼游庐山之前,先去了一趟筠州看望苏辙,带来"筠州茶少许"赠送可遵,似乎也合乎情理,《苏轼全集校注》就是这样解释的。但是,《外集》却将此首编入卷六八"黄州"阶段,而题为《与知郡朝散》。相应地,适合于僧人的"法体佳胜"之语,《外集》的文本作"尊体万福",适合于士大夫了。在苏轼贬居黄州时期,所谓"知郡朝散",当指以朝散郎知黄州的徐大受(字君猷)①。如果这一首尺牍是写给徐大受的,那么其中所述情事似与元丰六年(1083)春季苏轼患眼疾时相应。因患眼疾,对方来看望,自己却不能外出回谢。此时苏辙贬在筠州,亦可能有筠州茶寄来苏轼处。姓范的医生,可能是徐大受推荐或派遣的,因为徐是当地长官,所以苏轼要夸奖这位医生,俾受赏识。这些事情,除了"筠州茶"以外,与元丰七年的苏轼和可遵都不能相应。所以,我认为《外集》的标题和系年信息更为可信。苏轼写给徐大受的尺牍,仅此而已。

二、《答清凉长老一首》

这一首的文本极为简单,题下标"扬州还朝",正文只有"昨辱佳颂见贶,足为衰朽之光,未缘面谢"一句。《纷欣阁丛书》本《东坡尺牍》不载,而见于《外集》卷八〇"北归"阶段。茅维当从《外集》获此

---

① 苏轼《遗爱亭记》:"东海徐公君猷,以朝散郎为黄州。"《苏轼文集》卷一二。

尺牍,但不知何故改标"扬州还朝"?

《苏轼全集校注》推算为元祐七年(1092)之作,根据就是"扬州还朝"一语,而茅维此语来历不明,未可遽信。但《校注》提到一个很重要的信息,就是苏轼绍圣元年(1094)南迁途中曾作《赠清凉寺和长老》一诗,这"和长老"乃金陵清凉广慧禅寺僧,《校注》判断与此首尺牍的"清凉长老"为同一人。我以为这个判断是正确的。

该僧亦见于禅门史料,佛国惟白编《建中靖国续灯录》,于卷一一"真州长芦智福祖印禅师法嗣"中录"金陵清凉广惠和禅师"法语数段①,这"和禅师"应该就是"和长老"了。既然他在建中靖国元年(1101)还住持金陵清凉寺,则《外集》将苏轼这首尺牍编在"北归"阶段,就并不龃龉,因此年苏轼从海南"北归",确实经过金陵。南迁时有诗,北归时有尺牍,苏轼与这位"和长老"的关系,仿佛就是对苏轼早年诗句的印证:"身行万里半天下,僧卧一庵初白头。"遗憾的是我们无从考证"和长老"的全名,南宋汝达的《佛祖宗派图》也只称他为"清凉和"。

---

① 《建中靖国续灯录》卷一一,《续藏经》本。

苏轼与临济宗禅僧尺牍考辨

朱 刚

《苏轼文集》卷六一集中了苏轼写给僧人的尺牍,到现在为止,我们已从中考知十三位云门宗禅僧。相对而言,临济宗禅僧就少得多了,目前可以确认的只有三位,法系如下:

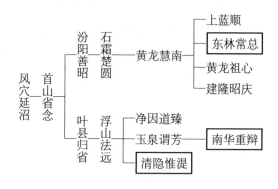

一、《与东林广惠禅师二首》

东林常总(1025—1091)禅师为临济宗黄龙派高僧,按南宋以来禅门定论,常总乃苏轼嗣法之师,但其实他们只见过一次面,就在元丰七年(1084)苏轼上庐山时。《五灯会元》以常总的师兄弟上蓝顺、黄龙祖心分别为苏辙、黄庭坚的嗣法之师,《续传灯录》又谓秦观嗣法建隆昭庆,那也是黄龙慧南的弟子。看起来,这不是常总与苏轼的关系问题,而是整个黄龙派禅僧与"苏门"士大夫的关系问题。

《重编东坡先生外集》并无苏轼写给常总的尺牍,但《纷欣阁丛书》本《东坡尺牍》有之,标题亦作《与东林广惠禅师》,当是茅维所据。不过,《东坡尺牍》录有三首,其第二、三首就是茅维所录,其第一首则被茅维录为《与佛印十二首》之第七首,这倒是根据《外集》而来的。大概茅维看到《外集》与佛印了元的尺牍中有这一首,文字与《与东林广惠禅师》之第一首相同,他判断此首是写给了元的,所以编入《与佛印十二首》,而从《与东林广惠禅师》的三首中删去这一首。他这个判断恰恰是错误的,《苏轼全集校注》已指出,笔者也于《苏轼与云门宗禅僧尺牍考辨》①一文中详论此为元丰八年(1085)苏轼致常总的尺牍,不再赘述。

从文本本身提供的信息来看,被茅维删去的一首是可以确切系年的,保留下来的两首却是谈药方、谈碑刻字体,并无系年依据。茅维在题下标"以下俱翰林",恐怕还是据删去的一首推断的。《苏轼全集校注》则考为元祐三年(1088)之作②,与"翰林"的说法相符,但其考证也大有问题。《校注》引用了黄裳《演山集》卷三四《照觉禅师行状》,谓常总于元丰七年得赐号"广惠大师",元祐三年得诏住持东林寺,元祐四年改赐号"照觉禅师",如此确定"东林广惠禅师"的称呼当在元祐三年,而此时苏轼正任翰林学士。按,元丰七年苏轼上庐山时,已参见东林寺住持常总禅师,这在苏轼生平研究中,已为常识,何以《校注》反信黄裳之说,谓常总住持东林寺晚至元祐三年?黄裳的原文是明显有错误的,"元祐三年,神宗诏东林为禅寺……"③云

---

① 朱刚《苏轼与云门宗禅僧尺牍考辨》,《国学学刊》2012年第2期。
② 张志烈、马德富、周裕锴校注《苏轼全集校注》第18册,河北人民出版社,2010年,第6791页。
③ 黄裳《照觉禅师行状》,《演山集》卷三四,《文渊阁四库全书》本。

云,年号与皇帝庙号不合,《校注》疑"神宗"为"哲宗"之误,实际上,从全文叙事顺序来看,应该是"元祐"为"元丰"之误,而"神宗"不误。常总于元丰三年住持东林寺,可以惠洪《禅林僧宝传》卷二四《东林照觉总禅师传》为证。这样,因黄裳的字误(更有可能是传写之误)而引起的元祐三年之说,是并不成立的。《与东林广惠禅师二首》宜与茅维删去的那一首同系元丰八年末或元祐元年(1086)初。

二、《与清隐老师二首》

此二首不见于《东坡尺牍》,而见于《外集》卷六九,编在"黄州"阶段。《外集》题作《与清隐老夫》,《东坡续集》卷五标题改"夫"为"师",茅维当据此录入。题下虽无系年标注,但茅本前一题《与无择老师一首》则标明"以下俱黄州",按茅维的编辑体例,这个标注对后续的《与清隐老师二首》也是有效的①。所以,茅维对写作时间的判断,也与《外集》相同。《苏轼全集校注》则谓"疑作于元祐时期"②,但未提供根据,亦不知"清隐老师"为何许人,仅注"未详"。

孔凡礼先生却知道"清隐老师"为清隐惟湜禅师,所著《苏轼年谱》于熙宁四年(1071)叙:"在京师时,尝晤惟湜于净因。"并论证云:

> 《栾城集》卷十三《题都昌清隐禅院》末云:"谁道溪岩许深处,一番行草识元昆。"原注:"长老惟湜,曾识子瞻于净因,有简刻石。"都昌属江南东路南康军,今属江西。惟湜时居清隐,人以清隐称之。诗次元丰七年。轼简佚。《文集》卷六十一《与清隐老师》第二简:"净因之会,茫然如隔生矣。名言绝境,

---

① 这一点详见拙作《东坡尺牍的版本问题》,《中国典籍与文化论丛》第12辑,2010年。
② 《苏轼全集校注》第18册,第6806页。

瘖寐不忘。”①

他将苏辙元丰七年《题都昌清隐禅院》诗的自注与苏轼尺牍第二首的内容相沟通，既考出清隐禅院的长老惟湜之名，又推知苏轼与惟湜的相识是在熙宁间京师的净因禅院。按，《五灯会元》卷一二列清隐惟湜为临济宗高僧浮山法远(991—1067)之法嗣，而法远的另一法嗣净因道臻(1014—1093)正是净因禅院的住持，苏氏兄弟熙宁初在京时屡访禅院，与道臻交往甚多②，惟湜想必曾至京师访问同门道臻，故得与苏轼相识。这样，尺牍第二首所谓“净因之会”就完全可以落实了。但此首后面又有“何时得脱缨绊，一闻笑语”之文，大概孔先生体会这是身任朝官时的口吻，故又将这首尺牍的写作时间系于“元祐在朝时”③。此推测与《苏轼全集校注》相同，但也无确切根据。

禅宗灯录对清隐惟湜的记载甚为简单，比较详细的是黄庭坚《南康军都昌县清隐禅院记》：

> 熙宁甲寅，令王师孟初得庐山僧建隆主之，遂为南山清隐禅院。乙卯、丙辰而隆卒，长老惟湜自庐山来，百事权舆，愿力成就，而僧太琦实为之股肱。于今八年，宫殿崇成……清隐出于福清林氏，饱诸方学，最后入浮山圆鉴法远之室。浮山，临济之七世孙，如雷如霆，观父可以知子矣。④

这里也提及清隐惟湜乃浮山法远的弟子。前面叙述清隐禅院的修

---

① 孔凡礼《苏轼年谱》上册，中华书局，1998 年，第 203 页。
② 苏轼曾作《净因院画记》《净因净照臻老真赞》，参考《苏轼年谱》熙宁四年纪事；苏辙曾作《赠净因臻长老》，参考孔凡礼《苏辙年谱》熙宁二年(1069)纪事，学苑出版社，2001 年。
③ 《苏轼年谱》下册，第 1113 页。
④ 黄庭坚《南康军都昌县清隐禅院记》，《豫章黄先生文集》卷一八，《四部丛刊》本。

建过程,"熙宁甲寅"是熙宁七年(1074),由僧建隆主持,经熙宁八年(1075)乙卯、九年(1076)丙辰,而建隆卒,于是惟湜"自庐山来",继续主持修建,乃至成功。由此可知,惟湜离开京师净因禅院后,去了庐山,至熙宁九年开始担任都昌县清隐禅院的住持。"于今八年",推算黄庭坚作此记当在元丰六年(1083)。该年黄庭坚从吉州太和县令解官,返家分宁,曾舟过彭蠡湖(鄱阳湖)①,当可登临湖岸的清隐禅院。此时的苏轼,则尚贬居黄州,但尺牍第一首所云,却似乎与黄庭坚此记相关:

> 黄长生人来,辱书,承起居佳胜为慰。示及黄君佳篇及山中图刻,欲令有所记述,结缘净境,此宿所愿也。但多病久废笔砚……

我以为"黄君佳篇"很可能就指黄庭坚的记文。惟湜营建禅院既已成功,就希望征集名人的文字,刻石纪念。苏轼在黄州,水路遣使便利,又是旧识,当然也在征集之列。从尺牍中可以看到,他先把已经征集到的成果寄示苏轼,想唤起对方的创作欲。除黄庭坚记文外,还有一些"山中图刻"。次年苏辙舟过清隐禅院,惟湜也不放过,这才有了上面说的《题都昌清隐禅院》诗。从此诗自注"有简刻石"来看,虽然苏轼在尺牍中表示了推辞之意,但惟湜实在太想得到苏轼的有关文字,所以把他的来信刻到石上去了,正好让苏辙看到。

如此,《外集》将苏轼这两首尺牍编在"黄州"阶段,就是完全正确的。具体地说,当在元丰六年,略后于黄庭坚的记文。所谓"何时得脱缨绊",这"缨绊"宜指贬居处境,而不是高官厚禄。

苏轼与惟湜的交往,从熙宁初在净因禅院相识开始,保持终生。

---

① 参考郑永晓《黄庭坚年谱新编》,社会科学文献出版社,1997年,第133页。

绍圣元年(1094)苏轼南迁,建中靖国元年(1101)北返,都经过虔州,而惟湜已任虔州崇庆禅院住持,苏轼有多篇作品与惟湜相关,已详见《苏轼年谱》①,此略。

三、《与南华辩老十三首》

这是苏轼写给临济宗禅僧的尺牍中留存最多的部分,"南华辩老"名重辩,有《苏轼文集》卷六六《书南华长老重辩师逸事》为证。《建中靖国续灯录》卷一四以南华重辩为"荆门军玉泉谓芳禅师法嗣",玉泉谓芳与净因道臻、清隐惟湜一样,嗣浮山法远。然则重辩乃惟湜之法侄。绍圣元年(1094)苏轼南迁惠州,路过韶州南华寺,始与重辩相识,到元符三年(1100)北归,再过南华寺时,重辩已卒。二人间的尺牍联系,都发生在苏轼贬居惠州阶段,茅维在题下标"以下俱惠州",当然是不错的。

十三首中,第一至十首,及第十二首,俱见《纷欣阁丛书》本《东坡尺牍》卷八,标题、次序全同;而第一、十三、十、五、八首,则见于《重编东坡先生外集》卷七五,题《答南华辩禅师》,亦置"惠州"阶段。茅维显然综合了以上两种资料,编定此十三首。《东坡尺牍》未收入的第十一首,其实并非写给重辩的尺牍,而是写给"学佛者张惠蒙"的一张字据,让他持此字据去南华寺参拜重辩禅师,不知茅维何从得此字据,因其内容与尺牍第十首相应(第十首有向重辩介绍张惠蒙前去参拜的内容),故编为第十一首。至于第十三首,《东坡尺牍》卷八编在开头,为《与辩才》的第一首。也就是说,《东坡尺牍》的编者认为此首的受书人是"辩才"(杭州僧元净)而非"辩老"。但茅维根据《外集》,将它判归"辩老",故编在最后。

---

① 《苏轼年谱》下册,第1169、1380页。

《苏轼年谱》和《苏轼全集校注》对这些尺牍都有比较具体的系年，我们先来看《外集》所收的五首。

第一首，《校注》系绍圣二年(1095)二月，根据是尺牍中"到惠已百日"之句。按，苏轼于绍圣元年十月二日抵惠州，有他自己的文字为证①，是可以确信的，下推百日，当在次年正月中旬。但《外集》这一首的文本，作"到惠已二百日"，则也可推至四月下旬。第十三首，《年谱》系绍圣三年六月，无据，《校注》则系二年六月，根据是尺牍中"泉铭模刻甚精"及"热甚"等语。按，《苏轼文集》"泉铭"作"银铭"，不通，《校注》据《续集》改，并考此"泉铭"当指苏轼为南华寺所作《卓锡泉铭》，甚是。《外集》亦作"泉铭"，可证《校注》所考不误。第十首，《年谱》与《校注》皆系绍圣二年六月。按，上文已叙此首内容与第十一首相关联，即介绍张惠蒙前往参拜重辩，而第十一首末署明"绍圣二年六月十一日"，可无疑问。接下来的第五首却颇有疑问，《苏轼文集》的文本如下：

> 某顿首。净人来，辱书，具审法体胜常，深慰驰仰。至此二年，再涉寒暑，粗免甚病。但行馆僧舍，皆非久居之地，已置囷筑室，为苟完之计，方斫木陶瓦，其成当在冬中也。九月中，儿子般挈南来，当一礼祖师，遂获瞻仰为幸也。伏暑中，万万为众自重。不宣。

《年谱》与《校注》皆据尺牍中"至此二年，再涉寒暑"与"九月中，儿子般挈南来"二语，将此首的写作时间系于绍圣三年六月。按，"儿子"指苏轼长子苏迈，因授仁化县令，将带家属来广南上任，确是绍圣三年事。但《外集》和《续集》此首的文本，却只到"其成当在中冬也"为

---

① 苏轼《迁居并引》，《苏轼全集校注》第 7 册，第 4746 页。

止,并无"九月中"以下部分。这当然可以认为是《外集》《续集》系统的文本有脱落,也可以认为是《东坡尺牍》、茅维、《文集》系统的文本误合两首为一,难以定论。笔者是倾向于后者的,因为"至此二年,再涉寒暑"也比较费解,从绍圣元年十月抵惠州算起,两历寒暑,自然要到三年的暑月,可是苏轼笔下对年数的表述,与宋人一般的习惯相同,都是统计首尾的,自绍圣元年至三年,他应该表述为"三年"而不是"二年"。他说"至此二年",就应该是绍圣二年的说法。至于"再涉寒暑",也许是把绍圣元年贬赴惠州的途中经历也算在里面了。还应当考虑的一点是,绍圣三年的夏天瘴疫流行,苏轼侍妾朝云亦感染,于七月五日病卒①。如果此首尺牍作于该年六月,则正当朝云病危之时,苏轼岂能自幸"粗免甚病"而一心去"置圃筑室"?《年谱》似乎也考虑及此,却说此首"作于伏暑,朝云未病也",甚不合情理。所以,如果不考虑"九月中"以下《外集》所无的部分,这一首尺牍的系年就可以提前到绍圣二年。《外集》最后的第八首,《年谱》系绍圣二年六月,《校注》系同年七月。按,此首提及张惠蒙回到惠州后的事,显然在第十、十一首之后,系七月较妥。总体来看,《外集》所录的五首,叙事前后衔接,写作时间都在绍圣二年的数月之间,确实可以视为一个整体的。当然,如上所述,第五首的后半部分应该割出,另成一首。

《外集》未收的另外八首,第二、三、四、九、十一首是绍圣二年作,第六、七、十二首是绍圣三年作,俱见《校注》所考,笔者无异议。需要再次强调的一个结论是:《外集》所录虽少,却有比较规整的编年顺序;《东坡尺牍》所录虽多,其排列则杂乱无序。茅维综合这两类资料,来编定苏轼的尺牍作品,总体思路是不错的,但他的工作做得粗疏,对《外集》的重视很不够,判断常有失误。由于《苏轼文集》

---

① 详《苏轼年谱》下册,第 1230 页。

和《苏轼全集校注》都用茅维的本子做底本,便经常受到茅维的影响,继续其错误的判断。对于目前的苏轼研究来说,这一点是有必要从方法论层面加以反思的。换句话说,我们必须摆脱茅维的影响,直接面对茅维所根据的那些更原始的资料,重新加以审核。

苏轼写给临济宗禅僧的尺牍,现在能够考定的就是如此而已。当然,这并不说明他所交往的临济宗禅僧只此三位,但无论如何,其数量不会超过云门宗禅僧,这一点毫无疑问。

《灵源和尚笔语》书简受主考释

李 贵

《灵源和尚笔语》一书,不分卷,北宋禅僧灵源惟清(? ～1117)撰。作者法名惟清,字觉天,自号灵源叟,洪州武宁(今属江西)人,俗姓陈。少入本县高居寺,十七岁受具足戒,即起游方。尝谒县内延恩院法安禅师,后往黄龙派祖庭黄龙寺(在今江西修水),嗣法晦堂祖心禅师,深受器重,诸方号为清侍者。通称灵源惟清、黄龙惟清。因长期住持舒州太平寺(在今安徽潜山),亦称太平惟清。主太平期间,法席极盛,四方僧徒争趋求谒。祖心寂后,惟清重回江西住持黄龙寺,不久称病退居昭默堂,以堂为号。卒葬本寺,赐号佛寿。

禅门身份,首重法系,惟清属临济宗黄龙派南岳下十三世,法系为:

六祖惠能——南岳怀让——马祖道一——百丈怀海——黄檗希运——临济义玄——兴化存奖——南院慧颙——风穴延沼——首山省念——汾阳善昭——石霜楚圆——黄龙慧南——黄龙祖心——灵源惟清

其生平事迹详见释惠洪《石门文字禅》卷二三《昭默禅师序》[①]、《禅林僧宝传》卷三〇《黄龙佛寿清禅师传》[②]、释普济《五灯会元》卷一

---

① 惠洪《石门文字禅》卷二三,《四部丛刊》本。
② 惠洪《禅林僧宝传》卷三〇,《卍续藏经》第137册。

七《黄龙惟清禅师》。①

《灵源和尚笔语》一书,前有南宋乾道五年己丑(1169)释了朴题识,云系"德进侍者所录"。② 全书录载惟清致程颐、陈瓘、徐俯、惠洪等31人书简共79通(另附虞蕃致惟清书4通),是考察北宋佛教文化史、僧徒与文人、佛教与儒林相互交流之重要资料。惟清著作世所罕见,南宋释净善淳熙间(1174—1189)重编《禅林宝训》,卷二摘录惟清语录及致黄庭坚、程颐等人书简计18则;③释晦堂师明嘉熙二年戊戌(1238)编《续刊古尊宿语要》,第一集"天"部有《灵源清禅师语》,收惟清语录10则。④ 以上篇幅均极简。清释道古辑《缁林尺牍》,宋代部分载"黄龙惟清"致黄龙祖心、惠洪觉范等11名禅僧之书简共16通,然未注出处。⑤ 今人续有辑佚,《全宋诗》收"释灵源"诗5首,又录"释惟清"诗12首,⑥《全宋诗订补》补"释灵源"诗2首,⑦《宋代禅僧诗辑考》续补"释惟清"诗15首,⑧《全宋文》辑"释惟清"文22篇(包括《缁林尺牍》中全部惟清书简)。⑨ 以上诸书均不及《灵源和尚笔语》一书来源清晰、首尾完整、内容丰富。此书中国本土已佚,日本有五山版、江户刊本等,近年金程宇据静嘉堂文库藏五山版影印,收入所编《和刻本中国古逸书丛刊》"子部•释家•语录"类。⑩ 据椎名宏雄《宋元版禅籍之研究》考察,静嘉堂此本乃南北朝历应五年(1342)临川寺版,应系覆宋版,⑪价值甚高。天壤间孤本

---

① 普济撰、苏渊雷点校《五灯会元》卷一七,中华书局,1984年,第1133—1134页。
② 了朴系惟清裔孙,法系:灵源惟清——长灵守卓——育王介谌——慈航了朴。
③ 净善《禅林宝训》,《中华大藏经》汉文部分第79册。
④ 师明《续刊古尊宿语要》,日本宫内厅书陵部藏戊戌年(1238)师明序刊本。
⑤ 道古《缁林尺牍》,《佛藏辑要》第31册,巴蜀书社,1993年,第177—181页。
⑥ 《全宋诗》第17册,北京大学出版社,1995年,第11752页;第20册,第13489页。
⑦ 陈新等《全宋诗订补》,大象出版社,2005年,第277—278页。
⑧ 朱刚、陈珏《宋代禅僧诗辑考》,复旦大学出版社,2012年。
⑨ 曾枣庄、刘琳主编《全宋文》第128册,上海辞书出版社、安徽教育出版社,2006年,第402—417页。
⑩ 金程宇编《和刻本中国古逸书丛刊》,凤凰出版社,2012年。
⑪ [日]椎名宏雄『宋元版禅籍の研究』,东京大东出版社,1993年,第100页。

一朝化身千百,极便学者。

《灵源和尚笔语》一书所载书简受主众多,标题所指或隐或显,难以索解。日本禅僧多有为之作注者,其中阙名《灵源笔语别考》亦已收入《和刻本中国古逸书丛刊》,作为《灵源和尚笔语》一书的附录。日本学者编印《国译禅宗丛书》,有《灵源和尚笔语》排印本,将全书译成日文,并对书中某些词语、人名作出解释。① 然以上人名注释多有未当或未尽处,或仅注出人名,无依据,无解释;或注释错误,人物张冠李戴。今对书中全部受书人逐一考释,兼及相关人物交游,以见当时僧徒之社交网络及儒释之交涉情况。

1.《答伊川居士》。程颐。3 通。第 323—331 页。

程颐(1033—1107),字正叔,北宋洛学代表人物,世称伊川先生。

世传程颐曾向惟清问学,二人有书信往来,主要证据一直是《禅林宝训》所录惟清致程颐书简 2 通,钱锺书谓"退之与大颠三书,适可与灵源与伊川二简作对",②即指《禅林宝训》中语。今《灵源和尚笔语》起首载《答伊川居士》3 通,又添新证。然此事古今学者、中日禅林素有争议,朱熹力主其伪,指所谓与伊川居士帖实为灵源致潘淳(字子真),黄庭坚尝录其语,以致后人误认;③久须本文雄则力证其真,并考证惟清 5 通书简的写作时间及信中"天下大宗匠"的具体所指。④ 聚讼纷纭,难以定谳。此亦儒学史、禅宗史上一大事因缘,不容不辨,个中细节可参见石立善的考辨。⑤

---

① 《国译禅宗丛书》第 2 卷,东京国译禅宗丛书刊行会,1919 年。
② 钱锺书《谈艺录(补订本)》,中华书局,1984 年,第 65 页。
③ 黎靖德编、王星贤点校《朱子语类》第 8 册,中华书局,1986 年,第 3040—3041 页。
④ [日] 久须本文雄『宋代儒学の禅思想研究』第五章「程伊川と禅」,名古屋日进堂书店,1980 年。
⑤ 石立善《程伊川学禅说考辨——禅僧灵源惟清与程伊川书帖五通之真伪》,陈义初主编《二程与宋学:首届宋学暨程颢程颐国际学术研讨会论文集》,华东师范大学出版社,2013 年。

2.《答朱世英》。朱彦。1通。第331—332页。

朱彦(？—1113)，字世英，南丰(今属江西抚州)人，神宗熙宁九年(1076)进士。调舒州司法参军，累官给事中、显谟阁待制。两知江宁府，后知抚州、洪州、杭州、颍昌府、通州，政和元年(1111)召为刑部侍郎。张商英罢相，朱彦出知濠州，政和三年(1113)卒于任上。生平事迹材料及考辨详见周裕锴《宋僧惠洪交游人物考举隅》。①朱彦祖母曾氏，曾巩《夫人曾氏墓志铭》称之为"吾从女兄也"，②知朱彦祖母乃曾致尧孙女、曾巩从姊。朱彦父轼，字器之，从曾巩学，仕为房州司户。③朱彦兄弟三人相继登第。④兄京，字世昌，登进士甲科，授太学录，擢监察御史，见者目为真御史。尝提点淮西刑狱。官至国子司业。《宋史》卷三二二有传。朱京提点淮西刑狱时，请惟清住持舒州太平寺，时在元符二年(1099)。⑤朱彦亦与僧徒交游密切，禅门视为佛教外护，⑥因问黄龙慧南法嗣真净克文佛法而有省，与惟清有同门之谊。惟清此简乃答复朱彦问疾，并论及保养身心之法。

3.《答陈莹中》。陈瓘。1通。第332—334页。

陈瓘(1057—1122)，字莹中，号了翁、了斋、了堂，南剑州沙县(今属福建)人。元丰二年(1079)进士。徽宗即位，召拜左正言，又除右司谏。崇宁中列名党籍，以气节名世，极为士林所尊。追赠谏议大夫，谥号忠肃。《宋史》卷三四五有传。陈瓘爱读佛经，交游多禅宗高僧，议论风生。宋代禅籍记载，陈瓘自号华严居士，"留神内典，议

---

① 周裕锴《宋僧惠洪交游人物考举隅》，《宋代文化研究》第16辑，四川大学出版社，2009年。
② 曾巩撰，陈杏珍、晁继周点校《曾巩集》卷四六，中华书局，1984年，下册第631页。《文渊阁四库全书》本作"吾从兄女也"，倒文，当乙正。《文津阁四库全书》本不误。
③ 王梓材、冯云濠《宋元学案补遗》卷四，《四明丛书》本。
④ 祝穆撰，祝洙增订，施和金点校《方舆胜览》卷二《建昌军·人物·朱轼》，中华书局，2003年，第383页。
⑤ 周裕锴《宋僧惠洪行履著述编年总案》，高等教育出版社，2010年，第46—47页。
⑥ 详见周裕锴《宋僧惠洪交游人物考举隅》。

论夺席,独参禅未大发明,禅宗因缘,多以意解",酷爱黄龙慧南《语录》,"诠释殆尽"。①《佛法金汤编》载陈瓘嗣法惟清事,谓陈瓘参谒惟清后"乃开悟",寄惟清偈曰:"书堂兀坐万机休,日暖风柔草木幽。谁识二千年远事,如今只在眼睛头。"②禅林乃列陈瓘为惟清法嗣。③

惟清此简当作于政和五年(1115)或其后。书简起首云:

敬绎所示诸偈,皆《华藏》蕴藉醇全之旨,由是见存诚之所常胜尔,钦服感幸。《凤池华藏阁记》,尤示发玄关而布法施之妙利也。

惟清所称陈瓘《凤池华藏阁记》,乃陈瓘于政和五年所撰。《淳熙三山志》卷三八《寺观类六·僧寺·怀安县》载怀安县(今属福建福州)凤池寺华藏阁,下云:"政和五年承事郎陈瓘为记云:'罪窜之余,世念衰歇,惟致一内典而已。'时了翁在丹丘,方蒙恩自便。"④知陈瓘政和五年自便居于丹丘(今浙江台州),作《凤池华藏阁记》。元代陈宣子《陈了翁年谱》则系于政和六年,云是年"七月朔,作《福州凤池报慈院华严阁记》"⑤。知惟清此简作于政和五年或六年。

此简亦为陈瓘与《华严经》之密切关系添一明证。陈瓘侄子陈渊称,陈瓘酷爱《华严经》,"尝写《华严经》尽八十卷,不错一字"⑥。李纲《跋了翁所书华严偈》亦云:"谏议陈公留心内典,尤精于《华

---

① 道谦编《大慧普觉禅师宗门武库》,《大正藏》第47册。
② 心泰编《佛法金汤编》卷一三,《卍续藏经》第149册。吴之琼《武林梵志》卷八"陈瓘"条全同。陈瓘此诗,《全宋诗》失收,《全宋诗订补》据《武林梵志》补辑(第2册,第297页)。此诗或云周敦颐呈东林常总偈,见《宋元学案》卷一二《濂溪学案下》。
③ 朱时恩《居士分灯录》卷下,《卍续藏经》第147册。
④ 梁克家《淳熙三山志》卷三八,《文渊阁四库全书》本。按,明刻本"华藏阁"作"华严阁","了翁"作"乃翁",误,今不从。见《宋元方志丛刊》第8册,中华书局,1990年,第8233页。
⑤ 吴洪泽、尹波主编《宋人年谱丛刊》第6册,四川大学出版社,2003年,第3478页。
⑥ 陈渊《书了斋笔供养发愿文》,《默堂先生文集》卷二二,《四部丛刊》本。

严》,手写数过,前后抄录其要,积累篇帙。平生践履,惟以泽物为心,处忧患如游戏,盖深解乎此。观其所书'世间法界'等语,真知言之要哉!"①可与惟清此简参证。

惟清所言陈瓘揭示《华严经》意蕴诸偈,惠洪诗题亦有提及,如《石门文字禅》卷三有诗题:"陈莹中由左司谏谪廉,相见于兴化,同渡湘江,宿道林寺,夜论华严宗。"卷一五有诗题:"了翁谪廉,欲置《华严》,托余将来,以六偈见寄,其略曰:'杖头多少闲田地,挑取《华严》入岭来。'次韵寄之。"知陈瓘寄给惟清者,乃讨论《华严经》奥义之偈语六首。"杖头多少闲田地"一首今存,见惠洪《冷斋夜话》卷七。②

此简末云:"师川寄龙舒,闻将还豫章,渠服道义为厚,应以取道为谒觐之便也。"据研究,政和前后,徐俯往来舒州、南昌两地,为豫章诗社骨干。③ 惟清此简可为佐证。

4.《徐师川》。徐俯。1通。第335—336页。

徐俯(1075—1141),字师川,号东湖居士,洪州分宁(今江西修水)人。父禧,字德占,新党人物,旧党黄庭坚表兄。母黄氏,黄庭坚从姊。徐俯以父死国事,荫补通直郎,娶妻为新党吕惠卿侄女,南宋初赐进士出身,官至权参知政事。徐俯少有诗名,得舅氏黄庭坚称赏,客淮南时与郡守陈瓘为忘年友,入吕本中《江西宗派图》。④ 徐禧、黄庭坚皆参晦堂祖心,亦皆师友惟清,徐俯少时即常侍父亲谒见惟清,听谈佛法终日,后来复因惟清开示而悟道。⑤ 黄庭坚尝致书徐俯,推介惟清,鼓励徐俯向惟清请教学道作诗之法:"太平清老,老夫之师友也,平生所见士大夫,人品未有出此公之右

---

① 李纲《梁溪集》卷一六二,《文渊阁四库全书》本。
② 张伯伟编校《稀见本宋人诗话四种》,江苏古籍出版社,2002年,第65页。
③ 吴肖丹、戴伟华《江西诗派主脉——豫章诗社考述》,《南昌大学学报》(人文社会科学版)2011年第1期。
④ 伍晓蔓《江西宗派研究》,巴蜀书社,2005年,第248—252页。
⑤ 普济《五灯会元》卷一九,第1298页。

者。方吾甥宴居,不婴于王事,可数至太平研极此事,精于一而万事毕矣。"①据前述《答陈莹中》简末,惟清知悉徐俯行踪近况,知二人来往密切。又据宋代禅林笔记,惟清居黄龙寺昭默堂时,仍常与徐俯"夜话"。②

此简亦见居士灯录摘抄。明初《佛法金汤编》"徐俯"条载:"尝扣问灵源清禅师禅道,师答以书,略曰:'古之达人所以鉴世间如影响、了圣道如蘧庐者,无他,自彻心源而已。'云云。"③所引惟清答复即此简。

5.《洪帅张司成》。张邦昌。2通。第336—339页。

洪帅,洪州(今江西南昌)知州。司成,即大司成,宋朝国子监祭酒之拟唐官称。考北宋后期洪州知州,官大司成之张姓知州只有张邦昌一人。张邦昌(1081—1127),字子能,永静军东光县(今属河北)人,元符三年(1100)进士,④《宋史》卷四七五本传:"举进士,累官大司成,……知光、汝二州。政和末,由知洪州改礼部侍郎。"⑤光绪《江西通志》卷九《职官表九·宋》:"张邦昌,……知洪州,政和中任。据《宋史》本传补。"⑥《僧宝正续传》谓"政和末","大帅张司成"请应端主持黄龙寺,嗣法惟清。⑦又,《宋会要》云,政和六年(1116)九月二十九日,"知洪州张漴落职",⑧而惟清卒于政和七年(1117)九月十八日,⑨故张邦昌知洪州在政和六年十月以后。

---

① 黄庭坚《答徐甥师川》,《宋黄文节公全集·续集》卷五,刘琳等校点《黄庭坚全集》第4册,四川大学出版社,2001年,第2029页。
② 晓莹《罗湖野录》卷下,《卍续藏经》第142册。
③ 心泰编《佛法金汤编》卷一三。
④ 杨倩描主编《宋代人物辞典》下册,河北大学出版社,2015年,第1073—1074页。
⑤ 脱脱等《宋史》卷四七五,中华书局,1977年,第13789—13790页。
⑥ 光绪《江西通志》卷九,《续修四库全书》本。
⑦ 祖琇《僧宝正续传》卷三《法轮端禅师》,《卍续藏经》第137册。"大帅",原作"大师",天头校勘记云"师疑帅",是。
⑧ 徐松辑、刘琳等校点《宋会要辑稿》第8册,上海古籍出版社,2014年,第4893页。
⑨ 惠洪《禅林僧宝传》卷三〇,第564页。

张邦昌帅洪州期间,多次参谒或称赏灵源惟清、法轮应端、宝峰景祥、宝峰(草堂)善清等黄龙派名僧。① 惟清复张邦昌书简共两通。第一通感谢张邦昌来寺见面,恳辞出任黄龙寺法席住持之请。第二通详细解释因病辞谢,自述"抱病闲居已十五年",近日"虽苟保未绝之气,而痰涎吐哕,时时不绝。同居闻其声,莫不起酸苦怜悯之念。其状如此,众所共知"。比对惠洪《黄龙佛寿清禅师传》所言惟清退居昭默堂,"闲居十五年",卒于政和七年(1117)九月十八日,知惟清此二简作于政和六年(1116)十月至七年(1117)九月之间,时惟清已病重。

6.《答伯刚提举》。伯刚。1 通。第 339—340 页。

伯刚提举,待考。惟清信中云"伏承示谕参秀、遇、楷",知伯刚曾参禅于法云法秀、法昌倚遇和芙蓉道楷。释法秀(1027—1090),云门宗青原下十一世,天衣义怀禅师法嗣,丛林号秀铁面,宋神宗赐号圆通禅师。② 释倚遇(1005—1081),云门宗青原下十世,嗣法北禅智贤禅师。③ 释道楷(1043—1118),属曹洞宗青原下十一世,投子义青法嗣。④

7.《答洪刍父》。洪刍。1 通。第 340—342 页。

洪刍(1066—?),字驹父,南昌(今属江西)人,黄庭坚外甥。绍圣元年(1094)与弟炎同举进士,崇宁三年(1104)入党籍,五年,复宣德郎,靖康元年(1126)官谏议大夫。洪刍与兄朋、弟炎、羽并称"四洪",诗入江西宗派,有《老圃集》及《香谱》传世。⑤ 此简答洪刍有关

---

① 祖琇《僧宝正续传》卷三《法轮端禅师》、卷四《宝峰祥禅师》、卷五《宝峰清禅师》,第 593、599、602 页。
② 普济《五灯会元》卷一六,第 1037—1039 页。参见周裕锴《宋僧惠洪行履著述编年总案》,第 14 页。
③ 普济《五灯会元》卷一六,第 1022—1025 页。生卒年据朱刚、陈珏《宋代禅僧诗辑考》,第 62 页。
④ 普济《五灯会元》卷一四《芙蓉道楷禅师》,第 882—886 页。参见周裕锴《宋僧惠洪行履著述编年总案》,第 140—141 页。
⑤ 张剑主编《宋才子传笺证·北宋后期卷》,辽海出版社,2011 年,第 368—374 页。

参请优劣如何,举黄庭坚往年入蜀后之了悟以阐发,足见惟清对黄庭坚之禅悟评价甚高。

8.《答虞察院》。虞蕃。3通。第352—357页。

此简前附虞蕃来信4通。第一通,起首云"蕃顿首启上灵源禅师",知来信人乃虞蕃(金程宇解题作"虞谟",误)。书简云,素仰惟清之道德,时值暑毒,请晏坐凝养。据其自述,服膺佛典已三十七八年,生长二浙,为官多在吴越,始仕即为会稽教官,其时已询叩浙江名僧。后得官京师,过相国大寺之慧林、智海二禅院,分别叩请德化、佛印二禅师。诵《法华经》而有省。大观三年己丑(1109),虞蕃在杭州居丧,真乘慧古(? —1136)禅师自惟清昭默堂来,二人朝夕论难,言及当年惟清住舒州令慧古阅疏山造塔话而领契之事,虞蕃廓然开泰,"乃知华严法界,不必外求,而近在方寸之间"。又云"某与真乘别已十年","行年五十矣,颇知四十九之非",而惟清卒于政和七年(1117)九月十八日,则此简作于政和六年(1116)前后。虞蕃自念开悟乃受慧古激发,而慧古系惟清之法嗣,故热望面谒惟清,"欲求一差遣至江西,终未能遂"。是以投书惟清,望能"远续法裔",祈惟清"相与证据"。第三通云洪州吴姓通判近期来访,知洪州有司备礼数再请惟清住持黄龙寺,惟清"坚卧不从"。结合前述惟清复张邦昌函,可断此简亦约作于政和六年。又云近见圆首座于祥符寺,得知惟清近况,黄龙寺已别请住持,遂致函一二监司,托他们关照惟清,俾得安居颐养。第四通谓往年请瑞岩住持龟峰寺,固辞,今再三延请慧古,亦不从。按龟峰寺在信州(今属江西上饶),属江南东路,知虞蕃时知信州,则第三通所云祥符寺亦在信州。

惟清复函共3通。第一通称对方为"察院知郡大夫",知虞蕃尝为监察御史,时任某州知州。下言感谢虞蕃远道来信,前此已从慧古处知晓其入道因缘,自己已病惫难于书写,敬请原谅。第二通答复虞蕃第二次来函所谓己意"如饮水,冷暖自知,不可以告人"的问题,并发挥教义。第三通言,因衰病,已拒绝洪州知州住持黄龙之邀,虽对虞暮请监司关照表示感谢,但认为纯属画蛇添足,并要求今后仅"以道相照",绝不许涉及丝毫世俗情识。至于再请慧古前去住持,亦予婉拒。《禅林宝训》载惟清《与虞察院书》,阐发诚信义理,不见于此《笔语》,盖为另一通之摘录。

今按,《宋会要辑稿》职官六八之三五载,政和六年三月十五日,"朝请大夫、前知信州虞暮追毁出身以来文字,特除名勒停,永不得收叙,送朱崖军编管"。可知虞暮致函惟清时任信州知州,二人书信往来在政和六年。信州龙虎山上清观天师张继先,徽宗朝赐号虚靖先生,有《答太守虞察院游仙岩诗》,尾联云:"谁拟上饶新太守,却因朝谒到山阳。"①亦系答信州知州虞暮。此虞暮为虞太熙子。王存撰虞太熙(1018—1085)墓志铭云:太熙父肃,祖籍上饶,致仕后卜居于阳羡之荆溪(今属江苏宜兴),有子五人,其一早亡,其四太微、太宁、太熙、太蒙,皆名文学,举进士。太熙字元叟,皇祐元年(1049)进士,历官当涂守,官至侍讲,子男四人,分别名芹、芝、莊、暮。②虞暮自谓"生长二浙",盖指生长地为宜兴,并非祖籍;其祖籍为上饶。考乾隆《铅山县志》元祐榜:"虞暮,戊辰李常宁榜第二甲,终鸿胪卿。"③又同治《铅山县志》:"虞暮,字佩芳,铅山县新塘人,元祐三年戊辰科李常宁榜进士,鸿胪卿。"④铅山属上饶,正与虞太熙墓志所称祖籍上饶相符。虞暮对惟清言,自己为官多在吴越,而《宝庆会稽续志·提刑题名》载:"虞暮。崇宁元年十二月十六日,以承议郎到任。""虞暮。政和元年七月十八日,以朝奉大夫到任,政和三年正月

---

① 《全宋诗》第 20 册,第 13520 页。
② 王存《宋故扬王荆王府侍讲朝散郎虞公墓志铭》,《江苏金石志》卷九,《石刻史料新编》第 1 辑第 13 册,新文丰出版公司,1982 年,第 9658—9659 页。拓片存傅斯年图书馆,志 6542,索书号 T622.612147,参见邱佳慧《从"请铭"与"撰铭"探究宋代社会的伦常关系》,台湾《东华人文学报》2008 年第 12 期。
③ 乾隆《铅山县志》卷九,《故宫珍本丛刊》第 110 册,海南出版社,2001 年,第 369 页。
④ 同治《铅山县志》卷一二,清同治十二年(1873)刻本。

二十六日罢任。"①与虞蓦自述正合。

9.《上宝觉和尚》。释祖心。2通。第358—360页。

黄龙祖心(1025—1100),俗姓邬,南雄州始兴(今属广东)人,嗣法黄龙慧南,退隐后名居室曰晦堂,因号晦堂禅师。卒,谥号宝觉大师,黄庭坚为撰塔铭并颂。此简篇名称"宝觉和尚",乃编者后加。惟清嗣法祖心,深得器重。第一通为向祖心报告首次住持寺庙、升堂说法之事,感谢老师教化奖掖之恩。中云"某此月二十八日入院,蒙郡官办开堂","今四来学众,粗成丛林。宰官檀那,咸垂资护"。据前引周裕锴考证,朱京(世昌)提点淮西刑狱,请惟清继法演主舒州太平寺,时在元符二年(1099),惠洪代朱京作《请灵源外(升)座》疏。则此简作于是年。

第二通问候祖心,提及"江东朱漕自金陵遣书,近到,令致意和尚","渠亦致书特来召某到金陵相聚,以乍此住持,不能往也"。所云江南东路朱姓转运使,即朱京。据《宋史》本传,朱京"历太常博士、湖北、京西、江东转运判官,提点淮西刑狱、司封员外郎。元符初,迁国子司业,……固辞不拜。徽宗初立,复命之,逾月而卒"。②此简作于惟清主太平之后,时在哲宗元符二年或三年。

10.《上五祖演和尚》。释法演。3通。第360—363页。

五祖法演(？—1104),绵州巴西(今四川绵阳)人,俗姓邓。白云守端法嗣,初住四面,迁白云,晚住太平,移黄梅县东山五祖道场,事具《补禅林僧宝传》。③第一简云"伏惟东山堂头和尚,尊候万福",知法演时住五祖道场。据前文,法演于元符二年移住东山,则此简作于元符二年或三年。第二简感谢法演赠送白云守端《语录》,自言"熙宁间尝披阅","二十年中每怀想之"。自熙宁元年(1068)下

---

① 张淏《宝庆会稽续志》卷二,《宋元方志丛刊》第7册,第7107页。
② 脱脱等《宋史》卷三二二,第30册,第10453页。
③ 庆老《补禅林僧宝传·五祖演禅师》,《卍续藏经》第137册。

推 20 余年,正是元符年间。

11.《示卓禅人》。释守卓。12 通。第 363—380 页。

长灵守卓(1065—1123),俗姓庄,泉州(今属福建)人。嗣法惟清。面目严冷,诸方称曰卓铁面。尝住太平长灵室,丛林因以长灵称之。惟清第一、二简均呼之为"卓首座"。按《长灵守卓禅师语录》卷末附其门人介谌所撰《行状》载:"灵源迁住黄龙,师随侍十载,一日辞去。……既而复造太平,佛鉴懃禅师请居第一座。师以懃为知己,不固辞。"①"第一座",即"首座"。据考证,惟清迁黄龙在元符三年(1100),守卓随侍十载,辞去,当在大观三年(1109)。惠洪《石门文字禅》卷八有《送贤上人往太平兼简卓首座》诗,其中"卓首座"亦系此僧。②第五通,惟清呼守卓为"甘露卓长老",对其受邀住持寺庙经过甚感欣慰,知作于守卓主舒州甘露寺期间。末署"庚寅十月望日",时维大观四年(1110)。据《守卓行状》,守卓初到太平任首座,"众皆疑骇。及闻说示,罔不钦服。太守孙公(杰)闻其名,偶以甘露阙人,请师主之",益证守卓辞别惟清在大观三年(1109)、住持甘露在四年(1110)。故惟清致守卓书简之第五通作于大观四年十月十五日,第一到第四通作于大观三年到次年十月前。

第六至十二通亦可与《守卓行状》比对。《行状》载,孙杰邀请守卓前往住持甘露寺,佛鉴懃与众僧"咸以荒村破院,欲其无行"。守卓决意赴任,"腰包而往","衲子归之,各以巾橐长余,增修堂室。舒民素号难化,至是亦翕然信向,乐于不斁,竟化草菜为宝坊也"。随后记录惟清与守卓书简往来事:

开堂后,灵源睹书,则曰:"吾之责可付,而积翠之风可追矣。"遂以拂子表法信,示偈曰……又曰:"世称承绍者,多名存

---

① 介谌《行状》,《卍续藏经》第 120 册。
② 周裕锴《宋僧惠洪行履著述编年总案》,第 138—139 页。

而实亡。予于此时,法尔不能忘,有望于汝,汝亦能不法尔所虑哉。"又曰:"执善应之枢,处会通之要。理须遵古,事贵适时。委靡结他缘,孤标全己任。是必自勉,不待吾言也。"次迁庐之资福、京之天宁,皆法席久废处,未几则向合如甘露。……尝谓众曰:"灵源嘱予:'当易众人之所难,缓时流之所急。'予终身佩之不敢忘。"

所记守卓广大甘露、弘扬佛法、备极艰辛诸事,惟清复函中皆见述及。所录惟清诸语,亦多存简中。"世称承绍者"数句,见第十简:"世称承绍者,多名存而实亡。予丁此时,法尔不能忘,而望于汝矣,汝亦能不法尔虑予之所虑哉。勉旃,勉旃。""吾之责可付""当易众人之所难"数句,见第十一简:"但弥坚操履,易众人所难,而缓时流之急,以孜孜建业,则积翠祖风行可追矣。勉旃。""积翠祖风",指惟清老师慧南之宗风。第六简言"积翠师翁",亦指慧南。慧南尝于新昌黄檗山溪上方结庵名"积翠"。

12.《示逢禅人》。释德逢。2通。第380—383页。

通照德逢(1073—1130),洪州靖安(今属江西)人,俗姓胡,又称黄龙德逢,惟清法嗣。宣和六年(1124)诏移东都报恩寺,赐号通照。生平具祖琇《僧宝正续传》卷三《黄龙逢禅师》。《全宋诗》无其人,《宋代禅僧诗辑考》辑得颂古6首。惟清第一简呼"逢长老","昨领书,知寓止得所",知是在德逢初主云岩时。据德逢本传,其首次长寺院乃在云岩:"政和初,出世云岩,唱灵源之道,宗风盛行。六年,有旨移余杭中天竺,以疾固辞。宣和初,江西帅徐任道请居天宁。"①又,李之仪《重修云岩寿宁禅院记》谓李孝遵知洪州分宁县,命蜀僧天游重修云岩寿宁禅院,政和二年(1112)夏工成,"因众所愿,请今

---

① 祖琇《僧宝正续传》卷三。

长老德逢以承所付"。① 可见惟清此简作于政和二年。

13.《示德禅人》。释元德。1通。第383—387页。

钦山元德,嗣法惟清。据灯录,惟清的禅门法嗣共18人,中有"钦山元德禅师"。② 钦山寺位于澧州(今湖南澧县),惟清在简中称之为"长老",知作于元德住持钦山寺时。

14.《觉范》。释惠洪。4通。第387—392页。

清凉惠洪(1071—1128),筠州新昌(今江西宜丰)人,俗姓彭,名乘;或姓喻氏。"惠"亦作"慧"。一名德洪,字觉范,时称洪觉范,亦以之自称。自号冷斋、明白庵、明白老、老俨、俨师、寂音、甘露灭、筠溪,又号石门精舍,简称石门。赐号宝觉圆明。生平经历及与惟清之交游详见前引周裕锴《宋僧惠洪行履著述编年总案》。

15.《智海慧老》。释思慧。2通。第392—395页。

雪峰思慧(1071—1145),"思慧"又称"思睿",学者疑其本名思睿,进京后改名思慧,或因"睿"字为天子专用,故避之。③ 字廓然,赐号妙湛,钱塘人,俗姓俞,法云善本法嗣。尝住持径山、净慈,诏居京师大相国寺智海禅院,移补黄檗、雪峰。《全宋诗》录诗12首,《宋代禅僧诗辑考》辑诗2首。生平具惠洪《石门文字禅》卷二三《临平妙湛慧禅师语录序》、正受《嘉泰普灯录》卷八《福州雪峰妙湛思慧禅师》④。惟清首简呼"智海堂头禅师慧公",又云"今闻演法都城,通真达俗,得四众之欢心",知作于思慧主东京智海寺时。

16.《宝峰祥老》。释景祥。2通。第396—398页。

泐潭景祥(1062—1132),真如慕喆法嗣,住持洪州泐潭宝峰寺。传见《嘉泰普灯录》卷八《隆兴府泐潭景祥禅师》、《五灯会元》卷一

---

① 李之仪《姑溪居士前集》卷三六,《文渊阁四库全书》本。
② 居顶《续传灯录》卷二三,《大正藏》第51册。
③ 周裕锴《宋僧惠洪行履著述编年总案》,第48—49页。
④ 正受《嘉泰普灯录》卷八《福州雪峰妙湛思慧禅师》,《卍续藏经》第137册。

二。《全宋诗》录其诗 2 首,《宋代禅僧诗辑考》辑诗 10 首。

17.《与死心和尚》。释悟新。5 通。第 398—403 页。

黄龙悟新(1044—1115),韶州曲江(今广东韶关)人,俗姓王,号死心叟,黄龙晦堂祖心禅师法嗣,出住云岩、翠岩,政和初迁黄龙。与黄庭坚、惟清有深交。惠洪《石门文字禅》卷一九《死心禅师舍利赞序》曰:"余不识禅师,灵源以为法门畏友,山谷以为禅林奇秀。"事具《补禅林僧宝传》。《全宋诗》录诗 1 首。《宋代禅僧诗辑考》续辑 37 首,中有《送灵源》《和灵源瞌睡歌》《寄灵源》等 3 首。

18.《端禅人》。释应端。2 通。第 403—405 页。

法轮应端,惟清法嗣。据前引《僧宝正续传》卷三本传,死心禅师主云岩寺,灵源遣二三弟子前往佐之,应端为侍者。此第一简云"端禅人乍舍恬寂,入彼尘劳,应不易为趣。即日作止四事,能随缘安适否?"佛教四事乃衣服、饮食、汤药、卧具,知彼时应端为死心侍者。死心主云岩在绍圣年间,故此简亦当作于此时。第二简作于应端父亲去世后。

又《端禅人》2 通,见第 439—444 页,亦系致法轮应端。首简称"端首座,闻为云岩作前导"。次简请对方"逢长老且为致意",复言"今汝俦既悟道之源,又晓修行之理,其成就特要勉耳",知德逢主云岩时,此前任死心禅师侍者的应端升任首座。

19.《与灵竹长老》。释德宗。1 通。第 405—406 页。

灵竹长老,盖系鄂州(今属湖北武汉)灵竹德宗禅师,嗣法南岳法轮齐添。① 法轮齐添乃黄龙慧南法孙(黄龙慧南——泐潭洪英——法轮齐添),与惟清同辈,则灵竹系惟清法侄。

20.《安侍者》。释某安。2 通。第 406—408 页。

安侍者,生平不详。惟清在 2 通信中反复提及"东山古风",再

---

① 惟白《建中靖国续灯录·目录》卷下,《卍续藏经》第 136 册。

三叮嘱安侍者要久留彼处，助力共建，使佛法再还淳厚。此"东山"当指法演。据前述，元符二年(1099)法演移住黄梅东山，惟清继主舒州太平，安侍者本为惟清弟子，由惟清派去助力法演。

21.《空室道人》。释惟久。1 通。第 408—410 页。

空室道人智通(？—1124)，宣城人，范珣之女，苏颂孙苏悌之妻，因从夫守分宁，遂参死心禅师于云岩，灵源禅师以空室道人号之。后于姑苏西竺寺削发为尼，法名惟久，嗣法死心悟新。①《全宋诗》录诗 3 首，《宋代禅僧诗辑考》辑诗 2 首。

22.《答佛眼》。释清远。5 通。第 410—417 页。

龙门清远(1067—1120)，号佛眼，俗姓李，临邛(今四川邛崃)人，与佛果(圆悟)克勤、佛鉴(太平)慧勤同为法演高弟，世称"三佛"。事具李弥逊《筠溪集》卷二四《和州褒山佛眼禅师塔铭》、普济《五灯会元》卷一九。《古尊宿语录》收其语录多达 8 卷(卷二七～三四)，是该集所选禅师语录之篇幅最多者。《全宋诗》录其诗 3 卷，《宋代禅僧诗辑考》补得 2 首，《全宋文》收其文 2 篇。

23.《与佛鉴》。释慧勤。5 通。第 417—423 页。

太平慧勤(1059—1117)，舒州怀宁(今安徽潜山)人，俗姓汪。五祖法演法嗣，与圆悟克勤并称"东山高弟两勤"。②住持舒州太平寺，政和二年诏住东京智海院，赐号佛鉴。事具《僧宝正续传》卷二。慧勤之"勤"，或作"懃"。

24.《古禅人》。释慧古。3 通。第 423—428 页。

真乘慧古(？—1136)，号灵峰，俗姓项，舒州宿松(今属安徽)人，嗣法惟清，事迹具《嘉泰普灯录》卷一〇《舒州真乘灵峰慧古禅师》，参见前《答虞察院》考释。《全宋诗》录诗 1 首，《宋代禅僧诗辑

---

① 正受《嘉泰普灯录》卷一〇《空室道人智通》。
② 惠洪《蜀道人明禅过余甚勤，久而出东山高弟两勤送行语句，戏作此，塞其见即之意》，《石门文字禅》卷一二。

考》辑诗 6 首。

25.《才禅人》。释本才。1 通。第 428—430 页。

上封本才(？—1150)，福建长溪(今福建霞浦)人，号佛心，惟清法嗣。生平见《五灯会元》卷一八。惠洪《石门文字禅》卷二六有《题才上人所藏昭默帖》，才上人即此僧。《全宋诗》录诗 20 首，《宋代禅僧诗辑考》补得 50 首。

26.《觉禅人》。释宗觉。3 通。第 430—434 页。

天宁宗觉禅师，《续传灯录》卷二三列为惟清法嗣。惟清信中称之为"宗觉禅者"。

27.《秀禅人》。释若秀。1 通。第 434 页。

广化若秀禅师，《续传灯录》卷二三列为惟清法嗣。

28.《然禅人》。释了然。3 通。第 434—438 页。

惟清第一简呼对方为"福唐连江然禅者"，第三简又称"了然禅者"，知对方名释了然。通读三简，知了然先参龟山晓津，晓津寂后转请参惟清，逢惟清病愈，"掩室谢绝应缘"，惟清乃指示了然去往他处。了然来信，谓师兄渐觉名所居庵曰借庵，请惟清作颂。惟清颂云："了本元无物，随缘用不亏。百年资善贷，一念洞灵知。假有云兴处，真空海湛时。庵人标此旨，游客贵旋思。"此为惟清佚诗。

29.《答高居山主》。高居寺住持。1 通。第 438—439 页。

高居山主，高居寺的住持。据前引惠洪《昭默禅师序》《黄龙佛寿清禅师传》，惟清少时于本县高居寺出家，师事戒律师，十七岁为大僧，受具足戒，往依延恩院耆宿法安，愿留学法。黄庭坚对惟清的高居经历时常提及。其《赠郑交》诗云："高居大士是龙象，草堂丈人非熊罴。……开径老禅来煮茗，还寻密竹径中归。"任渊注云，高居大士是惟清，草堂丈人指郑交。又山谷与《欧阳元老帖》云："清师归所受业院武宁之高居，想甚得所也。"题下又注："山谷有《招清公诗》跋云：老禅，延恩长老法安师，怀道遁世，清公少时，盖依之数年。"①传世黄庭坚所谓《惟清道人帖》,实为致郑交函,其中亦言及惟清:"或问清欲于旧山高居筑庵独住,不知果然否?"②凡此皆可补惟清早年经历及交游(更多材料详见下文)。

30.《权书记》。释善权。2通。第444—446页。

释善权,字異中,号真隐,洪州靖安(今属江西)人,俗姓高。因相貌清癯,人称瘦权。为南岳下十四世、黄龙慧南三传弟子,于惟清为法侄,以诗鸣,入《江西宗派图》。法系:黄龙慧南——东林常总——宝峰应乾——真隐善权。③惟清此简称对方所住之"彼山"古多道人高士,又拈出庐山慧远之文集,以见昔日庐山丛林之盛况,而善权常住庐山,时地人名若合符契。《全宋诗》录"权巽"诗2首,作者实即善权,"权巽"乃"权巽中"之讹。④《全宋诗订补》补2首,《宋代禅僧诗辑考》续辑10首。

31.《与兴长老》。释智兴。1通。第446—448页。

此兴长老与黄庭坚交游之兴上座、兴上人、释智兴当为同一人,太和(今江西泰和)僧。今胪列黄庭坚提及兴禅师之文字如下:

《跋亡弟嗣公列子册》:"智兴上人喜异闻,故以遗之。"⑤

《跋招清公诗》:"草堂,郑交处士隐处也。……老禅延恩长老法安师怀道遁世,……清公少时盖依之数年,……舟中晴暖,闲弄笔墨,为太和释智兴书。"⑥

《与死心道人书》:"兴、佺在彼否?此两道人却需要大剥

---

① 《山谷诗集注目录·赠郑交》题下注,《山谷诗集注》卷一《赠郑交》,刘尚荣校点《黄庭坚诗集注》第1册,中华书局,2003年,,第5、69、70页。
② 故宫博物院编《故宫博物院藏品大系·书法编》第2册,故宫出版社,2012年,第174页。
③ 周裕锴《宋僧惠洪行履著述编年总案》,第72、194、212页。
④ 关于唐宋僧徒的法名字号称呼义例,详见周裕锴《宋僧惠洪行履著述编年总案》附录六《略谈唐宋僧人的法名与表字》,第441—445页。
⑤ 《黄庭坚全集》第2册,第652页。
⑥ 《黄庭坚全集》第2册,第664页。

净,未审如何?清公到高居,计无不安稳,亦颇为衲子追逐耶?然已是名满天下,恐终不得闲耳。"①

《答王观复》其三:"来人或翟户部不见访,即同兴上座奉谒。"②

其五:"见兴公。"③

《答中玉金部简》其二:"兴上座本亦同入城,当乞饭承天耳。"④

《跋荆州为兴上人书赠郑郊(交)诗》:"癸亥岁,予解官太和,过武宁,闻清上人当来延恩,因谒郑子通问消息,题诗子通之壁。草堂,郑郊处士隐处也。"⑤

排比以上材料,此智兴禅师尝师事死心悟新,与黄庭坚过从甚密,与惟清亦为旧识,三人多有交集。惟清此简教示对方养病之法,径呼对方为"汝",系对后辈口吻,而智兴论辈分是惟清法侄,正合身份。简中言"计彼居近府城,多医药,必不失调治也",知兴长老所居在州府近郊,与黄庭坚在荆州时所云"入城"亦相切合。

以上考释了《灵源和尚笔语》一书所载 79 通书简之受主共 31 人,细读书简文本,广涉禅宗文献及士大夫作品,从中可见北宋禅宗之学术化、文字化与世俗化,亦可见儒者交往禅门之密切、浸染佛理之深入。这些书简不仅可以揭示出僧徒之社交网络,对理解禅门、政事、儒林及文苑四者之交互影响亦不无裨益。日本学者曾指出,惟清的书简真迹虽已无从目睹,但自宋以来的中土禅林乃至日本禅林皆有珍视书法墨迹的传统,其精神当源自惟清。⑥ 本文所论亦可

---

① 《黄庭坚全集》第 3 册,第 1850 页。
② 《黄庭坚全集》第 4 册,第 2082 页。
③ 《黄庭坚全集》第 4 册,第 2083 页。
④ 《黄庭坚全集》第 4 册,第 2187 页。
⑤ 《黄庭坚全集》第 4 册,第 2297 页。
⑥ [日]长谷川昌弘「霊源惟清と墨跡」,『臨済宗妙心寺派教学研究紀要』第 4 号,2006 年 7 月。

作为佐证。

　　从以上考释尚可总结,考辨人物时,对士林文人,要区别里籍、仕履、官职;于释道方外,要强调法系传承及称呼惯例,庶几作者与文本各安其位。研究的前提是准确理解文本,首先是对"本文"的细读,找出关键信息;其次在作者的其他文本中发现相关信息,是为"互见";再次在其他作者的文本和其他媒介形式的文献文本中发现相关信息,是为"互文"。本文、互见和互文三者交相为用,始能准确定位、确定人物,然后始可言知人论世、阐释发挥。

人物轶事与"笔记体传记"

朱 刚

宋代是笔记数量大规模增长的时代,这些笔记多载人物轶事,在很大程度上补充了史传、碑志、家传等各类成文"传记"的不足,而为今日的研究者所取资。一般情况下,进行人物研究时,我们首先会寻找成文的"传记",而笔记所载一则一则短小、散漫的人物言行,只是补充性、参考性的"轶事",其可靠与否,常受质疑。但很多时候,我们也不得不使用笔记资料来勾画人物的生平。当然,由于一条笔记的记录容量甚小,在信息量方面难以与史传、碑志等匹敌,但如果把多条笔记集合起来,情况就会改观,有时候,它们能较为完整地呈现某人之始末,则实具传记之功能。比如,《欧阳文忠公集》后面附录了欧阳发等所撰《事迹》①,就是有关欧阳修生平的多条笔记的集合,其提供的信息量并不低于史传、碑志,区别只是不连缀成文而已。如果我们愿意把笔记视为一种文体,那么,对这种具备传记功能的"轶事"之集合,也不妨称之为"笔记体传记"。

有一些笔记作者在记录人物"轶事"的时候,本已具有为"传记"特别是史传作者提供素材的意识。还是以欧阳修为例来说,毫无疑问他会进入史传,也必有碑志,所以欧阳发等撰写《事迹》的时候,应该就把朝廷的史臣包含在预想的读者群里面了,或者,《事迹》的编

---

① 《欧阳文忠公集》附录卷第五《事迹》,欧阳发等述,《四部丛刊》本。

者会有意记录史传和碑志容易忽略的方面,以呈现其先公的更为完整的形象。就"笔记体传记"的价值来说,这种状态自然最为理想。实际上,由子孙或门生幕僚等执笔的笔记体的人物言行录,在宋代也产生了不少,如《韩忠献公遗事》《丁晋公谈录》《王氏谈录》等,这些传主都是大人物,并不缺乏史传、碑志。当然更为常见的现象是有关某人的生平记载只出现在笔记中,则搜集多条笔记以形成"笔记体传记"的工作,就更具意义。宋人朱熹所编的《八朝名臣言行录》,便是如此,其全书都可以称为"笔记体传记"。

"笔记体传记"的基础是笔记所载的人物"轶事",应该注意的是,笔记对人物言行的记录,在取材方面与成文"传记"的关注点不同,故笔记中出现的大量人物并无成文"传记"传世;即便有之,若对照阅读,亦可发现其记录方法颇具差异,体现出笔记文体自身的特点。所以,搜集和编辑这类"轶事"以形成"笔记体传记"时,需要一番剪裁笔削的功夫。本文将通过新近出版的《宋人轶事汇编》,来考察笔记"轶事"在选材上的特点,然后以《八朝名臣言行录》为例,分析其如何剪裁笔削。

一、《宋人轶事汇编》所录宋僧轶事

近人丁传靖"从宋元明清约五百余种著述中辑录宋代六百余人的材料"编成《宋人轶事汇编》[①],今人周勋初先生主编同名书籍,则"不录正史,搜采范围以宋、元、明人撰杂史、传记、故事、小说为主",共收入二千二百余人[②],可谓宋人"轶事"的大集合。其资料来源绝大多数是宋人笔记,而除《五灯会元》《林间录》等少量佛教著作外,

---

① 丁传靖《宋人轶事汇编》书首《出版说明》,中华书局,1980年。
② 周勋初主编,葛渭君、周子来、王华宝编《宋人轶事汇编》,上海古籍出版社,2014年,凡例第1页。

编者基本上不取佛藏资料,故我们考察此书所收的僧人部分,正好可以发现藏外笔记传录宋僧言行的选材倾向。

周编《宋人轶事汇编》所收的二千二百余人,无疑以士大夫为主,但点检前后所收宋僧,亦达 70 名。有宋一代所遗佛藏史料极为丰富,若从中挑选七八十名具有声望和历史贡献的高僧,并非难事。但现在纵览这 70 名宋僧的总体面貌,我们首先就可以发现,他们大多不是灯录、僧传或佛教史籍所关注的高僧。那么,似乎宋人的多数笔记不载高僧的言行,而更倾向于谈论另外一些僧人的轶事。笔记的选材特点在面对僧人的时候表现得颇为突出。

这 70 名宋僧中,当然也有释赞宁、释契嵩、释宗本、释法秀、释道楷、释宗杲等少数为佛教史所重视的高僧,但《宋人轶事汇编》所录其轶事,也并不突出他们在佛教史上的功绩、地位。如释赞宁轶事四条,皆强调其博览强记,善于对答;释契嵩四条,则有两条记其火化时,眼睛、舌头等根器不坏;释法秀名下所记,主要是他呵斥黄庭坚写艳词之事;而释宗本、释宗杲名下,则录《中吴纪闻》和《宾退录》所记,说他们分别为吴越钱王和苏轼的后身。释道楷以对抗宋徽宗而被杖责闻名,《宋人轶事汇编》收录了《邵氏闻见录》的相关记载,但另有一条出自《曲洧旧闻》卷四:

> 芙蓉禅师道楷,始住洛中招提寺,倦于应接,乃入五度山,卓庵于虎穴之南。昼夜苦足冷,时虎方乳,楷取其两子以暖足。虎归不见其子,咆哮跳掷,声振林谷。有顷至庵中,见其子在焉,瞪视楷良久。楷曰:"吾不害尔子,以暖足耳。"虎乃衔其子,曳尾而去。①

---

① 周勋初主编《宋人轶事汇编》第 4 册,第 1977 页。

道楷取乳虎暖足，然后还给虎母，未受伤害，这也许颇能反映出他的道行，但这样的事总属骇人听闻的"异迹"。选录"异迹"的倾向，对于笔记来说，是可以理解的。

在禅宗史上有一定影响的释法远，《宋人轶事汇编》收录了《石林避世录话》卷二的一条：

> 传禅者以云门、临济、沩仰、洞山、法眼为五家宗派。自沩仰而下，其取人甚严，得之者亦甚少，故沩仰、法眼先绝，洞山至大阳警延，所存一人而已。延仅得法远一人，其徒号远录公者，将终，以其教付之，而远言："吾自有师。"盖叶县省也。延闻，拊膺大恸。远止之曰："公无忧，凡公之道，吾尽得之，顾吾初所从入者不在是，不敢自昧尔，将求一可与传公道者受之，使追以嗣公可乎？"许之。果得清华严。清传道楷，楷行解超绝。近岁四方谈禅，唯云门、临济二氏。及楷出，为云门、临济而不至者，皆翻然舍而从之，故今为洞山者几十之三。①

这一条记的是禅宗史上的大事，法远自己是临济宗禅僧，但不负曹洞宗警延（按原名"警玄"，避宋讳改作"延"）禅师所托，从自己的弟子中挑选了"清华严"（按，当是义青禅师）去继嗣曹洞宗的法脉。《石林避世录话》的作者叶梦得，可能对禅门事情了解较多，所以记下这件重要的事。此事多少也有些不同寻常，而且只能算一个特例，因为除此之外，《宋人轶事汇编》所录僧事，几乎都无关于佛教史的大节。

那么，见于《宋人轶事汇编》的主要是怎样的僧人、怎样的言行呢？除上文提及的少数高僧外，我们大致可以将所收僧人分为五类。

---

① 周勋初主编《宋人轶事汇编》第 4 册，第 1976 页。

A类：能诗文书画者。有二十余位僧人，在写作诗文或书画方面有所擅长，比如释惠崇、释秘演、释道潜、释惠洪都是有名的诗僧，释如璧(俗名饶节)、释祖可、释善权都属江西诗派，释文莹本人是笔记《湘山野录》作者，释可遵、释佛印(按，法名当作"释了元")与苏轼有诗歌唱和，释仁老(按，法名当作"释仲仁")以画墨梅闻名，等等。大部分出于士大夫之手的笔记容易关注到在这个方面具有特长的僧人，而加以记录，故《宋人轶事汇编》能搜罗到这些僧人的较多轶事。

可以注意的是，有的僧人并无"诗僧"之名，但有诗传世。如释重喜，录《老学庵笔记》卷四云：

> 会稽法云长老重喜，为童子时，初不识字，因扫寺廊，忽若有省，遂能诗。其警句云："地炉无火客囊空，雪似杨花落岁穷。拾得断麻缝坏衲，不知身在寂寥中。"程公辟修撰守会稽，闻喜名，一日召之与游戢山上方院，索诗，喜即吟云："行到寺中寺，坐观山外山。"盖戏用公辟体也。①

此僧本不识字，而忽然能诗，甚为奇怪。与之相比，跟苏轼颇有往来的释仲殊，是更有诗名的，《宋人轶事汇编》从笔记、诗话中搜集到九条相关记载，而主要谈及他与苏轼一起食蜜的事，还有他出家的原因，是被妻子下毒而没有毒死。

B类：与士大夫交往密切者。这一类跟A类实际上颇有重合，但并不是所有人都擅长诗文书画。比如《宋人轶事汇编》第四册自第1698页释清顺起，至第1707页释楚明，连续收录十一位僧人，而全与苏轼有密切交往，其中有些并无写作特长，只因他们出现在苏轼的身边，而被笔记作者所关注。另如释净端、释奉忠，是与章惇有

---

① 周勋初主编《宋人轶事汇编》第3册，第1435页。

交往的。释净端实能诗,但《宋人轶事汇编》所录三条都未提及其诗,主要说他的外号是"端师子",以及章惇给他吃荤馒头的事。释奉忠则只有一首诗,有关记载出自《冷斋夜话》:

> 章子厚谪海康,过贵州南山寺。寺有老僧,名奉忠,蜀人也,自眉山来,欲渡海见东坡,不及,因病于此寺。子厚宿山中,邀与饮,忠欣然从之。又以蒸蛇劝食之,忠举箸啖之无所疑。子厚曰:"子奉佛戒,乃食蒸蛇,何哉?"忠曰:"相公爱人以德,何必见诮!"已而倚槛看层云,子厚曰:"夏云多奇峰,真善比类。"忠曰:"曾记《夏云诗》甚奇。"子厚使诵之,忠曰:"如峰如火复如绵,飞过微阴落槛前。天地生灵干欲死,不成霖雨谩遮天。"①

章惇似乎专爱骗僧人食荤,从而嘲之,但与他给释净端吃荤馒头的故事一样,这一次的结果也是自取其辱,最后收获了释奉忠的一首讽刺诗。笔记还提到奉忠是从眉山来,原拟到海南岛看望他的乡人苏轼,才会出现在海康,与章惇相遇,则此僧其实有鲜明的政治立场。章惇和苏轼都是大人物,但二人的传记中都不会出现这个释奉忠的形象,实际上,有关释奉忠的记载,也只有这一则笔记体的轶事。

以上 A、B 两类,可以说占了 70 名宋僧的大部分。

C 类:能占卜,知休咎,有预言能力,或有其他特殊能力,留下异迹者。宋人笔记中出现较多能算命卜卦有灵验的术者,而其日常行为往往怪异,引人注意。这些异人当中,有些具僧人身份,如《宋人轶事汇编》所收的第一位僧人,就是麻衣道者:

> 麻衣道者,不知其姓名、谁氏之子、乡里州县。常以麻辫为

---

① 周勋初主编《宋人轶事汇编》第 4 册,第 1792 页。

衣，蓬发，面积垢秽，然颜如童稚，双瞳凝碧。多在定州、真定、保塞，人识之积久，未尝启口，惟缄默而已。见酒即喜抃，亦不至耽滥。人问其甲子修短，及卜前因未来，皆书画于纸。其言为接引世俗明了本性，大抵戒人归于为善杜恶，已而乖睽分错，不可探索。人有言及邪秽戏之者，即以水洒沃，指目而去。好为禽鸟形状，溢满巾幅，复加毁裂，能自传其形容铸如也。常有赞颂，得其一曰："这见有情忘我，诸佛大恩增长。地狱时时转多，不忍见，不忍见。三转净行，不及愚夫五欲乐，不忍见，不忍见。"亦不知其果何归哉。①

像这样能"卜前因未来"的异僧，似乎颇受士大夫的欢迎。释愿成、释化成，跟王安石、章惇、蔡京等士大夫有交往。释惟白，是《建中靖国续灯录》的编者，在禅门有较高地位，但《宋人轶事汇编》录《齐东野语》一条，只说他能预见哪些人会担任宰相。他的师叔释安，则能预见云门宗的衰落。另外还有释法辨，能扶乩作词；释智俨，能把吃下去的虾吐出来，都是活虾，等等。这些虽不是占卜者，却有特殊能力。

D类：善医。在士大夫眼里，医术高明者跟占卜灵验者大概属于一类人，所以善医的僧人也被笔记作者所关注。《宋人轶事汇编》收录的僧人中有四位善医，如释海渊，录《能改斋漫录》一条云：

僧海渊，蜀人也。工针砭。天禧中，入吴、楚。游京师，寓相国寺。中书令张士逊疾，国医拱手。渊一针而愈，由是知名。既老归蜀，范景仁赋诗饯之曰："旧乡山水绕禅扃，日日山光与水声。归去定贪山水乐，不教魂梦到神京。"治平二年化去，张

---

① 周勋初主编《宋人轶事汇编》第1册，第305页。

唐英贻以偈曰："言生本不生,言灭本不灭。觉路自分明,勿与迷者说。"刘季孙铭其塔曰:"资身以医,有闻于时。余币散之,拯人于危,士君子所难。吁嗟乎师。"①

医术如此高明的人,当然也会跟士大夫发生较多的来往,只因他们有这方面的特长,所以我们归为一类。

E: 其他特殊形象。除能卜善医者外,还有不少僧人,虽无此类专业特长,却有非常特殊的形象。比如释法明:

> 邢州开元寺僧法明,落魄不检,嗜酒好博,每饮至大醉,惟唱柳永词,由是乡人莫不侮之。或有召斋者,则不赴,有召饮者,则欣然而从。酒酣,乃讴柳词数阕而后已。日以为常,如是者十余年,里巷小儿皆目为风和尚。一日忽谓寺众曰:"吾明日当逝,汝等无出,观吾往焉。"众僧笑曰:"岂有是哉?"翌日晨起,法明乃摄衣就坐,遽呼众曰:"吾往矣,当留一颂而去。"众僧惊愕,急起以听,法明曰:"平生醉里颠蹶,醉里却有分别。今宵酒醒何处?杨柳岸,晓风残月。"言讫,跏趺而逝。②

这位临死还唱柳永词的饮酒疯僧,以其特殊形象引人瞩目。饮酒、唱曲都是破戒的,在僧人中自然是非主流或反主流的,但能自知死期,来去自在,似乎又颇具内在的道行,与表面形象相矛盾。这样的僧人往往在下层社会活动,较少进入士大夫社会的交际圈。但也有例外,如释道隆,因为宋仁宗梦见他是一条龙,而被招到宫里去了。更为奇特的是释慧持,他本是个晋朝的僧人,因为入定久了,出定时

---

① 周勋初主编《宋人轶事汇编》第 3 册,第 1160 页。
② 周勋初主编《宋人轶事汇编》第 3 册,第 1107 页。因此条事涉柳永,录在第 1106 页柳永名下。

已到宋朝。

此外还有一些僧人,虽不是如此奇特的形象,却也有不同寻常之处,如释清逸,能感化群盗;释慧兰,能感化金兵。又如静顺道人,传说是宋朝公主出家为尼;释思业,原以屠宰为业,忽然感悟出家。曾与高僧宗杲同行的释法一,也有一件不同寻常的事迹:

> 僧法一、宗杲,自东都避乱渡江,各携一笠。杲笠中有黄金钗,每自检视。一伺知之。杲起奏厕,一亟探钗掷江中。杲还,亡钗,不敢言而色变。一叱之曰:"与汝共学了生死大事,乃眷眷此物耶!我适已为汝投之江流矣。"杲展坐具,作礼而行。①

这位释法一,应该就是《五灯会元》卷一八所记的临济宗万年法一禅师,孙觌《鸿庆居士文集》卷三二有《长芦长老一公塔铭》,是其碑志,其他的传记资料也不少。但《宋人轶事汇编》从笔记中采录的,只有这一条掷金钗于江中的故事。

以上五类,基本上概括了《宋人轶事汇编》所收的宋僧。相比之下,C类、D类的数量远没有A类、B类多,这自然是因为他们较少能进入笔记作者的视野。但若从选材的倾向而言,E类实与C类、D类相近,其总数并不太少,他们都在术业、形象、身份或事迹上有特殊之处。即使A类、B类僧人(此二类多有重合),以及某些高僧,在笔记中出现的言行,也往往趋于奇特。笔记"轶事"在选材上的猎奇倾向,于焉可见。

下面按《宋人轶事汇编》的收录顺序,将70名宋僧列为一表②,而注明其属于各类的情形。

---

① 周勋初主编《宋人轶事汇编》第5册,第2324页,出《老学庵笔记》卷三。
② 《宋人轶事汇编》还收了一位僧人,就是杨琏真珈,记其发宋陵事(第2709页)。因非宋僧,不计入。

序号	僧名	页码	A	B	C	D	E
1	麻衣道者	305			✓		
2	释赞宁	306		✓			博览强记
3	释惠崇	437	✓				
4	释文鉴	651		✓			
5	释法明	1107					饮酒疯僧,唱柳永词
6	释慈云①	1160					生前制棺
7	释海渊	1160				✓	
8	释秘演	1161	✓	✓			
9	释文莹	1161	✓	✓			
10	释道隆	1161					宋仁宗梦见其为龙
11	释法颙	1162		✓			
12	释谷全	1162		✓			
13	释宗颢	1162		✓			
14	释义琛	1163		✓			
15	释昙颖	1163		✓			
16	释奉真	1163			✓		
17	释宗本	1164					吴越钱王后身
18	释惟正	1165					常骑牛,人称"政黄牛"
19	释契嵩	1165					火讫,根器不坏

---

① 按,此是天台宗慈云遵式法师,当作"释遵式"。

续 表

序号	僧名	页码	A	B	C	D	E
20	释慧辩	1166		√			
21	释智缘	1433				√	
22	释愿成	1434		√			
23	释化成	1434		√			
24	释重喜	1435	√				不识字,忽能诗
25	释清顺	1698	√	√			
26	释思聪	1698	√	√			
27	释道潜	1699	√	√			
28	释法颖	1701		√			
29	释照僧	1701		√			
30	释佛印	1701	√	√			
31	释辩才①	1704		√			
32	释仲殊	1704	√				妻毒之,遂出家
33	释可遵	1706	√	√			
34	释维琳	1707	√	√			
35	释楚明	1707		√			
36	释义了	1760	√	√			
37	释如璧	1775	√				
38	释祖可	1776	√				

① 按,此是辩才元净法师,当作"释元净"。

续表

序号	僧名	页码	A	B	C	D	E
39	释善权	1777	√				
40	释法秀	1790		√			
41	释安	1791			√		
42	释净端	1792		√			
43	释承皓	1792		√			
44	释奉忠	1792	√	√			
45	释惟白	1793			√		
46	葛道人	1972	√				
47	释法远	1976					选弟子续曹洞法脉
48	释艶	1977	√				
49	释道楷	1977					取虎子暖脚,对抗徽宗
50	释惠洪	1978	√				
51	释慧持	1980					晋人,入定到北宋
52	释秒应	1981			√		
53	释仁老	1981	√				
54	释清逸	1982					感化群盗
55	释宗回	2323					定时坐化
56	释慧兰	2324					建炎末感化金兵
57	释净师	2324	√				
58	释法一	2324					掷金钗江中

续 表

序号	僧名	页码	A	B	C	D	E
59	释宗杲	2325		√			东坡后身
60	释宗昂	2325		√			
61	释晞颜	2326	√				
62	释净辉	2457		√			
63	释法辨	2609			√		
64	静顺道人	2693					宋公主为尼
65	释子温	2707	√				
66	释智俨	2729			√		
67	释行持	2733					喜滑稽
68	南岳僧	2736					严格管理坐禅者
69	释宝鉴	2738				√	
70	释思业	2738					屠宰忽悟,出家
	统计		23	28	8	4	20

二、《八朝名臣言行录》的笔削情况

围绕某一特定人物,集合多条笔记以呈现其首末的典范之作,要数朱熹所编的《八朝名臣言行录》①。相比于上文考察的《宋人轶事汇编》,朱熹的选材集中于北宋的"名臣",他们被众多笔记作者所

---

① 朱熹编《八朝名臣言行录》,包括《五朝名臣言行录》十卷、《三朝名臣言行录》十四卷,见朱杰人等主编《朱子全书》第12册,上海古籍出版社、安徽教育出版社,2002年。

关注和书写，所以每个人名下都能搜集到足够的条目，达成"笔记体传记"的功能。更为重要的是，朱熹的编写目标是要对这些名臣"究其始终表里之全"①，但并不采用此前比较常见的"名臣传"体裁②，而是自觉选择了"言行录"这种笔记体裁。这并不是因为他收集了相关资料后，来不及或懒于写作成文的传记，更不是因为凭这些资料还不足以成文，而是因为他认识到了笔记体的优势。

对朱熹来说，作为其资料来源的笔记，本身是一种散漫的、通常无主旨的书写形态，这并不符合他的性格，作为中国历史上最精密的哲学体系的创建者，他做事一贯讲究条理。在《八朝名臣言行录》的《自叙》里，他批评笔记资料"散出而无统"，"而又汩于虚浮怪诞之说"③，亦即散漫的书写形态和猎奇的选材倾向。那么，如果像《宋人轶事汇编》那样应其所有全部搜集起来，加以简单罗列，显然不符合朱熹的编纂原则。他必须对搜集到的资料加以妥善的处理，克服其缺陷。而正是在克服缺陷的过程中，他把"笔记体传记"的优点尽可能地发挥出来了。

首先，在每一位"名臣"的名下，他自己先撰写一段简明的生平介绍，也可以说是"小传"，比如"丞相晏元献公"即晏殊的名下，有这样一段：

> 公名殊，字同叔，抚州临川人。以神童召试，擢秘书省正字。召试中书，累迁知制诰，入翰林为学士，迁左庶子。仁宗即位，拜枢密副使，出知应天府，召为三司使，拜参知政事。出知亳、陈州，复为三司使。康定初，知枢密院事，遂为枢密使，进同中书门

---

① 朱熹《八朝名臣言行录·自叙》，《朱子全书》第12册，第8页。
② 《郡斋读书志》著录了北宋张唐英的《嘉祐名臣传》，朱熹编《八朝名臣言行录》时亦使用此书。
③ 《朱子全书》第12册，第8页。

下平章事。庆历中，知颍、陈、许州，以观文殿大学士知永兴军，徙河南府，以疾请访医药京师，因留侍经筵，逾年薨，年六十五。①

有了这一段小传，传主的基本仕历已清楚。此后罗列十二条有关晏殊的"言行录"：

序号	资料来源	主　要　内　容
1	温公日录(司马光)	神童面试。
2	笔谈(沈括)	神童面试和早年任官时，据实回答君主(真宗)。
3	神道碑(欧阳修)	宋真宗多有咨询，以稿进呈，不泄。
4	神道碑(欧阳修)	刘太后垂帘，建言大臣不得独见。
5	名臣传(张唐英)	刘太后时，反对张耆任枢密使。
6	神道碑(欧阳修)	留守南京，大兴学校。
7	神道碑(欧阳修)	反对太后服衮冕谒太庙。
8	龙川志(苏辙)	隐讳宋仁宗生母事。
9	神道碑(欧阳修)	主持宋与西夏战事。
10	神道碑(欧阳修)	任宰相，推荐人才，主持庆历新政。
11	神道碑(欧阳修)	笃于学，敏于政，严于治家。
12	?	性格悁急，曾打死偷盗者。

不难发现，朱熹基本上按照小传提供的仕历，也就是所涉事件发生的时间先后，来排列这些条目，而把评价性的条目放在最后面。这

---

① 《朱子全书》第12册，第185页。

样,他有效地克服了"散出而无统"的毛病。显然,被他选录的条目中,也并没有"虚浮怪诞之说"。

值得注意的是,除了司马光《日录》、沈括《梦溪笔谈》、苏辙《龙川略志》这些笔记体的书籍外,被朱熹使用的还有欧阳修的《观文殿大学士行兵部尚书西京留守赠司空兼侍中晏公神道碑铭》和张唐英《嘉祐名臣传·晏殊传》这样成文的传记。与搜集素材、撰成传记的写作顺序相反,朱熹把这两种本来已经成文的传记又剪裁成了八条笔记体的文字。

那么,经过剪裁以后,跟原先的成文传记之间,发生了什么差异呢?

欧阳修是晏殊的门生,二人关系密切,政治地位也相近,又是当代最杰出的文章巨擘,他撰写的《观文殿大学士行兵部尚书西京留守赠司空兼侍中晏公神道碑铭》[①],自然是有关晏殊生平的一份最重要的传记。但出于名家之手的这篇文章,并不是传主生平行事的流水账,全篇讲求一种立意。晏殊神童登科,少年富贵,历仕宋真宗、刘太后、宋仁宗三朝,位至宰相兼枢密使,生平可称辉煌,但欧阳修似乎无意去夸耀这种政治经历,只加以简要的叙述。全文的主要笔墨,自始至终,都在强调一点:晏殊与宋仁宗异乎寻常的亲密关系。欧阳修先从晏殊临终归京,去世时仁宗震悼写起,然后回顾晏殊神童登科后,不久就被宋真宗委任为东宫僚属,自此辅佐仁宗,长达五十年。再接下来,才叙述晏殊的家世、仕历,但几乎只有一个职务不断迁转的梗概,略为详细的,就是给真宗秘密进奏、抑制刘太后,以及后来主持北宋与西夏战事,提拔人才推行庆历新政之事,而这些也正好就是被朱熹剪辑到《言行录》的段落,不过欧阳修之所以记叙这几件事,仍是为了突出晏殊与仁宗的特殊关系,因为给真宗秘密进奏、抑制太后,都是为了保护仁宗,而北宋与西夏的战事、庆

---

① 《欧阳文忠公集·居士集》卷二二,《四部丛刊》本。

历新政,至少在欧阳修的心目中,乃是仁宗一朝最紧要的大事,也是仁宗与晏殊君臣合作的最大成果。所以,欧阳修的行文,其实通篇紧扣"君臣相得"这个立意来展开。①

与此对照,我们就可以发现:一方面,朱熹确实从神道碑中剪辑出了比较重要的段落,但经过剪辑后,上述几件事从原文营造的整体氛围中脱离出来,则欧阳修所强调的立意就被淡化。另一方面,使一篇文章获得成功的特殊立意,其实也妨碍了传主生平的多方位呈现,因为不符合这个立意的东西必然会被舍弃,而这正是朱熹可以补充的内容。如他从苏辙《龙川略志》采取的一条:

> 章懿之崩,李淑护葬,晏殊撰志文,志言生女一人,早卒,无子。仁宗恨之。及亲政,内出志文以示宰相曰:"先后诞育朕躬,殊为侍从,安得不知?乃言生一公主,又不育,此何意也?"吕文靖曰:"殊固有罪,然宫省事秘,臣备位宰相,是时虽略知之,而不得其详。殊之不审,理容有之。然方章献临御,若明言先后实生圣躬,事得安否?"上默然良久,命出殊守金陵。明日,以为远,改守南都。及殊作相,八大王疾革,上亲往问疾。王曰:"叔久不见官家,不知今谁作相?"上曰:"晏殊。"王曰:"此人名在图谶,胡为用之?"上归阅图谶,得成败之语,并记志文事,欲重黜之。宋祁为学士,当草白麻,争之,乃降二官知颍州。词曰:"广营产以殖资,多役兵而规利。"以它罪罗织之,殊免深谴,祁之力也。②

这里的"章懿"是宋真宗的李妃,也是仁宗的生母。但仁宗起初并不

---

① 这一点很可能真是理解晏殊政治态度的关键,详见拙著《唐宋"古文运动"与士大夫文学》第三章第二节,复旦大学出版社,2013年。
② 《朱子全书》第12册,第187页。

知道生母之事，一直把刘后（"章献"）当作母亲。像晏殊这样的大臣，当然心中有数，可在刘后当政之时，也不宜明言，他给李妃撰写的墓志，也隐去了这一节，事后却导致了仁宗和八大王（仁宗叔父）的不满。就当时来说，皇帝生母的事自然非常重要，但这件事牵涉面甚广，曲折复杂，而且包含了仁宗与晏殊之间的芥蒂，显然不符合欧阳修撰晏殊神道碑的立意，所以他根本不提。朱熹采入此条，应该许为有力的补充。

其实，像这样牵涉较多人物的复杂事件，在个人的传记（无论史传还是碑志）中一般不会展开详叙，至少不会让那么多人在一个故事中对话，而笔记在这方面却能自由发挥，通过对话来营造强烈的场面感。与此相反的是下引这一条：

> 公（享年六十有五，）自少笃学，至其病亟，犹手不释卷。（有《文集》二百四十卷，尝奉敕修上训，及《真宗实录》，又集古今文章为《集选》二百卷。）其为政敏，而务以简便其民；其于家严，子弟之见有时。事寡姊孝谨。未尝为子弟求恩泽。其在陈州，上问宰相曰："晏殊居外，未尝有所请，其亦有所欲邪？"宰相以告公，公自为表问起居而已。故其薨也，天子尤哀悼之（，赐予加等，以其子承为崇文院检讨，孙及甥之未官者九人皆命以官）。①

此条也从神道碑中剪裁出来，括号内是原文有，而被朱熹删节的句子。像这样评价性、综述性的文字，很少见于笔记，而一般出现在成文传记的结束部分。朱熹删去了有关晏殊享年（此已见于小传）、著述名称以及子孙赠官的叙述，使评价性更为突出了。

---

① 《朱子全书》第 12 册，第 188 页，欧阳修《观文殿大学士行兵部尚书西京留守赠司空兼侍中晏公神道碑铭》，《欧阳文忠公集·居士集》卷二二。

最后一条，朱熹未注出处：

> 公刚峻简率，盗入其第，执而榜之，既委顿，以送官，扶至门即死。累典州，吏民颇畏其悁急云。①

跟前面的十一条完全不同，这一条是对晏殊的负面评价，说他性格悁急，曾把进入其家行窃的小偷抓起来活活打死，在地方官任上时，也并不受人爱戴。毫无疑问，碑志、家传中决不会出现这样的文字，正面人物的史传中也不多见，如果朱熹把收集到的材料串联成一篇《晏殊传》，对这一条大概也很难处理，多半会被删去。然而，"笔记体传记"的体裁让他可以保存这一条。我们有足够的理由判定朱熹是有意为之的，因为这一条并不是现成的哪一部笔记中的条目，现在考其来源，似乎出于《续资治通鉴长编》卷一七八叙晏殊卒后的一段评价性文字。朱熹特意节出这几句，意在呈现晏殊的另一种形象。而且，在《八朝名臣言行录》中，朱熹经常这样做，比如苏洵和欧阳修部分的最后一条，都采录了杨时《龟山语录》对他们的批评。②

从传统的"传记"观念而言，把一条一条笔记体文字罗列起来，而不连缀成文，当然可以视为未完成的形态，但宋代笔记的盛行，使包括朱熹在内的很多作者能认识和体会到笔记文体也具有其自身的优势，而乐于采用。确实，笔记对人物言行的记叙，在选材上有明显的猎奇倾向，但多条笔记的集合，再加以《八朝名臣言行录》这样的剪裁笔削，不但可以具备传记的功能，而且呈现出来的传主形象往往比成文传记更为全面、具体、生动。

---

① 《朱子全书》第 12 册，第 188 页。
② 《朱子全书》第 12 册，第 329、428 页。

四　佛教通俗文学研究

寺院经济与佛经讲唱

李 贵

本文尝试研究中古寺院经济发展与佛经讲唱艺术变迁之间的关系。对汉传佛教讲唱艺术的研究至晚也始于萧梁,从彼时迄现在,特别是敦煌变文发现以后,国内外学者对佛教讲唱艺术发展的研究愈深愈广,新见迭出;自20世纪30年代以来,有关魏晋南北朝隋唐时期寺院经济的研究也收获甚丰,①敦煌文书的重见天日同样极大地推进了这方面的认识。因此,本文并非某一领域的创新之举,而是打通寺院经济和讲唱艺术两个领域的一个尝试,希望在综合前修时贤研究成果的基础上,探讨寺院经济与佛教讲唱艺术之间的关系。张弓曾注意到南北朝后期经师、唱导两门声科合流与寺院经济的关系(见下文),唐宋的寺院财富、世俗供养与佛教文艺的关系也引起不少学者讨论②。受其启发,下面拟从经济生活、社会生活等社会学视角去观察寺院的物质财富和世俗供养在多大程度上影响到佛教文艺的发展变化。

本文将先概括汉末到唐五代寺院经济的历史情况,分析佛教的物质、财富观念,世俗王法和佛教戒律发展变化,僧尼收入的来源,然后梳理佛教讲唱艺术的历史脉络,探索随着佛教物质文化的累

---

① 参见何兹全《〈宋代寺院经济研究〉序》,《学术界》2003年6期;何兹全《五十年来(1935—1981)日本学者研究中国汉唐寺院经济论文目录》,见何兹全编《五十年来汉唐佛教寺院经济研究》,北京师范大学出版社,1986年。
② [美]胡素馨(Sarah E. Fraser)主编《佛教物质文化:寺院财富与世俗供养国际学术研讨会论文集》,上海书画出版社,2003年。

积,佛经讲唱如何从最初的梵呗转读过渡到唱导,最终催生出完全成熟的讲唱艺术——唐代俗讲。

一、佛经讲唱艺术的经济基础

佛法东传,遍播华土,其首要条件有二:一是佛寺,二是僧尼。根据传世文献和考古发现,学者们相信,建于公元前 1 世纪的于阗赞摩寺(在今新疆和田)是已知我国最早的佛寺。① 最早的中国僧人大概也出现在此时。至于中原僧人,正式剃度最晚也应在公元 3 世纪,时当魏齐王曹芳嘉平年间(249—254)中天竺僧昙柯迦罗到洛阳传授戒法前后。② 此后,寺庙、佛堂和兰若遍布城市乡村,受戒僧尼驻锡东西南北。综合历代记载和现代人的整理,可以编制下表(表1)。

表 1　东汉到唐五代(25—979)寺庙和僧尼数目表③

朝代	年　代	佛寺 (座)	僧尼 (人)	出　　处
东汉		62		张弓《汉唐佛寺文化史》,第 20 页
三国		58		张弓《汉唐佛寺文化史》,第 20 页

---

① 详见玄奘、辩机原著,季羡林等校注《大唐西域记校注》卷一二,中华书局,1985 年,第 1009—1011 页;张广达、荣新江《于阗史丛考》,上海书店,1993 年,第 282 页。
② 详见慧皎《高僧传》卷一《昙柯迦罗传》,《大正藏》本;郭朋《中国佛教简史》,福建人民出版社,1990 年,第 28 页。
③ 本表在历代记载和今人成果的基础上排比、增补、整理而成。参见[法]谢和耐(Jacques Gernet)著、耿昇译《中国 5—10 世纪的寺院经济》(1956 年初版),上海古籍出版社,2004 年,第 8—11 页;张弓《汉唐佛寺文化史》,中国社会科学出版社,1997 年,第 19—153 页。其中东汉、三国和十六国时期的佛寺数张弓先生从历代方志载录中辑得,实际数目应该更多。考虑到存在弄虚作假的情况和统计者、记录者的能力、态度等因素,表中数目始终会多于或少于实际数目。

续　表

朝代	年代	佛寺（座）	僧尼（人）	出　　处
西晋		180（两京）	3 700 余	《魏书》卷一一四《释老志》、《辩正论》卷三；参《释迦方志》卷上、《法苑珠林》卷一〇〇
东晋		1 768	24 000	《辩正论》卷三；参《释迦方志》卷上、《法苑珠林》卷一〇〇
十六国		28		张弓《汉唐佛寺文化史》，第34页
宋		1 913	36 000	《辩正论》卷三；参《释迦方志》卷上、《法苑珠林》卷一〇〇
齐		2 015	32 500	《辩正论》卷三；参《释迦方志》卷上、《法苑珠林》卷一〇〇
梁		2 846	82 700 余	《辩正论》卷三；参《释迦方志》卷上、《法苑珠林》卷一〇〇
陈		1 232	32 000	《辩正论》卷三；参《释迦方志》卷上、《法苑珠林》卷一〇〇
北魏	太和(477—499)	6 478	77 258	《魏书》卷一一四《释老志》
	延昌(512—515)	13 727		
	正光(520—525)	30 000 余		

续　表

朝代	年代	佛寺（座）	僧尼（人）	出　处
东魏	兴和四年（542）	30 000	2 000 000	《佛祖统纪》卷三八；参《魏书》卷一一四《释老志》、《辩正论》卷三、《释迦方志》卷下、《法苑珠林》卷一〇〇
西魏	不详			
北齐		30 000	200 余万	《历代三宝纪》卷九
北齐	天保二年（551）	40 000 余	400 余万	《古清凉传》卷上、《佛祖统纪》卷三八；参《辩正论》卷三、《释迦方志》卷下、《法苑珠林》卷一〇〇
北齐	承光二年（577）	40 000	3 000 000	《广弘明集》卷一〇
北周		931		《辩正论》卷三；参《释迦方志》卷下、《法苑珠林》卷一〇〇
隋	开皇三年（583）	3 792	230 000	《辩正论》卷三；参《释迦方志》卷下、《法苑珠林》卷一〇〇
隋	开皇十年（590）		50 余万	《续高僧传》卷一〇；参《佛祖统纪》卷三九
隋		3 985	236 200	《辩正论》卷三；参《释迦方志》卷下、《法苑珠林》卷一〇〇
唐	武德四年（621）		200 000	《广弘明集》卷七

续　表

朝代	年　代	佛寺(座)	僧尼(人)	出　　处
唐	贞观二十二年(648)	3 716	18 500 余	《大唐大慈恩寺三藏法师传》卷七
	总章元年(668)	4 000 余	60 000 余	《法苑珠林》卷一〇〇
	开元二十六年(738)	5 358	126 100	《唐六典》卷四、《唐会要》卷四九、《旧唐书》卷四三
	大和四年(830)		700 000	《大宋僧史略》卷中；参《佛祖统纪》卷四二
	会昌五年(845)	4 600	260 500	《李文饶文集》卷二〇《贺废毁诸寺德音表》、杜牧《樊川文集》卷一〇《杭州新造南亭子记》；参《旧唐书》卷一八《武宗本纪》、《唐会要》卷四九、《资治通鉴》卷二四八、《佛祖统纪》卷四二
	大中五年(851)	基本恢复会昌灭佛前的规模		《唐孙樵集》卷六《复佛寺奏》；参《资治通鉴》卷二四九
五代		6 030	61 200	《五代会要》卷一六

　　从表中可以看出,从汉末到五代,寺院、僧尼数越来越多,数目庞大。在9世纪百丈怀海(720—814)制定《禅门规式》以前,如此众多的僧尼,又不直接从事生产劳动,他们靠什么生存? 佛教塔寺的建筑维修、僧尼的衣食住行和生老病死、佛教的宗教活动和慈善事业,等等,都需要大量的物力、人力和财力,这些必需品从何而来?

　　早期寺院的生存主要靠供养和募化。见于典籍的中国早期佛寺,大多是朝廷官府营造,东汉竺朔佛、支谶在洛阳译校《道行经》,西晋竺法护在敦煌译《正法华经》,都靠民间"劝助"完成,① 这些世俗资助者可能也是当时佛寺经济生活的主要来源。事实上,东晋初期,僧人的经济生活仍然主要靠募化和供养。《世说新语·雅量》篇载,信奉佛教的郗超(嘉宾)"钦崇释道安德问,饷米千斛",这是名僧靠大官僚资助维持生活的例子。同书《文学》篇载,康僧渊初到南方,尚未知名,"恒周旋市肆,乞索以自营",这与早期印度佛教徒依靠行乞为生是一致的。又,同书《赏誉》篇载,道安弟子竺法汰南下之初,王洽"供养之"。② 至于国家定额定期供给佛寺和僧人,则几乎同时出现在东晋和南燕,并延续到唐代。③

汉末至东晋,寺院的经济生活依靠世俗劝助。从南北朝到隋代,寺院自营经济获得了初步发展。虽然4世纪时北魏和东晋都有僧人垦田自耕,但那只是个别现象;国家赐田给寺院,南方始见于刘宋,北方始见于北魏,均晚于寺僧自耕。④ 此后,通过国家赐田、官吏大臣和普通民众施田、寺院自垦荒田、寺院买田、寺院强占等各种方式、手段,寺院获得了大量的土地产业,寺庄逐渐兴起扩大。按内典规定,僧尼是不能直接从事生产劳动的,因此,与世俗社会一样,寺庄也实行佃客耕作制,即"寺户"制度。

寺户制度起源于北魏。《魏书·释老志》记北魏文成帝和平年间(460—465):

---

① 僧祐《出三藏记集》卷七《道行经后记》载东汉光和二年(179)竺朔佛、支谶在洛阳译经,"时侍者南阳张少安、南海子碧,劝助者孙和、周提立",《般舟三昧经记》记同时事,"月支菩萨支谶授与,河南洛阳孟福字符士、随侍菩萨张莲字少安笔受",卷八《正法华经出经后记》载西晋太康七年(286)竺法护在敦煌译经,"竺德成、竺文盛、严威伯、续文承、赵叔初、张文龙、陈长玄等,共劝助欢喜"。这些"侍者""随侍菩萨""劝助者"可能就是早期供养、资助寺院和僧尼的人。
② 余嘉锡《世说新语笺疏》,上海古籍出版社,1993年,第372、231、480页。又,《赏誉》篇此则刘孝标注曰,法汰圆寂后,烈宗(孝武帝)下诏哀挽,赠钱十万;余嘉锡引《高僧传》资料亦同,则朝廷有时会大量赏赐财物给寺院或僧徒。
③ 详见张弓《汉唐佛寺文化史》,中国社会科学出版社,1997年,第276—278页。
④ 张弓《汉唐佛寺文化史》,第281—282页。

昙曜奏：平齐户及诸民，有能岁输六十斛入僧曹者，即为"僧祇户"，粟为"僧祇粟"，至于俭岁，赈给饥民。又请民犯重罪及官奴以为"佛图户"，以供诸寺扫洒，岁兼营田输粟。高宗并许之。于是僧祇户、粟及寺户，偏于州镇矣。

又记宣武帝永平四年(511)夏诏书曰："僧祇之粟，本期济施；俭年出贷，丰则收入。山林僧尼，随以给施；民有窘敝，亦即赈之。"① 是国家划出一部分人作僧祇户，以其每年交纳的僧祇粟作为预备基金，既供养僧尼，也赈济饥民。又把重罪犯和官奴划为佛图户，作为寺院的依附人户，负责寺院的耕种和杂役。文中先说僧祇户、僧祇粟又佛图户，后面说僧祇户、粟及寺户，则寺户就是佛图户，是寺院的隶属人户。这种制度延续至五代。②

由此可见，南北朝到隋代，在世俗政权的支持下，许多寺院拥有大量的地产和依附人户，通过寺庄经营和寺户制度，寺院经济逐渐发展壮大起来。除此而外，寺院还通过放贷营利、政府赏赐、信众捐施与赎身、侵占勒取、宗教收入和僧祇粟等诸种手段蓄积财富。此时期典籍中有关寺僧放贷求利、寺庙建筑富丽堂皇、僧尼巨富、寺院财富巨大的记载不绝于书。③ 郭祖深给梁武帝的奏文说："都下佛寺五百余所，穷极宏丽。僧尼十余万，资产丰沃。所在郡县，不可胜言。"④ 就从佛寺建筑和僧尼资产两个角度概述了当时日渐壮大的寺院经济。寺院势力随之强大起来，难免与世俗政权发生冲突。北魏太武帝灭佛，北周武帝废灭寺院，根本原因都是因为朝廷和寺院在权势、租赋方面

---

① 《魏书》卷一一四《释老志》，中华书局，1974年，第3037、3041页。
② 详见张弓《汉唐佛寺文化史》，第286页；姜伯勤《唐五代敦煌寺户制度》，中华书局，1987年，第1—8页。
③ 详见何兹全《中古时代之中国佛教寺院》，全汉昇《中古佛教寺院的慈善事业》，简修炜、夏毅辉《南北朝时期的寺院地主经济初探》，见何兹全编《五十年来汉唐佛教寺院经济研究》，北京师范大学出版社，1986年；张弓《汉唐佛寺文化史》，第287—288页。
④ 《南史》卷七〇《郭祖深传》，中华书局，1975年，第1721页。

发生了强烈的冲突,①这也反过来证明了南北朝隋代时期寺院经济的初步发展。据王青研究,正是由于此阶段寺院经济的初步发展,先后有大量寒门、赤贫、农民涌入佛门,有的甚至一家数口举家出家。②

唐五代是寺院经济的繁盛时期。贞观二十年(646),田令官奏:"依内律,僧尼受戒,得荫田,人各三十亩。"③开元十年(722),朝廷又敕给佛寺"常住田"。④可见,在唐前期,中国寺院已合法地、普遍地拥有包括"荫田"和"常住田"在内的土地产业。⑤同时,在唐五代寺院地产的构成中,碾硙(水磨)和油梁(榨油坊)占了重要的比例,在涉及寺产的奏章里,往往"庄硙"连称,敦煌诸寺"常住文书"中也多见"资庄、水硙、油梁"三者连称作为寺院资产的卷子。寺院广占碾硙和榨油坊,出租碾硙和梁成为许多寺院经济收入的主要来源,由此在沿袭前代"净人""家人""寺户"的基础上又出现了新的佛寺依附人户——"硙户"和"梁户"。⑥唐初一些寺院还有铁、陶、皮、竹、木等手工作坊。张弓进而推论:"各种手工作坊的存在,是唐代寺庄经济自给自足的证明。"⑦所论甚是。此外,寺院的放贷业日益发达,质押利率有时甚至高达100%,敛财无数。唐前期,本意为护法、慈善、福利事业的"无尽藏"逐渐蜕变为高利贷,最终堕落为寺院聚敛财富的又一重要形式。⑧以致唐中宗时辛替否惊呼:"是十分天

---

① 详见何兹全《中古时代之中国佛教寺院》。
② 王青《东汉魏晋南北朝时期职业教徒的阶层分析》,《中国史研究》1997 年 1 期。更早的重要成果见[法]谢和耐著、耿昇译《中国 5—10 世纪的寺院经济研究》,第 199—200 页。
③ 《法苑珠林》卷六九《舍邪归正篇》,《大正藏》本。
④ 《唐会要》卷五九"祠部员外郎",中华书局,1955 年。
⑤ 详见白文固《试论唐前期的寺院经济》,见何兹全编《五十年来汉唐佛教寺院经济研究》;姜伯勤《唐五代敦煌寺户制度》,第 167—168 页;张弓《汉唐佛寺文化史》,第 291—296 页;郑显文、于鹏翔《试论唐律对唐前期寺院经济的制约》,《中国经济史研究》1999 年 3 期。
⑥ 姜伯勤《唐五代敦煌寺户制度》,第 226—268、246—268 页。
⑦ 张弓《汉唐佛寺文化史》,第 295—296 页。
⑧ [法]谢和耐著、耿昇译《中国 5—10 世纪的寺院经济研究》,第 213—232 页;谢重光《晋唐寺院的商业和借贷业》,《中国经济史研究》1989 年第 1 期;张弓《汉唐佛寺文化史》,第 296—298 页。

下之财而佛有七八!"①

中唐以后,寺院兼并土地的速度加快,②寺院经济得到强化,大小不等的寺庄遍布南北各地佛寺,带有农奴性质的寺户制度衰落下去,佃农租佃制度发展起来,寺院兴贩业、放贷业、租赁业愈益活跃。至唐宋之际,寺院经济从过去以寺户劳役制为支柱的寺庄经济结构演变成以租佃制度、营利业和出租、加工业相结合的寺院经济体制,这与整个世俗社会经济结构的历史趋势相一致。③

唐武宗会昌五年(845)灭佛的结果足以反证唐五代寺院经济的繁盛。当时反佛最力的李德裕在事后上贺表:"拆寺、兰若共四万六千六百余所,还俗僧尼并奴婢为两税户共约四十一万余人,得良田约数千顷。"④后来杜牧也回忆道:

> 凡除寺四千六百,僧尼笄冠二十六万五百,其奴婢十五万,良人技附为使令者,陪笄冠之数,良田数千万顷。⑤

其中,"良人技附为使令者"一句颇为费解。滋野井恬将"技附"解作"投附","技"乃"投"之形近而误;姜伯勤以为"使令"当是"使人"⑥,所论均是。由投附而成为依附者的良人相当于僧尼的一倍,即是521 000人。至于寺院所占土地,李德裕说是数千顷,杜牧说是数千

---

① 《旧唐书》卷一〇一《辛替否传》,中华书局,1975年,第3158页。
② 故址在今河南荥阳的昭成寺的地产扩张很典型。保存至今的《唐昭成寺僧朗谷果园庄地亩幢》显示,该寺在唐代宗广德二年(764)有田30亩,到德宗贞元二十一年(805),仅仅41年时间,就达到了1 791亩。详见荆三林《〈唐昭成寺僧朗谷果园庄地亩幢〉所表现的晚唐寺院经济情况》,何兹全编《五十年来汉唐佛教寺院经济研究》。
③ 参见何兹全《中古大族寺院领户研究》,见何兹全编《五十年来汉唐佛教寺院经济研究》;[法]谢和耐著、耿昇译《中国5—10世纪的寺院经济研究》,第302—305页;姜伯勤《唐五代敦煌寺户制度》,第178—204、339—343页。
④ 李德裕《李文饶文集》卷二〇《贺废毁诸寺德音表》,《四部丛刊》本。
⑤ 杜牧《樊川文集》卷一〇《杭州新造南亭子记》,《四部丛刊》本。
⑥ 姜伯勤《唐五代敦煌寺户制度》,第22、338页。

万顷,二者相差悬殊,殊难信从。后来《唐会要》卷四七、《佛祖统纪》卷四二都与杜牧之说同,而万国鼎在分析《唐会要》的记载时认为,"天宝中天下田只一千四百三十万三千八百顷有奇,寺田决不能超过全国田亩之数,数千万当为数十万之误",①其怀疑有道理,其擅改原文则欠妥。此处关键是对"数千万顷"的理解,当从杨联陞综合经济史和汉语词汇语法史研究得出的结论,"数千万顷即指数千而不及万顷",既符合中国经济史上数量词的使用规律,又与李德裕的记载相吻合。② 4 600 所寺院的 260 500 名僧尼占有 150 000 名奴婢、521 000 名使人、数千顷土地,9世纪中期中国的寺院经济显然是高度发达了。学者们相信武宗灭佛很大程度是为了要铜。③ 寺院建筑、佛像、法器、装饰品和金属货币成了皇帝觊觎的宝藏,足见此时寺院的物质财富已经极度膨胀。盛唐拾得诗云:"佛舍尊荣乐,为憨诸痴子。早愿悟无生,办集无上事。后来出家者,多缘无业次。不能得衣食,头钻入于寺。"④遁入空门即可解决温饱,经济势力雄厚的寺院俨然成了霸于一方的经济重镇。

会昌法难没有彻底毁灭佛教和寺院经济。相反,如本节开头列表显示,几年以后,一切又大致恢复了。归义军时期(851—1036),敦煌地区寺院竭力追求四大财源:利息、布施、梁硙课和地租,其中,高利贷收入呈上升趋势,地产收入在收入构成中的地位下降,布施仍是寺院实际财源中的一个重要项目。⑤ 佛教戒律的转变也折射出寺院经济依旧有大的发展。有学者指出,晚唐五代敦煌佛教教

---

① 万国鼎《中国田制史》,商务印书馆,1933 年,第 215 页。
② 杨联陞《中国经济史上的数词和量词》,见氏著《国史探微》,新星出版社,2005 年。
③ 何兹全《中古时代之中国佛教寺院》,何兹全编《五十年来汉唐佛教寺院经济研究》,第 45—47 页;[法]谢和耐著、耿昇译《中国 5—10 世纪的寺院经济研究》,第 26—31 页。
④ 《全唐诗》卷八〇七。关于此诗的宗教和经济背景,详见项楚《寒山诗注附拾得诗注》,中华书局,2000 年。又,据陈尚君考证,旧说拾得为贞观间(627—649)人,实误,拾得约于先天至大历间(712—779)在世,说详周祖譔主编《中国文学家大辞典·唐五代卷》,中华书局,1992 年,第 577 页。
⑤ 详见姜伯勤《唐五代敦煌寺户制度》,第 131、311—328 页。

团的科罚内容"重视实际或者比较实惠的物质处罚,而轻于精神处罚,这种情况正好与南北朝至隋代及其百丈清规相比发生很大的变化和转折,向重视实际物质性的科罚转变",这种实物科罚形式的采取是因为此时寺院经济繁盛,僧尼有资产,"科罚实物就有了保证,同时饮食处罚也有承担的可能"。①

佛教的教义和戒律并非一概反对发展经济、蓄积财物。细按佛教物质观,一是"万法皆空",现象界的一切都是短暂虚幻的,这是佛教思想的一个基本出发点;一是"少欲知足",信徒应该禁绝贪欲,放弃享受,追求真谛而非物质财富;一是"庄严具足",僧尼修行要苦,寺院建筑要美,众生应多予布施供养,以便营造壮观庄严的寺庙、佛像以及其他佛教设施。② 这三种物质观指涉不同层面的问题,"万法皆空"针对世界本质,"少欲知足"针对修行途径,"庄严具足"针对弘法传教,本不能互相借用,却容易为庸劣之徒所混淆利用。随着寺院经济的发展和僧尼生活的变化,佛教戒律也出现松动,或竟可说戒律的松动也是寺院经济得以发展的一个内因。法因势变,北魏宣武帝永平二年(509),沙门统惠深就以"经律所制,通塞有方"为由请求准许僧尼老病年六十以上者有车一乘,而此前"依律,车牛淫人不净之物,不得为己私蓄"。③ 唐初道宣是律宗大师,所撰戒律著作中,《四分律删繁补阙行事钞》和《量处轻重仪》关于寺院财产的规定就体现出这种变化。道宣引用原始佛经的教诲,允许以三宝财物出贷获息,在规定僧尼不得蓄私财时,却引用内律列举可蓄的条件,事实上把一切不得蓄变成得蓄,④这些戒律变化透露出佛教在强大的

---

① 郑炳林、魏迎春《晚唐五代敦煌佛教教团的科罚制度研究》,《敦煌研究》2004 年第 2 期。
② 详见柯嘉豪(John Kieschnick)《"少欲知足""一切皆空"及"庄严具足":中国佛教的物质观》,[美] 胡素馨主编《佛教物质文化:寺院财富与世俗供养国际学术研讨会论文集》,上海书画出版社,2003 年。
③ 《魏书》卷一一四《释老志》,中华书局,1974 年。
④ 详见何兹全《佛教经律关于寺院财产的规定》《佛教经律关于僧尼私有财产的规定》,何兹全编《五十年来汉唐佛教寺院经济研究》。

寺院经济现实面前不得不作出让步,也为寺院营利、僧尼敛财开了方便之门。

以上勾勒了中古寺院经济之大势。总体上,中国佛教的主要生存方式不是依靠国家供给和民间供养,而是依靠逐步发展壮大的寺院自营经济。① 但是,第一,世俗供养和募化是汉晋时期佛教生存的主要方式,在早期佛教的传播、发展中有着举足轻重的地位。第二,寺院自营经济的主要生产资料和资本,包括土地、劳动力、手工作坊、放贷本金,首先都来自世俗的赏赐、捐施以及有利的政策措施。第三,即使在自营经济逐渐发育、成熟、繁荣的时期,来自世俗的布施供养仍然对佛教的生存发展起着重要作用,有时甚至是主要财源。② 五代宋初的一幅敦煌幡画中,观音居于画面中心,下面则是等级不同的施主,下面的供养人行列表明了一种向上面的宗教空间供奉功德的意图。③ 该幡画细致清晰、层次分明地表现了佛教和供养之间的关系。所以,无论任何时候,获得尽可能多的供养都是至关重要的。隋末名僧吉藏指出,倘若通过传播教理令众生"厌兹生死,欣彼法身,则逼引之教成,欣厌之观立",④ "逼引"二字可谓切中宗教运动之肯綮。从经济学和社会学的角度看,中国佛教运动大致按以下模式运作:

---

① 张弓《中国中古时期寺院地主的非自主发展》,《世界宗教研究》1990 年第 3 期。
② 例如,吐蕃管辖时期(786—848),敦煌寺院的主要财源是布施、地产,其次才是利息。详见姜伯勤《唐五代敦煌寺户制度》,第 122—131 页。
③ [美] 胡素馨主编《佛教物质文化:寺院财富与世俗供养国际学术研讨会论文集》"导言",上海书画出版社,2003 年,第 16—17 页。
④ 吉藏《维摩经义疏》卷一,《大正藏》第 38 册。

在此模式中,最根本的是如何有效地在讲经说法中打动听众。因此,佛教讲唱艺术的重要性就凸显出来了。佛经讲唱可以促进寺院经济的发展,而寺院经济的发展也为讲唱艺术的进步提供坚实的物质基础。

二、从格义到转读:"令人乐闻"

龙树《中论》云:"第一义皆因言说;言说是世俗。是故若不依世俗,第一义则不可说。"①真谛高于俗谛,但要通过世俗言说方能显示。佛教在中国的传播就契合此论。早期的佛教讲师往往将中国本土原有的儒道学说与印度佛经义理作比较阐释,谓之"格义",或"配说""连类"。格义的方法是用中国"外书"(儒家道家之书)中的名词概念去比附或比配佛经"内书"中的"事数"(佛典中的名相概念),其体例是"生解",即一种大字正文下夹注小字的经典注疏形式,或称为"子注";不懂佛教义理者可根据"子注"本的形式,粗略了解佛经中的"事数"大致相当于儒道书中的哪些概念,从而能贯通文义。格义是魏晋以来讲经者甚至译经者普遍采用的内外典互证的方式,被汤用彤称为"中国学者企图融合印度佛教和中国思想的第一种方法"。②

佛经讲解的对象可分两大类:出家僧尼和世俗人士,这两类受众的文化程度、理解和接受能力高低不等,而且程度、能力低的人占多数。格义是将佛经讲解中国化的有效方式,但要扩大影响,还必

---

① 龙树《中论》卷一,《大正藏》第30册。
② 这段介绍系综合诸家论述而成,详见慧皎《高僧传》卷四《竺法雅传》,《大正藏》第50册;陈寅恪《支愍度学说考》,收入陈寅恪《金明馆丛稿初编》,上海古籍出版社,1980年;汤用彤《论"格义"——最早一种融合印度佛教和中国思想的方法》,《理学·佛学·玄学》,北京大学出版社,1991年;周裕锴《中国古代阐释学研究》,上海人民出版社,2003年,第165—168页。

须将佛经讲解通俗化,以让更多的人了解佛教、信仰佛教。转读就是汉地佛经讲唱通俗化最早的艺术形式。

三国时,魏国的曹植、吴国的支谦和康僧会等,先后将汉地音乐旋律与天竺清静梵音结合,创制出适合演唱汉译歌赞的新法曲——梵呗。① 但梵呗演绎的只是佛经中的偈颂歌赞,至于汉译佛经中最重要的部分——阐述理的长行文字的讲唱,则交由"转读"完成。慧皎对此有明确的区分:"然天竺方俗,凡是歌咏法言皆称为呗,至于此土,咏经则称为转读,放赞则号为梵呗。"②梵呗用以演唱偈颂,转读用于诵读佛经。道宣在评论佛教讲唱艺术时说,"爰始经师,为德本实,以声糅文,将使听者神开,因声以从回向",③则转读也要讲究声法与音调,其目的是愉悦、吸引听众,使他们循着听觉艺术的享受而信从佛教、大做功德。佛经讲唱从一开始就与寺院经济的动机密切相关。

道安以前,汉译佛经深义隐没未通,讲师"每至讲说,唯叙大意、转读而已",④转读是讲经的主要形式。至东晋道安"别置序、正、流通",⑤始确立中土讲经仪式与步骤。佛经讲唱主要由两人完成,一为法师,负责释义解惑,一为都讲,负责唱经诵文,都讲与法师一唱一讲,一问一答,互相配合,缺一不可。正式讲经前,都讲先用梵呗、转读之声法诵经。正式开讲后,先由都讲唱诵经题,接着是法师逐字解释经题含义,这是讲经的第一步,"序"。第二步,"正",是解释正文,都讲提问,法师回答,法师提及经文时,都讲转读相关的佛经。最后,"流通",是讲经的尾声,仍由都讲转读或演唱散场诗、发愿文等。⑥

---

① 张弓《汉唐佛寺文化史》,第460—461页。
② 《高僧传》卷一三"经师论",《大正藏》第50册。
③ 道宣《续高僧传》卷三〇"杂科声德论",《大正藏》第50册。
④ 僧祐《出三藏记集》卷一五《释道安传》,《大正藏》第55册。
⑤ 智𫖮《仁王护国般若经疏》卷一,《大正藏》第33册。
⑥ 参见李小荣《变文讲唱与华梵宗教艺术》,上海三联书店,2002年,第32—34页。

可见在整个讲经过程中,转读贯穿始终,起着安定场面、营造氛围、引起注意、增加趣味、增强效果的重要作用。

魏晋之世,讲经有安居讲经和斋讲讲经两种场合。两种场合都有众多听众,尤其是斋讲,直接由俗众延请僧人出寺讲经,听者众多,对提高佛寺僧尼声誉、扩大佛教影响、吸引信众布施都意义重大,故而深受僧徒重视。东晋僧支昙谛,"时望英豪多延请斋讲"。①《魏书》载,王太兴患病,设"散生斋",请僧徒讲经说法,"所有资财,一时布施,乞求病愈",未几便愈,终自出家;高允、张彝也时设斋讲,延请道俗。②《世说新语·文学》篇法师支遁(道林)与都讲许询(掾)配合讲经的材料每被征引,彼讲经即是在高官所设斋会上,众人"但共嗟咏二家之美,不辩其理之所在"。讲唱艺术的高超导致听众舍本逐末、买椟还珠,只顾欣赏艺术而忽略了佛理,可谓适得其反,亦可证转读艺术在彼时之成就。

刘宋时,斋讲频繁,转读普遍。《高僧传》卷一三"经师"记载以转读知名的僧人共 11 位,其中僧饶"善尺牍及杂技,偏以音声著称",令道俗倾心,常绕着寺里的般若台梵呗、转读,"以拟供养",过路人闻其音声,"莫不息驾踟蹰,弹指称善"。又有法平、法等兄弟,长于转读,法等赴大将军府斋时以转读征服了大将军,甚至在与法师严公一起讲经时,法等转读三契经后,严公认为其转读已取得讲经之效果,不必再讲,遂结束讲经。

由上节可知,晋、宋、齐之时,僧尼日趋众多,寺院经济尚未充分发展,所谓僧多粥少。既然转读能够吸引信众、增加收入,寺院自然重视,故僧尼多苦练转读之技,涌现出一大批精于转读的大师、名师。

宋齐时期,转读已完全成熟,而且技艺高超,梁释宝唱撰《名僧

---

① 道宣《广弘明集》卷二三,《大正藏》第 52 册。
② 《魏书》卷一九《王太兴传》、卷四八《高允传》、卷六四《张彝传》,中华书局,1974 年,第 443—444、1089、1431 页。

传》31卷,分18科,最后2卷是"经师"和"导师"二科;① 稍后释慧皎撰《高僧传》14卷,分10科,最后是"经师"和"唱导"二科,足资证明。《高僧传·经师》篇的传文和传论是对梁以前转读艺术的首次总结,其中提到转读经文时声音艺术和经文内容的关系:

> 转读之为懿,贵在声、文两得。若唯声而不文,则道心无以得生;若唯文而不声,则俗情无以得入。

佛经转读,既要讲究声调音韵,又要紧扣经文字义,二者配合得当,才能将佛法大义传诸四民,将世俗情感引入三宝。而且,如果达到声文两得的各种具体要求,则"可谓梵音深妙,令人乐闻"。慧皎从"道心"与"俗情"相结合的角度分析转读,而以"令人乐闻"为旨归,可谓将转读置于传播学的视域考察,深得其中三昧。借用慧皎的论述和前引僧饶转读目的的材料,佛经转读与寺院经济的关系可以概括为:令人乐闻,以拟供养。

三、唱导的演变:"俗利日隆"

《名僧传》和《高僧传》都把魏晋南北朝时期的佛经讲唱艺术分为两科:转读和唱导,前者属"经师",后者属"导师"。转读的目的是吸引"俗情"皈依"道心",唱导更是直接为了吸引世俗施主。宋释赞宁《大宋僧史略》卷中"行香唱导"条言唱导缘起说:

> 唱导者,始则西域上座凡赴请,咒愿曰"二足常安,四足亦

---

① 《名僧传》已佚,日本僧人宗性于1235年曾抄其一部分而成《名僧传抄》一卷,同时将《名僧传》原有目录全部抄录,附于《名僧传抄》卷首,今入《卍续藏经》第134册;《名僧传》"序"亦佚,《续高僧传》卷一《宝唱传》录其大概,见《大正藏》第50册。

安,一切时中皆吉祥"等,以悦可檀越之心也。舍利弗多辩才,曾作上座,赞导颇佳,白衣大欢喜。此为表白之椎轮也。……又西域凡觐国王,必有赞德之仪。法流东夏,其任尤重。如见大官、谒王者,须一明练者通暄凉、序情意、赞风化。此亦唱导之事也。①

西方之唱导,其场合是斋会之时,其目的是愉悦施主,讨施主的欢心。这种唱导即为后来表白(讲经过程中的散文念白)的源头。流至东土,唱导仍然保留了为施主赞美祝愿的内容。梁释慧皎《高僧传》论东土唱导历史说:

> 唱导者,盖以宣唱法理,开导众心也。昔佛法初传,于时斋集,止宣唱佛名,依文致礼。至中宵疲极,事资启悟,乃别请宿德升座说法,或杂序因缘,或傍引譬喻。其后庐山慧远,道业贞华,风才秀发;每至斋集,辄自升高座,躬为导首,广明三世因果,却辩一斋大意。后代传授,遂成永则。②

首先,唱导是用以宣传佛经义理、开导民众心智的讲唱形式。其次,唱导的场合是斋会,听者众多而层次参差不齐。再次,唱导的内容是讲因缘,说故事,目的是不使听众疲惫困倦,留住并吸引听众。最后,唱导的程式,至东晋才由道安的弟子慧远确立。比较而言,转读是唱诵经文本身,唱导则是讲唱非经事缘,在讲经中间穿插因缘譬喻,讲述各种故事,虽与经文大意相关,但不完全是经文本身。

慧远对唱导的重视源于对化俗的追求。他指出,"佛经所明,凡有二科,一者处俗弘教,二者出家修道",道与俗是相反对立的,无论

---

① 赞宁《大宋僧史略》卷中"行香唱导"条,《大正藏》第54册。
② 《高僧传》卷一三"唱导论",《大正藏》第50册。

在家出家，"皆隐居以求其志，变俗以达其道"；①又强调，沙门之称由其功用，"谓能发蒙俗之幽昏，启化表之玄路"。② 既要移风易俗，即需以俗众易于接受的内容、方式化之，故道安特许慧远讲经时不废俗书。道、俗本异，不妨互用。桓玄在准备沙汰众僧时承认佛教许多言行皆足以"宣寄大化"，而慧远在回应政府此举时揭示僧尼中存在的秽杂言行，认为佛门确应整肃。③ 何尚之也对刘宋文帝引慧远的话："释氏之化，无所不可。适道固自教源，济俗亦为要务。"唱导程式由以启蒙济俗为己任的慧远确立，有其必然。何尚之认为慧远的理论深契治道，佛教普及可以助皇帝大业，因为，倘若天下尽为佛教持戒向善之风教，"一刑息于家，则万刑息于国"，皇帝所求的"坐致太平"就会到来。④ 慧远的老师道安认为不因国主，法事难立，⑤而世俗政权希望借助佛教宣寄大化、坐致太平，宗教与王权在化俗层面上达成合作——虽然双方化俗的最终目的不同。可以想见，晋宋之时，佛门、官府、民间都对唱导持欢迎态度。

南北朝时期，唱导对俗众的吸引力要大于转读。《高僧传》对齐梁八关斋会上的唱导情形有如下描绘：

> 至如八关初夕，旋绕行周，烟盖停氛。灯惟靖耀，四众专心，叉指缄默。尔时导师，则擎炉慷慨，含吐抑扬，辩出不穷，言应无尽。谈无常则令心形战栗，语地狱则使怖泪交零，征昔因则如见往业，核当果则已示来报，谈怡乐则情抱畅悦，叙哀戚则

---

① 慧远《答桓玄论沙门不应敬王者书》，《弘明集》卷一二，《大正藏》第52册；参见《高僧传》卷六《慧远传》。
② 《高僧传》卷六《慧远传》。
③ 桓玄《欲沙汰众僧与僚属教》、慧远《与桓太尉论料简沙门书》，《弘明集》卷一二。
④ 何尚之《答宋文皇帝赞扬佛教事》，《弘明集》卷一一；参见《释氏通鉴》卷四，《卍续藏经》第131册。
⑤ 《高僧传》卷五《释道安传》。

洒泪含酸。于是阖众倾心,举堂恻怆,五体输席,碎首陈哀,各各弹指,人人唱佛。爰及中宵后夜,钟漏将罢,则言星河易转,胜集难留,又使人迫怀抱,载盈恋慕。当尔之时,导师之为用也。其间经师转读,事见前章。皆以赏悟适时,拔邪立信。①

整个讲经过程包含了梵呗、转读和唱导等三种方式,就中,有说有唱的唱导效果最突出,它深深感染了听众,令人依依不舍,流连忘返。从内容和效果看,唱导与世俗的讲唱故事并无二致,从中分明能看出后世说书的样子。故陈允吉断定,唱导"是到目前为止我们可从史料中加以考知的我国讲唱文学最原始的形态"。②

后世说书艺人每备说话的底本,即话本。六朝的唱导早有底本。上引慧皎文云:"若夫综习未广,谙究不长,既无临时捷辩,必应遵用旧本,然才非己出,制自他成,吐纳、宫商,动见纰谬。其中传写讹误,亦皆依而宣唱,致使鱼鲁淆乱,鼠璞相疑。"这里透露出的信息非常明显:六朝唱导往往有底本,而且辗转相传。梁僧祐《出三藏记集》卷一二《经呗导师集》著录有《竟陵文宣撰梵礼赞》《竟陵文宣制唱萨愿赞》《导师缘记》《安法师法集旧制三科》等篇目,③这些或即唱导底本。唐初释道宣《广弘明集》卷一五列目有:《梁简言文唱导佛德文十首》《梁王僧孺唱导佛文》《梁唱导文》(萧纲在蕃作),并录载梁简文帝《唱导文》和王僧孺《礼佛发愿文》《忏悔礼佛文》《初夜文》,虽然难见讲说故事之迹,④但亦可窥见六朝唱导文之一斑。敦煌的讲经文、民间的话本,其源或与六朝唱导文相关。

值得注意的是,唱导这种穿插譬喻故事以宣传佛法大义的做法

---

① 《高僧传》卷一三"唱导论"。
② 陈允吉《中古七言诗体的发展与佛偈翻译》,收入其《古典文学佛教溯缘十论》,复旦大学出版社,2002年。
③ 僧祐《出三藏记集》卷一二。
④ 王文才《序》,见任二北《敦煌曲初探》,上海文艺联合出版社,1954年。

在魏晋南北朝绝非孤立的存在,佛教杂记的写作、志怪小说的流行和佛经故事的编撰皆与之相表里,互为发明。东晋谢敷《光世音应验记》、刘宋张演《续光世音应验记》、南齐陆杲《系光世音应验记》,皆根据《法华经·观世音普门品》观世音菩萨应机现身、救苦救难的行事推演、增广而成。① 此类感应传源出佛经,演绎教理,多用故事,想必与唱导关系匪浅。当时志怪小说风行,其中宣传佛教或与佛教相关之作甚多。严懋垣尝撰《魏晋南北朝志怪小说书录附考证》,首列"佛教思想产物"之作有:《甄异传》《感应传》《冥祥记》《灵鬼志》《拾遗记》《搜神后记》《阴德传》《宣验记》《幽明录》《异苑》《金楼子》《续齐谐记》《还冤记》《旌异记》。② 鲁迅把这些小说称作"释氏辅教之书",认为它们"大抵记经像之显效,明应验之实有,以震耸世俗,使生敬信之心"。③ 很显然,这些用讲故事来宣扬佛教义理的方式与唱导颇有共通之处。梁僧旻、宝唱等纂集的佛教故事总集《经律异相》是我国现存最早的一部佛教类书,全书50卷,分39部,以天、地、佛、菩萨、僧、国王等为序,采录汉译经、律、论三藏中相应的故事,所谓"备抄众典","以类相从,令览者易了",使"将来学者,可不劳而博矣"。④ 此书出现在唱导兴盛发达的梁代恐怕不是偶然的,它的出现适应了佛经讲唱的形势,是唱导发展的结果,反过来也满足了唱导时按类引用故事的需要(唐初释宝岩讲经时就多引此书故事,见下文)。

南北朝之际,佛教大盛,寺院"盛弘讲说",民间"盛兴斋讲",⑤ 唱导深受欢迎,于是南北众僧多习唱导,苦练技艺,涌现出一大批唱

---

① 参见罗伟国《佛藏与道藏》,上海书店出版社,2001年,第65页;董志翘《观世音应验记三种译注》,江苏古籍出版社,2002年。
② 燕京大学中国文学会编《文学年报》,1940年6辑,转引自胡从经《中国小说史学史长编》,上海文艺出版社,1998年,第133—134页。
③ 鲁迅《中国小说史略》,人民文学出版社,1952年,第58页。
④ 《经律异相》"序",《大正藏》第53册。
⑤ 分别见《续高僧传》卷三〇《道纪传》、卷六《真玉传》。

导大师和名师,《高僧传》卷一三《唱导第十》记载了道照等 10 位唱导高僧。有些多才多艺,有些专以唱导为业,也有一些滥竽充数的庸劣之徒。尤可注意者,有些唱导师形成了自己的风格特点,甚至开宗立派、传承有序,这标志着唱导艺术的成熟。如刘宋道照弟子慧明的唱导乃"祖习师风"而"有名当世"。齐明帝时,齐隆寺释法镜,"研习唱导,有迈终古",卓具威望,深受道俗爱悦,其弟子道亲、宝兴、道登后来分别在瓦官、彭城、耆阇三寺"祖述宣唱"。又,南齐瓦官寺法觉唱导是"敦慧重之业",①隋"梵导赞叙,各重家风",②亦可证宋齐以后唱导艺术愈益发达而呈现风格多样、流派纷呈的历史样态。

梁释慧皎总结唱导的经验后提出,唱导师需具备四大条件:声、辩、才、博。"若能善兹四事,而适以人时",针对不同的宣传对象(出家五众、君王长者、悠悠凡庶、山民野处)而选择不同的唱导内容和方法,就能"恳切感人,倾诚动物"。倘若唱导不成功,会令"施主失应时之福,众僧乖古佛之教"。③ 如何最有效地打动施主始终是唱导师关注的焦点。

唱导方式的与时变化也透露出它始终以打动听众为旨归的消息。前有东晋慧远,后有隋代彦琮,都是唱导艺术发展过程中的关键人物。李小荣研究发现,到隋代,陈以前的唱导文已被称作"古导文",高僧彦琮为适应新形势新情境,撰《唱导法》,改革唱导和唱导文,"皆改正旧体,繁简相半",其仪轨成为隋迄北宋初的通则。④

晋宋之际,转读与唱导虽然在整个讲经仪式中常常互为配合,但它们作为两种不同的佛经讲唱方式是判然有别、并行不悖的。由

---

① 分别见《高僧传》卷一三《道照传》《法镜传》《慧重传》。
② 《续高僧传》卷三〇《慧常传》。
③ 《高僧传》卷一三"唱导论"。
④ 李小荣《变文讲唱与华梵宗教艺术》,第 43—44 页。

于转读与唱导都是佛教通俗化、传播最大化的有效手段,僧尼们大多一身兼擅二科,宋齐之后,经师与唱导师逐渐合流,转读与唱导合二为一,是为"讲导",又名"唱读"。① 唐初释道宣《续高僧传》改变此前僧传"经师""唱导"两科的分类方法,合并为"杂科声德"一科,置于卷三〇;同卷《法韵传》说释法韵"每有宿斋,经、导两务,并委于韵",这些不仅表明转读与唱导到隋代已完全融为一体,而且也透露出经、导合一后过于注重声韵、情韵的倾向。

道宣《续高僧传》卷三〇《杂科声德论》是对唐以前佛经讲唱艺术的全面总结。道宣梳理了佛门声德的历史脉络,肯定了讲唱艺术对宣教引众的重要作用,但也批判了当时佛门的丑陋现象。通过道宣的揭露,我们看到,隋唐之际,僧尼参加斋会讲经越来越广泛、频繁,唱读、讲导的题材和文辞越来越通俗、生动,僧尼们唱读以谋利的行为越来越大胆、明显:通俗变成媚俗,祝愿赞颂变成胡乱吹捧,讲经释论变成诲淫诲盗。道宣为僧尼们违背了佛经讲唱的初衷而忧心如焚,指责寺院经济发达而接引大业萎缩,"俗利日隆而导弘颇踬"。道宣把北齐释真玉放在"义解篇"。其实,真玉的出家动机是唱导为求俗利的最好注脚。真玉生而无目,其母在他七岁时"教弹琵琶,以为穷乏之计",在偶然听到斋讲大会的佛经讲唱后,真玉欣然说:"若恒预听,终作法师,不忧匮馁矣。"认为如果当了讲唱法师就能衣食无忧。后来风雨无阻"专将赴讲",终成唱导大师,道俗信徒咸归其宗。② 道宣要表彰真玉的"义解",却留下了为求俗利而专攻唱导的直接记录。梁释慧皎作僧传,其初本分八科,考虑到转读、唱导二技"虽于道为末,而悟俗可崇",故增设此二科。③ 孰料小技

---

① 张弓《汉唐佛寺文化史》,第471—475页;李小荣《变文讲唱与华梵宗教艺术》,第47—48页。
② 道宣《续高僧传》卷六。
③ 《高僧传》卷一三"唱导论"。

繁盛后逼隐大道,唱导法师鱼龙混杂,释门声科本为开悟俗众的方便法门,却被庸劣之僧尼滥用以渔利。张弓指出:"南北朝后期有两个因素促进了经导两师的合流。一是佛教信仰普传,民间斋事渐多,对经师和导师的邀约随之增多;二是南北方佛寺和僧尼日众,寺院产业则营殖未广,寺院经济根柢尚薄,也迫使僧众多赴斋请,以为生计。"①结合本文上节材料和道宣的描述看,张弓此论正确地指出了南北朝时期寺院经济与佛经讲唱的关系。不过,就世俗的观点看,从转读、唱导到唱读的演变确实极大地促进了讲唱艺术的发展。

四、俗讲:"只会男女,劝之输物"

僧肇认为:"谈真则逆俗,顺俗则违真。违真故迷性而莫返,逆俗故言淡而无味。"②真俗水火不容,非此即彼。这种处俗弘教的困惑致使佛教传播陷入进退维谷的两难境地。随着佛教世俗化步伐的加快,这种困惑似乎消失了。隋唐之际,吉藏就辨析道:"真俗义,何者? 俗非真则不俗,真非俗则不真。非真则不俗,俗不碍真;非俗则不真,真不碍俗。俗不碍真,俗以为真义;真不碍俗,真以为俗义。"③真和俗从水火不容演变成水乳交融、互补双赢,故王水照说,与前引龙树之论相比,吉藏此语"把真俗二谛彼此依存、互为前提条件的关系发挥得更为淋漓尽致"。④ 吉藏的论断或亦与佛经讲唱的世俗化相互影响。入唐以后,唱读一科延续践行,但其影响已大不如前。转读、唱导流衍而成俗讲。唐五代,居于显要地位的佛经讲唱形式无疑是俗讲。

---

① 张弓《汉唐佛寺文化史》,第 471 页。
② 僧肇《肇论》,《大正藏》第 45 册。
③ 吉藏《二谛义》卷上,《大正藏》第 45 册。
④ 王水照主编《宋代文学通论》,河南大学出版社,1997 年,第 55 页。

"俗讲"一词首见于《续高僧传》卷二六《释善伏传》,虽然此处"俗讲"不是指佛家讲经而是释家对儒家讲经的贬称,①但同书卷四〇的《释宝岩传》却留下了早期通俗讲经的详细描述。唐初长安法海寺释宝岩,于僧俗中均有人望,被公认为"说法师"。宝岩讲经,多引《杂藏》《百譬》《经律异相》等书所载故事,并时常采撷世俗词章。为了集资兴造塔寺,他曾在京邑开讲,登座之后,尚未开口,善男信女即抛掷财物如云,瞬间堆没讲座。至于所讲内容,无非生命痛苦、人生无常、信佛向善之类,听讲人听得全神贯注,津津有味,莫不慷慨解囊。塔寺之兴建,全由宝岩之功劳。有人批评宝岩讲经之法,认为"说法者当如法说",宝岩则辩解说,俗家听众多愚钝,纯粹依法说法会让他们昏昏欲睡,最好的办法是随机应变,讲唱具体可感、生动形象的故事,"用开神府"。② 道宣说宝岩的讲经与通行的"讲经论""名同事异",则彼时已出现严肃讲经和通俗讲经的分流。然而通俗讲经是否即"俗讲"?

中唐释宗密云:"造塔造寺,供佛供僧,持咒持经,僧讲俗讲。"③把讲经明确分为僧讲和俗讲两类,表明此前通俗化的讲经已经完全独立,与严肃正统的僧讲并起并坐。比他小15岁的日本入唐僧圆仁在见闻记里多次详细记载了他耳闻目睹的俗讲活动,将"化俗法师"与专讲经论律记疏的"座主和尚大德"、衲衣收心的"禅师"、持律偏多的"律座主"相并列,说化俗法师"说世间无常空苦之理,化导男弟子女弟子",是针对世俗听众的④。圆仁于开成三年(838)入唐,大中七年(853),比他小20岁的师弟圆珍入唐,也详细记述了俗讲:

---

① 详见刘铭恕《关于俗讲的几个问题》,《郑州大学学报》(社会科学版)1980年4期。
② 道宣《续高僧传》卷四〇《释宝岩传》。
③ 宗密《大方广圆觉修多罗了义经略疏》卷下,《大正藏》第39册。
④ 圆仁原著,小野胜年校注,白化文等修订校注《入唐求法巡礼行记校注》卷一,花山文艺出版社,1992年。

言讲者，唐土两讲。一俗讲，即年三月，就缘修之。只会男女，劝之输物，充造寺资，故言俗讲。（原注：僧不集也云云。）二僧讲，安居月传法讲是。（原注：不集俗人类也。若集之，僧被官责。）上来两寺事，皆申所司，（原注：可经奏外申州也，一月为期。）蒙判行之。若不然者，寺被官责云云。……（原注：讲堂时，正北置佛像。讲师座高阁，在佛东，向于读师座。读师座短狭，在西南角，或推在佛前。故檀越请开题时，北座言"大众至心合掌听"，南座唱经题。）①

俗讲的主讲人员仍然由法师和都讲充任，但其目的和任务更加专门化、明朗化：只会男女，劝之输物，充造寺资，即俗讲是主要针对俗家男女、吸引信众布施、增加经济收入的讲经活动。北宋僧元照《四分律行事钞资持记》卷下三"释导俗篇"记此前开化俗众的讲经十法，认为"今时讲导宜依此式"，其仪式第九"下座礼辞"引《僧传》云，周僧妙每讲下座，必合掌忏悔云："佛意难知，岂凡夫所测？今所说者，传受先师，未敢专辄，乞大众于斯法义，若是若非，布施欢喜。"讲唱完毕，索要布施，其宗旨一目了然。《资治通鉴》卷二四三记唐敬宗至寺院听俗讲事，胡三省注："释氏讲说，类谈空有，而俗讲者又不能演空有之义，徒以悦俗邀布施而已。"②所谓佛教谈义理和不谈义理两种讲说的区分，正相当于僧讲、俗讲之判；而胡氏对俗讲的批评，则显见俗讲的特点是娱乐性、功利性。综合宗密、圆珍和胡三省的解释，可认定初唐宝岩的讲经则是俗讲无疑。

---

① 此段文字屡见引用，所据多为《大正藏》本圆珍《佛说观普贤菩萨行法经记》卷上。其实该本误字颇多，书名也有脱落。圆珍原考名为《佛说观普贤菩萨行法经文句合记》，善本详见小野胜年1982年出版的《入唐求法行历之研究——智证大师圆珍篇》，此处引文转引自周一良《入唐僧圆珍与唐朝史料》，原载《中国历史博物馆馆刊》1988年13、14期，收入周一良《唐代密宗·佛学论文选》，上海远东出版社，1996年。
② 司马光《资治通鉴》卷二四三，中华书局，1956年，第7850页。

敦煌所出佛教类的"缘起""因缘""押座文""讲经文""变文""变"等多是俗讲讲经文，①这些文书为俗讲的功利性提供了直接证据。在有关目连救母故事的讲经文中，S.2614原标题为《大目乾连冥间救母变文并图一卷并序》，在其他写本中，与之内容词句和结构完全相同的多达9卷。②众所周知，目连救母的转机是布施，他听从释迦牟尼劝告而向僧人们大放布施之后，其母终得解脱。这些讲经文多是先说目连母亲青提夫人富而悭吝，不肯布施，结果堕入阿鼻地狱，受尽苦难煎熬，目连如何千方百计助母出苦厄而未果，后得世尊指点，布施三宝，终于救母出地狱。P.2193题为《目连缘起》，末尾唱道："奉劝闻经诸听众，大须布施莫因循，託若专心相用语，免作青提一会人。须觉悟，用心听，闲念弥陀三五声，火宅忙忙何日了，世间财宝少经营。无上菩提勤苦作，闻法三涂岂不惊。今日为君宣此事，明朝早来听真经。"③讲经者从故事中总结教训，劝人大放布施，少蓄钱财，最后两句请人们次日再来听讲，恐怕也是为了再受布施。北京盈字76号目连变文末有俗众写于宋初太平兴国二年(969)的一段文字，说"发愿作福，写尽此目连变一卷""后有众生同发信心，写尽目连变者，同持愿力，莫堕三涂(途)"。④ 听众不抄佛经而抄俗讲经文，而且是目连故事，足见目连俗讲耸动人心、劝人布施的威力。

依据以上材料，可以认定：其一，俗讲的目的是获取布施；其二，俗讲的对象是俗家男女；其三，俗讲的道理是简单浅显、易于接受的，多讲因缘(缘起)故事，讲究直接打动人心、始终引人入胜的传

---

① 关于讲经文、变文等诸多相关概念的辨析，参见王重民《敦煌变文研究》，见周绍良、白化文编《敦煌变文论文录》，上海古籍出版社，1982年；项楚《敦煌变文选注·前言》，巴蜀书社，1990年；伏俊琏《关于变文体裁的一点探索》，见项楚主编《敦煌文学论集》，四川人民出版社，1997年；杨义《中国古典小说史论》，中国社会科学出版社，2004年，第240—245页；李小荣《变文讲唱与华梵宗教艺术》，第4—20页。
② 王重民等《敦煌变文集》，人民文学出版社，1957年，第701—712、714—745、756—763页。
③ 王重民等《敦煌变文集》，第712页。
④ 王重民等《敦煌变文集》，第755页。

播效果。《敦煌变文集》所收讲经文中，直接叫"缘起"或"缘""因缘"的就有《难陁出家缘起》《目连缘起》《频婆娑罗王后宫綵女功德意供养塔生天因缘变》《欢喜国王缘》《丑女缘起》《四兽因缘》，①另外，敦煌遗书 P.3050 抄卷经周绍良考证，定名为《善惠买花献佛因缘》，②都可佐证俗讲故事的类型和宗旨。

俗讲的内容与六朝唱导自成源流，俗讲展开的程式也与唱导大同小异。③敦煌写本 S.4417 题为《俗讲仪式》，P.3849 背面有一段文字，虽无明确标题，却明确说了"夫为俗讲"的具体程式，两份卷子所记差异不大，④知其步骤为：一是作梵；二是说押座；三是唱释经题；四是开赞发愿；五是说经本文，包括唱导经文、引说故事；六是回向取散。自始至终，唱经文、说故事、宣佛理乃其主体。唱导有底本，俗讲也留下了许多底本——讲经文。讲经文内容丰富，有讲论，有歌唱，逐段铺陈，故事性强，或用韵语，或用散体，有时借用世俗音乐，有时借助经变图画。⑤ 可以说，俗讲是六朝以来佛家讲经的梵呗、转读、唱导诸形式的大综合、集大成，它有讲有唱、韵散结合、图文并茂、有故事有佛理、有底本有观众，是高度成熟的佛经讲唱艺术，是佛经讲唱的进一步通俗化、娱乐化和功利化。

---

① 见王重民等《敦煌变文集》。
② 周绍良《敦煌变文集中几个卷子定名商榷》，《敦煌吐鲁番学研究论集》第三辑，北京大学出版社，1986 年。
③ 关于变文的起源、俗讲与六朝唱导的关系，参见姜伯勤《变文的南方源头与敦煌的唱导法匠》，《敦煌艺术宗教与礼乐文明》，中国社会科学出版社，1996 年；李小荣《变文讲唱与华梵宗教艺术》，第 4—21、37—58 页。
④ 录文据田青《有关俗讲的两份资料》，《中国音乐学》1995 年 2 期。
⑤ P.4524 全卷为图，只最右上方有四行半字，背面写讲唱词，即"降魔变文"。见王重民等《敦煌变文集》，插页和 390 页。根据这份卷子和许多其他资料，学者们相信讲唱变文时要配合"变相图"。关于变文与经变图画的关系，参见［美］梅维恒（Victor H. Mair）著，杨继东、陈引驰译《唐代变文》第四章，香港中国佛教文化出版公司，1999 年；又王邦维等译《绘画与表演——中国的看图讲故事和它的印度起源》，北京燕山出版社，2000 年；伏俊琏《关于变文体裁的一点探索》，见项楚主编《敦煌文学论集》。但经变图未必是为了配合讲经文的，详见马世长《大足石窟〈报父母恩重经变〉补说》，［美］胡素馨主编《佛教物质文化：寺院财富与世俗供养国际学术研讨会论文集》。

从转读、唱导到俗讲,佛经讲唱受经济利益驱动表现得越来越明显。与僧讲相比,俗讲程式多了说押座一步,①颇耐人寻味。"押座"即镇座静众,是等待听众、安定现场之意。② 盖俗讲专会俗家男女,人数众多而素质不高,难免混乱嘈杂,故先要唱说一段闲文,以安静听众、整肃场面、营造气氛,殆即民间说话之"入话"。另外,俗讲时采用的音乐多见东土世俗乐曲,特别是新兴的民间曲子词。③凡此皆说明俗讲的与世推移和为了吸引布施而煞费苦心。敦煌写本 P.2418 拟题为《父母恩重经讲经文》,抄于天成二年(927)八月七日,卷末有"诱俗第六"的卷尾标题,④"诱俗"二字颇堪玩味。唐代宗时,宰相王缙"给中书符牒,令台山僧数十人分行郡县,聚徒讲说,以求货利"。⑤ 这样大规模的集体行动充分证明了俗讲背后的经济驱动力。韩愈《华山女》诗描绘佛教街头俗讲,吸引无数听众和布施,道教讲经的听众却寥若晨星;为了与佛教争夺听众,女道士在讲道经时卖弄色相以招徕信徒。⑥ 其实,这与其说是宗教斗争,不如说是经济斗争。因为二者的斗争并非教理的辩论,而是如何利用演唱艺术(道教甚至利用色相)去击败对方。俗讲的经济因素在这里最是突出。

成熟的俗讲艺术吸引了全社会的目光。有两个证据足以代表唐五代时期俗讲艺术的流行和繁盛。

一是皇帝的高度关注。唐高宗显庆元年(656)十二月五日(已

---

① 向达《唐代俗讲考》,《唐代长安与西域文明》,生活·读书·新知三联书店,1957 年。
② 孙楷第《唐代俗讲轨范与其本之体裁》,周绍良、白化文编《敦煌变文论文录》;项楚《敦煌变文选注》,第 237 页。
③ 参见杨荫浏《中国古代音乐史稿》,人民音乐出版社,2004 年,第 202—207、210—212 页;庄壮《敦煌石窟音乐》,甘肃人民出版社,1984 年,第 40 页;饶宗颐《敦煌曲与乐舞及龟兹乐》,《新疆艺术》1986 年第 1 期;李小荣《变文讲唱与华梵宗教艺术》,第 161—184 页。关于敦煌佛教歌曲的全面研究,详见林仁昱《敦煌佛教歌曲之研究》,台湾中正大学博士学位论文,2001 年。
④ 王重民等《敦煌变文集》,第 694 页。
⑤ 《旧唐书》卷一一八《王缙传》,中华书局,1975 年,3418 页。
⑥ 钱仲联《韩昌黎诗系年集释》卷一一,上海古籍出版社,1984 年,1093 页。

是西历657年),玄奘法师上表云:"辄敢进金字《般若心经》一卷并函,《报恩经变》一部。"①潘重规分析说:"玄奘献给唐高宗的《般若心经》一卷,是《心经》原本;而《报恩经》独称为'报恩经变一部',当然不是《报恩经》原本,而应该是《报恩经》的俗讲经文。"②俄藏敦煌写本Φ96就是讲唱佛经的《报恩经变》,虽然未必是玄奘所献的原本内容,但也提醒我们注意玄奘时已见俗讲。玄奘专门给高宗进献俗讲经文,想必也是皇帝的兴趣所在。开元十九年(731)四月,玄宗下诏,批评当时遍布城市乡村的俗讲故事虚玄,交通官府,败坏教化,"溪壑无厌,惟财是敛",要求马上禁止俗讲,"僧尼除讲律外,一切禁断"。③兴元元年(784)九月,德宗敕许京师寺观讲说。④元和十年(815),宪宗下诏,保留兴元元年这个决定,但同时勒停地方各州县俗讲,只允许观察使节度州在特定月份短期内由一寺一观开展俗讲,是因为"恶其聚众,且虑变也"。⑤宝历二年(826)六月,敬宗"幸兴福寺观沙门文淑俗讲"。⑥大和九年(835),文宗下令废俗讲。会昌元年(841)正月、九月以及次年正月、五月,武宗皆敕于京城左、右街祝寺开俗讲。⑦从唐前期到后期,最高统治者或喜爱俗讲,或厌恶俗讲,或令开,或令停,都说明俗讲引起了朝廷的极度关注,也说明俗讲深受欢迎,在民间屡禁不止,反而越来越盛。

二是俗讲大师文淑的传奇经历。元和末,文淑在长安菩提寺,已以俗讲知名。宝历时在兴福寺开俗讲,吸引了包括皇帝在内的僧徒俗众。文宗时,为入内大德,因罪流放。开成会昌之际,又在京师

① 慧立本,彦悰笺《大唐大慈恩寺三藏法师传》卷九,《大正藏》第50册。
② 潘重规《敦煌变文集新书》,中国文化大学中文研究所,1984年,第94页。
③ 《册府元龟》卷一五九,中华书局,1960年。
④ 《册府元龟》卷五二元和十三年(818)诏文所引。
⑤ 《册府元龟》卷五二。
⑥ 《资治通鉴》卷二四三唐敬宗宝历二年六月己卯条。
⑦ 圆仁原著,小野胜年校注,白化文等修订校注《入唐求法巡礼行记校注》卷一。以上诏敕的检索利用了[日]池田温编《唐代诏敕目录》,三秦出版社,1991年。

会昌寺讲唱,"城中俗讲,此法师为第一"。世俗男女"乐闻其说,听者填咽寺舍,瞻礼崇奉,呼为和尚"。其声调还被教坊效仿,创为歌曲。① 历经宪宗、穆宗、敬宗、文宗、武宗五朝,前后二十多年,中遭流放,而始终俗讲不辍,声誉未堕,充分体现了文溆高超的俗讲艺术,也见出俗讲在中唐的巅峰状态。

唐五代俗讲的兴起是寺院经济和讲唱艺术发展的产物,反过来又促进了寺院经济的发展。俗讲成本不菲,收入亦高。圆珍记载,俗讲需要专门修筑讲堂。② 而敦煌文书中,P.2032 背《后晋时期净土寺诸色入破历会算稿》写道:"面三斗五升,油升半,粟二斗,纳乾元寺散讲局席用。"又曰:"面一石,粗面一石三斗,油九升,粟一石八斗五生(升)卧酒,窟上讲堂上赤白及众僧食用。"P.2040 背《后晋时期净土寺诸色入破历会算稿》有云"粟三斗伍升卧酒,七月十五日晚讲纳官用",又云"粟七硕,讲堂上灰泥油酒价入"。P.3490《辛巳年某寺诸色斛斗破历》写有:"油伍胜(升),报恩寺大师开讲贷将见折春碾课用。"③ 各寺都有讲经活动,有时是轮流举行,邀请其他寺庙的僧人讲经。这些也许是僧讲的材料,但当亦能说明俗讲的问题,因为前面我们已经知道僧讲和俗讲的程序仪式无大差别。可见俗讲的支出包括修筑维护讲堂、招待众僧、付官员费用、付讲经僧尼报酬,发达的寺院经济是俗讲展开的物质基础。结合前引宝岩、王绾、文溆的材料,可以发现:唐五代时期,发达的寺院经济促进了包括俗讲在内的讲经活动普遍、频繁地开展,寺院和僧尼可以通过讲经而增加集体和个人的经济收入。

---

① 段成式《酉阳杂俎》续集卷五《寺塔记》、圆仁《入唐求法巡礼行记》卷三、赵璘《因话录》卷四角部、《太平广记》卷二八四"文宗"条引《卢氏杂说》、《资治通鉴》卷二四三、段安节《乐府杂录》"文溆子"条,参见向达《唐代俗讲考》。
② [日]圆珍《佛说观普贤菩萨行法经记》卷上,《大正藏》第 56 册。
③ 录文据郝春文《唐后期五代宋初敦煌僧尼的社会生活》,中国社会科学出版社,1998年,第 211—212 页。

以敦煌为例。郝春文全面研究了唐后期五代宋初(786—1037)敦煌僧尼的社会生活,其以下结论支持了本文的上述论点:民众给寺院的布施频繁而且丰厚,僧尼常常可以通过受邀诵经说法而获得比较好的布施,受邀的机会和布施的多少取决于寺院、僧尼的等级和名声。结果,敦煌上层僧人属于富裕阶层,中层僧人可算小康之家,普通僧人仅靠宗教收入很难维持生活,下层僧人(沙弥、沙弥尼)生活穷苦。S.5953《奉唐寺僧依愿上令公阿郎状》中,僧人提出申请受具的理由是"出家日近,道业全无"。敦煌地区僧尼年平均死亡率大约是1.8%[1]。既然俗讲有利可图,地位身份越高,俗讲牟利的机会就越大,无怪俗讲活动盛行、俗讲艺术成熟、僧徒追求升等了。如此低的死亡率也在一定程度上反映出僧尼生活的良好状况。

　　俗讲的广受欢迎,主要由于其通俗性、趣味性和娱乐性。以听众为中心固然值得称道,但文艺发展的历史一再表明,如果艺术一味追求通俗甚至媚俗,即使辉煌一时,最终必将衰落、堕落。佛经讲唱艺术也不例外。俗讲是一把双刃剑,它有力地推动了佛教的传播,同时也严重地损害了佛教的形象。有些俗讲僧尼品行不检,常为人诟病。唐德宗贞元(785—805)中,鉴虚"以讲说为事,敛用货利,交权贵",宪宗时因坐于迪不法事件被杖杀。[2] 中唐正是俗讲大盛之期,俗讲大师文溆独领风骚之时,此时的俗讲已经鄙俚不堪。文溆的受杖被流,当与此有关。《故圆鉴大师二十四孝押座文》的作者云辩,交结达官贵人,与妓女作诗嘲讽。[3] 唐后期,赵璘厌恶地写道,俗讲僧文淑(即文溆)"公为聚众谈说,假托经论,所言无非淫秽鄙亵之事",又说当时稍有知识修养的释徒"甚嗤鄙之"。[4] 为了迎

---
[1] 郝春文《唐后期五代宋初敦煌僧尼的社会生活》,第363—366、13、71页。
[2] 《唐会要》六○"御史中丞"条,中华书局,1955年。
[3] 王重民等编《敦煌变文集》,第839页。
[4] 赵璘《因话录》卷四角部、李肇《唐国史补》卷中,见《唐国史补·因话录》,上海古籍出版社,1979年。

合听众的低级趣味,佛经讲唱竟然沦落为绘声绘色地讲说淫秽鄙亵的故事,从诱俗化俗堕落成诲淫诲盗。朝廷对俗讲的时废时开,一方面说明了俗讲的生命力强大,在民间有巨大的市场,另一方面也反映出俗讲对宗教秩序、国家经济、人民生活和社会风气的不良影响。[①] 至南宋,研究演唱艺术的王灼竟然不知何谓俗讲,[②]前引胡三省在给《资治通鉴》载及唐代俗讲的地方作注时又以鄙夷的口吻批评"俗讲者又不能演空有之义,徒以悦俗邀布施而已"。南宋人不知俗讲的具体情况,也许是由于俗讲末流功利性、世俗化过于严重,日益堕落,甚至还间接地为士子妓女定期相会、青年男女结识定情提供了机会和地点,从而既受到佛门正宗的指责整肃,也招致俗家听众的厌倦反感,导致俗讲艺术逐步衰落,终至于失落;也许是由于高度成熟乃至烂熟的俗讲艺术与民间艺术逐渐合流,催生出新的讲唱艺术,上引《乐府杂录》载文溆善吟经,"其声宛畅,感动里人",乐工黄米饭依其念四声"观世音菩萨"而创制《文溆子》一曲,即为一明证。[③]

  佛经的通俗化讲唱本想以通俗之法化世俗之民,却在发展过程中一步步误入歧途,走向反面。经济利益的驱动催生、成就了俗讲艺术,也限制、玷污了俗讲艺术,最终毁灭了俗讲艺术。

  以上考察了中古寺院经济的走向、佛经讲唱艺术的历程和二者之间的相互联系。从中看出,佛经讲唱艺术的发展离不开寺院经济的支持,寺院经济的发展也得益于佛经讲唱艺术的变迁。必须首先肯定,佛教的义理深刻,净土美好,功德无量:济饥贫、赈灾荒、治疾病、戒残生、劝慈善、资娱乐,功莫大焉。佛经讲唱艺术推动了佛教的传播,扩大了佛教的影响,促进了文艺的发展。然而,佛教的境界

---

① 郑振铎《中国俗文学史》,商务印书馆,2005年,第229页。
② 《碧鸡漫志》卷五,唐圭璋编《词话丛编》第1册,中华书局,1986年,第114页。
③ 参见李小荣《变文讲唱与华梵宗教艺术》,第83—86页。

在天上,佛教的教徒在人间;佛经义理是神圣的,神圣得仿佛不食人间烟火;佛经讲唱是世俗的,世俗到最后专取人间钱财。寺院经济的兴起,当然反映了宗教势力的壮大,但同时也是世俗生活对宗教的侵蚀,从而在一定程度上体现了信仰的失落。佛经讲唱艺术的发展,既缘于宗教适应多方传教的需要,又是宗教精神对世俗文化的一种适应和妥协。佛教运动量的扩展,导致了质的降低。当然,这与佛教东传的进程是同步的。佛教本要化中国,结果却中国化;佛经讲唱本要化世俗,结果却世俗化。中唐以后,中国社会和文化出现重大转型,中国佛教也发生转折;从中唐到北宋,佛教的世俗化程度日益加深,最终完全中国化。[①] 唐宋之际寺院经济的转型和佛经讲唱艺术的兴亡证明了经济生活与文学演变的紧密联系,也在不同层面证实了备受瞩目的"中唐—北宋转型"说。

1984年,谢和耐在为其著作中译本作序时说,他于20世纪50年代"采纳的那种首先把佛教现象看作是社会现象的社会学观点至今仍不是论述中国寺院经济的著作中普遍采纳的出发点"。[②] 20年过去了,局面已有所改观。本文的研究表明,经济学和社会学的视角有助于增广、加深、细化我们对佛教文化史和中国文学史的认识,以此方法研究中国文学应该成为学术界今后努力的一个方向。

---

① 详见葛兆光《中国思想史》第二卷《七世纪至十九世纪中国的知识、思想与信仰》,复旦大学出版社,2000年,第117—197页。
② [法]谢和耐著、耿昇译《中国5—10世纪的寺院经济》,中译本序。

走向民间:南宋五山禅僧、"五山文学"与庶民世界、通俗文学

王汝娟

内山精也《宋末元初的文学语言——晚唐体的走向》一文开篇指出:

> 自12世纪末至13世纪初,所谓"中兴"士大夫诗人如范成大(1126—1193)、杨万里(1124—1206)、陆游(1125—1210)等相继去世,此后直至南宋灭亡(1279),活跃于诗坛的是一群被称为"永嘉四灵"和"江湖派诗人"的寒士或布衣诗人。就个人来说,他们各自留在中国诗歌史上的痕迹是非常渺小的,根本不能与范、杨、陆三大家相比,但是,若将他们身后的时代纳入我们考察的视野,则其作为一个总体的存在意义便陡然提高。正如吉川幸次郎曾经指出的那样,他们是"贯穿元明清时期,主要由民间作者来承担的文学的先驱"。换句话说,中国传统文学的主要承担者,从以范、杨、陆三家为最后代表的士大夫("士")下移到民间作者("庶"),而这一群寒士、布衣诗人就处在转折点上。①

---

① [日]内山精也撰,朱刚译《宋末元初的文学语言——晚唐体的走向》,王次澄、齐茂吉主编《融通与新变:世变下的中国知识分子与文化》,台湾华艺学术出版社,2013年,第181页。

这段论述颇具启发性：首先是这些寒士或布衣诗人作为个人而言在诗歌史上的地位或许并不足道，但当他们作为一个特定的创作"群体"而存在时，其文学史意义便随即彰显；其次，他们处于中国传统文学的主要创造者由以往的士大夫阶层向普通庶民阶层扩展的关捩点上。而如果将观察的视野从诗歌进一步扩展到古文、骈文、笔记等其他文学领域，那么以上两点论断同样也行之有效。

关于"江湖文人"的界定，目前学术界颇有歧见。但是毫无疑问，从身份方面来看，热衷于笔墨的南宋五山禅僧是构成当时"江湖文人"的一大重要群体。就个人而言，他们中并不乏在文学创作上成就斐然、名动丛林者；但从中国文学史全局来看，他们每个个体的创作尚不足以成为其中重要的坐标或转折点。然而诚如上引内山论文所启示，若我们将南宋"五山"（即径山寺、净慈寺、灵隐寺、天童寺、阿育王寺）禅僧作为一个"总体"置于中国文学史上进行观察，便会发掘出一些值得注目的意义与价值。

一、南宋"江湖文人"的重要一翼

要考察南宋五山禅僧之创作在文学史上的地位与价值，首先有必要对他们的身份予以认识和定位。南宋的"士大夫"和"江湖文人"并不是两个决然固定的群体，两者时而会发生转换，有时士大夫会因为革职等而沦为江湖文人，江湖文人也有可能在偶然的机缘下受官而进入精英阶层。[①] 然而禅僧由于是"出家人"，一般而言不会有机会获得一官半职，因而他们在身份上比一般的江湖文人更具有稳定性，更有资格被归入相对稳定的"江湖文人"的范畴。唐中宗景龙初年（707），诏行试经度僧。宋承唐之试经制度，考试合格者方得

---

① 参侯体健《刘克庄的文学世界——晚宋文学生态的一种考察》第二章，复旦大学出版社，2013年。

度牒。这从本质而言,就是科举考试在佛门内的特殊延伸。而且宋代为压缩僧尼数量,试经制度比唐代更为严格。据《佛祖统纪》载,"太宗至道诏两浙福建路每寺三百人岁度一人,尼百人度一人,诵经百纸,读经五百纸,为合格","真宗诏释道岁度十人","仁宗诏试天下童行诵《法华经》,中选者得度,参政宋绶、夏竦监试"。① 南宋朝廷对于禅宗的干预空前加强,通过试经颁发度牒、设立五山制度、敕差住持等种种措施将禅宗纳入统治秩序,五山禅僧在某种意义上又可以说是特殊的"科举士大夫"。他们也时常得以出入宫闱,即所谓的"入内"说法,譬如大慧宗杲、佛照德光、无准师范等,这是他们较之唐和北宋禅僧"士大夫化"更为加深的一面;但与此同时,他们的"江湖化"程度也加深了。造成他们"江湖化"程度加深的最基本原因,是南宋中后期朝廷由于财政的紧张,对佛教的扶持力度不如从前,禅门的经济状况颇为堪忧,甚至到了有朝臣提议要提高免丁钱、卖紫衣师号来补贴国家财政的地步:"廷臣奏端、嘉以后牒廉僧众,而免丁不加畴昔,欲增常制三之一,荆湖总臣又奏令僧道买紫衣师号,俾以衣号住持"②,"径山以游火中微,石溪至卖衣钵买粮饱其众。期年偿山门逋六十万缗"③。翻阅南宋禅僧的文集,我们可以明显看出,越到南宋后期,佛门劝缘疏的数量就越多,甚至连五山寺院也屡屡有之,这从一个侧面说明,朝廷渐渐无法在物质上对宗教予以足够的支持,僧侣必须更多地涉足市井、寄迹于庶民之中自谋衣食。这种寺院经济状况的变化,不能不说也是南宋佛教走向世俗化的一个很重要的客观方面的原因。

内山精也在《宋诗能否表现近世?》一文中指出,中国文学走向

---

① 志磐《佛祖统纪》卷五一"试经度僧"条,《大正藏》本。
② 道璨《育王笑翁禅师行状》,《全宋文》第349册,上海辞书出版社、安徽教育出版社,2006年,第390页。
③ 正知、立石《御书传衣庵记》,《石溪心月禅师语录》卷末附,《卍续藏》本。

"近世"的特征之一,在于作者队伍的扩大,即平民作者、女性作者的抬头。[①] 南宋的五山禅僧,其存在的意义自然不容忽视。诗僧的产生并非始于南宋,但同时代的诗僧构成一个庞大的创作群体、将文学创作从以往参禅之暇的"余事"转而视为安身立命的主要依托、创作的主要内容从以往的表达佛理禅解转而为抒发个人的生活体验,这些现象确实始自南宋的五山禅僧。他们作为士大夫以外的创作者,已然形成了一个较为独立、成熟和稳定的文学群体。毫无疑问,他们是组成"平民作者""江湖文人"的重要一支;况且在"平民作者"这个大集团中,我们再也找不出一个可与南宋五山禅僧相匹敌的可贴上统一标签的同类型身份作者群,也找不出一个与南宋五山禅僧一样诗、词、文、笔记、语录等诸种文学体裁兼擅的作者队伍。因此可以说,在以"平民作者之抬头"为重要特征之一的中国文学走向"近世"的转折历程中,南宋五山僧人起到了相当巨大的推动作用。正是他们的存在,构成了促使这一"近世化"的浪潮变得澎湃汹涌而并非潜隐的细波暗流的重要力量之一。从这一意义上看,南宋五山僧人对于推动中国文学走向"近世"所起的作用是不容我们忽视的。

二、南宋五山禅林的"江湖"文学圈

北宋初的赞宁奉旨撰《宋高僧传》,体例依梁代慧皎《高僧传》及唐代道宣《续高僧传》,总分十科:译经第一,义解第二,习禅第三……杂科声德第十。显然,"译经"和"义解"占据最显要的地位,而文学创作则与"唱导"等被同归入"杂科声德",并不受到重视。而惟白成书于建中靖国元年(1101)的《建中靖国续灯录》,分五门,一曰正宗

[①] [日]内山精也《宋诗能否表现近世?》,见周裕锴编《第六届宋代文学国际研讨会论文集》,巴蜀书社,2011年。

门,二曰对机门,三曰拈古门,四曰颂古门,五曰偈颂门,语言文字被大力推崇。它与《宋高僧传》比照,至少有两点可以引起我们的注意:一是《建中靖国续灯录》作成之后虽得徽宗赐序,并被敕入大藏流行,但写作之初非奉御旨,乃惟白一厢情愿之事。较之《宋高僧传》,《建中靖国续灯录》"民间写作"的色彩更浓;二是它虽为《景德传灯录》《天圣广灯录》之承续,但在根本框架上并没有沿袭二者主要依僧人法系撰述的体例,而是另起炉灶。对机、拈古、颂古、偈颂均关乎语言文字,而11世纪末、12世纪初正是以惠洪为代表的"文字禅"开始大行其道的时代。这两种细微的变化,成为南宋禅学转向的先声。王水照先生曾指出,南宋士人阶层分化加剧,大量游士、幕士、术士、隐士等组成的江湖士人群体纷纷涌现,形成"科举体制内的士大夫"与"科举体制外的士大夫"之分野。这种转型与分化,造成了文化的下移趋势,表现在文坛上,就是江湖文人登上文学舞台。①

"江湖"的本意即指禅林,当年马祖道一、石头希迁分别弘法于江西和湖南,门风各异,学人奔走于二师门下,谓之"江湖"。后来它的词义逐渐宽泛,与"庙堂"相对,类似于"在野"。南宋禅僧有着明确的"江湖"意识,兹举数例。道融《丛林盛事》:

> 今代有蜀人冯当可者,于宗门深有造入,与石头回禅师撰语录序,江湖沸传之。②

> 若岩主平日道德超迈,谈辩轩豁,钳锤学者有大手段,江湖间特有定论。③

> (曾幾)与心闻贲禅师为方外友,尝有世尊拈华一颂,江湖

---

① 王水照《南宋文学的时代特点与历史定位》,《文学遗产》2010年第1期。
② 道融《丛林盛事》卷下"士大夫序尊宿语"条,《卍续藏》本。
③ 道融《丛林盛事》卷下"黄龙杨岐"条,《卍续藏》本。

多赏之。①

　　松源在东湖日,干他殿者乞颂。源大书云:"……"湖海争诵之。②

晓莹《云卧纪谭》:

　　丰城净逊监寺,与庐陵道一维那,辅相泉南教忠光禅师法席,有声于江湖。③
　　中际可遵禅师,号野轩,早于江湖以诗颂暴所长。故丛林目之为遵大言。因题庐山汤泉,东坡见而和之,自是名愈彰。④

从所举例子来看,禅僧所谓的"江湖"是狭义上的,即指丛林。用现在的话来讲,就是丛林已经形成一个独立的"文化圈"。在这个文化圈里面,文学已经成为举足轻重的一环。谁的文学水平高,谁就可以在江湖上获得声名。譬如大慧派宗师大慧宗杲,就对于语言文字极为重视。他自己时常与僧俗往来酬唱,还玩一些文字游戏(如"御赐真赞师演成四偈"⑤),而且对于擅长文字功夫的禅人极有惺惺之意,仅《丛林盛事》中即记录了不少此类事例:

　　(木庵永禅师)作《水筧颂》云:"路绕悬崖万仞头,担泉带月几时休。个中拨转通天窍,人自安闲水自流。"妙喜见之,曰:"鼎需有此儿,杨岐法道未至寂寥。"⑥

---

① 道融《丛林盛事》卷下"曾文清公"条,《卍续藏》本。
② 道融《丛林盛事》卷下"松源颂"条,《卍续藏》本。
③ 晓莹《云卧纪谭》卷上"净逊烧虱法语"条,《卍续藏》本。
④ 晓莹《云卧纪谭》卷下"野轩诗颂"条,《卍续藏》本。
⑤ 蕴闻编《大慧普觉禅师语录》卷一一,《大正藏》本。
⑥ 道融《丛林盛事》卷上"木庵永"条,《卍续藏》本。

> 谷山旦,初参佛性泰和尚。……妙喜南行,旦呈颂云:"异类中行世莫猜,故教佛日暂云霾。度生悲愿还无倦,方作南安再出来。"妙喜赏之。①
>
> (龟山光和尚)作投机颂云:"当机一拶怒雷吼,惊起法身藏北斗。洪波浩渺浪滔天,拈得鼻孔失却口。"喜见之,曰:"此正是禅中状元也。"因号为"光状元"。②
>
> 贤颂勘婆话曰:"冰雪佳人貌最奇,常将玉笛向人吹。曲中无限华心动,独许东君第一枝。"妙喜一见,大称赏曰:"贲老有此儿,黄龙法道未至委地。"③
>
> 开善谦颂心不是佛、智不是道云:"太平时节岁丰登,旅不赍粮户不扃。官路无人夜无月,唱歌归去恰三更。"妙喜最喜之。④
>
> (大圆智禅师)有《三关颂》并拈古,盛行丛林。初,妙喜闻其坦率不事事,不甚乐之。及观其拈古,乃抚几称赏善曰:"真黄龙正传也。"掇笔大书四句于后曰:"七佛命脉,诸祖眼睛。但看此录,一切现成。"⑤

他的弟子晓莹对老师这种"以文取人"的偏好也有所记载:

> 妙喜老师曰:湛堂读诸葛孔明《出师表》,而知作文关楗,遂著《罗汉疏》《水磨记》《炮炙论》。呜呼!尊宿于世间学尚尔其审,况出世间法乎?若夫《炮炙论》,文从字顺,详譬曲喻,而与《禅本草》相为表里。非真起膏肓必死之手,何能及此哉?⑥

---

① 道融《丛林盛事》卷上"谷山旦"条,《卍续藏》本。
② 道融《丛林盛事》卷上"龟山光"条,《卍续藏》本。
③ 道融《丛林盛事》卷上"鉴咦庵"条,《卍续藏》本。
④ 道融《丛林盛事》卷上"开善谦颂古"条,《卍续藏》本。
⑤ 道融《丛林盛事》卷下"大圆智"条,《卍续藏》本。
⑥ 晓莹《罗湖野录》卷下,《卍续藏》本。

南昌信无言者,早以诗鸣于丛林。徐公师川、洪公玉父,品第其诗,韵致高古,出瘦权、癞可一头地,由是收名定价于二公。……士大夫游小溪,喜言诗者,大慧必曰:"此间有个园头能诗。"①

日涉园夫与杲上人同泛烟艇,溯修江而上,游炭妇港诸野寺。杲击棹歌《渔父》,声韵清越,令人意界萧然。因语园夫曰:"子其为我作颂尊宿,《渔父》歌之。"自汾阳已下,戏成十首,付杲上人。②

赵与时《宾退录》则引《江乡志》云:"佛日大师宗杲,每住名山,七月遇苏文忠忌日,必集其徒修供以荐。尝谓张子韶侍郎曰:'老僧东坡后身。'"③东坡卒于建中靖国元年(1101),大慧生于元祐四年(1089),焉有后身早于往生之理?姑且不论大慧谓己乃"东坡后身"一说是否属实,然大慧曾公开表示"常爱东坡为文章,庶几达道者也"④,至少可以说明他对东坡景仰推崇之情。据大慧《年谱》,他还曾经多次去请前辈、著名诗僧惠洪作序;尝把自己作的颂举似惠洪,惠洪叹曰"作怪!我二十年做工夫,也只道得到这里"⑤;还曾为惠洪作《觉范顶相赞》。观大慧语录,他经常与学人反复讨论"死句"和"活句"、探究文章技艺,并有不少文字作品传世。宗杲作为一代宗教领袖,对于学人文字功夫的公开激励称赏,无疑刺激和助长了门人乃至整个五山禅林的创作热情。

---

① 晓莹《云卧纪谭》卷下"信园头能诗"条,《卍续藏》本。
② 晓莹《云卧纪谭》卷下"尊宿渔歌"条,《卍续藏》本。
③ 赵与时《宾退录》卷四,上海古籍出版社,1983年,第52页。
④ 蕴闻编《大慧普觉禅师语录》卷一八,《大正藏》本。
⑤ 祖咏编《大慧普觉禅师年谱》"政和七年"条,吴洪泽编《宋人年谱集目/宋编宋人年谱选刊》,巴蜀书社,1995年,第173页。

三、南宋"五山文学"与庶民文化、通俗文学

南宋时期,随着政治中心的南移,素来是经济重镇的江南地区之文化获得了进一步发展的重要契机,其中自然包括市井文化、庶民文化。五山地处临安及其周边区域,禅宗虽是出世之宗教亦难免受当时欣欣向荣的市井文化、庶民文化之浸染熏陶:一方面,我们从五山禅僧创作的文学作品中,可以清晰地看到不少庶民文化、通俗文学的元素;另一方面,在南宋乃至后世的通俗文学中,也可以看到五山禅文化、禅文学的影子。先来看第一个方面。

首先,在南宋五山禅僧创作的诗歌、文章等传统雅文学中,包含有不少庶民形象与庶民文化成分。譬如松坡宗憩所编的《江湖风月集》这部僧诗选集中有不少作品涉及民间音乐艺人、占卜算命者、裁缝、撞钟人、说话艺人、守更人、弹棉花匠人等社会下层劳动者。除了《江湖风月集》以外,北磵居简《北磵文集》卷六有《赠刀镊工》,虚堂智愚《虚堂和尚语录》卷七有《演僧史钱月林》,物初大观《物初賸语》卷四有《赠笔工》、卷六有《参古术士》,觉庵梦真《籁鸣集》卷上有《赠说史人》,等等。此类庶民形象在南宋五山禅僧的诗歌中频频出现,并非偶然现象。由此类作品我们不难想象五山禅僧与庶民世界的接触交流之广之深。

第二,南宋五山禅僧创作的语录、诗歌、古文、四六等,无一例外都体现出"白话化""世俗化"的倾向,出现了不少俗语、谚语、俚语等。这类例子比比皆是,不胜枚举,譬如"闹市里扬石头""垛生招箭""不唧中又不唧"①"冬瓜直儱侗,瓠子曲弯弯""白日青天,大开眼了说梦"②

---

① 蕴闻编《大慧普觉禅师语录》卷二,《大正藏》本。
② 宗会等编《无准师范禅师语录》卷三,《卍续藏》本。

"我侬更胜渠些子,说到驴年不点头"①"回生起死只这是,谁解浑仑一口吞"②,等等。虽然禅宗向来就不乏以俗言俚语接引学人的传统③,但值得注意的是较之北宋,南宋五山禅僧的作品中此类语句的密度显著地提高了,并且从偈颂扩展了一般的诗歌、文章等传统雅文学,相当多的篇章都带有浓重的"下里巴人"的味道。

第三,南宋五山禅僧之著述的文体样式、文体特征的形成与庶民文化、通俗文学有不可分割的关系。典型的例子如"小佛事"四六,这种文体在形成之初极有可能是受到了当时民间说唱艺术的影响,其写作特征上的体制宽松、注重押韵、大量使用日常口语和俗语、用己语化用典故等,皆十分符合"说唱"文学的特征;文本中间夹杂的不少提示动作的语句,颇类似于戏曲表演的舞台提示,等等④。

以上简要分析了南宋"五山文学"中的庶民文化、通俗文学的元素,接下来将考察我们现在所能读到的南宋以及后世的通俗文学作品中五山禅文化的影子。

朱刚在《宋话本〈钱塘湖隐济颠禅师语录〉考论》一文中,采用多种史料,论证了《钱塘湖隐济颠禅师语录》并非禅师语录而是一部话本,且其最初形成应该是在南宋。⑤ 假设这个论证成立的话,那么《钱塘湖隐济颠禅师语录》就是我们现在唯一能看到的一部宋话本。这部宋话本的情节并非全部出自虚构,相反大部分是依据史实而来。话本中的登场人物,有不少是以南宋五山禅僧为原型,譬如"松

---

① 了惠《顽极》,朱刚、陈珏《宋代禅僧诗辑考》,复旦大学出版社,2012年,第703页。
② 净日《指上人能医》,朱刚、陈珏《宋代禅僧诗辑考》,第640页。
③ 参周裕锴《禅籍俗谚管窥》,《江西社会科学》2004年第2期;周裕锴《禅宗语言》下编第五章"老婆心切:禅语的通俗性"、第七章"看风使帆:禅语的随机性",复旦大学出版社,2017年。
④ 关于"小佛事"四六这种文体及其特点,参拙作《南宋的"小佛事"四六——以石溪心月〈语录〉〈杂录〉为中心》,《新国学》第13卷,巴蜀书社,2016年。
⑤ 朱刚《宋话本〈钱塘湖隐济颠禅师语录〉考论》,《西南民族大学学报》(人文社会科学版)2013年第12期。

少林"原型为少林妙崧,"铁牛印"原型为铁牛心印,他们均为大慧派门人。话本的内在主旨,也在于揭示南宋以来以大慧派佛照德光为代表的禅僧向世俗权力的依附,是造成道济疯疯癫癫、走向反主流人生的主要因素。可以说,话本《钱塘湖隐济颠禅师语录》故事的最基本舞台即是南宋五山禅林。

《京本通俗小说》之《菩萨蛮》(又见于冯梦龙《警世通言》卷七,题为《陈可常端阳仙化》)也是一篇以南宋五山禅林为背景的话本小说。故事的主要舞台是南宋五山之一灵隐寺。我们通过对该话本中的人物、细节等的观察,基本可以判定,它最初诞生于南宋或是宋元之交。以下略举数端,进行具体分析。

首先看话本的主人公陈可常。按话本记载,南宋高宗绍兴年间,温州府秀才陈义(字可常)"年方二十四岁,生得眉目清秀,且是聪明,无书不读,无史不通。绍兴年间,三举不第",遂到灵隐寺"投奔印铁牛长老出家,做了行者"。由于宋代科举考试体制的高度成熟,社会上的读书风气甚浓,不少禅僧在出家前曾经入学校读书或曾参加科举考试,入佛门之前即具备较高的文化素养。话本对可常这个人物形象的塑造,与宋代的这种社会文化背景是比较契合的,这也为后文故事情节的展开作了重要的铺垫。话本接着写到,绍兴十一年(1141)端午节高宗母舅吴七郡王到灵隐寺斋僧,看到廊壁上所题四句诗,大为赞赏,欲找出题诗者,于是命甲、乙(可常)二侍者当场各作一首题粽子诗,最后可常之作胜出,郡王知道了壁上诗句乃可常所题,颇有怜才之意,遂"当日就差押番去临安府僧录司讨一道度牒,将乙侍者剃度为僧,就用他表字可常为佛门中法号,就作郡王府门内僧"。宋代度僧,主要有试经度僧、特恩度僧、进纳度僧三种形式,其中进纳度僧即政府买卖度牒,始于北宋中期,南宋时进一步泛滥。①

---

① 参曹旅宁《试论宋代的度牒制度》,《青海师范大学学报》(社科版)1990年第1期。

从以上记述来看,可常是通过买卖度牒的渠道进入佛门。

该话本中提到的有名字的禅僧,一是"印铁牛",一是"槁大惠"。"印铁牛"在这个话本中虽然算不上主角,但也是贯穿首尾的一个重要人物:首先是陈可常屡试不第,遂到灵隐寺"投奔印铁牛长老出家,做了行者";紧接着是绍兴十一年(1141)端午节高宗母舅吴七郡王到灵隐寺斋僧,"长老引众僧鸣锣擂鼓,接郡王上殿烧香,请至方丈坐下,长老引众僧参拜献茶",由此郡王看到了壁上可常所题之诗;后二年端午,家仆奉郡王之命去灵隐寺斋僧,又是印长老接待;可常被诬告与郡王府婢女有私,官府前来捉拿可常,"长老离不得安排酒食,送些钱钞与公人";可常被关押后,他又与传法寺住持槁大惠一起去郡王府求情;郡王听了求情,令官府从轻处罚,次日,官府将可常发落灵隐,众人劝印长老不要收留可常在寺中,以免玷辱宗风,但他一意孤行,将可常安顿下来;可常沉冤昭雪,结跏趺坐圆寂,印长老"将自己龛子,妆了可常",又回奏官府,并呈上可常的《辞世颂》;最后亲自为可常下火,故事结束。从情节发展的角度看,印铁牛对整个故事起着非常重要的作用,并不是可有可无的人物。就性格而言,他宽厚仁慈、勇敢无畏,同时也深谙与权贵、官府的交接之道,大体上是一个积极正面的形象。

"印铁牛"并非一个完全虚构的人物,而是有其原型。这个人物,也出现在《钱塘湖隐济颠禅师语录》中,朱刚《宋话本〈钱塘湖隐济颠禅师语录〉考论》依据日本东福寺本《禅宗传法宗派图》,考证其乃临济宗大慧派僧人铁牛心印,嗣法佛照德光(1121—1203)。另据笔者所考,《北磵文集》卷九有《铁牛住灵隐疏三首 石桥住净慈同法嗣》,云"道北道南,自是同工异曲;难兄难弟,孰非跨灶冲楼。四蜀两翁,一门双骏",由标题以及"一门双骏"之语可知,铁牛与石桥出自同一师门。"石桥"即石桥可宣,《补续高僧传》载其为"蜀嘉定许氏子,参佛炤(照)得法"[①],

---

① 明河《补续高僧传》卷一一,《卍续藏》本。

那么铁牛心印亦当嗣法佛照德光。此师承关系,可与东福寺本《禅宗传法宗派图》所载相印证。由"四蜀两翁",可知铁牛心印为蜀人。又《请印铁牛住灵隐茶汤榜》:"洞庭君子封下邳,箕裘不坠;洛诵孙父事副墨,文采难藏。试从师友渊源,欲起烟霞沉痼。"①可见其与大慧派其他禅僧一样,有文字之癖,以文学名世。《枯崖漫录》卷上"铁牛印禅师"、《增集续传灯录》卷一"杭州灵隐铁牛印禅师"、《五灯会元续略》卷二"金陵钟山铁牛印禅师"中有其语录,《禅宗颂古联珠通集》收录其偈颂二首,《缁门警训》卷一有《钟山铁牛印禅师示童行法晦》,《虚舟普度禅师语录》卷末附《行状》、《枯崖漫录》卷上"宝峰端庵主"、《补续高僧传》卷一一"偃溪闻传"及"虚舟度传"等禅籍中亦尝简略提及。综合这些资料,我们似乎看不出他有多么鲜明的个性或独特的建树,只能大略知道他生活于南宋中期,曾住持过金陵钟山、杭州灵隐。那么,这样一个看似平淡无奇的人物,为何被两部话本不约而同地作为人物塑造的蓝本呢?此或许与他是佛照德光弟子有关。南宋五山禅僧与朝廷、士大夫往来密切,其中德光尤为突出,不仅历住灵隐、育王、径山三大刹,还三次入对选德殿,以至于长翁如净讥德光重交游甚于参禅。因此,选择铁牛心印这一德光系传人为故事中沟通士庶、系联僧俗的人物,具有充分的合理性和可信性。

"槁大惠"在话本中只出现过一次,那就是可常被投入狱中后,印铁牛"连忙入城去传法寺,央住持槁大惠长老同到府中,与可常讨饶"。从"槁大惠"这个称呼来看,"槁"当为法名下字,"大惠"为字或号。然而翻检灯录、宗派图等史料,并未发现有法名下字为"槁"的僧人。而印铁牛请他同往郡王府中求情,按常理来推测,他应该比时任灵隐寺住持的印铁牛的宗门地位更高,说话更具有力量。笔者

---

① 居简《北磵文集》卷八,《文渊阁四库全书》本。

猜测，这很可能指的是大慧(惠)宗杲(1089—1163)，即佛照德光的嗣法之师，印铁牛的师祖。"槁"可能是话本传写过程中因音近而无意造成的讹误，或有意为高僧避讳也未可知。就在南宋禅门的地位和影响而言，宗杲无疑是首屈一指的人物，印铁牛找他同去王府求情是合乎情理的。然宗杲受赐"大慧"之号是在绍兴三十二年(1162)，次年辞世，此时其弟子德光为四十一二岁，那么铁牛的年龄当更小，不太可能担任灵隐寺这样大刹的住持；至于槁大惠所在的"传法寺"，并不在"五山十刹"之列，据《咸淳临安志》记载，"在佑圣观东。先东京太平兴国寺有传法院，绍兴初普照大师德明随驾南渡，乞建院。淳熙二年，慧辨大师智觉奏请，始赐太平兴国传法寺额。淳祐七年，赐以御扁及飞天法轮宝藏六字"①，其他史料中亦未尝发现有大慧宗杲住持传法寺的记载。因此，印铁牛与传法寺槁大惠长老同往王府求情这个情节，无视于两人生活时代的差异，细节上也与史实有一定出入，可能是一种艺术的虚构，也可能是话本诞生的时间与他们生活的年代有一定距离而造成，但总而言之，他们都是五山禅僧，且都与朝廷和士大夫关系密切，这一虚构情节中包含着很大的必然性和合理性成分。且还有一个不可忽视的因素是，南宋禅宗最发达的杭州地区，同时也是说唱等通俗文艺最发达的地区，这为两者的碰撞乃至交融提供了重要的地缘契机。

该话本中有一些细节也值得我们注意。首先是"这个长老(指印铁牛)，博通经典，座下有十个侍者，号为甲、乙、丙、丁、戊、己、庚、辛、壬、癸，皆读书聪明"，"皆能作诗"。印铁牛师徒皆饱读诗书、善于舞文弄墨，这是与士大夫交往的重要条件：郡王第一次注意到陈可常，即是因为读到其壁上题诗；随后因可常能诗，而对其大为赏识，并让他做了郡王府的门僧；之后陈可常无论是出入王府，还是往

---

① 潜说友《咸淳临安志》卷七六"寺观二·太平兴国传法寺"，《文渊阁四库全书》本。

来应对,都是凭借自己的诗词创作才能。话本对于"读书聪明"和"能作诗"的强调,是贴合南宋五山禅林的实际状况的。

其次是可常临终前所作《辞世颂》"五月五日午时书,赤口白舌尽消除。五月五日天中节,赤口白舌尽消灭",这首颂前二句"书""除"属同一韵部,后二句"节""灭"又属另一韵部,整首作品不押韵,倒颇有拼凑而成的痕迹。而吴自牧《梦粱录》卷三记载南宋杭州习俗云:

> 杭都风俗,自初一日至端午日,家家买桃柳葵榴蒲叶,佛道又并市茭粽、五色水团时果、五色瘟纸,当门供养。自隔宿及五更,沿门唱卖声,满街不绝。以艾与百草缚成天师,悬于门额上,或悬虎头白泽,或士宦等家以生硃于午时书"五月五日天中节,赤口白舌尽消除"之句。①

通过这段记录,可以猜测《辞世颂》的若干句子很可能是从南宋杭州的民间风俗中移植化用而来。

再次是话本中甲侍者作的咏粽子诗"四角尖尖草缚腰,浪荡锅中走一遭。若还撞见唐三藏,将来剥得赤条条",后两句是说,如果粽子撞到唐三藏手里,就会被剥光粽叶吃掉,即唐三藏是一个贪吃的人。而在《大唐三藏取经诗话》第十一章,有唐三藏命令猴行者去偷蟠桃的情节,也是把唐三藏塑造成一个贪吃的形象。对此,太田辰夫认为:"在宋元之际,玄奘是作为贪吃的花和尚被看待的。"太田氏所举例证,除了话本的这首咏粽子诗以外,还有《元曲选》壬集康进之的《李逵负荆》以及《东坡居士艾子杂说》等。②

以上略举了若干个可资证明该话本最初是诞生于南宋或宋元

---

① 吴自牧《梦粱录》卷三"五月重午附"条,中华书局,1985年,第20页。
② [日]太田辰夫《西游记研究》,复旦大学出版社,2017年,第32—33页。

之交的元素——我们很难想象，一个距离南宋时间比较久远的后世说唱艺人，可以编排出如此多的与南宋的社会、文化、宗教景观严丝合缝的细节。而另外一些与南宋的实际状况略有龃龉的成分，比如上文所述人物生活年代的错位、生平履历的不合等，则应该是此话本在创作之时有意无意的讹误，或是在之后不断的改造、演变过程中层层累积起来的附会。那些"南宋元素"犹如一块化石，为我们提供了判断该话本形成年代的最直观依据。总而言之，该话本反映出在南宋时代，五山僧人、五山禅林成为通俗文学的题材；南宋之后，这一题材的作品未尝消歇，仍活跃于庶民世界，以至不断有新的变化与成长。南宋五山禅文化对后世庶民文化的影响之深由此可见一斑。

综上所述，笔者想以"走向民间"来概括南宋五山禅僧这一"群体"在中国文学史上的意义：他们作为江湖文人的重要一翼，已然形成了一个既相对独立、又与士大夫文化及庶民文化相勾连错综的"江湖"文化圈；中国传统的诗、文等雅文学，在他们笔下明显出现了"俗"的变调；并且五山禅文化、禅文学，在当时以及后世的庶民文化、通俗文学中都留下了明晰可辨的烙印。这个"群体"人数众多，著述丰富，持续时间约一个半世纪，是之后元明清时代文学创作者由传统士大夫向所谓"中间阶层"乃至普通庶民的向下扩大、通俗文学的发展繁荣的一声相当响亮的前奏。

苏轼前身故事的真相与改写

赵惠俊　朱　刚

宋人好言前世，在宋代笔记中经常能看到谈论士大夫前身的条目。这种转世书写也影响到了后世戏曲小说的情节架构，出现了一些今生宿怨来世得报的故事，著名的红莲故事系列便是如此。

红莲故事最早著录于《古今诗话》，后因张邦几《侍儿小名录拾遗》的征引而广为流传①，其本身只是得道高僧因美女红莲的引诱而破淫戒的故事，并不涉及转世或前身。然而这个故事后来被拼贴上了轮回转世的情节，在引诱事件结束之后，红莲与高僧相继转世，在来生世界再次相遇，并了悟前世因缘。增加的转世故事主要有三大系列，犯戒高僧分别转世为柳翠、苏轼与路氏女。本文要探讨的是高僧转世为苏轼的故事，此高僧名曰五戒禅师，现存最早的文本见于《清平山堂话本》所收之《五戒禅师私红莲记》，后又经过改写，被冯梦龙以《明悟禅师赶五戒》为题收入《醒世恒言》。在之后的戏曲创作中，此主题不断出现，情节皆本自此二种小说。②

红莲故事母题的研究自20世纪20年代以来便成果丰硕，但是关注点多集中在高僧转世为柳翠的系列，对于转世为苏轼的"五戒禅

---

① "五代时有一僧，号至聪禅师，祝融峰修行十年，自以为戒行具足，无听诱掖也。夫何一日下山，于道傍见一美人，号红莲，一瞬而动，遂与合欢。至明，僧起沐浴，与妇人俱化。有颂曰：'有道山僧号至聪，十年不下祝融峰。腰间所积菩提水，泻向红莲一叶中。'"张邦几《侍儿小名录拾遗》，《丛书集成初编》本。
② 如沈泰《盛明杂剧二集》卷二四收录的《红莲债》，李玉所作传奇《眉山秀》等。

师",则研究较少①。其实宋代笔记中已经存在不少关于苏轼前世为僧的条目,不过这位禅僧法号五祖师戒,与小说有所差异。那么笔记条目与小说故事是否存在着联系？宋人谈论中的苏轼前身与小说里的苏轼前身是否分别有着文外之意？本文即拟从"五戒禅师"的原型与形象变迁出发,对此进行一些探究。由于《明悟禅师赶五戒》与《五戒禅师私红莲记》中关于五戒禅师的情节基本一致,故本文从早,以《五戒禅师私红莲记》为征引文本。

一、苏轼前身在宋代笔记中的记载与流变

苏轼前世为僧的故事在北宋后期即已流传,其中最早也最为详尽的记载当属禅僧惠洪于《冷斋夜话》卷七所记之"梦迎五祖戒禅师"条：

> 苏子由初谪高安时,云庵居洞山,时时相过。聪禅师者,蜀人,居圣寿寺。一夕,云庵梦同子由、聪出城迓五祖戒禅师,既觉,私怪之,以语子由,未卒,聪至,子由迎呼曰："方与梦山老师说梦,子来亦欲同说梦乎？"聪曰："夜来辄梦见吾三人者,同迎

---

① 参见[日]青木正儿著、郑师许译《柳翠传说考》,《小说世界》1929年第5卷第2期；张全恭《红莲故事的演变》,《岭南学报》1936年第5卷第2期；白化文《从"一角仙人"到"月明和尚"》,《中国文化》1992年第6期；谭正璧《三言两拍资料》,上海古籍出版社,1980年,第162—170页；吴光正《中国古代小说的原型与母题》,社会科学文献出版社,2004年,第23—52页。这些论著都很好地梳理了红莲故事的原型与流变。但是对于苏轼前身的问题,只有谭正璧《三言两拍资料》中有一定的资料辑录,其他诸文均未重点关注。许外芳《"红莲故事"中的苏轼前身"五戒禅师"》(《文史知识》2008年第10期)一文,是目前所见唯——篇专注于五戒禅师的论文。但是此文材料并未超越《三言两拍资料》,属于介绍性文字,没有探讨这一形象在笔记与戏曲小说之间的流变过程、原因以及背后蕴藏的意义。另,戴长江、刘金柱《"前世为僧"与唐宋佛教因果观的变迁——以苏轼为中心》[《河北师范大学学报》(哲学社会科学版)2006年第3期]一文中有对于苏轼前世的论述,惠本文良多。但此文关注点不在红莲故事,只是论及苏轼前身形象最原初的样态。

五戒和尚。"子由拊手大笑曰:"世间果有同梦者,异哉!"良久,东坡书至,曰:"已次奉新,旦夕可相见。"二人大喜,追笋舆出城,至二十里建山寺,而东坡至。坐定无可言,则各追绎向所梦以语坡。坡曰:"轼年八九岁时,尝梦其身是僧,往来陕右。又先妣方孕时,梦一僧来托宿,记其颀然而眇一目。"云庵惊曰:"戒,陕右人,而失一目,暮年弃五祖游高安,终于大愚。"逆数盖五十年,而东坡时年四十九矣。后东坡复以书抵云庵,其略曰:"戒和尚不识人嫌,强颜复出,真可笑矣。既法契,可痛加磨砺,使还旧规,不胜幸甚。"自是常衣衲衣。①

惠洪言之凿凿地申称苏轼的前身是五祖戒禅师,并将苏轼苏辙兄弟本人拉入叙述,大大增强了其可信性。惠洪似乎更在大力鼓吹此说,在所著《石门文字禅》卷二七《跋东坡仇池录》中亦提及此事:

欧阳文忠公以文章宗一世,读其书,其病在理不通。以理不通,故心多不能平。以是后世之卓绝颖脱而出者皆目笑之。东坡盖五祖戒禅师之后身,以其理通,故其文涣然如水之质,漫衍浩荡,则其波亦自然而成文。盖非语言文字也,皆理故也。自非从般若中来,其何以臻此。②

这里惠洪直接将禅师转世作为解释苏轼文风形成的理由,可见他将五祖戒禅师转世为东坡当作已然成立的事实。惠洪之外,受苏轼荐举得官的何薳在其《春渚纪闻》卷一"坡谷前身"条中也持是说:

世传山谷道人前身为女子,所说不一。近见陈安国省干

---

① 惠洪撰、陈新点校《冷斋夜话》卷七,中华书局,1988年,第56页。
② 惠洪《跋东坡仇池录》,《石门文字禅》卷二七,《四部丛刊初编》本。

云,山谷自有刻石记此事于涪陵江石间。石至春夏,为江水所浸,故世未有模传者。刻石其略言:山谷初与东坡先生同见清老者,清语坡前身为五祖戒和尚,而谓山谷云:"学士前身一女子,我不能详语。后日学士至涪陵,当自有告者。"①

由于苏轼的好友与门生现身说法,苏轼前身为五祖戒禅师自然会获得很高的可信度。实际上苏轼本人的笔下也有着这种前世今生的转世书写,《和张子野见寄三绝句·过旧游》一诗就说:"前生我已到杭州,到处长如到旧游。"②此诗所云在《答陈师仲主簿书》一文中有详细的说明:"轼亦一岁率常四五梦至西湖上,此殆世俗所谓前缘者。在杭州尝游寿星院,入门便悟曾到,能言其院后堂殿山石处,故诗中尝有'前生已到'之语。"③尽管苏轼在诗文中只是用转世话语表达对于杭州的喜爱与眷恋,但这却被笔记作者当作前世为僧的证据而记于笔记,巧合的是,此人正是何薳:

> 钱塘西湖寿星寺老僧则廉言:先生作郡倅日,始与参寥子同登方丈,即顾谓参寥曰:"某生平未尝至此,而眼界所视,皆若素所经历者。自此上至忏堂,当有九十二级。"遣人数之,果如其言。即谓参寥子曰:"某前身山中僧也,今日寺僧皆吾法属耳。"后每至寺,即解衣盘礴,久而始去。则廉时为僧雏侍仄,每暑月袒露竹阴间,细视公背,有黑子若星斗状,世人不得见也。即北山君谓颜鲁公曰"志金骨,记名仙籍"是也。④

---

① 何薳撰、张明华点校《春渚纪闻》,中华书局,1983 年,第 5 页。
② 苏轼撰,冯应榴辑注,黄任轲、朱怀春点校《苏轼诗集合注》,上海古籍出版社,2001 年,第 625—626 页。
③ 苏轼撰、孔凡礼点校《苏轼文集》卷四九,中华书局,1986 年,第 1428—1429 页。
④ 何薳撰、张明华点校《春渚纪闻》卷六,第 93—94 页。

何蓬将苏轼诗文中对于杭州寿星院的梦悟演绎成先知台阶数的故事,又加上了星斗状黑子等神秘情节,使得前世为僧说的可接受性更强。当然,此处只是记载苏轼自言前世为僧,真正记载苏轼明确承认前世为五祖戒的条目见于惠洪《冷斋夜话》卷七"苏轼衬朝道衣"条:

> 哲宗问右珰陈衍:"苏轼衬朝章者,何衣?"衍对曰:"是道衣。"哲宗笑之。及谪英州,云居佛印遗书追至南昌,东坡不复答书,引纸大书曰:"戒和尚又错脱也。"后七年,复官,归自海南,监玉局观,作偈戏答僧曰:"恶业相缠卌八年,常行八棒十三禅。却着衲衣归玉局,自疑身是五通仙。"①

这样一来,苏轼前世为五祖戒禅师的说法已然十分圆满。根据记载的来源可以大致判断,不论五祖戒禅师的卒年与苏轼生年有无事实之巧合,苏轼前世为五祖戒禅师的说法主要是由惠洪、何蓬二人大力鼓吹的。由于苏轼自己经常使用转世话语入诗文,大众对于此说的接受也就相当迅速,南宋初年即已成为士大夫间的共识。如周煇在《清波杂志》卷二"诸公前身"条列举有前世者数人,其中就有苏轼:

> 房次律为永禅师,白乐天海中山。本朝陈文惠南庵,欧阳公神清洞,韩魏公紫府真人,富韩公昆仑真人,苏东坡戒和尚,王平甫灵芝宫。近时所传尤众,第欲印证今古名辈,皆自仙佛中去来。然其说类得于梦寐渺茫中,恐止可为篇什装点之助。②

陈善《扪虱新话》上集卷一"自悟前身"条亦有相关记录:

---

① 惠洪撰、陈新点校《冷斋夜话》卷七,第53页。
② 周煇撰、刘永翔校注《清波杂志校注》,中华书局,1994年,第56页。

> 东坡前身,亦具戒和尚。坡尝言在杭州时,尝游寿星寺,入门,便悟曾到,能言其院后堂殿石处,故诗中有"前身已到"之语。①

这是苏轼前身故事流变史上的一个重要节点,陈善开创性地将五祖戒禅师与杭州寿星院这两个原本相对独立的因素合并,五祖戒从此在故事中成为杭州高僧。这番修改,充分利用了现有的材料,使得苏轼前身故事在时间地点上达到了完整与圆融。当然,质疑此说真实性者亦有人在,如陈著有诗云:

> 我惜苏子瞻,气豪天地隘。雄文万斛前,盛名表昭代。自负学见道,欲涨欧阳派。胡为所以学,先与本论背。或者交浮屠,聊尔奚足怪。何至敢昌言,前身五祖戒。②

看来南宋时候已经产生了对于这件事的争论,但也正因为有正反两方的冲突,士大夫阶层对于此事的熟知当无异议。士大夫尚且如此,世俗社会当然更不会放过这种著名文人轮回转世的传闻,前世为僧的说法在他们那里一定更广为流传,何况是苏轼这么一个传闻极多的风流人物。这样,宋元之后的世俗民众将这个轮回转世的故事与红莲故事相结合就成为可能,而这两者的结合显然也能获得广阔的市场。

二、宋代文献所见五祖师戒禅师形象

笔记所言的五祖戒禅师即五祖师戒禅师的省称,其法名为师戒,由于他曾住持蕲州五祖山,故称之为五祖师戒。宋人习惯单称

---

① 陈善《扪虱新话》,《丛书集成》本。
② 陈著《本堂集》,《文渊阁四库全书》本。

法名的下字,故上引材料中出现"五祖戒禅师""戒禅师""戒和尚"等多种称谓。五祖师戒是云门宗禅僧,乃云门文偃弟子双泉师宽的法嗣。在北宋李遵勖辑录的《天圣广灯录》卷二一中,收录了数量可观的五祖师戒说法条目,从中可见五祖师戒的敏锐机锋与高超的禅学造诣。不过现今并没有关于五祖师戒的传记留存,他的言行事迹只散见于不同的文献。尽管惠洪为唐宋禅僧所撰的《禅林僧宝传》中没有给五祖师戒立传,但是卷二九《云居佛印元禅师传》中,却有一段与《冷斋夜话》"同梦五祖戒禅师"条高度重合的文字:

> 东坡尝访弟子由于高安。将至之夕,子由与洞山真净文禅师、圣寿聪禅师连床夜语。三鼓矣,真净忽惊觉曰:"偶梦吾等谒五祖戒禅师。不思而梦,何祥耶?"子由撼聪公,聪曰:"吾方梦见戒禅师。"于是起,品坐笑曰:"梦乃有同者乎!"俄报东坡已至奉新,子由携两衲,候于城南建山寺。有顷,东坡至。理梦事,问:"戒公生何所?"曰:"陕右。"东坡曰:"轼十余岁时,时梦身是僧,往来陕西。"又问:"戒状奚若?"曰:"戒失一目。"东坡曰:"先妣方娠,梦僧至门,瘠而眇。"又问:"戒终何所?"曰:"高安大愚,今五十年。"而东坡时年四十九。后与真净书,其略曰:"戒和尚不识人嫌,强颜复出,亦可笑矣。既是法契,愿痛加磨励,使还旧观。"①

《禅林僧宝传》和《冷斋夜话》都是惠洪所撰,他将同一个故事分别纳入了禅宗叙述系统与士大夫叙述系统之中。除此之外,在禅宗文献中很难再找到有关五祖师戒的记事了,更无法找到他与苏轼存在转世关系的其他证据。

由于五祖师戒的传记资料极少,惠洪所记载的筠州确认苏轼前

---

① 惠洪《禅林僧宝传》,中州古籍出版社,2014年,第204页。

身事件就成为五祖师戒形象的主要来源。《冷斋夜话》和《禅林僧宝传》的叙述中提及五祖师戒生于陕西,盲一目以及圆寂于江西高安大愚寺,这三者是五祖师戒形象的重要元素。禅宗文献《林间录》卷下也有相关记载:

> 庐山玉涧林禅师作《云门北斗藏身因缘》偈,曰:"北斗藏身为举扬,法身从此露堂堂。云门赚杀他家子,直至如今谩度量。"五祖戒禅师,云门的孙,有机辩,尝罢祖峰法席,游山南,见林,问作偈之意。林举目视之,戒曰:"若果如此,云门不直一钱,公亦当无两目。"遂去。林竟如所言,而戒暮年亦失一目。
>
> 戒暮年弃其徒来游高安。洞山宝禅师,其法嗣也。宝好名,卖之,不为礼。至大愚,未几倚挂杖于僧堂前,谈笑而化。五祖遣人来取骨石,归塔焉。①

这里很详细地记载了五祖师戒盲一目的因果以及为何晚年圆寂于高安大愚山,可以和《冷斋夜话》《禅林僧宝传》互相印证。但是,《林间录》的作者依然是惠洪,五祖师戒形象的所有细节都出自其手。于是我们可以得出这样的结论:五祖师戒禅师形象最初见于禅宗灯录,其间只有一些说法语录,没有更多信息,是一位典型的禅僧形象;但后来其形象发生了改变与重塑,一些细节被添入,并在宋人好言前世的风气下被说成苏轼前身。这场改变的最早与最主要的记录者便是惠洪,他将五祖师戒的形象构建出来,在士大夫话语世界里大力宣扬,同时又将这个新形象融入禅宗话语世界,造成了一种其本身就源于禅宗文献的假象,而这个假象又给新形象在士大夫间的传播带来了有据性和可信度。后经何薳与陈善的递改,惠洪记录

---

① 惠洪《林间录》,于亭编注《禅林四书》,崇文书局,2004年,第184—185、207页。

的五祖师戒新形象与杭州西湖寿星院相结合,最终完成了五祖师戒的笔记形象。这个笔记新形象包含了四个重要元素:苏轼前身、盲一目、住持杭州寿星院、暮年倚杖谈笑坐化。这四者与灯录毫无关系,但灯录形象很快就被笔记形象掩盖。至此,士大夫间多不知五祖师戒高妙的话语机锋,只将他当作苏轼前身,五祖师戒对后世发生影响的形象正是这四要素汇融的笔记形象。

三、小说中的五戒禅师形象及其与五祖师戒之关系

现在再来看小说中的五戒禅师,则其形象的传承就非常明显了,就是从惠洪始创的五祖师戒笔记形象而来。首先二者皆是苏轼的前世,乃是最明显的相关性。再者小说中有关于五戒禅师圆寂的描写亦是坐化:

> 五戒听了此言,心中一时解悟,面皮红一回,青一回,便转身辞回卧房,对行者道:"快与我烧桶汤来洗浴!"行者连忙烧汤,与长老洗浴罢,换了一身新衣服,取张禅椅到房中,将笔在手,拂一张纸开,便写八句《辞世颂》,曰:
> 吾年四十七,万法本归一。只为念头差,今朝去得急。传与悟和尚,何劳苦相逼?幻身如雷电,依旧苍天碧。
> 写罢《辞世颂》,交焚一炉香在面前,长老上禅椅上,左脚压右脚,右脚压左脚,合掌坐化。[1]

这段详细的坐化描述虽然与"倚拄杖谈笑而化"有一定的差别,但是

---

[1] 洪楩辑、程毅中校注《清平山堂话本校注》,中华书局,2012年,第236页。

其坐化的方式是一致的。满足了这两要素的统一还不能完全将二者画上等号，还需考察另外两个细节要素。对于五戒禅师的面相，在小说的开头即有明确交代：

> 这五戒禅师，年三十一岁，形容古怪，左边瞽一目，身不满五尺。本贯西京洛阳人，自幼聪明，举笔成文，琴棋书画，无所不通。长成出家，禅宗释教，如法了得，参禅访道。俗姓金，法名五戒。①

此处已然明言五戒禅师盲一目，只不过较《冷斋夜话》泛言盲一目而言，这里明确其盲的是左眼而已。不仅如此，《冷斋夜话》中关于苏轼自述其母孕时梦盲眼和尚的记载在小说中也一并出现：

> 且说明悟一灵真性，自赶至西川眉州眉山县城中，五戒已自托生在一个人家，姓苏名洵，字明允，号老泉居士，诗礼之人。院君王氏夜梦一瞽目和尚走入房中，吃了一惊，明旦分娩一子，生得眉清目秀，父母皆喜。②

由此，二者在盲一目元素上的吻合程度可谓完全一致了。至于最后一个杭州西湖的要素，更在小说的开篇就已交代：

> 话说大宋英宗治平年间，去这浙江路宁海军钱塘门外，南山净慈光孝禅寺，乃名山古刹。本寺有两个得道高僧，是师兄师弟，一个唤作五戒禅师，一个唤作明悟禅师。③

---

① 洪楩辑、程毅中校注《清平山堂话本校注》，第230页。
② 洪楩辑、程毅中校注《清平山堂话本校注》，第237页。
③ 洪楩辑、程毅中校注《清平山堂话本校注》，第230页。

这净慈寺乃杭州著名寺庙,南宋五山之一,《咸淳临安志》卷七八记载:

> 报恩光孝禅寺_{即净慈}
> 　　显德元年建号慧日永明院,太宗皇帝赐寿宁院额,绍兴十九年改今额。①

小说将五戒禅师定为杭州和尚承自陈善,唯一的改变就是寺庙由寿星院变成了净慈寺。但是净慈寺在北宋时曾名寿宁院,与寿星院只一字之差,故十分可能在流传中发生混淆。再者,作为五山之一的名刹,以净慈寺为故事发生的背景地点,对于市民听众的接受更为方便。这种将地名由陌生变为熟知,是小说戏曲中惯用的手段。由此,小说中的五戒禅师形象与五祖师戒的笔记形象在四大元素上都可相互印证,我们有理由相信,小说的五戒禅师就来源自五祖师戒,是从士大夫的话语世界转入到了世俗社会的话语世界,与灯录中的那位高僧越来越远。

理清了小说中的五戒禅师形象就是源于五祖师戒后,还有个问题需要考察,即"五祖师戒"的称谓是如何转变成"五戒"的。如果从简称惯例来看,五祖师戒是不可能减缩成为五戒的,但是无论"五祖戒"还是"戒",都不符合汉语词汇双音节的趋势,因而不利于在世俗社会中传播这个故事,而一个双音节的省称则能很好地扮演这个角色。但为何世俗社会没有选择"师戒"呢?在宋代笔记中从没有出现过"五祖师戒"这个全名,都是以"五祖戒"省称,从而世俗社会成员从笔记中截取这个形象的时候也就只知道"五祖戒"这个名称了。对于普通市民来说,让他们从这个省称中还原出"五祖师戒"的全名似乎是困难的,毕竟全名只出现在一般市民不会去看的灯录中。故

---

① 潜说友等编纂《咸淳临安志》,中华书局,1990年,第4058页。

而由"五祖戒"三字省为两字,"五戒"应是最为顺畅的方式了。其实《冷斋夜话》的记载中也已经有了端倪,同梦五祖师戒的聪禅师就已然说到"夜来梦见吾二人同迎五戒和尚"。无论是何种原因使《冷斋夜话》的文本出现了这样的文字疏误,都可以证明从"五祖师戒"简缩为"五戒"是最为简便自然的方式。

当然,《冷斋夜话》称"五戒"的现象只不过是偶出,其他宋代文献还是秉持着"五祖戒"这一正确的叫法,"五戒"则要到元明以后才大量出现。这种讹变的原因除了上述的推理外,或者还与五祖师戒形象发生的第二次变化密切相关。

提起五戒,人们首先想到的义项乃是佛教五条基本戒律,这五条戒律也是在世俗社会广为人知的常识。一个市民可以完全不知道佛教徒详密的修行清规,但他一定知道五戒。因此,市民们提到五戒自然就会联想到和尚,久而久之,五戒也就成为和尚的代名词了。明清戏曲已经习惯以"五戒"指称配角和尚。如:

> 自家乃是弥陀寺中一个五戒。(《琵琶记》第三十四出)[1]
> 小僧扬州府禅智寺一个五戒是也。(《南柯记》第七出)[2]
> 自家非别,天竺寺一个五戒是也。(《锦笺记》第十五出)[3]

在这样的联想下,市民们将五戒和尚与五祖师戒的省称混为一谈也就不是那么奇怪了。小说中也顺势将五戒的得名之由理所当然地与五条戒律相关联:

> 长成出家,禅宗释教,如法了得,参禅访道。俗姓金,法名

---

[1] 高明《琵琶记》,《六十种曲》第1册,中华书局,2007年,第128页。
[2] 汤显祖《南柯记》,《六十种曲》第4册,第16页。
[3] 周履靖《锦笺记》,《六十种曲》第9册,第45页。

> 五戒。且问：何谓之五戒？
>
> 　　第一戒者，不杀生命。第二戒者，不偷盗财物。第三戒者，不听淫声美色。第四戒者，不饮酒茹荤。第五戒者，不妄言绮语。此谓之五戒。①

这里已经明确说"五戒"乃法名，但"五祖师戒"的法名是"师戒"，可见到了小说时代，称谓已经讹变得不知所由了。但从另一角度来看，法名讹变为"五戒"却能达到与红莲故事相辅相成的文学功用。

在惠洪的笔下，五祖师戒形象尽管已经较禅僧灯录有了比较丰满的变化，但毕竟只是作为苏轼前世而于他者口中出现，这形象还是一个幻影，没有实际血肉。然后，由于小说将其与红莲故事中被引诱的高僧相结合，顿时有了活体生命，主动破淫戒成为五祖师戒在小说戏曲中的主要形象，这就是五祖师戒形象的第二次转变，从笔记形象转变为小说戏曲形象。由于淫戒是五戒之一，其法名五戒但却破了淫戒，诚然构成了一对奇妙而有趣的反照。这种法名五戒的僧人却犯五戒的故事，早在唐宋时即有流传。《太平广记》卷一二七录有《僧昙畅》：

> 唐乾封年中，京西明寺僧昙畅，将一奴二骡向岐州棱法师处听讲。道逢一人，着衲帽弊衣，掐数珠，自云贤者五戒，讲。夜至马嵬店宿。五戒礼佛诵经，半夜不歇。畅以为精进一练。至四更，即共同发。去店十余里，忽袖中出两刃刀子，刺杀畅。其奴下马入草走。其五戒骑骡驱驮即去。主人未晓梦畅告云："昨夜五戒杀贫道。"须臾奴走到，告之如梦。时同宿三卫子，披持弓箭，乘马趁四十余里，以弓箭拟之，即下骡乞死。缚送县，

---

① 洪楩辑、程毅中校注《清平山堂话本校注》，第230页。

决杀之。①

这个故事里的五戒和尚可要比作为苏轼前身的五戒禅师恐怖得多。但无论如何,他们在名为五戒、又精于佛学、但却触犯最基本的五条戒律之一这三点上是完全一致的。虽然我们尚不能证明这个杀人五戒和失身五戒之间有什么联系,但或许可以推测有一个故事原型的存在,说的就是法名五戒的和尚做了触犯五戒之事。其实,在宋元之后的小说戏曲中,和尚的形象大部分都是不守清规戒律的。尽管法名五戒的不多,但是分别触犯荤酒、杀、偷、妄、淫五戒的和尚形象比比皆是。这种现象或许是处于世俗社会和尚们的真实反映,也可能是世俗社会对于士大夫社会的一种叛逆的想象吧。

随着五祖师戒第二次形象转变,作为苏轼前世的那个和尚就主要以"五戒"为名了。不仅"五祖师戒"鲜为人知,就是"五祖戒"也变得十分罕见。同属世俗社会文本的《初刻拍案惊奇》卷二八《金光洞主谈旧迹,玉虚尊者悟前身》中就如是写道:

> 要知从来名人达士、巨卿伟公,再没一个不是有宿根再来的人。若非仙官谪降,便是古德转生。所以聪明正直,在世间做许多好事。如东方朔是岁星,马周是华山素灵宫仙官,王方平是琅琊寺僧,真西山是草庵和尚,苏东坡是五戒禅师。②

像这样历数前代人物前世的条目不仅出现在通俗文学中,就连士大夫的笔下也是如此。历官江宁知县的王同轨在《耳谈类增》卷二七"王文成公"条就云:

---

① 李昉等编《太平广记》卷一二七,中华书局,1961年,第901页。
② 凌濛初《初刻拍案惊奇》,天津古籍出版社,2004年,第335页。

古言聪慧士多自般若中来,若《冷斋夜话》载张方平是琅琊寺僧轮化,《孙公谈圃》载冯京是五台僧,《癸辛杂识》载真西山为草庵和尚,《扪虱新语》载苏东坡为五戒禅师,《梅溪文集》载王十朋即严阇黎后身,《明皇杂录》载智永禅师托生为房琯。①

这段话与《初刻拍案惊奇》基本一致,唯一不同的就是士大夫为显示博学,将这些转世说的出处一并写了出来,而这一写便露了马脚。《扪虱新话》的材料已见上引,明明白白写的是戒和尚,但王同轨笔下却是五戒禅师。因此,王同轨显然受到小说戏曲形象的深刻影响。也就是说,自从红莲记与苏轼故事相结合之后,社会上对于苏轼前身故事的接受就从小说中来,惠洪构建出的笔记形象遭受了与灯录中的禅僧形象一样的岑寂命运。

四、惠洪构建苏轼前身的言外
之意与宋人的转世话语

上文大致清理了五祖师戒禅师从灯录形象转变为笔记形象再到小说戏曲形象的过程,也分析了笔记形象是惠洪一手记录的。如果我们相信惠洪的记载,那么讨论似乎也就到此为止,然而惠洪的记录是否值得相信却是一个需要重新审视的问题。

惠洪和何薳在年纪上相去不远,都是比苏轼小一辈的人物,二人关于苏轼前身的记载已经有所不同。在惠洪的笔下,苏辙与真净克文、圣寿省聪在筠州一起确认了苏轼的前身是五祖师戒,然而何薳则声称见到黄庭坚手书刻石,上云清老者向苏轼与黄庭坚点破各自前身。这种抵牾不仅存在于不同人的记载中,也发生在惠洪自己

---

① 王同轨《耳谈类增》,《续修四库全书》本。

的笔下。《冷斋夜话》中苏辙先与真净克文会面,后同遇圣寿省聪,二僧一前一后叙说梦境,而《禅林僧宝传》中却是苏辙一开始就与二僧在一起;《冷斋夜话》中苏轼与真净克文的对话是苏轼先说自己生平细节,克文揭示与五祖师戒相合处,而《禅林僧宝传》则是苏轼问五祖师戒形象细节,克文作答,苏轼再答以自己与其相合的事迹。这些差异不能不令人对惠洪记载的可信性产生疑问。

更明显的违背事实之处见于《禅林僧宝传》,惠洪在叙述完筠州确认前身事件后马上接以"(苏轼)自是常着衲衣,故元以裙赠之,而东坡酬以玉带。有偈曰:'病骨难堪玉带围,钝根仍落箭锋机。会当乞食歌姬院,夺得云山旧衲衣。'又曰:'此带阅人如传舍,流传到我亦悠哉。锦袍错落差相称,乞与佯狂老万回。'"①可知在筠州确认前身事件之后较长的一段时间内,苏轼经常穿着僧衣,于是佛印赠以衲裙。这两首偈亦见于苏轼诗集,诗集中题云"以玉带施元长老,元以衲裙相报,次韵二首",乃苏轼先赠佛印玉带,佛印以衲裙回赠,与《禅林僧宝传》的记载正好相反。又据南宋王十朋注文可知此诗本事发生于元丰八年(1085)的镇江金山寺,即是苏轼先留玉带,佛印以衲裙相报②。苏轼、苏辙在元丰七年相会筠州,与此相距不过一载,《禅林僧宝传》不仅主客颠倒,而且所云"自是常衣衲衣"隐含着的时间长度亦不存在。惠洪显然是保留了真实事件的框架,然后填写自己想象的细节,作为筠州确认前身事件的证据。这样看来,筠州确认前身事件本身,在可信性上也成问题,完全有可能是用相似的方法造就。

不仅如此,惠洪笔下的五祖师戒形象与禅林灯录所述亦有所龃龉,特别是上引《林间录》卷下所载五祖师戒晚年不幸的故事。五祖师戒的法系前后三代主要如下:

---

① 惠洪《禅林僧宝传》,中州古籍出版社,2014年,第204—205页。
② 苏轼著,冯应榴辑注,黄任轲、朱怀春点校《苏轼诗集合注》卷二四,第1205页。

```
云门文偃──→双泉师宽──→五祖师戒─┬─→泐潭怀澄──→大觉怀琏
                              └─→洞山自宝
```

《林间录》所云五祖师戒暮年来筠州投靠的洞山宝禅师即是洞山自宝。在惠洪的谈论中,洞山自宝对待晚年的五祖师戒很是不善,然而这并不符合灯录中对自宝的评价。北宋惟白辑录的《建中靖国续灯录》卷二有云:

> 筠州洞山妙圆禅师,讳自宝,寿州人也。峡石寺受业,头陀苦行,粝食垢衣。参戒禅师,发明心地,天人密护,神鬼莫测。所至丛林,推为导首。①

据此条可知,自宝可谓五祖师戒最得意的弟子,丛林推为导首的禅师似乎不会对受业恩师做出卖之而不礼的举动,况且自宝得以住持洞山,亦是缘于五祖师戒的大力举荐,《禅林宝训音义》有云:

> 瑞州洞山自宝禅师,卢州人,嗣五祖戒禅师,清源下九世。为人严谨,尝在五祖为库司,戒病,令侍者往库中取生姜煎药,宝叱之。侍者白戒,戒令取钱回买,宝方取姜与之。后筠州洞山缺住持,郡守以书托戒所,举智者主之。戒曰:"卖生姜汉住得。"遂出世住洞山,后移归宗寺。②

这便是著名的"自宝生姜"公案,其间自宝的风范与灯录记载相合,与《林间录》所云判若两人。《林间录》一书的性质乃是惠洪"得于笑谈"的"余论",故其间多有未为禅林所知的隐闻秘事,亦有与事实不

---

① 惟白撰、朱俊红点校《建中靖国续灯录》卷二,海南出版社,2014年,第65页。
② 大建《禅林宝训音义》,《续藏经》本。

合之乱谈。陈垣先生就曾指出:"或为禅者一家所说,他宗不谓然也。且语气之间,抑扬太过。"①至于所载自宝不礼师戒的故事是真实的秘闻还是夸诞的街谈巷议,虽不能下定论,但惠洪利用此故事为筠州确定前身事件张目,则应能确认。毕竟同梦五祖师戒的地点正是筠州,这也是条目里真净克文所云五祖师戒的圆寂地点,是确定前身事件的重要机缘,惠洪于他书中记录下五祖师戒圆寂大愚的缘由,能起到与此事遥相呼应的效果。同时,真净克文的确住持过洞山和大愚,惠洪借克文之口说出师戒圆寂于大愚,能使相关叙述显得更加无懈可击。

如此,不仅五祖师戒的形象主要由惠洪记录,确认苏轼前身就是五祖师戒的故事也极有可能是惠洪一手建构。惠洪如此颇费心机,显然有着言外之意。故事中的真净克文,与惠洪具有法系上的传承关系。惠洪其实就是真净克文的弟子,而真净克文则是临济宗黄龙派创派宗师黄龙慧南的弟子,在灯录系统中苏轼也被列入黄龙慧南法系:

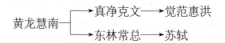

尽管黄龙慧南在灯录中被列为临济宗石霜楚圆的法嗣,然而他却是从云门宗转投而来。《禅林僧宝传》黄龙南禅师本传中详细记载了这次转投事件的因果,简要来说就是慧南原在泐潭怀澄那里学习禅法,深得怀澄器重,得到了"分座接纳"和"领徒游方"的资格,可见慧南对于怀澄的禅法掌握精深,也是怀澄默认的传法弟子。但慧南后来在临济宗僧人云峰文悦的鼓吹下,转投到石霜楚圆的门下,与怀澄一系断绝往来②。临济宗的这次挖云门宗墙脚事件,对两宗此后

---

① 陈垣《中国佛教史籍概论》卷六,上海书店,2001年,第119页。
② 惠洪《禅林僧宝传》,第147—149页。

的发展产生了深远影响,奠定了临济宗在南宋兴盛的基础。上文已言,慧南叛出的泐潭怀澄正是五祖师戒嫡传法嗣,云峰文悦在劝说慧南改投临济时指出:"云门如九转丹砂,点铁作金。澄公药汞银,徒可玩,入锻即流去。"这是在批评怀澄并没有传承老师的心法,慧南在受石霜楚圆开悟后亦云:"泐潭果是死语。"亦是认可文悦的批评。

泐潭怀澄是否真的没有很好承继五祖师戒的法门?从惠洪的记载来看似乎确实如此。《禅林僧宝传》记载,怀澄还不知慧南已叛出师门的时候,曾遣僧审问慧南提唱之语,慧南有曰:"谓同安无折合,随汝颠倒所欲,南斗七,北斗八。"怀澄对此语颇为不怿,这也坚定了慧南叛出的决心①。此事后来被《五灯会元》所采而广为人知。其实慧南在这里说的"南斗七,北斗八"正是引用五祖师戒所创机锋②,怀澄对此的不悦只能说明他没有掌握老师的话语,同时说明黄龙慧南的禅学虽与泐潭怀澄不同,却与五祖师戒相合。慧南叛出师门之后,怀澄最得意的弟子便是大觉怀琏,他于皇祐元年(1049)受仁宗征召进京,住持十方净因禅院③。怀琏选择与皇室合作,掌握了京城这一最大的弘法阵地,云门宗由此大振,成为北宋中后期声势最浩大的禅宗宗派。然而五祖师戒似乎并不认可与皇室合作④,黄龙慧南与其弟子东林常总后来也拒绝皇室征召,他们的做法再次不同于怀澄而与师戒相合。此外,石霜楚圆通过怀澄不喜的赵州禅开悟慧南,而五祖师戒对赵州禅却有着深入的见解;南宋僧人晓莹在《罗湖野录》中记载了五祖师戒与上方齐岳的交锋,其间师

---

① 惠洪《禅林僧宝传》,第 149 页。
② 《天圣广灯录》卷二十一记载了五祖师戒的这段机锋:"问:'如何是祖师西来意?'师云:'南斗七,北斗八。'进云:'恁么即大众证明。'师云:'七棒对十三。'"李遵勖撰、朱俊红点校《天圣广灯录》卷二二,海南出版社,2011 年,第 394 页。
③ 志磐撰、道法校注《佛祖统纪校注》卷四六,上海古籍出版社,2012 年,第 1080 页。
④ 《五灯会元》记载五祖师戒与某僧的对话:"问僧:'近离甚处?'曰:'东京。'师曰:'还见天子也无?'曰:'常年一度出金明池。'师曰:'有礼可恕,无礼难容。出去。'"普济《五灯会元》卷一五,中华书局,1984 年,第 973 页。

戒三次点额齐岳的话语，完全就是著名的黄龙三关之先声①。种种迹象表明，在惠洪的禅史话语体系中，黄龙慧南的法门其实跳过泐潭怀澄直承五祖师戒，如此黄龙慧南的叛出师门就并非大逆不道，他不是背叛云门，而是纠正误入歧途的老师，将本门法系拉回到祖师的正确道路上。黄龙慧南之所以可在临济宗自成一派，显然是他同时得云门、临济两宗之正的缘故。

于是可知，惠洪大力建构苏轼前身为五祖师戒的言外之意，大约跟黄龙慧南的这次叛出师门事件相关。慧南因此事而遭受了绝大多数云门禅僧的指责，与他们的交往也随之断绝，惠洪则通过僧传的记述，使黄龙慧南的禅法可以上承五祖师戒，似乎是在为慧南洗清罪名。将苏轼前身认定为五祖师戒，意义也与此相仿。从禅门谱系上来说，苏轼是黄龙慧南的再传弟子，而这位徒孙却是祖师的转世，显然是对慧南秉承师戒心法的认可，也是慧南叛出师门并非等同于背叛云门的表现。在惠洪的笔下，五祖师戒弟子的形象似乎都不是很好，显然是在非议他们并不能传承师戒心法，只有自己的祖师才能承担。《林间录》中对洞山自宝的记叙放在这个背景下来看便显得意味深长。

如是，惠洪建构苏轼前身只是利用佛教中的转世话语为自己宗派服务，在北宋末年云门宗逐渐式微、临济宗方兴未艾的时候为本宗张目，获取兴盛的合理性与解释话语，与真正的佛法奥义并没有

---

① 《罗湖野录》卷二："湖州上方岳禅师，少与雪窦显公结伴游淮山。闻五祖戒公喜勘验，显未欲前，岳乃先往。径造丈室。戒曰：'上人名甚么？'对曰：'齐岳。'戒曰：'何似泰山？'岳无语。戒即打趁。岳不甘，翌日复谒。戒曰：'汝作甚么？'岳回首，以手画圆相呈之。戒曰：'是甚么？'岳曰：'老老大大，胡饼也不识。'戒曰：'趁炉灶熟，更搭一个。'岳拟议，戒拽拄杖趁出门。及数日后，岳再诣，乃提起坐具曰：'展онный大千沙界，不展则毫发不存。为复展即是，不展即是？'戒遽下绳床把住，戒云：'既是熟人，何须如此？'岳又无语，戒又打出。以是观五祖，真一代龙门矣，岳三进而三遭点额。张无尽谓雪窦虽机锋颖脱，亦望崖而退，得非自全也耶？"晓莹《罗湖野录》卷二，《全宋笔记》第5编第1册，大象出版社，2012年，第233页。其实这段公案依旧由惠洪最早记录于《林间录》，只是没有晓莹详细完整而已。见于亭编注《禅林四书》，第207页。

太多的关系。其实，宋人的好言前世亦是如此，笔记中揭示前世的条目更多地是为了解释此生性格、遭际的来由，不太计较转世话语所承载的佛理。本文所论转世故事的主角苏轼便是典型，尽管苏轼并没有认定自己的前世就是五祖师戒，但在他的诗词文中多次出现对于自己前世的表述：《答周循州》一诗中自认前世或为六祖惠能或是韩愈、《次韵子由三首·东楼》一诗中自认前世为董仲舒、《题灵峰寺壁》一诗自认前世为德云和尚、《江城子》(梦中了了醉时醒)一词中自认前世为陶渊明，此外还有两三处诗文中对苏辙表示自己前世就是你的兄长。这些例子体现出，苏轼其实并不在意自己前世究竟是谁，只要转世话语能够表达此刻之情、内心之志，便不妨借来一用。

尽管宋代士大夫并不把前世故事与佛法相联系，但苏轼前身故事进入通俗世界的小说戏曲之后，在市民眼中却带上了佛法的色彩，二者的不同正体现着士大夫文化与通俗文化的差异。惠洪建构的苏轼前身在世俗社会与红莲故事相拼合，尽管隐去了惠洪为本宗立说的言外之意，却与惠洪"在欲行禅"的理念相暗合。红莲故事其实与《维摩诘经·佛道品》"火中生莲花，是可谓希有。在欲而行禅，希有亦如是。或现做淫女，引诸好色者，先以欲勾牵，后令入佛道"一语密切相关，所指就是修行者于欲望满足之时领悟舍弃欲望之境的修行方式。经文将欲望比作火，而把在欲望中的觉者比作莲花，这就是"在欲行禅"所追求的境界。对于士大夫来说，他们完全可以通过研习经文悟得道理，但世俗社会的民众却不具备这样的能力，所以需要通过故事来传播佛法要义。而用一个带有情色的故事来宣传戒欲的主题，则是禅宗世俗化后所惯用的传法手段，苏轼前身与红莲故事的拼合便是这样一个传法典型。

就小说而言，五戒禅师这个形象是一个淫僧，但这个淫僧与明代后期的淫僧形象迥异。在"世间乃渐不以纵谈闺闱方药之事为耻"的社会风气下,明代后期的淫僧形象多是展现人性与禁欲的对立,这些和尚实际与土匪无异,完全没有使读者听众皈依佛教的能力。但五戒禅师故事则不同,故事中对这位淫僧的态度更多的是同情,并给予了他回头是岸的机会。整个故事以淫事开始,用轮回因果的方式在皈依佛教中结束,到头来却是在宣传一个戒淫的主题。这样来说,五戒禅师是谁并不重要,苏轼其实也只是用来方便宣传的配角,只是从士大夫话语世界中拿来的现成故事,重要的是利用"在欲行禅"的方式讲佛法。《金瓶梅词话》第七十三回《潘金莲不愤忆吹箫,郁大姐夜唱闹五更》中的一段情节道出了苏轼前身故事在世俗社会的言外之意:

> 说着只见小玉拿上一道土豆泡茶来,每人一盏。须臾吃毕,月娘洗手,向炉中炷了香,听薛姑子讲说佛法……①

这里薛姑子讲说的佛法既不是经文也不是灯录,就是五戒禅师的故事。引文省略处便是将《五戒禅师私红莲记》窜改后全文抄录。吴月娘所听的佛法就是这么一个带有色情的故事,可以想见世俗社会的佛法面貌就是诸如此类的存在。同样的转世话语呈现出了笔记与戏曲小说两种人物形象,其间各自承载着不同的言外之意,这是宋人与明人的分野,也是士大夫社会与世俗社会的分野。

---

① 兰陵笑笑生撰、陶慕宁校注《金瓶梅词话》,人民文学出版社,2008年,第971—974页。

"分身千百亿":论"未来佛"布袋弥勒的文学降生
——以宋代禅僧诗为中心

王文欣

弥勒(Maitreya)作为未来佛,其下生之说为佛教信仰注入了源自未来的生命力,也为信众展现了弥勒净土"人寿极长,无有诸患"①的美好愿景。也正因为是未来佛,弥勒的形象具备更强的可塑性,为其辅助佛教的中国化和世俗化提供了空间。宋代以降,文学中的弥勒形象逐渐从佛经中的"三十二相、八十种好庄严其身"②转变为喜气洋洋、气貌憨憨的胖和尚。及至《西游记》成书,其中对于弥勒的描写,已与现代的通俗印象基本接近:

> 大耳横颐方面相,肩查腹满身躯胖。一腔春意喜盈盈,两眼秋波光荡荡。敞袖飘然福气多,芒鞋洒落精神壮。极乐场中第一尊,南无弥勒笑和尚。③

诗中的弥勒形象即脱胎于宋代以后的布袋和尚:心宽体胖,笑意盈盈,芒鞋敞袖。然而这也并非布袋和尚的本来面目。布袋和尚,

---

① 《增一阿含经》卷四四,《大正藏》本。
② 《增一阿含经》卷四四,《大正藏》本。
③ 吴承恩《西游记》,人民出版社,2005年,第801页。

名契此,号长汀子,唐末五代僧人。其人蹙頞大腹,言语无常,颇具神通。常携一布袋,于十字街头开解世人,多次在雪窦寺弘法。因圆寂时,有"弥勒真弥勒,分身千百亿"①之语,被后人视作弥勒下生。

事实上,从唐末五代到宋代,布袋和尚的文学形象经历了从"蹙頞"到舒眉的转变,其"芒鞋"亦被赋予别样内涵。在宋代的禅宗典籍与禅僧诗中,布袋和尚可谓"分身千百亿",经历了一次次文学上的降生,从"人"逐渐升格为"佛",成为弥勒信仰的世俗载体。

学界已有研究从造像、画像的角度阐述弥勒乃至布袋和尚本身的形象演变②,其中李辉先生以布袋像和画像赞为主,考证布袋形象的转变时期为南宋③。本文以《全宋诗》《全宋诗订补》《全宋诗辑补》中的禅僧诗、《宋代禅僧诗辑考》与佛教典籍为基础,着眼于"笑和尚"与"芒鞋"两端,探讨布袋和尚的形象在文学中的世俗化与神圣化,并推断其转型在北宋已现端倪。

一、关于契此的生平

在论述布袋和尚在文学中的形象转变之前,须先对契此其人作些交代。

布袋和尚,法名契此,生活于唐末至五代后梁时期的明州奉化县(今浙江省宁波市奉化区)一带。清人戴明琮编《明州岳林寺志》卷一谓其为僖宗时人:"僖宗时,有僧游寓,常携布袋乞食,人称为欢

---

① 道原《景德传灯录》卷二七,《大正藏》本。
② 参看朱刚《中土弥勒造像源流及艺术阐述》,《复旦学报》(社会科学版)1993年第4期;李辉《试论布袋和尚形象的演变——以南宋布袋图及布袋像赞为中心》,《浙江学刊》2014年第4期;林素幸《布袋图在宋代出现的文化意涵与价值》,《上海文博论丛》2010年第4期。
③ 李辉《试论布袋和尚形象的演变——以南宋布袋图及布袋像赞为中心》,《浙江学刊》2014年第4期。

喜和尚,自号长汀子。"①又,卷四王日藻《中兴大中岳林禅寺碑记》曰"盖自唐僖宗朝活佛肩横布袋"云云②,周纶《岳林寺婆娑树记》亦曰"唐僖宗时,布袋和尚手种婆娑罗树于岳林寺之崇宁阁前"③。结合契此的卒年,僖宗年间(873—888)可能是他主要的生活时段。至于其具体生年及俗家姓名,在今各类文献中俱不可考。惟江浙一带的民间传说谓其俗姓张氏,为奉化县妙林十八村(今奉化区长汀村)村人张重天之养子。按,妙林十八村位于奉化县龙津(今县江)之西,与东畔的岳林寺隔江相望。相传契此为孤儿,幼时漂于江上,适逢膝下无子的张重天外出,遂为其收养。他自幼聪颖,喜好佛法,成年后即于岳林寺出家。街谈巷语,聊备一说。

相较于明州的天童寺、阿育王寺、雪窦寺,岳林寺在成为"弥勒道场"前声名并不十分显赫。《明州岳林寺志》载,后梁大同二年(536),于奉化龙津之西建崇福院。唐大中二年(848),在闲旷延达禅师的主持下,崇福院迁往龙津之东,更名岳林寺。④寺志中记载的早期法系也极为简单,在契此前仅有始创崇福院的无名僧人与闲旷延达两人而已。⑤契此的师承关系也无从考证。而且,如前文所及,寺志中称契此为"游寓",也就是说尽管契此圆寂于岳林寺,但他最初很可能只是寓居于此的游方僧人,故而也常游化于奉化雪窦寺。他自号"长汀子",长汀即江边绵延的平地,所指的应是龙津、岳林寺一带,是他后来主要的生活范围。联系契此的诗偈"一钵千家饭,孤身万里游"⑥,以及他携囊乞食、不避荤腥、混迹市井、随处寝卧的表现,他很可能是一名下层的行脚僧人,而非官方认可的度僧。

---

① 戴明琮《明州岳林寺志》卷一,《中国佛寺史志汇刊》第1辑第15册,台湾明文出版社,1980年,第21页。
② 戴明琮《明州岳林寺志》卷四,《中国佛寺史志汇刊》第1辑第15册,第99页。
③ 戴明琮《明州岳林寺志》卷四,《中国佛寺史志汇刊》第1辑第15册,第101页。
④ 戴明琮《明州岳林寺志》卷一,《中国佛寺史志汇刊》第1辑第15册,第21—22页。
⑤ 戴明琮《明州岳林寺志》卷三,《中国佛寺史志汇刊》第1辑第15册,第47页。
⑥ 道原《景德传灯录》卷二七,第434页。

是以无论是契此的出身,还是他在佛法上的师承,几乎都无迹可寻。原始文献记载的阙如,与其原初身份的低微有关,也与唐末五代的历史背景不无关系,但在后世看来,契此神秘的身世来历,某种程度上也蕴藏了神圣化的可能。

契此出家后主要的生平经历,在宋代以降的各类佛教文献中多有著录。《宋高僧传》卷二一《唐明州奉化县契此传》是现存最早的相关传记:

> 释契此者,不详氏族,或云四明人也。形裁腲脮,蹙頞皤腹,言语无恒,寝卧随处。常以杖荷布囊入廛肆,见物则乞,至于醯酱鱼菹,才接入口,分少许入囊,号为长汀子布袋师也。曾于雪中卧,而身上无雪,人以此奇之。有偈云"弥勒真弥勒,时人皆不识"等句。人言慈氏垂迹也。又于大桥上立,或问:"和尚在此何为?"曰:"我在此觅人。"常就人乞啜,其店则物售。袋囊中皆百一供身具也。示人吉凶,必现相表兆。亢阳,即曳高齿木屐,市桥上竖膝而眠。水潦,则系湿草屦。人以此验知。以天复中终于奉川,乡邑共埋之。后有他州见此公,亦荷布袋行。江浙之间多图画其像焉。①

其中强调了布袋和尚的相貌粗陋、举止怪异,也已记录了衣不沾雪、示人吉凶、预知晴雨、死后现身等神通故事。其后,释道原《景德传灯录》、释普济《五灯会元》、释志磐《佛祖统纪》以及元代释昙噩《定应大师布袋和尚传》、释广如《布袋和尚后序》,明代瞿汝稷《指月录》等基本是在《宋高僧传》的基础上增添诸多宣扬佛法、显示神通的情节,如在街头借乞钱、布袋、等人来说法,以及群儿争袋、背生一眼等故事。

---

① 赞宁撰、范祥雍点校《宋高僧传》卷二一,中华书局,1987年,第552—553页。

关于契此的卒年,则有天复年间(901—904)、贞明二年(916)、贞明三年(917)等说法。《宋高僧传》谓其天复年间终于奉川①;《景德传灯录》中有"贞明二年丙子三月"②"贞明三年丙子三月"③两种异文;《五灯会元》④、明代《指月录》⑤等俱作"贞明三年丙子三月";元代《明州定应大师布袋和尚传》⑥、清代《明州岳林寺志》⑦作"贞明三年丙子三月三日"。"天复"为唐昭宗之年号,共用四年,其后改元天祐,未几,朱温篡唐,建立后梁。由于部分割据政权仍奉唐朝正朔,故天复、天祐的年号为蜀、吴、晋等国沿用。不过,明州所在的吴越属钱镠治下,钱氏拥戴朱温,行中原年号,前文中的"天复"应指唐昭宗天复年间,而"贞明"即为后梁末帝朱友贞的年号。至于贞明年间的两种说法,三年之说广为后世所沿袭。追溯至两种异文并存的《景德传灯录》⑧,"三年"之说在各版本中颇为普遍,如现存的宋刻十三行本即铁琴铜剑楼藏本⑨、《金藏》广胜寺本⑩皆作"三年"。"二年"则主要见于元延祐本系统,今检元延祐三年(1316)刊本⑪、日本贞和四年(1348)覆刻延祐本⑫,俱作"二年",《大正藏》本亦从之⑬。考贞明三年为丁丑年,既云"丙子",当以"贞明二年"为是。但是,天复年间与贞明二年之间的是非取舍,殊难定论。布袋和尚的降生与

---

① 赞宁撰、范祥雍点校《宋高僧传》卷二一,第553页。
② 道原《景德传灯录》卷二七,《大正藏》本。
③ 道原《景德传灯录》卷二七,《四部丛刊三编》本。
④ 普济撰、苏渊雷点校《五灯会元》卷二,中华书局,1984年,第122页。
⑤ 瞿汝稷《指月录》卷二《明州奉化县布袋和尚》,巴蜀书社,2012年,第49页。
⑥ 昙噩《明州定应大师布袋和尚传》,《卍续藏》。
⑦ 戴明琮《明州岳林寺志》卷二,《中国佛寺史志汇刊》第1辑第15册,第44页。
⑧ 《景德传灯录》的版本系统,主要有四:《开宝藏本》系统、东禅寺本系统与南方藏经系统本、元延祐刻本系统、高丽本系统,详参冯国栋《〈景德传灯录〉研究》,中华书局,2014年。
⑨ 道原《景德传灯录》卷二七,《四部丛刊三编》本。
⑩ 道原《景德传灯录》卷二七,《中华大藏经》本。
⑪ 道原《景德传灯录》卷二七,北京大学图书馆藏元延祐三年刻本。
⑫ 道原《景德传灯录》卷二七,《日本五山版汉籍善本集刊》影印日本贞和四年覆元延祐三年刊本,西南师范大学出版社、人民出版社,2012年,第581页。
⑬ 道原《景德传灯录》卷二七,《大正藏》本。

逝去,似乎都湮没在"时人自不识"的神秘之中。此外值得关注的是,在文献流传的过程中,布袋和尚圆寂的时间反而越来越具体,且年、月、日趋于整饬,"三年三月三日"云云,其中着意塑造其神圣形象的意味是较明显的。

契此身后,世人因其临灭偈与生前的种种神通而奉其为弥勒化身。及至北宋哲宗元符元年(1098),皇帝敕赐定应大师谥号,布袋和尚其人正式被官方予以认可。而在此期间,无论是在民间传说还是禅宗文学中,契此的形象都经历了一系列的转变。

二、"呵佛骂祖"与"气貌憨憨"

布袋和尚的世俗印象往往是笑口常开、大肚能容,寺庙中也常见如是楹联:"大肚能容,容天下难容之事;开口便笑,笑世间可笑之人。"然而在禅宗文学中,布袋形象却有着"蹙頞""喜怒纵横"和"憨""笑"的两种面相。

关于布袋和尚外形的文字记载,最早见于《宋高僧传》:"形裁腲脮,蹙頞皤腹,言语无恒,寝卧随处。"①蹙頞,即皱鼻梁,愁苦之状。《孟子·梁惠王下》:"百姓闻王钟鼓之声,管籥之音,举疾首蹙頞而相告。"赵岐注曰:"蹙頞,愁貌。"②《五灯会元》亦云:"形裁腲脮,蹙额皤腹,出语无定,寝卧随处。"③蹙额,皱眉也。如此看来,在宋代的佛教典籍中,布袋和尚的外表并非笑口常开,反而常常是皱鼻皱眉的愁苦之状。

不惟如此,在北宋禅僧诗中,布袋和尚甚至有着戏谑好骂、相当犀利的一面。玉泉承皓《布袋歌》中云:

---

① 赞宁撰、范祥雍点校《宋高僧传》卷二一《唐明州奉化县契此传》,第553页。
② 赵岐注、孙奭疏《孟子注疏》卷二,《十三经注疏》,中华书局,2009年,第5815页。
③ 普济撰、苏渊雷点校《五灯会元》卷二,第121页。

不知入水入泥，尽谓风狂戏谑。有时喜怒纵横，不选言词好恶。诃骂十圣三贤，大骂志公娄约。谁言断妄趣真，谁言弃苦求乐。更言不生不灭，平地强生沟壑。智者反自筹量，愚者从他卜度。叵耐李老庄周，刚把虚空扪摸。更有吕望黄公，谩说六韬三略。①

玉泉承皓(1011—1092)，北宋云门宗禅僧，四川眉州人。在承皓笔下，布袋和尚是"风狂戏谑"的狂僧形象，颇类"济颠"模样。他喜怒纵横，不择言辞，对于圣贤都多有詈骂。所谓"十圣三贤"，即大乘佛教中的修行层次，十圣为佛以下而已发大智的十地菩萨，三贤则是得相似之解而未脱凡夫之性的十住、十行、十回向。"志公娄约"则俱为南朝高僧。志公，即宝志禅师(418—514)，言行僻异，屡显神迹，梁武帝敬事之。娄约，为释慧约(452—535)，字德素，修行深厚，梁武帝曾从其受戒，奉之为"智者"。诗中的布袋和尚不仅呵斥佛门圣贤，还对"断妄趣真""弃苦求乐""不生不灭"等教义嗤之以鼻。不宁唯是，他对老、庄的"虚空"之学，以及姜尚、夏黄公的韬略之术亦不以为然，可谓对儒释道三教均颇为叛逆。

事实上，承皓本人也素有狂僧之名。他曾制赤犊鼻，上书历代祖师之名，并说："惟有文殊、普贤，犹较些子。"②只有文殊菩萨和普贤菩萨能得承皓的青眼，无怪乎他会对"诃骂十圣三贤"的契此惺惺相惜。据传，承皓不喜文字记述，住玉泉寺时"无笔砚文字"③。然而对于布袋和尚，他却不吝笔墨地以长篇歌之，或许是心有戚戚，在布袋和尚的如疯似颠中看到了另一个自我。

---

① 惟白《建中靖国续灯录》卷二九，《卍续藏》本。
② 张商英《荆门玉泉皓长老塔铭》，《全宋文》卷二二三四，上海辞书出版社、安徽教育出版社，2006年，第236页。
③ 张商英《荆门玉泉皓长老塔铭》，《全宋文》卷二二三四，第237页。

此种詈骂贤圣、孤傲不羁的态度,在布袋和尚本人的诗偈中也有流露:

  一钵千家饭,孤身万里游。青目睹人少,问路白云头。①

所谓"青目睹人少",洋溢着一股傲岸狂放之气。而进一步深究他对于贤圣权威性的驳斥,则与其诗偈中主张的"即心即佛"的观念密切相关。在契此诗中,常常可见对"心"的重视:

  只个心心心是佛,十方世界最灵物。纵横妙用可怜生,一切不如心真实。②
  汝心即正智,何须问次第。圣凡都不到,空花映日飞。③

契此主张,"心"便是"佛",而且是最具灵性的事物,具备超越一切的"真实性"。既然内心本身具备的佛性得到体认,那么就不必去迷信外在于自身的经典、偶像,所谓的贤圣也就不值一提了。这很可能是受到中晚唐以来呵佛骂祖的禅宗风气之影响。青原系的丹霞天然(700—790)曾烧木佛取暖,德山宣鉴(782—865)更酣畅淋漓地以极为粗鄙的表达抨击了佛教的各类偶像:

  我先祖见处即不然,这里无祖无佛,达磨是老臊胡,释迦老子是干屎橛,文殊普贤是担屎汉。等觉妙觉是破执凡夫,菩提涅槃是系驴橛,十二分教是鬼神簿、拭疮疣纸。四果三贤、初心

---

① 道原《景德传灯录》卷二七,第434页。
② 道原《景德传灯录》卷二七,第434页。
③ 广如《布袋和尚后序》,《卍续藏》本。

十地是守古冢鬼,自救不了。①

呵佛骂祖、毁典焚像之风,实源出六祖慧能主张的"见性成佛"——不假外求的参悟方式为权威的消解提供了可能。生活在唐末五代的布袋和尚应当受到了慧能开启的南宗之影响,"诃骂十圣三贤"的举动虽然与后世所传的布袋和尚之"大肚能容""笑口常开"形象相去甚远,但却更符合其诗偈中流露的思想观念,可能也更接近其本人的形象。

另一方面,布袋和尚的临灭偈使其逐渐被神化,相应地,笑意盈盈、气貌憨憨的布袋弥勒也在北宋禅僧诗中开始出现。譬如佛国惟白有颂古云:

分身百亿混尘埃,气貌憨憨勿可猜。一袋挑擎随处去,千般撒下还复来。人间天上相呈示,市尾街头睡觉回。等得个时还不是,至今犹是老黄梅。②

佛国惟白乃北宋末期云门宗禅僧,编有《建中靖国续灯录》。惟白曾住明州天童寺,而明州奉化正是布袋和尚的降生之地,他对布袋故里所流传的故事应该较为熟悉。惟白用"气貌憨憨"来形容布袋,即谓其气度和相貌均颇为憨厚。这就和前面"蹙頞""诃骂十圣三贤"诸语相去甚远,而和"憨布袋""笑布袋"的说法逐渐接近。"分身百亿""人间天上"两句更是已经将布袋和尚视作弥勒化身。北宋临济宗黄龙派禅僧真净克文(1025—1102)《送清禅者石城丐》亦云:"观音慈,布袋憨,维摩问疾文殊堪。"③将布袋之"憨"与观音之"慈"对

---

① 普济撰、苏渊雷点校《五灯会元》卷七,第 374 页。
② 法应集、普会续集《禅宗颂古联珠通集》卷四,《卍续藏》本。
③ 颐藏主编集、萧萐父等点校《古尊宿语录》卷四五,中华书局,1994 年,第 862 页。

举,显示出可亲的意味,更说明真净克文也将布袋作为佛门散圣而非普通僧人看待。云门宗的照堂了一(1095—1105)亦有颂古云:"黄蘖花开自有时,明州有个憨布袋。"①综上可见,在北宋,随着其身世的神圣化,布袋和尚憨厚的形象已经开始出现。故而,禅宗文学中布袋由"呵佛骂祖"到"气貌憨憨"的形象转变在北宋时期已经开始,早于李辉先生据布袋像考得的南宋时期。

及至南宋,"憨布袋""笑布袋"的文学形象则日渐普遍。以下拈出数例:

拍手呵呵笑一场,明州有个憨布袋。(大慧宗杲《云门颂》)②
闹里逢人笑展眉,布囊结口自相随。(北磵居简《布袋》)③
布袋放憨痴,猫儿捉老鼠。(无明慧性《偈颂》)④
碍不碍,竹山铁鹞刺天飞,笑倒明州憨布袋。(痴绝道冲《偈颂》)⑤
一笑生春风,双瞳湛秋水。……弥勒忽然下生,何处寻你。(雪岩祖钦《布袋赞》)⑥
驮布袋,放痴憨。回头一笑,捏怪千般。走遍长汀人不识,谁言弥勒示人间。(希叟绍昙《布袋赞(其一)》)⑦

总体而言,在北宋时期,布袋和尚的形象已经出现了向"憨布袋""笑布袋"转变的征兆,及至南宋,其笑口常开的形象则更为普遍。这和

---

① 法应集、普会续集《禅宗颂古联珠通集》卷三九,《卍续藏》本。
② 赜藏主编集、萧莛父等点校《古尊宿语录》卷四七,第946页。
③ [日]义堂周信《重刊贞和类聚祖苑联芳集》卷二,日本国会图书馆藏嘉庆二年(1388)刊本。
④ 妙伫等编《无明慧性禅师语录》,《卍续藏》本。
⑤ 智沂等编《痴绝道冲禅师语录》卷上,《卍续藏》本。
⑥ 昭如等编《雪岩祖钦禅师语录》卷四,《卍续藏》本。
⑦ 《全宋诗》第65册,北京大学出版社,1998年,第40873页。

布袋和尚形象的神圣化有关。所谓"菩萨无烦恼,众生爱皱眉。无恼缘无贼,皱眉被贼欺"①,皱眉意味着心有所住,呵佛骂祖则强调着非佛非圣的僧人身份。而作为"弥勒真弥勒"的分身,笑意盈盈、大肚能容的胖和尚则更合乎普罗大众的喜好。在前举的"憨布袋""笑布袋"数例中,已经可见布袋形象走向喜乐宽和,和"弥勒下生""弥勒示人间"的说法是紧密联系在一起的。布袋弥勒在文学中降生,正是借助了民间的世俗审美,来完成了其神圣化的目的。

三、"芒鞋"与"只履"

布袋和尚的鞋履也是其形象的重要组成部分。正如开头所举的《西游记》中的例子,布袋弥勒的"芒鞋洒落"是其外貌特征之一。此处的"洒落"即洒脱不羁之意,"芒鞋洒落精神壮",形容其足蹬草履而气度洒脱。在民间,布袋和尚不重修饰、率性洒脱的形象也确实广为流传。

对于布袋形象中的鞋履,李辉先生重视布袋和尚"只履西归"的传说,并认为这是受达摩只履西归之说的影响,形成于南宋时期。其依据主要有三:一为成书于南宋末年的《佛祖统纪》中的记载;二为南宋梁楷《布袋图》;三为南宋禅僧大慧宗杲的《布袋像赞》。② 然而《佛祖统纪》的南宋初刻本中并无此说。按,有关布袋和尚的记载见于《佛祖统纪》卷四二《法运通塞志》:"四明奉化布袋和上于岳林寺东廊坐磐石上而化,葬于封山。既葬,复有人见之东阳道中者,嘱云:'我误持只履来,可与持归。'归而知师亡。众视其穴,唯只履在焉。"③

---

① 于顿编集《庞居士语录》卷下,《卍续藏》本。
② 参看李辉《试论布袋和尚形象的演变——以南宋布袋图及布袋像赞为中心》,《浙江学刊》2014年第4期。
③ 志磐《佛祖统纪》卷四二,《大正藏》本。

而《佛祖统纪》的祖本为南宋咸淳年间初刻四十卷本,其中不含《法运通塞志》。南宋本《佛祖统纪·通例》载"《法运通塞志》■■卷",后注"嗣刻"①。又,志磐《〈佛祖统纪〉序》曰:"既又用编年法起周昭王至我本朝,别为《法运通塞志》。"②可知《法运通塞志》是《佛祖统纪》中独立创作且最晚成稿的一部分。今存诸本中,《法运通塞志》最早见于明代《洪武南藏》本。而在此期间,《佛祖统纪》曾遭删削、增改。③ 因此,如要以《佛祖统纪》为据,考证布袋和尚于南宋时期被加以"只履"的形象,恐怕尚须商榷。

而在宋代禅僧诗的记载中,也未见布袋和尚只履西归之说,其"只履"主要表现了落魄邋遢、贴近世俗的一面。类似于《西游记》中的表述在玉泉承皓的《布袋歌》中也有出现:

> 布袋生来落魄,纵性受居城郭。笠如秋后莲荷,袴似多年盘络。草鞋不见成双,毳衲唯留线索。有时若醉如痴,有时露胸袒膊。饥来信手拈餐,困即街心伸脚。天晴穿履匆忙,顷刻云生碧落。春霖洗足奔走,须臾日辉山阁。生涯只个布袋,盛贮不拘好弱。④

承皓一开头就点出了布袋和尚的"落魄",进而展开了一系列形象描写:契此戴的笠帽破烂如秋后的残荷,所着之袴亦是经年旧物,穿的草鞋常常随意地只剩下一只,衲衣亦是破烂不堪。此处的"只履"并无神话的色彩,主要旨在表现布袋之"落魄"与"疯癫"。

李文引之与南宋梁楷《布袋图》相对照的大慧宗杲(1089—1163)

---

① 志磐《佛祖统纪》,《四库全书存目丛书》子部第254册,齐鲁书社,1995年,第3页。
② 志磐《佛祖统纪》,《四库全书存目丛书》子部第254册,第1页。
③ 关于《佛祖统纪》的版本问题,可参命信芳《略论〈佛祖统纪诸文本的变迁〉——兼涉〈佛祖统纪校注〉》,《中国佛学》2017年第1期。
④ 惟白《建中靖国续灯录》卷二九,《卍续藏》本。

《布袋和尚》,也未必与只履西归的故事有关。其赞云:

> 肩担一条吉撩棒,棒头挂双破木履。尽力撮却布袋口,不知里许有甚底。落落魄魄闹市行,蠢蠢苴苴没羞耻。龙华会上若逢渠,定与椎落当门齿。①

首先,诗中明确说的是"挂双破木履",而不是李文所解读的"一只破木履",和梁楷图中的"只履"并不相似;而且,大慧宗杲此诗描绘"挂双破木履",关键在于"破",意在表现布袋和尚的"落落魄魄""蠢蠢苴苴",也即和玉泉承皓一样旨在点出布袋和尚"落魄"的一面。对于契此的落魄,在禅僧诗中常有着笔。譬如北宋临济宗禅僧黄龙慧南(1003—1069)《和全大道》即云:"饮光论劫坐禅,布袋终年落魄。"②北磵居简(1164—1246)《布袋》亦云:"龙华会上重携手,记取今朝落魄时。"③布袋和尚衣衫褴褛,芒鞋洒落的落魄形象可谓深入人心。

不过,在宋代禅僧诗中,除却芒鞋的"不见成双"与"破",布袋和尚也有神通的一面,这主要体现为更换木屐和草鞋来提醒乡人天气变化的预知能力上。大慧宗杲亦另有一首《布袋和尚》,赞云:"赤揎两腿箕踞坐,卖弄麻鞋逞奇特。"④事实上,所谓的"卖弄麻鞋"的故事在北宋禅僧诗中已有记载。如前文的玉泉承皓《布袋歌》中提及:"天晴穿履匆忙,顷刻云生碧落。春霖洗足奔走,须臾日辉山阁。"⑤布袋和尚在天晴时就匆忙穿鞋,果然片刻之间就有阴云笼罩;雨天时却在外奔跑,原来是因为不久就将雨霁。这在布袋和尚的早期传

---

① 蕴闻编《大慧普觉禅师语录》卷一二,《大正藏》本。
② 慧泉集《黄龙慧南禅师语录》,《大正藏》本。
③ [日]义堂周信《重刊贞和类聚祖苑联芳集》卷二。
④ 法宏、道谦编《大慧禅师禅宗杂毒海》卷下,《卍续藏》本。
⑤ 惟白《建中靖国续灯录》卷二九,第400页。

记中也有记述。《宋高僧传》载："亢阳，即曳高齿木屐，市桥上竖膝而眠。水潦，则系湿草屦。"①如此看来，布袋和尚的鞋履早在北宋时期，就已经被赋予了神话色彩，而其主要的形式就体现在对于天气的预知上。而且，通过穿着不合适的鞋子四处奔走，来提醒百姓注意天气变化，合理安排耕作，这种充满善意的举动也为布袋和尚的形象增添了慈悲、亲和的意蕴，更显示出佛教世俗化的倾向。

总而言之，在笔者有限目力所及的宋代禅僧诗中，布袋和尚的"只履"并未被附会以只履西归的故事。不过，布袋和尚更换鞋履来显示预知能力的传说在北宋时期就已有流传，可见其形象的神圣化在北宋已经开始。

四、"非凡非圣复若乎"：布袋和尚的两种面相

实际上，在落拓不羁的布袋和尚形象中，他那恣意的詈骂、单只的草鞋已然蕴含其佛性，无需弥勒下生、只履西归、先知先觉的神圣化之加持。

虽然后人努力地粉饰布袋和尚的形象，使之成为贴合世俗的佛教散圣，然而布袋和尚本人却对于成圣并无执念。其生前有诗云："非凡非圣复若乎，不强分别圣情孤。无价心珠本圆净，凡是异相妄空呼。"②对于所谓的凡圣之分，契此认为不必去强作分别，真正可贵的在于"无价心珠"，也就是本就是圆满清净的内心。在世俗之人为了名利而汲汲营营时，他所呼唤的是本真自然的"娘生面"："趣利求名空自忙，利名二字陷人坑。疾须返照娘生面，一片灵心是觉王。"③

---

① 赞宁撰、范祥雍点校《宋高僧传》卷二一，第553页。
② 道原《景德传灯录》卷二七，第434页。
③ 广如《布袋和尚后序》，《卍续藏》本。

在布袋和尚看似粗俗的詈骂、落魄不堪的单只草鞋和破木屐中,承载着这位民间僧人自在成佛的信仰。他甚至也在种田割稻的世俗生活中悟得"六根清净方成稻,退步原来是向前"①的真谛。正是这样贴近现实的参悟,让佛法真谛从"孤峰顶上,盘结草庵"②的超逸清冷走入了"十字街头,解开布袋"③的适意自在。

然而,毕竟弥勒出世的理想愿景是民间信仰的重要支柱,布袋和尚的神圣化是在所难免的。人们不光热爱着心宽体胖的笑和尚,甚至在民间起义中也屡屡以弥勒下生为托。元末的红巾军起义即以"弥勒降生,明王出世"为旗号,民间也流传着起义前降生了形似布袋弥勒的婴孩的传说:"至正九年,襄阳民张氏生男,甫及周岁,暴长尺许,容貌异常,皤腹臃肿,见人喜笑,如市所画布袋和尚,见者异之。已而江、淮盗起,称弥勒佛出世,以红巾为号,此其兆与?"④即便是帝王之尊,有时也不得不利用或警惕宗教信仰的力量。武则天以女主临朝,便是以弥勒下生之说造势。⑤ 而原本出身于红巾军的朱元璋在夺得天下之后,也对民间信仰的力量有所忌惮,他为布袋故里明州改名为"宁波",不单单是为避国讳,也有期望"海定而波宁"的意味。不宁唯是,布袋和尚的形象甚至远渡东瀛,成为日本七福神中的洪福吉祥之神。所谓的"分身千百亿",在弥勒、布袋和尚身上得到了另一种践行——从庙堂到民间,从帝王到百姓,弥勒被强权者、反抗强权者、心怀希冀的民众分裂为无数变体,适应了各种愿景。这正如禅宗文学中布袋弥勒,从原初的蹙頞、好骂到憨厚、爱

---

① 广如《布袋和尚后序》,《卍续藏》本。
② 普济撰、苏渊雷点校《五灯会元》卷七,第 372 页。
③ 克文《法界三观六颂》,《古尊宿语录》卷四五,第 861 页。
④ 于慎行撰、吕景琳点校《谷山笔麈》卷一五,中华书局,1984 年,第 172 页。
⑤ 《旧唐书·薛怀义传》:"怀义与法明等造大云经,陈符命,言则天是弥勒下生,作阎浮提主,唐氏合微。故则天革命称周,怀义与法明等九人并封县公,赐物有差,皆赐紫袈裟、银龟袋。其伪大云经颁于天下,寺各藏一本,令升高座讲说。"刘昫等《旧唐书》卷一八三,中华书局,1975 年,第 4742 页。

笑,从邋邋落魄、草鞋不见成双到只履西归、先知先觉,其间分身无数,重生数度。

北宋李之仪有首《布袋和尚赞》点出了人们窜改布袋"狂僧"形象的荒唐:"众生以相见我,却道风狂颠错。"①人们以外在的皮相去认知布袋和尚,未能把握其本质的佛性,反而因为其不羁的外表谓之为"风狂颠错",谬误的其实反是众生。在后世的佛教发展中,人们又用合乎民间喜好的喜乐平和之相,去涂抹布袋和尚作为"落魄狂僧"的面目,未尝不是另一种错位。不过,究其本质,是佛教在中国化的发展中迎合着民间审美和世俗气息,让布袋和尚呈现出了从"凡"到"似凡实圣"的两种面相。

五、结　　论

追溯布袋和尚升格为弥勒的开端,与他那首著名的临灭偈不无关系:"弥勒真弥勒,分身千百亿。时时示时人,时人终不识。"②后人在将此视作契此为弥勒降生依据时,恰恰违背了"即心即佛"的本意:人人皆可在自心中发明佛性,而无需向外觅求。事实上,契此早年间的另一首偈子正可作为此偈的注解:

> 吾有一躯佛,世人皆不识。不塑亦不装,不雕亦不刻。无一滴灰泥,无一点彩色。人画画不成,贼偷偷不得。体相本自然,清净非拂拭。虽然是一躯,分身千百亿。③

体相本是自然,无需拂拭,更无法妄改。布袋和尚的一躯佛性,在他

---

① 李之仪《姑溪居士文集》卷一二,《丛书集成初编》本。
② 道原《景德传灯录》卷二七,第434页。
③ 普济撰、苏渊雷点校《五灯会元》卷二,第122页。

所处的年代并未得到世人的体认。而其身后,他的造像被"塑""装""雕""刻",奉于高堂,他的文学形象更是"人人画一笔",从蹙頞好骂、着破草鞋的狂僧转变为笑口常开、只履西归的弥勒,不可不谓是颇有意思的。不过,布袋和尚作为未来佛化身,在文学中得以反复地降生,从狂僧走向笑和尚乃至被奉为佛,也恰恰反映了佛教中国化和世俗化的历程。

宋话本《钱塘湖隐济颠禅师语录》考论

朱 刚

《钱塘湖隐济颠禅师语录》(以下简称《济颠语录》)虽作为高僧语录而被收入《续藏经》,但其为话本小说之性质,却一望而知。由于这是迄今所知有关"济公"小说的最原始之形态,而其版刻又以明代隆庆三年(1596)本为最早①,故自孙楷第《日本东京所见小说书目》以来,多著录为明人小说。五十年代末,日本学者泽田瑞穗撰《济颠醉菩提》一文②,引郎瑛(1487—1566)《七修类稿》卷三一《济颠化缘疏》云:

> 济颠乃圣僧,宋时累显圣于吾杭湖山间,至今相传之事甚众。有传记一本,流于世。

他认为郎瑛生前所见"传记一本"当即以"语录"之名流传的这本小说,则隆庆本之前已有此书的刻本或写本了。以南宋"说经""说参请""演僧史"③等佛教或僧人题材之说话文学的流行为背景,泽田氏

---

① 此本经中华书局《古本小说丛刊》、上海古籍出版社《古本小说集成》、台湾天一出版社《明清善本小说丛刊》等大型丛书影印,已颇易见。
② [日]泽田瑞穗《济颠醉菩提》,原刊『天理大学学报』第 31 辑,1960 年,收入氏著『仏教と中国文学』,国书刊行会,1975 年。
③ "说经""说参请"见《都城纪胜》《武林旧事》等南宋笔记,"演僧史"见《虚堂和尚语录》卷七《演僧史钱月林》七绝,详细请参考泽田氏上揭论文。

论文详细梳理了道济的生平事迹与有关小说的演变历史,是这方面最值得参考的一篇力作。近期则有许红霞撰《道济及〈钱塘湖隐济颠禅师语录〉有关问题考辨》①,在两个方面获得显著进展:一是考证道济生卒年为宋高宗绍兴十八年(1148)至宁宗嘉定二年(1209),二是详勘现存《济颠语录》的各种版本及其内容、语言,认为"把此书归为明人小说是不妥的,至多是明人转述宋人小说,它的始作者一定是宋人"。许氏的这种立场,在其参与编辑的《全宋诗》中似乎也有所反映,《济颠语录》被当作搜辑释道济诗歌作品的最基本的资料。

笔者基本赞同许红霞的考订结果,但小说始作于宋人,与今日所见文本是否为南宋之原貌,毕竟是两件事。比如隆庆本几乎一开头就提到"浙东台州府国清寺",这"台州"之称"府",就是始于明代的事,南宋的话本只可能称"台州",不可能有"府"字。显然,"府"字是明人留下的痕迹。

关于《济颠语录》还有一种过度夸大其真实性的说法:"世所传济颠小说,与他小说不同,皆实事也。"②许红霞引证此说,并简单列举出《济颠语录》涉及的一系列人事,认为"都是实有其人其事,而非作者信口编造"。这里当然已把小说包含的神通荒怪情节区划出考虑范围,但即便仅就"实有其人其事"的部分内容而言,也还有一个真实性程度的问题,也就是说,是完全符合史实,还是包含了讹传或经过有意的改编。要确定这一点,就须对有关人事作较为详细的研究。故本文就在泽田氏和许氏论文的基础上,主要对牵涉南宋禅林的人事加以考论,以检视话本内容与史实之间的距离。这种距离往往跟话本形成时代与其"本事"之间的时间距离成正比,故我们也

---

① 许红霞《道济及〈钱塘湖隐济颠禅师语录〉有关问题考辨》,《北京大学古文献研究所集刊》第1辑,1999年12月。
② 际祥《净慈寺志》卷二二《丛谭》"褚堂冯养初母"条,《中国佛寺史志汇刊》第1辑第17册,台湾明文书局,1980年,第1413页。

可以根据它来推考话本的时代。虽然话本的内容可以处在不断被改编的过程中,但有些改编非当代人不能为,有些则相反。

一、关于道济的家世和生卒年

《济颠语录》谓道济之父是"台州府天台县李茂春","乃高宗朝李驸马之后"。按,宋高宗无子女,不可能有驸马。话本虽可编改事实,但讲给人听,也须具一定的合理性。南宋不但是高宗朝,其后孝宗、光宗、宁宗朝也都无驸马,直到理宗朝才有公主嫁人①。生活在南宋的人,决不能不顾皇室子女稀少的苦恼而开这样的玩笑,"高宗朝李驸马"的说法断不可能出自南宋说话人之口。

不过,驸马之说也并非全无凭据。《济颠语录》末附北磵居简(1164—1246)《湖隐方圆叟舍利铭》②,是最原始、最可信的道济传记资料,其中也说道济是"天台临海李都尉文和远孙"。这"都尉"就是"驸马都尉",说明道济先世确为宋朝的一个驸马。笔者以为,居简所称"李都尉文和"当指北宋太宗的女婿李遵勖(988—1038),他是《天圣广灯录》的编定者,与禅门渊源颇深,《宋史》本传记其谥曰"和文",但禅门笔记如《湘山野录》《罗湖野录》③等提到他时,都称"李文和公",在大慧禅师的语录中,也时而称"李和文",时而称"李文和"。这大概因为"文正""文忠""文定"之类"文"字在前的谥号比较常见,致使"和文"也容易被误记为"文和"。《释门正统》卷七《了然传》载,因"李驸马诸孙雅善晁(说之)",故在晁说之的推荐下,了然成为台州白莲寺的住持。了然是临海人,《释氏稽古略》卷四载其绍兴

---

① 《宋史》卷二四八《公主传》所载南宋公主,只有理宗女周汉国公主成人。宋末刘埙《隐居通议》卷二十二"范去非诸作"条云,周汉国公主出降时,臣僚贺表有曰:"帝婿贵重,朝廷喜中兴之仅见。"又谓"盖自南渡后,累朝未有帝姬出降故也"。
② 此文亦见居简《北磵文集》卷一〇,《文渊阁四库全书》本。
③ 本文所引佛教典籍,除说明版本者外,皆用《大正藏》和《续藏经》本。

十一年(1141)卒。由此看来，在北宋末或南宋初，确实有李遵勖的后代住在台州，能决定白莲寺的住持人选。综合以上信息，道济为"李驸马之后"的说法，应该是可信的，疯癫不羁的他能为禅门所容，大概也是李家世代护持禅教的善报。当然，贵戚与禅门的异乎寻常的密切关系，很大程度上起因于宋朝不许贵戚干政的家法，这一点对于我们理解"济公现象"产生的历史原因，其实十分重要，暂且按下不表。

对照以上所考，回头再看《济颠语录》对道济家世的表述，除了"李茂春"一名的真实性难以证明外，基本上符合事实。所谓"高宗朝"，应该解释为文本上的错误。正确的文本宜作"太宗朝"，或许流传到明代的文本认不清"太"字，而道济故事发生在南宋，隆庆本的刊刻者遂以南宋最早的"高宗"填实之。但这一误填的后果很严重，随之而来的是一个更大的错误：既然道济之父已是"高宗朝李驸马之后"，则道济万不能如许红霞所考证的那样出生于高宗绍兴十八年(1148)，所以隆庆本说道济出生"时值宋光宗三年十二月初八日"。光宗只有绍熙一个年号，当然只能理解为绍熙三年(1192)。然而，隆庆本后文又明云济公卒于嘉定二年(1209)，则正如许氏所指责，隆庆本中的济公只活到十八岁。面对这样的错误，许氏理解为"小说的性质""不足为信"，但笔者以为，小说交待主人公的生卒年之类，虽未必一一符合事实，总体上却应该呈现为一个合理的内部时间，既然《济颠语录》明确交代济公活了六十岁，就不能允许生卒之间只差十八年的情形。所以，"宋光宗三年"应该也是文本上的错误。也就是说，在隆庆本之前流传的文本很可能正确地书写了道济的出生日期，隆庆本的刊刻者因为先把"太宗朝李驸马之后"误作了"高宗朝"，此处只好再往下推延两朝，误作光宗朝，其与后面的卒年有无矛盾，他便顾不及了。那么，为什么是光宗"三年"呢？这就牵连到有关道济生年的考证问题了。

《济颠语录》对于道济卒年的表述与北磵居简《湖隐方圆叟舍利

铭》一致,应该是正确的,问题只在生年。许氏的绍兴十八年之说,是从各种资料已经提供的说法中挑选了最合理的一种,其来源是清人所编《净慈寺志》,估计也是推论而得,并非对事实的直接记录。如果我们信任《济颠语录》,则道济的生年从这个话本中其实不难推知,许氏亦提到话本中道济的辞世偈有"六十年来狼藉"的句子,她把"六十年"理解为约数,但话本还有济公临死前的一句话:"长老,我年六十不好也。"这说明"六十"不是约数,而是正好六十岁。据此,道济的生年就是宋高宗绍兴二十年(1150)。无论这是否符合事实,按话本的内部时间来讲,应该如此。由此来看"宋光宗三年"这个文本错误,也就容易解释:"光宗"是"高宗"之误,"三"是将竖写的"二十"误认而得。并且,"宋光宗三年"这样的表述是很奇怪的,按通常的方式,此处宜有年号"绍熙",隆庆本的刊刻者恐怕是将"宋高宗绍兴二十年"误作"宋光宗绍熙三年",但不知他何故将"绍熙"删去。也许他意识到了这个生年与后文的卒年有矛盾,捉襟见肘之下,删去一个年号来模糊一下。

如果这样的推想可以成立,那么以上文本错误的存在,倒可以说明这个文本其实很接近南宋的原貌。也就是说,这并不是故事在流传过程中发生了变化,而是文本在刊刻时发生了错误。如果允许我们来改正这些文本错误,那么《济颠语录》所述的道济家世就符合事实,其交代的生卒年也至少保持了内部合理性。值得思考的是,这种合理性是否就意味着真实性?换句话说,是有人将它编织得合理,还是原本就依据了事实?

二、关于道济出家之年

泽田瑞穗和许红霞都提到道济十八岁出家,这是因为《济颠语录》中有如下一段话:

> 修元（按：道济出家前俗名李修元）每日在书院吟咏，不觉年已二九。岂料夫人王氏，卧病不起，时年五十一岁而亡。比及母服阕，仍继父丧毕，母兄王安世累与元言婚事，元亦不挂怀，时往诸寺，但觅印别峰、远瞎堂。二长老不知下落，越半年，始知音耗……

接下去就叙述李修元告别母舅，到临安寻访远瞎堂，剃度出家之事。由于"年已二九"以下没有关于年岁的表述，故出家亦被认作十八岁时候的事。

然而，引文中明明有"比及母服阕，仍继父丧毕"二句，其为父母持服所须的时间不当被忽略。后面说到母舅为之"言婚事"，此决不能在持服期间，且身在重孝中的李修元也不宜考虑出家事。等到持服完毕，还有寻访"二长老"的"越半年"，则十八岁母亡后，还须相当的岁月才得出家。也许，我们可以把"比及母服阕，仍继父丧毕"的表述理解为父母二丧相继，持服时间基本重合，但按这样的算法，最短也须三年左右。

可见，十八岁出家的说法与话本自身的表述不合，仅仅是误读文本的结果。虽然这一误读并未妨碍两位学者的考证，但我们若能勘明话本关于此事的表述是否依然保持其内部时间的合理性，是否与史实相合，便可帮助我们认识这个话本的性质。先看话本的表述：李修元告别母舅，到了临安，客店主人告诉他灵隐寺的情况：

> 约有三五百僧。上年殁了住持长老，往姑苏虎丘山请得一僧，名远瞎堂。此僧善知过去未来之事。

次日修元即至灵隐寺，望见了远瞎堂，便与一位寺僧对话：

> 修元急向前施礼曰:"适此长老从何而来?"和尚曰:"是本寺新住持远瞎堂长老,因径山寺印别峰西归,请去下火方回。"

这两处都提供了一个信息,即道济出家的时候,远瞎堂刚刚担任灵隐寺住持不久。

远瞎堂就是瞎堂慧远(1103—1176),是临济宗杨岐派的高僧,其经历见周必大撰《灵隐佛海禅师远公塔铭》,其中云:

> 未几,过天台,历住护国、国清、鸿福三寺。乾道丁亥(1167),沈尚书德和守平江,以虎丘比不得人,力邀师至,则接物无倦,户外屦满。缁素悦服,名达阙下。五年(1169),有诏住高亭山崇先寺。六年,遂开堂于灵隐,赐号佛海禅师。①

从慧远的履历看,他曾在天台诸寺住持,在当地必有影响,故《济颠语录》设定李修元务必寻到慧远门下才能出家的情节,虽是话本小说中常见的宿命论式叙述,却也不无事实上的可能。更重要的是,在住持灵隐寺之前,慧远确曾住持苏州虎丘寺。虽然中间还有"诏住高亭山崇先寺"一事,但极为短暂,估计他从虎丘赴临安不久,即"开堂于灵隐"了,所以临安人听说从虎丘请来了一位远瞎堂住持灵隐寺,完全符合当时的实情。这样,我们若把慧远始住灵隐寺的乾道六年(1170)视为道济出家之年,则与话本的内部时间可以符合:话本中的道济当生于绍兴二十年(1050),则乾道六年的道济二十一岁,距离十八岁母亡已有三年,正好符合上文所说为父母持服的最短时间。而且,这一年距道济去世的嘉定二年(1209)恰为四十年,也正好符合北磵居简《湖隐方圆叟舍利铭》中"信脚半天下,落魄四

---

① 周必大《灵隐佛海禅师远公塔铭》,《文忠集》卷四〇,《文渊阁四库全书》本。

十年"的说法。

到此为止,我们从话本中可以清理出来的内部时间表,不但基本合理,而且与史实相符的程度几乎称得上精确。问题在于,话本叙述道济与远瞎堂宿命论式的师徒关系时,几乎毫无必要地牵涉到另一位高僧:印别峰。李修元一出生就被告知,将来只能出家为僧,而且要拜印别峰或远瞎堂为师;在父母双亡、持服完毕后,李修元也"时往诸寺,但觅印别峰、远瞎堂";而等他终于找到远瞎堂,却又同时获知了"径山寺印别峰西归"的消息;从此,印别峰与整部话本再也没有关系。可以说,出现在话本中的印别峰,充其量只是远瞎堂的一个陪衬。然而,印别峰也"实有其人",即临济宗杨岐派的别峰宝印禅师(1109—1190),虽然他的年龄比瞎堂慧远小不了多少,但法系上属于两代:慧远应是宝印的师叔①。陆游撰有《别峰禅师塔铭》,记其"被敕住径山,淳熙七年(1180)五月也"②。据此,道济出家十年以后,才有所谓"径山寺印别峰",其去世更在道济出家二十年后,与话本所说差距甚远。

这样一来,话本有关道济出家情节的叙述便令人费解:对出家之年及当时远瞎堂的情况叙述得如此准确,自不可能为后人"信口编造",定是依据事实而来。但那说话人既有条件依据事实,就不当无端去牵涉印别峰。印别峰在话本中虽只起陪衬作用,但对他的叙述错误却令人惊异。说起来,道济与宝印还是同一门派的师兄弟,有相当长的时期同处临安,不可能毫无交往,而宝印又是著名的高僧(话本也设定他具有与远瞎堂不相上下的名声),距离他们时代较近的说书人是不宜如此"编造"的。看来,《济颠语录》的叙述已包含该故事的两个时间层次:上述准确的部分是一开始就有的,而印别

---

① 宝印嗣法于华藏安民,而安民与慧远都嗣法于圆悟克勤(1063—1135),属临济宗杨岐派。
② 陆游《别峰禅师塔铭》,《陆游集·渭南文集》卷四〇,中华书局,1976年。

峰这个陪衬却是后来添加上去的。当然,所谓"后来"也不会太晚,应该是离宝印稍远但其影响犹存的时期,否则何必找他来做陪衬?照此估计,可能在南宋的后期。

三、关于"昌长老"

与印别峰情况相似的,是话本有关"昌长老"的叙述。济颠虽饮酒疯狂,临安的高僧们却多能包容之,远瞎堂付以衣钵,净慈寺的德辉长老收留他,还任命他为书记,德辉去世后继任净慈住持的松少林,原本就是应道济之请而来,天竺寺的宁棘庵也与他交往,并跟全大同、宣石桥等主持道济死后的火化仪式。与济公不睦的倒是其出家寺院灵隐寺的住持,在远瞎堂去世后,话本叙及的灵隐寺住持先后是"昌长老"和印铁牛两位,他们对济公都有反感。这当然也可能依据事实而来,但根本上还是因为话本必须凸显道济不被正统的佛教徒所理解,故必然要设定一两个"反面人物"。相比之下,印铁牛起初虽曾拒绝接待道济,最后却也参与主持了道济的火化仪式,彻底的"反面人物"只有"昌长老"一人,就是他把济公赶出了灵隐寺,话本中的他不但有一个混名叫"檀板头",还被德辉长老骂为"畜生"。

考察这个"反面人物"时,首先值得注意的,就是"昌长老"的称呼方式在整部话本中与众不同。对于别的长老,大都采用宋代禅林习见的"法名下字+字号"[①]的方式,如瞎堂慧远称为远瞎堂,别峰宝印称为印别峰,等等,而这"昌长老"却未见字号。身份信息方面的这种缺失也许反映了宋代说话人出于无奈的隐讳目的,因为他讲述的是一个"实有其人"的故事,这些临安寺院的住持又无一不是现实中的高僧,"法名下字+字号"的称呼方式使当时的听众能够立即

---

① 关于称呼僧人的这种方式,请参考周裕锴《宋僧惠洪行履著述编年总案》附录《略谈唐宋僧人的法名与表字》,高等教育出版社,2010年。

对应到真实的人物,如果对"昌长老"也采用同样的方式,那么这个不可原谅的高僧便受到指名道姓的贬斥。很显然,说话人不愿意直白地道出"昌长老"是谁。

然而,既然是灵隐寺的住持,"昌长老"的原型也未免要被考证出来。许红霞已经指出"昌长老"就是月堂道昌(1089—1171),从现在可以考知的南宋灵隐寺住持名单中①,我们看到法名下字为"昌"的禅僧只有这一位,话本中的"昌长老"自然非他莫属。不过,若认真比对史实,则道昌虽曾住持灵隐寺,却不是在慧远之后,而在其前。《嘉泰普灯录》卷一二《临安府净慈佛行月堂道昌禅师》记:

> 绍兴初,居闽中大吉,徙秀峰龟山,方来万指。诏移金陵蒋山。蒋山新经戎烬,师至一新之。复奉旨擢径山、灵隐。庚辰冬,上表乞行度牒。辛巳春,蒙放行,是年退藏灵泉。乾道丙戌秋,适净慈阙主法,衲子荷包恳师座,乞师振之,王公炎入山礼请,遂不得辞。

道昌的传记还有曹勋《松隐集》卷三五的《净慈道昌禅师塔铭》,与此亦可互证,但《嘉泰普灯录》的编者雷庵正受(1146—1209)乃是道昌的弟子,所以此书对道昌生平的记述更详尽准确。"庚辰"乃绍兴三十年(1160),道昌于此前已住持灵隐,次年辛巳(1161)又辞职"退藏","丙戌"是乾道二年(1166),道昌出任净慈住持,直至乾道七年(1171)去世。可见,道昌实在慧远之前住持灵隐寺,济公出家时,他已在净慈寺,而且次年即去世,当时瞎堂慧远还健在。毫无疑问,历史上的道昌决不可能迫害济公。

---

① 日本学者石井修道根据《扶桑五山记》等资料整理了包括灵隐寺在内的宋代"五山"住持表,见《对中国五山十刹制度的基础性研究》(三),《驹泽大学佛教学部论集》15,1984年。这比明清时期编纂的各种灵隐寺志对历代祖师的叙述都更有参考价值。

那么，话本为何要扭曲史实，找道昌来做"反面人物"？《丛林盛事》卷上的一则记载也许可以给我们提供启示：

> 月堂昌和尚，嗣妙湛，孤风严冷，学者罕得其门而入。历董名刹，后终于南山净慈。智门祚禅师法衣传下七世，昌既没，则无人可担荷，遂留担头交割，今现存焉。故瞎堂远为起龛，有"三十载罗龙打凤，劳而无功。佛祖慧命如涂足油，云门正宗如折袜线"之句。呜呼，可不悲哉！

此处也记述慧远参与主持了道昌的火化仪式，与上文所考可以互证。这一段主要是说道昌没有嗣法的弟子，所以把智门光祚禅师传了七世的法衣搁置不传。智门光祚是云门文偃的法孙，为云门宗传人，从光祚至道昌的法脉为：智门光祚——雪窦重显——天衣义怀——慧林宗本——法云善本——妙湛思慧——月堂道昌。正好是"七世"。道昌并非没有弟子，编《嘉泰普灯录》的雷庵正受就是一个，但或许道昌真的是禅风严峻，对弟子都不满意，故法衣不传。从宋代灯录排列的嗣法谱系来看，智门的法脉在道昌、正受之后确实消失了。不仅如此，整个云门宗都在南宋前期消亡，这个宗派经历了北宋后期的极度繁荣，到南宋却黯然走向末路。

由此看来，《济颠语录》以道昌为"反面人物"，是经过挑选的，即从灵隐寺的南宋住持中挑了一位法脉不传、不可能有徒子徒孙为之主张的禅师，来充当这个角色。从话本的故事结构来说，此角色必不可少，必须有个灵隐住持要当"反面人物"，但现实中的灵隐住持无一不是声名卓著的高僧，他们大抵不是南宋的说话人敢于随便指责的。而且，南宋"五山"住持的席位，绝大多数由临济宗杨岐派的禅师出任，恰恰与道济属于同一宗派，身后亦枝脉繁盛，像道昌那样的云门宗禅僧，身后又无传人的，真可谓凤毛麟角。尽管事实上他出任住持在慧远之前，但没有另一个住持比他更适合充当这个话本的"反面人物"了。自然，时过境迁之后的明代说书人，既无必要也不太可能去做这样的挑选，把月堂道昌编造成话本中"昌长老"形象的，无疑应是南宋人。可怜这位禅师，因为没有传人，身后竟被骂作"畜生"。

四、临安高僧群

南宋驻跸临安，逐渐将径山寺、灵隐寺、净慈寺等禅宗名刹的住持任命权收归朝廷，谓之"敕差住持"，意在把传衍已盛、影响广泛的禅宗建设为国家化的宗教，故愿意与世俗政权合作的高僧，也大多云集临安，成为临安社会的一个特殊群落。《济颠语录》虽然强调济公不愿与"贼秃"们为伍，交往的都是"十六厅朝官、二十四太尉、十八行财主"以及普通市民，但整部话本前后仍出现不少高僧，尤其在最后的火化仪式中，临安的高僧几乎如集体谢幕般一齐出场，所以，这个话本依然为南宋中期的临安高僧群留下了一个缩影。

紧接瞎堂慧远之后担任灵隐寺住持的，实际上不是月堂道昌，而是南宋初年影响最大的禅僧大慧宗杲（1089—1163）的弟子佛照德光（1121—1203），周必大为他作《圆鉴塔铭》云："孝宗皇帝雅闻其名，淳熙三年春，诏开堂灵隐寺。"①这淳熙三年（1176）正是慧远去世之年，可见德光是因慧远去世而前来补缺的。在法系上，德光是慧远的师侄，而在宗杲、慧远去世之后，德光已是临济宗杨岐派最核心的人物，称得上是当时的宗教领袖，孝宗皇帝对他的重视并非无因。《济颠语录》中先后出场的印铁牛、松少林、宣石桥，都是他的弟子（详下文）。由此，我们不难概括出济公所面对的临安高僧群的一

---

① 周必大《圆鉴塔铭》，《文忠集》卷八〇。

个结构特征,就是以德光一派为主干。不用说,话本准确地反映出这个历史情况,也表明它很接近南宋的原貌,因为我们很难想象一个明代的说书人能勾勒出这样的面貌,除非他对禅宗史特别下过功夫。

然而,话本也留给我们一个疑问:为什么恰恰是德光本人,不曾在话本中出场?鉴于德光是继慧远住持灵隐寺的实际人物,我们就难以避免一种稍嫌大胆的猜想:话本中"昌长老"所扮演的角色,也许事实上属于德光,或者话本初创时,就是以德光为这个"反面人物"的原型。不过,德光与道昌不同,他弟子众多,法脉盛大,不但雄踞南宋,而且绵延入元,南宋的话本不能明刀真枪地拿他做"反面人物",故无奈而以道昌代替之,被取代的德光于是也不再出现于话本。

德光的几个弟子,这里也须稍作交待。松少林的"松",禅籍中一般作"崧",即少林妙崧禅师,《枯崖和尚漫录》卷上有"临安府径山少林佛行崧禅师"条云:"生于建之浦城徐氏,受业于梦笔峰等觉,瑞世于安吉报本,嗣东庵,道声四驰。未几,起住杭之净慈。"所云"东庵"也就是德光。在话本中,松少林是在净慈寺火灾后,因济公的提议、邀请而赴任净慈住持的,之前则在"蒲州报本寺"。这"蒲州"想必是"湖州"之讹,也就是南宋的安吉州。妙崧确实是从安吉州报本寺赴净慈的,话本中的这一细节十分准确。当然,据程珌《净慈山重建报恩光孝禅寺记》①,妙崧始任净慈寺住持,是在"嘉定庚午",即嘉定三年(1210),时道济已去世。不过,程珌的记文也强调了妙崧在嘉泰四年(1204)火灾之后重建寺宇的功劳,话本只是要将这个功劳归到济公,鉴于当时人都曾听说此事跟妙崧有关,故让妙崧提前担任住持,济公为其下属,从而使济公任其实而妙崧仍享其名,这正

---

① 见程珌《洺水集》卷七,明崇祯元年(1628)刻本。[日]石井修道《对中国五山十刹制度的基础性研究》(一)(《驹泽大学佛教学部论集》13,1982年)对此文有比较详细的分析。

是话本小说以其主人公介入历史事件的通常方法。

关于印铁牛,许红霞指为"释宗印(1148—1213),字铁牛",与《全宋诗》卷二六五四"释宗印"小传所云近似①。按,《增集续传灯录》卷一在"育王佛照光禅师法嗣"下,并列"育王空叟宗印禅师"与"灵隐铁牛印禅师",其为德光的两个弟子甚明,自《新续高僧传四集》卷一一始牵合为一人,而被《全宋诗》"释宗印"小传所继误,这个小传还据《释门正统》卷七"宗印"条叙述其姓氏、籍贯、行实,生卒年盖亦由此推得。实际上,《释门正统》的宗印乃是天台宗的北峰宗印,并非禅门的空叟宗印,而"铁牛印"又另是一人。日本东福寺本《禅宗传法宗派图》在德光法嗣中列出一位"铁牛心印"②,这才是印铁牛。《续藏经》中有《虚舟普度禅师语录》,卷首《行状》云:"圆顶日,且大集禅讲硕德为之证,净慈少林崧为之落发,灵隐铁牛印为之付衣。"可见,心印与妙崧确曾同时住持临安的这两大名刹。

至于宣石桥,许氏已正确地指为石桥可宣禅师。《增集续传灯录》卷六将可宣列为华藏安民的法嗣,与别峰宝印即话本中的"印别峰"为师兄弟,可是,北磵居简的《北磵文集》卷九《铁牛住灵隐疏三首》,却有一条题下注云:"石桥住净慈,同法嗣。"疏中也有"四蜀两翁,一门双骏"之语,意谓石桥可宣和铁牛心印是师兄弟,那便都是德光的弟子。从居简文中还可以获知,他们都是四川人,同时住持临安的两大刹,则可宣之住净慈,盖与妙崧相先后。德光的这几个弟子,确实构成了南宋中期临安高僧群的主干。顺便提及,为道济写作了《湖隐方圆叟舍利铭》的北磵居简,也是德光的弟子。

话本中的其他几位高僧,不见于禅宗灯录的记载。东福寺本《禅宗传法宗派图》在杨岐派圆极彦岑禅师的法嗣中,列了一位"大同全禅师",应该就是话本中的"全大同"了。日本名古屋市蓬左文

---

① 《全宋诗》第50册,北京大学出版社,1998年,第31097页。
② 《禅宗传法宗派图》,见《大日本古文书·东福寺文书之一》,东京大学出版会,1956年。

库藏《中兴禅林风月集》收了一位"道全"的诗,注云:"字大同,号月庵。"则"全大同"名道全,亦杨岐派僧①。不过,话本中的全大同来自温州江心寺,似不属临安高僧群。另一位"宁棘庵",查李国玲《宋僧录》,有嘉定间僧妙宁,号棘庵②,名号相合,可惜并无有关生平的详细记载。话本中的宁棘庵住天竺寺,此非禅宗寺院,想来他不是禅僧。对整部话本来说,更为重要的人物是净慈寺的"德辉长老",除了瞎堂慧远外,他给予了济公最大的知遇之恩。既然他是净慈寺的住持,当然应该是禅林的高僧,可宋代灯录对他却毫无记载。《宋僧录》和《全宋诗》都列出"德辉(1142—1204)"③,所据都是《净慈寺志》和《新续高僧传四集》,那其实并非宋人所记,其资料来源无非是《济颠语录》而已(详下文)。所以,这个"德辉长老"是否"实有其人",倒须认真考虑。

上文已经提到,话本对临安的高僧大都使用"法名下字+字号"的称呼方式,"昌长老"是一个例外,而"德辉长老"又是一个例外,他没有字号,却给出了全名。"昌长老"之所以例外的原因已如上述,那么"德辉长老"又为何例外呢?按照话本提供的时间线索,我们可以找到当时担任净慈寺住持的实际人物,是曹洞宗的自得慧晖(1097—1183)禅师。《嘉泰普灯录》卷一三《临安府净慈自得慧晖禅师》云:"淳熙三年(1176),敕补净慈。"可见,正是在瞎堂慧远去世的同一年,自得慧晖担任了净慈寺的住持。如果道济真的是在慧远死后不久被驱逐出灵隐寺,那么收留他的净慈住持就只能是慧晖。按照宋代禅林的称呼习惯,自得慧晖可以被称为"晖自得"或"自得晖禅师",鉴于"晖"与"辉"、"得"与"德"都容易互混,我们就有理由猜想,

---

① 关于大同道全的考证,详见笔者《〈中兴禅林风月集〉续考》一文,《国际汉学研究通讯》第4期,北京大学出版社,2011年。
② 李国玲编著《宋僧录》上册,线装书局,2001年,第300页。
③ 《宋僧录》,第981页;《全宋诗》第48册,第30337页。

历史上其实并不存在话本所谓的"德辉长老",不过是"自得慧晖"的讹传或误刻而已。

就笔者所掌握的资料来看,把"德辉"记载成真实的净慈寺长老,盖始于明释大壑撰《南屏净慈寺志》,该书卷四排列净慈寺历代祖师,把"德辉"列为第二十代,小传云:

> 德辉禅师,不详何许人。嘉泰初住净慈,四年寺毁,师亦随火化去。其有《辞世偈》云:"一生无利亦无名,圆顶方袍自在行。道念只从心上起,禅机偶向舌根生。百千万劫假非假,六十三年真不真。今向无明丛里去,不留一物在南屏。"预书壁间。①

按,嘉泰四年净慈寺火灾事,在程珌《净慈山重建报恩光孝禅寺记》中有明确记载,《辞世偈》则见于《济颠语录》,把这两种资料牵合起来,就得出上引小传,除此之外,根本"不详何许人"。所谓第二十代住持的说法,更是荒唐悠谬,北宋的雪窦重显(980—1052)禅师被列作第二十二代,自得慧晖却是第十二代,这还只是年代错乱,被列为第十八代的辨才元净(1011—1091),乃是北宋的天竺寺僧,并非禅宗祖师,简直"认贼作父"。可见这《南屏净慈寺志》殊不足信,后来清人编《净慈寺志》及民国时期所成《新续高僧传四集》,沿袭其说而列"德辉"传记,不过谬种流传而已。值得注意的是,在《南屏净慈寺志》卷八《著述》中,有全大同《送净慈济书记入龛文》、印铁牛《起龛》、宁棘庵《挂真》、宣石桥《秉火》、宁棘庵《起骨》《入塔》等,与"德辉"的《辞世偈》一样,都抄自《济颠语录》。《南屏净慈寺志》编于万历年间,编者释大壑可能见到了隆庆本。

要之,有关"德辉"的记载,最初的史料来源无非就是《济颠语

---

① 大壑《南屏净慈寺志》卷四,明万历刻、清康熙增修本。

录》,而这个话本中的"德辉长老"其实是"晖自得"或"自得晖长老"之误。当然,自得慧晖并未像话本所叙的那样被烧死于净慈寺嘉泰四年(1204)的火灾,他早于淳熙七年(1180)离开了临安,退归雪窦寺,淳熙十年(1183)冬沐浴书偈而逝。那么,慧晖离开后的净慈住持,应该另有其人,遗憾的是,笔者至今未能查出火灾发生时的住持是谁,这一位住持可能真的葬身火海,但一般来说他也必须对火灾负责,故宋代的史料似乎都不愿提及他的名号,明人编辑寺志时也不得其人,而以"德辉"实之。其实,话本将淳熙至嘉泰几近三十年间的净慈住持设定为"德辉"一人,也非常违反常识。可见"德辉"这一人物经过了很大幅度的编造,是话本涉及的人物中离史实最为遥远的。按《湖隐方圆叟舍利铭》所记,济公确是"死于净慈",想必其生前托庇于净慈长老处委实不少,故话本中的"德辉"几乎就是一个"善意的净慈长老"的代名词。可以想象,从以自得慧晖为原型创造出"德辉"这一人物,到"德辉"被发展为净慈长老的抽象代名词,是需要一些时间的。但是,正如话本挑选月堂道昌来做"反面人物"一样,其将净慈住持抽象化的做法,也有南宋禅林的人事背景,故不会晚于宋代。

我们详考临安的高僧群,除了将史实与话本内容相比照的目的外,还想提出一个问题。上文已提及,话本在整体上要描绘一个不被正统佛教界所理解的破戒狂僧,但前后出场的临安高僧却大抵与济公友好,而在南宋中期的临安,所谓的佛教界也无非是这些高僧在领导,那么,此事就十分费解:那种迫害济公的势力,或者说济公以他极端反常的行为方式来争取摆脱的那种压力,是从何而来? 一个结识"十六厅朝官、二十四太尉、十八行财主"的出家人,受到普通市民的欢迎,又获得高僧群的肯定,他还有什么不满?

实际上,话本中出场的"朝官"(文官)、"财主"和普通市民并不太多,除了高僧外,出场最多的就是"太尉"了。为了回答上述的问题,我们须对济公所交游的这些"太尉"作些考察。

五、二十四太尉

《济颠语录》中出场的太尉共六名：王太尉、陈太尉、毛太尉、石太尉、冯太尉和张太尉。另外，话本中还有"众太尉""二十四太尉"等说法。太尉乃全国最高武官，怎能如此之多？此情形令人联想到《水浒传》，那里面也有不少太尉，故事发生的背景也是宋朝。其实，京城里住着许多太尉，正是北宋后期至南宋这一历史时期的特殊现象，洪迈《容斋三笔》卷七"节度使称太尉"条云：

> 唐节度使带检校官，其初只左右散骑常侍，如李愬在唐邓时所称者也。后乃转尚书及仆射、司空、司徒，能至此者盖少。僖、昭以降，藩镇盛强，武夫得志，才建节钺，其资级已高，于是复升太保、太傅、太尉，其上惟有太师，故将帅悉称太尉。元丰定官制，尚如旧贯。崇宁中，改三公为少师、少傅、少保，而以太尉为武阶之冠，以是凡管军者犹悉称之。①

秦汉时期作为最高军事长官的太尉，在唐代被当作一种荣誉称号，赠与各节度使，这才使太尉泛滥起来。但是，唐代的节度使分布各地，平日不会集聚京城，至北宋徽宗崇宁以后，"以太尉为武阶之冠"，即武官之阶官的最上级，这才使京城里有了许多太尉。此情形延续至南宋洪迈的时代，仍是"凡管军者犹悉称之"。所谓"二十四太尉"，可能跟禁军的兵制有关，这方面尚待考察。不过，明代以后废除了太尉之官名，所以太尉满朝的现象乃是宋代所特有的，济公与这些太尉之间发生的故事，当然也是在南宋就被开始编制的。这

---

① 洪迈《容斋随笔·三笔》卷七，岳麓书社，1994年，第339页。

些故事的情节并不复杂,几乎只是梗概而已,看来未经多少加工,大体上可以认为是南宋的原貌如此。

稍为深入地考察这些太尉,可发现他们虽然带了这"武阶之冠"的衔头,却不像真正带兵打仗的武将。实际上,依靠军功的积累,要升到这"武阶之冠",不过如岳飞那样少数大将而已,那是国家的柱石,怎会如话本中表现的那样,成日在京城闲逛?那么,话本里的这些游手好闲的太尉是从何而来?笔者以为,这样的太尉多半是跟帝后之家沾亲带故的贵戚。由于宋朝实行文官政治,科举出身的文官占据了士大夫的主流,而他们又鄙薄武官,不肯转到武阶,故在朝的武官倒多由贵戚子弟荫补,其官阶上升也快,应该有不少可以升到太尉。宋朝大抵不许贵戚干政,故这些太尉无事可做。话本里的毛太尉和王太尉,都跟太后关系密切,毛太尉屡次替太后办事,王太尉则从太后处得到一百道度牒。按通常的情形,大臣有事该找皇帝商量,怎会与太后结交?由此也可窥见他们的贵戚身份。

值得注意的是,作为驸马之后的济公,原本也是贵戚身份,只是世代隔得远些,可能已沦为"没落贵戚"而已。从李遵勖编定《天圣广灯录》,以及上文提到的李氏诸孙决定台州白莲寺住持人选一事,我们可以看到贵戚介入宗教事务的热情。贵戚不得干政,常受正统士大夫的排挤,却又处甚高之地位,拥有较多的财富和各种社会资源,无聊之余,投身或亲近宗教,是可以理解的常态,而济公之出家为僧,也是"没落贵戚"的一条出路。虽然"没落",毕竟是贵戚之后,与当代的贵戚仍有许多共同语言,故济公得与"二十四太尉"建立密切的关系。

话本并未交待济公如何结识这些太尉。他出家后不堪坐禅之苦,得到远瞎堂的点拨后,突然大悟,从此就疯癫了。话本接着就写远瞎堂之死,然后济公回了天台,一年后再到临安,在灵隐寺勉强熬了一阵子,终于熬不住,又偷偷喝酒,一喝就不可收拾,索性便外出游荡,而在游荡时,他已经与那些太尉熟识。显然,他结识众太尉是在远瞎堂未去世时。若按本文所考的年岁,济公在乾道六年(1170)出家,至远瞎堂去世的淳熙三年(1176),有六七年时间,话本并未具体叙述济公在这期间的活动,只说他疯癫而已。然而,这疯癫的日子他并没有白过,其涉及面相当广阔的形形色色的社会关系,就在这数年之中建立起来了。

鉴于有关济公的史料甚少,我们只好了解一下他的老师瞎堂慧远在此期间的活动,以为参考。慧远的语录保存在《续藏经》中,即《瞎堂慧远禅师广录》四卷,其第二卷都是任灵隐寺住持时所说,但编次序列较乱,现在按时间先后罗列如下:

> 乾道七年(1171)正月二十日、二十三日,入内奏对语录;
> 乾道八年(1172)正月二十八日,宋孝宗驾幸灵隐寺,奏对语录;
> 乾道八年八月六日,入内奏对语录;
> 乾道八年十月三十日,受佛海禅师号,谢恩升堂语录;
> 乾道九年(1173)四月八日,入内奏对语录;
> 淳熙元年(1174)四月初七日、五月三十日,入内奏对语录;
> 淳熙二年(1175)四月八日,入内升座录;
> 淳熙二年闰九月初九日,入内奏对语录。

由此可见,这慧远几乎是个御用的禅师,经常要进宫("入内")去说法。那些太尉既是贵戚,想必也出入宫禁,而与慧远多有来往。济公拜了这样的师尊,跟太尉们结交便是容易的事。

六、贵戚、武官、庶民与士大夫

《水浒传》中的太尉有好有坏,《济颠语录》中的太尉则没有反角,他们是济颠的主要支持者,贵戚身份使他们可以绕开官僚体制和正常的办事程序,直接借助宫廷的力量,替济公办成一些通常来说不可想象的事。虽然他们未必真正掌握军队,但作为太尉,名义上毕竟是高级武官,广义来说,也属于士大夫阶层。然而,我们从《济颠语录》中可以看到,这些太尉的日常生活跟文官士大夫颇异其趣,除了出入宫禁外,他们也游行市井,其爱好竟与市井庶民无别。且看话本中如下一段:

话说土地庙隔壁,有个卖青果的王公,其子王二"专喜养虫蚁",偶得一只勇猛能战的促织,每斗必赢。一日被张太尉撞见,用三千贯钱和一付寿材板从王二那里买来,次日就与石太尉的促织斗,赢回了三千贯。张太尉给它起名叫王彦章,这王彦章后来连斗三十六场,全部胜利。但至秋深,促织大限已到,张太尉"打个银棺材盛了,香花灯烛,供养三七日出殡",到方家峪安葬。众太尉都来送葬,还请济公主持仪式,"指路""下火""撒骨",一应俱全。

这可能是整部话本中最生动的一段。我们从这里可以看到作为宗教司仪的济公,平日给太尉们提供怎样的服务;但更有意思的是,张太尉与庶民王二不但趣味一致,也直接交易,他给促织起名叫王彦章,显然也因为原本得自王二。而且,其他的太尉也都有同好,至少他们都愿意出席张太尉给促织举办的隆重葬仪。他们跟王二的区别,仅仅在于他们有钱有位,若从精神上说,则并无超越世俗之处。

除了众太尉外,话本中出场的官员还有几位"提点"。按宋代的官制,有"提点刑狱使"等文官,也有"提点在京仓草场"那样的武官。话本中的"提点"们不是夜宿娼家,就是开药店赚钱,其女眷亦随意见客,看来多半是武官,或者只是富商财主。虽然话本设定济公与"十六厅朝官"也有来往,但真正出场的人物中,可以认定为文官士大夫的,只有临安知府。这知府扮演的角色是符号化的:既然故事发生在临安,自然免不了要跟临安知府打一点交道,可这知府是谁,也就是他的个人性,在话本中并不重要。可见,济公所拥有的社会关系,主要是贵戚、武官、财主和市民,而对于宋代社会担负了最重要责任的文官士大夫,那并不是他乐于交往的对象。

士大夫当然也有佞佛的,也有放荡从俗的,未必个个道貌岸然,但就其主体部分而言,是科举出身的知识精英,以社会秩序的维护者和核心价值的承担者自居,趣味大致高雅,态度偏于严厉。宋代士大夫(文官)的强大,在中国历朝可谓居于首位,这就使济公所面对的社会呈现出雅俗对立的结构,也就是士大夫的世界和非士大夫的世界,后者包括了贵戚、武官、财主、庶民等,虽然地位各异,但在知识程度和生活趣味上比较一致,与作为知识精英的士大夫形成对立。很显然,济公愿意在非士大夫的世界中游刃有余,而《济颠语录》的讲述者所善于刻画形容的,当然也是这个世界。

如果我们习惯从经济地位去解析社会结构,对上述雅俗对立的图景会感到奇怪,但宋元以降,贵戚、武官与庶民通俗文学的亲密关系,是显而易见的,被文官士大夫所鄙弃的东西,往往在贵戚、武官的资助下获得发展,而通俗文学表现他们的形象时,也大抵比表现士大夫要生动得多。不妨顺便提及的是,宋元通俗文学中经常出现的"衙内"形象,虽然常被理解为公子哥儿,其实正如朱东润先生所考[①],这"衙内"也是一种军职,即武官,只不过常由贵戚或高官子弟充任而已。尽管"衙内"总被当做反面角色来表现,但其身为武官而行同市井的情形,则与《济颠语录》中的太尉们一样。

作为贵戚出身的禅僧,济公在非士大夫,即"俗"的世界中可谓如鱼得水,然而,对于宋代的禅林来说,与另一个"雅"的世界,即文官士大夫建立良好的关系,却是更迫切的需要和更显著的趋势。换句话说,"士大夫化"才是宋代禅宗的发展主流,就此而言,济公的行

---

① 朱东润《说"衙内"》,见氏著《中国文学论集》,中华书局,1983年,第350—359页。

为是反主流的,这便使他始终感觉到强大的压力,而形为疯癫。

七、禅宗的士大夫化与"济公现象"

中国佛教史上时时出现一些疯癫的僧人,他们或性情怪异,或行为逾矩,却又似乎别有神通,显得高深莫测。济公只是其中一人,但就影响来说,可为代表。这影响当然大部分来自通俗文学的宣传,故济公成为此类疯僧中最著名的一位,原本与他身处通俗文学勃兴的南宋时代有关。日本学者永井政之曾著《破戒与超俗——从济颠评价说起》一文[①],阐述了破戒狂僧的历史源流及其思想史意义。他所谓的"超俗",表象上是破戒、疯癫,实质上是对于那种已被组织到国家体制之中的宗教秩序的反抗,从而又暗示着对于真正宗教性的维护。此文颇能予人启发,但济公所处南宋时代的特点,未引起永井氏的充分重视。在笔者看来,南宋禅林确实是被组织到国家体制之中的宗教秩序的最好体现,而通俗文学的勃兴及其支持者的广泛存在,又使对此秩序的反抗有所依托,至少能获得部分肯定,两方面的交互作用,才使济公的形象获得凸显。在此意义上,我们不妨称之为"济公现象"。

南宋朝廷成功地将禅林秩序纳入国家体制的情形,不是本文要讨论的内容,这方面已有学者做了精深的研究[②]。此处只需指出一点,即延续前代而来的"试经度僧"和南宋确立的"敕差住持"制度,跟科举考试录取进士,任命为各级文官的程序,几乎是同一模式,故僧人也可被视为一批特殊的进士文官。这当然会令宋代的禅僧与士大夫越来越亲近,而士大夫势力在当代社会的强大,也令禅门宗

---

① [日]永井政之《破戒与超俗——从济颠评价说起》,《镰田茂雄博士还历纪念论集——中国佛教与文化》,大藏出版,1988年。
② 请参考刘长东《宋代佛教政策论稿》,巴蜀书社,2005年。

派的兴盛与否,离不开士大夫的支持。实际上,具有足够的知识和写作能力,却由于各种原因未走上科举——文官之途的士子,出家参禅而成为高僧,是接近乃至介入以士大夫为中心的高层文化圈的又一条途径。此类士大夫化的禅僧,在宋代特别是南宋,可谓不胜枚举,他们吟诗作文,对各种社会现象提出意见,编制行卷,乃至出版别集,借此与士大夫交流。以大慧宗杲、佛照德光为领袖的临济宗杨岐派,便积极顺应此种趋势,使南宋禅宗的主流迅速地士大夫化。在此形势下,即便是反主流的济公,当他面对临安知府的时候,也必须用类似士大夫的方式去与之周旋。话本中,济公呈诗知府,说他们的关系就好像苏东坡与佛印了元禅师;知府于是大喜,也酬和一首,说他们也像李翱和药山惟俨禅师的关系。——这是禅僧和士大夫交流的最最烂熟的腔调了。

按话本的设定,济公具备甚强的写作能力,足以与士大夫周旋,而且他担任净慈寺的书记,这方面的机会自然不少。但是,如果他一味追随士大夫,净作些你是东坡我佛印、我是李翱你药山的唱和诗,那也就没有我们这里要谈论的济公了。话本中的济公,其根本的能力不在于写作,而在于"神通"。他善知过去未来,能够解开因果,预告后事。众太尉和许多市民之所以要请他主持丧葬,是因为他那些"指路""下火""撒骨"之类的念念有词,并不只是完成仪式,而是真正有效,能够超度亡灵。他还能够给太后托梦,指示她该做什么。即便是体现其写作能力的文字,也往往与"神通"相结合,使这些文字具有预言性质。呈给知府的诗固然只须体现写作能力即可有效,因为士大夫会认同这种能力;但其他场合写作的文字,就要以以后发生的事情与此相应,才能在士大夫之外的社会上显示出神奇的有效性。

这样的"神通"是否真正存在,或者历史上的道济禅师是否真有"神通",并不是我们必须讨论的问题,因为仅仅是关于济公具有"神通"的传言，就足以使他立足于士大夫之外的社会，并令一部分士大夫也对他有所敬惧。由贵戚、武官、财主、庶民等各色人群所构成的"俗"的世界，乐于传诵并夸大这样的传言，连那些本身已士大夫化的高僧，也必须优容这破戒狂僧，以保持一种即便是士大夫化的宗教也毕竟不可缺乏的世俗面向。于是，"济公现象"获得彰显，围绕济公的一系列故事被编制和修订，形成通俗话本而流传至今。其所包含的荒怪神奇内容，固然显示了"俗"的世界在高度理性的士大夫主流文化压迫下的扭曲状态，但这个"俗"的世界的存在，及其自我表达手段(通俗文学)的渐趋成熟，使济公不会像前代的疯僧那样被湮没，其生前因为反主流而付出的代价，随着通俗文学的发展壮大而越来越多地得到补偿。

八、结　　论

《济颠语录》是一部话本，现存最早的隆庆刻本又有明显的文本讹误，通常情况下是不能当作史料看待的，但是，宋人留下的有关道济禅师的可信史料又极少，所以现在无论做话本的研究，还是做道济生平的研究，都未免要将话本内容与有限的史料互相参证，而难以完全避开循环论证的嫌疑。其实，明清以来净慈寺志的编辑者就已经在做这件危险的工作，其结果是将话本的有些内容改造成了貌似史料的形态，反而贻误后人。笔者当然也没有更好的方法，能够做到的不过是更谨慎一些，取更多的相关史料来参证而已。按本文所考，这个话本对于济公出生、出家、去世等重要时间点的交代，尚能呈现为一个合理的内部时间表，据此可以修正某些文本错讹。以史料中明确记载的时间点(如道济卒年)，或者我们从有关史料中可以推出的时间点(如道济出家之年)，来与之对勘，可发现其符合的程度几乎精确。由此看来，话本关于济公家世和生平基本履历的叙述乃根据事实而来,应予信任。反过来,这也说明隆庆本虽刊刻于明代,有一些明人改动的痕迹,但其内容接近南宋的原本。

话本涉及的其他人物,主要有两群,一是南宋临安的高僧群,二是"众太尉"。高僧们多数"实有其人",且其结构特点(以杨岐派佛照德光一系为主干)符合南宋中期的实况。与这些高僧的传记资料对勘,可发现话本有关他们的叙述已经过一定程度的改编,但这种改编往往准确地反映出南宋禅林的人事背景,并非后人所能措手。至于"众太尉",实际身份该是南宋的贵戚、武官,而且太尉如此之多,乃当时特有之现象,话本的有关情节自然也是宋人所编。《济颠语录》虽连缀了不少故事,但若将涉及以上两群人物的故事抽出,便所剩无几,且故事的情节并不复杂,看来未经多少加工。所以,从内容可以判断,这基本上是一个宋话本。明人对文本的某些改动,并不意味着故事的发展。

这个宋话本的存在也能帮助我们认识南宋的禅林乃至整个社会。以科举出身的文官为主体的士大夫阶层占据了宋代社会的压倒优势,他们所倡导的雅文化成为主流,使南宋的禅宗也迅速地士大夫化。与此相对,在知识能力和生活趣味上比较接近的贵戚、武官、财主、庶民等各色人群却组成一个"俗"的世界,像济公那样少数反主流的破戒狂僧,就以此为依托,度过其扭曲的人生,而成为这个世界的传奇。本文称之为"济公现象"。

留下来的问题是,济公何以会选择反主流的人生道路?贵戚出身只能是原因之一,而且具备知识能力而士大夫化的贵戚也并不少见。所以,话本以"昌长老"的名义所掩盖的那个原型——佛照德光与济公的关系如何,也许值得追究。当然我们找不到可以依据的史料来解决这个问题,但无论济公是否真的受到过德光的迫害,他与杨岐派之间曾经很不愉快,该是事实。济公的老师瞎堂慧远也是杨岐派,为什么他跟杨岐派会发生矛盾?依笔者对南宋禅林的了解,济公虽可能深受曹洞宗自得慧晖禅师的关照,但他因此而背叛杨岐派的可能性仍是微乎其微的,故猜想这矛盾可能出在"嗣法"问题上。北磵居简撰《湖隐方圆叟舍利铭》,只说道济"受度于灵隐佛海禅师",未云其为慧远的法嗣。也就是说,慧远只是济公的剃度之师,二人之间的年龄差距也过于遥远,按规范化的禅林秩序,济公须另有一个年龄差距较为合适的"嗣法"之师,这比剃度之师远为重要。继慧远之后住持灵隐寺的德光,其实是济公最好的"嗣法"对象,而从话本中看,德光的一些弟子对他也颇有好意。济公若是"嗣法"德光,想来他的人生道路会比较顺利。然而,这是一种势利的考虑,真正的禅僧,在哪个老师的启发下获得彻悟,他就只能"嗣法"于这位老师。济公可能从这种真正的宗教性出发,坚持"嗣法"慧远,不肯"认贼作父",才导致他无法融入慧远身后以德光为核心的杨岐派主流,从此走向他反主流的传奇人生。——这当然只是猜测而已。

百回本《西游记》的文本层次：
故事·知识·观念

朱　刚

引言：遇见"化石"

　　人民文学出版社提供了百回本《西游记》的标准文本，作为中国小说的"四大名著"之一，绝大多数国人在中学阶段已经完成对它的阅读，并对其中所述的故事了然于胸。所以，没有特殊的需要，一般人不会再重新审视这个文本。笔者相信，阅读时知识储备的不足，使绝大多数国人失去了充分领略《西游记》妙处的机会。

　　比如，第六回讲到太上老君要帮助二郎神擒拿孙悟空，与观音菩萨有一段对话：

　　　　菩萨道："你有甚么兵器？"老君道："有，有，有。"捋起衣袖，左膊上，取下一个圈子，说道："这件兵器，乃锟钢抟炼的，被我将还丹点成，养就一身灵气，善能变化，水火不侵，又能套诸物；一名'金钢琢'，又名'金钢套'。当年过函关，化胡为佛，甚是亏他。早晚最可防身。等我丢下去打他一下。"①

---

① 《西游记》第六回，人民文学出版社，2010年第3版，第72页。

老君的话中有"化胡为佛"一句,因为跟故事情节的进展没有什么关系,读者完全可以忽略不顾,人民文学出版社的文本也没有给这句话加注。确实,忽略此句并不影响阅读,而注意到这一句,则需要读者具备有关《老子化胡经》的知识。笔者初次阅读《西游记》时,也不掌握这种知识,现在重读时遇见此句,却觉得意味无穷。

《老子化胡经》与佛、道相争的历史相缠夹,在《西游记》故事开始酝酿形成的唐宋时代,估计曾是一本众所周知的书。但是,自元朝政府下令销毁此书,知道它的人就越来越少,至少它已经退出了大众的视野,其重新获得关注,要到敦煌遗书中的几个抄本被发现以后。那么,明朝百回本《西游记》的"作者"又何从获得老子"化胡为佛"的知识?

把《西游记》视为"证道书"的学者也许能够解释这一点:如果"作者"是一位道教徒,他可能在《化胡经》被销毁后继续拥有相关知识。然而即便如此,情况也并不因此而显得乐观。"老子化胡"的说法在百回本《西游记》中既没有出现的必要,在全书中也没有实质性的呼应①,实际上它与《西游记》所描述的世界可谓格格不入,而且无论如何老君也不该面对观音菩萨去自吹什么"当年过函关,化胡为佛",那菩萨的修养再好,怕也不能容忍。很明显,"作者"并未意识到,他让老君说出这么一句话来,是如此地不应场合。

一句没有必要、没有呼应、不应场合的话语,孤零零地嵌在文本之中,我们只能把它当作"化石"来看待。在《化胡经》流行的唐宋时代,作为有关老子的言说中极普通的"常识",在某个通俗文本中形成了这样的话语,或者在说书人口中成了套语,经过了一番我们难以知其细节的遇合,该文本或套语被百回本《西游记》所吸收,此时

---

① 第五十二回降服青牛时,老君说:"我那'金刚琢',乃是我过函关化胡之器,自幼炼成之宝。"这里再次出现"化胡",但提供的相关信息并不超过第六回,全书之中没有对"化胡"的进一步叙述或说明。

的"作者"已不能确知其含义,故亦不曾加以修改,莫名其妙地保存下来,成了一块"化石",很不和谐地夹在文本之中。

其实,类似的"化石"在《西游记》《水浒传》等通俗小说中并不稀见。从故事开始流传,到目前被我们认可的"小说"文本的形成,经过了漫长的时间,于是,许多不同来源、形成于不同时期的元素,被汇集于此,如果不曾被"作者"充分消化,就成为上述那样的"化石"。一块一块地寻出这样的"化石",也许是一件饶有趣味的事,但这不是本文的目的。毋宁说,笔者关心的恰恰是与此相反的另一方面,即不同来源、形成于不同时期的许多元素,如何被整合到百回本的文本之中,成为一部理应具备自身统一性的"长篇小说"。

对于具有特定作者的"作品"来说,作者是其自身统一性的保障。我们通过了解作者的想法,去有效地解读他的作品,使这个作品呈现为自身统一的对象。即便声称只关心作品本身的批评家,其解析文本时,也大抵仍以"作品"的自身统一性为前提,严格地说,这依然需要一个特定的"作者",尽管他经常被隐去不提。就此而言,《西游记》可以成为特殊的考察对象,其自身统一性如何,尚待检证,无论给它标上一个"作者"吴承恩的做法是否合适,吴都不能成为其自身统一性的保障。

那么,在没有"作者"保障的前提下,这部"小说"的文本如何形成其自身的统一性?我们可以设想几个层次来加以考察:首先是故事,完整而无矛盾地讲述取经故事,是最浅表的层次,无数"作者"可以在这个方向上合作,然后由写定者综合起来,形成统一性;其次是文本所包含的具有客观性的知识,如上述"化胡"的说法那样,对于一个历经众手的文本来说,考察其如何处理这类知识,可以检证写定者的工作力度,也就是文本统一性达到的程度;最后是观念层次,一般情况下这是作者的思想在作品中的体现,但《西游记》有没有这种统一的思想性,还是个问题,这里把文本中包含的思想性内容称为"观念"。

一、故事：行者的传奇

唐僧师徒西行取经过程中经历的一次又一次磨难，无疑是《西游记》故事的主体部分，这些磨难大抵由盘踞各处的妖怪造成，除妖伏魔是师徒五人（包括白龙马）的主要任务。就此而言，每一次磨难都可以被讲述成相对独立的小故事，而它们的结构大致相似。这些故事在进入百回本《西游记》之前，绝大多数都已经存在，并各自拥有长短不同的发展历史。把它们前后联缀起来，成为一书时，当然要有所整合，去掉一些重复、矛盾的情节。百回本在这方面所做的工作，基本上是成功的，如按中野美代子教授的分析，在妖怪的分布上还具有匠心独运的对称结构①。不过，也有经常被人诟病的一处"败笔"，就是在乌鸡国和狮驼岭都有文殊菩萨的坐骑青毛狮子下界为妖，构成了重复。这可能是百回本"作者"的一个疏忽，但这两个故事分别形成，情节都较为复杂，即便"作者"已经意识到重复，可能也不忍舍弃一方吧。与早期取经故事相对简单的"遭遇妖魔"情节不同的是，百回本中的有些磨难被认作神佛们有意安排的对唐僧师徒的"考验"，而且要满足"九九八十一难"之数，而实际上毕竟没有那么多的故事，所以一个故事经常要包含好几"难"，舍弃一个故事的损失是可想而知的。

相比于故事联缀时的技术处理，从"长篇小说"的立场来看，主人公如何获得"成长"是一个更大的问题。在一个一个故事被单独讲述或演出时，唐僧师徒的形象基本上已被角色化，遇到妖怪，唐僧

---

① 以第五十五回为对称轴，分布在第五十回前后的独角大王和第六十回前后的牛魔王，都是牛怪，分布在第四十五回前后的虎力、鹿力、羊力三怪和第六十五回前后的黄眉怪，分别为假道士和假佛祖，等等。参考［日］中野美代子『西遊記——トリック・ワールド探訪』，岩波新书（新赤版）666，2000 年，第 100 页。另外，以通天河为轴，前面的黑水河与后面的子母河也对称分布，见上书第 91 页。

总是怕得要命，八戒总是嚷着散伙，沙僧默默不语，全靠孙悟空辛苦降妖。对于单个故事来说，这个套路具有不错的效果，但如此联成一书，将使主人公重复扮演同样的角色，不会吸取教训，不会学得聪明淡定，不会"成长"。解决这个问题并非易事，百回本对此有所努力，但显然做不到尽善尽美，比如唐僧两次驱逐孙悟空，就因为那两个故事都是现成的，无法作出根本上的修改，只好任其重复。不过总体上看，相对于之前的取经故事，百回本在主人公的塑造方面，也显示了一种策略：弱化唐僧，而强化孙悟空。

我们熟知，世德堂百回本《西游记》缺少有关唐僧身世的正面叙述，人民文学出版社的文本据清代的本子补了"陈光蕊赴任逢灾，江流僧复仇报本"一回，作为附录插入第八、九回之间，使故事显得"完整"。如果我们把唐僧看作此书最核心的人物，这个缺失便是不可思议的，而其实，即便补上一回，关于唐僧来历的叙述还是不够"完整"。百回本多次提到唐僧本是佛弟子金蝉子，因为听法时疏忽大意而遭贬下凡，但这一点只通过其他人物的对话来补述，而不正面记叙。南宋的《大唐三藏取经诗话》，已明确讲述唐僧三世取经，前二世被深沙神所吃，至明代《西游记杂剧》，则发展为十世取经，九世被沙僧所吃①，这一番巨大的曲折也没有被百回本吸收。当然我们没有理由要求百回本将此前流传的相关故事全部吸收，但第八回、第二十二回仍提及沙僧项下挂着九个取经人的骷髅，而且唐僧"本是金蝉子化身，十世修行的原体"（二十七回），故吃他一块肉可获长生，又成为一路上许多妖怪决心拦截唐僧的目的，可见在百回本形成的时代，唐僧的这个来历已经与其他故事构成呼应，无法将其形迹消除干净了。那么，为什么百回本要将有关唐僧来历的正面叙述，无论其前世今生，一概消除呢？

---

① 参考张锦池《论沙和尚形象的演化》，《文学遗产》1996 年第 3 期；谢明勋《百回本〈西游记〉之唐僧"十世修行"说考论》，《东华人文学报》第 1 期，1999 年 7 月。

从故事之间的呼应来看,唐僧的来历并非可有可无,从"小说"塑造主人公的立场来看,"十世取经"之说也更能烘托取经之艰难,彰显唐僧所成就之伟业。实际上,从唐宋以来,取经故事就是按这个方向在不断演进。所以,无论是《大唐三藏取经诗话》,还是《西游记杂剧》,故事都从唐僧起头,整体上呈现为"唐僧取经的传奇",孙悟空等其他人物,皆是半路出场的配角。太田辰夫先生曾在龙谷大学图书馆发现《玄奘三藏渡天由来缘起》抄本,他认为是早于百回本的"西游记之一古本"①,其结构也是如此。然而,恰恰是百回本颠覆了这个原先固有的结构,改以孙悟空为贯穿始终的主人公,唐僧反过来成了半路出场的人物。其第一回名为"灵根育孕源流出,心性修持大道生",可见"作者"并非不重视主人公的"来历",只不过那并非唐僧的来历,而是孙悟空的来历。"作者"可能认为,有了这个来历为全书起头,如果再按上唐僧的来历,全书就会有两个头,那就必须削除一个。

结构上的这种改变,使某些故事中与唐僧来历相关的元素失去了呼应,这些元素没有被处理干净,成为我们判断"作者"改变结构的证据。另一方面,有关孙悟空来历的故事,如大闹天宫等,在《大唐三藏取经诗话》和《西游记杂剧》中原本只见于主人公口头的简单追叙,在百回本中则被铺衍成前七回的正面详叙。《明文海》卷三四三有耿定向《纪怪》一文云:

> 予儿时闻唐僧三藏往西天取经,其辅僧行者猿精也,一翻身便越八千里。至西方,如来令登渠掌上。此何以故?如来见心无外矣。从前怪事,皆人不明心故尔,苟实明心,千奇百怪安能出吾心范围哉?②

---

① 太田辰夫『西遊記の研究』第九「『玄奘三藏渡天由来緣起』と西遊記の一古本」,研文出版,1984年。
② 耿定向《纪怪》,《明文海》卷三四三,《文渊阁四库全书》本。

耿定向在《明史》中有传,是嘉靖三十五年进士,时代上早于世德堂百回本的刊行。他幼时似乎听说了孙悟空翻不出如来手掌心的故事,但这个故事发生在孙悟空帮助唐僧取经,到达西天之后,其性质大概只是一番游戏。而在百回本中,这是孙悟空大闹天宫,不可一世之时,如来镇伏他的手段,故事的发生时间和性质被完全改变。无论如何,关于孙悟空参与取经之前的经历,百回本的叙述是空前详细和精彩的。

从"作者"的意图来说,他显然是要把本书的第一主角从唐僧转为孙悟空,只是因为一路遭遇磨难的那些故事都已成形,使他无法将唐僧处理成一个纯粹的配角,但相对于《大唐三藏取经诗话》和《西游记杂剧》,百回本中的唐僧还是被明显地弱化了,不仅来历不详,其祈雨的神通、独立与某些妖魔打交道的能力,也一概失去,成了一个"没用"的"脓包",所有困难都要依靠孙悟空来解决。同样被弱化的还有沙僧,凶恶而威猛的深沙神变成了晦气脸色、默默不语的挑夫。这种弱化的倾向,可能并不始于百回本,但就这个文本自身而言,弱化有其合理性,就是反衬出孙悟空的强化。至于百回本何以要如此强化孙悟空,这个问题且留待后文探讨。总之,就文本的叙述故事的层面而言,百回本的特色在于它意图将"唐僧取经的传奇"改编为孙悟空先因大闹天宫而被镇五行山下,后因取经路上勇猛精进而终成正果的行者传奇。

二、知识:渊博的错误

除了故事需要整合、疏通以外,百回本的"作者"还面临一项艰巨的任务,就是必须掌握和消化他所依据的资料(无论是文本资料还是口述资料)中的许多知识。因为所叙故事在题材上的特殊性,这个文本势必涵盖异常广泛的知识面,出入古今中外,兼及三教九流,如果"作者"不掌握相关的知识,只是剿袭旧文,不加处理,那就会使他的文本夹杂许多与老子"化胡为佛"之说相似的"化石"。所以,考察文本在这个层面显示的情形,可供我们据以判定其"作者"的知识能力。

百回本的第二回叙菩提祖师教孙悟空腾云飞翔时,有一段对话:

> 悟空道:"怎么为'朝游北海暮苍梧'?"祖师道:"凡腾云之辈,早辰起自北海,游过东海、西海、南海,复转苍梧,苍梧者却是北海零陵之语话也。将四海之外,一日都游遍,方算得腾云。"

第十二回叙观音菩萨在长安显出真身,唐太宗传旨,找个画家描下菩萨形象:

> 旨意一声,选出个图神写圣远见高明的吴道子,此人即后图功臣于凌烟阁者。当时展开妙笔,图写真形。

这两段中,"苍梧者却是北海零陵之语话也"和"此人即后图功臣于凌烟阁者",都是补充说明之句。跟"化胡为佛"被孤零零地嵌在文本中不同,"苍梧"和"吴道子"是这个文本的"作者"自以为能够掌握的知识,故各有一句话加以说明。然而,这两句说明恰恰都是画蛇添足,从知识的角度来说都是错误的:"苍梧"在《尚书》和《楚辞》中都作为南方的地名出现,两《唐书》记载的"图功臣于凌烟阁者"都是另一位画家阎立本。当然,这两个错误不一定是百回本的"作者"所造成的,但他至少并不加以纠正。

与此相似的,是第十四回龙王给孙悟空讲的张良拾履的故事:

> 龙王道:"此仙乃是黄石公,此子乃是汉世张良。石公坐在

圯桥上,忽然失履于桥下,遂唤张良取来。此子即忙取来,跪献于前。如此三度,张良略无一毫倨傲怠慢之心,石公遂爱他勤谨,夜授天书,着他扶汉……"

说张良拾履有"如此三度",并不符合《史记》《汉书》对此事的记载,龙王的讲述从知识角度来说也是错误的。

比起这些有关地名和历史人物的知识错误来,百回本《西游记》把释迦牟尼与阿弥陀佛合为一身,以及对大量佛教名词如"三藏""盂兰盆"等的解说错误,是更为惊人的。主张吴承恩作者说的鲁迅,也屡次以作者不读佛书为解①。可是,吴承恩即便不读佛书,也不至于不读《尚书》、《楚辞》、《史记》、《汉书》、两《唐书》吧?就此而言,推定任何一位具备传统士大夫知识能力的"作者",都是颇有问题的。另一方面,要说这些错误都是从前的说书人所造成,吴承恩或别的"作者"只是简单承袭,未加修改而已,也并不太合情理。我们不可过于低估说书人的知识能力,实际上宋元时期的有关史料就显示了说书人的专业化倾向,各种不同类型的题材,为不同的说书人所专擅,像取经故事这样的佛教题材,很难想象其讲说人会对佛教知识一无所知。不熟悉佛教的人,可以去讲别的故事,不必涉足这个领域,而既然倾情注力于此,则应该会下一点功夫去了解,像"三藏""盂兰盆"这样的名词,从明代一般书籍或日常生活中就可以很方便地获知其含义,不必凭空自造一种误解。自"小说"的立场而言,这种误解当然不会影响《西游记》的文学价值,但反过来,它对取经故事的发展也没有根本用处,从"文学手法"的角度去解释也是勉强的。

---

① 鲁迅《中国小说史略》第十七篇云:"作者虽儒生,此书则实出于游戏,亦非语道,故全书仅偶见五行生克之常谈,尤未学佛,故末回至有荒唐无稽之经目。"《中国小说的历史的变迁》第三讲云:"作《西游记》的人,并未看过佛经。"见《鲁迅全集》第九卷,人民文学出版社,2005年,第172、327页。

综上所述,粗略地看,百回本《西游记》文本中的知识错误,可以分为三种类型。第一种如"化胡为佛",因不解其义而致误用于不适当的场合,这对于一个明代的"作者"来说是可以谅解的;第二种如"苍梧"在北方、吴道子"图功臣于凌烟阁"、张良"三度"拾履之类,其出于民间说书人之口固可谅解,若出现在吴承恩那样的儒生笔下则不可谅解;第三种就是佛教方面的许多荒唐无稽的说法,对于任何一个试图以自己的方式叙述取经故事的人来说,都不应该错到如此地步,无论其为读书人抑或民间艺人。

确实,百回本对佛教名词的误解,并非偶然发生,而是几乎全盘皆错。这里隐含着一个矛盾:既然"作者"不读佛书,对佛教知识一无所知,那就应该连这些词语、名目的存在也不甚知晓,碰上了也该尽量避开,或只是照录旧文,不加说明,又怎会去牵涉到如此众多的"专有名词",并主动给出错误的解说? 可以说,百回本在佛教知识领域所呈现的"渊博的错误",是这个文本的又一大特色。这使笔者颇为怀疑:那不一定是"作者"的知识错误,而很有可能是故意歪解。歪解当然可以为文本添些诙谐,但另一个不得不考虑的因素,是百回本《西游记》明显的道教色彩。这个文本的形成过程中,曾经有道教徒上下其手,是无可怀疑的,很可能是他们将佛教名词统统歪解。这当然只是猜测,但由此,我们的讨论便须转入"观念"的层次。

三、观念:大众向往的"生活力"

百回本《西游记》在"观念"层次多少带有牵强附会痕迹的"道教化"倾向,几乎已经为学术界所公认[1]。不少学者因为把这个文本视为独立的"作品",故强调道教思想是其主旨,但若从取经故事的

---

[1] 最近发表的相关论文,可以举出陈洪《从孙悟空的名号看〈西游记〉成书的"全真化"环节》,《中国高校社会科学》2013 年第 4 期。他将"道教化"更具体地落实为"全真化"。

历史演变的角度来看,道教思想当然不可能从这个佛教题材的故事中自然地引申出来,而是百回本的"作者"着意经营的结果。当我们把"道教化"看作这个文本在观念层次上的一大特色时,其与上文所述故事、知识层次的特色,即强化孙悟空,歪解几乎所有佛教名词,之间存在什么样的关系,似乎甚可探讨。换句话说,把全书贯穿始终的主人公从唐僧改为"心猿"孙悟空,将一些非常浅显以至于妇孺皆知的佛教知识都改成诙谐之妄谈,其目的也许就是为了"道教化"的实现。

不过,笔者并不想就这个问题展开过多的讨论,因为对于一部"小说"而言,将一个佛教故事"道教化",对许多佛教知识给予歪解,好像也没有多少文学上的意义,至于强化孙悟空而弱化唐僧的做法,其得失如何,也可以随人所好、见仁见智。通读百回本《西游记》,"道教化"意图主要是从回目的编制上体现出来,若就具体行文而言,其在观念层次呈现的另一种特色,是更值得指出的,就是这个文本中的几乎所有人物,都有相同的行为准则,或者说行动理由。

且看第三回中孙悟空在龙宫讨宝的一段:

> 老龙王一发怕道:"上仙,我宫中只有这根戟重,再没甚么兵器了。"悟空笑道:"**古人云:'愁海龙王没宝哩!'**你再去寻寻看。若有可意的,一一奉价。"……悟空道:"这块铁虽然好用,还有一说。"龙王道:"上仙还有甚说?"悟空道:"当时若无此铁,倒也罢了;如今手中既拿着他,身上无衣服相趁,奈何?你这里若有披挂,索性送我一件,一总奉谢。"龙王道:"这个却是没有。"悟空道:"**一客不犯二主。**'若没有,我也定不出此门。"龙王道:"烦上仙再转一海,或者有之。"悟空又道:"'**走三家不如坐一家。**'千万告求一件。"龙王道:"委的没有;如有即当奉承。"悟空道:"真个没有,就和你试试此铁!"龙王慌了道:"上仙,切

莫动手！切莫动手！待我看舍弟处可有，当送一副。"悟空道："令弟何在？"龙王道："舍弟乃南海龙王敖钦、北海龙王敖顺、西海龙王敖闰是也。"悟空道："我老孙不去！不去！**俗语谓'赊三不敌见二'**，只望你随高就低的送一副便了。"

这一段比较集中地从孙悟空的口里冒出"愁海龙王没宝哩""一客不犯二主""走三家不如坐一家""赊三不敌见二"四句俗语，作为他向东海龙王坚索兵器、披挂的理由。必须说明的是，这并非为了描写他的无赖。实际上，在整部百回本中，孙悟空一直用这样的"古人云""常言道""俗语谓"为自己的行动提供理由，仅就前七回来看，除上引四句外，还有"人而无信，不知其可""为人须为彻""亲不亲，故乡人""今朝有酒今朝醉，莫管门前是与非""诗酒且图今日乐，功名休问几时成""胜负乃兵家之常""杀人一万，自损三千""皇帝轮流做，明年到我家"等。

不光是孙悟空，百回本里的其他人物，也往往引述此类话语为自己的行为准则，如第二回菩提祖师说："自古道，神仙朝游北海暮苍梧。""世上无难事，只怕有心人。"第五回崩芭二将说："常言道，美不美，乡中水。"第八回观音说："古人云，若要有前程，莫做没前程。"八戒说："常言道，依着官法打杀，依着佛法饿杀。"第九回水族说："常言道，过耳之言，不可听信。"第二十四回清风明月说："孔子云，道不同，不相为谋。"唐僧说："常言道，鹭鸶不吃鹭鸶肉。"第二十六回黑熊说："古人云，君子不念旧恶。"第二十八回黄袍怪说："常言道，上门的买卖好做。"第二十九回宝象国众臣说："自古道，来说是非者，就是是非人。"第三十回沙僧说："古人云，与人方便，自己方便。"第三十六回僧官说："古人云，老虎进了城，家家都闭门。虽然不咬人，日前坏了名。"……直至第九十九回，唐僧已经取得真经，走上归程，在陈家庄被挽留供养，却要说服徒弟们不辞而别，其理由仍是:"自古道,真人不露相,露相不真人。"如此之类,集中起来差不多可以编成一个对日常行为具有指导意义的常言俗语的小手册,这也是百回本的一大特征。

相比于"道教化"主旨落实到具体行文时的牵强附会之感,人物行动理由的这种一致化现象,在全书中贯穿得更为彻底,行文上也生动自然得多。在笔者看来,这个文本所达到的最高统一性,端在于此。作为人物的行动理由,引用"古人云""常言道""俗语谓"等,可以被用来推进故事情节,也可以解释出现在故事世界中的一些事物、现象、知识,当然也意味着能被对话双方共同接受的,乃至能被那个世界一致认可的某些观念。而且,妙处还在于,我们不必追问是哪一位特定的"作者"为全书带来了这种统一性。

此类常言俗语、古人名句,经过世俗社会的长期洗炼,成为认识某类现象、对处某种问题时最佳选择的提示。它们不是从某个特定的思想体系生发的抽象原则,而是汇集了许多具体的经验,综合了所有前人的智慧,其间不必加以有条理的编织,也不必顾及相互矛盾之处,数量极多,而且始终如水银泻地一般结合着具体的生活场景,随处涌出。一个人对此掌握得越多,便越能在日常生活中所向无碍。虽然只求当下有理,前后并无统一性,却也有别于极端投机的功利主义,因为经世俗社会的长期洗炼而为大众所接受者,基本上符合大众的立场,纯粹损人利己的东西将被排除。可以说,这是大众化的智慧。就其来源而言,当然也有不少出自古代某家某派的思想,但不管出自哪家哪派,所有思想性的因素,都经"大众"这一层网的过滤,仿佛全民投票产生的合宜取向,凝结在这些"常言道""古人云""俗语谓"中,而随机取用,以为行动准则。因为本来就是大众筛选的产物,那当然便是对大众社会具有说服力的道理,容易被接受,而通行无阻。反过来,大众社会传诵这些常言俗语,本来也旨在总结生活经验。在百回本《西游记》形成的时代,《四书集注》教读书人学会了应举投考,而这些常言俗语则教会庶民大众如何生活。对此掌握得越多,越有心得的人,他的"生活力"也就越强。把这么多的常言俗语集合起来,并为每一条提供了应用范例的百回本,便几乎可做大众生活的教科书。

由于百回本以孙悟空为贯穿全书的主人公,所以他成了那个世界里掌握此类常言俗语最多的人物。于是,孙悟空的"本事"也就是他的力量便呈现出两个方面:七十二般变化、筋斗云、火眼金睛之类,是超人的"神通力";交游广泛,"处处人熟"①,能灵活运用大量饱含人情世故的常言俗语来指导行动,才是他真正适应人世的"生活力"。前者只能令孙悟空能战、敢战,后者才能造就他战无不胜的功勋。也许,唐僧成佛后,可以获得相应的"神通力",但他似乎永远不会具备孙悟空的"生活力"。或者说,为了描写这种"生活力",选择孙悟空为核心主人公,确实比唐僧要理想得多。并不是为一种特定目标而九死一生的献身精神,而是如金箍棒一般屈伸自如的"生活力",才能成为庶民大众的人生理想。同时,如果"常言道,依着官法打杀,依着佛法饿杀"才是被百回本的世界所认同的人生格言,那么所有一本正经的佛教名词都被歪解为诙谐之谈,也就顺理成章,掌握前者而不是后者,才能提高"生活力"。大众文化对于高度"生活力"的向往,在百回本《西游记》中如此灿烂的绽开,使它根本不需要某一个特定的"作者",也不需要某一家特定的思想为其主旨,完全可以说,它是"大众文学"的一个经典文本。

---

① 《西游记》第三十二回,孙悟空自云:"我老孙到处里人熟。"第三十四回,金角大王云:"那猴头神通广大,处处人熟。"人民文学出版社,2010年第3版,第391、416页。

图书在版编目(CIP)数据

宋元禅宗文学研究论集/朱刚,李贵主编.—上海:复旦大学出版社,2025.1
ISBN 978-7-309-16848-8

Ⅰ.①宋… Ⅱ.①朱… ②李… Ⅲ.①禅宗-宗教文化-中国-宋元时期-文集 Ⅳ.①B946.5-53

中国国家版本馆 CIP 数据核字(2023)第 086184 号

宋元禅宗文学研究论集
朱 刚 李 贵 主编
责任编辑/王汝娟

复旦大学出版社有限公司出版发行
上海市国权路 579 号 邮编:200433
网址:fupnet@fudanpress.com http://www.fudanpress.com
门市零售:86-21-65102580 团体订购:86-21-65104505
出版部电话:86-21-65642845
浙江新华数码印务有限公司

开本 890 毫米×1240 毫米 1/32 印张 17.75 字数 429 千字
2025 年 1 月第 1 版
2025 年 1 月第 1 版第 1 次印刷

ISBN 978-7-309-16848-8/B·784
定价:98.00 元

如有印装质量问题,请向复旦大学出版社有限公司出版部调换。
版权所有 侵权必究